MÁS ALLÁ
DEL
MAR DE HIELO

MÁS ALLÁ DEL MAR DE HIELO

WILLIAM SARABANDE

Título original: *Beyond the Sea of Ice*
Edición original: Bantan Books

Pérez Galdós, 36. 08012 Barcelona
Traducción cedida por Maeva Ediciones

Diseño de la cubierta: Jaime Fernández

ISBN: 84-473-3522-4
Depósito legal: B-3.144-2005

Impresión y encuadernación:
CAYFOSA-QUEBECOR, Industria Gráfica
Santa Perpètua de Mogoda (Barcelona)

Impreso en España – Printed in Spain

Para Lyle

LOS PERSONAJES

TRIBU DE TORKA

Torka	Cazador de 30 años, de la Edad del Hielo Paleoíndica, en el nordeste de Asia.
*Umak	Abuelo de Torka, anciano de 45 años de edad.
Egatsop	Esposa de Torka, de 18 años de edad.
Kipu	Hijo de Torka y Egatsop, de 5 años de edad.
*Lonit	Mujer de Torka, de 12 años de edad y en el umbral de la pubertad.

TRIBU DE GALEENA

Galeena	Cazador que habita más al este que la tribu de Torka.
Ai	Esposa favorita de Galeena.
*Manaak	Cazador de la edad de Torka.
*Iana	Esposa de Manaak.
Ninip	Muchacho.
*Naknaktup	Matrona.
Oklanoo	Matrona.

TRIBU DE SUPNAH

Supnah	Cazador-espoleador de mamuts.
*Karana	Hijo de Supnah.
Navahk	Hombre-brujo, hermano de Supnah.

*Se fueron de la caverna de la cornisa en unión de Torka.

LOS PROTAGONISTAS

TORKA: Intrépido, inteligente, apasionado, un cazador de gran habilidad y astucia. Con el corazón destrozado tras la pérdida de su familia, aniquilada por un mamut, el Destructor, tiene el suficiente coraje para capitanear a un reducido grupo de supervivientes del Pueblo, a través de las ignotas e inhóspitas estepas orientales, hacia donde cree les espera una nueva vida para él y para su clan.

LONIT: Una extraña joven de ojos redondos, que ha amado a Torka toda su vida. Es tan sólo una muchacha cuando inicia su decisivo viaje con Torka, pero en el curso de sus desplazamientos florece en una plena feminidad. Confía en que el dolor de Torka se convierta pronto en deseo y el deseo en ese amor por el que ella suspira desesperadamente.

UMAK: Abuelo de Torka, es un "espíritu-jefe", una especie de patriarcal hechicero. Condenado a morir por imperativos demográficos, su vida vuelve a tener sentido al hilo de la odisea por la supervivencia y llega al convencimiento esperanzador de que a los viejos destinos de su Pueblo se les abría un nuevo horizonte de posibilidades en aquel exigente nuevo mundo.

KARANA: Un jovencito que ha sido abandonado por su propia gente, también por imperativos demográficos. Vive -sobrevive- como un animal acorralado en la montaña, a salvo de los peligros de la tundra, hasta que llegan Torka y su reducido clan. Se adapta de tal forma a la nueva situación que Torka le adopta como hijo.

GALEENA: Doblemente "primitivo", es el jefe de una banda diezmada por el mismo gigantesco mamut que aniquiló a la familia de Torka. Remoto antepasado de los caudillos y señores de horca y cuchillo de épocas posteriores más "civilizadas", compite astuta y ferozmente con Torka por el liderazgo de las dos bandas en una enconada batalla psicológica que se resuelve con sangre.

GLOSARO ANIMAL

Mamut lanudo.- Mamut gigantesco de la familia Elefántidos, con dos enormes colmillos retorcidos y unos dientes planos apropiados para triturar hojas y ramas. Su cabeza presentaba un doble abultamiento y su cuerpo estaba cubierto de pelo rojizo. Tenía una alzada de hasta 4,5 m. Llegó a convivir con el hombre paleolítico.

León dientes de sable.- Casi tan grande como el actual león africano, este felino se apoyaba sobre sólidas patas, más largas las delanteras que las traseras. El sobrenombre le viene de que sus colmillos superiores se prolongaban en forma de sables con los bordes dentados, lo que les permitía "apuñalar" a sus víctimas.

Perdiz nival.- Llamada también perdiz blanca, por el color de su plumaje invernal, era una gallinácea de pequeño tamaño, algo más grande que la codorniz de nuestros días.

Oso caricorto.- Un tercio más grande que los osos actuales, era un mamífero principalmente carnívoro.

Teratorni.- Una especie de cóndor con una envergadura de alas de hasta 3,5 metros.

PARTE I

EL ESPIRITU AGAZAPADO

Capítulo 1

Algo avanzaba en mitad de la noche. Algo enorme, silencioso y terrible.

El cazador se paró en seco y prestó oídos, puesto sobre aviso por una alarma interior que provocó una descarga de adrenalina en sus venas, mientras todos sus sentidos le advertían de un inminente peligro.

Era un hombre joven, enflaquecido por los rigores del invierno, apuesto a pesar de que su cuerpo aparecía en tensión, cubierto como estaba por una abigarrada indumentaria de cuero y pieles de pelo largo. Sus poderosos miembros, ágiles y flexibles como los de un animal corredor, le permitían mantener el equilibrio adecuado para zafarse del peligro.

Lo había notado rondándole durante horas, tan implacable como la muerte. Por dos veces había retrocedido para buscar huellas, pero la ventisca truncó sus esfuerzos y no pudo ver nada, salvo la inmensidad de la tundra azotada por el viento, cubierta por la nieve y perpetuamente helada, además de la infinita oscuridad de la noche invernal del Ártico. Cuando el viento levantó espirales de nieve seca que danzaban estremecidas bajo las relucientes manchas azules de las luces septentrionales, había divisado una cima que se elevaba en la cara inmensa y lisa de la tundra, semejante a la nariz rota de un gigante que yaciera allí muerto, boca arriba.

El cazador se había dirigido a paso ligero, casi corriendo, hacia aquel distante y poco visible refugio, seguro de que Alinak y Nap le seguirían. Durante los últimos días, tanto el uno como el otro habían dejado que fuera él quien les guiase. Esto no le había sorprendido, porque él era Torka y la sangre de muchas generaciones de Jefes espirituales corría por sus venas. Todos sabían que su instinto de cazador jamás le fallaba. Alinak y Nap se habrían dado cuenta de que él buscaba refugio en lo alto de la cima, lo que les proporcionaría al menos cierta ventaja sobre cualquiera que fuese el peligro que les acechaba.

El cazador miró, ahora, hacia atrás, al horizonte velado por densas nubes de ventisca. A través de ellas pudo distinguir a sus compañeros, dos figuras que surgían de la niebla helada y ascendían por las estribaciones del montículo en dirección a él. Encorvados para defenderse mejor del viento, apoyándose en sus lanzas para mantener el equilibrio, se cubrían con pieles de astados. Las capuchas que protegían sus cabezas aparecían rematadas por sendas cornamentas. Mitad humanos, mitad animales, Alinak y Nap tenían el aspecto de apariciones cornudas arrancadas de una pesadilla.

Mas no se trataba de un mal sueño. Aquello era la Edad del Hielo, y tendrían que transcurrir por lo menos cuarenta mil años antes de que cazadores de otra época bautizasen a aquella tierra con el nombre de Siberia. Para entonces habría allí bosques y nuevas razas de hombres y de animales. Ahora sólo había un oscuro e inhóspito paisaje, a través del cual gemía el viento y los aullidos de los grandes lobos retumbaban como el fúnebre lamento de mujeres presagiando su muerte.

Más hacia el este, sobre los picos cubiertos de hielo de la cordillera que rodeaba la superficie desnuda y lisa de la tundra, los primeros resplandores del alba empezaban a dorar el cielo. Era sólo una tenue franja de luz que aún tardaría bastante en ser llamada mañana, en proyectar sombras malvas y grises sobre una tierra que no había visto la luz del sol durante meses. El período de la larga oscuridad estaba a punto de concluir. La época de la luz volvía después del invierno más prolongado y riguroso que Torka había conocido jamás.

Sus dos compañeros, tocados con capuchas de astados, estaban ya a su lado. Al igual que Torka, se protegían de las inclemencias del tiempo con diversas prendas superpuestas. Su ropa interior estaba confeccionada con la suave piel de crías de caribú. Pantalones de piel de perro salvaje protegían sus piernas de la frígida dentellada del viento ártico. Debajo de estos pantalones usaban polainas de ante, mascado por sus mujeres hasta darle una consistencia de terciopelo; encima de los pantalones llevaban polainas de cuero de bisonte, sujetas sobre unas botas hasta la rodilla de pelo largo y con triple suela para formar una barrera contra el frío. Los dos hombres vestían túnicas de cuero de caribú y, encima de éstas, con el pelo hacia dentro, un abrigo hecho con la piel del mismo animal, variedad del reno salvaje.

No había pieles que abrigaran tanto como la de los caribúes abatidos en invierno. Aunque el caribú tenía el pelo relativamente corto en comparación con el espeso pelaje del buey almizclero o con el bisonte gigante de paletillas lanudas, cada mecha de pelo de caribú era un cilindro aislante, lleno de aire, que conservaba el calor interno de un hombre y mantenía fuera el frío mortal del Ártico. Envuelto en esta clase de prenda, un cazador podía permanecer indefinidamente en la tundra azotada por el viento sin sentir el frío. De todos modos, aunque aquellos hombres estuvieran abrigados, hacía tres días que salieron del campamento invernal de su gente. El calor de sus ropas no les protegía de la fatiga ni del hambre. Tampoco de los errores.

Se mantenían juntos, con la luz del alba sobre sus cabezas; a Torka se le secó la boca de inquietud al mirar las cornamentas que remataban los mantos de sus compañeros. Era un sacrilegio ponerse el manto de acechar antes de avistar la caza. Su propio manto estaba todavía atado con correas a su mochila en un rollo muy apretado, con la cornamenta vertical a modo de alas esqueléticas extendiéndose a su espalda.

De repente, un profundo bramido rasgó la mañana azotada por el viento. Torka permaneció inmóvil, su rostro no experimentó la menor alteración, pero de nuevo sus sentidos le advirtieron de un peligro inminente. Se volvió, imitado por los dos hombres que tenía detrás. Aguzaron el oído y escudriñaron la lejanía mientras trataban de averiguar de qué dirección había provenido el sonido. En las lejanas montañas agobiadas por glaciares, los grandes lobos guardaban silencio. Torka se preguntó si también ellos se habrían dado cuenta de que lo que habían oído era algo más que el acostumbrado retumbar de una avalancha al desplomarse desde los elevados flancos frontales de los numerosos glaciares próximos a la llanura de la tundra.

Aquello había sido el sonido de algo *vivo*, algo que pasaba por debajo y bastante más allá de la cima donde se encontraban de pie los cazadores. Era algo que la ventisca y la distancia hacían invisible, pero era tan enorme que su paso produjo vibraciones en las capas de hielo e hizo que la tierra temblara. Su olor les alcanzó y lo aspiraron para tratar de definirlo, ya que sólo ellos, cazadores expertos, podían ser capaces de reconocer el olor de la vida en medio del pavoroso frío del viento del Ártico que abrasaba los pulmones. Su desarrollado olfato les permitió inferir que se trataba de un hálito tibio, de olor a carne viviente. El viento lo llevó hasta ellos, jugueteó con él, luego se lo volvió a llevar antes de que pudieran darle nombre.

Transcurrieron los minutos, largos, intensos. Los cazadores aguardaban, pero el sonido no se repitió. A Nap y Alinak se les hizo la boca agua. Tenían el estómago vacío y el hambre les hacía sufrir. A diferencia de Torka, no percibían amenaza alguna en el viento, ningún peligro en el amanecer. La fatiga había embotado sus instintos. En su mente sólo tenían cabida visiones relacionadas con lo que con tanta desesperación anhelaban ver: el *caribú.* Ansiaban ver vastos rebaños migratorios de hembras y de machos jóvenes, con los adultos siguiéndoles por separado, esparciéndose a todo correr por la tundra desde las distantes montañas en dirección a los lejanos territorios del este donde parían las hembras.

Los rebaños no aparecían. La pálida luna salió y se situó sobre el campamento de invierno que su tribu había instalado contra las violentas tormentas de la época de la larga oscuridad. Era una tribu reducida. Formado por menos de cuarenta personas, el grupo había trabajado hombro con hombro para cavar pozos que les sirvieran de vivienda en la helada tundra, para levantar tejados en forma de cúpula con pieles de bisonte sobre armazones de costillas de mamut. Con provisiones de reserva para hacer frente a los largos y oscuros meses venideros, se instalaron allí para esperar el retorno de la estación de la luz.

Como siempre, habían acampado a lo largo de una ruta conocida de migración de caribúes, seguros de que antes de que pudieran llegar a pasar hambre volverían los rebaños para alimentarles. Los caribúes, sin embargo, no habían regresado. El invierno había sido el más riguroso de cuantos recordaban los miembros más ancianos de la tribu. Tras un corto deshielo, el frío apareció de nuevo y las tormentas se cebaron contra ellos desde el norte, con la furia de lobos voraces. A pesar del clima, los cazadores habían salido todos los días en busca de presas, sólo para regresar con las manos vacías. Sus provisiones no tardaron en agotarse. Las mujeres fijaban su mirada atónita en las trampas vacías, mientras la leche se secaba en sus pechos y sus pequeños lloraban sin cesar. Barreras hechas con huesos de las patas de antílopes de la estepa, levantadas por los niños al comienzo de la estación, no sirvieron como otras veces para confundir y atrapar más aves de vuelo bajo, como la perdiz nival de blanco plumaje invernal. Teenak, la mujer más joven del jefe, para impetrar la gracia de los espirítus a fin de que los caribúes regresasen, les ofreció en sacrificio a su hijo recién nacido, completamente desnudo. Compasivos, los espíritus del cielo se habían llevado el doliente cuerpecito de la criatura, junto con su alma. El pequeño se alimentaría en lo alto de las nubes, hasta que Teenak pudiera volver a alumbrarlo en tiempos mejores. Otras dos mujeres siguieron su ejemplo, pero aun así los caribúes no habían regresado.

Esta dramática situación había sido la causa de que los cazadores fueran enviados en busca de los rebaños. Hacía ahora tres días que éstos abandonaron el campamento, desplegándose en un desesperado afán por encontrar cualquier tipo de caza. Cada uno de ellos deseaba ser el primero en avistar los rebaños tan largo tiempo esperados y de los cuales dependía la tribu para todas aquellas cosas que eran imprescindibles para su existencia. No había carne más sabrosa, pieles más cálidas o más aprovechables, ni cornamentas o huesos más manejables. No había tendones más fuertes o más elásticos, ninguna grasa ardía más tiempo en la concavidad ovalada de las piedras que servían de lámparas. El caribú era el puntal en torno al cual giraba la vida entera de los nómadas de la tundra ártica. Sin el caribú, no habrían podido sobrevivir.

Alinak y Nap, mientras aumentaba la luz de la mañana enseñoreada por la nieve, miraron detenidamente en derredor. Los dos se preguntaban cuál habría sido la causa de que Torka se hubiera parado de golpe. No cabía duda de que *algo* se movía en medio de la niebla. ¡*Tenía* que ser el caribú! Cuando Torka había echado a correr hacia la cima, el optimismo hizo que ambos se sintieran convencidos de que, por lo menos, había divisado los rebaños. Entonces habían seguido adelante, envolviéndose en sus mantos de acecho para no perder un segundo, seguros de que Torka les conducía a la cima con el fin de dominar mejor el paso de sus futuras presas.

La mano enguantada de Nap asió con fuerza el asta de hueso de su lanza. Sobre sus anchos pómulos, sus ojos relampaguearon de placer anticipado. Se imaginaba de vuelta a casa, encorvado bajo una carga de carne recién cobrada, con el estómago lleno por primera vez desde hacía meses. El hombre sentía que su sangre se alborotaba.

Alinak compartía la visión de su hermano. Casi percibía el olor acre, húmedo, del estiércol de caribú, cuyas bolas resbaladizas sentía entre sus guantes mientras se veía frotando con ellas sus ropas para adquirir el olor de su presa, con el fin de introducirse en las filas del rebaño y abatir así con mayor facilidad a los caribúes en tanto Torka y Nap cazaban cerca de él.

Los hermanos se miraron y asintieron con la cabeza, comunicándose, sin hablar, sus pensamientos. La habilidad de un cazador del Ártico para entenderse sin sonido constituía un sexto sentido, como ocurría con todos los depredadores cuya supervivencia dependía de su habilidad para cazar en grupo o en manada. Hablar suponía alertar a la presa de su presencia; romper la concentración de los demás cuando comenzaba el acecho era impensable.

Fue el hambre, combinada con la fatiga, lo que puso la palabra en la lengua de Nap. No se dio cuenta de que había hablado hasta que el soplido del viento devolvió la voz a su rostro y le abofeteó con ella.

—Caribú...

La enormidad de su transgresión se le vino encima de golpe. Sofocó un jadeo de alarma, como si quisiera borrar lo dicho, pero era demasiado tarde. La palabra danzaba en total libertad de un lado para otro, zarandeada por el viento.

Estupefactos, Torka y Alinak guardaron silencio. Nap acababa de romper uno de los tabúes más antiguos del Ártico. Todos sabían que nombrar una cosa era darle el espíritu de la vida. Y los espíritus de la vida tenían sus propias reglas del juego. Si eran convocados sin el adecuado ceremonial o cánticos de respetuosa alabanza podían considerarse ultrajados y buscar la forma de castigar a quienes les habían ofendido. En el caso de la cacería, tal vez no acudiesen para nada, castigando a los transgresores por medio del hambre. O también podrían transformarse en espíritus burlones, mitad de carne y hueso, mitad fantasmas... con garras y colmillos, invisibles y malignos... lo bastante grandes como para atrapar hombres y devorarlos... lentamente.

Nap se sintió enfermo. Podía ver el furor en la ancha cara de Alinak, sombreada por su capucha con cornamenta. La de Torka estaba hecha con el pellejo de un lobo grande, con la cola del animal cosida en ambos extremos para formar un collarín circular dentro del cual su cara era poco más que un pozo de oscuridad a la tenue luz de la mañana; pero Nap no necesitaba ver sus facciones enérgicas y regulares para saber que las oscuras cejas de Torka se extendían en una horizontal negra sobre sus expresivos ojos. Imaginó la bien formada boca de Torka abriéndose y mostrando los blancos dientes al exhalar un bufido que era mil veces peor que una reprimenda.

Torka no necesitaba decirle a Nap que lo que éste acababa de hacer era imperdonable. Su falta podía costarles la vida a los tres. Además, aunque se les brindase la posibilidad de regresar sanos y salvos al campamento de invierno de su tribu, la reputación de Nap como cazador quedaría arruinada para siempre. Sin embargo, Torka, tras un primer arranque de cólera reprimida, no podía condenar a Nap por el error cometido. Los tres estaban exhaustos, hambrientos y peligrosamente cerca de la inanición y del agotamiento total. Se decía que este estado alimentaba la luz de la imaginación. También se decía que el hambre provocaba el descuido de los hombres. En consecuencia, a cualquiera de ellos se le podía haber escapado la palabra ansiada y de este modo, sin darse cuenta, romper el antiguo tabú. Pero si Nap había desatado la presencia de algún espíritu burlón, indudablemente se trataba de una entidad que nada tenía que ver con la que Torka notaba al acecho. *Aquel* fantasma les había estado siguiendo durante horas, y fuera quien fuese, Torka estaba ahora más seguro que nunca de que no era ningún rebaño de caribúes.

Los tres cazadores permanecieron inmóviles. Los tres veían espectros, la sensación de peligro casi les hacía escucharlos, e imaginaban ver a la muerte acechándoles entre la niebla y el azote del viento.

Torka, erguido, sujetaba con una mano su cuchillo de caza y con la otra blandía su afilada lanza. Notaba el sabor a bilis en el fondo de la garganta al recordar las palabras del viejo Umak, el abuelo que, muertos sus padres, le había criado y enseñado a cazar: "Hay una luz que se enciende detrás de los ojos de un hombre cuando la muerte está próxima, al acecho, esperando que el cazador cometa el error definitivo. Sólo enfrentándose a la muerte podrá su espíritu vencerla".

Torka percibía ahora aquella luz. Quemaba las profundidades de sus ojos y transformaba su visión. Hacía que el mundo ardiera, que brillase, tan blanco y deslumbrante como el gran oso blanco del norte, y entonces pensó: "Lo que anda merodeando por ahí, sea lo que sea, tiene ahora el viento a su favor. Nos olfateará, y si es un oso, el hambre lo habrá enloquecido después de haber vivido varios meses de su propia grasa. Vendrá por nosotros, aunque estemos aquí arriba. Vendrá."

La inquietud recorrió su sangre, calentándola. A pesar del frío, se dio cuenta del acre olor que exhalaba su cuerpo a causa de la tensión. Deseaba que su abuelo estuviera con él en aquellos momentos. Alinak y Nap eran cazadores de primera, pero cuando el viejo Umak estaba junto a él, Torka siempre creyó poseer el valor y la destreza de dos hombres. Pero Umak se había lastimado una pierna al abatir un antílope de la estepa, en los comienzos de la estación. Ahora convalecía en la choza subterránea de Torka, en el campamento de invierno, en compañía de Egatsop, la mujer de Torka, la criatura que ésta acababa de dar a luz y su otro hijo, Kipu, de cinco años.

Kipu estaba cada día más pálido y débil. Y mientras tanto, su padre, Torka, el valiente cazador, estaba allí con la boca seca, asustado por una presa invisible cuya carne alimentaría a su hijo y salvaría a su gente de la inanición. Frunció el ceño, sintiéndose asqueado de sí mismo. Se preguntó qué clase de hombre era y por qué permanecía quieto y en silencio, cuando debería estar entonando los cánticos que atraerían a la presa desconocida hacia él.

Pero, ¿qué ocurriría si se trataba de un espíritu burlón? O peor todavía.. ¿si era un oso? Recordaba lo que el gran oso blanco podía hacer. Cuando Torka era todavía un niño vio a su padre zarandeado y desgarrado por aquellas garras enormes. Le vio morir mientras otros muchos resultaban heridos, hasta que, por fin, el enorme merodeador caricorto de los bosques pudo ser ahuyentado. Más tarde le encontraron muerto a consecuencia de las heridas sufridas en el campamento. Los miembros supervivientes de la tribu se lo comieron, mas el oso había destrozado diez lanzas y arrebatado la vida a tres cazadores y una mujer, la madre de Torka, llevándoselos con él al mundo de los espíritus.

Aquel recuerdo le encolerizó hasta el punto de tomar la resolución de apartar de sí el miedo. Umak se había enfrentado a aquel oso. El valor de Umak le permitió asestar el lanzazo mortal. Ni siquiera el gran oso blanco había sido tan intrépido como Umak. "Y yo soy Torka", se dijo. "Soy el hijo del hijo de Umak. Puedo ser intrépido. También yo tengo un hambre voraz, después de vivir varios meses de mi propia reserva de grasa."

El viento había amainado algo, sólo soplaba a ráfagas, debilitada su potencia mientras la mañana se enseñoreaba de la tundra y desterraba los terrores de la oscuridad. Los ojos negros de Torka recorrieron el terreno cubierto de nieve, en busca de un oso que no estaba allí. Nap y Alinak, en lontananza, fijaban su mirada atenta convencidos de que los espíritus burlones cobrarían forma y se arrojarían sobre ellos para arrebatarles la vida. No obstante, para su infinito alivio, allí sólo estaba la acostumbrada y solitaria tundra extendida a sus pies, con las montañas circundando el lejano horizonte y, en éste, la joya helada de un pequeño lago de aguas poco profundas, centelleante en los fríos colores de la mañana. El lago se encontraba en la base de las estribaciones empinadas del extremo de una morrena formada sin duda alguna por el reciente deshielo y posterior congelación. Un enorme terraplén de piedras desperdigadas y restos de rocas aparecía al pie de un glaciar. Y atascado en un extremo del lago, semejante a una costra negra sobre el hielo, había un cadáver cuyo color era inconfundible. Rojo. Rojo oscuro, el color de la sangre manando de una herida.

Los cazadores resoplaron al unísono, sin acabar de creérselo. Olvidaron los temores y la cautela de la noche. El hambre controló por completo sus sentidos al darse cuenta de que al fin habían encontrado suficiente comida para hartarse, y que después todavía quedaría más que de sobra para llevar a su gente hambrienta.

Torka rió aliviado. Al parecer, sus instintos le habían fallado. Se había comportado como un auténtico imbécil. Lo único que le había acechado durante la noche fue la bestia de su propio temor. La luz encendida en lo más hondo de sus ojos tan sólo había sido el reflejo de aquel miedo.

—¿Lo ves? —inquirió Alinak quedamente, como si no se atreviera a dar crédito a sus ojos y temiese recibir una respuesta negativa.

—¡Lo veo! —afirmó Torka, y le dio nombre a lo que yacía delante de ellos, sin duda muerto, recién congelado en el hielo, esperando que lo cogiesen—: ¡Es un mamut!

Nap se mostraba entre contrito y avergonzado, pero Torka se le acercó y le propinó una amistosa palmada en la espalda, como diciéndole que todo iba a salir bien. Nap *había* roto un tabú, pero daba la impresión de que los espíritus lo iban a pasar por alto.

Dejaron atrás la cima, dirigiéndose al lago a paso ligero, gozosos por la luz matinal, liberados de los terrores de la oscuridad. Bendecían al espíritu, quienquiera que fuese, que engañó al mamut y lo precipitó al tremedal a la orilla del lago durante el último deshielo; adivinaban que su propio peso le había cogido en una trampa y que su muerte debió producirse por hambre o por las tormentas que siguieron al deshielo y fueron la razón de que el lago se helara de nuevo.

Mientras corrían entonaban estrofas de gratitud a los espíritus. Aunque la carne del mamut lanudo no era su favorita —tenía un sabor amargo, debido a las ramas de picea que eran su forraje preferido—, los tres hombres hambrientos no pensaban hacerle ascos. Tampoco sintieron curiosidad alguna acerca de los motivos que pudieran haber impulsado al mamut a desplazarse tan lejos de su hábitat preferido, el territorio de las colinas próximo a la base de las montañas. Sólo sabían que algo le hizo cambiar de rumbo para que ellos pudieran encontrarlo. En su recorrido pronunciaban conjuros destinados a apaciguar el alma de la enorme bestia, cuya carne iba a servir ahora para salvar su vida y la de los suyos.

Estaban sin aliento cuando alcanzaron el lago y se detuvieron frente al cadáver del mamut. Éste yacía sobre un costado, con dos patas totalmente sumergidas, y la mayor parte de su gran cabeza empotrada en el hielo. Era una hembra descomunal y, cosa rara, los depredadores no la habían tocado. Deberían haberse extrañado, pero no lo hicieron. El hambre les había hecho abandonar toda cautela.

El frío había cedido un poco al aplacarse el viento, si bien a la sombra del saliente de la morrena y del imponente muro del glaciar que se alzaba detrás, la temperatura del aire era aún extraordinariamente baja. Las largas crines del mamut formaban dos columnas retorcidas de hielo encima de la piel igualmente rígida. Los cazadores tendrían que hacer acopio de toda su energía para llegar hasta la carne congelada, a través de las crines y del pellejo. Sin embargo, las evidentes dificultades no les preocuparon, ni tan siquiera se les ocurrió pensar en ello.

Sin vacilar saltaron encima del cuerpo del mamut hembra y empezaron a trabajar con sus lanzas, afanándose por dejar al descubierto las crines. A continuación empuñaron sus cuchillos, poniéndose a la tarea de cortar el pellejo. El cansancio no tardaría en calmar su excitación, a medida que arrancaban trozos de carne helada y chupaban la sangre, conscientes de que, a menos de que se produjera otro deshielo, la carne del mamut se pondría tan dura como una roca. Necesitaban instrumentos más adecuados que los que entonces tenían para cortar suficientes trozos que llevar a su gente. Irían, pues, al campamento de invierno y traerían lo que necesitaban. Entretanto, uno de ellos se quedaría de guardia para ahuyentar a los depredadores.

Mientras permanecían en cuclillas sobre el cuerpo del mamut, tratando de decidir quién debería quedarse y quiénes marcharse, una sombra cayó sobre ellos. En un primer momento no le prestaron atención. Se encontraban precisamente a la sombra de la morrena y lo que caía sobre ellos parecía ser tan sólo una prolongación de esa sombra.

De pronto, Torka tuvo la sensación de ser vigilado. Alzó la cabeza y su mirada se clavó en los ojos de la muerte.

Un mamut macho, con una alzada de unos cinco metros y medio hasta la cruz, estaba allí, plantado sobre sus poderosos miembros, con media tonelada de marfil en sus largos colmillos, encorvados hacia arriba y hacia afuera. Casi de la misma longitud que la altura del animal, los colmillos tenían las puntas descoloridas, ya que, devorador empedernido de forraje, las había utilizado para rascar y desgarrar la frágil costra de la tundra tan profundamente como las hincaba en la carne de sus congéneres en más de una lucha por la posesión de una hembra.

Torka se levantó. *Aquello* era lo que había oído caminar por la noche. Sus instintos no le habían traicionado. Jamás hubiera imaginado que una criatura viviente pudiese ser tan enorme o tan amenazadora. Era una aparición, un fantasma escapado de las historias que los ancianos narraban en la oscuridad del invierno, al amor de la lumbre, en la Casa del Hombre. Historias de monstruos para asustar a los adolescentes, para enseñar el significado del peligro y explicar en toda su magnitud las terribles consecuencias de romper un tabú. La bestia que contemplaba a Torka desde lo alto de la morrena hacía que el gran oso blanco que éste guardaba en su recuerdo pareciera tan escuchimizado cómo una famélica liebre del Ártico. A su lado, el peor de los espíritus malignos resultaba menos temible que una perdiz nival debilitada por el invierno, aleteando en una trampa.

Instintivamente, Torka supo que el mamut era el macho de la hembra atrapada en el hielo, cuyo cuerpo trataban de descuartizar él y sus compañeros, cuya carne habían comido para alimentarse. Era el macho quien había mantenido alejados a los depredadores hasta que, por fin, se decidió a errar por las inmediaciones, sólo para regresar junto a su compañera en pos de los cazadores.

La gran cabeza del mamut se balanceaba hacia adelante y hacia atrás. Alinak y Nap le vieron entonces. Se encogieron boquiabiertos, sin atreverse a creer lo que veían, mientras llegaban hasta ellos las vaharadas de su rítmica respiración. Luego, de repente, se alzó sobre las patas traseras y azotó el aire. Su enorme trompa se levantó en tanto su poderosa quijada se abría para lanzar furiosos bramidos.

Torka nunca habría podido decir con exactitud cuál fue el momento en que el animal cargó sobre ellos. Sólo supo que súbitamente se les echaba encima, y que él, Alinak y Nap asieron las lanzas que habían puesto a un lado. De un salto bajaron de la hembra, resbalando y tambaleándose a lo largo del terraplén del lago cubierto de escarcha. Corrían enloquecidos en busca de salvación, pero no había adonde correr.

Torka oyó el alarido de Alinak, seguido de un estertor estrangulado. En las mentes de sus compañeros se abrió paso el espectáculo de su espeluznante muerte, pero ni Torka ni Nap se volvieron a mirar. Ya no podían ayudar a Alinak.

Corrían el uno junto al otro.

—Aléjate de mí, Torka —dijo Nap entre sollozos, dominado por el terror—. Es mi espíritu maligno. Viene por mí. ¡Busca un sitio alto! ¡Corre hacia la cima! ¡Yo le desviaré!

—¡Correremos juntos! —respondió Torka, aunque sabía que el consejo de Nap era prudente. Si se separaban para correr, la bestia no podría atacar a los dos al mismo tiempo. No obstante, si ambos corrían juntos y en zigzag hacia la cumbre, tal vez podrían marearla y ponerse ambos a salvo. Aquel mamut era el animal más grande que Torka había visto en su vida, pero de alguna manera sabía que era un mamut y no un espíritu burlón. Y los mamuts no podían trepar.

Fue esta certidumbre lo que le dio fuerzas para apretar el paso, para avanzar a grandes zancadas hacia la cima. Estaba convencido de que podrían salvarse, cuando, de pronto, vio que Nap se daba la vuelta en dirección al lago, justo donde el mamut se encontraba.

—¡No! —gritó Torka— ¡Corre conmigo! ¡Casi hemos llegado!

Pero Nap se detuvo. Permaneció plantado, mirando a través de la extensa tundra al lugar desde donde el mamut trotaba hacia ellos, con lentitud ahora, pero ganando terreno. Se había quedado quieto después de derribar a Alinak. Había arrastrado y pisoteado su cadáver, convirtiéndolo en una masa sanguinolenta dentro de la pesada funda de sus ropas. La sangre del cazador aparecía en su trompa, en sus colmillos, y también en los dedos de sus colosales patas. Tenía la cabeza gacha y sus orejas peludas se contraían como alas bajo las elevadas bóvedas gemelas de su cráneo. Miró a Nap, luego inclinó otra vez la cabeza, bramó y aumentó su velocidad del trote al galope, mientras avanzaba en línea recta hacia él.

Torka estaba paralizado.

—¡Corre, Nap! ¡Ahora! ¡Corre!

Por increíble que pareciera, Nap no corrió. Permaneció inmóvil frente a la carga del mamut, sin blandir su lanza hasta el último momento. Es posible que entonces, cuando olió el hedor del hálito de la bestia y la peste que exhalaba su cuerpo, desapareciera la superstición y comprendiese que lo que se abalanzaba contra él no era un espíritu maligno sino una criatura de carne y hueso, tan mortal como él mismo lo era. En aquel instante lanzó un grito y se volvió para escapar. Era demasiado tarde. El mamut le había asido con su trompa. Su arma cayó, enredándose inútilmente en el tupido y enmarañado pelaje rojo de la bestia. Fue arrojado al suelo y pisoteado, sus órganos reventados le salieron por la boca, mientras cada hueso, cada fibra de su cuerpo quedaban reducidos a una masa informe y gelatinosa.

Inmovilizado por el horror de lo que acababa de presenciar, Torka no reaccionaba. Seguía clavado allí, ensordecido por los retumbantes bramidos del mamut que celebraba su victoria sobre quienes habían profanado el cadáver de su compañera. Era como si el sonido de sus berridos penetrase la piel del mundo. La tierra tembló. En el interior de Torka, aquel sonido fue debilitándose para dejar paso a un furor incontenible que, poco a poco, ascendió y prendió una hoguera en el fondo de sus ojos.

El mamut le miraba fijamente. Sus ojos redondos estaban dilatados por el odio que sentía hacia el hombre. Su enorme trompa se levantó. Su gigantesco cuerpo osciló. El animal levantó una de sus descomunales patas y al dejarla caer de nuevo para golpear el suelo una y otra vez, parecía como si el mundo entero temblase.

Pero Torka no tembló. El propio terror le situaba por encima del miedo. La furia ponía sus nervios en tensión. Aguardaba, consciente de que ya no había escape posible para él. La cima estaba demasiado lejos. La muerte demasiado cerca. La luz que ardía en las profundidades de sus pupilas se tornó más brillante. Pensó en Umak y recordó unas palabras del anciano: “El cazador debe de afrontar la luz. Sólo si se enfrenta a la muerte podrá su espíritu superarla.”

Torka se enfrentó a la muerte. Con su cuerpo en equilibrio y sus armas preparadas, la esperaba. Y cuando, por fin, el mamut inició la carga, Torka no se apartó. Por el contrario, dio un alarido y salió a su encuentro.

Capítulo 2

El grito del cazador rompió la quietud del mediodía ártico. Era un grito vibrante como una lanza bien arrojada, elevándose en dirección al sol de tal forma que voló a través de la tundra cubierta de nieve como si fuera una perdiz nival que, asustada, batiese alas para escapar a toda prisa de los rigores del invierno.

Pero allí, en aquel lugar, no lucía el sol. La mañana llegó y ya se había marchado, y aquello era todo lo que quedaba del día. No existía cazador. No había lanza, ni un ave de blanco plumaje invernal que emprendiese el vuelo por temor a la muerte. Sólo había un hombre que gritaba en sueños bajo la techumbre de un refugio subterráneo, bajo el frío espantoso y la machacona oscuridad del cielo invernal asiático.

—¡Mirad! ¡Ya vienen! ¡No nos moriremos de hambre!

El júbilo impulsó al viejo a incorporarse en su estrecho jergón como movido por un resorte. En realidad sólo se trataba de un revoltijo de pieles de pelo largo muy usadas, extendidas sobre trozos irregulares de intestinos impermeables de caribú. Estos trozos, concienzudamente dispuestos, formaban, con el complemento de una especie de alfombra de cuero alquitranado, el solado de la pequeña cabaña. La fría humedad de la escarcha, en la cual había sido trazado el suelo, se había fundido convirtiéndose en légamo debajo de la cubierta impermeable. A pesar de ello, la humedad no llegaba a calar el camastro del viejo, ni tampoco la frígida oscuridad hacia mella en su cuerpo moreno y esquelético, arrebujado en las pieles de dormir. Desde la muerte de su mujer se había acostumbrado a acostarse completamente vestido. Ahora sudaba de excitación dentro de su túnica con mangas, confeccionada con piel de caribú, y de su chaleco de colas de zorro, meticulosamente cosidas en sentido vertical.

—Sí... —pronunció la palabra con reverencia dictada por su propio anhelo. Los caribúes estaban a punto de llegar. Saltaban fuera de su sueño para internarse en la oscuridad de la pequeña choza en una oleada tan desbordante que no alcanzaba a ver el principio ni el fin. ¡Caribúes! Ya era hora de que se decidieran a iniciar su migración anual de primavera a los territorios donde parían sus hembras. No tardarían en regresar los cazadores con comida para todos.

Los ojos del viejo, negros y saltones a la sombra de pesados párpados, se entornaron mientras sacaba la lengua para lamer de sus labios secos y agrietados la dulce grasa del caribú con tanta fuerza anhelada. Descansó sus manos, poderosas y descarnadas, sobre las pieles de dormir, apretándolas después. Sí; podía oír el estruendo producido por el rebaño al golpear la tierra con sus patas, acercándose cada vez más. Era una creciente y atronadora reverberación de vida que avanzaba hacia el pequeño valle donde su tribu había instalado su campamento de invierno. Sin duda alguna los caribúes procedían de los secretos cañones que les servían de refugio en las profundidades de las montañas circundantes, donde se cobijaron de las interminables tormentas de la estación de la larga oscuridad.

Sí; los caribúes estaban a punto de llegar. Y si no era así, ¿dónde estaban?

Repentinamente desorientado, el viejo ladeó la cabeza para escuchar, esforzándose por retener el sueño que se le esfumaba, llevándose con él la visión del caribú. El estrépito de las pezuñas de los animales se transformó en otra cosa, algo mucho más profundo, amenazador en cierto modo, aunque muy lejano. Al cabo de un rato, también aquello había desaparecido, y el anciano tan sólo oía el rugido de su propia hambre. Sus intestinos se retorcían y contraían provocándole espantosos retortijones. Era el dolor inmisericorde de la inanición. Hacía semanas que no había hecho una comida completa, y tres días que no había comido en absoluto.

—Las tripas de Umak hablan a través de su boca —la voz de la mujer sonó desdeñosa.

El rostro del hombre ardía de vergüenza mientras a través de sus greñas negras, todavía sin una cana, permitió que su mirada encontrara la de la mujer. Una vez más había vuelto a despertarla con sus escandalosos gritos para anunciar la llegada del caribú, gritos que sólo eran producto de las ilusiones disparatadas de un viejo.

—Si pudiéramos comer de los sueños de Umak, todos engordaríamos —dijo ella, contemplándole con sus enormes ojos negros, tan fríos e implacables como la noche ártica.

Sus palabras hirieron el orgullo del hombre. ¿Acaso había perdido su dignidad al mismo tiempo que la juventud? ¿Cómo podía avergonzar a Egatsop, y a sí mismo, permitiendo que ella se enterase de que padecía las punzadas del hambre cuando, por derecho, la mujer había comido la ración que le correspondía a él de las últimas provisiones de la familia?

Casi no podía distinguirla en la oscuridad. Sentada con las piernas cruzadas sobre las pieles de dormir que compartía con su compañero y sus hijos, había colocado varias pieles de pelo largo detrás de su cabeza, de forma que rodearan como una tienda su figura pequeña y compacta. Su hombre no estaba allí. Estaba sentada con su niño de pecho en brazos, mientras su hijito Kipu dormía a su lado.

Frente a ella, rodeada de guijarros, en medio del hogar. una pequeña piedra había sido colocada debajo del rescoldo. La piedra, recalentada, crujió y cayó rota en dos mitades. Este movimiento provocó que las cenizas de huesos quemados y estiércol se hundieran y esparciesen produciendo una pequeña fisura cuyo resultado fue incrementar el calor y la luz. Umak aprovechó la oportunidad y vio el rostro brillante de la mujer, rojo y dorado. A pesar del evidente aborrecimiento que expresaba hacia él, era el rostro de una mujer joven e indiscutiblemente bella: Egatsop, la mujer de Torka.

Otra piedra crujió en el hogar. Produjo una aguda explosión que sobresaltó al niño de pecho. El bebé se quejó soñoliento, luego siguió mamando con pequeños gorgoritos de satisfacción.

Egatsop continuaba mirando al viejo, con las comisuras de la boca hacia abajo entre su nariz menuda y el mentón puntiagudo. Sus ojos negros le fulminaron.

—Todos los cazadores han regresado sin carne. Todos menos Torka, Alinak y Nap. Si no vuelven pronto con lo que hayan cazado, la leche se secará en mis pechos. Entonces a este pequeño le ocurrirá igual que a los otros... será abandonado a los lobos, o a los perros salvajes, o...

—Los cazadores *volverán. Traerán* caza. Tus pechos *no* se secarán.

—¿Lo has visto en tus sueños, Espíritu Jefe?

—Sí; lo he visto... —le dolió la forma sarcástica con que ella le recordaba su título. Antaño se decía que él, Umak, era el mejor cazador de todos ellos, que podía comunicarse con los espíritus de sus presas y hacer que los rebaños de caza aparecieran o desaparecieran a su antojo. En la actualidad veía con penosa y creciente claridad, lo mismo que el resto de la tribu, que no podía dominar nada. En especial la lengua de la mujer de su nieto, la cual le contemplaba ahora con insultante frialdad.

—Los ancianos ven muchas cosas —dijo Egaptsop, con un bufido de grosera burla—; pero nunca ven con la claridad de la juventud, porque si fuera así deberían partir con los cazadores, ojear la caza, en lugar de consumir la comida de otros cuando son incapaces de buscarse la suya.

—Volveré a cazar. Mi pierna está casi curada.

—Casi no basta. Torka caza para ti. Torka siempre cazará para ti. Y le da a un viejo lo que debería ser para su mujer y sus hijos.

Umak se sintió agraviado por aquellas palabras, a su parecer injustas. A los cuarenta y cinco años era el miembro más viejo de la tribu. Sabía que muchos le consideraban ya caduco, pero él no se sentía *viejo.* Cualquier joven podría haber resbalado y torcerse una rodilla mientras perseguía y derribaba a un antílope de la estepa, como le había ocurrido a él a principios del invierno. Viudo recientemente, sin una mujer propia que le atendiera, había accedido a pasar el resto de la larga oscuridad con Torka. Desde los primeros días, dándose cuenta de que su presencia en la cabaña molestaba a Egatsop, se las había arreglado para que la mitad de todo cuanto Torka le proporcionaba fuera a parar a ella y a los niños. Comida, bebida, pieles. Cuando Torka protestó, él se limitó a señalar que sus necesidades eran menores que las de ellos. Y durante los tres últimos días, desde que Torka dejó el campamento, no había probado bocado, dándole a Egatsop toda su comida para que ésta continuase teniendo leche para el pequeño. Dolido, el hombre no pudo por menos de recordárselo.

La mujer emitió un gruñido. Le dijo que estaba obligado a entregar su comida. No sentía la menor gratitud hacia él, sólo desprecio.

—Hace mucho tiempo, anciano, que deberías haber dejado que tu espíritu fuera pasto de las tormentas. Torka ha sido demasiado amable contigo. Es una debilidad suya. Pero ahora el jefe ha dicho que si Torka y los otros no regresan pronto, tendremos que levantar el campamento y marcharnos sin ellos en busca de caza. Siempre será mejor que permanecer aquí para morirnos de hambre. Pero sin Torka para caminar a tu lado, ¿cómo te sostendrás en pie, anciano? Esta mujer no te ayudará.

Una vez más, las tripas del hombre se retorcieron. Pensaba en sus sueños poblados de caza. ¿Había sido la visión de un espíritu jefe? ¿O tan sólo la ilusión de un viejo hambriento, incapaz de cazar por sí mismo? El invierno había sido tan largo, tan frío, que quizá la nieve bloquease todavía los pasos utilizados por los caribúes para sus migraciones. Tal vez los rebaños no aparecieran aquel año. ¿Y qué pasaba con Torka? ¿Por qué no había vuelto aún? Él, Alinak y Nap formaban el primer grupo de cazadores que salió del campamento. Ya deberían haber regresado... si es que regresaban.

Por primera vez en su vida, Umak sintió el peso de sus años. Todos sus hijos habían muerto, así como su última mujer. Torka era todo lo que le había quedado para recordarle que los demás existieron. Torka, el pequeño Kipu y la recién nacida. El viejo adoraba a los niños, casi tanto como a Torka. Era consciente de que se había permitido profesar demasiado afecto a su nieto. Los años que habían pasado juntos crearon un lazo que ahora le asfixiaba al pensar lo que sería su vida si Torka no regresaba. Egatsop tendría otro hombre. Echaría a Umak de su choza y él se quedaría solo, sin cobijo. ¿Y a quién le importaría, en aquellos tiempos de hambre, que un viejo incapaz de cazar fuese alimentado? Sin duda el pequeño Kipu, pero el niño sólo tenía cinco años. Egatsop le prohibiría compadecerse de un ser inútil. Era una mujer práctica; le haría comprender que la supervivencia era de los fuertes. Los viejos, los débiles, los niños endebles con escasas posibilidades de convertirse en miembros cooperantes de la tribu no tenían derecho a ocupar un puesto en ella.

La desesperación era un viento helado y enloquecido que se revolvía en el alma del anciano. ¡Él *no* era viejo! ¡*No* era débil! Su pierna tardaba un poco en sanar, pero se *curaría*. ¡La rodilla sólo estaba torcida! Ya podía caminar, aunque cojease. Pronto estaría tan fuerte como siempre. Pronto.

—Pronto nos marcharemos de aquí —la voz de Egatsop era queda; no quería despertar a Kipu, ni molestar a la criatura que se había quedado adormecida sin soltar el pecho de su madre, mamando de vez en cuando—. Si Torka regresa, cuidará de ti, Espíritu Jefe. Caminará a tu lado kilómetros y kilómetros, y perderá parte de su fortaleza por ayudarte. Se ocupará de que Umak coma lo que debería ser para las bocas de su mujer y de sus hijos. Alguien que no es digno de vivir, *vivirá*. Torka lo verá. Luego, todos estaremos hambrientos porque Torka no tardará en estar demasiado débil para cazar.

La vergüenza invadió a Umak. No podía hablar. Sabía que ella decía la verdad y que los demás miembros de la tribu considerarían debilidad la bondad de Torka.

La mujer siguió con un canturreo apenas audible, dirigido ahora no al anciano sino al bebé dormido.

—Me estás extenuando, hijita mía. Ahora casi no queda leche para ti. Si los cazadores no vuelven pronto con caza, la tribu se marchará de aquí. Pero no te asustes. Duerme. Sueña. En este sitio donde te quedarás sola, los espíritus calmarán tu hambre. Sueña con eso. Quiero que sepas que, cuando vengan tiempos mejores, esta mujer te dará a luz de nuevo.

Muy lejos de la choza, en la fría oscuridad del mediodía invernal del Ártico, un perro salvaje ladró, y Egatsop escuchó atentamente, con el cuerpo en tensión.

—Aún está allí. Ayer se acercó más, lo bastante para tropezar con las trampas que las mujeres habíamos colocado para atraparle. Pero es listo y cauteloso. Necesita un cebo mejor que el que tenemos para abandonar toda precaución ante la esperanza de saciar su hambre.

Umak tiró de sus pieles de dormir para taparse los hombros huesudos. Temblaba. Sabía lo que ella iba a decir.

Egatsop meció a la niña dormida, que se agitó y gimoteó un poco.

—Vendrá por ti, sí. Ahora, cuando todavía tienes suficiente fuerza para llorar. Vendrá por ti. Un perro de buen tamaño, adecuadamente trozeado y bien cocinado, alimentaría a nuestra tribu durante muchos días. Todos entonarían alabanzas en tu honor. Tu muerte sería un acto de servicio en beneficio de la tribu. Esta mujer se sentiría orgullosa.

—¡Mujer! ¡No te atreverás a alimentar a los perros salvajes con esta criatura, con la descendiente de un hombre!

—¡La niña es de Torka, anciano, no tuya!

—¡Torka no lo permitirá!

—Torka no está aquí. Y aunque estuviera, sabría lo que esta mujer sabe. Dejó el campamento antes de que esta recién nacida fuera lo bastante grande para ponerle un nombre. Sin un nombre, todavía no tiene espíritu de vida. Sólo parace viva. Si la tribu parte en busca de nuevos territorios de caza, esta mujer necesitará de toda su fuerza para cargar con el bagaje que le corresponda. Egatsop no será la única mujer que abandone a su hijito a los espíritus. No me mires así, anciano. Sabes que no hablo a tontas y a locas. Egatsop sólo podrá engendrar más hijos si se mantiene fuerte. Alégrate de que yo no sea tan insensible como la mujer del jefe. Aunque dijera que los espíritus se habían llevado el alma y el cuerpo de su hijito, no fue así. La propia Teenak cogió el cadáver de su recién nacido. Ha servido de alimento a su familia durante muchos días.

Umak humilló la cabeza. Él, que en su juventud se enfrentó a un gran oso blanco y lo mató, que siendo ya anciano había perseguido y matado un antílope de la estepa con sus propias manos desnudas, no soportaba oír las palabras de Egatsop. ¿Qué era lo que le pasaba? ¿Por qué sentía tanto odio hacia la mujer? ¿Por qué le inspiraba tanta repugnancia? Era una persona práctica y realista. Todos los hombres de la tribu envidiaban a Torka por haberla conseguido. Tenía razón en todo lo que decía, incluso en aquel momento. Era sensata, honrada y práctica. Y también fuerte. Sí; fuerte de mente y de cuerpo. En cambio, él era viejo y débil, menos digno de vivir que la niña de pecho sin espíritu a quien la mujer apretaba contra su corazón.

Ella vio su angustia y sonrió. Sus dientes eran pequeños y agudos, pero eran sus palabras las que se clavaban hondo.

—Vete, anciano. Entrega tu espíritu a la oscuridad del invierno antes de que Torka vuelva y te detenga. Vete. Vete, y esta mujer te jura que amamantará a esta criaturita mientras quede leche en sus pechos. Si te quedas, esta mujer jura que lo que tiene en sus brazos será ofrecido como cebo a los perros salvajes. Vete. Termina con tu vergüenza. Y con la mía. Y con la de Torka.

Umak no cogió arma alguna, ni víveres. Salió sólo con las ropas sobre los hombros y con las botas que por pereza no se había quitado al acostarse. Se envolvió en la pesada piel de bisonte que durante años había usado como manto de viaje. No la llevaba como protección contra el frío. Sólamente era algo con que ocultar su vergüenza.

Más alla de la choza subterránea, a la pálida luz azulada de la aurora boreal, contempló un paisaje que era tan salvaje, inflexible y hermoso como la mujer de Torka.

Torka. Sólo podía confiar en que aún estuviera vivo en alguna parte con Alinak y Nap, tal vez incluso en camino hacia el campamento, con caza para todos.

Pero no para Umak. No; él no volvería a comer.

Al atravesar el campamento pasó junto a otras pequeñas chozas en cuyo interior se protegía su tribu de las furiosas bocanadas del viento. No había nadie en el exterior. Podía oír sus voces. Ruidos de gente viva. Mas él ya había dejado atrás todo aquello. El futuro estaba allí, en aquellas pequeñas familias, con Egatsop y sus hijos, y con Torka, si aún vivía. Él, Umak, era el pasado.

Aceptaba la irrevocabilidad de tal verdad, si bien se preguntaba por qué se le hacía tan cuesta arriba. Siempre imaginó que sucedería. Tenía asumido que, si no resultaba muerto en una cacería, algún día, al despertar, *sabría* que era viejo, y que entonces su espíritu aspiraría a liberarse, y que él emprendería en paz el último viaje, igual que otros muchos lo habían hecho antes.

Mas ahora no experimentaba ninguna sensación de paz mientras caminaba, luchando contra la idea de que no quería morir. ¿Sería aquello mismo que otros habían sentido? ¿Cólera? ¿Frustración? ¿Una terrible sensación de engaño? Era como si su alma fuera la de un hombre joven, atrapada en el cuerpo de un viejo, arañándole las entrañas, introduciéndose en lo más hondo de su ser para intentar hacerse con el control de su lengua y de su persona: "Yo he vivido, amado, cazado y sufrido contigo toda mi vida. He sido tu espíritu jefe. He abatido al gran oso blanco y enseñado a los jóvenes a cazar como sólo yo, Umak, sé hacerlo. En tiempos de hambre, he compartido mi comida con todos los de mi tribu... ¿Cómo es posible que nadie se ocupe ahora de mí? ¿Van a tirarme a la basura como si fuera un hueso viejo? ¿Cómo no se dan cuenta de que desde las profundidades de mi espíritu, mi alma clama por la vida?"

Frente a él, una figura femenina surgió de la última cabaña del campamento. Era Lonit. La reconoció enseguida, a pesar de su abigarrada indumentaria, porque, si bien era poco más que una niña, ya era más alta que ninguna otra mujer de la tribu y tan fuerte y desgarbada como un potrillo nacido en la manada de caballos salvajes que recorrían la tundra estival.

Había salido del refugio de su familia para asegurar una de las correas que sujetaban y tensaban la techumbre de piel sobre las arqueadas costillas de mamut que formaban la estructura del tejado. Al ver a Umak, se detuvo como si comprendiera instintivamente cuáles eran los propósitos de éste.

Mientras el viento les azotaba a los dos, el viejo sintió fijos en él los ojos de la muchacha, aquellos ojos tan poco corrientes, de un color marrón claro, tan parecidos a los de un antílope, casi totalmente desprovistos del pliegue alargado de los párpados considerado por las mujeres y las jóvenes de la tribu como un toque de belleza. Umak sabía que la epidermis alrededor de aquellos extraños ojos estaba negra y azul a causa de la reciente paliza propinada por su padre. En realidad era sorprendente que la niña hubiera llegado a vivir lo suficiente para crecer. Desde la muerte de su madre, se había convertido en el blanco de los abusos de su familia. No cabe duda de que esto tenía algo que ver con su raro aspecto. Muchos decían que su padre, Kiuk, nunca debería haber permitido que una chica tan fea viviera en el primer hogar; sin embargo, Kiuk era un excelente cazador, lo que siempre era una buena baza para la tribu, y lo que hiciera con sus mujeres era cosa suya. De cualquier modo, Umak siempre había compadecido a la muchacha. Era una niña fuerte, decidida, que nunca se quejaba y que, por razones que él no lograba entender, se desvivía por ser amable con las personas muy jóvenes y las muy ancianas. Por un instante tuvo la seguridad de que ella iba a pronunciar su nombre, de que intentaría disuadirle de sus propósitos. Si lo hacía, echaría por tierra su resolución y estropearía aquel último acto de dignidad, avergonzándole para el resto de su vida. Pero la muchacha permanecía inmóvil al viento, y aquel instante quedó atrás; Umak pasó de largo en silencio, decidido a enfilar el último camino. La muerte le esperaba. Ahora la deseaba, por el bien de todos.

—¿Dónde está Umak?

El pequeño Kipu buscó a su bisabuelo cuando despertó. El viejo le había prometido ayudarle a perfeccionar su habilidad en el lanzamiento de huesos; se trataba de un juego que los hombres practicaban con palos obtenidos de los fragmentos de hueso inservibles para las mujeres. No había en toda la tribu un sólo hombre que aventajara a Umak en aquel juego.

El niño frunció el ceño. Echaba de menos a su padre. Le parecía que había pasado mucho tiempo desde que Torka se fue a cazar. Incorporándose, Kipu se frotó los ojos. El rostro de su madre tenía un aspecto extraño, inexpresivo. Estaba tan liso como una piedra de cocinar muy gastada, tan pulida como los huesos de tuétano astillados tras largos años de uso, sin un sólo detalle en su superficie. Las piedras de cocinar eran bonitas, relucientes; parecían fuertes, como si fueran a durar siempre, pero si se utilizaban en exceso o se las colocaba demasiado cerca del fuego, se agrietaban. Kipu pensaba en esto al mirar a su madre.

—¿Cuándo volverá Torka?

—Pronto —contestó Egatsop con total convicción.

El ceño de Kipu se acentuó. Si su madre hablaba con tanta seguridad, era porque en realidad dudaba de lo que decía. El niño ya había aprendido que ella se comportaba así cuando estaba asustada. Sus ojos oscuros recorrieron el interior igualmente oscuro de la cabaña; ni siquiera había suficiente grasa que ardiera en las piedras huecas utilizadas como lámparas. El niño deseaba con todas sus fuerzas que el invierno terminara. Aguardaba con verdadera ansia la llegada del verano.

—Umak ha prometido enseñarme a cazar un antílope —dijo en tono confidencial—. Cuando haya pasado la época de la larga oscuridad, Umak ha dicho que Kipu será lo bastante mayor para aprender a cazar como un hombre.

—Umak se ha marchado para entregar su espíritu al viento.

Kipu ladeó la cabeza, intrigado.

—¿Cuándo volverá? —preguntó. El niño la miró sobresaltado. Tenía cinco años, pero había nacido en una tribu de nómadas de la tundra. Un perro salvaje aulló a lo lejos y Kipu prestó atención. Se daba perfecta cuenta de lo que su bisabuelo había ido a hacer, así como de las razones que le impulsaban a obrar así. Las lágrimas se agolparon en el fondo de sus ojos. Adoraba a su bisabuelo. Le echaría de menos más de lo que era capaz de expresar con palabras. Sin embargo, no lloraría por él. Era hijo de Torka y pertenecía al linaje de Umak. Antes metería una mano en el fuego que permitirse llorar.

Egatsop le observó, esperando ver lágrimas, algún signo de debilidad. Se sintió aliviada cuando el niño, con los ojos secos se sentó en silencio, mirando al frente. Sabía que estaba pasando por un mal momento. La criatura que apretaba contra su pecho se agitó, y aunque Umak no lo hubiera creído jamás, contuvo una oleada de ternura hacia aquel pequeño ser, decidida a no dejarse ablandar. Si se veía obligada a abandonar a su hijita tendría que hacerlo sin que su ánimo flaqueara; de lo contrario, sería incapaz de dedicar toda su atencion a Kipu y a Torka.

¡*Torka*! Estuvo a punto de pronunciar su nombre en voz alta, con anhelo. ¿Dónde estaba su hombre? ¿Por qué no había vuelto junto a ella?

Capítulo 3

Sangre y dolor. Torka despertó a estas dos realidades mientras yacía inmóvil, angustiado y confuso.

¿Dónde estaba? ¿Por qué se encontraba solo? Recordaba haber contemplado la salida del sol, y ahora estaba oscuro. Y hacía frío. El viento era una constante fuente de sonidos que llegaban hasta él procedentes de la tundra. Escuchó. Durante largo tiempo fue lo único que pudo hacer. Le producía daño moverse, pensar; incluso respirar le resultaba penoso. Aspiró pequeñas dosis de aire, con tanto cuidado como hubiera sorbido un líquido si alguien le hubiese dado algo a beber.

Sed. En un limbo negro y penoso, su sed se volvió de repente más intensa que su dolor. Yacía boca abajo, con la mejilla medio helada sobre el suelo. Tenía la boca abierta. Podía notar el sabor de la tundra. Era salado y dulce, como si la superficie de la escarcha fuera la carne de alguien desollado vivo cuya sangre impregnaba su boca.

Sangre. Estaba relacionada con lo que le ocurría, con su dolor, y también con el hecho de que estuviera solo. A través de los cuajarones de sangre que había en sus pestañas, miró a lo lejos y súbitamente lo recordó todo.

El mamut.

Las muertes de Alinak y de Nap.

Y su propia muerte. Recordó su furiosa acometida. Lanza en ristre, había corrido en línea recta hacia el mamut. Al agachar éste la cabeza, se había aferrado a uno de sus colmillos. Mientras el animal levantaba la cabeza para desembarazarse de él, se había lanzado contra la musculosa cruz del mamut. Agarrado con una mano a su pelambrera, le había clavado su cuchillo una y otra vez hasta que, por fin, el monstruo logró atraparle con su trompa y zarandearle, catapultándole luego como si fuera una piedra lanzada con una poderosa honda. Al chocar contra el suelo, el hombre sabía que estaba muerto.

Sin embargo, por increíble que fuera, estaba *vivo*. Sufría dolores demasido terribles para no estar vivo. Su instinto le decía que el mamut se había ido. ¿Por que? ¿Por qué no había acabado con él como lo había hecho con Alinak y con Nap?

La respuesta le llegó al tratar de ponerse en pie. Apoyándose sobre las manos para hacer palanca, sobreponiéndose al dolor de varias costillas rotas, miró lo que había debajo de él. Lo que había saboreado era la carne de un ser humano desollado vivo. Era la masa sanguinolenta de lo que quedaba de Nap. El calor, que disminuía poco a poco, de su cadáver pisoteado, destrozado, había impedido que Torka, inconsciente, se congelara hasta morir; el olor de la sangre de Nap sobre el cuerpo de Torka, hizo creer al mamut que Torka, a quien inadvertidamente lanzara sobre el cadáver de Nap, estaba también muerto. Aplacado su furor, perforado apenas su grueso y peludo pellejo por las cuchilladas de Torka, volvió grupas y prosiguió su camino.

Con los sangrientos cuajarones de las entrañas de Nap sobre sus manos enguantadas, Torka se levantó, apartándose. Sentía náuseas; embargado por la pena, estuvo a punto de desmayarse. Nap le había salvado la vida dos veces en el mismo día; la primera cuando estaba vivo, y la segunda, muerto. A su regreso al campamento de invierno, Torka entonaría cantos de alabanza en su honor, y la mujer de Nap se sentiría orgullosa en medio de su aflicción. Torka se ocuparía de ello.

Si es que volvía al campamento de invierno. El viento arreciaba. Un tenue velo de nubes altas oscurecía la luz de la aurora boreal. Torka emprendía el retorno a su hogar a través de un mundo oscuro y frío.

Transcurrían las horas. Torka avanzaba como podía. Estaba débil, le dolía todo el cuerpo y, de vez en cuando, tenía que pararse a descansar. Una nieve menuda y seca empezó a caer casi al mismo tiempo que se topaba con las huellas del mamut. Como caminaba despacio, se dio cuenta de que avanzaba delante de él, siguiendo la ruta que él, Alinak y Nap tomaron días atrás, en sentido opuesto, al salir del campamento.

Sacudido por sollozos que a duras penas podía reprimir, en abierta lucha contra el viento y la debilidad que amenazaba doblegarle, Torka apretó el paso. Sabía cuáles eran las intenciones del mamut. El desdichado, el insensato Nap había tenido razón. El mamut *era* un espíritu agazapado y maligno, y su cólera no se había apagado. Olfateaba al Hombre. Seguiría su rastro hasta dar con el campamento de la tribu de Torka. Una vez allí, los mataría a todos.

Umak caminaba de noche, solo. Trataba de no preguntarse cuánto habría caminado o lo lejos que estaría del campamento; ese tipo de cosas ya no deberían de preocuparle. De cualquier modo, recordaba perfectamente el camino que había seguido, hasta el punto de ser capaz de regresar por donde había venido con los ojos vendados y en medio de una tormenta de nieve. La rodilla le dolía, pero no tanto como había temido. Después de todo, era posible que estuviese casi curada.

"No importa", pensó, "es hora de morir, no de vivir y sanar". "Para Umak estas cosas ya no tienen sentido."

Siguió andando, pero no podía por menos de asombrarse por su vigor, ya que, a pesar de ser un viejo consumido por el hambre, no estaba cansado. Avanzaba sobre la nieve con el paso lento, medido y seguro de quien se mueve con tanta facilidad como respira, con la marcha de un nómada cuyos pies le habían llevado de un lado para otro, a infinidad de lugares remotos bajo el inmenso y salvaje cielo del Ártico.

Miró hacia arriba. El cielo estaba repleto de nubes. Duras pellas de nieve no más grandes que partículas de polvo golpeaban su rostro. Sin saber cómo empezó a hacer pronósticos sobre el tiempo. No habría tormenta, pero el viento arreciaba. En unas pocas horas dejaría de nevar, el cielo se aclararía, y un frío tremendo reinaría en la tundra. Sería peligroso para cualquiera que no se protegiese de su inclemencia.

Umak se indignó consigo mismo. Frente a él se extendía la pendiente poco pronunciada de un altozano de la tundra. Era un montículo insignificante, azotado por el viento, pero ofrecería una bonita vista de la tundra a un hombre que se sentara en lo más alto, cediendo a las embestidas del viento mientras esperaba que la muerte llegase.

Así lo hizo Umak. Y el viento le acogió, hablándole de muchas cosas: de pasadas cacerías y de mujeres que fueron su orgullo, de hijos muertos mucho tiempo atrás, de... de todo menos de cómo morir. Ni siquiera tenía frío. Se le ocurrió que podía desnudarse. Eso sin duda aceleraría el proceso, pero no le parecía decorosa la idea de entregarse a la muerte dando diente con diente, con sus viejos huesos apuntando bajo la piel mientras todos los espíritus contemplaban el espectáculo verificando que ya no era el hombre que fuera antaño.

Se indignó de nuevo consigo mismo. Recobró la compostura y comenzó a cantar, a hacer de su vida una canción. El viento le transportaría al mundo espiritual. La muerte le oiría y sabría que había llegado la hora de presentarse. Umak ya no podía convocar a los espíritus de la caza. ¿Pero qué clase de espíritu jefe sería si no pudiera convocar al espíritu de su propia muerte?

Cantaba con brío. Era un ritmo atonal, un cántico en el que se mezclaban palabras y vibraciones de su garganta. Umak intentaba producir sonidos que armonizaran con el viento, pero no lo conseguía ni mucho menos. Aun así, insistió una y otra vez. Se le agotaron las palabras. Ahora el cántico era sólo sonido. Se aburría. Era probable que aburriera también a la Muerte. Se irritó sólo de pensarlo. ¡Él era Umak! ¿Qué otro cazador podía presumir de proezas más temerarias que las suyas? La Muerte debería de sentirse impresionada. Claro está que ni siquiera el espíritu jefe más grande del Ártico podía llenar con tantas historias la canción de su vida. ¿A cuántos grandes osos podía enfrentarse un hombre en el transcurso de su existencia? ¿O a felinos con dientes de sable, o a manadas de gigantescos bisontes en desbandada? Al fin y al cabo, él era sólo un hombre, a pesar de sus hazañas extraordinarias. ¿Qué era lo que la muerte quería de él? No se le daba bien inventar historias para alargar la canción de su vida; además, eso era un tabú que ningún hombre rompería por miedo a que su espíritu de vida fuese arrojado a las nubes. Reflexionó un buen rato acerca de ello, y decidió que quizá a la Muerte le gustaban tanto sus relatos que le instaba a repetirlos.

Umak lo hizo así, varias veces. Pero sus historias no atrajeron a la Muerte. Sí atrajeron, en cambio, a un perro salvaje. Se trataba del mismo animal que durante los últimos días había merodeado por las inmediaciones del campamento. Umak no se sorprendió al verle. El perro había evitado prudentemente las trampas que Egatsop y las otras mujeres colocaron para atraparlo. No cabía duda de que, al ver a un cazador aventurándose a salir del campamento, el perro decidió seguirle considerándole una posible presa.

Ahora estaba muy próximo al anciano. Era un animal grande, lobuno, con una máscara de pelaje oscuro rodeándole los ojos azules. Se movía a favor del viento, de forma que su perseguido no percibiera su olor. Umak, no obstante, sabía que estaba allí. Aunque continuara sentado sobre las piernas cruzadas, con las manos descansando encima de las rodillas, alzado el rostro hacia la bóveda del cielo cubierto de nubes, lo sabía. Y sonrió.

"No atacarás a traición a este viejo, Hermano Perro. Antes de que hagas presa en Umak, él te romperá los huesos para que su tuétano mantenga vivo el fuego de su vida."

No había hablado en voz alta. Sin embargo, el perro notó que había sido amenazado. Se detuvo, bajó la cabeza, metió la cola entre las patas y permaneció al acecho de la figura inmóvil, a la espera de descubrir el primer indicio de vulnerabilidad.

Umak no quería complacerle. Permaneció como estaba. Por el rabillo del ojo vio que el perro se sentaba sobre sus patas traseras. A pesar de su tamaño, los largos y desproporcionados miembros del animal y su aire desgarbado revelaban su juventud. Era un macho joven, solitario, expulsado tal vez de su manada después de haber desafiado imprudentemente y sin éxito al jefe del grupo. Umak no sabía gran cosa sobre los perros. A su juicio se parecían mucho a los lobos, a los cuales se solía ver con más frecuencia. Eran animales sociables, que cazaban en manada y dependían del grupo para sobrevivir. Un perturbardor sentimiento de simpatía hacia el perro hizo que Umak se diera cuenta, amargado, de su propia situación. Joven o viejo, hombre o animal, ninguno de los dos podía confiar en sobrevivir mucho tiempo más, solos como estaban, cada uno por su lado.

No es que Umak pretendiera sobrevivir. No; estaba decidido a morir. Ahora, por vez primera, se movió justo lo necesario para echar una ojeada por encima del hombro al perro salvaje. ¿Sería aquélla la manera que tenían los espíritus de responder a la canción de su vida? Él había invocado a la Muerte. ¿Sería su liberador aquel perro salvaje, enmascarado, de ojos azules?

—¡Hummm! —la exclamación sonó tan fuerte y con tanta vehemencia que ambos, el hombre y el perro, se sobrecogieron.

El perro se levantó con un gruñido. Los dos parias se observaron mutuamente, y Umak, de repente, se encolerizó al reparar en el animal flaco hasta los huesos, en su afilado y rojizo hocico, en sus orejas tiñosas.

—¡Este anciano no ha vivido tanto tiempo para ser devorado por los perros! ¡Umak merece una muerte mejor! —Tras pronunciar estas palabras, se puso en pie de un brinco, alzó los brazos y, con un alarido, se precipitó en línea recta contra el perro.

El animal, aterrorizado, reculó, y sin perder el tiempo en ladrar o gemir, giró y se internó a todo correr en la noche a lo largo de la tundra nevada, desvaneciéndose por completo como si nunca hubiese estado allí.

El viejo se quedó largo rato con los ojos fijos en el sitio por donde había desaparecido. Se preguntaba si habría sido una criatura de carne y hueso o un espíritu. Las huellas del animal le respondieron. Había sido real, no cabía duda. Y con toda probabilidad, volvería incluso demasiado pronto. Entretanto, cabía en lo posible que hubiera ido a merodear de nuevo por las inmediaciones del campamento de invierno. Umak pensó en Egatsop y en la promesa qua ésta le hiciera de no abandonar a su hijita recién nacida en medio de la tormenta. Pensó en las otras mujeres que sí lo habían hecho. Se preguntaba si el perro salvaje había sobrevivido gracias a la carne de aquellas criaturas cuyas madres no habían sido tan prácticas como la mujer del jefe, la cual había alimentado a su familia con el cadáver de su propio hijo recién nacido.

Apretó los puños. Deseaba haber matado al perro. Hubiera querido disponer de sus lanzas, de un cuchillo al menos; pero no había cogido ningún arma. Su boca generosa se plegó en una mueca de enfado. Si el perro volvía, lo mataría sólo con sus manos. Sería su última proeza. Quizá a la Muerte no le aburrirían entonces sus historias y decidiría acudir a él de forma más digna que por medio de las quijadas de un perro famélico.

Pero el perro no volvió. Por extraño que pareciera, Umak le echaba de menos. ¿Qué sería lo que ahora le esperaba? Se encogió de hombros. Fuera lo que fuese, lo afrontaría, aunque apareciera furtivamente como sospechaba abalanzándose a traición sobre él cuando estuviera dormido.

Regresó a la cima de la pequeña colina y se sentó. El viento amainaba. La nieve había cesado de caer. Podía ver estrellas allí donde, sólo momentos antes, las nubes cubrían la oscuridad. Hacía un frío terrible cuando el viejo entonó de nuevo el cántico de su vida. Se congelaría poco a poco, y su espíritu quedaría libre de la envoltura de huesos y piel que le habían mantenido cautivo desde que nació. No sería mala una muerte como aquélla. La somnolencia empezaba a invadirle a medida que cantaba. Se sentía cómodo y abrigado dentro de sus gruesas prendas de vestir y gozaba de la protección contra el viento que le brindaba el manto de piel de bisonte en que se envolvía. Recordó que, con aquella misma indumentaria, había soportado muchos vendavales a la intemperie en plena tundra. Mientras siguiera con aquellas ropas no era probable, pues, que pudiera congelarse hasta morir.

Sin vacilar, se despojó de ellas, arrojándolas lejos de sí. El viento traspasó su ropa interior. Mordía su piel tan profundamente como podría hacerlo cualquier perro salvaje. Al respirar, quemaba sus pulmones. "Este anciano morirá ahora", pensó. "La muerte se lo llevará mientras duerme".

Se sentó. Esperaba a la Muerte. El tiempo transcurría con lentitud. Hacía demasiado frío para cantar. Demasiado frío para dormir. Pensó que el tiempo pasaría tal vez más rápido si ejecutaba una danza del espíritu. El movimiento activaría la circulación; sentiría más calor hasta que, por último, la Muerte haría acto de presencia y él se derrumbaría. Lo intentó por un momento, pero la rodilla le dolía, y le pareció estúpido danzar cuando no había nadie que le viera. Se hincó de rodillas sobre la pequeña colina, bajo el inmenso y salvaje cielo del Ártico, y aguardó estoicamente a que llegara el fin.

No fue así. Temblaba. Sus extremidades estaban entumecidas. Su pene se encogía y sus testículos se retraían hacia el cálido hueco del que descendieron cuando era un muchacho. Se le vino a la memoria su infancia. No parecía que hubiese pasado tanto tiempo. Los recuerdos volvían. El ayer estaba más cercano que el mañana.

El tiempo continuaba pasando. Umak no moría. Se sentó y, a la larga, acabó por reconocer que para alguien que había pasado la vida entera luchando contra el frío no era posible sucumbir a éste pasivamente, sobre todo cuando sus ropas de abrigo estaban tan cerca, al alcance de la mano. Las contempló mientras reflexionaba: "Este viejo tiene demasiado frío para dormir. La muerte le sobrevendrá durante el sueño. Umak se tapará con el manto. Se congelará... pero lentamente."

Hizo una tienda de campaña con el manto. Sin su túnica de piel de caribú y el chaleco de colas de zorra, sin sus pantalones exteriores y sus polainas, aún tenía frío; pero se había puesto las botas y los guantes. Resguardado del viento por el viejo manto, las dentelladas del frío se amortiguaban; dio unas cuantas cabezadas. Cada vez que abría los ojos creía estar muerto, pero estaba aún vivo. Refunfuñaba, fastidiado, y volvía a dormirse.

En cierto momento, antes de que amaneciera, sintió a la Muerte muy cerca. La llamó por su nombre, mas sólo el gruñido de un perro le recibió al despabilarse sin darle tiempo a responder y dejar que su espíritu se marchase.

El perro salvaje había vuelto y se mantenía a corta distancia del hombre. Sin duda había estado vigilándole durante horas, a la espera de que la Muerte llegase antes de iniciar él su acometida. Umak se ahogaba de furia.

—¡Estúpido animal! —le increpó—. ¡Este anciano estaba a punto de penetrar en el mundo de los espíritus! ¿Es que no podías esperar? ¡Umak *intentaba* morir! ¡De no haber sido por ti, mi espíritu estaría libre y tú podrías estar dándote un banquete con mis huesos inútiles! ¡Pero estos huesos no son todavía inútiles! ¡Y tú no devorarás a este anciano mientras esté todavía vivo!

El perro escuchaba. Tenía la cabeza gacha, las orejas echadas hacia atrás y las fauces entreabiertas. Su gruñido era ronco y amenazador.

—Grrr... —Umak le devolvió el gruñido—. ¡Lárgate! Si te acercas demasiado, este viejo te *comerá* a ti!

El perro no se movió. Su gruñido continuaba, como un tamborileo de peligro inminente, tan frío y preñado de amenaza como un viento del norte que soplase cada vez con mayor fuerza.

Umak no se dejó intimidar. El perro era grande, pero era también joven y flaco, y probablemente estaba tan extenuado como el hombre a quien había elegido para que fuera su próxima comida. La experiencia le decía a Umak que sabría arreglárselas para salir con bien de la amenaza del perro. Se levantó, y acto seguido se envolvió en la capa de bisonte con tal arte que su tamaño aumentó el doble. Gruñó de nuevo al perro y, al hacerlo, le dio un nombre al animal.

—*Aar* ... —gruñó el anciano.

Y el perro contestó "*Aarrr...*", pero no se marchó.

—¡Hummm! —emitió Umak, molesto por la situación. Mientras el perro no se moviera de allí, su cuerpo no consentiría que su espíritu le abandonara. Agachándose, cogió una piedra para lanzarla contra el animal. Su puntería era buena; el perro aulló y echó a correr. El esfuerzo realizado provocó el jadeo del viejo. *Estaba* muy débil. Estaba muriéndose. Y de golpe se asustó, porque supo que no quería morir.

Recogió sus ropas y se las puso; luego echó a andar. Ignoraba adónde se dirigía. Lo único que sabía era que caminaría hasta caer redondo. Y entonces el perro, que, con toda seguridad, le seguía, le atacaría. El perro, por ser joven, sobreviviría a un anciano. Ésa sería la muerte que le aguardaba. La muerte que Umak ya no deseaba.

El viejo y el perro vieron al mismo tiempo la presa muerta y abandonada por un lobo. Ambos se aproximaron, y el hambre que Umak tenía le hizo recobrar en un santiamén toda su energía y su audacia. Se movía igual que un joven, gritaba y manoteaba para obligar al perro a retroceder, hasta que éste retrocedió, aturdido. El animal, acobardado, contempló cómo se arrojaba el anciano sobre el antílope de la estepa mutilado. Umak gruñía y gemía de placer mientras saboreaba la dulce sangre de la vida, consciente más que nunca de que no quería morir.

Comía con tal ansiedad que no se dio cuenta de en qué momento se le unió el perro. Estaba ocupado en devorar un trozo de carne del anca, cuando se le ocurrió levantar la cabeza y vio que el animal comía a su vez, situado frente a él. Sus ojos se encontraron. El perro dejó de comer; su actitud era sumisa. Umak continuó devorando. El anciano, por extraño que pareciera, no deseaba echar al perro de allí. La carne cruda, casi congelada, estaba devolviéndole su energía; sabía que, de no haber sido por el perro, él estaría muerto en lo alto del cerro. Y el perro estaría comiéndose ahora su carne en lugar de la carne de la presa que compartían. Mientras seguía comiendo, se preguntaba si habrían sido los espíritus quienes le enviaron a aquel perro joven, famélico, para decirle que no deseaban la muerte de Umak. Pero, ¿por qué?

Se apartó de los despojos del antílope. Había saciado su apetito, pero no ocurría otro tanto con la curiosidad que despertaban en él las preguntas que se planteaba. Echó una ojeada al perro, diciéndose que se sentía lo bastante fuerte para apedrearle y desembarazarse de él. Era el momento adecuado de darle muerte, ahora que se mostraba confiado. Incluso pensó que podría servirle de alimento durante varios días y después llevar el sobrante a la tribu. Así podría demostrarle a Egatsop cuán equivocada estaba al juzgarle. La recordó dispuesta a utilizar a su propia hija como cebo para atrapar al perro. Frunció el ceño, asqueado, aborreciéndola. "No", pensó mientras miraba al perro, "tú no irás a ese estómago. La tribu ha expulsado a este anciano. En cambio, tú has devuelto a Umak el espíritu para vivir. Ahora que hemos comido de la misma presa, somos una única carne, Hermano Perro. Y Umak no comerá la carne de su hermano."

Poniéndose en pie, bajó la cabeza para contemplar al perro. Al notar la mirada del hombre, el perro le miró a su vez con sus ojos azules, rodeados de un antifaz negro. El animal percibió un cambio en el hombre. La actitud de éste revelaba un renovado vigor, una voluntad poderosa brillaba en sus rasgados ojos negros. Ya no constituía una amenaza. El hombre había permitido al perro compartir "su" caza. En el lenguaje instintivo y sin palabras de todos los animales que se agrupan en manadas, aquello equivalía a ser aceptado en el grupo. Aquellos que comían de la misma presa quedaban unidos para siempre por la sangre del animal, la cual era vehículo de vida. Depredador y presa jamás podían comer juntos. Consciente de que el hombre también lo entendía así, el perro se tranquilizó. Apartó los ojos de aquél y siguió comiendo a sus anchas. El hombre no le haría daño. Él tampoco haría daño al hombre. Entre los dos se había establecido un pacto. En adelante, ambos pertenecían a la misma manada.

Umak y el perro permanecieron junto a los restos del antílope de la estepa hasta dar buena cuenta de lo que quedaba. Era un animal recién muerto, sólo devorado en parte por los lobos que lo habían abatido. Cuando Umak, sentado, rompía el último hueso para chupar el tuétano, empezó a preguntarse cuál habría sido el motivo por el que los lobos abandonaron una carne tan suculenta.

Para Umak la cuestión era seria, porque los lobos eran tan frugales como los hombres y en consecuencia se llevaban y escondían lo que no habían podido consumir en el escenario de su cacería. Y aquellos eran malos tiempos para los cazadores, ya fueran éstos hombres o bestias.

La tenue mañana de la primavera del Ártico se oscureció. Era otra vez de noche. El viejo se arrebujó en su manto de bisonte, disponiéndolo a modo de tienda de campaña, y se durmió, con el perro salvaje a su lado, aunque no demasiado cerca. Ya no eran adversarios, pero tampoco amigos por el momento. Transcurrió la noche y amaneció de nuevo. Umak despertó y sonrió porque todavía estaba vivo y se sentía contento, aunque no estaba muy seguro del porqué.

Reanudó la marcha. El perro le seguía. Cuando se paró, el perro se detuvo. Al echar otra vez a andar, el perro continuaba a su lado. A la frágil luz de la mañana ártica, enfilaron la ruta que Nap, Alinak y Torka tomaron varios días atrás, al salir del campamento. Umak hizo un alto, preguntándose si los tres estarían de vuelta. Puesto que Torka formaba parte del equipo, Umak albergaba escasas dudas acerca de que no hubiera sido así. Su nieto era un cazador consagrado, un hombre de instintos extraordinarios. Algún día Torka sería un espíritu jefe, cuando Umak le hubiese enseñado todo lo que tenía que saber. Los dientes del viejo rechinaron. Recordaba que había sido expulsado, y que ya no podría enseñarle nada a Torka nunca más. Su nieto sólo sabría lo que ya había aprendido. No volverían a encontrarse jamás.

Al viejo le produjo tanta aflicción aquel pensamiento, que deseó que Torka *hubiera* muerto, para tener la seguridad de estar sólo en la tundra, expulsado de la tribu, sin volver a ver nunca a sus seres queridos. Aquello era la muerte.

La repentina excitación del perro puso fin a los negros pensamientos de Umak. Delante de ellos, varias huellas se cruzaban con las de Torka, Alinak y Nap. El perro daba vueltas en torno, olfateándolas. El viejo acudió a investigar.

Mamut.

No pronunció la palabra en voz alta, por temor a convocar al espíritu de la caza sin el ceremonial adecuado; pero desde luego se trataba de un mamut. Un solo mamut, y, a juzgar por el tamaño de sus pisadas, debía ser el mamut más enorme que Umak había visto en su vida.

Estudió las huellas. Las tocó. Las olió. Se cruzaban y volvían a cruzarse en distintos sitios de la ruta de los cazadores; esto sugirió a Umak que el mamut estaba siguiendo el camino escogido por los hombres al salir del campamento.

"Extraña conducta", pensó el anciano. Por lo general, los mamuts viajaban en reducidos grupos familiares dirigiéndose al monte bajo que se extendía al pie de las montañas lejanas, con las hembras y sus crías apiñados todos juntos, mientras los machos se mantenían solitarios o en pareja, reuniéndose con el rebaño sólo en época de apareamiento. Evitaban al Hombre.

Las pisadas del gigante solitario indicaron a Umak que se trataba de un macho enorme. De rodillas, tendió una mano para calcular el ancho de la colosal pisada. Relatos de antaño acudieron a su memoria, entre ellos el de una leyenda que los viejos susurraban cuando él era un niño pequeño. Hablaban de La Voz del Trueno, de El Que Hacía temblar al Mundo, de El Que Aparta las Nubes, de un mamut al que los hombres llamaban El Destructor, porque caminaba por donde ningún hombre podía seguirle, y porque cualquiera que se atravesara en su camino moría.

Encogiéndose de hombros, apartó de sí los recuerdos. Sonrió ante su propia necedad. La bestia de los recuerdos de su infancia era tan sólo una fábula. Los mamuts eran criaturas huidizas. Si aquel viejo mamut avanzaba en dlrección al campamento de la tribu, los días de hambre se habrían acabado para su pueblo. Los cazadores, que salían del campamento día tras día, le verían; oirían el ruido de sus pisadas haciendo estremecerse la tierra cubierta de hielo. Aunque estuvieran extenuados, la necesidad de saciar el hambre les haría fuertes. Con la ayuda de sus armas y su destreza, sacarían fuerzas de flaqueza para matar a la bestia.

Se puso en pie, contento por su pueblo y triste por haber escuchado a Egatsop y escogido morir. Hacía años que no cazaba mamuts. Su experiencia podía ser valiosa para el grupo. Sin embargo, no podía retroceder; su decisión de caminar con la Muerte era, una vez tomada, irrevocable. Regresar después de haber emplazado a la Muerte, podía provocar que la Muerte le siguiera y devorase a los espíritus de vida de la tribu entera.

No quiso seguir pensando en ello; era demasiado horrible. Le gustaría ayudar, decirles que un mamut del tamaño de una montaña andante iba hacia ellos.

—¡Hummm! —exclamó en voz alta, sin darse cuenta de que le estaba hablando al perro—. No necesitarán a este anciano. Un mamut tan enorme como una montaña, también será tan viejo como una montaña. Tal vez, igual que Umak, vague solo a la espera de morir. Estará débil. Será fácil de matar.

El perro le miraba. Y con tanta claridad como si el animal pronunciase las palabras, Umak leyó su pensamiento y se desazonó. ¿Acaso no le había enseñado su propia experiencia que no todo lo viejo es necesariamente débil... o fácil de matar?

Cayó la noche, y el viento que en ella reinaba era espantosamente frío. Protegido por la tienda de campaña que con tanta maña se preparara con el manto de bisonte, Umak rememoró pasadas cacerías y gloriosas batallas libradas contra ejemplares de caza mayor. Empezó a cantar. El viento arrebataba sus palabras y las silbaba a través de la tundra.

El perro escuchaba. Se había acostado cerca del hombre, aunque no demasiado, hecho un ovillo para defenderse del viento, con el hocico debajo de la cola, entregado a sus propios sueños, estremeciéndose de vez en cuando por el recuerdo de sus propias batallas.

A una distancia no demasiado grande, el cántico de Umak resonó transportado por el viento, y Torka lo oyó, pero sin atreverse a creerlo.

Trató de levantarse y gritar, pero cayó otra vez, medio inconsciente, allí donde se había desplomado horas antes.

El perro salvaje oyó su grito. Su cabeza se alzó al tiempo que el pelaje de su lomo se erizaba. Umak también lo oyó, pero había sido un sonido tan rápido e inesperado que no pudo identificarlo.

Dejó de cantar. ¿Habría sido proferido el grito por una presa o por un depredador? Incapaz de responder a la pregunta, todos los recuerdos de su juventud se desvanecieron. Volvía a ser un anciano, solo, desarmado, que aguardaba a la muerte en la oscura y salvaje tundra. ¿Habría oído tal vez la voz de la Muerte?

Se levantó y echó hacia atrás la cabeza, con el mentón apuntando al cielo en actitud desafiante. ¡El era Umak! No se asustaría. No obstante, a pesar de todos sus esfuerzos, notó que sus manos se doblaban al ir a coger sus armas. Tenía la boca seca y sintió en la garganta un sabor ácido que, sin duda, estaba estrechamente relacionado con el miedo. Estaba asustado. Era viejo; estaba solo y extenuado, pero no quería morir. La muerte debería haber acudido cuando la llamó por primera vez. Pero no luego. Ahora, el deseo de vivir era en él muy poderoso. Sus ojos entornados para defenderse del viento brillaron resueltos. Su mentón dejó de apuntar al cielo. Se dijo que si todavía era el espíritu jefe que fue en otros tiempos, lo mismo podía despedir perfectamente a quienquiera que hubiese llamado antes.

Empezó a cantar otra vez. Era una canción nueva; una canción entonada a pleno pulmón. El ruido siempre expulsa a los espíritus del miedo de las entrañas de un hombre. A lo mejor también serviría para echar a la Muerte con cajas destempladas. Pero la canción de Umak se dispersó en el viento de la tundra y llegó hasta Torka, quien reconoció aquella voz aunque se encontraba al borde mismo de la inconsciencia. Oírla avivó las brasas mortecinas del espíritu de vida del joven cazador, infundiéndole una nueva esperanza en medio del dolor y la desolación.

—¿Umak? —*Sí*, hubiera reconocido aquella voz amada en la más oscura de las noches, en la peor de las ventiscas, en el más atroz de los vendavales—. ¡Umak! —gritó el nombre contra el viento.

Umak lo oyó.

Con el perro al trote delante de él, el anciano no tardó en dar con su nieto. Se arrodilló para acunar a Torka entre sus brazos, mientras escuchaba su relato de sangriento terror.

—Umak... padre de mi padre... tienes que avisar a los nuestros... tienes que regresar a tiempo... —las palabras de Torka salían entrecortadas de sus labios, en tanto luchaba por no perder la conciencia. Instantes después se desmayó.

El anciano le estrechó contra su pecho, sosteniéndole. Allí, bajo la oscuridad invernal, Umak supo al menos cuál había sido la razón por la que la Muerte no acudió para apoderarse del espíritu de un viejo: ya se había alimentado con otros espíritus de vida más jóvenes y también más débiles. Y ahora, con Torka gravemente herido, comprendió que bajo el disfraz de la voz del Trueno, de El Que Hacía Temblar al Mundo, de un gigantesco mamut lanudo al que los hombres llamaban El Destructor, la Muerte, la cazadora definitiva, se dirigía hacia el campamento de invierno de su tribu.

Sólo quedaba un viejo para detenerla.

—¡Y este viejo lo intentará!

Capítulo 4

A través de kilómetros y kilómetros, a través de lo que quedaba de la larga noche, Umak avanzaba hacia el campamento dando traspiés, con Torka desvanecido sobre su espalda y el perro a su lado. El alba aún no asomaba en el horizonte cuando él se detuvo jadeando de fatiga, obligándose a aspirar grandes bocanadas de la oscuridad como si se tratara de una comida que pudiera alimentarle.

No fue así. Permaneció encorvado, con el peso muerto de Torka cruzado sobre sus hombros mientras los lobos aullaban en lontananza y, en lo más profundo de su ser, la voz de la extenuación le aconsejaba: "Anciano, tu meta no está lejos. Sólo a unos cuantos kilómetros. Pero la rodilla te duele y el cuerpo te falla. Nunca lo lograrás; no con Torka a la espalda".

No podía decir a ciencia cierta si aquella voz respondía a la verdad o si era fruto de su propia conveniencia. Sólo sabía que no abandonaría a su nieto, no mientras quedase en cualquiera de los dos un soplo de vida.

Notó los ojos del perro salvaje fijos en él, estudiándole, y recordó la censura de Egatsop, la mujer de Torka. *Debilidad.* Sí; ella lo hubiera llamado así. Él era consciente de que *tenía* que regresar al campamento de su tribu lo más rápidamente que pudiera. Le constaba que debería dejar atrás a Torka. Si Torka estuviera en situación de poder hablar, insistiría en ello.

—¡Hum! —exclamó el viejo, tras prestar atención al aullido de los lobos—. Lo que la Voz del Trueno no pudo matar, Umak no lo abandonará para que sea pasto de las bestias. —Hizo acopio de toda su energía y capacidad de concentración para seguir adelante. Acopló lo mejor que pudo sobre su espalda el cuerpo de su nieto y se dispuso a reanudar la marcha, dirigiéndose en voz alta al perro, a los lobos y a la remota distancia de tundra abierta que aún le quedaba por cubrir—. Este hombre es Umak, un espíritu jefe. Correrá en alas del viento y éste prestará celeridad a su avance. Umak estará pronto de vuelta a casa. Avisará a su pueblo. Se enfrentarán juntos al gran mamut. Celebrarán un banquete con su carne y aventarán su espíritu.

Y como *era* un espíritu jefe, le pareció que el viento arreciaba para impulsarle en su recorrido, que fortalecía sus miembros para mantenerlos en movimiento. Y así, mientras proseguía su camino tambaleándose, caída tras caída, levantándose una y otra vez, en su imaginación Umak volaba en medio de la noche, con un Torka ingrávido sobre sus hombros y el perro salvaje saltando junto a él a través del cielo.

Cayó sobre ellos en plena noche, como se presentaban todos los terrores auténticos, y en silencio, procedente de ese pozo negro donde es acunado el miedo y desde el cual se deslizan todos los horrores que evitan la luz del día. Llegó furtivamente, andando a favor del viento para que su hedor no le delatara. Lo único que le traicionó fue la presión de sus pisadas sobre la superficie de la escarcha.

En el interior de la choza subterránea de Torka, el pequeño Kipu se agitó en sueños. Era el sueño profundo que sobreviene al término de la noche, cuando los latidos del corazón se hacen más lentos mientras la sangre corre profunda y la mente descansa inerte y sin sueños.

A través de la sustancia caliente y negra de aquel sopor, una vaga e indefinida conciencia de peligro se deslizaba como ráfagas de viento a lo largo de la superficie negra de un estanque en una noche sin luna: invisibles, pero provocando sutiles temblores en sus profundidades. No había nada tangible que provocase temor... sólo la oscuridad, sólo el silencio, sólo el acostumbrado olor a mohoso de la cabaña y el suave roce, el golpeteo de la piel al chocar contra los huesos cuando ráfagas intermitentes de viento azotaban los muros exteriores de la cabaña.

El niño suspiró y cambió de posición debajo de sus pieles de dormir. Gimió suavemente, todavía profundamente dormido aunque no tan tranquilo como antes.

Egatsop le oyó. Con la criatura dormida y hecha un ovillo contra su pecho, yacía medio despierta, escuchando. Las ventanillas de su nariz se dilataron al captar el tenue olor a corteza de picea aplastada y sangre coagulada, en tanto una sensación de enorme peso y altura alteraba sus sentidos. Las paredes de piel de la pequeña choza cónica chocaban suavemente contra el armazón de costillas de mamut que la sostenían. "Sólo es el viento", dedujo. "Viene de las montañas lejanas donde hay bosques de piceas. Pero, ¿por qué ese olor a sangre?"

La mujer abrió los ojos y escudriñó la oscuridad al mismo tiempo que olfateaba el aire como un pequeño animal oculto en su madriguera, temeroso de que algo enorme y hambriento esté acechándole desde lo alto. Sin embargo, no pudo oír ningún movimiento extraño en el exterior. Si algún depredador rondase el campamento, los cazadores hubieran notado su presencia, persiguiéndole con lanzas y cuchillos mientras alertaban a las mujeres y a los niños con sus gritos para que se mantuvieran en lugar seguro. Pero los cazadores parecían dormir tranquilamente, cada cual dentro de su propio refugio.

Egatsop yacía con su hija recién nacida y su hijito, sintiéndose vulnerable y sola al carecer del calor y la tranquilizadora compañía de su hombre. "¡Torka!". Nunca le había echado tanto de menos. ¿Por qué no había regresado? Si no volvía pronto al campamento, Egatsop tendría que aceptar a otro hombre. El jefe de la tribu insistiría en ello. Una mujer no podía vivir sola.

Sintió un nudo en la garganta. Había otros hombres que la deseaban, pero ella no quería pensar todavía en eso. No en tanto existiera la posibilidad de que Torka estuviese aún con vida.

No quiso moverse. En el exterior había alguien o algo. Pero, ¿qué era? Trató de tranquilizarse, de pensar que lo único que caminaba en la noche era su propio miedo.

Una punzada de remordimiento le hizo lamentar por un instante su comportamiento con Umak. Si él hubiera estado allí, habría salido a echar un vistazo. Pero se había ido, y ella no se sentía triste en absoluto. Por razones que nunca había alcanzado a comprender, el viejo la consideraba indigna de ser la mujer de Torka y la madre de sus bisnietos. Se preguntó si ya habría muerto. Esperaba que fuera así; entonces recordó que los espíritus de los muertos siempre vagan alrededor del campamento hasta que un recién nacido reciba el mismo nombre que ellos, lo que permite su retorno al mundo de los vivos. Tal vez lo que la había despertado fuese tan sólo el fantasma del viejo Umak arañando la pared de pieles de la pequeña cabaña, con el propósito de entrar en ella y protegerse del frío.

Egatsop estrechó al bebé entre sus brazos con más fuerza. Por vez primera se alegraba de que no fuese varón. Ahora que el viejo había entregado su espíritu de vida, la tradición hubiera impuesto que la criatura llevase, si era varón, el nombre de Umak, con el objeto de que el anciano viviera de nuevo en el cuerpo del niño. Egatsop se estremeció de asco al imaginar semejante posibilidad: nada menos que el viejo Umak succionando nueva vida de los pechos de aquella que le había enviado a la muerte.

Como si se diera cuenta de los pensamientos de su madre, la niña dormida buscó sus pechos, encontró un pezón y lo aferró entre sus encías, calientes y duras.

Egatsop hizo una mueca de disgusto. ¿Ya se habría introducido el anciano en el cuerpo de la criatura? En tiempos, Umak fue un espíritu jefe, y de los buenos. Quizá recurriría a algún truco para volver al mundo. Egatsop recordó su tenacidad aferrándose a la vida, cómo se negaba a reconocer su edad o la gravedad de su lesión, y cómo se había visto obligada a avergonzarle para que se decidiera a entregar su espíritu al viento. De cualquier modo, ¿podría cualquier varón sentir tal avidez por la vida como para degradar su espíritu masculino destinándolo a vivir en calidad de hembra? No. Ni siquiera Umak haría tal cosa.

La pequeña emitió suaves gemidos de protesta. Egatsop no había mentido al decirle al anciano que temía quedarse sin leche. Era justo lo que empezaba a ocurrir. Si Torka y los otros no regresaban en la oscuridad del día siguiente, abandonaría a su criatura a la intemperie antes de privarla de la fortaleza necesaria para mantenerse con vida ella y su hijo.

Continuó acostada, sin moverse. Pensaba en cómo lo haría. "Sin ceremonia. Puesto que no tiene nombre, no tiene espíritu. No está viva. La suerte que corra no tendrá consecuencias. Esta mujer la llevará muy lejos del campamento. Esta mujer taponará su boca y su nariz con nieve, de forma que ninguno de los vivos sea perturbado por los gritos del que es abandonado para morir, desnudo, a la intemperie". Así era como lo haría; para la vida de su hijo y la de los miembros famélicos de su tribu. Aquella criatura serviría de cebo para los perros salvajes, mientras tuviera fuerzas para chillar haciéndoles caer en las trampas.

El olor a picea y sangre llenó de pronto el aire, al tiempo que la superficie de la escarcha se contraía como el cuerpo de un mosquito gigante al clavar el aguijón. Egatsop se incorporó sobresaltada. El movimiento paró, luego volvió a empezar con fuertes sacudidas. Eran pisadas.

Kipu se despertó y enseguida se incorporó, frotándose los ojos con los nudillos.

—¿Qué es eso? —su voz sonaba trémula, aunque se esforzara por darle un tono masculino, indiferente, como si su pregunta no fuese producto del miedo y de la curiosidad que sentía, sino una idea tardía, como un cazador que preguntase cortésmente a su amigo la clase de presa avistada por éste, cuando él ya había abatido todas las piezas que esperaba ser capaz de consumir a lo largo de un invierno entero.

Los ojos de Egatsop estaban desorbitados por el miedo. El niño vio el terror de su madre y reaccionó con valentía. A sus cinco años, se puso en pie, decidido a erigirse en protector de la mujer de su padre.

El olor a corteza aplastada de picea lo invadía todo. Kipu levantó la cabeza. Las ventanas de su nariz se dilataron. Aspiró el olor para tratar de identificarlo, como Umak le había enseñado; "Guarda el olor en lo más hondo de tu memoria, en el lugar donde quedan registradas las imágenes de un hombre". Pero Kipu no era un hombre. Era un muchachito. En su interior, el lugar donde se almacenaban las imágenes era un depósito que distaba mucho de estar lleno. Nunca había estado en las montañas lejanas. No había visto jamás un bosque ni ninguna especie de árbol.

Por su parte, Egatsop acababa de comprender que su temor estaba bien fundado. El hedor que llenaba las ventanillas de su nariz era no tanto el de la picea como el del animal que la comía. Un animal cuya dieta se componía casi exclusivamente de picea, de tal manera que su carne, su piel y su pelaje, al igual que su aliento, exhalaba el olor a aquel árbol rico en savia cuando se desplazaba desde los bosques lejanos a la llanura de la tundra.

—¡MAMUT!

Fue el jefe de la tribu quien lanzó el grito; un grito de aviso lanzado en el preciso momento en que la bestia rasgaba el cielo con su horrísono trompeteo.

Fuera de las paredes de piel de la pequeña cabaña, el campamento entero se llenó de alaridos de terror. Los gritos de las mujeres y el llanto de los niños asustados le dijeron a Egatsop todo lo que necesitaba saber.

La Voz del Trueno... El Que Hace Temblar Al Mundo... El Que Aparta las Nubes y Destroza las Vidas de los Hombres... la letanía de nombres prohibidos desfilaron por su mente mientras recordaba los antiguos relatos de terror. Aspiró el hedor del hálito del mamut, de su pelaje y de su piel ensangrentados y supo con absoluta certeza que la sangre que olía era la de Torka. El Destructor había matado a su compañero.

La bestia, loca de furia, iba de una lado para otro. Desgarraba y destrozaba cuanto le salía al paso. La mujer notaba los movimientos del animal en el suelo de su vivienda. Escenas surgidas de sus pesadillas de niña se agolparon en su cerebro mientras se levantaba de un salto, estrechando a su hijita contra su pecho, sin pensar ahora que la criatura carecía de alma. Ahora era real, era su hija.

Todo era demasiado real para ella, ahora...

Mientras Kipu reunía las lanzas abandonadas allí por el viejo Umak, lanzas que serían inservibles en manos de un niño, Egatsop le propinó un puntapié. El chiquillo cayó sobre el vientre; luego la madre se inclinó y con una mano le levantó de un tirón.

—Tenemos que correr. Si nos quedamos aquí dentro, eso nos aplastará.

Eso.

— ¡Yo mataré a ese mamut! —exclamó el niño con altivez, atreviéndose a pronunciar el nombre de su proyectada presa, forcejeando con su madre mientras ésta apartaba las pieles que servían de puerta a la cabaña, obligándole a salir a una noche a punto de desvanecerse. Kipu estaba furioso con ella; dio unos cuantos pasos y se volvió para decirle que él era ahora su único protector, que tenía que coger sus armas. Ella estaba quieta, todavía inclinada, sosteniendo con una mano la cortina de la puerta mientras miraba hacia arriba y detrás de Kipu. En su rostro había una expresión realmente extraña, y Kipu no comprendía por qué gritaba su nombre con una especie de alarido estrangulado, desfiguradas sus hermosas facciones por una súbita crispación.

Ella fue lo último que vio, ni siquiera la vio muy bien a través de la azul oscuridad de la madrugada ártica. Luego, por espacio de un segundo, todo se volvió muy brillante mientras algo le golpeaba desde lo alto y por detrás. Kipu ni siquiera tuvo tiempo de preguntarse qué era lo que le mataba.

Pero Egatsop lo vio. El gigantesco animal se detuvo para aplastar a su hijito con una de sus enormes patas y a continuación, se dirigió hacia ella. Egatsop hubiera podido correr, puesto que era pequeña y ágil. Habría podido esquivarle como una danzarina en un festín de caza, arrojándole al monstruo la criatura sin espíritu para frenar su acometida. Sin embargo, no lo hizo, no pudo. En aquel momento, cuando la mujer de Torka miró a los ojos de la Muerte, se esforzó por apartarse de su camino. Protegió a su hijita cubriéndola con su cuerpo, en un vano intento de salvarle la vida a costa de la suya propia.

El mundo era azul. Arriba, abajo, nieve, cielo, hasta el aire y los sonidos distantes de muerte y de terror, todo parecía azul. También Torka a lo largo de kilómetros y kilómetros, bañado en aquella luz azulada, como un hombre caído en una grieta glacial, precipitado a una sima sin fondo de hielo azul, desplomado mientras un compañero le llamaba en vano desde arriba, debilitándose su voz... debilitándose... hasta no quedar otro sonido que el de su propia respiración entrecortada, y gemidos, sollozos de terror mientras caía... y caía... con su cuerpo rebotado contra las paredes de hielo cada vez más angostas, hasta que...

—¡Torka!

Era la voz de Umak. Muy lejana, en lo alto de la hendidura, rodeada de una luz azulada, en cierto modo compartiéndola. El anciano le llamaba como si quisiera, mediante artes mágicas, detener la caída de Torka en la inconsciencia, devolviéndole al dolor de la realidad.

Torka yacía de costado sobre la nieve, con unos dolores insoportables. Precipitarse en picado hacia la muerte, caer en el abismo azul parecía preferible a un dolor semejante. Por un instante tuvo la impresión de que volvía a hundirse, pero Umak, que estaba junto a él en la nieve, lo impidió aferrándole con sus implacables manos enguantadas, y le sacudió después con fuerza.

—¡Torka! Tenemos que marcharnos. Pero la rodilla ya no responde a los poderes de espíritu jefe de Umak. Le ha fallado. Umak se ha caído, ya no puede seguir llevándote sobre sus hombros.

—¿Llevarme? —la palabra pronunciada por el joven cazador era más una protesta que una pregunta. Él era Torka. Ningún hombre le llevaría a cuestas. Ni siquiera Umak. *A no ser que...* Antes de que pudiera dar forma a su suposición cayó de nuevo en el abismo, sólo que esta vez no era azul ni estaba lleno de hielo, sino brillante y lleno de recuerdos punzantes que eliminaron en él todo vestigio de sopor.

Ayudado por Umak, se incorporó, medio desvanecido por el dolor; luego, sacando fuerzas de ese mismo dolor, se dijo que ya no lo sentía y casi llegó a creérselo. Se apoyó en Umak, en aquel cuerpo viejo y correoso, con un corazón en el pecho tan grande y poderoso como las firmes e inmutables rocas que servían de puntal a la llanura de la tundra. Torka siempre había hallado consuelo y renovados bríos sólo con acercarse a Umak, y ahora le sucedía lo mismo, mientras el alba desfalleciente se dejaba arrastrar por el resplandor de la aurora boreal, robaba su color e inundaba el mundo con la luz dorada de la mañana.

—¡Escucha! —ordenó Umak, y había algo en la voz del anciano que aguzó los sentidos maltrechos de Torka y le sacó del letargo causado por el dolor.

Escuchó el silencio de la mañana del Ártico, la anormal ausencia de viento, los latidos irregulares de su corazón, el jadeo del anciano y su propia respiración sincopada. Reinaba un silencio excesivo, extraño, como si sobre la tierra, bajo la capa del cielo, sólo quedaran con vida él y Umak.

—Hemos llegado demasiado tarde —dijo el viejo, sin que su voz sin matices denotara la angustia que sentía. Todo había sido inútil. Había llegado a un límite que cualquier otro hombre hubiera aceptado como el último de la resistencia humana. Pero él, Umak, había querido sobrepasarlo. Cargado con Torka, había recorrido kilómetros y kilómetros —de nuevo joven, fuerte, invencible— hasta el extremo de que el perro salvaje, jadeante, le había mirado incrédulo mientras se esforzaba por continuar corriendo a su lado.

Ahora el perro estaba echado en la nieve, no demasiado lejos, en la suave pendiente de una elevación de la tundra que se extendía sobre el pequeño valle donde la tribu de Umak instalara su campamento de invierno. Fue en aquella pendiente donde la rodilla del anciano le gastó una broma pesada a su fortaleza. Por muy espíritu jefe que se creyera, las rótulas carecen de espíritu y la suya se torció sin previo aviso. Cayó pesadamente; no pudo agarrarse a Torka como era su intención y ahora yacía en la nieve, maltrecho y sin aliento, aturdido.

El trompeteo del mamut despejó su cabeza. Sin embargo, no llegaron a sus oídos los gritos de terror de su gente; entonces comprendió que era demasiado tarde para avisarles. Levantándose como pudo, se acercó renqueante al punto más elevado de la loma y lo que vio le hizo caer de rodillas. Se había esfumado Umak, espíritu maestro y matador de bestias. Volvió a ser un viejo, viejo y sin nombre, que ya no se sentía invencible sino impotente. Humilló la cabeza; el silencio de la catástrofe de su tribu le agobiaba y deseó con todas sus fuerzas que su espíritu se fundiera con el de aquellos que habían muerto. Pero Umak ya había aprendido que la Muerte no quería nada con un viejo correoso ni con el cazador herido que yacía sobre la nieve, gimiendo en su delirio.

Se aproximó a Torka y se arrodilló junto a él; al poco rato le ayudó a levantarse mientras trataba de consolarle, robustecida su voluntad porque sabía que el joven le necesitaba. El anciano había llegado demasiado tarde para avisar a su pueblo del peligro, pero los suyos todavía necesitarían de la habilidad de su espíritu jefe como curandero, si es que aún quedaba alguien con vida. Este pensamiento le devolvió un poco de su propia estimación. Habló a Torka diciéndole que tenían que seguir.

El silencio continuaba y Umak escuchaba, sabedor de que el mamut se había marchado. Pronto, cuando la conmoción de su paso por el campamento hubiera saltado sobre la gente como una ola enorme y terrible, los supervivientes del desastre empezarían a llorar y a lamentarse. En bien de Torka, Umak intentaría no hacer demasiado alarde del placer que experimentaría al domostrar a Egatsop lo equivocada que estaba al no creer en su pericia como curandero.

Pero pasaban los minutos y el silencio proseguía. Mejor dicho, iba en aumento, se hacía palpable. Y, de repente, Umak supo la verdad, lo mismo que Torka, a su vez, la conocía.

El Destructor llegó y se marchó. Y en el mundo entero, bajo la capa del cielo inmenso e inmisericorde, Torka y Umak eran los únicos que quedaban vivos para oír la reanudada canción del viento y para escuchar el desolado lamento de un lobo solitario que aullaba en dirección a ellos desde el lindero del valle que se abría a sus pies.

Capítulo 5

Estaban sentados en silencio, con el oído atento a la canción entonada por un lobo.

Ni Torka ni Umak supieron cuál de los dos fue el primero en darse cuenta de que no se trataba de la canción de un lobo. Sin embargo, el perro lo supo desde el principio y se mantenía en pie, con la cabeza algo gacha y las orejas hacia atrás. Reconocía el sonido de una posible presa.

Umak se levantó lentamente, imitado por Torka. Éste se apoyó en el anciano mientras luchaba contra el dolor y el mareo. Logró sobreponerse y permanecer en pie, en medio del viento, que había girado y soplaba ahora del este, dirigiéndose más allá del valle, a través del campamento devastado, prestándole un nuevo acento a la canción del lobo, transformándola en lo que realmente era: los alaridos, el llanto enloquecido de una mujer.

Los dos hombres descendieron juntos al valle, seguidos a prudente distancia por el perro. No le prestaban la menor atención; Umak incluso se había olvidado de su existencia.

Los gemidos de la mujer cesaron, aunque a Torka le hubiera gustado seguir oyéndolos. El sonido de aquella voz le devolvía su vigor, hacía que el pulso le latiera con más fuerza, brincándole el corazón de esperanza. Estaba convencido de que era la voz de su mujer. Aunque estaba exhausto por el dolor y la pérdida de sangre, un nuevo día estaba amaneciendo. No había forma de saber cuántos de los suyos habían muerto y cuántos estaban heridos, pero Torka estaba vivo, con Umak a su lado. Egatsop le llamaba. Kipu le necesitaría. Los otros supervivientes, también.

Sin embargo, algo en su fuero interno le decía que era un insensato; Torka sabía que sus pensamientos eran divagaciones absurdas. Aun así, era incapaz de afrontar la verdad. Sus pensamientos eran como costras que cubrían una herida peligrosa. Le calmaban y mitigaban el dolor que sentía a cada paso que daba, o simplemente al respirar. Sin ellas, hubiera sucumbido a la locura.

Cuando, por fin, llegó a la linde del campamento y vio lo que su mente se negaba a admitir, Torka se detuvo. Miró y se dijo que en algún lugar, en medio de aquella espantosa carnicería y del ominoso silencio, los supervivientes esperaban..., su mujer y sus hijos esperaban..., pero las costras crujieron un poco y la herida que había debajo empezó a sangrar. Su próximo paso fue menos seguro.

Umak fue el primero en descubrir la forma de una mujer. Estaba arrodillada en el extremo opuesto del campamento asolado, en un sangriento lago de chozas derrumbadas y cadáveres esparcidos. El anciano miró por encima de ellos, no quería verlos, si bien la mayoría estaban aplastados e irreconocibles, con sus ropas tintas en sangre, acribillados además por los colmillos del mamut. El Destructor no se había contentado con matarlos; había aplastado, triturado y mutilado hasta que la mayoría de los que antes fueran hombres, mujeres y niños formaban ahora parte de la tierra de la tundra, fundidos con ella definitivamente en una repugnante mezcolanza, de tal modo que, en ciertos sitios, Umak no hubiera podido decir dónde terminaba la carne humana y empezaba la tierra.

La mujer se había arrodillado de espaldas a la carnicería. Se había cubierto con un chal de cuero y semejaba una pequeña tienda de campaña alzándose solitaria en medio de la devastación hasta que se movió, balanceándose hacia atrás y hacia adelante, como Umak había visto hacer con demasiada frecuencia a las madres cuando morían sus hijitos, apretando a los bebés contra su pecho, en un trágico intento de amamantarlos y devolverles la vida con sus canturreos.

Era lógico que Torka creyera que era Egatsop la que estaba sentada allí, con su hija recién nacida en brazos. Deseaba con toda su alma que lo fuera. Cruzó el campamento en dirección a ella. La cogió por los hombros y la levantó, volviéndola hacia él mientras pronunciaba su nombre. El manto cayó, llevándose sus ilusiones. No era Egatsop. Era una jovencita; era Lonit.

Con los ojos desorbitados, la cara sucia y densamente pálida a causa de la impresión sufrida, no sostenía a ningún niño sino que, en un gesto instintivo para protegerse, había cruzado los brazos sobre su pecho, balanceándose sentada mientras trataba de impedir que el horror se apoderase de su mente. Ya le había ocurrido antes, cuando los gritos de los suyos la hicieron despertarse en un mundo que se desplomaba a su alrededor. La choza de su padre se había derrumbado, aplastándola, o al menos así se lo parecía mientras las mujeres de su padre gateaban por encima de ella, chillando y abriéndose camino a través de una maraña de pieles y de huesos, abandonándola medio asfixiada. Oyó chillar a su padre y a los otros hombres; todos gritaban que era preciso reunir lanzas y cuchillos y hacer antorchas para expulsar de allí a "la cosa". Luego, la voz de su padre se había perdido; había demasiadas voces, confundidas en una masa de sonido. Sin embargo, "la cosa", imponiéndose a la batahola, se dejó oír y ella permaneció acurrucada, envuelta en sus pieles de dormir, atrapada debajo de la estructura derribada de la choza de su padre, incapaz de moverse, incapaz casi de respirar, con sollozos estrangulados de terror en tanto el mundo se estremecía una y otra vez, hasta que se hizo el silencio.

Salió como pudo de la choza para ver qué era lo que la había vuelto loca. Todos los suyos estaban muertos y ella se sentía contenta. ¡Contenta! Su mente estaba rebosante de recuerdos de amargura y humillación, de crueldad y falta de compasión. En los últimos tiempos, Kiuk se había acercado a ella en la oscuridad para pegarla, y aunque todavía no era mujer, la penetró porque como padre le asistía ese derecho. Hasta que otro hombre la solicitara, Kiuk podía hacer con ella lo que se le antojara. Desde que sus dos mujeres quedaron embarazadas y sus vientres crecieron de manera desmesurada, Kiuk la utilizaba para aliviarse. La montaba con saña, penetrándola hondo. Algunas veces Lonit pensaba que con aquellas embestidas pretendía alcanzarle el corazón y matarla. Él se descargaba una y otra vez hasta que los muslos de la muchacha resultaban magullados y el lugar por donde la penetraba en carne viva, tumefacto y ensangrentado por la brutal acometida del hombre. Ella no se había quejado nunca, ni siquiera cuando él la amorató un ojo porque le costaba realizar sus propósitos. Cuando terminó y se apartó, ella lloró en silencio, como había aprendido a hacerlo para que ni él ni sus mujeres la oyeran y acudieran a pegarla por molestarles. El papel de las hembras era ser silenciosas, fuertes y complacer a los hombres en todo cuanto quisieran. La muchacha lamentaba su torpeza para satisfacer a su padre cuando éste la montaba de noche. Su deber era darle gusto, pero nada de lo que hacía le complacía nunca. Y en adelante ya nada le complacería jamás. Estaba muerto. *Todos* estaban muertos. Y ella estaba *contenta*. De entre todos ellos, ¿quién se había mostrado amable alguna vez con ella? Sólo el viejo Umak. Sólo Torka. Pero los dos se habían marchado; tal vez estuvieran muertos como los demás.

Lo atroz de semejante posibilidad estuvo a punto de hacerla rodar por el suelo. En un instante, su alegría se trocó en un sentimiento de culpabilidad. Era una criatura infame. Su padre la despreciaba con razón. Todos tenían derecho a despreciarla. Y ahora estaban muertos, y sólo ella, todavía a medio crecer, un mísero remedo de muchacha, estaba viva para correr por todo el campamento y aullar como un animal enloquecido hasta desplomarse, incapaz de llorar o de gritar por más tiempo. Sin su pueblo, moriría. Sin la protección de la tribu, los enormes lobos, los osos y los leones caerían sobre ella para devorarla. Tal vez a ellos les gustase su carne. A lo mejor había nacido para correr precisamente aquella suerte.

Ahora contemplaba a Torka como si no se atreviera a creer que era real. La mirada vacía de la locura aparecía en sus ojos. Parpadeó, deseosa de arrancarse del borde de la demencia, de volver de aquel mundo obtuso en el que se había refugiado desde la marcha del mamut, dejando ruinas y despojos sangrientos a su alrededor, dejándola a ella sola sin la menor esperanza de supervivencia. Hasta aquel momento.

—¿Torka? —pronunció su nombre con voz entrecortada; sus rodillas estaban a punto de doblarse, pero ella las mantenía rígidas por temor y vergüenza a desmayarse delante de él. El hombre era *real*. El poderoso apretón de sus manos le decía que lo era. A ella la alegraba el dolor que sin querer la causaban. Estaba viva y Torka estaba con ella. No estaba muerto. *Había* vuelto a casa. Los espíritus *habían* escuchado las súplicas que ella, día tras día, les dirigía al ver que no regresaba al campamento junto con los otros. *Había* vuelto, como estaba segura de que lo haría, aunque los demás creyesen que no. Nadie lo había dicho con palabras, pero Lonit las vio flotar en el campamento como el humo de una fogata mal encendida. Un humo malo. Oscuro, manchado por cosas no quemadas, tales como la envidia, la codicia y el resentimiento. Torka había sido amigo de todos. Todos llorarían su pérdida. Muchos lamentarían la extenuación que les había dejado demasiado débiles para salir en su busca. Otros, en cambio, recordarían que él les superaba en tantas cosas que, si no regresaba, automáticamente serían mucho más valientes, fuertes y listos a los ojos de sus mujeres y de sus hijos... y a los suyos propios.

Así fue instruido el pueblo. Hacía mucho tiempo que ella lo sabía. Nadie debía destacar. Todos tenían que ser iguales, mantenerse a idéntico nivel para unificar la tribu, para existir en su seno con el único propósito de la supervivencia colectiva. La tribu era un organismo vivo, en funcionamiento, cuya fuerza dependía exclusivamente del conjunto de las partes que lo integraban. Por eso eran expulsados sus miembros débiles. Por eso los más dotados ocultaban su fortaleza, con el fin de impulsar a los menos afortunados a conseguir un nivel superior que todos estaban obligados a alcanzar. La experiencia demostraba que veinte cazadores buenos, resistentes, siempre volvían a casa con más caza que cualquier otro que actuase en solitario, por muy extraordinaria que fuera su habilidad y valentía. Torka lo había comprendido. Lonit le había observado desde lejos, maravillada al ver cómo se desenvolvía. Era como un corredor conteniéndose al final de una carrera, sabedor de haber ganado con excesiva frecuencia y demasiado fácilmente; en bien de los demás, se mantenía a la zaga para permitir que los otros conservaran su orgullo, sin darse cuenta de que esta deferencia les resbalaba. Torka era el mejor. Todos lo sabían. Lonit lo sabía; no recordaba ningún momento en que no le hubiera adorado.

Ahora, la vergüenza la invadía al levantar la cabeza para mirarle. Se daba cuenta del viento que soplaba a través del campamento devastado. La rodeaba, susurraba como para recordarle que era la única que quedaba con vida para pronunciar las obligadas y tradicionales frases de salutación de una mujer a un cazador de regreso a casa.

Su mente estaba en blanco. No se le ocurría que, ante un espectáculo como aquél, las palabras de bienvenida serían un escarnio; sólo sabía que no podía recordarlas. Su vergüenza aumentó. No era digna de estar viva cuando todos los suyos yacían muertos a su alrededor. Cuánto debía de odiar Torka la presencia de la fea y desgarbada Lonit, cuando su propia mujer estaba muerta, cuando *todas* las mujeres estaban muertas... todas las preciosas mujeres de cuerpos pequeños y compactos, de rostros iguales y bonitos, redondos y planos como lunas. Torka no querría ser saludado por alguien a quien deberían haber abandonado al nacer, de no haber sido alumbrada por la mujer favorita de Kiuk durante una temporada de caza abundante. Era tan fea que su madre no debería haberla amamantado, pero su padre lo permitió en un momento de debilidad para dar gusto a una pobre mujer, ninguno de cuyos embarazos anteriores llegó nunca a feliz término.

Su madre le había dicho que era hermosa. Lonit nunca entendió por qué. Desde el principio debió saltar a la vista que era diferente. Su rostro era ovalado, en lugar de ancho y redondo. El puente de su nariz no era aplastado, lo tenía grande para ser hembra. Y lo más imperdonable de todo: había nacido sin el pliegue de piel que cubría los párpados extendiéndose desde el lagrimal a las sienes. Además de ser una especie de escudo contra el viento y la luz deslumbrante de la nieve, el pliegue en cuestión era más que una exigencia para la belleza femenina; sin él, no se permitía que ninguna niña viviera. No obstante, Lonit había vivido a pesar de su deformidad. Su madre había suplicado para que le fuera impuesto un nombre, concediéndole de este modo un espíritu de vida. Kiuk consintió en ello. Pensaba sin duda que la niña vencería la fealdad. No fue así; por el contrario, creció sana y fuerte. A la muerte de su madre, las otras mujeres de su padre no la echaron a la calle. Kiuk sí lo hubiera hecho porque su fealdad le sacaba de quicio. Pero las mujeres siempre tenían algún trabajo que encargar a la niña. Para ella eran los fardos más pesados, las tareas más tediosas. Aun así, se sentía agradecida. Era indigna de una vida mejor. Más adelante, cuando llegara el momento de su menstruación, algún hombre podría llevársela para que fuera su mujer; un hombre mayor que ella, viudo quizá, o lisiado, o de alguna manera indeseable. Entretanto, Kiuk encontró la forma de utilizarla para sus propios fines. Pero aunque la larga oscuridad se presentó once veces y se marchó otras tantas desde su nacimiento, la niña todavía no había sangrado como mujer. Otras chicas de su edad ya tenían niños de pecho, pero eso no importaba. El deseo que Lonit tenía de vivir era muy poderoso. Era un hecho que en ocasiones le resultaba desconcertante, pero siempre recordaba las palabras de su madre moribunda:

"No eres como los demás, pequeña mía. Te llaman fea. Dicen que no hay sitio en la tribu para una muchacha fea. Por tanto, has de ser útil. Tienes que ser valiente. Y por encima de todo, has de ser fuerte. Si no lo eres, serás expulsada y tu espíritu caminará en medio del viento, los zorros irán en pos de los lobos para darse un festín con tus huesos".

Lonit escuchó. Aprendió. Supo hacerse útil. Se obligó a ser valiente. Sabía que mientras fuera fuerte siempre habría un sitio para ella en la tribu.

Pero ahora la tribu había desaparecido. Su padre estaba muerto, y sus mujeres, y todas las jóvenes, y todos los niños de pecho. Todos muertos. Y allí estaba ella, el miembro más despreciable de la tribu, sana y salva, incólume, tan fuerte como siempre. Se sentía confusa. ¿Cómo podía estar delante de Torka, el mejor de todos ellos, y osar dirigirle la palabra?

—¿Dónde está la mujer de Torka... su hijo... su hijita?

La jovencita se ruborizó al oír el sonido de su voz. Se dio cuenta entonces de que estaba malherido. Lo veía en su actitud y en sus ojos febriles. La voz del hombre sonaba extraña, distante y hueca, tan seca y quebradiza como huesos viejos. Lonit sabía que, cuando le contara la verdad, algo se rompería dentro de él.

Y así fue. El hombre sintió que algo sangraba en lo más hondo de su pecho. Instintivamente sabía que no aceptaría como ciertas las palabras de Lonit hasta que viese a Egatsop y Kipu con sus propios ojos. Y tal vez incluso entonces... No; no podía ser verdad.

Umak vigilaba a Torka y a la muchacha desde la linde del destrozado campamento. También él notaba la acometida del viento que soplaba a su alrededor. Entornó los ojos para protegerse del vendaval mientras escudriñaba el cielo y el lejano horizonte circundante. Las aves de presa ya habían encontrado el campamento. Aún era temprano, pero Umak sabía que, en aquella época del año, la oscuridad no tardaría en llegar y con ella, atraídos por el olor a tanta sangre, zorros, linces, perros salvajes y lobos.

A decir verdad, las perspectivas eran inquietantes. Los lobos, con sus anchas y poderosas mandíbulas, podían partir con facilidad el muslo de un hombre. Los agudos y fuertes dientes de los lobos estaban perfectamente dispuestos para quebrar los huesos a través de la piel y los músculos. Trató de no pensar en ello, pero los lobos caminaban dentro de su mente y minaban su valor. Por si fuera poco, a los lobos se sumaron otras visiones de enormes y voraces carnívoros: osos veloces de elevada talla, caricortos; leones de enmarañada melena; ágiles felinos con dientes de sable. Con sus afilados colmillos casi tan largos como el antebrazo de un hombre y unos ollares situados muy hacia atrás encima del hocico, estos felinos parecidos a los leones podían respirar mientras hundían la cara en su presa y succionaban la sangre de su víctima antes de que se desperdiciase al brotar de las heridas.

Umak se mantenía de cara al viento. Contra semejantes depredadores, sabía que un viejo, una jovencita y un cazador gravemente herido estarían prácticamente indefensos. No era conveniente permanecer allí. El viento se había estabilizado y era cada vez más frío. Umak percibía en él la amenaza de una tormenta. Él, Torka y Lonit tenían que rescatar lo que pudieran de las cabañas destrozadas y encontrarse lejos de allí a la mañana siguiente, resguardados de los depredadores y de la tormenta en algún refugio improvisado, con los objetos para una nueva vida recogidos de entre los restos de la antigua.

Umak frunció el ceño. No sería tarea fácil convencer a Torka y a Lonit. En realidad, a él tampoco le convencía aquel arreglo. A los vivos no se les permitía reclamar las pertenencias de los muertos, ya que hacerlo supondría despojar a los espíritus que habían partido de sus armas, útiles y techo en el mundo espiritual. Errarían a través del viento por siempre jamás, incapaces de dormir o descansar, dedicados a dar caza a aquellos que les robaron hasta que también ellos se convirtieran, a su vez, en espíritus. Pero, ¿qué clase de vida sería la de ellos tres si no se llevaban aquellas cosas? Tal vez si entonaban los cánticos adecuados, los espíritus entenderían... Ésa sería la tarea de Umak en su calidad de espíritu jefe, hacer que los comprendieran.

Umak observó a Torka mientras éste se movía de un lado para otro entre los restos del campamento de invierno. Caminaba rígido, obligándose a ignorar el dolor de sus heridas, sin darse cuenta de que la muchacha, Lonit, le seguía pegada a sus talones como un potrillo aturdido, temeroso de ser abandonado. Los pasos del hombre eran lentos, cautelosos, como si pisara el hielo de primavera sobre la superficie de un lago profundo y peligroso. Y en cierto modo, pensó Umak, era así. Cuando Torka encontrase lo que buscaba, el hielo se rompería y el cazador se hundiría a través de él para ahogar su aflicción. Después moriría un poco... Una parte de su espíritu vagaría siempre por el mundo de los espíritus con su mujer y sus hijos muertos; pero el hombre que renacería tras la abrasadora agonía de la verdad a la que Torka tendría que enfrentarse, sería un hombre más duro, más fuerte. Lo mismo que ocurre con la punta asesina de una lanza bien hecha, Torka tendría que ser ahora rehecho y perfilado de nuevo en el fuego de su angustia.

Umak hubiera querido ayudar a su nieto a soportar su pena; sin embargo, tenía que sufrirla a solas. Umak no podía compartir ni mitigar su aflicción. No obstante, su decisión de mantenerse a distancia en plan de observador estoico, habituado al sufrimiento en razón de su edad y experiencia, se vino abajo de repente. El mentón del anciano tembló al ver a Torka arrodillado entre los escombros de la que fuera su choza. Umak sabía lo que Torka estaba viendo en aquel momento y se precipitó hacia él. Deseaba tener el poder de ordenar a las chozas que se alzaran de nuevo y mandar que la vida volviese a los cadáveres de los miembros de su tribu. Un *auténtico* espíritu jefe debería ser capaz de hacer esas cosas. Un *auténtico* espíritu jefe no hubiera tropezado en la nieve. Un *auténtico* espíritu jefe hubiera llegado a tiempo para arrojar una lanza invisible al corazón del mamut.

Pero Egatsop tenía razón con respecto a él: Umak ya no era un espíritu jefe. Era un viejo inútil, que lo único que podía hacer era permanecer allí en sus brazos... algo pequeño y destrozado, tan fláccido como las muñecas de piel de caribú que las mujeres confeccionaban para sus hijas pequeñas, muñecas rellenas de plumas de perdiz nival, trozos de liquen y algún que otro retazo de pieles de pelo largo procedentes de prendas desgastadas y ennegrecidas por la podredumbre. Deformadas, con sus costuras desgarradas y su relleno ensangrentado saliéndose, con sus pequeños brazos y piernas colgando en ángulos grotescos de un torso aplastado que no caía hecho pedazos porque lo sujetaba la funda de sus ropas tintas en sangre, aquella muñeca no era tal muñeca. Era todo lo que quedaba de un niño.

—¡Kipu! —Umak gritó el nombre en voz alta. Respondía al terrible gemido de angustia de Torka con el suyo propio. Hasta aquel momento había olvidado al chiquillo, tan ensimismado estaba, tan lleno de vergüenza por su fracaso al no poder demostrar que seguía siendo Umak, jefe de espíritus, vencedor de obstáculos. Ahora, al ver a Torka que sostenía en sus brazos el cuerpecito sin vida, destrozado, de su adorado Kipu, su orgullo se quebró.

Umak cerró los ojos. Las lágrimas abrasaban sus párpados. Su larga cabellera suelta ondeaba al viento, le azotaba la cara mientras pensaba: "Este viejo es viejo. Este viejo no es jefe de nada. Este viejo ha vivido demasiado".

Pero no lo suficiente.

El alarido agudo, entrecortado, de un perro salvaje sacó a Umak del sofocante pozo de la desesperación. El perro se mantenía cerca, aunque no demasiado, vigilando al anciano con sus familiares ojos azul celeste.

Umak le devolvió la mirada, pensativo. De modo que, una vez más, el Hermano Perro le había seguido. Una vez más, la intrusión del animal en sus pensamientos le hacía darse cuenta de que aún no era el momento de morir. Por viejo que fuese e indigno de llamarse espíritu jefe, todavía estaba vivo. Todavía era Umak, un hombre. Y si Torka y Lonit tenían que sobrevivir, aún le quedaba mucho por hacer antes de entregar su espíritu para que caminase en alas del viento.

Capítulo 6

Entre los tres colocaron los cadáveres de acuerdo con las normas de la tradición: hombres, mujeres y niños en grupos de familia, boca arriba, en la posición llamada mirando al cielo. Era una tarea desagradable, y cuando, por fin, terminaron el espantoso montaje, los supervivientes, en pie, contemplaron la terrible finalidad del espectáculo que tenían ante sus ojos.

Mientras Torka caía de rodillas cerca de los cadáveres de su familia, Lonit temblaba de forma incontrolada y Umak alzó los brazos para ofrendar la canción de la muerte. Era un conjuro breve, quebrado repetidas veces por estallidos de desolación en la voz del anciano, pero éste continuó hasta el final, y al concluir el cántico, elevó una súplica más.

—Ahora marchaos, Espíritus de Vida. Dejad este lugar de muerte. Sed ahora jinetes del viento y los guardianes de Umak, Torka y Lonit. Naced de nuevo por medio de esta mujer y vivid en las palabras de estos hombres, que siempre os recordarán en sus cánticos de vida.

Bajó los brazos y miró a la muchacha.

—Ven. Tenemos que prepararnos ahora para abandonar este sitio antes de que la oscuridad se nos eche encima.

Lonit permaneció muda, con el rostro tenso por el frío y los ojos desorbitados por la inquietud. ¿Qué era lo que Umak sugería? ¿Acaso había olvidado que estaban obligados a quedarse junto a sus muertos durante cinco días? Era el tiempo que obligatoriamente tenía que durar el velatorio, cuando los espíritus de los fallecidos rondaban sus cuerpos tumbados y algunas veces escogían volver a la vida. Por eso, familiares y amigos tenían que permanecer junto a ellos por si necesitaban ayuda en el caso de que decidiesen despertar del sueño de la muerte. Les harían falta alimentos y cuidados, cobijo y protección contra los depredadores. Abandonar a su pueblo durante aquel período tan crítico era impensable.

Lonit creía que Torka discutiría las órdenes del anciano, pero el joven cazador no estaba en condiciones de discutir nada. Vio que había cogido de nuevo el cadáver del pequeño Kipu en sus brazos; su corazón sangró por él. Torka había colocado su manta de dormir sobre los cuerpos de Egatsop y de su hijita. Las pieles de pelo largo ondulaban como la hierba de primavera al soplo del frío viento invernal. Torka las atravesaba con la mirada, con sus ojos oscuros brillantes de fiebre. Cantaba en voz queda; imploraba al espíritu de vida de su hijo que regresara al pobre cuerpo aplastado de Kipu. Parecía estar en otro mundo, en trance, más allá de aquel lugar de muerte.

—Ningún espíritu volverá a vivir en el cuerpo de este niño —dijo Umak con suavidad, reconciliándose con una verdad que Torka aceptaría a su debido tiempo—. Ahora, Torka tiene que descansar—. Miró de nuevo a la jovencita: —Ven, Lonit y Umak tienen muchas cosas que hacer.

Los extraños ojos de Lonit se abrieron como platos a causa de la confusión que sentía. Resaltaban enormes en su rostro ovalado de pómulos marcados, tan distinto de las caras redondas y lisas que representaban la belleza uniforme de las mujeres de la tribu. Parecía un antílope asustado al mirar a Umak fijamente para luego, despacio, apartar de él los ojos. Estaba prohibido mantener la mirada de otra persona por cualquier espacio de tiempo: la mirada podía succionar los espíritus de vida de los ojos de una persona para ir a parar a los ojos de la otra. Y en el breve espacio de tiempo en que había sostenido la mirada de Umak, notó el poder de su espíritu de vida que penetraba directamente en ella. Aquel poder anonadó su propio espíritu; la hizo sentirse insignificante, asustada y cobarde.

Umak se dio cuenta de la reacción de Lonit ante sus palabras; era la que había esperado, y ahora tenía que emplearse a fondo para disiparla. Cogió a la muchacha por los hombros y la sacudió un poco.

—Escúchame, Lonit, hija del Pueblo. El Pueblo ya no existe. No podemos permanecer aquí. Si queremos seguir con vida, hemos de marcharnos. Ahora. Antes de que los devoradores de los muertos acudan para darse un banquete. Antes de que nos veamos indefensos ante ellos y sin refugio contra la tormenta que se avecina. Pero primero tenemos que coger algunas de las cosas que los muertos usaron en vida. Nosotros somos todo lo que queda de ellos. Si morimos, el Pueblo morirá para siempre jamás. ¿Lo entiendes?

No; la muchacha no lo entendía. De cualquier modo, no le correspondía a una hembra desafiar la autoridad de un varón. Sobre todo de aquel varón. La aterrorizaba; no porque fuese un espíritu jefe, ni por ser anciano, sabio y fuerte a pesar de sus años. La aterrorizaba porque estaba segura de que era más que un hombre. Le había visto abandonar renqueante el campamento para entregar al viento su espíritu de vida. Era un cazador anciano, encorvado, que emprendía un viaje del que nadie retornaba jamás.

Pero Umak *había* regresado. Al descubrirle erguido en la linde del campamento asolado, con un perro de ojos de fantasma contemplándola a su sombra, la muchacha supo que el anciano era un fantasma. Y el perro era un perro fantasma; de otro modo habría seguido a Umak al campamento para devorar a los muertos. Por el contrario, se había mantenido a distancia; ahora estaba sentado en el mismo sitio donde le vio por primera vez, a la entrada del campamento. Su espeso pelaje se agitaba al viento como las pieles que cubrían los cadáveres de los muertos de Torka.

Lonit temblaba violentamente. Las manos de Umak oprimieron sus hombros. Pudo sentir la dureza de sus huesos en el interior de sus nervudas palmas y de sus largos y fuertes dedos al clavarlos en la gruesa piel de caribú de la andrajosa túnica con que se cubría. ¿Tenían huesos los fantasmas? ¿Podían aferrar así a los vivos, con un propósito tan firme de dar consuelo? Se atrevió a lanzar una rápida mirada al rostro del hombre. No parecía estar muerto. Era igual que Umak. Igual que el espíritu jefe. Era exacto al viejo cazador que había salvado la vida de Torka y regresado al campamento de invierno de su tribu a tiempo para ayudar a una fea muchacha, el único ser que no había muerto.

Las lágrimas se agolparon de pronto en los ojos de Lonit. El anciano la atrajo hacia sí y la estrechó en sus brazos. En medio del viento frío, él era el olor a vida. La muchacha lo aspiró, dándose cuenta de que no era un fantasma. Estaba vivo. Entonces se colgó de su cuello y lloró.

—Tengo miedo —susurró cuando no le quedaron más lágrimas.

Él no la soltó enseguida; se sentía tan aliviado por la proximidad de la muchacha como ésta por la suya.

—Ven, Lonit —dijo a continuación con voz suave—. Ya no hay tiempo para tener miedo.

A pesar de todo, ella se sentía asustada mientras le ayudaba a buscar los objetos más diversos entre las ruinas del campamento. Recogían utensilios, armas, prendas de vestir, cueros y restos de comida. Lo que hacían estaba prohibido y seguramente provocarían la cólera de los espíritus de la muerte. Para que les fuera perdonada su osadía, Umak pronunciaba conjuros que Lonit repetía temerosa, mientras rebuscaba entre los escombros para reunir después en un heterogéneo montón lo que ambos encontraban.

El cántico de Torka fue debilitándose hasta que, por fin, se dejó caer sobre el cadáver de su hijo como si quisiera protegerlo. Lonit hubiera querido correr a su lado, pero Umak le aseguró que en aquellos momentos no podían hacer nada por el joven cazador.

—Dormir es una buena medicina —afirmó, y la retuvo sin dejarla abandonar la tarea.

Colocaron todo lo que habían recogido encima de una piel de bisonte: las pocas lanzas intactas que Umak encontró, puñales, tiras de cuero, rollos de tendones, herramientas para picar y estacas de hueso. Por su parte, Lonit había encontrado una red tejida con el áspero pelo de un buey almizclero, cuchillos para descuartizar, cuñas, tres leznas para coser, una estupenda azuela de diorita y un cincel hecho con uno de los afilados dientes de un enorme oso caricorto.

A la muchacha le parecía que había infinidad de cosas encima de la piel, pero Umak rezongó y sacudió la cabeza, diciéndole que fuera a buscar esto y lo otro en tanto él trataba de encontrar otros artículos imprescindibles. Dentro de la choza derruida de su familia, Lonit encontró su colección de agujas de hueso en el interior de la tira de piel de tejón donde las guardaba. La piel había quedado medio hundida en el líquido fangoso que rezumaba de la escarcha. Increíblemente, sólo se habían roto unas pocas. Sacó las que estaban bien, las lavó con su saliva y a continuación las frotó contra sus mangas hasta dejarlas limpias, antes de insertarlas en el agujero que a todas las mujeres se les practicaba en la base de la nariz en su niñez con el exclusivo propósito de que les sirviera para llevar cosas. Cuando no transportaba frágiles agujas de coser de campamento en campamento, el agujero de la nariz era utilizado para exhibir adornos tales como abalorios de piedra o conchas de agua dulce. Cosas bonitas. Lonit nunca se había considerado digna de lucirlas, pero resultaban muy atractivas en las otras chicas y en las mujeres. Aquel recuerdo la entristeció, por lo que se alegró cuando Umak la llamó diciéndole que volviera para acabar de reunirlo todo.

Por fin satisfecho, el hombre empezó a montar un trineo grande, en el que transportarían el grueso de sus pertenencias, capaz de soportar también el peso y la longitud de un hombre recostado. Saltaba a la vista que Torka, ahora en pleno delirio, sería incapaz de viajar por su propio pie.

El trineo consistía en unas cuantas pieles de bisonte sujetas por correas de tendones a un armazón de cornamentas de caribú sobre unos patines construidos con costillas de mamut. Estos patines tendrían más tarde un segundo uso como puntales del refugio que levantarían para protegerse de la inminente tormenta. Con la ayuda de Lonit, pronto quedó montado el trineo. Umak gruñó en señal de aprobación.

Mientras Lonit observaba, el anciano dio comienzo al importante barnizado de los patines. Lo primero fue frotar las costillas de mamut con una pasta hecha con barro, musgo y nieve, previamente preparada por la muchacha en un mortero. Era difícil impedir que la mezcla se congelase a causa del frío, pero Umak se las compuso para untar con ella rápidamente los patines. Luego se sentó, dejando que la pasta se solidificara, por la acción del viento cada vez más fuerte, antes de rasparla suavemente con su puñal.

Lonit se ofreció para encender una hoguera en la cual derretir la nieve, en una bolsa de piel, convirtiéndola en agua, con el fin de utilizarla para la definitiva puesta a punto de los patines. Umak sacudió la cabeza y lanzó una ojeada de preocupación al cielo. El día se desvanecía rápidamente, la oscuridad se acercaba.

—No hay tiempo que perder —gruñó, y dio unos cuantos pasos hasta encontrar un pedazo de piel de oso—. Esto será más rápido y servirá lo mismo.

Mientras la muchacha observaba, impresionada por la capacidad de recursos del anciano, éste orinó a lo largo del borde de la piel de oso. El líquido caliente, desprendiendo vaho, penetró el grueso pelaje. Umak hizo un gesto de asentimiento con la cabeza y le dijo a Lonit que se fijara mientras él pasaba suavemente la piel empapada sobre el fango helado. Al cabo de varios frotamientos realizados con toda meticulosidad, Umak consiguió producir una capa dura y resbaladiza de hielo fino que permitiría que los patines se deslizasen suavemente sobre la tundra nevada.

—Ahora, ¡vamonos! —exclamó—. Rápidos como el viento...

A continuación se afanaron para repartir en tres montones los diferentes objetos rescatados de entre los escombros. Dos de ellos fueron envueltos y sujetos a estructuras especiales para el transporte de bultos; el tercero fue enrollado en una piel de bisonte y cargado en el trineo. Terminados los preparativos, el anciano intentó convencer a su nieto con afectuosas palabras para que soltara el cuerpo de su hijo. Torka le miró fijamente, con ojos inexpresivos.

—Torka no abandonará a Kipu —murmuró en su delirio.

—Kipu no está aquí. Su espíritu espera en un lugar lejano.

—¿Iremos allí? —el rostro de Torka era una máscara blanca.

—Iremos —respondió el viejo, luchando contra la terrible tristeza que le asaltaba de nuevo mientras Torka se desplomaba inconsciente en sus brazos.

PARTE II

CAMINANTES DEL VIENTO

Capítulo 1

—Las huellas del gran mamut se dirigen hacia el sur. Por tanto, nosotros iremos hacia el este, a lo largo de la senda que siguen los caribúes cuando emigran lejos de la cara del sol naciente. Pronto interceptaremos los rebaños. Pronto comeremos.

Tras estas palabras optimistas pronunciadas por Umak, se desplazaron a través de la tierra helada, bajo un cielo encapotado que presagiaba tormenta, dirigiéndose hacia el este, al país desconocido, seguidos a corta distancia por el perro salvaje.

Lonit miraba hacia atrás, deseosa de que el perro se marchara. Después de todo, tal vez fuese un perro fantasma. No se le ocurría ninguna otra razón para que el espíritu jefe no hubiera intentado darle muerte. Si el perro era de carne y hueso, matarlo supondría un festín para ellos. Mantendría sus fuerzas hasta que avistasen una caza más sabrosa, pero el viejo no daba señales de querer hacerlo ni de deshacerse de él, y Lonit, como hembra que era, sabía que no tenía derecho a preguntar.

Caminaban encorvados bajo el peso de sus bultos, además de compartir el peso del trineo y de Torka, que iba acostado en él, inconsciente. Al cabo de un rato, la muchacha se había olvidado del perro. Tenía bastante con concentrarse en cada paso que daba. El arrastre del trineo resultaba casi insoportable; parecía más pesado y voluminoso a medida que dejaban atrás los kilómetros. Lonit se decía que no importaba. El peso de Torka no sería jamás una carga para ella. *Jamás*. Ella le amaba desde los primeros días de su memoria. Torka era el hermoso cazador, el mejor de todos, alguien que sería algún día espíritu jefe y que dirigiría la tribu cuando el jefe fuera demasiado viejo. Torka era el único hombre que nunca se había burlado de ella a causa de su extraño aspecto. Y una vez, cuando ella era muy pequeña y se había cruzado en el camino de su padre ganándose una patada de éste, Torka contempló aquel castigo con ojos severos y el ceño fruncido. Cuando Kiuk se alejó, Torka se acercó para ayudarla a ponerse de nuevo en pie. La sonrió... era una sonrisa de ánimo... una sonrisa que borró su dolor. No olvidaría nunca aquel momento. Desde la muerte de su madre, era la primera vez que alguien se mostraba amable con ella.

—Sé valiente, pequeña Ojos de Antílope —había dicho Torka y, en sus labios, la referencia habitualmente cáustica a sus grandes ojos, anormalmente redondos, sonó casi como una frase cariñosa.

Le amaba desde entonces. No importaba que él no correspondiera nunca a ese amor. No era digna de que se preocupara por ella, y mucho menos de su afecto. Se conformaba con vivir a su sombra, con verle, con oír su voz. Si el espíritu de Torka abandonaba su cuerpo para alejarse en alas del viento, Lonit sabía que su propio espíritu le seguiría exactamente igual que su cuerpo seguía ahora la dirección marcada por Umak, hacia el este, bajo un cielo de tormenta, a través de la tundra blanca de nieve, dejando tras de sí todo cuanto había conocido.

Pero, ¿cuánto tiempo sería capaz de resistir? Tenía hambre y estaba cansada, afectada no sólo por el sufrimiento de aquel día, sino por semanas enteras sin apenas probar bocado. Ella y Umak tan sólo habían comido unos pocos trocitos de sebo rancio que el viejo descubrió en las ruinas de la cabaña del jefe. Él había ingerido su ración a disgusto, comiendo con una repugnancia manifiesta que la intrigaba. La comida era comida, por sucia que pudiera estar. Ella lo hubiera devorado todo en el acto, de no haber insistido él en guardar la mitad; cortaron el sebo en rodajas finas y lo guardaron en un saco de almacenamiento, confeccionado con intestinos de ave engrasados. Después, Umak había aplastado concienzudamente el saco, poniéndolo a continuación debajo del manto de viaje de Lonit, entre el suave revestimiento interior y la túnica de la muchacha, con el peso de la mochila encima para que el bulto no se desplazara sobre su espalda. De esta forma, los trozos de sebo viajaban a salvo del viento, calentados por el calor que se desprendía de su cuerpo a través de su túnica, suavemente frotados por el efecto del movimiento mientras la muchacha avanzaba con ímprobo esfuerzo a través de la nieve. Cuando ella y Umak hicieran alto y se sentasen para consumir aquel tesoro, compartiéndolo con Torka, el sebo estaría blando y desmenuzado en glóbulos grasientos que les proporcionarían una inapreciable energía mientras dormían y sacaban fortaleza de su exiguo alimento. A la muchacha se le hizo la boca agua al pensar en ello, y de la misma forma que el estómago empezaba a dolerle de hambre, también el cuerpo le dolía a causa de la necesidad de descansar.

El viento arreciaba. La luz del día era tan sólo un aura vaga y fría que brillaba tenuemente más allá del horizonte encapotado. La noche se extendía sobre la tundra. Lonit se preguntó cuánto tiempo podría mantenerse al ritmo de Umak. Por el rabillo del ojo le echó una ojeada a través de los largos pelos del cuello de piel de zorro con que se abrigaba.

Umak andaba con ánimo resuelto, encorvado, la cabeza echada hacia adelante. Podía ver su perfil destacándose entre los pliegues de su pesado manto de piel de oso. Largos mechones de pelo flotaban al viento sobre su frente surcada de arrugas. Sus ojos, protegidos por gruesos párpados y fuertes pestañas, miraban al frente por encima de su prominente nariz. Sus labios eran delgados y parecían estar cerrados de continuo sobre su mentón redondo. Era un semblante que irradiaba fuerza. Era la cara de un auténtico espíritu jefe, pero era también la cara de un hombre muy viejo.

Lonit, de repente, se sintió enferma de miedo. Si algo le sucedía a Umak, ¿cómo podría ella cuidar de sí misma y de Torka? ¿Y si Torka moría? ¡No! Desechó aquellos negros pensamientos, prometiéndose no volver a tenerlos. La abrumaban más que el peso de su carga.

Con furiosa determinación, la muchacha avanzó en medio del viento que susurraba en torno a ella, despertando el recuerdo de los numerosos muertos que habían quedado atrás, recordándole que ella y Umak habían robado las pertenencias de aquellos que ahora yacían cara al cielo.

No escaparéis.
Os seguiremos.
Recuperaremos todo lo que nos habéis robado.
Comeremos de vuestro espíritu de vida y dejaremos que el viento lo arrebate.
Moriréis. Para siempre.

¿Había hablado el viento? ¿O había oído la voz de su propio miedo? No lo sabía a ciencia cierta. Agachó la cabeza. No quería oír el viento. No pensaría más en el pasado ni en el futuro, porque tanto uno como otro resultaban demasiado intranquilizantes. Sólo pensaría en el presente. Por el bien de Torka, tenía que seguir adelante.

Umak notó un cambio en la forma en que Lonit arrastraba la parte de trineo que le correspondía. Le sorprendió que, de pronto, tirase del artefacto con una repentina y renovada vitalidad. La muchacha era fuerte; se había visto desde el principio. No había exhalado una sola queja ni se había tambaleado bajo el peso de la carga que llevaba a la espalda. Aun así, era sólo una hembra y, a pesar de su estatura, sólo una niña en el umbral de la adolescencia. Pronto estaría cansada. Pronto andaría dando traspiés. Y en los próximos días, hasta que Torka estuviera recuperado —si es que se recuperaba—, Umak tendría que cazar para ella, ocuparse de que estuviera resguardada de las inclemencias del tiempo y protegerla de cualquier depredador que se le acercara.

El anciano pensaba en todo esto mientras caminaba. Desde la muerte de su última mujer, hacía muchas lunas, no tenía a nadie que le cuidara, dependía totalmente de sí mismo; y desde que se lesionó la pierna, fueron otros los que habían cuidado de él. Ahora volvía a ser necesario para los demás. Torka y Lonit dependían de él para su supervivencia. Si les fallaba, morirían. Y si morían, sería como si el Pueblo no hubiese existido jamás.

Ya era casi de noche. El viento era muy fuerte. Sin embargo, el viejo no tenía frío ni aminoró el paso. La conciencia de su responsabilidad para con Torka y Lonit no le amilanaba. Por ellos volvería a ser joven. Por ellos volvería a ser fuerte, tan fuerte como la muchacha que acompasaba el paso al suyo. La miró con atención por el rabillo del ojo. "Esta chiquilla tiene coraje", se dijo. "Algún día será una mujer que alumbrará hijos valientes".

El rostro de la muchacha estaba oculto por el amplio cuello de pieles de zorro; aun así, Umak sabía que no era hermosa. En cualquier caso, no importaba. En el vasto mundo al que se dirigían, hostil y desconocido, la belleza de la mujer debía medirse por su presencia de ánimo y su fuerza de voluntad, no por la forma de sus facciones.

Pero entonces, mientras la oscuridad aniquilaba lo que quedaba de día, la mujer era sólo una niña y la pierna del "joven" espíritu jefe, encerrada en la piel de un viejo, le dolía bastante. Cuando Torka se revolvió de improviso en el trineo, los dos que tiraban del artefacto cayeron de bruces sobre la nieve.

—¡Hummm! —Umak lanzó un resoplido, se levantó y tendió una mano a la muchacha. Me parece que ha llegado la hora de descansar—. Su mano era firme; no obstante; se alegró de que reinara la oscuridad, porque de este modo Lonit no vería la preocupación que se dibujaba en su rostro.

Pero Lonit no miraba a Umak. Miraba algo que había detrás de él, en el camino que habían seguido, con una expresión de pánico en su cara.

Ojos.

Cientos de ojos vigilantes. Parecían colgar suspendidos en la noche. Flotaban separados del cuerpo, parpadeaban una y otra vez, como chispas que revoloteasen encima de una hoguera escondida.

Lonit estaba segura de que eran los ojos de los muertos... acechándoles... siguiéndoles a lo largo de kilómetros y kilómetros... aguardando la oscuridad... preparándose para arrebatar los espíritus de vida de aquellos que les habían despojado de las pertenencias que deberían haberles acompañado al mundo del espíritu.

Pero Umak estaba mejor enterado que Lonit de lo que pasaba. Descubrió la forma del perro salvaje, que se encontraba justo entre él y los ojos vigilantes. El animal tenía la cola entre las patas y las orejas hacia atrás. Alargó la cabeza y enseñó los dientes mientras un gruñido sordo salía de su garganta. Era el gruñido de advertencia de un animal a otro.

A continuación fue Umak quien gruñó, molesto por no haber percibido la amenaza. El viento se había llevado el olor, pero eso no era una excusa. El perro lo había captado. En otros tiempos, un espíritu jefe más joven y menos cansado se habría dado cuenta del peligro que se avecinaba. Hizo una mueca de disgusto, enfadado consigo mismo; luego escudriñó la oscuridad para distinguir las formas sinuosas que se amparaban en ella, blancas como la nieve en su pelaje de invierno.

Zorras.

¿Desde cuándo les seguirían? Envalentonadas por el hambre, agrupadas en una famélica y numerosa manada, serían tan peligrosas como los lobos cuando se lanzasen al ataque.

Y Umak sabía que atacarían. Habían visto a sus eventuales presas tropezar y caer. Habían olfateado la debilidad de un hombre anciano y de una niña, así como la sangre de las heridas de Torka.

Deliberadamente despacio, Umak se quitó el bulto que llevaba a la espalda y le dijo a Lonit que hiciera lo mismo. Esta obedeció, mostrándose vacilante sólo cuando el anciano indicó que le diera dos de sus lanzas y cogiera otras dos para ella. Palideció; estaba prohibido para cualquier mujer tocar las armas de un hombre, por temor a que las influencias contaminantes de su género más débil minara la potencia masculina para matar. Ella había evitado escrupulosamente hacerlo al coger ambos las pertenencias de los muertos. Por eso miraba ahora al viejo sin atreverse a dar crédito a sus oídos, casi convencida de haber oído mal; pero cuando él la regañó y repitió la orden, se apresuró a hacer lo que mandaba.

En un instante se despojó de la carga y sacó las armas guardadas en aquel bulto. Había siete lanzas en total. Largas, esbeltas, hechas con huesos de las patas de mamuts abatidos muchos años atrás por cazadores de la tribu; cada una de ellas llevaba una punta de piedra o de marfil, la cual se sujetaba a su extremo mortífero con tendones a modo de cordel. El anciano había insertado las lanzas horizontalmente en el centro de su capa de caza enrollada. En un viaje normal habría llevado dos o tres en una mano, con su peso descansando sobre un hombro; pero con un trineo del que tirar y la carga suplementaria de una mochila abarrotada de efectos que, en condiciones habituales de desplazamiento hubieran sido distribuidos entre varios miembros de la tribu, las lanzas eran un estorbo innecesario. No había pensado cazar. Para protección contaba con su puñal de piedra y una maza hecha con la articulación de un fémur de bisonte de largos cuernos, endurecida al fuego, que llevaba en su cinturón, debajo del manto de viaje. En el caso de cualquier emergencia, podía coger las lanzas con rapidez suficiente para utilizarlas contra grandes depredadores, aunque hubiera decidido usarlas contra las zorras.

Se irguió y sacó el pecho para mostrarse poderoso y amenazador ante los depredadores al acecho. Gruñó al mismo tiempo que lo hacía el perro. Rugió mientras el can rugía. Con un gesto y un gruñido apremiante, Umak indicó a Lonit lo que tenía que hacer.

Las lanzas eran pesadas para sus manos, pero no desaparecieron ni se doblaron mientras los puños femeninos se tensaban alrededor de sus astas. Ahora que la tribu había dejado de existir, era posible que la prohibición relativa al uso de las armas no estuviera en vigor. La muchacha no tenía forma de averiguarlo. Lo único que sabía era que debía seguir las instrucciones de Umak. Si no lo hacía, él tendría derecho a pegarla o a abandonarla.

El viejo se pavoneó e inició el avance hacia las zorras; Lonit, a su lado, le imitó mientras invocaba en silencio a los espíritus que habitaban en las lanzas.

"Perdonad a esta indigna muchacha por blandiros. Dad vigor a sus manos y valor a su espíritu. Por Torka y Umak, sed fuertes y veloces. Sed certeras".

Las lanzas respondieron a su súplica al adquirir sus brazos una fortaleza repentina, siempre al lado de Umak. El anciano avanzó a grandes zancadas, pavoneándose de nuevo. Gritó a las zorras que se batieran en retirada. Lonit le imitó, sorprendida por el sonido de su propia voz. No denotaba miedo alguno.

Frente a ellos, algunos de los ojos parpadearon y se desvanecieron; pero otros, pertenecientes a las zorras que no habían abandonado el terreno, continuaron brillando feroces. Mientras Lonit y Umak se aproximaban más a las fieras, el perro salvaje se volvió a mirarlas.

Las guías de la manada de zorras aprovecharon el movimiento del perro. Se abalanzaron sobre él desde la oscuridad. Lonit las vio por primera vez con toda claridad. Se quedó boquiabierta. Eran como ratones campestres arrojándose sobre el can en tropel. Nunca había visto tantas zorras juntas, ni pudo imaginar jamás que hubiera en todo el mundo un número tan elevado. Por unos instantes el vigor abandonó sus brazos y el miedo provocó un nudo en su garganta. Era incapaz de moverse.

El perro salvaje podía haber echado a correr fácilmente; darse la vuelta y desvanecerse en la noche. En cambio, permanecía con los humanos, se revolvía entre gruñido y gruñido, esquivaba a sus adversarios a dentelladas mientras éstos se le echaban encima con las fauces abiertas, al aire sus formidables dientes.

El instinto le decía a Lonit que retrocediera y escapase. Las zorras acabarían con el perro. Si ella y Umak se daban prisa en marcharse de allí, las zorras no les seguirían; se contentarían con quedarse y comer. Pero, ¿por qué se había quedado el perro para defenderlas? No cabía la menor duda de que se arriesgaba por ellos; era como si, en cierto modo, les considerara de su manada y creyese su deber protegerles.

—¡Aar!

El alarido de Umak hizo que la muchacha, asustada, pegase un brinco mientras el viejo corría vociferante a situarse al lado del perro. Estaba metido hasta las rodillas en el salvaje círculo de las zorras en tanto propinaba golpes hacia abajo con sus lanzas. Lonit oyó gemidos y aullidos de dolor. Después, lo mismo que cuando una banda de pájaros cruza de repente el cielo, el grueso de la manada de zorras se había esfumado. Umak y el perro permanecían juntos, jadeantes, rodeados por los cuerpos desgarrados y ensangrentados de las zorras que nunca se alzarían para seguir a sus congéneres. Umak levantó una de sus lanzas sacudiéndola con el cuerpo flácido de una de las zorras ensartado en ella.

—¡Ahora nos daremos un festín! —proclamó con acento triunfal.

Lonit parpadeó, viendo cómo el anciano bajaba la cabeza para mirar al perro. A excepción de un desgarrón en una oreja y del hocico manchado de sangre, el animal no presentaba otras heridas; su grueso pelaje había evitado sin duda que las zorras le causaran mayores daños. Se mantenía tan pegado a Umak que, si el viejo cazador hubiera querido tocarlo o clavarle su lanza en la garganta y atravesarle el corazón hubiese podido hacerlo. El perro tenía la cabeza levantada para mirar al anciano y, confiado, no se volvió para retroceder cuando Umak extrajo el cadáver de la zorra y lo tiró a los pies del animal. El perro lo olfateó; luego, con toda calma, se sentó y empezó a devorarlo, como si fuera la cosa más natural del mundo que un perro estuviera en compañía de un hombre.

Pero no era natural. Lonit no podía apartar la mirada de Umak. Verdaderamente era un espíritu jefe, un cazador tan experto y poderoso que, por medio de magia, podía introducirse en la mente de un animal y obligarle a hacer cuanto le ordenara. No sólo había ahuyentado a las zorras y dado muerte a algunas de las rezagadas con el fin de que les sirvieran de alimento, sino que, además, introdujo su espíritu en el can. Había hecho que el animal luchara junto a él como si fuera su hermano.

Capítulo 2

Mientras el viento soplaba cada vez con más fuerza a su alrededor, se pusieron en cuclillas sobre la nieve y devoraron dos de las zorras, desollándolas con sus puñales de piedra sin dejar de comer y sorber la sangre dulce, caliente, de la carne fibrosa que les proporcionaba vitalidad.

La energía volvía poco a poco a sus cuerpos extenuados por el hambre. Trabajaron juntos para montar una choza donde refugiarse de la inminente tormenta. Umak utilizó un hacha y una cuña de piedra para romper la superficie del hielo. Apartó la nieve con el filo del hacha y acuchilló la superficie rota reduciéndola a trozos desiguales y menudos. Lonit los recogió para amontonarlos, ya que más tarde podrían necesitarlos. Con la aguda punta de una cornamenta de caribú, el viejo y la muchacha se dedicaron a raspar el suelo y a dar vueltas hasta hacer un hueco circular, aproximadamente de un metro ochenta centímetros de circunferencia por treinta centímetros de profundidad. Una vez terminada la choza. Umak, Torka y Lonit podrían acostarse en su interior, con espacio suficiente para guardar bártulos y provisiones. Además, el suelo así preparado, con una especie de piso debajo, sería una protección eficaz contra el viento y el frío cuando el aire caliente de sus cuerpos y de sus guisos llenase el interior.

Ya excavado y alisado el círculo, desmontaron el trineo y depositaron a Torka, aún inconsciente, en la tierra cubierta de nieve, encima de una piel de bisonte en la que seguidamente lo envolvieron. Con los patines de costillas de mamut y las grandes cornamentas que formaron el cuerpo del trineo, levantaron rápidamente la estructura cónica de su refugio. Tenía forma de cruz, con correas en todas las junturas críticas; los extremos de las costillas fueron hundidos por el viejo y la muchacha a tanta profundidad como les fue posible. A continuación extendieron sobre el suelo la alfombra de piel lubricada, la única que pudieron salvar del campamento arrasado. Estaba rota en varios sitios, pero Lonit la remendaría.

Las paredes de piel de pelo largo y de cuero fueron atadas a estacas y levantadas, disponiéndolas a capas sobre la estructura y asegurándolas con correas alrededor del fondo y sobre el techo. El último toque consistía en amontonar en la base los trozos sobrantes de la superficie rota poco antes por Umak, no sólo para atirantar con su peso las paredes sino también como aislante adicional.

Una vez hecho esto, cogieron a Torka y lo depositaron con todo cuidado junto al sitio donde construirían el hogar. El joven yacía inerte. Umak le tocó el pulso, elevado en las sienes. Todavía tenía fiebre pero el latido de su corazón era fuerte y rítmico. El viejo sonrió. Torka viviría. Umak estaba seguro. No se atrevió a comunicárselo a la muchacha, por si sus palabras despertaban a los espíritus agazapados y éstos actuaban para desbaratarlas; sólo le dijo que Torka parecía haber mejorado y la oyó exhalar un suspiro de alivio y de alegría.

Ya más tranquilos, arrastraron dentro de la choza sus provisiones, incluida una de las zorras, que estaba rígida, congelada. La desollarían y descuartizarían más tarde, cuando el creciente calor de la choza la hubiese ablandado algo. El resto de los animales muertos, seis en total, los almacenaron en un pequeño pozo, rápidamente excavado cerca de la cabaña. Cubierto con una piel sujeta a unas estacas, el pozo sería un congelador perfecto; incluso en los campamentos de verano la comida podía mantenerse fría por tiempo indefinido en aquellos agujeros de almacenamiento, porque, debajo de la delgada capa superior del suelo de la tundra, la tierra estaba perpetuamente helada.

Umak se sentó mientras Lonit ataba la puerta de pieles cerrándola por dentro. La cabaña estaba oscura. Afuera el viento amainó un poco, luego cambió de dirección. Casi instantáneamente el aire se hizo mucho más frío. La experiencia le dijo al anciano que la tormenta a punto de desencadenarse sería tan espantosamente fría que sólo las criaturas más fuertes podrían sobrevivir a ella.

"*Sobreviviremos*", pensó el viejo. Empezaba a relajarse ahora y pensó en el perro, deseando haber podido convencerle para que entrara en la choza. El animal había aceptado comida, pero retrocedió al ser invitado a penetrar en la cabaña. Prefirió quedarse tumbado en el exterior, apoyado contra las paredes de piel, usándolas como un cortavientos mientras se enroscaba protectoramente sobre los despojos de su zorra. Con la tripa llena de carne y tuétano que generaban calor corporal, el grueso pelaje invernal del perro le proporcionaría una protección adecuada contra el frío.

"*Él también sobrevivirá*", pensó el anciano.

Como si confirmara el pensamiento del viejo, el perro salvaje levantó la cabeza y aulló en abierto desafió a la tormenta.

Lonit estaba sentada sin moverse; temblaba a causa de una repentina y desolada sensación de soledad. Ella, Umak y Torka eran todo lo que quedaba del Pueblo. El impacto de esta realidad se cebaba ahora en ella con toda su crudeza. En su corazón no había alegría, tampoco una impresión de culpabilidad; había tan sólo el terrible, agobiante peso de la desesperación. Afuera, en la oscuridad, el viento, la tormenta y las fieras dominaban un mundo que se extendía hasta el infinito. Ellos estaban solos en aquel mundo: una muchacha, un hombre viejo y un cazador herido. Bajo el inmenso y despiadado cielo del Ártico, el perro salvaje entonó un lamento a la noche infinita.

—¿Por qué aúlla al viento tu hermano perro, Espíritu Jefe? —inquirió la muchacha, esforzándose por no parecer asustada, esperando que él no la pegara por atreverse a hacerle una pregunta.

El viejo escuchó los aullidos del perro. Había captado el trémulo acento de la voz de la muchacha y sabía lo que significaba. También él sentía la desolación de la soledad y los lacerantes comienzos del miedo, pero, a diferencia de la muchacha, él era Umak, espíritu jefe, y no debería tenerlo.

—Porque estamos vivos —contestó con inflexible ferocidad, nacida de su absoluta resolución— y porque *continuaremos* vivos.

El viento azotaba el pequeño refugio, tanto que penetró nieve a través de las costuras que Lonit no había repasado por encontrarse demasiado exhausta. En la oscuridad, con el viento sofocando los aullidos del perro, Umak notó que la temperatura bajaba peligrosamente. Alarmado, se levantó manteniéndose encorvado, porque, si bien la choza tenía suficiente longitud para acomodar su cuerpo acostado, carecía, en cambio, de bastante altura para poder estar erguido dentro de ella.

—¡Arriba! —medio gritó a la sobresaltada muchacha. La ordenó desnudarse, de forma que pudieran meterse juntos debajo del peso conjunto de sus pieles de dormir. El calor combinado de sus cuerpos desnudos serviría para calentarles en los peores momentos de la tormenta.

Lonit obedeció, tiritando de frío, mientras Umak se desnudaba inclinándose después sobre Torka y, no sin esfuerzo, arrancaba la mayor parte de las ropas rotas y ensangrentadas que todavía llevaba su nieto.

—¡Ven! —ordenó seguidamente a la muchacha, y la pidió que se tumbara pegada al costado derecho de Torka, mientras él se tendía apretándose contra el izquierdo.

Con la piel de bisonte debajo de los tres, de manera que el pelo grueso y áspero se adhiriese a sus cuerpos, pronto entrarían en calor cubiertos por sus pieles de dormir amontonadas. Durante un largo rato yacieron despiertos, escuchando la tormenta, con Torka dormido entre los dos, ajeno a todo. Transcurrido algún tiempo, sólo la choza tiritaba a merced del viento, y en la oscuridad, Lonit oyó al viejo hablar con inquebrantable decisión.

—¿Lo ves? *Estamos* vivos. *Sobreviviremos.*

"Pero, ¿por cuánto tiempo?", se preguntó la muchacha, sin saber si Umak había hablado con ella o con la tormenta. No importaba. Notó que el viejo estaba a punto de dejarse vencer por el sueño y que ella no tardaría en imitarle. Inmersa en el limbo suave y cálido de la extenuación total, con su esbelto cuerpo desnudo contra el costado de Torka, cerró los ojos y se estremeció de nuevo, aunque esta vez no fuera de frío, mientras pensaba: "No existe ahora, en el mundo entero, una sola mujer para Torka. Sólo existe Lonit. Yo soy su mujer. Él será mi hombre. A su debido tiempo. Sí; será así. Olvidará que soy fea. ¡Sabré hacerme tan digna de su cariño que llegará a olvidarlo!". Un dulce sentimiento de euforia la invadió. Se apretó más contra él. Sentía el calor de su carne febril fundiéndose con el calor de su propia piel, mientras su pulso se aceleraba a causa de algo que ya no era un enamoramiento infantil. Ella ya *no* era una niña; no, a partir de ese día, nunca más. Una pequeña mano ascendió para descansar abierta en el hombro de Torka.

—Lonit es la mujer de Torka —susurró con voz apenas audible, somnolienta, sintiéndose dominar por el sueño.

De pronto, sin embargo, se encontró con que estaba completamente despierta, abiertos los ojos de par en par. Todos los músculos de su cuerpo estaban rígidos. Umak dormía. Torka respiraba con regularidad. Pero en el exterior, la tormenta había alcanzado una intensidad endiablada. Había en ella algo sobrenatural, algo amenazador. Lonit se incorporó, tiesa. Transportada por el viento, la nieve penetraba en el interior a través de los descosidos de las costuras. Mientras ella miraba, serpentinas de nieve danzaban en el aire, la rodeaban, adoptaban formas de fantasmas y de demonios, pellizcaban su piel desnuda.

La muchacha respiraba con dificultad. Conocía las caras de aquellos fantasmas. Eran los miembros de su tribu, aunque estaban cambiados. No tenían forma, ni sustancia. Eran de la misma materia que las tormentas y la nieve, igual de grises, malsanas y húmedas, igual de nebulosas al solidificarse en una sola columna diáfana. La columna tomó la forma de una mujer, pero distinta a la de cualquier otra mujer que hubiese vivido alguna vez. Su carne estaba cubierta de hielo, rota, desgarrada. Sangraba niebla por innumerables heridas. En un rostro helado, mutilado, que una vez fuera hermoso, destacaban unos ojos tan fríos e inolvidables como la noche del Ártico que se cernía sobre Lonit; de la boca de un esqueleto surgió una sola palabra pronunciada en tono lastimero: "Torka...".

Lonit no apartaba la mirada, consciente de que aquel fantasma era el de Egatsop, la mujer de Torka, que acudía para reclamar el espíritu de vida de su hombre.

—¡No! —gritó Lonit, echándose encima de Torka, sintiendo que las manos de nieve de la muerte le arañaban la espalda.— ¡Está vivo! ¡No puedes llevártelo! ¡Ahora es mi hombre!

El viento arreció; rugía en los oídos de Lonit. El frío era tan intenso que le escocía las ventanas de su nariz y llenaba sus pulmones de tal forma que no podía respirar. La muchacha notaba el contacto de lanzas de hielo, agudas como huesos; eran las manos de Egatsop introduciéndose a través de su cuerpo para alcanzar al hombre que yacía debajo de ella. Se dio cuenta de que Torka se rebullía y gritaba de pronto los nombres de su mujer y de sus hijos muertos.

Una terrible oleada de angustia la recorrió de pies a cabeza. Había sido una completa estúpida al imaginar que Torka podría desearla, incluso en el caso de que ella fuera la única mujer sobre la tierra. Allí estaba la mujer que él amaba, la mujer que había regresado de entre los muertos para reclamarle. Pero Lonit no podía consentir que él muriera; no Torka, no el hombre a quien amaba más que a su propia vida.

Se levantó, enfrentándose al espíritu.

—¡Tómame! ¡Vamos! ¡Vive de nuevo dentro de mi cuerpo si quieres estar con él!

Pareció entonces que el fantasma se reía de ella; nunca, ni en sus peores pesadillas, había visto Lonit nada tan feo como la visión del fantasma de Egatsop. Medio desvanecida de terror, Lonit se apartó del cuerpo de Torka y sollozó empavorecida mientras el viento arreciaba y hacía temblar la choza. De pronto, por encima de la tormenta de muerte, oyó el gruñido del perro; las apariciones se desvanecieron tan rápidamente como se habían presentado.

Se dio la vuelta y vio que Umak se había levantado. Estaba esforzándose por tapar las junturas y pidió que le ayudara. Él no había visto fantasmas, ni oído voces. Le aseguró que todo había sido un sueño.

En la oscuridad, manoseando sus pertenencias, encontró su hilo de tendones y con manos temblorosas enhebró sus agujas y cosió las costuras lo mejor que pudo. Para cuando terminó, el viento había amainado. Ayudó a Umak a quitar la nieve de la choza y a continuación volvió a meterse debajo de sus pieles de dormir, tiritando y ansiosa por conciliar el sueño.

Pero no durmió. Al otro lado de las paredes de la cabaña, el perro salvaje gruñía, y, a lo largo de toda la noche, aunque Umak jurase que no era así, espíritus malignos merodearon en las sombras mientras Lonit se mantenía alerta para defenderse de ellos.

Capítulo 3

Amanecía por el este. El viento se precipitaba hacia allí impetuoso a través de las cumbres agobiadas por glaciares y de las heladas estepas de Siberia. Soplaba más allá de la árida extensión de tundra barrida por la tormenta donde Umak y Lonit habían trabajado para levantar su pequeño refugio de huesos y pieles. Si los espíritus malignos agazapados habían cabalgado en alas del viento, se mantenían silenciosos ahora que el viento era más suave. La tormenta se había agotado, dejando una capa de nieve seca en la techumbre arqueada de la choza y en el pelaje del perro salvaje dormido.

Lonit dormitó por fin; era el suyo un sueño sin sueños, un sueño de total extenuación. Junto a ella, Torka despertó, limpio de fiebre. Permaneció un buen rato acostado, escudriñando la oscuridad mientras notaba el calor de los dos cuerpos que le flanqueaban, uno a cada lado.

Aquella presencia no le consolaba, porque los recuerdos que le inundaban eran más penosos que el dolor constante de sus heridas. Los fantasmas del pasado vivían dentro de sus ojos: su mujer, su hijita, los rostros de amigos perdidos para siempre. Veía al pequeño Kipu y oía sus gritos mientras una terrible sombra caía sobre él. Veía al mamut... La Voz del Trueno... El Que Sacude al Mundo... El Que Rompe Las Nubes. Con los ojos redondos y dilatados por su odio al Hombre, el Destructor tronaba dentro de la cabeza de Torka, con su enorme cuerpo enconándose en destruir al pequeño Kipu y a casi todas las cosas que Torka había conocido y amado.

La angustia le ahogaba. De pronto, la cabaña le resultó sofocante. Torka no podía soportar sus recuerdos. Se levantó, luchando contra el dolor. Saltó por encima de su abuelo, cogió una de las pieles de dormir de caribú, se enroscó en ella después de haber desatado la cortina de la puerta y salió.

El mundo era blanco y desconocido. Se extendía hacia el este en vastas ondulaciones que brillaban tenuemente con una lustrosa pátina de hielo, a la luz de la alborada del Ártico. A su izquierda, un montón de pieles cubierto de nieve se levantó de repente, se sacudió y retrocedió con un gruñido.

Sorprendido, Torka se encorvó a la defensiva, dispuesto a estrangular a la bestia si ésta se lanzaba contra él; pero, al salir de la choza, había despertado a Umak y ahora el anciano apareció a su lado.

—Sólo es el Hermano Lobo —explicó Umak—. También él está solo, sin una tribu. Ha seguido a este viejo e impedido que su espíritu se marchase en alas del viento. Ha luchado junto a Umak. Se ha ganado un sitio en este campamento.

Torka frunció el ceño sintiéndose repentinamente débil y desorientado. No tenía una noción clara de las horas transcurridas desde que sucumbiera al delirio en el campamento de invierno. Las palabras de Umak carecían para él de sentido. La escena le parecía tan irreal como si formase parte de sus sueños. Se aproximó a su abuelo y le puso una mano sobre el antebrazo para asegurarse de que era real. Umak movió la cabeza en un gesto afirmativo, dándose cuenta de lo que le ocurría a su nieto.

—Así es —dijo —. Umak vive porque el Hermano Perro no le dejó morir. Por eso este viejo te encontró. Luego, con la ayuda de la muchacha, te saqué del lugar de muerte para traerte a una nueva vida. Nosotros somos todo lo que ha quedado de nuestro pueblo; pero sobreviviremos.

Dentro de Torka, el cansancio y el dolor se convirtieron en algo mucho más duro, mucho más insoportable, algo que rayaba en la más completa desolación.

—¿Para qué? —preguntó.

Ahora le tocó al viejo fruncir el ceño.

—¿Para qué sobreviven los hombres? ¡Para tener una nueva vida! ¡Para oír las risas de sus hijos! ¡Para cazar para sus mujeres! Y para entonar las canciones de vida en la oscuridad invernal.

Torka cerró los ojos.

—Este hombre —afirmó —, no entonará ninguna canción de vida en tanto no haya hundido su lanza en el corazón del Destructor. El espíritu de vida de este hombre estará tan muerto como el espíritu de su pueblo hasta que no coma de la carne de El Que Sacude al Mundo y deje que sus huesos blanqueen bajo el ojo del sol de medianoche.

—¡El Destructor es un espíritu agazapado, un espíritu maligno! —Umak miró espantado a su nieto—. ¡Nadie puede matarle!

Los ojos de Torka se clavaron inflexibles en los del anciano.

—Por mi mujer. Por mi hija sin nombre. Por mi hijo Kipu. Por todos aquellos que ahora yacen de cara al cielo, Torka matará a La Voz del Trueno. O se reunirá con él en el mundo del espíritu, para darle caza eternamente mientras camina impulsado por el viento.

Los días pasaban. Durante el frío inclemente y brutal que siguió a la tormenta, el hielo formó sobre la tierra una costra que cubría las huellas de hombres y animales por igual. Aunque Torka se hubiera encontrado bien, le habría sido imposible retroceder para seguir la pista del mamut. Umak y Lonit le habían llevado mucho más lejos de lo que los cazadores llegaron jamás. No existía una sola marca conocida para señalar el camino de vuelta al campamento de invierno; no obstante, él seguía obsesionado con regresar para dar con las huellas de la bestia que había asesinado a su pueblo, para acecharla, enfrentarse a ella y matarla. Sabía que, virtualmente, no tenía posibilidad de sobrevivir a semejante confrontación, pero no le importaba. Por lo que a él se refería, la vida estaba acabada. Terminó días atrás, a muchos kilómetros, en la nieve ensangrentada donde su mujer y sus hijos yacían ahora para siempre cara al cielo.

La cabaña estaba oscura y dentro hacía calor. Umak, sentado con las piernas cruzadas, miraba colérico a Torka a través de la penumbra.

—El mamut al que buscas —sentenció— jamás lo encontrarás. Olvídalo; antes de que él te mate a ti.

—Gracias a ti —respondió Torka, enojado a su vez— el Destructor camina por un lado del mundo mientras yo camino por otro. Si no encuentro al mamut, ¿cómo va a matarme?

—La bestia que camina en tu interior —la voz del viejo sonaba irritada— se alimenta de tu espíritu de vida. Deja que se vaya, Torka, antes de que sea demasiado tarde.

—Ya es demasiado tarde.

Lonit escuchaba en silencio. Los dos cazadores estaban sentados frente a ella, junto al pequeño lago de fuego que danzaba dentro de la piedra cóncava que servía a la vez de lámpara y de fuente de calor para cocinar. No era una piedra grande; la muchacha la había transportado con facilidad envuelta en su mochila de viaje, junto con sus útiles para hacer fuego: el gastado palo de hueso con muescas que hacía las veces de pedernal, el talador, también de hueso, con su boquilla de piedra pulida y su fiador con dos asas. Estos utensilios estaban junto a Lonit cuando el mamut cargó contra la cabaña. Al igual que la muchacha, no resultaron dañados.

Encender un fuego con el palo y el trépano era un arte. Aquel día, dándose cuenta del malhumor de Torka, Lonit había prolongado el ritual. Por medio de la luz y del calor de su fuego, confiaba despejar la oscuridad en la que crecía la tristeza de Torka. Con la boquilla de piedra en la boca y el extremo del taladrador metido en una de las muescas del palo para hacer fuego, Lonit sostenía un cabo de la cuerda del fiador en cada mano; con el tendón bien estirado frotaba el taladrador al tiempo que éste giraba. Con expertas manipulaciones, se las arreglaba para que la ininterrumpida fricción produjese una llama, a la cual alimentaba con trocitos de musgo seco extraídos del cuerno hueco que utilizaba como caja para guardar la yesca.

Encender el fuego era tarea de la mujer. La madre de Lonit la enseñó a hacerlo a la perfección. La muchacha estaba orgullosa de su habilidad; en eso, por lo menos, destacaba, y deseaba que Torka fuese acariciado por su bonito fuego. Había preparado un aceite espeso con los restos de sebo encontrados en el campamento de invierno, machacándolos sobre un recorte de cuero. Luego había colocado la pasta resultante en el hueco de la piedra; a continuación metió lo más hondo que pudo una de las pocas mechas de musgo que le quedaban. Impregnada del precioso aceite, era la mecha lo que hacía que ardiera la llama y la mantenía prendida sin humo bajo la constante vigilancia de Lonit. La piedra brillaba ahora suavemente, mantenida en su sitio por un círculo formado con cepellones de tierra y hierba. Cortados de la superficie de la tundra, estaban compuestos de musgo y líquenes. Absorbían el calor de la fogata y proyectaban después su tibieza hacia afuera para reducir el frío en el interior de la choza.

Pero ni Torka ni Umak prestaban gran atención al fuego. Estaban totalmente absortos en su conversación y daban por hecho que Lonit, como hembra, poseía la habilidad de hacer fuego.

Torka contemplaba las llamas con fijeza.

—*Regresaré* al campamento de invierno para buscar las huellas del Destructor. Los días ya son más largos y pronto serán también más cálidos. No tardaré en estar fuerte. Con el peso de vuestros bultos y el trineo, por fuerza tenéis que haber dejado huellas profundas en el suelo. La tundra conserva sus cicatrices para siempre. Cuando el hielo se derrita, seguiré el rastro que dejasteis debajo.

—No habrá ninguna huella —replicó Umak—. La tundra estaba muy helada. Caminamos todo el tiempo sobre la nieve.

Torka refunfuñó algo; Lonit, que le miraba a pesar de ocuparse del fuego, se sorprendió al observar que Torka y Umak se expresaban de forma muy parecida.

—En ese caso, buscaré a las aves que vuelan en círculo —dijo Torka—. Los comedores de carroña, tanto de la tierra como del cielo, acudirán a darse un banquete con los muertos.

—Ya están allí. Antes de la tormenta, Umak percibió su amenaza. Precisamente por esa razón prefirió este viejo echar a andar y adelantarse a la tormenta.

Lonit se estremeció al recordar la tragedia.

El rostro de Torka aparecía nublado por el hastío y la tristeza cuando el fuego lo iluminaba.

—Tú me enseñaste bien, padre de mi padre. Caminaré hacia el oeste hasta que el territorio me resulte conocido. Encontraré el campamento. Me atendré al periodo de velatorio según las reglas. Luego, cazaré al Destructor.

—¡Este viejo no irá contigo! —estalló Umak, impaciente y enfadado—. Este viejo continuará hacia el este y buscará a los caribúes. A Umak le ha sido devuelta la vida, no la malgastará. Umak tiene a Lonit para cuidarle. Ahora es una niña, pero será una mujer. El Pueblo puede volver a nacer por medio de ella para crear una nueva tribu, para empezar una nueva vida en la que todos tengamos cabida. Pero la vida se nutre de vida, Torka. Cuando encuentres al Destructor, si lo matas, ¿cómo vas a alimentarte? Es un espíritu agazapado y maligno. Cuando muera, desaparecerá en la niebla del viento fantasma.

—Su carne me alimentará —un nuevo nervio latía en la sien de Torka al acordarse del olor de la sangre del mamut. Recordó cómo le había alanceado una y otra vez, hasta que la bestia le arrojó a lo que parecía ser una muerte segura. Sangra...

Umak estaba tan indignado que lanzó un bufido al tiempo que rompía el borde de la punta de la lanza que reparaba.

—¡También sangrarás tú! —exclamó.

Torka nunca hubiera podido decir con exactitud en qué momento empezó a aceptar la opinión de Umak acerca del mamut. El tiempo pasaba rápidamente. Sus magulladuras mejoraban, sus heridas y erosiones cicatrizaban. La primavera empezaba a ganar terreno a la oscuridad invernal. Todos los días, durante las cortas horas de luz, salía. Buscaba el camino para volver al campamento de invierno, pero no lo encontraba. Buscaba caza y señales de mamut, pero en lugar de ello, encontraba su fortaleza perdida. Poco a poco, su cuerpo sanaba. No ocurría otro tanto con su espíritu.

Estaba obsesionado por sus recuerdos. Ya estuviera despierto o dormido, La Voz del Trueno dominaba sus pensamientos. Más adelante, cierta noche, se durmió y no soñó. Por primera vez desde que el mamut irrumpiera en su vida para destrozarla, se despertó descansado, contento por estar vivo. No podía perdonarse por ello. Su pueblo, su mujer, su hijita y su adorado hijo estaban muertos. No podía permitirse olvidarlos. No lo haría. Tal como Umak le había advertido, la bestia que caminaba dentro de él se alimentaba de su espíritu. Él la dejaba ramonear. De una forma oscura, insana, que no quería analizar, le aplacaba a costa de privar a su vida de toda alegría.

Se alimentaban con la carne de las zorras, y antes de que se vieran obligados a chupar el tuétano del último hueso, Lonit se ocupó de poner trampas. Pronto tuvieron ratones de campo y pikas para asar. Umak abatió con su lanza una perdiz nival de plumaje multicolor. Bandadas de las primeras aves migratorias que habían iniciado el regreso surcaban el cielo. Tímidamente, Lonit se acercó a Torka para obsequiarle con una túnica nueva que le había confeccionado con las pieles y las colas de las zorras. Era una hermosa prenda. La habilidad de la muchacha superaba con creces la destreza con que su mujer muerta manipulaba la aguja. Sintió rencor hacia la jovencita por obligarle a hacer aquella comparación y se mostró reacio a ponérsela. Con su propia túnica hecha jirones no tenía elección, pero lamentó la pérdida de Egatsop. Ella era la que debería estar allí para remendarla o para hacerle otra nueva, y no aquella niña inexperta de ojos redondos y maneras de muchacho. En otro tiempo la admiraba. La tenacidad con que se aferraba a la vida a pesar de la adversidad, era admirable en alguien tan joven. Ahora, en cambio, la odiaba. Sus pensamientos hacia ella eran irracionales y lo sabía, pero le tenía sin cuidado. Ella estaba viva, y su mujer muerta. Estaba viva, y como Umak se preocupaba por ella, el anciano no saldría en busca del Destructor.

Por consiguiente, Torka la odiaba. Ella era la única hembra que quedaba con vida en el mundo entero y Umak tenía razón al decir que si el Pueblo no había de morir para siempre, algún día renacería por medio de ella. La idea le resultaba tan repugnante que no podía soportarla. No obstante, llegó el día en que se despertó y comió un asado de ratón campestre, y al salir de la choza para disfrutar el calor del sol, tuvo que admitir de mala gana que era hermoso estar vivo. El recuerdo de la bestia se reavivó en su mente, pero, a diferencia de la última vez que pensó en el Destructor, sabía que, en realidad, nunca deseó volver a verla, a no ser que tuviera cierta posibilidad de salir vivo del encuentro. Nunca lo haría él solo. Tampoco pondría en peligro a Umak y a la muchacha haciéndoles seguir sus pasos en pos del Destructor. Umak era viejo. Lonit, casi una niña. En aquel mundo salvaje, hostil, eran todo lo que quedaba de su pueblo. Torka no les abandonaría.

Capítulo 4

Levantaron el campamento y se dirigieron hacia el este a la luz del sol naciente. Con el retorno de la luz y el aumento de la temperatura, la textura de la tundra estaba cambiando. La tierra, dura y quebradiza debajo de la delgada capa de nieve y de hielo del invierno, empezaba ahora a emerger resistente y fértil bajo los pies de los viajeros.

Avanzaban a través de parajes que eran diferentes de cualesquiera otros en el mundo. Como en otras tierras y en otras épocas, la humedad y la luz del sol eran los factores determinantes para la vida, pero aquí el viento frío y penetrante imperaba por doquier. Excepto durante los días más largos del verano, cuando el sol nunca se ponía, el soplo helado del viento polar mantenía la temperatura lo bastante baja para impedir que la nieve se derritiera en la cara norte de las laderas. Incluso en los días más cálidos, cuando la tundra era un hervidero de insectos y se encendía con los colores de centenares de especies de flora, la nieve aparecía en montones compactos sobre las colinas expuestas al viento y en las fisuras en sombra de los cantos rodados. Aunque los ríos y las charcas estaban libres de hielo, a menos de un metro debajo de la tierra de la tundra el suelo estaba perpetuamente helado. Las montañas que se asomaban al borde oriental del mundo conocido nunca estaban desnudas; la nieve que caía sobre ellas en invierno permanecía para saludar a las nieves del próximo otoño, haciéndose cada vez más espesas hasta formar con su peso conjunto enormes y asfixiantes sábanas blancas que se extendían sobre las cordilleras, sepultándolas por completo en las crestas más elevadas.

Mucho más al este, la mayor parte de Eurasia estaba enterrada bajo el hielo. En dirección este, más allá del distante horizonte hacia el que Torka, Umak y Lonit avanzaban trabajosamente, encorvados bajo los fardos que llevaban a la espalda, mientras el perro salvaje trotaba detrás de ellos, se extendía también una tierra sepultada. Al otro lado de unos picos escarpados que se elevaban a gran altura cubiertos de hielo, aquella masa de tierra casi desaparecía aplastada por el peso de una capa de hielo con un espesor de más de tres metros y medio por más de mil seiscientos de ancho.

El pequeño grupo de viajeros, sin embargo, sólo veía el verdor de la tundra mientras avanzaba hacia el este en busca de los rebaños de caribúes que ya habrían iniciado el regreso. La marcha era lenta. La tundra se había resquebrajado en formaciones en cuña extrañamente uniformes, producto de la contracción del terreno durante los períodos de frío intenso, agrietándose después. Ahora que los días eran cada vez más calurosos, la nieve derretida rezumaba de las fisuras. Cuando bajaba la temperatura, el aguanieve se helaba y expandía formando cuñas de hielo que llenaban hondonadas poco profundas de tres a trescientos mil metros de longitud.

Pero Umak, Torka y Lonit, no se quejaban por ello. Mientras rodeaban los charcos, agradecían a los espíritus que el vasto y ondulado valle por el que caminaban tuviera sólo una delgada capa de nieve y estuviese lleno de vida con el sonido del aguanieve deslizándose en helados arroyos y riachuelos.

Se detuvieron y respiraron hondo.

—No tardarán en venir los pájaros para hacer sus nidos —dijo Umak, contento por lo que veía—. Vendrán en bandadas para criar a sus polluelos y servirnos de comida.

Las palabras del anciano animaron a Lonit. En su mochila llevaba una cantidad más que suficiente de tendones trenzados para hacer unas boleadoras. Si conseguía encontrar cuatro piedras pequeñas del mismo peso, podría fabricar una magnífica arma para capturar aves acuáticas del modo en que lo hacían en tiempos las mujeres de la tribu, famosas por ello. El sistema consistía en lanzar el artilugio de forma que las piedras envueltas en tiras de cuero se enredasen alrededor de las patas de su víctima, abatiéndola e impidiéndola volar. Lonit era una experta en el manejo de las boleadoras como lo era también en colocar trampas y en tejer redes para cazar aves o para pescar. Se sentía satisfecha de su habilidad en este terreno, así como de las muchas horas empleadas en perfeccionarse, sabedora de que una muchacha fea tenía que ser buena en algo para ser considerada digna de sobrevivir.

Torka miró fijamente la garganta cada vez más estrecha del valle que se extendía frente a ellos. ¿Hasta dónde habían llegado? ¿Cuántos kilómetros les separaban ahora de la desolación del campamento de invierno? Se acordó de Egatsop y de la niña, una criatura preciosa, con los mismos ojos de su madre, grandes y rasgados. ¡Cuánto la echaba de menos! Y también a Kipu. Cerró los ojos sintiéndose agotado de pronto, sin fuerzas para seguir.

—¡Mirad! —gritó Umak, rígido de repente, mientras señalaba al cielo con su índice huesudo.

Torka y Lonit miraron. A gran altura y a considerable distancia delante de ellos, una enorme ave de amplias alas sobrevoló las termales.

—¡Un comedor de sol! —exclamó el anciano, designando al ave por el nombre que recibía debido a su habilidad para atrapar el sol cuando volaba delante de éste. Con un peso de más de siete kilos y una envergadura de alas de casi cinco metros, el cóndor gigante hizo que el corazón de Umak saltara de alegría, y el perro salvaje, que se mantenía cerca de él aunque no demasiado, levantó la cabeza para mirarle como si pensase que se había vuelto loco de repente. Umak saltaba primero sobre un pie y luego sobre el otro, sintiéndose tan fuerte y tan feliz que no se acordaba de cuál era la pierna buena y cuál era la lisiada—. ¡Comedor de sol! ¡Seguiremos tu sombra! —proclamó, consciente de que el cóndor gigante era un ave carroñera de la caza mayor y que allí donde volaba el comedor de sol trotaban los caribúes a la sombra de sus grandes alas.

La esperanza renació en ellos. Avanzaron a través de las aguas poco profundas del recodo de un río. Llevaban varias horas de viaje. El cansancio les obligó a detenerse en un lugar que les pareció adecuado para pernoctar. Levantaron un cobertizo en vez de una choza, ya que su intención no era pasar allí más de una noche, convencidos como estaban de que sólo a unos cuantos kilómetros darían con los rebaños de caribúes.

Mientras Torka y Umak cogían sus lanzas y salían en busca de alguna pieza de caza menor que pudiera encontrarse en las proximidades, Lonit sacó del bulto que llevaba a la espalda una red parecida a un cazamariposas cuyas mallas estaban hechas con tendones. Mientras el perro salvaje olfateaba huellas de marmota y perseguía a las perdices nivales machos en periodo de muda, los cuales se lanzaban unos a otros estridentes retos desde las lomas cercanas y los montículos de nieve de los alrededores, Lonit se arrodilló a orillas del río. Teniendo buen cuidado de no proyectar su sombra en las aguas, se inclinó y la sumergió manteniéndola a contracorriente. En un santiamén un tímalo lustroso y de buen tamaño quedó atrapado en la red entre coletazos y salpicaduras, a la pálida luz del final del día; otros varios cayeron a continuación, uno tras otro, hasta que la red de la muchacha parecía a punto de estallar.

Alineó el pescado en la orilla, echándose hacia atrás para admirarlo hasta que el perro salvaje llamó su atención. Le tenía miedo, y sabía que también Torka desconfiaba de él. Su tamaño era tal que, si se le ocurría atacar, podía dejar malherido a un hombre, cuanto más si se trataba de una muchacha. Pero el perro era el espíritu hermano de Umak, y en el caso de que fuera un perro fantasma, de momento no parecía demasiado temible. Trataba de dar caza a las escurridizas perdices nivales, precipitándose de un montículo a otro, los acosaba con torpes zarpazos, con lo que sólo conseguía arrancarles unas cuantas plumas mientras las belicosas aves graznaban y piaban, triunfantes tras haber frustrado los denodados esfuerzos del perro.

—¿No te enseñó tu madre perra a cazar? ¡De esa manera nunca atraparás comida!

Sacudiendo el agua de su red, Lonit se inclinó para arrancar dos tallos de un grupo de sauces enanos que crecían rodeados de matas de candelilla al borde del terraplén, cerca del agua, al abrigo del viento. Con los tallos y la red en una mano, se aproximó despacio a un montículo cercano, uno de los pocos que no estaban ocupados por las perdices nivales en celo. La nieve yacía amontonada en la ladera norte de la pequeña elevación del terreno. Estaba muy apelmazada, pero aun así consiguió nieve suficiente para formar dos pelotas pequeñas. La más grande, de aproximadamente el tamaño del cuerpo de una perdiz nival, la colocó en lo alto del montículo. La más pequeña, que, al ser alargada, recordaba un poco la cabeza de un ave, la colocó con fuerza encima de la más grande. En la unión de las dos bolas puso unos trozos del musgo marrón que crecía al borde del montón de nieve. El musgo así colocado recordaba algo los primeros mechones de plumaje estival que ya apuntaban en la garganta de cada pájaro entre la desvaída pelusa de sus blancas plumas de invierno.

La muchacha contempló su creación, recordando otras hechas en tiempos más felices. Se obligó a no pensar en el pasado. Había quedado definitivamente atrás. Pero ella vivía y estaba satisfecha de su obra. Desde cierta distancia, su pájaro de nieve podía resultar lo bastante real como para engañar a cualquier cerebro de pájaro, es decir a cualquier perdiz nival con ganas de pelea. Sonrió un poco mientras amontonaba nieve delante de su señuelo y acto seguido colocaba su red encima, sujetándola con los tallos de sauce enano.

A continuación se quitó de en medio. Tumbada boca abajo, se mantuvo al acecho detrás del montículo, alerta al reclamo de las perdices nivales, mientras éstos, que no habían prestado la más mínima atención a los preparativos de la muchacha, continuaban lanzándose los unos a los otros sus retos territoriales. Con extraordinaria habilidad,

Lonit les imitó. Momentos después, uno de los ejemplares más próximos se lanzaba al ataque del señuelo. Descendió en picado, dio unos pasos mientras emitía un graznido de advertencia; pero cuando sus garras hurgaron en la nieve amontonada delante de su rival, se enredaron en la red. Perdido el equilibrio, la perdiz nival cayó entre aleteos en el señuelo; alertada por sus gritos, Lonit corrió a lo alto del montículo, lo atrapó y le rompió el cuello en un periquete. Con su trofeo en alto, lanzó un pequeño alarido de triunfo. Cuando Umak y Torka regresaran al campamento, podrían darse un banquete con el ave y la pesca. Los dos hombres se sentirían contentos y la considerarían digna de estima.

En aquel momento los distinguió a lo lejos mientras trotaban hacia ella. Ambos blandían sus lanzas. Hacían gestos, sin duda de alegría, al ver a la perdiz nival que ella sostenía en alto. La sacudía de tal manera que no podían dejar de verla. Umak gritó su nombre. Él y Torka echaron a correr. Lonit se sentía radiante de júbilo.

Pero no por mucho tiempo. Los gritos de otras especies de aves les hicieron mirar en torno. Al fijarse en el río se quedó consternada. El perro salvaje estaba al borde del talud, ocupado en zamparse el último de sus tímalos. Encima de él, una sombra transformó las postrimerías del día en oscuridad, mientas el cóndor gigante plegaba hacía atrás sus enormes alas y bajaba en picado hacia ella.

Lonit estaba petrificada. Era un ejemplar enorme de plumas negras y blancas precipitándose cielo abajo a toda velocidad; su cuello de buitre aparecía extendido, su cráneo deprimido tenía tanto de águila como de cóndor, con su pico largo, aquilino, de amenazadora potencia. Aquel garfio semejante a un cuerno, tan perfectamente constituido para atrapar y devorar sus presas, se abría de par en par mientras el ave rapaz proseguía su descanso. La muchacha miraba hacia arriba, horrorizada al ver sus ojos redondos y rojos, la puñalada de su lengua, igualmente roja, y las enormes aberturas cóncavas de sus fosas nasales. Prorrumpió en estridentes chillidos mientras se abalanzaba para arrebatarle la perdiz nival que tenía en la mano, en el preciso momento en que el perro salvaje brincaba sobre ella y la tiraba al suelo.

La fuerza del impacto del perro hizo que Lonit soltara la perdiz nival justo a tiempo, pues de lo contrario el cóndor le habría arrancado la mano. La muchacha se quedó acurrucada en el suelo, casi convencida de que el perro se la iba a comer; pero el animal se había apartado de ella en un abrir y cerrar de ojos para ir detrás del cóndor que planeaba entre graznidos a punto de caer a tierra, con una lanza de Torka en el pecho.

Lonit oyó los gritos alborozados de los cazadores.

Tenía la boca seca. Se sentía insignificante, necia y avergonzada mientras veía caer al cóndor de costado entre graznidos y estertores, manando sangre. Todavía era peligroso, con su mortífero pico y el pataleo de sus feroces y enormes garras. Torka y Umak corrieron a rematarlo, acercándose osadamente para hundir sus lanzas en el ave de presa mientras el perro salvaje permanecía al lado de Umak. El animal gruñía, mordía y escupía plumas como si estornudara. A su manera ayudaba a su hermano hombre a rematar la presa.

Lonit observaba la escena. Su propia necedad había sido la causa de que perdiera su pescado y su perdiz nival. Aquella noche, Torka, Umak y el Hermano Perro se darían un banquete con la carne del cóndor. Lonit no comería. Una muchacha fea que no servía para nada, no tenía derecho a participar en un festín al que no había contribuido en absoluto.

Capítulo 5

Umak la puso nerviosa después de haber explicado por qué no tenía derecho a participar de la carne del cóndor. La miraba con una sonrisa entre divertida y afectuosa.

—Niña —acabó por decir—, sin ti y tu perdiz nival, ¿qué habríamos usado como señuelo para conseguir que el comedor de sol descendiese del cielo?

—No soy una niña. Soy casi una mujer —se encrespó ella.

Torka la miraba con severidad.

—Entonces, Casi Una Mujer, descuartizarás el cóndor. Encenderás una hoguera. Asarás la carne para Umak y para Torka. Ése es un trabajo de mujer. Una vez lo hayas terminado, serás digna de comer con nosotros.

Lonit enrojeció hasta la raíz del pelo. Agradecida por cada una de las palabras pronunciadas por el joven, se puso a trabajar llena de alegría.

Por lo menos Umak era fácil de complacer. Al dejar el campamento, él y Torka habían llegado hasta la garganta del valle y trepado a una colina baja para dominar mejor el panorama. Desde allí, al final de una vasta llanura, divisaron por fin en el horizonte lo que esperaban ver hacía mucho tiempo.

—Esta noche comeremos la carne del cóndor —dijo Umak—, y la sangre y el tuétano del comedor de sol nos proporcionará vigor, porque no debemos deshonrar su espíritu de vida desperdiciando lo que hemos matado. Pero mañana nos iremos de aquí. Mañana caminaremos lejos. Mañana instalaremos un campamento de caza en el que permaneceremos muchos días. ¡Mañana nos prepararemos para cazar caribúes!

Sus ojos brillaban de excitación.

—El rebaño viene hacia nosotros procedente del este, tal como lo había pronosticado este anciano —manifestó con entusiasmo—. El rebaño se dirige de horizonte a horizonte, a través de una llanura que se extiende desde el infinito al infinito. Este anciano jamás había visto una tierra tan vasta. ¡Este espíritu jefe jamás había visto tal cantidad de caribúes!

El entusiasmo de Umak era contagioso. Lonit escuchaba sin dejar de trabajar, entristecida al principio al recordar los largos días de hambruna. Le dolía el sufrimiento de su pueblo, deseaba con todas sus fuerzas que hubieran sido los caribúes los que hubiesen irrumpido en el campamento en vez del mamut; deseaba que hubieran encontrado la vida en lugar de la muerte. Pero la tribu ya no existía. Todo lo que quedaba del Pueblo estaba allí, cobijado en el pequeño campamento. Torka, Umak y Lonit formaban una nueva tribu. Y cuando los cazadores trajesen caribúes al campamento, Lonit estaba segura de que podría arreglárselas para que su sensatez femenina sirviera para algo útil. Ella velaría por sus hombres. Su tristeza desapareció. Sonrió y bajo sus altos pómulos se formaron unos hoyuelos al imaginar las cosas bonitas que podría hacer gracias a los caribúes.

Torka estaba inquieto mientras escuchaba a su abuelo, no por las palabras del anciano sino por lo que pensaba al observar cómo procedía Lonit a descuartizar el cóndor. Como de costumbre, la contemplación de la muchacha le angustiaba. Era una chiquilla fuerte, valiente, que nunca se quejaba, pero él echaba de menos a su mujer, y a sus hijos. Este sentimiento de añoranza hacía que su aborrecimiento hacia la muchacha se reavivase constantemente. ¿Por qué había sobrevivido si todos los demás habían muerto? ¿Por qué?

Estaba en pie junto al cobertizo que habían levantado, con los ojos fijos en el mundo que se extendía ante él. Parecía estar completamente vacío. Estaba vacío. ¿Volvería a oír risas infantiles alguna vez? ¿O las voces de mujeres cuchicheando en la solitaria oscuridad? ¿O las de hombres discutiendo amistosamente después de jugar una partida de canicas?

Al inclinarse para entrar en el cobertizo, deseoso de sentarse resguardado del viento junto a su abuelo, el perro salvaje le gruñó. El animal yacía al otro lado de las piernas estiradas del viejo, cerca, pero a prudente distancia, justo fuera del alcance de Torka. El perro se situaba siempre allí donde se proyectara la sombra de Umak. Siempre, cuando Torka ocupaba un sitio cerca de él, le advertía que se marchara.

—Estáte tranquilo, Hermano Lobo —tranquilizó Umak al animal—. Torka es miembro de nuestra tribu, y carne de la carne de este viejo. Tienes que acostumbrarte a él. También es hermano tuyo.

El perro bajó la cabeza, algo más calmado; pero no le quitaba los ojos de encima a Torka. "Aarrr..." Continuó con su gruñido, pero de forma más suave.

—¡Aar! —repitió Torka fastidiado, sentándose al lado de su abuelo.

El joven cazador pensaba que indudablemente Umak era un espíritu jefe por haber conseguido que le siguiera una bestia. En cuanto a él, si el asunto fuera de su incumbencia, le rompería la crisma. Un perro joven sería bueno de comer. Con su pelaje se podría confeccionar cualquier prenda de vestir. Pero nunca podría ser hermano de un hombre. *Nunca.* No importaba lo que Umak pudiera decir en contra, Torka no confiaba en el perro. Algún día dejaría de mostrarse pacífico. Algún día, en vez de saltar en ayuda de la muchacha, la atacaría. Algún día, en lugar de ayudar a Umak a rematar una presa, los poderes del viejo se desvanecerían y el perro trataría de matar a alguien que ya no dominaba su espíritu. Torka esperaría ese día; entonces mataría al "Hermano Perro".

—Mirad —dijo Lonit, levantando uno de los largos huesos de las alas del cóndor. Con su puñal de descuartizar le había despojado de carne y tendones, y ahora se mostraba maravillada ante su ligera estructura—. ¿Cómo es posible que un hueso tan frágil soporte el peso de un ala tan grande?

Umak lanzó un gruñido. No era una pregunta a la que un hombre, ni siquiera un espíritu jefe, pudiera responder. Pero Torka se levantó, intrigado. Lo que la muchacha había notado era, en efecto, digno de ser tomado en consideración, aunque sólo fuera por satisfacer su innata curiosidad.

Se acuclilló frente a la muchacha, con los restos del ave entre los dos, manteniéndose en equilibrio dentro de sus botas hechas con varias capas de cuero y piel de pelo largo. No cogió el hueso, sino la otra ala del cóndor, entera. La muchacha la había cortado limpiamente de la articulación de la espalda. Estaba intacta, su intrincado plumaje brilló en su mano desnuda. Nunca había visto plumas de un tamaño semejante. Arrancó una y barrió el aire con ella, dándose cuenta de que la capa de plumas a lo largo del vástago hueco y flexible creaba un poderoso impulso contra el aire.

Lonit observaba la pluma. Sus ojos femeninos tomaron nota de aplicaciones más prácticas. Si cosía varias de ellas en un cinturón hecho con tendones, las plumas serían lo bastante largas para confeccionar una camisa para verano, o un magnífico cuello ornamental para que lo luciera un espíritu jefe cuando recurriese a sus poderes, o un eficaz abanico para ahuyentar las moscas que picaban a diestro y siniestro en ruidosos enjambres, los cuales recorrían la tierra en los días sin viento de un sol interminable. Se aventuró, vergonzosa, a compartir sus pensamientos con Torka, pero éste no parecía oírla, o por lo menos no demostró ningún interés mientras examinaba el ala, fascinado por su estructura anatómica, intrigado por la longitud y elasticidad de los poderosos tendones que proporcionaban un movimiento de extraordinaria elasticidad a los músculos y los huesos.

—Así es como vuela... —dijo pensativo.

Por no ser menos que su nieto, Umak se puso en pie y, acercándose a él, cogió la pluma de sus manos.

—¡Hummm! —examinó el miembro cortado, afirmó con la cabeza, lo sopesó y a continuación se lo puso encima de un brazo y empezó a moverlo, despacio al principio, simulando ser un cóndor. Sin más ejecutó una danza en la que imitaba el vuelo y los graznidos del ave de presa muerta.

Torka no pudo contenerse y se echó a reír. Lonit ocultó su risa tapándose la boca con las manos por temor a que, tratándose de una muchacha indigna como ella, pudiera ofender al espíritu jefe. El perro salvaje gimió al tiempo que reculaba, sin saber lo que podía esperar de tan extraño comportamiento.

Umak continuaba la danza, improvisando sobre la marcha mientras movía el ala como si fuera una extensión de su brazo. Entonaba una canción de alabanza al gran pájaro, cuya carne pronto consumirían.

"Así es como vuela", pensaba Umak, y durante un buen rato no sintió el peso de sus años en su viejo cuerpo. Danzaba. Giraba. Se elevaba. Después, por fin, volvió a ser de nuevo un hombre, un hombre cansado. Se detuvo, agobiado por sus años y por los muchos kilómetros recorridos desde que dejaron atrás el asolado campamento de invierno de su tribu. Pensó en la vasta llanura que él y Torka habían avistado, en los caribúes y en los kilómetros que todavía les separaban de los rebaños tanto tiempo esperados. Dejó caer el ala del cóndor y permaneció en pie, con las manos en las caderas, respirando hondo, con la rodilla lastimada doliéndole y los pies destrozados.

—¡Ufff! —exclamó—. ¡Si a este anciano pudieran brotarle alas como a un comedor de sol! ¡Si *todos* pudiéramos volar con las alas del cóndor! ¡Pensad en la distancia que podríamos cubrir! ¡Pensad en todas las cosas que podríamos ver! ¡Y pensad en el desgaste que se ahorrarían nuestros pies!

Lonit encendió una hoguera con huesos de zorra secos y trozos de hierba, que transportaba en su mochila con ese propósito. Asaron el comedor de sol y comieron hasta hartarse compartiendo la carne con el perro salvaje. Luego liaron el sobrante en un bulto y lo guardaron debajo de sus pieles de dormir para utilizarlo cuando hiciera falta.

Con el estómago lleno de carne, calientes por su proximidad a la hoguera, durmieron apiñados debajo del cobertizo. Torka tenía extraños sueños en los que se veía como un hombre con las alas del cóndor, unas alas con las que volaba muy alto alrededor del mundo, que le hacían sentirle ingrávido y le permitían experimentar el impresionante impulso y poder del vuelo. Era como una lanza arrojada a través del cielo; una lanza que podía controlar su propio ímpetu, que podía ver con los ojos de un hombre.

Al mirar hacia abajo divisaba las elevadas cumbres de las montañas y los cañones obstruidos por el hielo, los valles de la tundra y las vastas llanuras donde los caribúes avanzaban en un interminable y continuo río de vida a través de la tierra. Y allí, en el extremo más oriental del horizonte, vio un mamut que pastaba... un mamut como no existía otro igual... una bestia con la cruz tan alta como una montaña, colmillos tan duros, fríos y despiadados como glaciares, y unos ojos dilatados por su odio a los hombres. Alzó la cabeza y, al verle volar, trompeteó con un bramido que sacudió el cielo.

Torka respondió a aquella voz. Gritó en sueños como si sus alas se cerrasen y él se precipitara cielo abajo, transformado en una lanza que se clavaba en el mamut con el poder mortífero de un rayo. El Destructor se desplomó en el mismo sitio donde se encontraba, y Torka se despertó tembloroso, con sabor a sangre y a muerte en su boca, y un tremendo sentimiento de frustración.

Capítulo 6

El lazo de cuero silbó lanzado por la mano de Torka. El perro dormido lo oyó, pero ya era demasiado tarde. El lazo rodeaba su cabeza, y cuando el sorprendido animal se puso en pie de un salto, el nudo corredizo se estrechó alrededor de su cuello. El peso y el estrechamiento del objeto desconocido provocó el pánico del perro. Se volvió para echar a correr, pero tuvo que pararse en seco, medio estrangulado, mientras Torka se apresuraba a atar el extremo de la correa a una estaca de hueso que había clavado a bastante profundidad en la tundra la noche antes.

Aturdido, el perro seguía de pie con la cabeza gacha y el cuerpo en tensión mientras luchaba inútilmente por liberarse del tirón de la correa. El animal miró a Torka. En sus ojos azules se abrió paso poco a poco la luz del entendimiento al descubrir que era Torka quien manipulaba la delgada tira de cuero. En la garganta del perro se inició un sordo gruñido y, sin otra señal de advertencia, se lanzó hacia adelante enseñando los dientes; los habría hincado en la gruesa manga de Torka, desgarrándola, si el cazador no se hubiera apartado a tiempo de un brinco. El perro gimió de dolor al caer de costado, ya que la fuerte sacudida de la correa le hizo perder el equilibrio al tensarse ésta en toda su longitud.

Lonit contemplaba la escena, sorprendida. Habían llegado muy lejos desde que desmontaron el cobertizo y se dirigieron a las lejanas colinas del este. A su llegada levantaron una choza al abrigo de aquellas colinas, y pasaron allí una noche descansando y preparándose para cazar a los caribúes que pastaban a cientos de millares en la llanura que se extendía frente a ellos. La muchacha no participaría en la matanza, desde luego, aunque sí en la mayor parte del despiece. Con esta idea, se había despertado antes que sus hombres para reunir sus raspadores y demás utensilios afilados, de piedra y de hueso, los cuales convertían los cuerpos de los caribúes en carne y pieles. Se había deslizado fuera de la choza, sentándose a la puerta, frente al lugar por donde saldría el sol, con la bolsa de piel de lince donde guardaba sus herramientas en el regazo. El perro salvaje había levantado una vez la cabeza para mirarla, pero enseguida la bajó y volvió a dormirse. Bajo sus dedos sin enguantar, el pelo corto y sedoso del lince era suave y frío. La muchacha contempló con renovada admiración las meticulosas puntadas de las costuras. Ahora era su bolsa, pero había pertenecido a otra mujer, al igual que los útiles que contenía. Su propia bolsa, perdida entre los escombros de la cabaña de su familia, estaba hecha con una piel entera de marmota, incluidas las patas, y la cabeza servía de tapa. La había buscado en vano, pues no le fue posible dar con ella. Al acariciar la bolsa de piel de lince recordó a la persona que la confeccionó, Enilik, la mujer de ojos brillantes que compartía su vida con Nap. Cerró los ojos; confiaba en que el espíritu de vida de Enilik comprendería las razones por las que Lonit se había apropiado de su bolsa y de sus herramientas y perdonaría a una muchacha indigna de haber sobrevivido.

Absorta en sus pensamientos, no había oído a Torka salir de la choza, ni vio tampoco cómo se las arreglaba para echar el lazo al perro. El joven no había avisado de antemano acerca de sus intenciones de atar al animal, y aunque lo hubiera hecho, Lonit no habría entendido lo que se proponía conseguir con ello.

Umak se precipitó fuera de la choza, todavía desnudo.

—¡Qué has hecho! —chilló furioso al ver al perro fuera de quicio, con el cuello medio dislocado mientras se arqueaba hacia atrás en un desesperado intento de morder la correa que le retenía.

Lonit se quedó boquiabierta y bajó la cabeza. Bajó también los ojos; no para no ver la desnudez del anciano, porque entre el Pueblo, a menudo las familias dormían desnudas, juntas, aunque Lonit, Umak y Torka no durmieran así desde la noche de la gran tormenta. Era el tono de voz del anciano lo que la había asustado. Había gritado a Torka. Lonit bajó la cabeza para no ver la vergüenza de Torka. Ningún hombre hablaba así a otro. Jamás. Sólo se podía tratar de ese modo a las mujeres.

Torka palideció, sin entender qué era lo que había hecho para provocar la ira de su abuelo.

—En cuanto olieran al perro, los caribúes se dispersarían lo mismo que las hojas de sauce arrancadas por un vendaval de otoño —explicó. Luego añadió que creía que Umak limitaría el campo de acción del perro antes de que se preparasen para la cacería.

—¡Un hombre no ata a su hermano! —Umak temblaba violentamente en la fría mañana. Se tocó la garganta con una de sus manos surcada de venas. Podía sentir la presión de la correa del perro en su propio cuello. Lamentaba haber gritado. Las palabras de Torka no carecían de sentido, y en realidad había obrado con cordura. Sin embargo, al atar al perro lo había deshonrado, y a Umak también—. Entre hermanos debe existir la confianza. Es el único lazo que puede haber entre ellos. Sin eso... —dejó la frase sin acabar y dio un paso hacia el perro, sabiendo que sus temores se cumplirían.

Al verle acercarse, el perro se levantó. Su cabeza enmascarada en negro se bajó, mientras se le erizaba el pelo a lo largo de toda la espina dorsal. De su garganta surgió un gruñido bronco y sus fauces se abrieron para mostrar unos dientes amenazadores. Umak se detuvo. Una terrible sensación de remordimiento le dominaba. Sabía que acababa de perder un amigo.

El perro reculó unos pasos, después se abalanzó hacia adelante, proyectando todo su peso contra la correa. La desmesurada tensión provocó que el lazo que sujetaba el cuello del perro se rompiera, y que la estaca donde estaba sujeta la correa se partiera en dos. Por un instante, pareció que el perro se disponía a arrojarse a la garganta de Umak. Lonit lanzó un grito, mientras los útiles y la bolsa se desparramaban por el suelo al ponerse en pie de un salto. Torka corrió a coger una de sus lanzas del sitio donde las había dejado, en posición vertical, apoyadas contra la choza. Pero el perro saltó más allá del anciano, escarbó la tierra con las patas traseras y continuó su camino.

Torka se dispuso a arrojarle su lanza, pero Umak se lo impidió con un grito imperativo.

El respeto que Torka sentía por su abuelo detuvo su mano, pero aquella mano temblaba de decepción mientras decía:

—El perro alejará a los caribúes.

Los ojos de Umak se entornaron. Torka le miraba con una expresión que al anciano le causó más escalofríos que el aire helado. En los ojos del joven había piedad, piedad por alguien que ya era viejo e incapaz de tomar decisiones que nadie discutiera. Umak se puso a la defensiva, arrebatado por una cólera que ardía en su interior y enardecía su orgullo. La dignidad le impedía recordar a su nieto que yacería muerto en la tundra, de cara al cielo para siempre jamás, de no haber sido por la fortaleza de Umak y por su capacidad para tomar decisiones que le salvaron la vida. Reaccionó con el absoluto desprecio que sólo los muy viejos pueden sentir por la ignorancia, la impaciencia y la arrogancia de la juventud.

—Torka ha obrado en beneficio de la tribu —manifestó—. Torka cree que no se puede confiar en el Hermano Perro. Pero Torka ha expulsado a alguien que salvó la vida de Umak, y la de Lonit, y, sí, también la de Torka. Umak y el Hermano Perro han caminado muchos kilómetros juntos. Hemos comido de las mismas presas y dormido en los mismos campamentos. Aar es hermano de este espíritu jefe. Y si regresa para reclamar el sitio que por derecho le pertenece como miembro de esta tribu, Torka no levantará la mano contra él.

Umak había hablado con sosiego, pero era evidente que sus palabras no eran sólo una reprimenda, sino sobre todo una orden.

—El perro no volverá —replicó Torka, con el ceño fruncido. Pensaba que no había oído bien, pero estaba casi seguro de que su abuelo acababa de referirse al animal con un nombre, como si fuera un ser humano. A pesar de que había presionado a su abuelo más allá de los límites permitidos por las conveniencias y la tradición, no pudo por menos de hacerle una pregunta que no podía quedar sin respuesta —: ¿Aar?

El mentón de Umak apuntó al cielo con aire de desafío.

—Mi nieto tiene un nombre —declaró—; mi hermano, también.

—Tu hermano es un perro, abuelo —le recordó Torka.

El joven se sentía profundamente turbado. El anciano tenía un aspecto muy frágil, desnudo y rígido a la intemperie, con sus brazos nervudos cruzados sobre el pecho esquelético. Torka recordó las numerosas veces que Egatsop le había señalado las debilidades de Umak. La voz de la mujer parecía imponerse con su susurro desdeñoso al creciente viento matutino. "Umak es viejo. Umak ha perdido sus poderes. Umak ya no es el mismo de antes. Umak ya no es un espíritu jefe. Umak ni siquiera es ya dueño de su propia mente. Umak es un estorbo para el Pueblo".

Pero ahora el Pueblo ya no existía. Torka estaba solo en el mundo con Umak y Lonit. Los dos habían trabajado con denuedo para salvar su vida; pero ahora que él estaba sano y fuerte de nuevo, conocía la verdad, por mucho que Umak pudiera empeñarse en negarla. Las vidas de ambos dependían de Torka. La muchacha era demasiado joven, y en cuanto a Umak, Torka no se había dado cuenta hasta aquel momento de lo viejo que realmente era. Tal vez Egatsop tuviera razón en lo que decía de él. Quizá su sabiduría, al igual que la resistencia de su cuerpo, fuera cosa del pasado. Su extraño afecto por el perro parecía confirmarlo.

—Abuelo —el tono de Torka era amable—, ya es hora de olvidar al perro. Torka no pretendía echarle, pero ahora que se ha marchado, considera que es lo más conveniente. Jamás hasta ahora caminaron juntos perros y hombres. Jamás hasta ahora compartieron sus presas ni sus campamentos. Si el perro vuelve, nos seguirá a la cacería. Ahuyentará la caza.

Umak se estremeció, irritado por la inconfundible condescendencia que se traslucía en la voz de su nieto.

—¿Lo mismo que ahuyentó al cóndor que se abalanzaba sobre Lonit para hacerle caer en la lanza de Torka? —inquirió.

Lonit sintió que le ardía la cara. La tensión entre los dos cazadores parecía cortar hasta el aire que respiraba. Se arrodilló y empezó a recoger sus útiles desperdigados. ¡Si Torka hubiera visto cómo había luchado el perro junto a Umak contra las zorras! ¡Si hubiera visto al animal echado a los pies del cazador! ¡Si hubiera visto al animal coger comida de la mano de un hombre! Si ella no fuera sólo una hembra, limitada a comunicar sus pensamientos a las personas de su propio género, le hubiera hablado a Torka de aquellas cosas; entonces él habría sabido que Umak era un espíritu jefe grande y poderoso, y que el perro salvaje existía gracias a sus encantamientos.

—¡Torka no necesita que ningún perro le ayude a cobrar sus presas! —repuso el joven, irritado por el frío sarcasmo de Umak.

—¡Bah! —replicó Umak—. Ya veremos. Vamos a prepararnos para la cacería. Nos pondremos nuestras capas de acecho. Este viejo tiene frío. Este viejo matará caribúes. Este viejo comprobará lo que Torka recuerda de todo lo que Umak le enseñó.

Mataron dos ejemplares. Cuando la segunda hembra se desplomó retorciéndose en las convulsiones de la agonía, con dos lanzas en la panza, el rebaño corrió a la desbandada delante de ellos, como un río hormigueante de crías bramantes y hembras con cornamenta que resoplaban, un río que se extendía de horizonte a horizonte frente a los cazadores, tan lejos como su vista podía alcanzar.

—¡Ningún perro podría ahuyentar a tanta caza! —dijo Umak.

Torka no hizo ningún comentario. No quiso admitir que el anciano tenía razón. No obstante, se sentía mejor, ahora que su sangre se había activado con la caza, y estaba contento, además, de que Umak le hubiera aventajado. A pesar de su pierna rígida, el viejo había actuado como si fuera él y no Torka un hombre en la flor de la vida. Torka no le había ayudado a cobrar sus presas. El viejo lo había hecho todo, y lo sabía. De las cinco lanzas arrojadas, todas ellas dieron en el blanco; sólo una de las armas pertenecía a Torka.

En los ojos de Umak había cierta expresión de reserva y en su rostro se dibujaba una sonrisa de superioridad contenida a duras penas mientras recuperaba sus armas y aguardaba a que Torka cogiese la suya.

Sus ojos se encontraron y ambos se sostuvieron la mirada. Tal como les ocurría con frecuencia, sus espíritus parecieron fundirse. Cada uno de ellos conocía los pensamientos del otro.

"Este anciano aún no es tan viejo como para no aventajar a su nieto en la cacería".

Torka asintió con la cabeza, mortificado. "Este hombre ha juzgado mal a alguien que todavía es capaz de abatir a un gran oso blanco, si se lo propone".

La sonrisa de Umak se ensanchó, mostrando unos dientes fuertes, desgastados por el tiempo. Arrodillándose, se quitó uno de sus guantes y metió la mano desnuda en la herida que la lanza de Torka había infligido a la hembra que ahora yacía muerta.

—Es una herida mortal de necesidad —concedió.

Torka sonrió, consciente de que las palabras de su abuelo habían sido pronunciadas con el propósito de suavizar la tensión provocada por su anterior conflicto. Se arrodilló al lado del anciano, se quitó un guante e introdujo la mano en la herida abierta por la lanza de Umak.

—Torka y Umak forman un buen equipo —dijo—. ¡Juntos hemos matado a esta hembra dos veces!

Aquel día no cazaron más. Para expresar su gratitud a los espíritus de los ejemplares muertos, entonaron la canción apropiada para la ocasión, según la práctica de generaciones enteras de cazadores. Trataron de no pensar en aquellos con los que jamás volverían a cazar, pero que, sin embargo, estaban allí con ellos, vigilándoles desde el cielo.

Pero los muertos no comen, y tanto Umak como Torka tenían un hambre voraz. Extrajeron los ojos de los caribúes y chuparon sus jugos negros de sabor agridulce. Perforaron el estómago de sus víctimas, les arrancaron el corazón y lo devoraron, convirtiendo la comida en ceremonia al notar que los espíritus de vida de los caribúes les llenaban de calor, energía y optimismo. Se sonrieron mutuamente. Había pasado demasiado tiempo desde la última vez que compartieron la carne y la sangre de caribú; su carne era la mejor de cuantas habían probado a lo largo de su existencia.

Las hembras que habían abatido eran relativamente pequeñas, de cuartos tiernos, sin crías que pudieran morir de hambre al carecer de leche. Los cazadores las cargaron a hombros con facilidad y con paso lento emprendieron el regreso al campamento donde Lonit les esperaba.

La muchacha les brindó el tradicional saludo femenino, que ellos, como varones, fingieron ignorar. Ellos descargaron sus presas a los pies de Lonit, a continuación se quitaron sus mantos de ojeo provistos de cornamentas y se pusieron en cuclillas junto a la hoguera encendida por ella protegiéndola del viento con piedras y trozos de musgo. Acto seguido, la joven dio comienzo a la obligada letanía de alabanza. La costumbre establecía que el hombre no se diera por enterado, pero aunque se mantuvieron en silencio, sus rostros demostraban su sorpresa. La cadencia de la canción de alabanza de Lonit era perfecta. Su voz era extraordinariamente agradable y suave, parecía calmar el frío, apaciguar el viento omnipresente. Los pasos laterales de una breve danza, ejecutados lentamente, con sencillez ritual, introdujeron a la muchacha en una secuencia de caza llena de elegancia. Cuando se paró frente a ellos, Umak lanzó una exclamación en señal de aprobación, y aunque Torka no hizo ningún comentario, Lonit estaba radiante de alegría, no sólo porque se sentía contenta por la caza , sino porque su canción de alabanza había sido aceptada por sus hombres.

Sus hombres. El concepto la embargaba de felicidad. Se dispuso a trabajar; lo primero que hizo fue arrastrar a los caribúes lejos de la choza, por temor a que los depredadores se sintiesen atraídos por el olor de la comida y cayesen sobre los humanos confundiéndolos con animales. Con su afilado cuchillo de cortar la carne abrió los vientres de los caribúes; cortó trozos de carne ensangrentados y los acercó a los cazadores, llevando los hígados y los riñones en sus manos. Todavía calientes, humeaban en el aire helado, y el olor de las entrañas dulces y oscuras era embriagador. Ante su asombro, si bien Torka cogió su ración y empezó a comer, Umak, magnánimo, compartió parte de sus tesoros con ella, cortando pedazos de lo que por derecho le pertenecía al tiempo que insistía en que la muchacha los consumiera allí mismo, enseguida. Así lo hizo, y se sintió más encantada todavía cuando llevó las largas madejas de intestinos a los cazadores. Umak también los compartió con ella, dándole generosas porciones rellenas de una deliciosa masa parecida a un pudín, compuesta de líquenes de gran valor nutritivo y de diversas clases de musgos, todo ello suavizado por el sabor ácido de los jugos digestivos. Desde su niñez, cuando su madre compartía con ella aquel tipo de manjares, Lonit no había vuelto a probar de las partes más preciadas de una pieza de caza mayor. Su alimentación había consistido en sobras, fragmentos de huesos de tuétano con las mejores partes ya chupadas por otros, restos de carne demasiado duros para ser comidos por cualquiera a excepción de los más miserables, y también había consumido "comida de mujer" que ella misma se había agenciado: aves, roedores y pescado, gusanos algunas veces. Todos estos alimentos se consideraban inadecuados para los varones, salvo durante la época de la gran oscuridad, cuando salía la luna del hambre y el Pueblo comía sin lamentarse todo lo que podía encontrar.

Una vez saciada su hambre, Torka y Umak se levantaron y terminaron de desollar los caribúes mientras la muchacha permanecía en pie a su lado, admirada por la habilidad con que lo hacían. La tarea de desollar la caza mayor era incumbencia de los hombres; ninguna mujer osaría tan siquiera pensar en ello, por temor a ofender al espíritu del animal muerto. En cualquier caso, Lonit no podía evitar apartarse de allí, mientras observaba con manifiesta curiosidad los movimientos rápidos y seguros de las manos de los cazadores que, armados con hojas de pedernal de evidente perfección, levantaban las pieles y las arrancaban de la carne que había debajo.

Apenas terminaron la faena, los hombres regresaron junto a la hoguera y se sentaron. Todavía picaron un poco de los restos de hígado, riñones e intestinos. Al poco rato estaban adormilados.

Ahora le tocaba a Lonit prepararse para llevar a cabo el despiece. Para empezar extendió las pieles, con la parte del pelo hacia abajo, y las sujetó con piedras. Puso buen cuidado en no estirarlas. Las pieles estiradas cuando todavía estaban húmedas se endurecían enseguida y no había forma de trabajarlas. La muchacha contempló la extensión de pieles ensangrentadas, precipitadamente arrancadas en algunos puntos. El viento seco y helado ya había hecho que aparecieran costras en varios sitios. Al día siguiente las rasparía mejor. Tendrían que pasar bastantes días antes de que estuvieran preparadas para seguir trabajándolas. Cuando le pareciese que estaban lo suficientemente secas, dormiría en ellas, con la parte de la carne contra su cuerpo. El calor de su propia piel las impregnaría de aceites curativos que sólo podían obtenerse mediante un contacto prolongado con la piel humana. Al día siguiente volvería a rasparlas y las estiraría en el viento helado. Al cabo de varias sesiones de raspado y estiramiento, Lonit contaría con cueros lo bastante suaves para ser transformados en nuevas prendas de vestir para sus hombres. Los cosería con infinito cuidado y uniría las costuras de forma que ni el viento más frío penetrase a través de ellas. Luego, en los días tormentosos, cuando los cazadores salieran para internarse en el frío brutal de la época de la larga oscuridad, éstos sabrían que, al menos en infinidad de cosas aparentemente insignificantes, Lonit no carecía de méritos para ser digna de su estima.

Todos estos pensamientos le acudían a la mente mientras imaginaba la gran cantidad de caribúes que Torka y Umak llevarían al campamento en los próximos días para que ella los descuartizara. ¡Podría hacer ropa nueva para los tres! Echó una mirada a las pieles tendidas al sol y sonrió mientras se afanaba en cortar la carne de los cuerpos de los caribúes. Le dolía la espalda y le habían salido ampollas en las manos, pero no le importaba. Aquella carne era para Torka y para

Umak. Ella se sentía orgullosa de ser su mujer, capaz de preparar la carne para ellos. Trabajó sin descanso, y pronto delgadas tiras de tejido muscular colgaban y se secaban sobre estructuras óseas. Sin querer enterarse de su cansancio, dedicó su atención a otra tarea y empezó a golpear las articulaciones de los huesos, abriéndolos para extraer el tuétano.

—¡Deja eso ahora mismo! ¡Ven a la hoguera!

La voz de Torka la sobresaltó. Al levantar la cabeza vio que estaba despierto. La miraba con severidad, sentado junto a Umak que, hecho un ovillo, roncaba a más y mejor. Para su sorpresa, el mundo se había vuelto oscuro. Intrépidos indicios de la aurora boreal, dorados, azules y verdes vibraban en el firmamento nocturno. El olor a carne asada llegó hasta su nariz. Su estómago rugió. Se dio cuenta, con asombro, de que tenía hambre otra vez.

Torka le hizo señas para que se acercara. Su rostro estaba inmóvil cuando ella se aproximó y cogió de sus manos una broqueta de hueso en la que había ensartados varios trozos de lengua asada. Al suave resplandor de la hoguera, con la luminiscencia multicolor de la aurora a su espalda, la belleza de Torka era tan sobrecogedora que Lonit no podía moverse. Su mano se quedó en el aire. Temblaba de pies a cabeza.

—¡Toma! ¡Come! ¡Casi Una Mujer ha hecho el trabajo de una mujer... el trabajo de una docena de mujeres! ¿Es que no sabe cuándo tiene que parar? ¿No sabe cuándo es la hora de descansar? —irritado golpeó el suelo junto a él—. Ven. Siéntate encima de las pieles, al lado de Torka. Caliéntate al fuego. Descansa. ¡Come!

La invitación era tan irresistible, que sus rodillas estaban a punto de doblarse. Se sentó. Comieron en silencio bajo los danzantes colores de la noche, con el viento envolviéndole con su incesante susurrar mientras de la hoguera saltaban chispas semejantes a estrellas que quisieran trepar hasta el cielo. La muchacha las contemplaba; comía con lentitud, sin apreciar el sabor, pendiente exclusivamente de la proximidad del hombre sentado junto a ella. Tan consciente era de la presencia cercana del hombre que todos los nervios de su cuerpo estaban en tensión, atentos a la menor palabra del hombre, al más ligero roce; pero él permanecía en silencio, inmóvil, con los ojos fijos, enfrascado en sus pensamientos. Su rostro estaba rígido. Ni siquiera el resplandor del fuego podía disipar la tristeza que Lonit veía en sus ojos. Al poco tiempo, la tristeza embargó también a la muchacha porque sabía que, aunque la hubiera llamado para que se sentara a su lado, no se daba cuenta de su presencia. Su corazón estaba con su mujer, con sus hijos, con todo lo que había perdido y que jamás podría recuperar.

A medida que la noche se hacía más oscura, arreció el viento y la temperatura descendió. Entraron en la choza para resguardarse del frío. El aullido de un perro salvaje despertó a Lonit antes del alba. Yacía acostada en la oscuridad, preguntándose si se trataría del Hermano Perro, atenta a sus aullidos y a la rítmica respiración de Torka. Envuelto en sus pieles de dormir, éste dormía profundamente junto a ella. Transcurrió un buen rato antes de que la muchacha se diera cuenta de que no oía el familiar ronquido del anciano. Se incorporó esforzándose por distinguir algo en la oscuridad. Cuando lo logró, descubrió que Umak se había ido.

Estaba tan cansada por el duro trabajo realizado, que sólo se había despojado de su túnica exterior manchada de sangre antes de deslizarse debajo de sus pieles de dormir. Por tanto, ahora no necesitaba vestirse. Se envolvió en una de las pieles de dormir y, después de calzarse las botas, salió de puntillas de la cabaña para permanecer en pie en medio del viento en tanto contemplaba la primera luz azulada de la mañana.

Vio a Umak en el acto. Su silueta se recortaba en la madrugada. Tenía la cabeza echada hacia atrás. El viento agitaba sus largos cabellos. Con los brazos en alto, gritaba a pleno pulmón al sol naciente. Pero no gritaba con la voz de un hombre; aullaba con la voz de un perro salvaje.

Y mientras Lonit escuchaba, el Hermano Perro contestó desde las colinas distantes, y las voces del hombre y del perro se fundieron en una sola.

Al día siguiente, cuando Torka y Umak salieron de nuevo a cazar, el perro estaba esperándoles. De pie en un altozano de la tundra, con su grueso pelaje revuelto por el viento, vigilaba los caribúes que pastaban. El viento impedía que éstos percibiesen el olor del perro y no notaron tampoco el de los hombres, porque éstos, mientras se aproximaban al rebaño, frotaron sus mantos de ojeo con excrementos frescos de caribú, práctica que resultaba muy eficaz puesto que disimulaba su propio olor.

El perro observó a los cazadores mientras éstos, disfrazados de caribúes con sus mantos de ojeo rematados por cornamentas, se inclinaban para imitar los pasos lentos, vacilantes de los animales que pastaban. Era difícil asegurar que se trataba de hombres. Sin embargo, el perro lo sabía; había viajado demasiados kilómetros con Umak como para que no se le hubiera quedado grabada su imagen. Los aullidos del anciano le habían hecho regresar al campamento desde la solitaria distancia adonde había huido. El instinto gregario era fuerte en el perro.

Aunque el pelo del lomo se le erizaba al pensar en Torka, Umak se había convertido en su hermano. Eran de la misma manada. Y el perro, animal sociable por naturaleza, no deseaba cazar ni vivir solo.

Nacido para cazar, Aar no necesitaba ser adiestrado para ayudar a la manada a tener el mayor éxito posible en una cacería. Para asombro de Torka y de Umak, el perro bajó al trote del altozano, ganando velocidad a cada paso, y se lanzó en medio del inmenso rebaño, empujando a los caribúes en todas direcciones hasta que el rebaño entero emprendió veloz carrera. Sin dejar de ladrar agresivamente, acorraló a varios ejemplares y los separó del rebaño. Hembras y crías, acosadas por el perro, fueron a parar de cabeza a las lanzas vigilantes de Umak y de Torka. Después de desjarretar a los animales acosados, el perro reculó y se detuvo expectante mientas los hombres daban cuenta de sus presas. Con su conducta concedía a los hombres el papel preponderante como jefes de la manada.

Umak no ocultaba su regocijo.

—El Hermano Perro dirige la caza —dijo, recordándole a Torka su juicio equivocado acerca del perro—; dirige la caza, no la ahuyenta. ¡La dirige hacia los cazadores!

Torka miró al perro jadeante, con el hocico manchado de sangre y trató de encontrar sentido a lo que acababa de presenciar. No era posible que un perro cazase con la sabiduría de un hombre, pero Aar lo había hecho, y aun más. El perro había hecho posible que Umak y Torka cazaran el doble con la mitad del esfuerzo usual. Torka frunció el ceño; en su fuero interno no tuvo más remedio que admitir que Umak dominaba realmente el espíritu del animal. Afirmó con la cabeza, queriendo sentirse convencido para complacer al anciano; sin embargo, no estaba enteramente satisfecho. Por mucho que se empeñase en razonar, no era natural que un perro hiciera compañía a los hombres. En aquel asunto había algo que le hacía sentirse incómodo. De cualquier modo, el animal se había ganado su ración de aquel día. Eso, Torka no lo discutía.

Capítulo 7

La vida era buena. Aunque los espíritus fantasmas del abandonado campamento de invierno siguieran susurrando en el viento palabras de muerte y desolación, Torka, Umak y Lonit estaban demasiado ocupados para escucharlas. La muchacha cuidaba del nuevo campamento mientras los hombres cazaban. El perro corría siempre delante de ellos, arreglándoselas para dirigir a los caribúes hacia sus lanzas como si le hubieran adiestrado para hacerlo así. Tenían carne en abundancia, suficiente para la época de luz, y aún les sobraría para el temido retorno de la época de larga oscuridad. La muchacha curtió muchas pieles, suficientes para confeccionar nuevas prendas de vestir para todos ellos. Pronto no sería necesario cazar. Sin embargo, los caribúes continuaban moviéndose a través de la tierra, precipitándose desde el este en tan enorme cantidad que los rebaños no parecían componerse de varios animales sino de uno solo, infinito, inagotable.

Luego, de pronto, desaparecieron.

Torka paseaba la mirada por un mundo vacío y silencioso. Se encontraba en lo alto de un montículo de la tundra. A sus pies el paso de los caribúes había dejado huellas oscuras sobre la tierra todavía helada. Se habían evaporado en las lejanas colinas occidentales.

—Volverán —dijo Umak. El viejo se había acercado a su nieto. El perro estaba con él, cerca, pero no demasiado, y por supuesto fuera del alcance de Torka. Umak aspiró una gran bocanada del aire matutino, luego lo exhaló con entusiasmo. Los últimos días de comida, descanso y buena caza le hacían sentirse joven de nuevo.

—Éste es un buen campamento —afirmó—. Cuando los caribúes vengan al este, estaremos aquí para recibirlos. Nos proporcionarán carne para la época de larga oscuridad.

—¿De dónde vienen? ¿A dónde van? —inquirió Torka.

Umak lanzó un gruñido antes de contestar.

—Eso nadie puede saberlo. Los caribúes recorren el mundo, van de un lado a otro. Acuden a lugares secretos adonde sólo los caribúes pueden ir.

—Me pregunto... —Torka se interrumpió; miró hacia el este a través de la vasta llanura ondulada por la que habían llegado los caribúes. En el horizonte, una enorme montaña cuya cima estaba cubierta de nieve brillaba en medio de la neblina producida por la distancia desde donde Torka la divisaba. Al otro lado de la montaña, la llanura de la tundra se ondulaba hasta el infinito. Torka contemplaba el paisaje con aire pensativo, hasta que se decidió a seguir hablando—: Los caribúes que vinieron a pastar, a que parieran las hembras, a comer de la tundra en los días de sol, procedían sin duda de algún lugar situado al otro lado de esa montaña. Pero siempre que se avecina la época de larga oscuridad, los caribúes dan media vuelta y regresan al este. ¿A dónde van? ¿Por qué se van? ¿De qué comen cuando desaparecen en los días de la luna del hambre? Si los cazadores les siguiesen, si los hombres pudieran cazar caribúes en la oscuridad del invierno...

Umak interrumpió a Torka con otro de sus característicos gruñidos.

—¡Los hombres no pueden hacer una cosa así! El sol llama a los caribúes. Tienen reservado un lugar secreto en el cielo, sobre las montañas, en la propia cara del sol naciente!

—¿De verdad es así?

—Lo es —afirmó Umak categóricamente, porque lo que los padres de su padre dijeron en días inmemoriales era sagrado. Nadie podía ponerlo en tela de juicio.

Bajo una nube de aves migratorias, Lonit buscó unas piedras adecuadas para hacer unas boleadoras. Le dolía la cabeza y sus pechos estaban doloridos al inclinarse para escoger unos guijarros que había en una especie de depósito cubierto de liquen. En la cara sur del depósito, donde el liquen no crecía, las piedras eran tan suaves que parecían haber sido restregadas. Normalmente, la muchacha se habría dado cuenta del detalle, porque lo insólito siempre atraía su mirada, pero no se encontraba bien y se sentía obsesionada por su falta de mérito.

"Mirad a esta mujer", se decía con los labios fruncidos. "Unos cuantos días de despiece y Lonit está tan anquilosada y malhumorada como una anciana. Nunca se había sentido así antes. Lonit es un deshonor para los hombres que le han permitido compartir su campamento. ¡Hasta el perro es más importante que Lonit!"

Continuó haciéndose recriminaciones en silencio, las cuales se intensificaron al no poder encontrar piedras de la forma y el tamaño que necesitaba. ¿Cómo iba a hacer unas boleadoras que funcionaran bien si no tenía las piedras adecuadas? Ya había preparado las cuatro correas de cuero a las que atar las piedras; cada correa estaba formada de tres tiras de tendones, meticulosamente trenzadas, de una longitud aproximada de un metro, que se reunían en un extremo y se sujetaban con otra tira trenzada. Cuando los extremos sueltos de las cuatro tiras trenzadas fueran complementadas con el peso de las piedras —con dos plumas de cóndor atadas al extremo unido para estabilizar y guiar el vuelo de las boleadoras —Lonit poseería el arma-trampa perfecta para atrapar las aves de tierra y acuáticas que poblaban el cielo. Pronto construirían sus nidos en los miles de lagos y de charcas que adornarían la tundra después del deshielo de primavera. Incluso ahora la mayoría de los lagos de aguas poco profundas estaban parcialmente libres de hielo; y pajarillos semejantes a los gorriones se posaban en tierra para picotear aquí y allá la tundra apenas helada en busca de nuevos brotes de hierba y de restos del pasado año. Pronto anidarían, ellos y todos los demás nómadas alados del cielo en cantidades ingentes. Habría abundancia de huevos que coger y sorber.

Pero ahora un retortijón sordo, profundo, atacó el vientre de Lonit. Ni siquiera pensar en aquellas exquisiteces largo tiempo soñadas logró alegrarla. Junto con el dolor de la cabeza y los pechos doloridos, el dichoso retortijón era una señal más de su falta de mérito. Dentro de los guantes, sus palmas despellejadas por el duro trabajo estaban pegajosas. Se sentía tan extraña que llegó a preguntarse si se iría a morir. Pensar en ello la hizo caer en un estado de tal ensimismamiento que, cuando Umak se le acercó por detrás, dio un salto, sobresaltada.

—Casi Una Mujer se ha alejado demasiado del campamento, sola. Eso no es bueno. Siempre hay peligro cuando una persona camina a solas. ¿Qué es lo que Lonit busca?

La muchacha estaba de pie ante él. El reproche del anciano la avergonzó. No se atrevía a mirarle. Sabía que tenía razón. Se sentía tan desdichada, tan poca cosa, que no dudó en considerarse indigna de mirarle. No obstante, respondió por temor a que su silencio le ofendiera.

—Lonit quería hacer unas boleadoras. Lonit ha salido del campamento para buscar piedras.

—Hay mucha carne en los bastidores de secado. Hay mucha carne en los pozos de almacenamiento. Lonit no necesita hacer boleadoras. Lonit tiene aspecto de cansada. Ven. Casi Una Mujer nunca será Una Mujer si no deja de trabajar y se permite descansar. Si sale sola del campamento, los carnívoros la acecharán y sus hombres tendrán que arriesgar sus vidas para salvarla.

La vergüenza de la niña aumentó. Se había esforzado al máximo para que ni Umak ni Torka notaran su debilidad. Se había sentido orgullosa de trabajar como una mujer para ellos, de tener la oportunidad de demostrarles que era habilidosa para preparar la carne, curtir las pieles y mantener el campamento aseado. Ellos habían sabido apreciarlo, de la manera en que los hombres demostraban su aprobación, es decir con gruñidos, signos de asentimiento y, por supuesto, aceptando sin comentarios lo que ella les ofrecía; el sentimiento era la mayor lisonja que a una mujer le cabía esperar. Si un hombre comía lo que ella guisaba, si vestía una prenda o llevaba un adorno que una mujer hubiera confeccionado para él, el corazón femenino se henchía de gozo. Y eso le había sucedido al corazón de Lonit... hasta que la preocupación se apoderó de ella. Hasta que la cabeza empezó a dolerle. Hasta que sus pechos se inflamaron de repente y empezaron a hacerle daño. Recordó después el drama por el que habían pasado. Y entonces se convenció de que Umak y Torka sólo la toleraban, aceptando sus esfuerzos porque no tenían otra elección. Era la única hembra que quedaba para el trabajo de mujer.

Cuando Umak la miraba, debía lamentar en secreto las vidas perdidas de todas las mujeres hermosas que compartieron las pieles de su lecho durante su larga vida. Ahora sólo le quedaba una muchacha feúcha y carente de todo mérito para mimarle en su vejez. Si en realidad creía que una nueva tribu podía nacer algún día por medio de ella, su virilidad debía arrugarse ante la idea de copular con una criatura tan débil e insignificante. Sin duda alguna delegaría en Torka para ese cometido. Y si Torka actuaba a su aire, entonces la nueva vida saldría de Lonit como los insectos emergían de la superficie de la tundra, surgidos de sus propios huevecillos lo mismo que las huevas de los peces se esparcían en el hielo derretido arrastrado por la corriente de un río.

Incluso entonces, Lonit sabía que continuaría siendo un ser a quien nadie concedería nunca el menor valor. Cuando fuera vieja, los hijos que hubiera alumbrado se avergonzarían de llamarla madre. Tendría que vagar en la oscuridad del invierno, dejándoles que vivieran su vida, esperando que pronto la olvidarían.

Pero entretanto, estaba viva, y cuando salió en busca de las piedras, lo hizo porque pensaba en su responsabilidad para con sus hombres. había pensado en el futuro y en el pasado. Había recordado las penalidades de la tribu durante las últimas noches de la luna del hambre. Sí; los hombres habían llevado mucha carne al nuevo campamento. Lonit la había preparado y guardado en previsión de futuros días de escasez. Pero, ¿habría comida suficiente en cualquier otro campamento? Si volvían los tiempos de escasez, daba por sentado que sería bien acogida la carne sonrosada y grasa de los grandes gansos y de los cisnes que volaban frente al creciente sol de primavera. Era "comida de mujer", pero ahumada en fogatas de estiércol de caribú seco y musgo de la tundra, serviría para mantener a sus hombres con vida cuando el último pedazo de caribú, de la "carne para hombres", hubiese desaparecido.

Tales eran los pensamientos de Lonit mientras seguía a Umak de regreso al campamento. Le había dicho que descansara, y eso era lo que ella quería; pero los dolores de su abdomen no la dejaban dormir.

La noche no volvería a ser completamente negra durante meses. En cualquier caso, estaba oscura cuando Umak y Torka se sentaron ante una fogata de huesos y estiércol. Hablaban tranquilamente, disfrutando de un viento que, por primera vez desde hacía más tiempo de lo que eran capaces de recordar, no atacaba con el aguijón del invierno.

No había luna. En un cielo plomizo planeaba una lechuza, una pálida decoloración en la noche porque su blanco plumaje invernal aún no había adquirido del todo las tonalidades marrones del verano. Torka miró hacia arriba. Siguió con los ojos su mancha blanquecina hasta que desapareció. Alrededor de los ojos de los hombres la noche era escenario del despertar de los sonidos propios de la primavera, agua que discurría en miles de riachuelos, fluyendo debajo de campos de nieve derritiendose en bolsas de aire que aislaban la tierra blanda que había por debajo. Al otro lado de la fogata, enfrente de Torka, Umak masticaba una larga tira de carne de caribú que sostenía en una mano cerca de su boca, mientras con la otra iba cortándola con una hoja afilada. Torka observaba a Umak mientras éste cortaba la carne con su puñal de piedra con tanta facilidad como si troceara un pedazo de sebo caliente. Umak gruñía satisfecho. Con la boca llena de carne dijo que Lonit había preparado bien la carne. Torka asintió de mala gana. La muchacha había cortado las tiras a contraveta y muy finas; se habían secado al viento rápidamente, y estaban tan tiernas porque Lonit las había golpeado con piedras. Estaba demostrando ser muy capaz de ocuparse de un campamento mucho mejor que Egatsop. Era una trabajadora infatigable, meticulosa en todas las tareas que realizaba con sus hábiles manos. Aunque no se quejaba, Torka había visto la fatiga que se reflejaba en su rostro cuando Umak fue a buscarla y la trajo de vuelta al campamento, recomendándola que descansara. Había notado cómo se apoderaba de ella la debilidad en los últimos días. Ahora empezaba a preocuparse; pensó que, a pesar de no agradarle la muchacha, tal vez sería conveniente que él y Umak tuvieran que replantearse ciertas tradiciones de la tribu. Existía un trabajo de hombre y un trabajo de mujer; pero ahora, en el mundo entero tan sólo existían dos hombres y una mujer. "No", rumió, "ni eso siquiera". Casi Una Mujer podía ser tan alta como Umak y sorprendentemente fuerte para sus años, pero aún era una niña. No podían permitirle que trabajara tanto.

Umak vigilaba a Torka mientras comía. Como solía ocurrirle con frecuencia, sabía lo que pensaba su nieto. El anciano habló escogiendo sus palabras.

—En una nueva vida, los hombres han de buscar nuevos caminos... —se sacó un pedazo de carne de la boca, lo hizo una bola y lo lanzó con fuerza. La bola fue a caer sin previo aviso sobre el hocico del perro, que dormitaba cerca de la fogata. Despertándose en el acto, Aar la atrapó y la engulló entera.

—Los nuevos tiempos producen nuevas afinidades —comentó Umak tras una risa ahogada—. Si este anciano puede convertirse en hermano de un perro, es indudable que Torka puede ayudar a una mujer en su trabajo.

—Lonit no es una mujer. Es una chiquilla. No hace falta que trabaje tanto. Somos dos. Se afana como si tuviera que alimentar a una tribu entera. Trabaja demasiado. Cocina demasiado. Deshonra la memoria de las mujeres de la tribu con su actividad. Eso no es bueno.

Umak echó una mirada a Torka. Se veía retratado en su nieto. Se parecían en muchos aspectos. No obstante, desde el principio había una cualidad en Torka que ni siquiera sus ojos expertos y vigilantes fueron capaces de definir. Cuando Torka se convirtió en un hombre, aquella cualidad permanecía en su interior... profunda, sutil, era como un poder que creciera en el espíritu del joven... invisible, insondable, como una corriente que discurriese en un río grande, oculto por los hielos del invierno, pero siempre la misma. Algún día rizaría la superficie de las aguas. Algún día haría pedazos el hielo que la retenía cautiva. Algún día saldría a la luz para reorganizar la tierra. Algún día, pero no ahora. Ahora las cicatrices de una vida herida eran demasiado hondas en su espíritu. Le cegaban para cualquier otra cosa que no fuera el pasado. Ni siquiera veía el mérito de una muchacha que se desvivía por agradarle.

Umak suspiró. Reflexionaba sobre los muchos kilómetros recorridos con la muchacha. Sus párpados se bajaron; contempló el fuego para dejar que los recuerdos se encendieran junto con la luz multicolor, como vista a través de un cristal.

—¡Hummm! —gruñó pensativo el viejo que no se sentía viejo en absoluto sino joven y vigoroso con el estómago atiborrado de carne y el cuerpo plenamente descansado por primera vez en muchos meses—. Casi Una Mujer es precisamente eso. Es fuerte. Es valiente. No es una chiquilla. No desea deshonrar la memoria de las mujeres de la tribu. Se esfuerza por complacernos, porque se siente avergonzada de no parecerse más a ellas.

Torka lanzó un gruñido al estilo de su abuelo y contestó que él no lo veía tan claro.

El anciano contempló a su nieto a través de las llamas.

—Umak ha vivido mucho tiempo. Umak ha visto muchas cosas —manifestó en tono sentencioso—; y Umak quiere decirte esto sobre Casi Una Mujer: hasta el brote más humilde que duerme largo tiempo bajo los hielos de la oscuridad invernal no tarda en convertirse en una flor hermosa, abierta y ansiosa de aceptar el don de la vida bajo el calor y la luz del sol del estío.

El significado de sus palabras no podía ser más claro. Torka, sin embargo, se negaba a admitir aquella idea.

—Lonit *no* es una mujer —insistió.

Umak suspiró medio dormido, arrojó los restos de carne al perro y luego se subió hasta los hombros su manta de bisonte.

—Lonit es ahora una niña— concedió. Su voz era queda y estaba impregnada de una profunda tristeza—. Pronto será una mujer... la *única* mujer... —entrelazó los brazos sobre las rodillas cruzadas y apoyó sobre ellos la cabeza. Se había quedado dormido de repente. Al instante bostezó; abrió los ojos y escuchó el viento y el sonido de la tierra abriéndose a la primavera—. Pronto... —repitió, antes de volver a quedarse dormido. Instantáneamente empezó a soñar con tierras lejanas, con caza en abundancia, con mujeres que le habían amado y anduvieron junto a él bajo el salvaje cielo del Ártico en su juventud. La muchacha no intervenía en sus sueños, porque éstos pertenecían al pasado. Lonit era una flor todavía sin abrir, en espera del nacimiento de un futuro sol, mientras tenía sus propios sueños en los últimos días de la oscuridad invernal.

Torka estaba sentado a solas junto al fuego. Los lobos aullaban en la lejanía. Sus pensamientos se interiorizaron; recordaba a su mujer muerta, a su hijita, al hijo adorado al que nunca volvería a ver. Cerró los ojos. A la luz mortecina de la fogata, sólo el perro salvaje vio sus lágrimas.

Fue el gruñido del perro lo que le despertó. Desde el instante en que Torka abrió los ojos hasta el momento del ataque, sólo transcurrieron unos segundos. Parecía el tiempo de una vida entera.

Una corriente de energía circuló por sus venas mientras reaccionaba con prontitud, completamente despejado y alerta. Era consciente de ser vigilado, lo mismo que cuando una presa caída en una trampa abre los ojos y se encuentra con los cazadores rodeándola, dispuestos a hacerla pedazos.

Umak seguía durmiendo, todavía sentado y envuelto en su manta de bisonte. Sin reconocerle como presa, uno de los lobos gigantes saltó por encima de él para dirigirse como una flecha hacia Torka. Este se dio cuenta de que se encontraba demasiado lejos de la choza para entrar a buscar sus lanzas pero ya era tarde. Se habría dado de bofetadas por comportarse como un imbécil, pero no quedaba tiempo para eso.

El bulto del enorme lobo se recortaba en la noche cuando el perro saltó para interceptar su brinco. Torka estaba de pie, dispuesto a obstaculizar el ataque de la bestia con los brazos en alto, pero, ante su sorpresa, el lobo cayó a sus pies. El perro estaba encima de él. Incrédulo, Torka vio sus cuerpos, que parecían fundirse en una masa oscura de pelaje y patas, hasta que los rugidos de ambos finalizaron en aullidos de dolor cuando los colmillos del perro mordieron la garganta del lobo, desgarrándola.

La manada estaba aproximándose entre jadeos, con la cabeza gacha, babeantes. Eran cuatro lobos, con un macho enorme al frente. Torka corrió por sus armas, colocadas en posición vertical, junto a las de Umak, a la entrada de la choza. Torka cogió dos; las demás cayeron con estrépito mientras él gritaba para enfrentarse solo a los lobos.

—¡Umak! —llamó, pero su abuelo dormía, ajeno al peligro. Torka no podía entretenerse en despertarle—. ¡Acercaos! —gritó a los lobos, sabiendo por experiencia que una bravata solía bastar para ahuyentarlos.

El cielo cubierto de nubes proyectaba una suave luz grisácea. Torka pudo ver con toda claridad a los lobos mientras avanzaban paso a paso. ¿Por qué se arriesgarían los lobos? ¿Acaso no habían aprovechado el paso de los caribúes? No tenían aspecto de estar hambrientos. Su pelaje era lustroso, sus ijares no se hundían. Sus ojos brillaban, mirándole de hito en hito, y, de pronto, Torka comprendió. Saboreaban de antemano la carne humana. La preferían a la de presas menos hostiles. Habían comido de ella hasta hartarse a muchos kilómetros de distancia, hacia el oeste, en el campamento abandonado donde la gente de Torka yacía cara al cielo, indefensa contra el ataque de los animales de rapiña.

Aquel pensamiento le enfureció. Arrojó una de sus lanzas y falló el blanco por escasos centímetros. Lanzó la otra justo cuando el miembro de menor tamaño de la manada saltaba sobre él. Sorprendido a mitad de camino, el lobo se ensartó a sí mismo y cayó retorciéndose entre aullidos de agonía.

El sonido llenó la noche. Umak despertó con un respingo. Parpadeó otra vez. No sabía si aún soñaba. Necesitó varios segundos para comprender lo que veía, y varios más para que su cerebro le dijera a su cuerpo lo que tenía que hacer. Para entonces, Lonit había salido de la cabaña.

Vestida sólo con su túnica interior, blandía en una mano su cuchillo de descuartizar. No vaciló. Lanzó un alarido que rivalizó con los del lobo moribundo mientras se lanzaba intrépidamente contra los asaltantes, amenazándoles con tanta fiereza como ellos amenazaban a sus hombres.

El más pequeño de los dos lobos se acobardó. Sabía que había perdido toda posibilidad de ventaja. Se dio la vuelta y escapó, seguido de su compañero. Pero el jefe de la manada, el enorme macho, hizo algo inesperado. También él giró, pero no para huir, sino para arremeter contra la audaz muchacha que blandía el puñal.

Lonit perdió el equilibrio y cayó con el lobo encima de ella. El animal clavó los dientes con saña en su antebrazo. La hoja resbaló de su mano.

Ahora Umak estaba ya en pie, lanza en ristre, mientras Torka tiraba su arma y saltaba para agarrar al lobo. Cayó sobre la bestia, aferrado a su garganta, notando cómo se tensaban y retorcían los músculos del animal debajo de su cuerpo. Después el lobo se quedó fláccido. Umak acababa de clavarle su lanza, apoyándose sobre ella con todo su peso. La lanza perforó la piel del lobo, pasó entre sus costillas y penetró directa en el corazón, matándole en el acto.

—¡Eiaiyii! —gritó el anciano, sacando la punta de la lanza con una expresión de odio en su cara. La sangre salía a borbotones de la herida. En la oscuridad era negra, casi tanto como el humor de Umak. Su reacción ante el peligro había sido lenta, demasiado lenta, y él lo sabía. Su espíritu juvenil le había gritado que se apresurase, pero su cuerpo le traicionó; se había movido como si fuera de piedra. Por haber fallado al saltar al ataque, la muchacha había caido debajo del lobo. Umak se sintió enfermo de vergüenza. Su grito no había sido de victoria, sino una exclamación de odio contra sí mismo.

Impaciente, Torka se apartó del lobo y echó a un lado su cuerpo fláccido. Se quedó helado de espanto al ver el cuerpo también fláccido y ensangrentado de la muchacha. Tenía un brazo doblado sobre el rostro. El cuero de la manga estaba agujereado en varios sitios, hecho jirones, tinto en sangre. Torka se arrodilló a su lado, temeroso de tocarla, temeroso de respirar. La sangre la cubría por entero. ¿Era suya o del lobo? No podía decirlo. Se preguntaba si estaría muerta. Confusas emociones hervían en su cabeza como mosquitos zumbadores sobre la tundra estival. Su corazón parecía de hielo al darse cuenta de lo mucho que la echaría de menos. No porque fuera una trabajadora infatigable, esforzándose de continuo en realizar las innumerables y habilidosas tareas que formaban parte del acervo de la mujer. Tampoco porque fuera la única mujer que existía en el mundo, sino simplemente porque era Lonit. La revelación que acababa de tener no admitía vuelta de hoja. Sí; era feúcha, con sus grandes y redondos ojos de antílope y los antiestéticos hoyuelos que se formaban debajo de sus pómulos siempre que sonreía. Sí, era demasiado alta para ser tan sólo una chiquilla, y demasiado delgada, pero era tan valiente como el más bravo de los cazadores y tan resignada como ninguna otra mujer de la tribu pudo soñar con serlo. Hasta aquel momento, Torka no se había dado cuenta de lo mucho que deseaba cuidar de ella. Y no quería cuidarla. No se permitiría cuidarla. El recuerdo de Egatsop se lo impediría.

—¿Lonit? —fue Umak quien pronunció el nombre de la muchacha suavemente, con indecisión, asustado por si el espíritu de vida había abandonado su cuerpo. En su estómago, la enfermedad de la vergüenza se trocó en náuseas. Si el lobo había arrebatado la vida a Lonit, su muerte sería culpa de Umak.

Pero la muchacha no estaba muerta. Sólo estaba aturdida, herida y asustada. Movió con lentitud el brazo herido. Sus párpados temblaron. Miró hacia arriba y vio a Torka a través de sus pestañas ensangrentadas y, sin querer hacerlo, le echó los brazos al cuello y ocultó la cara en el tibio hueco de su cuello mientras se incorporaba. ¡Estaba vivo! Ella estaba segura de que los lobos también habían amenazado a Umak. Por encima del hombro de Torka echó una ojeada y vio al viejo sentado muy cerca, con el perro al lado. Entonces sonrió aliviada, llena de gozo.

—¿Se han marchado los lobos? Y estamos todavía todos juntos... todos nosotros... Umak y Torka, el Hermano Lobo y Lonit... ¿somos una tribu aún?

—Una tribu —afirmó Umak, preguntándose si la muchacha habría sido testigo de su fracaso.

No había sido así. Sólo tenía ojos para Torka mientras éste, con suavidad, se soltaba de los brazos que le rodeaban el cuello. Lonit se sentó muy tiesa mientras él le subía cuidadosamente la manga empapada en sangre. Ella estiró el brazo lo más que pudo. Apenas pestañeó mientras él examinaba sus heridas. La frente del joven se surcó de arrugas al ver los destrozos que el lobo había causado en la suave piel de la cara interior del antebrazo.

—Esto habrá que coserlo —dijo, impresionado por su silenciosa resistencia al dolor—. Casi Una Mujer es valiente.

Reconocer esta cualidad en voz alta se salía de lo normal, pero él lo hizo casi sin darse cuenta. Una mujer no podía ser tan valiente. Egatsop había aullado como un lobo al que abrieran en canal al alumbrar a sus hijos. Los gemidos de una mujer hacían que su hombre se sintiese fuerte. ¿Trataría acaso aquella chiquilla feúcha, de ojos redondos, de convertirle en un cobarde?

Ignorante de lo que Torka pensaba, el corazón de Lonit dio un pequeño salto de felicidad. Pronunciada por él, salida de su boca, la observación era un cumplido más dulce que la vida misma.

—Con Torka a su lado —las palabras de Lonit rebosaban sinceridad—, Lonit no se asusta... ¡de nada! —Parecía tan joven, tan vulnerable y llena de confianza, que él miró hacia otra parte. No la entendía. No *quería* entenderla. Una terrible sensación de desolación le invadió. Pensaba en los lobos, en el cóndor gigante y en el mamut que había destruido a la tribu. Pensaba en los días de hambre en la tundra, en los depredadores al acecho y en la vasta soledad que les rodeaba. Oyó el suave susurro del viento moviéndose en la noche. Le hablaba de las mil maneras en que un hombre podía morir y también de lo poco que durarían las vidas de una chiquilla y de un viejo sin un cazador joven para protegerles.

Torka se levantó con lentitud, abrumado por sus pensamientos. No había dejado de notar la torpeza de Umak al no reaccionar rápidamente contra el ataque de los lobos. Si no hubiera sido por los gruñidos de advertencia del perro, los lobos estarían ahora dándose un banquete con los huesos de la reducida tribu. Con infinita tristeza, Torka se vio obligado a admitir que Umak era viejo. Habían pasado los días en que él dependía de su abuelo para subsistir y dejarse aconsejar por éste. Umak le había permitido cometer un error casi fatal cuando instalaron un campamento abarrotado con la carne de sus presas, un campamento que dos hombres solos no podían aspirar a defender. Era un error que podía haberles costado la vida. Hasta entonces habían tenido suerte, pero Torka comprendía ahora que si tenían que sobrevivir, tendrían que arreglárselas de distinta manera. Ya no podrían pasar largo tiempo en campamentos al aire libre, como su gente había hecho siempre, mientras la carne y las pieles se secaban y la caza local era exterminada por hombres y muchachos hasta que, al fin, la tribu se veía obligada a levantar el campo para ir en busca de nuevos territorios de caza.

Pero, ¿de qué otra forma podrían vivir? Era un asunto grave, que atormentaba su corazón. Él era un hombre del Pueblo. Con todos los demás miembros de la tribu muertos, ¿cuánto tiempo podía esperar cazar en solitario, acompañado únicamente por un viejo y una chiquilla?

Miraba hacia el este, en el resplandor del alba. Y de repente, al descubrir la silueta brillante de la montaña lejana, supo lo que debía hacer. Lo mismo que los rebaños regresaban hacia el este a principios de la temporada de larga oscuridad, él debía conducir a su pequeña tribu a la cara del sol naciente. Irían a las montañas distantes, donde podrían acampar, con elevados muros de piedra a su espalda para protegerles de inesperados ataques de carnívoros. Cazarían en la vasta amplitud de la tundra como el Pueblo lo había hecho siempre; pero descansarían donde el Pueblo jamás lo había hecho antes.

Miraba recto frente a él, dejando que la abrupta imagen de la elevada montaña le inundara con un renovado impulso para actuar.

—Lonit está dispuesta.

La voz de la muchacha le distrajo. Miró hacia abajo y vio que Umak había sacado su bolsa de curandero de la choza. El viejo se arrodilló junto a Lonit, preparándose para suturarle el brazo. Ella estaba sentada muy quieta; muy erguida; muy valiente.

—Lonit no está asustada —afirmó.

Torka apartó los ojos y miró otra vez hacia el sitio por donde despuntaba el alba, hacia la cara del sol naciente; una vez más odiaba a la muchacha; deseaba que hubiera muerto y que Egatsop estuviera allí en su lugar. La montaña parecía arder bañada en una luz dorada, y la tundra ondulaba hasta el infinito, estremecida por el soplo frío del viento omnipresente. En algún lugar, a muchos kilómetros, un trueno se elevó en el cielo a la sazón sin nubes. Torka escuchó. Sabía que no era un trueno. Era el trompeteo lejano de un mamut.

Cerró los ojos. Los recuerdos del Destructor caminaban dentro de su cerebro. El mundo estaba en silencio a su alrededor, a excepción del susurrante lamento del viento. El mamut no volvió a bramar, pero Torka pensaba en Nap y en Alinak, en Egatsop y en el pequeño Kipu, en todos los que yacían muertos, cara al cielo.

Abrió los ojos. El viento giraba a su alrededor, hablándole de nuevo de las mil maneras en que un hombre podía morir. El perro salvaje le observaba. Sus ojos se encontraron. Luego Torka desvió la mirada, porque no quería que un animal viese lo que no revelaría a Umak o a Lonit.

Torka estaba asustado.

Capítulo 8

—Ahora nos iremos de aquí.

El anuncio de Torka dejó petrificados tanto a Umak como a Lonit. Le miraron sin saber qué decir. En su rostro aparecía una expresión severa. Tenía los brazos cruzados sobre el pecho. Había hecho un collar con las garras de los lobos muertos, no para honrar a los espíritus de las fieras sino para demostrar su superioridad sobre ellos. Se habían alimentado con los cadáveres de su pueblo. Al apoderarse de las garras, el joven impedía que los espíritus de vida de las fieras caminasen por el mundo espiritual. Había matado a los lobos. Para siempre. Y ahora sus garras colgaban sobre su túnica exterior, con las patas todavía ensangrentadas alrededor de la correa de cuero que perforaba la carne.

Vio la expresión de asombro en las caras de Umak y de Lonit. Sabía que, al pedirles que abandonaran el campamento, también les pedía que dejaran atrás la mayor parte de la carne que habían conseguido. El trabajo de muchos días habría sido en vano. Las vidas de los caribúes a los que habían dado muerte se desperdiciarían, y esto constituiría una grave ofensa para los espíritus de vida de la caza. Aun así era preciso arriesgarse.

—En una nueva vida, los hombres han de buscar nuevos caminos —miró a Umak fijamente al citar las palabras del anciano—. Umak ha proporcionado nueva vida a Torka y a Lonit. Ahora tenemos que irnos de este campamento, lo mismo que Umak se fue del campamento de invierno del Pueblo porque sabía que no podría defender a los vivos de las fieras que acudirían a devorar a los muertos. Los lobos nos han demostrado que este campamento no puede ser defendido —hizo una pausa, sabiendo que sus próximas palabras serían difíciles de digerir para sus oyentes—. Iremos a la montaña lejana. En sus flancos levantaremos un nuevo campamento y tendremos la ventaja sobre cualquier depredador que pretenda atacarnos. En sus flancos disfrutaremos de una nueva vida. Aquí, en este campamento, no podemos vivir, salvo en la sangre de las bestias que acudirán a devorarnos.

Lonit hizo una mueca de disgusto. Su semblante palideció. El Pueblo siempre evitó las montañas. Todo el mundo sabía que los espíritus del viento las habitaban, alumbrando sin cesar nubes y tormentas. Lonit había oído sus voces muchas veces... en terribles rugidos y sordos crujidos... en desolados lamentos cuyo eco se repetía en los cañones y se extendía por la tundra desde altísimas y desconocidas inmensidades en las que el Pueblo jamás había estado, ni siquiera para seguir a los caribúes. Aventurarse en el elevado reino de los espíritus del viento significaba correr el riesgo de desvanecerse en el frío y en los hielos eternos de las cumbres siempre rodeadas de niebla donde los espíritus del viento cobraban forma en la efímera carne de las nubes. Enormes, oscilantes, de formas en constante evolución. Devoradoras de hombres y de mujeres.

Lonit se estremeció.

Torka adivinó lo que la muchacha pensaba. Había oído contar historias acerca de los espíritus del viento.

—Instalaremos nuestro campamento en el *flanco* de la montaña —subrayó mirándola con el ceño fruncido en respuesta a su muda protesta en contra de la decisión tomada por él—. No subiremos demasiado alto.

Sus palabras no resultaban consoladoras. Ella aún no se sentía bien. Acampar en cualquier otro lugar, incluso cerca de una montaña, era impensable. Recordó una historia que su madre le contó. Hacía mucho tiempo, en días tan lejanos que sólo existían en la memoria más antigua del Pueblo, un jefe cuyo nombre había sido olvidado por completo condujo a la tribu a una elevada cima para construir allí un campamento. La caza abundaba. Transcurrieron muchos días. Más adelante, en la época del sol infinito, los espíritus del viento tuvieron celos de la buena suerte de la tribu. Entonces hicieron que una enorme masa de hielo cayera desde las alturas de la montaña. Sepultó el campamento. Muchos murieron. Nunca más se atrevió el Pueblo a ofender a los espíritus del viento acercándose excesivamente a sus montañas.

A Lonit le hubiera gustado recordarle aquel episodio a Torka, pero sin duda él lo conocía. En cualquier caso, era Torka. Nunca les propondría nada que pudiese ser arriesgado para ellos. *Corrían* peligro en la tundra abierta. La reciente herida de su brazo era buena prueba de ello. No obstante, se le hizo un nudo en el estómago al pensar en la montaña lejana. Se dijo que era una necia. No podían permanecer donde estaban. No era un sitio seguro. Y no podían retroceder. No había ninguna parte adonde regresar; no había Pueblo, no había campamento. Sólo una tierra hostil donde los caribúes pastaban ahora en la tundra reverdecida y, en algún lugar, el enorme mamut asesino caminaba. Su tenebroso y sangriento recuerdo era más aterrador que cualquier montaña.

Lonit se tragó sus temores. Si el plan de Torka fuera inadecuado, el espíritu jefe lo discutiría. Pero Umak permanecía silencioso. Ni tan siquiera gruñó. La jovencita se tranquilizó. Si Torka y el espíritu jefe estaban de acuerdo, todo iría bien.

Desmantelaron la choza. Torka observaba a Umak mientras trabajaban. Estaba preocupado. El incidente de los lobos había hecho que el anciano cambiara. Aunque los dientes de las fieras habían rasgado el brazo de Lonit, causaron una herida más profunda en Umak. Se movía con lentitud, como en estado letárgico, arrastraba la pierna lesionada. No mostraba interés por el lobo que había matado; acabó con la fiera, pero algo en su interior parecía haber muerto.

Torka cortó las garras del lobo de Umak. Las enfiló después en una tira de cuero y, acercándose a su abuelo, lo colgó alrededor del cuello del viejo.

—Por Kipu —dijo—; por Egatsop, por el Pueblo que yace cara al cielo. Este lobo ya no corre, ni en este mundo ni en el otro, porque Umak lo mató. Para siempre.

Con su declaración, Torka pretendía reanimar el espíritu herido del anciano, pero no tuvo éxito. Umak aceptó el collar sin tan siquiera un gruñido o un gesto. Sabía que su actuación contra los lobos había sido inadecuada, y le constaba que Torka también lo sabía. No había palabras que pudieran restañar el sangrante sufrimiento interno que poco a poco iba agotando los últimos vestigios de su orgullo.

Ahora, mientras Torka miraba cómo preparaba su abuelo los bártulos para el viaje, Umak parecía encogerse ante sus ojos, cada vez más viejo y más débil. Pronto se iría y desaparecería del todo. Una vez perdido el sentido del amor propio, incluso un hombre joven podía perder el deseo de vivir, y hasta el más valiente de los hombres podía convertirse en un ser inútil para la caza. Para un nómada de la tundra, la muerte no tardaría en llegar después de la definitiva degradación tras haber demostrado su incompetencia delante de sus iguales. Torka estaba angustiado. Vivir en un mundo sin Umak sería vivir en un mundo eternamente privado de luz. No podía soportar pensar en ello; ya había perdido demasiado. Umak le había salvado la vida. Y la de Lonit. Umak les había sacado del campamento de invierno, alejándoles de una muerte segura para conducirles a una nueva vida. Torka se sentía incapaz de permanecer de brazos cruzados mientras su abuelo se desmoronaba lentamente. Tenía que oponerse al deseo de morir de su abuelo, aunque tuviera que recurrir a que se sintiera avergonzado de nuevo, con el fin de que recuperase parte de su orgullo.

Se acercó con paso tranquilo al sitio donde el anciano se encontraba en cuclillas al lado de Lonit. Seleccionaban las cosas, preparándolas para enrollarlas después en sus bultos de viaje.

—¡Hummm! —exclamó con el tono de voz más grosero de que fue capaz—. ¡Umak trabaja con la rapidez de una vieja! ¡Hasta una chiquilla con un brazo en cabestrillo trabaja a mayor velocidad que Umak!

Lonit levantó la cabeza para mirar a Torka, boquiabierta.

Umak se quedó helado. Su nieto jamás le había hablado con un desprecio tan manifiesto. Tomó por ciertas las palabras, pero no las rebatió.

—Umak es viejo —se limitó a decir.

—Debe ser eso —asintió Torka desdeñoso—. ¡Vaya con Umak! No cabe duda de que ahora le pedirá a Torka que cargue con los bultos más pesados de la muchacha, y también con alguno de los suyos, porque Umak es viejo y la muchacha está herida. ¡Hummm! ¿O colocará su espíritu de anciano en el Hermano Perro para que incluso un animal tenga que cargar con el peso de un viejo?

Aquello traspasó los límites. Umak reaccionó como si le hubieran clavado un aguijón. Se puso en pie con la rapidez y la agilidad de un hombre con la mitad de años.

—¡Ningún hombre... ninguna muchacha... ni siquiera el Hermano Perro cargarán con el peso de Umak! ¡Este anciano ha llegado hasta aquí sin ayuda! ¡Este viejo transportó a Torka sobre su espalda cuando Torka no tenía tan siquiera la fuerza de un niño de pecho para levantar del suelo su propio peso!

Una oleada de alivio inundó a Torka, hasta el punto de que casi le hizo sonreír. El insulto era un excelente remedio para devolver el vigor a quien creyese haberlo perdido. Había conseguido que el fuego de la vida ardiera de nuevo en los ojos de Umak.

Lonit, que miraba ora a Umak ora a Torka, no comprendía nada. Estaba horrorizada de pensar que ella pudiera ser la causa de la enemistad entre los dos hombres.

—¡Lonit llevará su propia carga! —protestó— ¡Lonit es fuerte! ¡Lonit no necesita ayuda!

Torka le dedicó una fulminante mirada de reprobación.

—Casi Una Mujer tiene un brazo que ha sido cosido con muchos puntos. Casi Una Mujer no llevará una carga completa. Necesitará que Torka y Umak la ayuden. Pero Umak dice que es viejo. Quizá prefiera quedarse en este lugar. Quizá le resulte más fácil entregar su espíritu de vida al viento que acompañar a Torka y a Lonit. Tal vez nuestros espíritus de vida se reunirán pronto con el suyo, porque sin Umak nuestras cargas serán muy pesadas y nuestro cansancio hará que nuestros pasos sean lentos. Es probable que, cuando los próximos lobos nos ataquen para devorarnos, no se marchen hambrientos del campamento. Aullarán para manifestar su agradecimiento a un viejo que fue demasiado débil para continuar!

Los ojos de Umak parecían salírsele de las órbitas. Su boca se arqueó hacia abajo y por un momento pareció que iba a juntarse con su barbilla puntiaguda.

—¡Hummm! ¡Este viejo demostrará al niño de pecho que es Torka lo mucho que puede cargar! ¡Este anciano verá quién es el que llega más lejos antes de empezar a sentirse débil para continuar!

Lonit miró a Umak, luego a Torka. De repente comprendió. Umak parecía haber vuelto a nacer. Se dio cuenta de lo que Torka acababa de lograr. Sonrió. Ahora iría tranquila a la montaña. No tendría miedo, sabiendo que iba en compañía de dos espíritus jefes.

Se pusieron en camino. Las colinas quedaban ahora detrás de ellos, extendiéndose a lo largo del horizonte oriental como formas redondeadas de animales dormidos con la cresta blanca. Detrás de aquellas colinas yacía la tierra de sus antepasados, fría y desolada, apresada por los hielos salvo en los valles que daban al este en las estrechas llanuras de la tundra donde el Pueblo había arrastrado una penosa existencia durante generaciones.

Frente a ellos, la tierra ondulaba en dirección al este, hacia la distante montaña. Al norte y al sur la tundra se extendía en innumerables kilómetros antes de desvanecerse en las profundidades de las aguas obstruidas por el hielo de los que algún día serían llamados mares de Chukchi y de Bering.

Torka caminaba en cabeza, Umak avanzaba detrás de Lonit. El perro trotaba al lado del anciano sobre la vasta y blanda tierra reverdecida. Con la llegada de la primavera, la temperatura diurna ascendía justo por encima de los cero grados. El mundo se llenaba con los sonidos del despertar de la tierra a medida que los bancos de nieve empezaban a fundirse y los manantiales de agua glacial brotaban de las montañas lejanas para transformar la tundra. En pocas horas todo volvería a helarse, pero, mientras los viajeros avanzaban empujados por el viento, arroyos y riachuelos aparecían en todas partes. Lagos y charcas, con una capa de lodo parcialmente helado, brillaban bajo la luz sesgada del sol.

No se dieron cuenta de cuándo empezaba a cambiar la configuración del terreno. Les conducía levemente hacia abajo sobre colinas bajas, corcovadas, pobladas de plantas de ajenjo desconocidas para los viajeros y matas de una variedad de la salvia. La inclinación era tan imperceptible que no la apreciaron hasta que las espinillas empezaron a dolerles a causa de la tensión de las piernas, cada vez más acentuada.

El perro fue el primero en detenerse para aspirar el viento, con el hocico levantado y la cola enroscada. Había algo diferente en él. Torka lo notó, al igual que Umak. Se pararon. La muchacha les imitó, manteniéndose a su lado. El brazo le dolía dentro del cabestrillo hecho con tiras de piel de caribú. Su carga equivalía aproximadamente a la mitad de la de los hombres, porque Umak y Torka insistieron en repartirse la mayor parte. Aun así, era un fardo pesado; su peso intensificaba los agudos dolores que se negaban a abandonar su bajo vientre. Mientras reajustaba su carga, deseó que aquellos extraños retortijones desapareciesen. Esperaba que no significasen el preludio de su muerte inminente, aunque ésta fuese lenta. Se encontraba mal al inclinarse para colocar más arriba la carga que llevaba a la espalda. Al hacerlo, miró hacia abajo y en el acto llamaron su atención unas cuantas piedras desperdigadas a sus pies.

Su primer pensamiento fue que, por fin, había encontrado las pesas perfectas para sus boleadoras, ya que todas tenían el mismo tamaño, aproximadamente el del globo de un ojo de un caribú grande. A continuación, al agacharse a coger una de las piedras, frunció el entrecejo, perpleja. Nunca había visto una piedra como aquélla.

No era una piedra.

Era una concha, o lo había sido milenios atrás. En la actualidad era un fósil. Resultaba pesado en la mano de la muchacha. Sus elegantes líneas en espiral eran tan hermosas que se le cortó la respiración. Lonit lo contemplaba sin entender cómo una concha podía estar hecha de roca, o cómo una roca podía tener la forma de una concha. Su ceño se acentuó.

No había manera de que Lonit pudiera saber que el objeto que tenía en la mano yació antaño en el fondo de un gran estrecho de aguas poco profundas. No podía saber que el clima del mundo había cambiado, que cuando los glaciares se formaron sobre la tierra condensaron la mayor parte de la humedad del mundo, y mientras ellos crecían, los océanos se redujeron... los mares se secaron... un estrecho se convirtió rápidamente en una sucesión de lagos y balsas atrapados en las depresiones donde el lecho del mar quedaba al descubierto. Gradualmente estas aguas se secaban y espesaban con los detritus de una edad agonizante, ahogando todas las cosas vivientes que no habían podido nadar o deslizarse a aguas más profundas, generadoras de vida. Con el paso de los años, un estrecho podía desaparecer por completo. Y conchas como la que Lonit sostenía en su mano podían quedar sepultadas en el sedimento de siglos, transformadas en piedras por el tiempo y por el inexorable proceso de fosilización.

Ahora, sacada a la superficie por las pezuñas de los caribúes en migración, la concha le hablaba a Lonit de otra época, de otro mundo; pero hablaba en una lengua que la muchacha no podía entender.

Donde antaño las aguas azules y brillantes del Estrecho de Bering se extendían bajo el cielo del Ártico desde la costa de Siberia a las costas de Alaska, ahora la superficie del saliente continental yacía desnuda a los pies de Lonit.

Era el olor de aquella superficie lo que había hecho detenerse a Torka, a Umak y al perro. La capa de tierra que se extendía sobre la escarcha era más gruesa, impregnada del hedor vagamente astringente a cieno, a las miles de especies innominadas de flora y fauna marinas que allí habían vivido y muerto, descomponiéndose para formar la carne de aquella tierra. Evocaba antiguos mares y cielos más cálidos en los que un sol más benéfico salía y se ponía sobre un mundo menos hostil. Por medio de su sentido del olfato, extraordinariamente desarrollado, los cazadores supieron que la llanura de la tundra que se extendía delante de ellos era diferente de cualquier otra tierra por la que hubieran caminado antes, pero Torka y Umak no dieron ningún calificativo a esa diferencia. Eran hombres de la Edad del Hielo. No habían visto nunca un mar ni un océano; tampoco podían imaginar un mundo más acogedor ni un viento que soplara bajo un sol benevolente.

—¡Mirad! —exclamó Umak. Hacia el este, entre ellos y la montaña todavía distante, se divisaban las siluetas de camellos lanudos con grandes jorobas que se encontraban pastando. El viejo contó tres, y luego otro. También descubrió varios bueyes almizcleros—. ¡Cuánta caza!

Torka no hizo ningún comentario; hablar habría supuesto confirmar lo que era evidente. El sol estaba en su cenit. Pronto oscurecería. La montaña aún estaba lejos y él no descansaría tranquilo ni permitiría que su "tribu" cazara hasta no instalar un campamento seguro en sus flancos.

—Sigamos adelante —dijo, y después de que Lonit cogiera unos cuantos fósiles más, reanudaron la marcha a través de la amplia y ondulante tierra que otrora yaciera en el fondo del mar.

Avanzaron trabajosamente hacia la enorme montaña coronada de nieve que, en futuros milenios, no sería ya una montaña sino una isla alzándose en un mar de aguas poco profundas. Sería conocida como la Gran Diomedes en honor de un príncipe de Argos así llamado, un héroe perteneciente a una raza de hombres que no nacería hasta que transcurriesen otros cuatro mil años.

De cualquier modo, los pensamientos de Torka no se dirigían hacia el futuro, como ocurría con Umak, Lonit y el perro salvaje mientras le seguían en dirección a la montaña brillante. El joven cazador pensaba en el pasado, en los muertos, en todo lo que había dejado tras de sí mientras, sin saberlo, avivaba el paso y conducía a su tribu fuera de Asia hacia un nuevo mundo.

PARTE III

LA MONTAÑA PODEROSA

Capítulo 1

Caminaron hasta que se hizo la oscuridad, pero la montaña aún aparecía lejana, con sus enormes picachos nevados destacándose brillantes en la noche.

Sus cuerpos exhaustos les dolían de fatiga. Se detuvieron y excavaron una madriguera común al abrigo de un montículo de la tundra. Se extendieron sus pieles de dormir, y después de comer carne seca de caribú, se ovillaron los tres juntos como si fueran lobos bajo el cielo de color añil barrido por el viento.

Dormían. Umak sonreía en sueños. Estaba contento. Se había mantenido al ritmo de Torka durante kilómetros. Fue el hombre joven quien quiso hacer alto para descansar, no el viejo.

Lonit también sonreía en sueños, porque ahora tenía un secreto que ocultar a sus hombres. Yacía de espaldas a ellos, enroscada en el borde mismo del cubil practicado para dormir. Si ellos descubrían su secreto, la obligarían a dormir sola, y aquella idea la asustaba porque la tundra era demasiado oscura, demasiado extraña y amenazadora. Por consiguiente, no reveló su secreto, sabedora de que no iba a morir a causa de los retortijones que la habían afligido. De haber estado con las mujeres de la tribu, lo habría entendido mucho antes. No se hubiera sorprendido al hacer el descubrimiento. Torka ya no tendría ninguna justificación para llamarla Casi Una Mujer. Los espíritus de su género la habían considerado digna de su estima. Por fin había fluído de Lonit sangre de mujer. Llena de júbilo, se apresuró a colocar varios pedazos de piel sobre su abertura para que los hombres no descubriesen su secreto.

Torka permaneció un buen rato despierto. Hubiera preferido reanudar la marcha, pero la montaña estaba más lejos de lo que le había parecido al principio. Cuando, por último, sucumbió al cansancio y se durmió, su sueño era tan agitado que no pasaba de ser un duermevela. Lo prefería. Quería permanecer alerta ante cualquier peligro. Notaba que el perro se sentía menos inquieto; a él le ocurría lo mismo y por vez primera agradeció la presencia del espíritu hermano de Umak. Tumbado en lo alto del montículo, en pleno viento, era indudable que se había erigido en centinela del grupo. Si algún depredador se acercaba al olfatear el olor a hombre, el perro avisaría. Torka admitió que tal vez la lealtad del animal hacia Umak no carecía de ventajas.

Gracias al perro, Torka se permitió alguna que otra cabezada. Tuvo una pesadilla en la que el ruido de fondo era un bramido sordo que llenaba el mundo. Conducía a Umak y a Lonit a lo largo de kilómetros y kilómetros de oscuridad, dando traspiés a través de la infinita llanura negra de su sueño. Un muro de agua saltaba a su encuentro, tan negra como la noche, tan alta como la montaña hacia la cual conducía a su tribu. La ola de tamaño descomunal rugía mientras amenazaba barrer el mundo entero y anegar cuanto encontrara a su paso. En su sueño, él corría, y Umak, Lonit y el perro corrían también; pero la ola se precipitó encima de ellos y los barrió... yendo a parar a un limbo negro, sofocante, donde sus espíritus de vida se perdieron para siempre.

Se despertó sobresaltado y se incorporó enseguida. Miró al este, en dirección a la montaña, a la cara del sol naciente. Ya no era de noche. Un nuevo día había nacido; y Torka, que no podía saber que su sueño había sido una visión del pasado —y del futuro— se sintió contento de estar vivo, envuelto en la luz del alba que se extendía a través de la tundra y transformaba en oro el mundo entero.

Reanudaron la marcha en fila india, ahora con el perro a la cabeza. Umak caminaba a zancadas delante de la muchacha, y Torka inmediatamente detrás de ella. Lonit se inclinaba para arrostrar mejor el viento y, entretanto, miraba al perro, observaba su manera de trotar, con la cola enhiesta, retorcida en la punta.

Normalmente la vista del animal habría confortado a Lonit. A menudo la divertía la conducta del perro, y estaba segura de que, si acechaba algún peligro, el can avisaría a su manada humana. Sin embargo, casi enseguida empezó a tener la sensación de que les vigilaban. Frunció el ceño. Aar continuaba trotando, dirigiéndose siempre al este, hacia la montaña. Si notaba que unos ojos estaban vigilándoles, no lo demostró.

Al cabo de un rato, aunque la sensación de ser vigilada era aún más fuerte, Lonit se dijo que estaba comportándose como una insensata.

Después de todo, Umak, Torka y el perro eran cazadores. Sus sentidos no estaban ni mucho menos tan desarrollados como los de ellos. Y era bien sabido que cuando una mujer tenía la regla, sus pensamientos eran tan excéntricos como su comportamiento. De haber viajado con el Pueblo, se la hubiera aislado de todos, a excepción de las mujeres en sus mismas condiciones. Habrían sido enviadas a la retaguardia de la columna, por temor a que su especial situación contaminara a los demás y les expusiese a toda suerte de calamidades.

Se ruborizó a causa de sus pensamientos culpables; se alegraba de que ni Torka ni Umak pudieran ver su cara. Las mejillas le ardían, y si sus hombres la veían sabrían enseguida que les ocultaba algo y se enfadarían. Incluso podrían echarla de su lado para siempre. No merecía nada mejor. Aunque bien pensado, ella era la única mujer en el mundo y no la expulsarían. Sin embargo, la harían caminar en pos de ellos. La tradición y los tabúes así lo exigían. Y eso era lo que ella temía, porque la persona que ocupa el último puesto en una columna en marcha es siempre la más vulnerable a los depredadores. Un grupo de mujeres solía ser bastante seguro, pero hacía tiempo, cuando era una niña pequeña, fue testigo del ataque de un león contra una de las rezagadas. La mujer se había quedado atrás para hacer sus necesidades, y el enorme y peludo felino saltó sobre ella desde detrás de un montecillo de la tundra donde estaba agazapado a la espera de que pasara la columna entera de viajeros. Para cuando los hombres de la tribu se agruparon para matar al merodeador con sus lanzas, ya era demasiado tarde para la mujer. Lonit nunca pudo olvidar el aspecto que ofrecía aquella mujer cuando el león terminó con ella.

Se estremeció sin apartarse de sus hombres. Si alguien les observaba, Torka, Umak y el perro se habrían dado cuenta. Entretanto, trataría de no pensar en leones ni en espíritus del viento, que posiblemente vigilarían su llegada desde las frías y abruptas alturas de su montaña lejana. Con la vista baja, se propuso no pensar sino en el próximo paso, y en el siguiente, y en el otro. Así lo hizo hasta que Umak se paró tan inopinadamente que chocó contra él.

—¡Mirad! —exclamó el anciano, quien, al parecer, no se daba cuenta de que la muchacha acababa de chocar contra él. Señalaba algo, y Lonit miró con aprensión hacia el lugar que indicaba.

Allí, justo delante de ellos, un enorme esqueleto yacía en el suelo. La mano de Torka aferró el asta de sus lanzas con tal fuerza que los dedos le dolieron. Apretó los dientes, conteniéndose para no gritar.

El Destructor... La Voz del Trueno... El Que Aparta las Nubes... El Que Sacude al Mundo...

—¡No! —Torka expresó con un grito su incredulidad frente a una verdad que le resultaba insoportable. Si aquel enorme montón de huesos pertenecía al gran mamut, nunca podría matarlo con sus propias manos. Hasta aquel momento no se había dado cuenta de lo mucho que deseaba hacerlo, a pesar de los prudentes consejos de Umak y de todos los obstáculos con que pudiera topar, incluso si al matar a la bestia perdía su propia vida. Enfrentarse a la bestia era lo único que le importaba, mirar una vez más los ojos enrojecidos en los que se reflejaba su odio hacia los hombres, clavar su lanza en el blanco... en memoria de su pueblo asesinado, por Egatsop, su mujer, y por Kipu, su adorado hijo, cuyos hombros no volvería a rodear con su brazo mientras la risa del pequeño estallaba con la alegría de la vida.

Sintió un sabor amargo en la garganta. Las lágrimas pugnaban por brotar debajo de sus párpados mientras prorrumpía en un alarido de desesperada desilusión. Lanza en ristre echó a correr, con el perro pisándole los talones, y detrás Umak y Lonit, que corrían a su vez.

Permanecieron en silencio, ocupados en examinar los restos del esqueleto de un ser como no habían visto otro en su vida. Torka experimentó una creciente sensación de alivio, aunque Umak gruñía para expresar un disgusto compartido por la muchacha.

—Esto no es un mamut —rezongó el anciano, preguntándose dónde pastaría ahora la enorme bestia, deseando que se encontrase lo más lejos posible de aquella extensión de tundra.

Recuerdos no deseados asaltaban a Lonit mientras contemplaba los extraños huesos alargados. Lamentaba que no fueran los del mamut que destrozó las vidas del Pueblo. En algún lugar, la bestia seguía con vida. En alguna parte hacía que el mundo se estremeciera con su horrísono y odioso trompeteo. En alguna parte, pero no allí. Umak les había conducido fuera de su alcance. Sin embargo, ¿que ocurría si había virado hacia el este? También podía suceder que abandonase algún valle de la tundra para dirigirse a la llanura donde se encontraban. A lo mejor caminaba delante de ellos. O quizá fuera lo que ella había notado que les vigilaba durante kilómetros y kilómetros. Se estremeció; le resultaba demasiado horrible pensar en ello.

El perro emitía suaves gemidos. Dio unas vueltas alrededor del descomunal esqueleto, olfateándolo con verdadero afán antes de perder todo interés cuando su nariz le dijo que se trataba de unos huesos muy antiguos, sin la menor perspectiva de sacar nada sustancioso de ellos. Con un bufido de desprecio, trotó en derredor de los largos huesos, con algún que otro gruñido y sin dejar de olfatear, mientras levantaba la pata aquí y allá para marcar los sitios por donde pasaba. Una vez hecho esto, se sentó, bostezó y miró hacia el este como si quisiera informar a sus compañeros de viaje de que no había nada interesante que les retuviera allí, y que, por consiguiente, lo mejor sería reanudar la marcha.

Sin embargo, el esqueleto había captado el interés de Torka. Jamás había visto algo que se pareciese ni siquiera remotamente a aquellos restos. Medio enterrado en la tundra, de la cabeza a la cola medía unos veinticinco metros. Midió la distancia a pasos dos veces, para estar seguro de que no eran imaginaciones suyas. Sin patas, sin colmillos y sin dientes, tenía el aspecto de un pez enorme. Pero, ¿cómo podría un pez morir en tierra firme? Y de todos los ríos y cursos de agua que hasta entonces había visto, ¿cuál de ellos habría sido lo bastante ancho o profundo para que pudiera nadar un pez como aquél?

Umak parecía adivinar lo que su nieto pensaba. Los ojos de ambos se encontraron. Umak asintió con la cabeza, gruñó y frunció los labios.

—En la época de las grandes lluvias —empezó a decir—, cuando las aguas se reunieron para caminar sobre la tierra, es posible que un pez como éste tuviera suficiente agua con la profundidad necesaria para nadar y ocultarse en ella. Se dice que en aquellos tiempos la carne del Pueblo servía de comida para los peces... —hizo una pausa, y las historias sobre la Creación que aprendiera en los lejanos días de su niñez acudieron de nuevo a su mente. Volvió a asentir con la cabeza, confortado ahora al contemplar el enorme esqueleto que venía a confirmar la verdad de aquellas historias. Sólo en las grandes aguas pudo existir un pez de dimensiones tan gigantescas. No obstante, Umak era un hombre de su tiempo, un hombre de la tundra. Era difícil para él imaginar un océano, tanto más una ballena.

Torka recordó su sueño, el gran muro negro de agua que barría la llanura. Se aproximó más y tocó una parte de los restos de la ballena. Su mano descansó sobre un trozo de costilla fosilizada. Sabía por experiencia que los huesos de los peces se secaban y eran arrebatados por la fuerza del viento, porque no eran como los duros huesos de hombres y bestias. Pero aquél... Debajo de su palma desnuda el hueso era resistente, tan firme como una roca. El sueño invadió una vez más su mente. La ola se aproximaba a él procedente del sur, del norte, del este y del oeste. Le rodeaba, le levantaba en alto, y era como un muro fatídico de muchos kilómetros de altura, tan negro como el fluido que llenaba los globos oculares de un caribú. La oscuridad se hacía más densa, brillante y lustrosa como la obsidiana. Rugía mientras crecía y crecía, y después comenzó a caer, a rizarse en labios cubiertos de espuma, como la boca de un hombre poseído por los espíritus de la locura.

Torka sacudió la cabeza para liberarse de su visión antes de que ésta le ahogase. Al hacerlo, levantó la mano del hueso de la ballena, luego la bajó de nuevo en un acto reflejo tan poderoso que rompió en dos el hueso fosilizado. El pedazo más grande cayó a sus pies.

Los ojos de Umak se desorbitaron. Tanto él como la muchacha gritaron sorprendidos, pero después el rostro del anciano se estremeció. Torka retrocedió un paso con la intención de coger el hueso quebrado, pero Umak le contuvo con un grito.

—¡No! La mano de Torka ha partido el hueso. El espíritu de vida del gran pez se ha rendido al poder de Torka. Le ha dado una parte de sí mismo como un presente al hombre. ¡Torka no puede marcharse ahora! —le hubiera gustado añadir que si lo hacía, el espíritu del pez les seguiría. Se convertiría en un espíritu agazapado y maligno. Se alimentaría con el alma de Torka, y Torka moriría. Pero no se atrevió a hablar así, por temor a que su pronóstico se cumpliera. En lugar de ello, se limitó a decir—: ¡Cógelo!

Torka reconoció una orden indiscutible en las palabras de Umak. El anciano tenía razón. Aunque no hubiese dicho en voz alta lo que pensaba, Torka lo leyó claramente en su cara. No podía desobedecer. Se arrodilló, pues, y contempló lo que había caído a sus pies.

El asombro casi le cortó la respiración. El hueso era algo más corto que su antebrazo, con un arco natural, y era evidente que el impulso de su fuerza había hecho algo más que arrancarlo de la parte principal de la costilla. En el sitio donde se había producido la fractura, el hueso era tan afilado como un puñal. No lo habría desprendido mejor de habérselo propuesto, ni tampoco hubiera conseguido un borde tan afilado aunque lo hubiese desbastado con la mayor meticulosidad. Aunque sólo había ejercido una ligera presión, su sangre había brotado.

—¡Hummm! —exclamó Umak. Alzó el mentón mientras movía la cabeza en señal de aprobación.

Torka sonrió a pesar de su malhumor. No le gustaba aquel trozo de costilla de pez que no era ni hueso ni piedra, pero era estupendo ver que Umak se sentía arrogante de nuevo, atribuyéndose el mérito del descubrimiento por haber ordenado a Torka que cogiera el hueso. El joven levantó en su mano el extremo romo del hueso de ballena roto, sopesó aquel regalo del espíritu de vida del gran pez, del que sabía que era algo, no un pez. Al erguirse lo alzó para probar su equilibrio y decidió que, le gustara o no, constituiría un arma extraordinaria.

—Lo cojo —concedió.

Umak lanzó un nuevo gruñido.

A continuación volvieron a ponerse en marcha en dirección a la montaña. Esta vez, Lonit no era la única que estaba inquieta por la sensación de que alguien les vigilaba. A Torka le pasaba lo mismo, pero los ojos de su visión miraban desde su interior, y ahora se volvió para echar una ojeada a su espalda, casi convencido de que iba a ver la ola de su pesadilla alzándose para perseguirles. Pero no había nada allí; sólo kilómetros y soledad, además del esqueleto de la ballena que se hacía cada vez más pequeño. Luego desapareció.

Y los viajeros continuaron su camino.

Capítulo 2

El terreno se empinaba a medida que se aproximaban a la montaña. Dejaron atrás la amplia y abierta extensión de ondulados pastizales y entraron en un territorio de altas colinas. Había hierba allí, demasiada, intercalada con plantas pantanosas y grupos de musgos y líquenes conocidos, pero ahora pasaban por un bosque de piceas que tenían la altura de un hombre, con las ramas encorvadas. Instintivamente Umak y Torka buscaron huellas de mamut. Sabían que la picea era el forraje favorito de las grandes bestias; pero si los mamuts merodeaban en aquel paraje, no había señal de su paso. Aliviado, Umak caminaba con Lonit y con el perro pisándole los talones.

Torka se detuvo. Algo le impulsó a mirar atrás, al camino que habían seguido hasta llegar donde se encontraban. A un nivel mucho más bajo se extendía la llanura lejana. Los kilómetros parecían temblar en una neblina resplandeciente que era obra de la distancia. Y en medio de aquella neblina, en el lejano horizonte distinguió una forma oscura que avanzaba... su corpachón era tan alto como las colinas distantes, sus colmillos relucían al sol, su color era rojo como la sangre seca.

Parpadeando, se puso una mano a modo de visera para eliminar el resplandor y vio... nada.

No obstante, continuó mirando; los ojos le escocían y el corazón le pesaba. "Mamut, Voz de Trueno, El Que Sacude El Mundo, El Destructor". Dominado por la rabia, estuvo a punto de pronunciar las palabras en voz alta. *Quería* que la bestia estuviera allí, que se dirigiese hacia él a través de la llanura, que le siguiera a las colinas altas adonde, oculto por los arbustos de piceas, le aguardaría emboscado. Como en el sueño que había tenido a raíz de que él y Umak mataran al cóndor, se veía abalanzándose sobre el mamut desde las alturas. Se veía llevando a su hogar la lanza con la que le había matado. En memoria de la familia que había perdido, se veía...

—¡Torka! —el anciano le llamó, instándole con sus gestos a continuar.

Aún estuvo unos segundos sin moverse. Sabía que necesitaría una lanza dotada de la potencia de un rayo fulminante para perforar la piel de aquel monstruo y encontrar un punto débil para hundírsela en el corazón. En el mundo entero no existía un arma como aquélla. Y excepto en sus sueños, ningún hombre podía esperar enfrentarse al Destructor dos veces y vivir para contarlo.

Echó a andar de nuevo, turbado por sus pensamientos, satisfecho al propio tiempo de que lo que había visto en el horizonte hubiera sido un espejismo provocado por la neblina y asimismo por su exacerbada imaginación. Sin embargo, no dejaba de pensar en el mamut mientras andaba. Estaba tan absorto en su frustrado afán de matar, que no se fijó en el cambio de paisaje.

Los fragantes bosquecillos de piceas eran raros ahora. Los viajeros habían penetrado en un bosque que era único en el alto Ártico: un bosque en el que se mezclaban diminutas coníferas y árboles de madera dura, árboles enanos que eran producto del frío extremado y del viento perpetuo, de una falta de luz durante una mitad del año y un exceso de ella durante el otro medio. Compuesto en su mayor parte de sauces, piceas y abedules, muchos de los árboles eran centenarios; sin embargo, ni siquiera el más viejo de todos ellos tenía una altura que alcanzase mucho más arriba del tobillo de los viajeros. Crecían con la inexorable lentitud de los líquenes, adaptándose tan perfectamente al medio que, en algunos sitios, resultaba difícil distinguir que se trataba de árboles. Crecían pegados al terreno, como si, de forma inconsciente, tratasen de absorber el máximo calor del sol mientras se extendían en todas direcciones, nunca hacia arriba, con las ramas fuera del alcance del viento.

La montaña estaba ahora cerca. Era un gigante de enormes picachos negros cubiertos de hielo, que recortaba el cielo frente a ellos. Hicieron alto para descansar, contemplándola desde abajo con admiración. La montaña parecía exhalar su aliento sobre ellos desde el corazón helado de sus altísimos cañones agobiados por los glaciares. Desde algún lugar en el interior de la imponente corona de hielo que se extendía a lo largo de la cumbre, llegó un sonido extraño, una especie de chirrido como si algo se resquebrajara. Aquel ruido provocó una mueca en el rostro de Lonit, reavivándose en su interior el miedo que la inspiraban los espíritus del viento. Umak frunció el ceño. Jamás había visto una montaña de tales dimensiones. Torka, por su parte, la calibró con frialdad. No cabía duda de que la cumbre propiamente dicha por fuerza intimidaba a quienquiera que la contemplase. Pero allí hasta donde la tundra ascendía por sus flancos para fundirse con durísimas, impenetrables paredes de roca, se podía instalar un campamento seguro sobre cualquiera de las elevadas y amplias repisas que la acción conjunta de la erosión y el tiempo habían creado en una base de la montaña.

—¡Vamos! —dijo por fin, impaciente por encontrar un sitio adecuado antes de que cayera la noche.

Siguieron adelante.

El brazo de Lonit estaba entumecido dentro del cabestrillo; además, tenía un poco de fiebre, por lo que sus mejillas aparecían arreboladas. Tenía calor, y por añadidura se sentía cansada e irritable, pero de su boca no salía una queja. Caminaba con aire decidido detrás de Torka, haciendo cuanto podía para mantenerse al compás de las zancadas del joven. Tropezó dos veces sin saber por qué, pero mantuvo el equilibrio y el paso. Se mordía los labios. Hacer menos de lo que hacía hubiera supuesto demostrar ante Torka lo poco que valía. A pesar de los esfuerzos que hacía por agradarle, sabía que él aún pensaba de ella lo peor. Trató de recordar los días en que la trataba con amabilidad, hacía ya mucho tiempo, en otro mundo, cuando era una niña pequeña. Ahora era una mujer, la única mujer, y él la odiaba precisamente por eso. No podía culparle. Aspiró una bocanada de aire y la sostuvo, tratando de hacer acopio de sus fuerzas. Tal vez algún día también era posible que lo creyese. Pero en aquel momento se sentía cansada, disgustada consigo misma por ser un mísero esbozo de mujer. El brazo le dolía mucho. El lobo no había desgarrado sólo la piel y el músculo; también había llegado al hueso.

En contra de su deseo aflojó el paso, contenta de que Torka no mirase hacia atrás y descubriera su demostración de debilidad. Umak se habría dado cuenta de lo que ocultaba. El anciano parecía preocuparse por ella. ¿Por qué? No podría decirlo, a no ser porque era la única mujer que quedaba en el mundo. Incluso con esta circunstancia a su favor, Lonit estaba convencida de que no valía gran cosa.

Umak vigilaba a la muchacha que avanzaba delante de él, con paso vacilante. La veía tropezar y recuperar el equilibrio con tan sólo una levísima interrupción en su marcha. La admiración que sentía hacia ella subió de punto. La última vez que se pararon para descansar, había visto sus ojos brillantes de fiebre. La muchacha no había dicho nada. Umak sabía que el brazo debía dolerle; había tenido que darle muchos puntos de sutura para arreglar los destrozos causados por el lobo en la cara interna del antebrazo. Umak contempló a Torka, que caminaba infatigable, y lanzó un gruñido. El perro levantó la cabeza y le miró curioso mientras el viejo se preguntaba cómo era posible que Torka no se preocupase por la muchacha. Ni una sola vez había vuelto la cabeza para comprobar si su marcha era demasiado rápida para ella. Él había visto la profundidad de la herida. Había presenciado cómo se lanzó intrépidamente en medio del peligro al ver que los lobos amenazaban a sus hombres. ¿Cómo podía ser tan insensible con ella? La boca del anciano se frunció. Torka le preocupaba. Las heridas de su aflicción no cicatrizaban. Antes, su nieto no había sido nunca un hombre duro. *Nunca*. Pero ahora lo era.

"¡Hummm!", pensó Umak, sintiéndose protector y compasivo con respecto a la muchacha. "Si Torka es tan obstinado que se empeña en no ver los méritos de Lonit, Umak sí los ve". Un creciente sentimiento de exclusiva responsabilidad hacia ella casi le hizo creerse joven de nuevo.

—¡Hummm! —exclamó en voz alta, y el perro le miró otra vez, levantando la cabeza adornada con el antifaz negro. Umak le hizo entonces destinatario de sus siguientes palabras—: La próxima vez que los lobos se lancen contra este anciano, verán que no es tan viejo como a ellos les gustaría. Y Lonit también lo verá.

Satisfecho por su arranque de jactancia, confirmó su declaración con un enérgico movimiento de cabeza. Estaba convencido de haber dicho lo que debía. Se sentía fuerte de nuevo, viril, la pierna lesionada apenas le molestaba. Se detuvo junto a un riachuelo salpicado de hielo que discurría a lo largo de un bosquecillo de sauces en floración y que no tenía más de un dedo de alto. Medio enterrado en un denso talud de plantas pantanosas, el riachuelo invitaba a que el perro bebiera. Umak contempló cómo el perro lamía el agua fría, luego se inclinó y empezó a arrancar unas cuantas ramitas de los tallos verdes de los sauces. Metió la mitad en su bolsa de medicina curalotodo que llevaba en el cintúrón; Lonit se la había hecho con la piel del cóndor; la bolsa aún conservaba adosadas lás suaves plumas de la pechuga.

Levantándose, sujetó con los dientes el resto de las ramitas mientras se secaba las manos en su capa de viaje. Los dedos le dolían de frío, pero apenas si lo notó al apretar el paso para reunirse con Lonit. Casi estaba sin respiración cuando la alcanzó. Sostenía las ramitas en la mano derecha, mientras con la izquierda la cogía por el codo obligándola a detenerse y a volverse hacia él.

—Toma, aquí tienes. Espíritus mágicos habitan en los tallos verdes de los sauces. Son espíritus buenos, demasiado pequeños para que una muchacha o incluso un espíritu jefe puedan verlos.

Ella estaba contenta por la oportunidad de descansar que le brindaba, pero esperaba que él no lo adivinara en su mirada o en su expresión. No se movió; no comprendía qué es lo que quería que hiciera con su extraño regalo de ramitas.

—¡Chupa los tallos! —explicó con entusiasmo el viejo al verla vacilar—. Liberarás los espíritus del sauce en tu boca. Correrán por tu cuerpo. Ejecutarán la danza del espíritu del sauce. Devorarán tu fiebre. Arrebatarán tu dolor. Luego se marcharán, agradecidos de que Lonit les haya alimentado.

La muchacha inclinó la cabeza. Umak había visto probablemente su cansancio, sus tropezones. Sin duda habría pensado que era la mujer más despreciable entre todas las nacidas. Sin embargo, ante su sorpresa y confusión, antes de que pudiera seguir vilipendiándose, los fuertes dedos del viejo, con grandes nudillos, la asieron de la barbilla, obligándola suavemente a mirarle. Y cuando ella lo hizo, se sorprendió al ver que la sonreía.

—Lonit está herida y ha cambiado mucho. Lonit es valiente. Lonit es fuerte. Por eso Umak le entrega los espíritus del sauce. No pueden darse a las personas que carecen de mérito.

Lonit se ruborizó, avergonzada. ¿Creía realmente el anciano lo que decía? No era posible. Se limitaba simplemente a ser amable. Trataba de que se sintiera mejor. Poco a poco, mientras caminaba junto a él, se obligó a chupar los tallos de sauce. Tenían un sabor amargo, pero pronto empezó a maravillarse de los poderes mágicos del viejo. No sólo había dominado el espíritu de un perro salvaje, sino que ahora mandaba en los espíritus de un árbol. Tal como le había prometido, su fiebre bajó. El dolor del brazo disminuyó. Le dio las gracias, él gruñó, complacido a todas luces de sí mismo mientras la aconsejaba que se lo agradeciera a los espíritus del sauce en vez de a él. Así lo hizo la muchacha; trató de representárselos, diminutos y verdes, danzando alegremente dentro de su cuerpo. Se preguntaba si tendrían nombre, como los tenían los hombres y las mujeres; si tendrían aspecto de árboles, con ramas en lugar de brazos y miembros y cabellos de hojas. También se preguntó si se comerían crudo el dolor o si lo cocinarían al calor de la fiebre.

Continuó andando, sintiéndose infinitamente mejor, pero mientras su fiebre bajaba, su temor aumentaba. La montaña estaba allí delante, ocultando al mundo con su sombra. Y desde sus abruptas alturas, *algo* les vigilaba.

Torka se detuvo. Umak y la muchacha le imitaron al llegar a su lado. Los tres percibían aquella misteriosa vigilancia. El perro se paró cerca del anciano, con la cabeza gacha.

"Espíritus del viento", pensó la muchacha, y supo que contra su feroz y perversa naturaleza serían impotentes los amables espíritus curativos del sauce.

"Leones", imaginó Umak. "O tal vez osos, o lobos". Le asaltaron los recuerdos, turbándole. Alzó el mentón. No quería pensar en su último fracaso con los lobos, pero lo hizo. Se preguntaba cómo se comportaría cuando se toparan con atacantes de mayor tamaño y más peligrosos aún.

Torka se mantenía erguido; sus ojos entornados para protegerse del viento lo escudriñaban todo. "Por fuerza tiene que ser algo", pensaba. Un gran felino de las montañas apostado al acecho; un oso caricorto, recién salido de su sueño invernal. O quizá solamente un ave, un halcón o un águila. O un ratón campestre, o una gruesa marmota que tomaba el sol encima de una roca, observando con sus ojillos brillantes el avance de los viajeros humanos, a pesar de que su obtuso cerebro no le permitiera dedicarles excesivo interés. Fuera lo que fuese, no podía ser más amenazador que cualquiera de los peligros a los que se habían enfrentado en la tundra abierta. Aunque resultara ser un gran carnívoro, la amenaza sería menor porque ellos sabían que estaba allí con el propósito de atacarles.

Mientras sus ojos exploraban las alturas, se fijaron en una elevada cornisa que sobresalía en la pared de la cara occidental de la montaña. Sobre el enorme saliente de granito, una sucesión de cavernas perforaban la pared. Su tamaño y emplazamiento le intrigaron. Si lograban llegar hasta ellas, la más grande y profunda brindaría un excelente refugio para protegerse del viento al mismo tiempo que de los depredadores. Si es que la caverna no estaba ya ocupada por aquéllos. Estaba seguro de que Umak tendría algo que objetar. No se equivocaba.

—¡Los cazadores de la tribu no viven en cuevas como animales! —protestó el anciano—. ¡Los cazadores de la tribu han de vivir como nuestros padres vivieron siempre, al raso, bajo el cielo abierto!

La luz del día estaba desvaneciéndose. Se agrupaban nubes que presagiaban lluvia. Un viento frío bajaba del casquete helado de la cima. A sus pies, en la lejana llanura de la tundra, unos lobos gigantes empezaron a aullar. Torka vio cómo se encogía Lonit, asustada por los aullidos, y calculó su cansancio en comparación con su propia fatiga. Habían recorrido muchos kilómetros aquel día.

—Tenemos que montar nuestro campamento —dijo—; pronto estará oscuro. Los lobos o incluso otros animales de presa de mayor tamaño pueden olfatear nuestro olor. Padre de mi padre, nosotros somos todo lo que queda de nuestra tribu. Estaremos en peligro en tanto permanezcamos al raso. Instalarnos al abrigo de la pared de la montaña sería una buena cosa. Instalarnos *dentro* de ella sería todavía mejor. El propio Umak ha pronunciado unas sabias palabras. En una nueva vida, los hombres deben de buscar nuevos caminos.

El anciano refunfuñó. Miró hacia arriba y contempló las cavernas con hostilidad. No le gustaba el aspecto que ofrecían, pero era un espíritu jefe y no podía oponerse abiertamente a sus propias palabras de sabiduría.

—Ya veremos —dijo al fin.

Y continuaron el ascenso.

Tuvieron escasa dificultad para dar con el camino que conducía a las cuevas, aunque seguían notando unos ojos fijos en ellos. Habían caminado a lo largo de la piel resistente y esponjosa de la tundra, pero ahora pisaban los huesos de la montaña, atravesaban las elevadas estribaciones arenosas abriéndose paso a lo largo de terrenos glaciales de aluvión y morrenas. Caminaban en derredor de la montaña, y al mirar hacia arriba desde la base de la cara oriental, la cima parecía formar parte de la noche inminente. Aunque tuviera varios kilómetros a la redonda, la montaña no era tan alta como parecía vista a distancia.

Se encontraban al abrigo de un angosto cañón donde un manantial de agua helada fluía lentamente sobre un lecho de piedras. Aquí y allá había pedazos de suelo sólido, justo lo suficiente para soportar unas cuantas matas de juncias y algunos arbustos alpinos de poca altura. Allí donde la pared del cañón absorbía la mayor parte de la luz del sol, había un manchón de ejemplares de picea que crecían muy juntos los unos de los otros, inclinados, con las ramas caídas, semejantes a cazadores congelados en una danza fantasmagórica. A la luz crepuscular que no tardaría en dejar paso a la noche, los árboles parecían negros. El olor fuerte, inconfundible de un mustélido cortó el aire.

Comadreja o glotón. No se apreciaba allí un gran peligro. Mientras el perro olfateaba el terreno desconocido, los viajeros buscaron señales y olores que revelasen la presencia de otros animales más grandes, pero nada indicaba que se estuvieran adentrando en el territorio de alguna criatura que pudiera suponer una amenaza para ellos.

Concentraron su atención en la meta que se proponían alcanzar. Las cavernas se encontraban a unos noventa metros por encima de sus cabezas, ocultas por el saliente de la cornisa. Torka señaló una serie de grietas horizontales en la estrecha fisura que formaba un pronunciado ángulo hacia arriba, desde la base de la pared de roca hasta la cornisa. Parecía como si una mano gigantesca hubiese tallado una escalera en la piedra. Era la única ruta de acceso a las cuevas cuya escalada se anunciaba difícil y que sin duda produciría vértigo a cualquier ser que no poseyera alas, pero las dificultades que ofrecía probaban que ningún felino de gran tamaño ni ningún oso podían haber trepado por allí.

A excepción del perro, realizaron el ascenso sin incidentes. Sin embargo, el can titubeaba ante la escarpada alineación de la ruta. Permanecía en la base de la pared, contemplando con aprensión y perplejidad cómo su manada ascendía sin él. Ladró dos veces. Umak, el último de la columna, se detuvo y le llamó, animándole a seguirles; el camino era empinado, pero con un poco de esfuerzo, Aar podría recorrerlo. El perro seguía inquieto, sin dejarse convencer.

—Ya es casi noche cerrada y nos amenaza una tormenta —recordó Torka a Umak—. Vamos, Padre de mi padre. Deja que el perro se las arregle.

—¡Umak no abandonará a su hermano! —se enfureció el viejo.

Torka se sentía molesto por la respiración, rápida y ronca, de la muchacha. Lonit, que le seguía a corta distancia, estaba sin duda exhausta. Se inclinó y extendió una mano, ofreciéndose a ayudarla. Más tarde hablaría con Umak. En todo lo que se refería al perro, el viejo tenía una venda en los ojos.

—Vamos —dijo, haciéndole gestos a la muchacha para que se cogiera a su mano—, Torka te ayudará.

Ella estaba apoyada en la cara fría y áspera de la roca. El peso del fardo que llevaba a la espalda era una carga espantosa, las correas que lo sujetaban no sólo se le clavaban en los hombros, sino que, además, le hacían sentir un miedo horrible a perder el equilibrio y precipitarse al vacío. El corazón le saltaba en el pecho y tenía la boca seca. El brazo herido estaba caliente y le dolía de nuevo, ya que, al utilizarlo en la escalada, había vuelto a sangrar. Estaba segura de que se habían soltado varios puntos de sutura. De cualquier modo, no estaba dispuesta a que Torka viera un nuevo acto de debilidad por su parte. Aunque se moría por empinarse y coger su mano, decidió hacerse la remilgada.

—¡Lonit es fuerte! ¡Lonit no necesita que Torka la ayude!

Disgustado por la actitud de la muchacha, le volvió la espalda para finalizar la escalada.

—¡Maldita criatura obstinada! —rezongó—. ¡Mujeres! ¡Viejos! ¡Perros! ¡Que hagan lo que les dé la gana!

Alcanzó el borde de la cornisa y se aupó sobre el ancho saliente que se internaba, igual que la cueva, en las profundidades de la montaña. La muchacha estaba justo detrás de él. Oía cómo se escurrían sus botas de suela blanda sobre la lava de los puntos de apoyo donde trataba de poner los pies. El ronquido de su respiración se mezclaba con gemidos de dolor. Torka se deshizo de su fardo, se inclinó, agarró las correas del fardo de la muchacha y la subió a su lado de un tirón. Lonit cayó de rodillas y visiblemente temblorosa, le dijo que habría sido capaz de terminar la escalada sin su ayuda. El joven dominó el impulso de propinarle un puntapié. Nunca hubiera podido imaginar que no era el orgullo lo que la obligaba a hablar de aquella forma.

Umak tardó un buen rato en llegar a la conclusión de que toda su persuasión resultaba inútil para convencer al perro para que subiera el saliente sin su ayuda. Por desgracia, Aar no había olvidado el desdichado incidente del ronzal, y aunque fue Torka quien pretendía limitar los movimientos del perro, Aar no confiaba en Umak hasta el extremo de permitir que éste le tocara. Umak gruñía una y otra vez. Comprendía al perro, conocía sus pensamientos tan claramente como si el animal hubiese hablado. Con cuidado, despacio, descendió y trató de que el perro se diera cuenta de que si no podía trepar como un hombre trepaba, entonces Umak lo llevaría en sus brazos. Pero cada vez que intentaba acercarse al perro, Aar se apartaba de él.

La manada de lobos cuyos aullidos habían oído antes, estaba ahora más cerca. Aquellos aullidos provocaron en el viejo un escalofrío. Torka le llamó, pero él no contestó. Se sentía insignificante y vulnerable, y muy cansado bajo las altas paredes de la montaña. Estaba empezando a llover, y no podía retrasar mucho la escalada, por miedo a que las rocas se volviesen demasiado resbaladizas para trepar por ellas sin sufrir ningún daño. Además, estaba enfadado con el perro por no confiar en él a pesar del tiempo que llevaban juntos; por añadidura, se sentía desilusionado con respecto a sus poderes de espíritu jefe, puesto que no había conseguido obligar al animal a obedecerle.

—¡Tú! ¡Aar! ¡Ven aquí enseguida! ¡Ven con Umak! —su tono de voz era tan imperioso como los gestos que lo acompañaban.

El can levantó la cabeza y miró a Umak como si pensase que éste se había vuelto loco.

—¡Aar! ¡Aquí! ¡Ven con el Espíritu Jefe!

Aar agachó la cabeza. No le gustaba que le gritasen.

—¡Vamos! ¡Tu hermano te llama! ¡El perro tiene que obedecer al hombre!

El can empezó a retroceder.

Umak saltó sobre el animal para agarrarlo y demostrarle que no pretendía hacerle ningún daño al tocarlo. Pero Umak sólo atrapó el aire donde, segundos antes, había pelo, piel y huesos. El perro también había dado un salto, pero hacia atrás.

Umak, que había caído de bruces, se incorporó como pudo y fulminó al can con la mirada.

—¡Quédate solo, entonces! ¡Sirve de comida para los lobos! ¡Pero no digas que Umak no trató de ayudarte! —se levantó y se sacudió el barro y los guijarros adheridos a su pantalón, frotándose después las rodillas, que le escocían. Enseguida añadió—: En los nuevos tiempos, los hombres tienen que buscar nuevos caminos. ¡Los perros deben hacer lo mismo!

Volvió la espalda al perro. Reajustó el peso del bulto que cargaba y empezó a trepar. Cuando llegó a la mitad del camino, se sentía culpable. Se detuvo y miró hacia abajo. Luego, sonrió.

El Hermano Lobo le seguía.

Aunque el saliente era un medio ambiente ajeno a quienes habían nacido y crecido en la cara abierta de la tundra, tenía la ventaja de ser un lugar seco, resguardado de la intemperie y desprovisto de amenazas. Una breve exploración reveló que ningún animal lo había convertido aún en su cubil.

En medio de la oscuridad, soltaron sus fardos, extendieron las pieles de dormir y se tumbaron completamente extenuados. Yacían bastante hacia adentro del enorme saliente bajo de techo, parecido a una habitación, enroscados en sus pieles, muy juntos. El perro estaba acostado cerca de Umak, aunque no demasiado. Aar se lamía las zarpas, porque las tenía ensangrentadas tras de su heroico esfuerzo por seguir al espíritu jefe a la caverna; pero, al cabo de un rato, hasta el perro dormía. La noche estaba poblada por la respiración profunda de los viajeros, así como por el susurro del viento y el tamborileo de la lluvia. De vez en cuando el hedor a comadreja hacía que Lonit se removiese inquieta en su sueño; igual le ocurría a Torka, pero el perro fue el único a quien despertó el olor.

Aar alzó la cabeza y olfateó. La caverna estaba negra como el carbón. Al perro se le erizó todo el pelo del lomo. Dejó de olfatear para emitir un gruñido sordo y amenazador. Algo se movía en la oscuridad, a la entrada de la caverna. Oyó al perro y se quedó quieto.

De repente, el viento cambió. El olor y la sombra se desvanecieron. El perro, inseguro acerca de su propio instinto, estaba al borde del saliente, donde el olor era más intenso, olfateando, sin dejar de gruñir. *Algo* había estado allí, pero el perro no lograba discernir de qué se trataba. Su olor no se parecía a nada de lo que el animal había olido hasta entonces. Se echó de nuevo. Si aquella cosa volvía, estaría esperándola. Durante toda la noche el perro fue centinela que velaba por la seguridad de su manada humana. Sólo hacia el alba, cuando la lluvia se trocó en nieve y la pared de la montaña se tornó resbaladiza a causa del hielo, Aar se permitió dormir. Nadie podía trepar ahora por la montaña. Nadie excepto un espíritu del viento.

La nieve caía en misterioso silencio; una nieve espesa y húmeda que suavizaba la noche y poblaba de obsesiones el sueño de Lonit. Se despertó y vio que el perro estaba alerta. Dejó que sus sueños se desvanecieran, contenta de perderlos de vista. Los espíritus del viento habían cobrado forma en ellos; danzaban y giraban, gruñían como comadrejas furiosas manteniéndose en pie lo mismo que si fueran cazadores humanos mientras se hacían pedazos con porras ensangrentadas, afiladas, hechas con fémures de hombres.

Se despertó en un baño de sudor, deseando haber tenido más tallos de sauce mágicos de los que Umak le había dado a chupar. Sabía que tenía fiebre, pero no quería molestar a Umak para que le diera más tallos de los que guardaba en su bolsa de medicinas. Vio que la tenía cerca de él mientras dormía, pero no pensaba tocarla sin su permiso.

La nieve no dejaba de caer y la luz matinal era tenue y gris, con el cielo cubierto de nubes. Daba a los muros y al techo de la caverna una apariencia fría y siniestra que parecía ser un residuo de sus sueños. Pero era bastante real, y a Lonit no le gustaba. Ante todo, añoraba la tundra y el aire libre; después, los límites cómodos y familiares de una cabaña. No pudo evitar sentirse nostálgica al levantarse y dar comienzo a los rituales de la mañana. El brazo estaba caliente y le dolía. Se mordió los labios. Más tarde se ocuparía de él. Su malestar no era gran cosa. Lo que importaba era tener una fogata encendida y una comida dispuesta para cuando sus hombres despertaran. Era deber suyo atenderles antes de pensar en sí misma.

La nieve se transformó de nuevo en lluvia mientras la muchacha encendía una fogata con la mezcla de huesos y musgo seco que había llevado consigo. Cuando a Torka y a Umak les despertó el olor a humo, Lonit ya había cogido varios trozos de chuletas secas de caribú, humedeciéndolas con nieve derretida hasta ablandarlas un poco. A continuación las ensartó en los pinchos de hueso y las puso a asar encima de las llamas.

Se sentaron juntos en silencio alrededor de la fogata. Torka y Umak a un lado, Lonit al otro, el perro a prudente distancia, sin quitarles ojo, haciéndosele la boca agua hasta que el viejo le lanzó parte de su ración a pesar de la malhumorada reprobación de Torka. Umak chasqueó la lengua y movió afirmativamente la cabeza para dar a entender a Lonit que no había hecho bien. Torka no se esforzó lo más mínimo por demostrar que le gustaba lo que comía. Sin embargo, para la jovencita, a quien su padre acostumbraba a pegar con saña cuando no era de su gusto lo que cocinaba, verle comer con apetito lo que ella había preparado resultaba un cumplido más que suficiente.

Pronto dieron buena cuenta de la carne. La fogata humeaba. Huesos y hierba seca se habían transformado en calor. Los huesos encendidos se resquebrajaron convirtiéndose en cenizas. Sintiéndose en terreno desconocido, los viajeros no hablaban. En el exterior seguía lloviendo con fuerza. Más allá de la desolada y poco tranquilizadora protección contra los elementos que les proporcionaba su refugio rocoso, elevándose como un nido de águilas, el viento rugía y la lluvia golpeaba la cara de la montaña mientras cascadas de nieve derretida se precipitaban desde su cima nevada.

Transcurrido un buen rato, incómodos por su silencio, preocupados por los extraños sonidos de la montaña en sí —crujidos hondos, internos, trepidaciones que parecían surgir de la roca— Umak se sintió inspirado para hablar y narró la historia de cómo fue creado el Pueblo.

—Todo empezó un día como éste, hace mucho tiempo. Antes de la Gran Inundación, cuando todas las cosas creadas eran del género masculino, cayó la primera lluvia. No se convirtió en nieve sino que continuó lloviendo durante muchísimos días con sus noches, hasta que todas las cosas vivientes fueron arrastradas a excepción de dos espíritus jefes.

Torka y Lonit estaban pendientes de sus labios. El viejo hablaba con la entonación esmerada de alguien que había pasado media vida aprendiendo a narrar una historia correctamente. De sus palabras se desprendía una suerte de hechizo. Hasta el perro escuchaba, con la cabeza levantada; daba la impresión de que le entendía.

—Los dos espíritus jefes —prosiguió el anciano— se refugiaron de la lluvia en un día como éste, en una caverna igual a ésta, en lo alto de la Montaña Poderosa. Y cuando por fin las aguas se retiraron del mundo, estaban solos. No fue agradable. Más adelante, en un día como éste, se sentaron el uno al lado del otro, en una caverna como ésta. Cada vez se sentían más aburridos al no disfrutar de otra compañía. "Hagamos que la vida retorne al mundo anegado por las aguas", dijeron. Y así lo hicieron. Desde la Montaña Poderosa obraron grandes prodigios de magia. El sol regresó y los días renacieron. También volvió la luna, escupiendo las estrellas que había escondido en su boca, y la noche renació igualmente. Las plantas brotaron otra vez en todo su verdor, y los animales se despertaron para nacer de nuevo. Pero cuando trataron de crear gente nueva, no lo consiguieron. Lo intentaron una y otra vez. Sin duda, la gran inundación había disminuido los poderes de los dos espíritus jefes. Estaban muy cansados. Echaron una ojeada desde su caverna y se entristecieron. no era agradable estar solos en el mundo sin gente.

Umak hizo una pausa. Sus oyentes estaban fascinados. Era el más antiguo de los relatos. Lo habían escuchado infinidad de veces, pero era un consuelo oírla de nuevo en un día como aquél, en una caverna como aquélla, con la lluvia que no dejaba de caer y la montaña sosteniéndoles en alto en medio de las nubes mientras las palabras desgranadas por el espíritu jefe escapaban de la caverna y cabalgaban a lomos del viento para contar a los espíritus del aire y del cielo cómo nació un Pueblo que ya no existía.

—Los dos espíritus jefes dormían. La Montaña Poderosa les proporcionó visiones durante el sueño. En un día como el de hoy, en una caverna igual a ésta, se despertaron y supieron lo que tenían que hacer si querían crear más gente. Lo consiguieron merced a la magia de la montaña; copularon, hombre con hombre. Gracias a la magia de la montaña, uno de ellos quedó embarazado del otro. Y cuando la luna se hubo desvanecido de la noche nueve veces, y regresó otras tantas, el primer hijo del Pueblo fue alumbrado por un hombre lleno de sangre, con dolores. Aquello no era bueno. Por tanto, gracias a la magia de la montaña, el Primer Hijo fue una hembra. Y desde aquel día hasta este día, la mujer es creada para que los varones puedan conocer la compañía de otros varones sin verse obligados de nuevo a soportar los terribles sufrimientos del alumbramiento. Eso es cosa de mujeres. Para siempre.

La historia les nutrió lo mismo que una buena comida. Umak miraba pensativo a Torka y a Lonit. El mundo alto y frío de la montaña era desolado y extraño, pero Torka había tenido razón al conducirles hasta allí. Hombres y mujer estaban sentados a salvo en su refugio de muros de piedra. Habían sobrevivido a la destrucción del Pueblo y, por tanto, el Pueblo no había sido destruido.

Mientras Lonit chupaba los últimos residuos de sustancia de su pincho de asar, el viejo se encontró mirándola especulativamente. La necesidad del hombre provocó un fugaz cosquilleo en sus ijadas, luego desapareció mientras Umak lamentaba para sus adentros aquella tentación momentánea. "Es sólo una chiquilla", se dijo. "A su debido tiempo será una mujer; pero ahora no". Ahogó un bostezo. Se estaba bien al lado del fuego. La carne en su estómago era tan adormecedora como el jugo de sauce. Los párpados le pesaban, los cerró, apretó los brazos alrededor de las rodillas y se dispuso a dar una cabezada.

En cuanto a Torka, la historia de la Creación narrada por Umak no había despertado en él ningún interés por la posible fertilidad de Lonit. En realidad no había hecho sino reavivar en su cerebro el recuerdo de su mujer y de sus hijos muertos. Se levantó y fue a situarse al borde de la cornisa, justo donde no caía la lluvia. Al contemplar el cielo encapotado y mirar luego hacia abajo, a la tundra envuelta en niebla y lluvia, su pensamiento vagaba por el pasado.

El inesperado ruido de una piedra al caer le distrajo, y el hedor glandular, pestilente, a comadreja se introdujo por las ventanas de su nariz. Aar ladraba excitado, tan cerca de Torka como jamás lo había estado. Torka se acercó al borde todo lo que pudo y miró hacia arriba. No había nada, sólo la lluvia, sólo las nubes, sólo la vertiginosa pared de la montaña que se hundía en la neblina. Echó una ojeada a la lluvia; cuando cesara, exploraría las otras cavernas más pequeñas que se abrían encima de la que ellos ocupaban. Tal vez la comadreja vivía allí y se había metido en la cueva más grande atraída por el olor de la carne asada. En cualquier caso, era raro que no la hubiera visto.

Umak estaba ahora completamente despierto, arrodillado al lado de Torka mientras palpaba el terreno empapado por la lluvia, acercándose después una mano a la nariz para oler las yemas de sus dedos. ¿Una comadreja? No, no exactamente. Era un hedor que no era del todo igual al de ninguno de los animales conocidos por el anciano. Era como si los olores de distintas especies se hubieran mezclado. Olfateó de nuevo las yemas de sus dedos. No le gustaba. Se percibía incluso un vago olor a hombre. Sin embargo, era imposible, ellos tres eran los únicos seres humanos vivos en el mundo. Un oscuro presentimiento embargó su ánimo.

—Si vuelve a nuestra caverna —dijo—, le mataremos.

"Sí; le matarían", pensó. "Si quienquiera que fuese no les mataba antes a ellos".

Torka se encogió de hombros. A pesar del descanso de la noche anterior, estaba cansado y molesto por no haber visto al intruso antes de que se deslizara fuera de la caverna. En el futuro procuraría guardarse de cometer nuevos descuidos. Con Umak a su lado y el perro detrás, regresó para ponerse en cuclillas cerca del fuego donde Lonit se desprendía cuidadosamente de sus vendajes.

Se sentía tan enferma, que apenas si prestó atención a la conversación mantenida por Torka y Umak acerca de la preocupación que ambos compartían por el animal cuyo olor estaba en todas partes. Quienquiera que fuese, ya no estaba allí, se había ido. Deseaba poder decir lo mismo de su dolor. Lo que vio debajo de los vendajes no la sorprendió. Su sangre de mujer había cesado de fluir la noche antes, pero su brazo sangraba de nuevo y en los pocos sitios donde aún se mantenían los puntos se apreciaba un líquido blancuzco, caliente.

—¡Eiyii! —exclamó el anciano al ver el brazo. Se arrodilló al lado de la muchacha y empezó a examinar las heridas con dedos suaves.

Torka estaba furioso con los dos. ¿Por qué no se había quejado antes Lonit de que le dolía el brazo? ¿Por qué había permitido que sus heridas se enconaran hasta provocarle una infección? Había conocido a cazadores que perdieron dedos, miembros y hasta la vida por descuidos como aquél. ¿Acaso había imaginado Lonit, en su arrogancia, que estaba por encima de la corrupción de la carne? ¿Cómo podía Umak mimarla y alentar su irresponsable conducta? Era una chiquilla extravagante, insufrible. Eso era lo que era. Le sacaba de quicio que entre todas las mujeres de la tribu, ella fuese la única superviviente. Deseaba que su adorada Egatsop pudiera estar allí en aquellos momentos. ¿Por qué no era así? Al no hallar respuesta, todo su sufrimiento se reavivó en él, en unión de unos anhelos imposibles de convertirse en realidad jamás.

En un arrebato de rabia, agarró a Lonit del brazo sano y, tras ponerla en pie, la arrastró al borde de la cornisa. Ella chilló, convencida de que la iba a lanzar al vacío. En lugar de ello, medio le arrancó la manga y expuso su brazo herido bajo la lluvia.

—¡Esta hembra es la única hembra en el mundo! —gritó a Umak—. ¡Si el Pueblo ha de vivir, tiene que nacer de nuevo a través de ella algún día! ¡Tiene que cuidarse más que cualquiera de nosotros, pero no lo hace! Si muere, el Pueblo morirá para siempre jamás. Umak lo dijo. Umak debería recordarlo. Ésta *no* es la repetición de la historia de la Creación; Torka no copulará con Umak para engendrar el primer hijo. ¡Umak puede estar completamente seguro de eso! Si esta hembra no se cuida, será Torka quien cuide de ella... y los cuidados que Torka le prestará no serán tan afectuosos como los que Umak le ha proporcionado, ni tan amables.

Con dedos crueles hurgó en las heridas, abrió las costras infectadas y dejó que las limpiara la lluvia fría y curativa. La muchacha sollozaba y se retorcía, pero él la mantenía bien sujeta hasta que un Umak tan furioso como él le embistió con la fuerza de un caribú macho en celo.

La acometida del viejo le pilló por sorpresa y Torka soltó a la muchacha. Lonit se desplomó; y sólo el poderoso puño de Umak, asido a la túnica de Torka con extraordinaria fuerza impidió que éste se desplomara hacia atrás en el abismo.

La muchacha les miraba aterrorizada, y el perro gruñía sin comprender lo que pasaba.

Torka, estupefacto, contemplaba a su abuelo mientras la lluvia caía sobre ambos y enfriaba su cólera.

—¡Hummm! —gruñó Umak, desdeñoso, al tiempo que soltaba a su nieto—. ¡Torka es valiente! ¡Torka es fuerte! ¡Pero Torka está ciego cuando se trata de mujeres!

Capítulo 3

Pasaron los días. La lluvia continuaba cayendo en rachas intermitentes que mantenían la cara de la montaña resbaladiza de día y helada de noche. No era prudente aventurarse a salir de la caverna. Los viajeros se contentaban con permanecer dentro de los límites acogedores de su refugio. A la entrada del saliente habían colgado la piel lubricada que normalmente utilizaban para cubrir el suelo de su cabaña. Resultó ser una eficaz protección contra las inclemencias del tiempo, ya que impedía el paso del viento y de la lluvia, al mismo tiempo que mantenía seco el suelo del refugio. Reunieron varias piedras y las colocaron en un círculo en la parte posterior de la cueva, convirtiéndola en un sitio excelente para hacer fuego, infinitamente mejor que cualquiera de los hogares acondicionados en la tundra abierta. Ávidos de calor después de días enteros de caminar bajo el viento y el frío, amontonaron sus pieles cerca del fuego. Las piedras absorbían el calor de las llamas y, a diferencia de los pedazos de hierba seca que se consumían rápidamente, irradiaban calor mucho después de morir el fuego desfalleciente y de que se apagasen los carbones apilados con esmero.

Dormían. Descansaban. Recuperaban sus fuerzas. Umak llenaba las horas con historias del Pueblo. Aar se acostaba cerca del fuego, pero no demasiado, para que ninguno de los miembros de su manada humana le cogiese desprevenido. Vigilaba la entrada de la caverna, escuchaba y olfateaba el menor indicio del hediondo intruso, pero la misteriosa criatura no había vuelto. En el caso de que lo hiciera, Torka había colocado una trampa a la entrada.

Umak, en pie, presenció los preparativos con escepticismo.

—Los espíritus del viento nunca caerán en la mejor de las trampas de Torka. Un hombre no puede atrapar la niebla.

—Quizá —.Torka regresó junto al fuego para sentarse de nuevo. Cogió el trozo de hueso de ballena que habían recogido en la llanura y empezó a enroscar un trozo de tendón alrededor del extremo romo.

—Cuando deje de llover —manifestó—, Torka lo cazará.

—Un hombre prudente no caza espíritus—, rebatió su abuelo—. Un hombre prudente entona cánticos de alabanza en honor de aquellos cuya carne es de aire y viento.

—Torka no puede imaginar palabras de alabanza que cantarle a una cosa que huele tan mal como el pelo de un tejón. Cuando la lluvia cese, este cazador descubrirá de qué está hecha su carne. Si es espíritu, Torka lo alabará; si es carne, Torka lo matará.

La lluvia continuó. Los cazadores estaban cada vez más nerviosos. Preparaban sus armas para su futuro uso. Torka empezaba a pensar en presas más apetitosas que las pertenecientes al género *mustela*. Lo mismo que a Umak y a Lonit, se le hacía la boca agua cuando recordaba los camellos y los bueyes almizcleros que habían visto en el camino hacia la montaña. Cuando el tiempo aclarara, perseguiría piezas de caza mayor antes que dedicar sus esfuerzos y habilidad a confrontaciones con malolientes moradores de la montaña, ya fuesen éstos carne o espíritu.

Lonit compartía la impaciencia de sus hombres. Se encontraba mucho mejor. La fiebre había desaparecido, el brazo cicatrizaba sin problemas y había recuperado el apetito justo cuando las provisiones de carne seca de caribú empezaban a mermar. A pesar de sus esfuerzos por economizar, también habían consumido la mayor parte del musgo seco y de los huesos que ella había metido en su equipaje, imprescindibles para encender el fuego. Hacían sus comidas en crudo y sólo encendían una fogata cuando era necesario para defenderse del frío que algunas veces hacía por la mañana.

Mientras los hombres trabajaban haciendo puntas arrojadizas con las extrañas piedras que habían recogido cuando se encontraban en ruta hacia la montaña, Lonit extendía las pieles de caribú toscamente curtidas en el campamento anterior. Se necesitarían muchas horas de meticuloso raspado antes de que adquiriesen la suficiente suavidad para ser convertidas en prendas de vestir. Sin dudarlo, se aplicó a la tarea con afán sirviéndose del brazo sano. Lo hacía no sólo porque no tenía otra cosa que hacer, sino porque sabía que a sus hombres les encantaría poseer dos trajes nuevos para poder vestir prendas limpias y secas después de un día de caza en la tundra fangosa. Sonreía mientras trabajaba. Primero haría la ropa para Torka: un nuevo par de pantalones que combinasen con la túnica de pieles de zorra que le había cosido. *Torka*. Le echó una mirada anhelante, luego se apresuró a desviar los ojos. Se las había arreglado con éxito para mantenerse alejada de él, por miedo a provocar inadvertidamente su ira otra vez. Sin embargo, la ropa nueva le alegraría, aunque procediese de una muchacha feúcha y carente de todo mérito.

Las noches aún eran largas y frías. La montaña llenaba la oscuridad con extraños sonidos de origen misterioso que hacían que resultara difícil conciliar el sueño. El perro gruñía de vez en cuando. Los viajeros yacían despiertos, pero nada se movía en la oscuridad, y la trampa que Torka había colocado a la entrada permanecía intacta.

—Lo que camina en el oscuro viento de la noche de la montaña no es de carne. Es espíritu... —Umak se levantó de sus pieles de dormir y, arrodillándose, alzó los brazos, meciéndose mientras entonaba una canción de alabanza a los espíritus invisibles de la montaña.

Torka le echó una ojeada, poco convencido.

—Ya veremos —dijo—. Se arrebujó en sus pieles. Volvió a quedarse dormido y soñó con montañas de agua rugiente y con espíritus malignos que recorrían la tierra a lomos de un mamut que se alimentaba matando hombres. Abrió los ojos, completamente despierto de golpe, con el oído atento a los sonidos de la cumbre nevada que poblaban la noche. Pensaba en el Destructor, y supo que, si un hombre se atrevía a enfrentársele con el arma adecuada, podría matarle.

Lonit se había hecho un ovillo dentro de sus pieles de dormir. Oía el cántico de alabanza de Umak a los espíritus de la montaña y tenía miedo. La montaña no le gustaba en absoluto.

Dos días más tarde, dejó de llover. Apartaron a un lado la cortina que les servía de protección contra las inclemencias del tiempo. La luz clara y potente de una salida del sol sin nubes inundó la caverna. Abajo, a lo lejos, diseminados en la tundra, pastaban algunos animales: un pequeño rebaño de bueyes almizcleros, un grupo de camellos que habían visto antes, y unas cuantas cabezas de antílopes de la estepa. Sin un instante de vacilación, Umak y Torka cogieron a toda prisa sus armas y salieron de caza. Ante la insistencia de Torka, Lonit se quedó. No quería a su lado una hembra que podía darle mala suerte. Umak le recordó que la muchacha les había servido de gran ayuda en el pasado, pero Torka fue inflexible. Lonit no protestó. Estaba convencida de que tenía razón. No obstante, si bien Umak aseguró que se encontraría a una distancia desde la cual podrían oírla si les llamaba, tenía miedo de quedarse a solas en la montaña.

Con su puñal de descuartizar en una mano para protegerse contra cualquier espíritu del viento que pudiera presentarse y amenazarla mientras sus hombres estaban fuera, observó el descenso de los cazadores. El sendero estaba húmedo y resbaladizo, pero, sin el peso del equipaje que les entorpecía y en ocasiones les hacía estar a punto de perder el equilibrio, se movían con facilidad. El perro, como de costumbre, les seguía a prudente distancia, con el rabo tieso y la lengua colgando. Lonit lamentó ver que se marchaba. Hubiera agradecido su compañía.

El viento soplaba suavemente procedente del este. Templado por la luz amarillenta del sol naciente, transportaba el perfume de la tierra y de los pastos, de las fragantes piceas y artemisas, de mil aromas que Lonit conocía aunque no sabía darles nombre. Su mano se aflojó en torno al mango de hueso de su puñal. No era una mañana que indujese a pensar en fantasmas.

Se olvidó de todos sus temores acerca de los espíritus del viento al regresar a la caverna y sacar las conchas de piedra de la bolsa donde las había guardado junto con sus utensilios para hacer fuego. Sacó también de uno de sus bultos las cuatro tiras trenzadas que formarían los tentáculos de sus boleadoras. Con las tiras en la mano, volvió al borde de la soleada cornisa y se sentó. Su intención era ensamblar las piezas de sus boleadoras, pero la belleza de la mañana la distrajo.

Jamás había descansado antes en un sitio tan elevado. Jamás imaginó que pudieran existir vistas como aquéllas. Aspiró una profunda bocanada de la mañana, la mantuvo un buen rato —degustándola, saboreándola— antes de soltarla para aspirar otra, y otra, hasta sentirse con la cabeza despejada y tan radiante como el sol. Al fin y al cabo, tal vez la montaña no fuera tan mala.

En la ondulada tundra que se divisaba en la lejanía, enormes bancos de nubes se extendían en el horizonte. Tardó un momento en darse cuenta de que no eran nubes sino montañas. Los pájaros volaban hacia ellas, minúsculas motas contra altísimos muros de hielo y de piedra. Los pájaros volaron más cerca. Les vio cruzar el cielo en bandada, luego planearon y se posaron en los numerosos lagos, charcas y caudalosos ríos que relucían al sol de la mañana.

Lonit sonrió y dedicó su atención a preparar las boleadoras. En los próximos días, también ella cazaría. No con sus hombres, sino como lo hacía una mujer. Cogería muchas aves. Las atraparía con sus boleadoras, las desplumaría y las colgaría para que se ahumaran encima de un lecho de picea y musgo. Cuando volviese la época de la gran oscuridad, Torka y Umak tendrían mucha carne para aumentar sus propias reservas de caza. Las aves acuáticas ahumadas servirían de sabrosa variación cuando estuvieran cansados del sabor más fuerte y de la textura más recia de la carne de caza. Torka y Umak se sentirían contentos de Lonit.

Una cascada de piedras pequeñas cayó sobre el borde desde algún sitio de las alturas. Sobrecogida, Lonit las esquivó y corrió a protegerse bajo techado. El desprendimiento duró unos instantes, pero fue tiempo más que sobrado para que Lonit se quedara helada de espanto. La mañana seguía resplandeciente. Estaba convencida de haber oído algo que se arrastraba y agarraba a las traicioneras rocas que había encima de la caverna. Jadeante, la muchacha tiró las boleadoras sin terminar y cogió su puñal. Aferrándolo en su mano, se dispuso a defenderse, mientras espantosas imágenes poblaban su mente.

Pero el momento pasó. Lo que quedaba de la pequeña avalancha cayó para ir a parar a la acumulación de piedras y rocas que había mucho más abajo. Al cabo de un rato tan sólo se oía el sonido del agua derretida que caía de las alturas mientras el viento acariciaba la montaña, un viento tan cálido y fragante que la muchacha se tranquilizó diciéndose que era una necia cuya imaginación le hacía perder el sentido común. No cabía duda de que la lluvia torrencial y constante de días atrás tuvo que ser la causante de que las piedras se aflojasen para desprenderse después y caer al vacío. Ningún ser vivo se movía en los riscos verticales que se alzaban encima de su cabeza. Estaba sola en la montaña.

Volvió, pues, al borde, se sentó y reanudó su trabajo para terminar de hacer sus boleadoras. Se dejaba acariciar por el sol como un ratón de campo sobre una roca, pero no se sentía a gusto del todo. Pensaba en los espíritus del viento y dejó cerca su puñal por si lo necesitaba.

Aar subió a la cornisa delante de Umak y de Torka. Para alegría de Lonit, cada hombre había cazado un antílope. Sus ojos aparecían brillantes de satisfacción al desprenderse de las presas que cargaban sobre sus hombros y depositar los animales de color bronceado y delicada estructura a los pies de Lonit.

Estaban impacientes por destripar y desollar sus presas. Lonit ejecutó una corta danza de alabanza y se quedó de pie, a su lado, mientras ellos trabajaban, pero había algo en su actitud que les hizo darse cuenta de que se sentía preocupada. Les dijo que no era nada, que era una tonta por haber creído oír ruido de pisadas en la cara de la montaña, encima del borde, cuando en realidad todo lo que había oído fue el sonido de un desprendimiento de piedras. Se sorprendió al ver que ambos cambiaban significativas miradas.

—Quizá no fuera sólo un truco de la luz —comentó Umak mientras dejaba en el suelo sus cuchillos que había mantenido junto al cuerpo de su antílope. Torka ya estaba de pie, limpiándose las manos ensangrentadas en la parte con pelo de la piel del antílope recién arrancada.

—Vamos —dijo con acento decidido—. Sea lo que sea, lo encontraremos. ¡Démonos prisa!

—¿Cómo? —inquirió Lonit, incapaz de contenerse.

—Hablamos de lo que creemos haber visto moviéndose en la pared de la montaña, encima del borde —informó Torka desabrido—. ¿Por qué Casi Una Mujer no ha dicho nada antes de que le preguntáramos? ¿Por qué se sentó en el borde como una roca en lugar de ir detrás de esa cosa, sea lo que sea?

El rostro de la muchacha ardía. Agachó la cabeza al confesar algo que la avergonzaba.

—Lonit estaba asustada porque pensaba que eran los espíritus del viento.

—¡Casi Una Mujer no puede trepar sólo con un brazo sano! —Umak se dirigió en tono de enfado a su nieto—. Y si lo hubiera intentado, a Torka le habría parecido mal que se arriesgase de esa forma. ¡Bah! ¡Umak dice que Torka es peor que una mujer! Su cabeza está desbaratada. ¡Unas veces dice una cosa, y al momento otra distinta! ¡Hummm! ¡Lonit tiene que escuchar a Umak, porque es un espíritu jefe! ¡Y el espíritu jefe dice que La Única Mujer En El Mundo hizo bien al no ponerse en peligro tratando de atrapar fantasmas!

—¡No era ningún fantasma lo que vimos encima de la caverna! —protestó Torka, irritado ante la manifiesta censura de su abuelo. Umak nunca le había hablado con aspereza antes de verse obligados a viajar en compañía de la chiquilla. Torka la miró furioso mientras decía—: ¡Escucha, pues, a Umak! Torka regresará con el espíritu fantasma. ¡Torka hará una salsa con sus entrañas para condimentar la carne del antílope que ha matado!

Con el puñal entre los dientes, ignoró las protestas del viejo mientras salía dispuesto a cumplir su bravata. No le inspiraba ningún miedo la sombra que él y Umak habían visto deslizarse por la cara desnuda de la montaña. Desde el lugar donde la habían visto, les pareció que sólo era una sombra, creada por el juego de la luz y el viento sobre los muros almenados de la montaña. Al reflexionar ahora sobre ello, comprendía que *había* sido algo más que una sombra ilusoria; *había* sido una cosa ágil, oscura, peluda, más grande que un glotón o algo más pequeña que un osezno. La muchacha la *había* oído. Todos la *olieron* la primera noche pasada en la caverna. Estaba seguro de que no era un espíritu del viento. Por alguna razón que no acertaba a comprender, quería que la chiquilla se convenciera de ello. Quería hacerla ver que Umak no siempre estaba en lo cierto. La llevaría la carne y los huesos del dichoso espíritu fantasma de que tanto hablaba el viejo, y Lonit comprobaría que era sólo un animal. Con el arma que se había construido con el trozo de costilla de la ballena, tan afilada como una cuchilla de afeitar, la cual pendía ahora de su cinturón dentro de una vaina, le aplastaría el cráneo y lo abriría en canal. Lo tiraría a los pies de Lonit y diría: "¡Aquí está el espíritu del viento! Aquí está el fantasma al que Umak teme. Baila ahora la danza de alabanza para Torka, que lo ha matado. ¡Danza ahora para el cazador que ha desterrado el miedo de la neblina de nuestra caverna!"

Representarse aquella escena le produjo un placer inmenso. No podría decir por qué. No debería importarle lo que la muchacha pensase. No debería, pero le importaba.

Mientras trepaba, su única preocupación era que el animal pudiera lanzarse contra él cuando menos lo esperase. Se imaginaba buscando a tientas un asidero, y encontrarse con las garras y los colmillos de la criatura en sombras clavados en su carne antes de que pudiera rozarla con su arma. Se veía perder el equilibrio y precipitarse al vacío mientras *la cosa* le contemplaba desde las alturas. Umak y Lonit le verían caer, y el anciano diría: "El Espíritu Jefe ya lo dijo... los hombres no deben cazar espíritus. A aquellos cuya carne es de viento, los hombres prudentes han de elevar canciones en su honor".

"¡Hummm! Ya veremos quién está hecho de aire y de viento, y a quién dedicará Lonit su próximo cántico de alabanza", pensaba Torka mientras trepaba.

Llevaba el puñal entre los dientes, utilizándolo para escarbar todos los agujeros que le servían para izarse, antes de meter en ellos sus manos desnudas. La roca estaba fría, y al asirse a ella se desmenuzaba entre sus dedos. Carcomida en algunos puntos, dura y resbaladiza en otros, hacía que la escalada fuera arriesgada. Aun así, largas fisuras verticales en la piedra le permitían apalancarse con bastante facilidad. Se detuvo para recobrar el aliento mientras flexionaba las manos para descansarlas, luego caminó a través de una neblina transparente, diciéndose que aquello era sólo lo que parecía, y no espíritus del viento.

Encima de su cabeza se estaban formando nubes sobre la cima nevada. Oyó algún que otro gruñido, así como crujidos procedentes de la masa glacial; un hombre menos pragmático hubiera imaginado que oía voces fantasmales, pero Torka oía el poder viviente de la tierra y del hielo, y sabía que, mientras caminase con prudencia, no le acechaba ninguna amenaza. Sin embargo, era cazador de la tundra, de la amplia y ondulada estepa. No estaba en su elemento y lo sabía. La montaña le hacía sentirse empequeñecido y vulnerable a fuerzas que no comprendía. Instintivamente avanzaba despacio, puñal en mano.

De vez en cuando notaba una mirada fija en él mientras subía la cuesta. "Vigila bien", murmuró, "Torka se acerca. Torka te dice que vas a morir".

La superficie de la cuesta ofrecía escasa tracción. A Torka le parecía andar sobre arena apelmazada. Una gruesa capa de varios metros de espesor, compuesta de guijarros y acumulaciones de piedras, se extendía sobre los sólidos apuntalamientos de roca de la pared este de la montaña. La cuesta terminaba abruptamente en la base de un precipicio que acababa donde empezaba una extensión en declive del casquete de hielo de la montaña. Era un enorme lóbulo de masa glacial. Salpicado de piedras y cantos rodados más grandes que mamuts, sobresalía del precipicio y se estiraba hacia abajo por sus costados, mostrando capas negras y marrones compuestas por los desechos de la montaña. El agua derretida fluía debajo, abrillantando la superficie total de la roca con incontables y rumorosas cascadas de color lechoso.

La sensación de que alguien le vigilaba persistía. Torka captó el hedor de algún animal del género *mustela,* y guiándose por él se dispuso a inspeccionar las cuevas que días antes viera desde la tundra. Se abrían en la pared inferior del precipicio. A diferencia de la amplia caverna donde él y los suyos habían instalado su campamento, la mayoría de aquellas cuevas eran poco más que simples depresiones en la roca; sólo una era lo bastante grande y profunda para que una comadreja de buen tamaño pudiera vivir allí con cierta holgura.

Torka no se aventuró demasiado cerca. Sus dedos apretaron el mango de hueso de su puñal. En toda la zona imperaba el tufo de la misteriosa criatura. En busca de huellas, sacó el trozo de hueso de ballena de la funda de caribú donde lo llevaba y avanzó con el arma mortífera preparada por si el animal cargaba contra él. Pero quienquiera que habitase aquella guarida hedionda no estaba allí, ni había dejado tampoco huellas de patas que pudieran revelar su identidad a un rastreador avezado. Con gran cautela, Torka miró dentro del cubil.

La criatura se había construido un nido pequeño y asqueroso con hierbas y ramitas, las cuales debía haber transportado desde la tundra, situada mucho más abajo. También había numerosas plumas de ave, y en medio de la suciedad se veían trocitos de huesos chupados y fragmentos de tendones roídos. En el nido no había heces, pero el fétido olor similar al de las secreciones glandulares obligó a Torka a luchar contra las náuseas.

Retrocedió y aspiró con prontitud grandes bocanadas de aire fresco de la montaña. ¿Qué clase de criatura podía vivir en un nido tan pestilente? Era un lugar frío, hostil, para que cualquier animal lo eligiera como hogar, si bien Torka notó que captaba la luz del sol naciente y permitía una espectacular vista de la tundra, además de estar apartado del azote directo del viento.

Dio media vuelta, escudriñó arriba y abajo de la cuesta. Seguían observándole, pero no podía decir con exactitud desde dónde. Le hubiera gustado investigar, pero el muro era demasiado escarpado, el lóbulo glacial excesivamente traicionero como para invitar a proseguir la exploración. Vio con sorpresa que su sombra se alargaba. El día pronto estaría vencido. La perspectiva de descender a oscuras era una insensatez.

Fastidiado, sofocó un poderoso sentimiento de desencanto. El "fantasma" de Umak viviría aún aquel día, pero ni uno más si Torka podía evitarlo. No le llevó mucho tiempo poner una trampa de lazo a la entrada de la cueva. Mientras trabajaba, se alegraba de haber empezado a trepar con tanta impetuosidad que todavía llevaba encima las redes y los tendones para poner trampas. Después de que él y Umak abatieron un antílope cada uno, a ninguno le pareció conveniente perder el tiempo en colocar trampas para presas más pequeñas y menos apetecibles. Torka las utilizó ahora, colocándolas en lugares estratégicos a lo largo de la cuesta y en el borde mismo de la pared oriental mientras comenzaba el difícil descenso a la caverna donde Umak y Lonit aguardaban su regreso.

Tenía la boca seca mientras bajaba. Había colocado las trampas con infinito cuidado. Alguna de ellas tendría que funcionar. Mañana, Umak contemplaría a su "fantasma", y Lonit vería quién tenía más de espíritu jefe, si el hombre que entonaba cánticos de alabanza a lo desconocido o el hombre que salía en busca de sus temores y los mataba.

Capítulo 4

Torka estaba de muy mal humor cuando entró en la caverna. Aar, que dormitaba en el saliente, se despertó al verle, le echó una ojeada, gruñó y se apartó enseguida de su camino. Si el animal no se hubiera movido, Torka le habría pegado un puntapié. Estaba cansado, hambriento, y por añadidura no le hizo ninguna gracia ver que, en su ausencia, Lonit había descuartizado los dos antílopes. Las comisuras de su boca se curvaron hacia abajo. Egatsop nunca hubiera sido capaz de realizar aquel trabajo con tanta rapidez, ni tendría ya la carne preparada para comer ni listas las porciones para ser puestas a secar. Las crecientes sombras de la noche inminente reflejaron su malhumor mientras observaba la perfección de la fogata, casi sin humo, encendida por la muchacha para cocinar. Egatsop nunca fue capaz de encender una fogata como aquélla. "Nunca", pensó Torka, y una vez más halló motivo para despreciar a Lonit por haberle obligado a pensar desfavorablemente de su adorada y bella Egatsop.

Torka seguía en pie. Vio que la muchacha ya había preparado una comida para Umak. Jamás había dejado de mostrar su deferencia hacia el anciano. De nuevo Egatsop salía mal librada de la comparación. Y otra vez Torka halló razones para aborrecer a Lonit. Le constaba que ésta trabajaba con tanta diligencia para desacreditar a Egatsop ante sus ojos. Era una muchacha realmente despreciable. No comprendía cómo Umak no se daba cuenta de que era una intrigante. Los ojos de Torka se posaron en su abuelo. Estaba sentado junto al fuego, profundamente dormido; roncaba tranquilo, con la cabeza apoyada en las rodillas y un pernil de antílope a medio consumir todavía en la mano que reposaba en tierra.

La muchacha se aproximó al cazador que acababa de regresar. Éste la miró mientras ella, con la vista baja, le ofrecía un pernil asado de la presa cobrada por él. Torka se la arrebató de las manos sin una palabra y le volvió la espalda para ir a sentarse en cuclillas junto al fuego. Comió en silencio, con semblante taciturno, sin querer mirarla cuando ella se sentó al otro lado de la fogata, en paciente espera de que él pidiese agua o más comida.

El joven cazador la miró a hurtadillas. Sabía que ella debía pensar que él había fracasado. No había hecho lo que se proponía hacer. A la defensiva, con la boca llena, habló con un aire de despectiva superioridad.

—Torka ha encontrado el lugar donde habita el "espíritu" —se jactó—. Mañana, Casi Una Mujer verá que es de carne y hueso, no de niebla. Torka ha puesto trampas. Mañana, Casi Una Mujer socarrará su hendionda piel en el fuego de este hogar. Mañana, Umak beberá su sangre y se convencerá de que Torka tenía razón.

Ella no contestó. Tampoco él esperaba respuesta. Lonit se daba cuenta de la ira que le embargaba y se preguntaba qué era lo que habría hecho para provocarla. En realidad estaba maravillada de que la hubiera hablado. Cogió un odre lleno de agua y se lo tendió por si tenía sed. Un hombre no debía nunca verse obligado a pedir agua. Su mujer estaba obligada a anticiparse a sus necesidades.

Sus ojos se encontraron. Ninguno de los dos apartó la mirada. Por un momento, Torka se sintió tan sorprendido que dejó de masticar. Iluminado por el rojizo resplandor de la fogata, el rostro de Lonit era tan suave y bronceado, tan delicadamente hermoso como el del cervatillo cuya carne estaba consumiendo.

Se desvaneció su hambre. Un nuevo apetito largo tiempo dormido se encendió en él, rápidamente enfriado por la incredulidad. ¿Lonit *hermosa*? Umak tenía razón. *Había* espíritus en la montaña. Debían de haberse introducido en el cerebro de Torka cuando trepaba rodeado de niebla. Incluso ahora minaban su cordura. Mirar con deseo a una muchacha feúcha y desgarbada como Lonit era avergonzar la memoria de su amada Egatsop. Repentinamente furioso, le arrebató el odre de un tirón.

—¡Vete! ¡Atiende a tus pieles y a tu trabajo de mujer! ¡Quítate de mi vista! —estaba tan irritado y le inspiraba tanto odio que de buena gana la hubiera pegado—. ¡Torka no puede soportar tu presencia!

Ella hizo lo que le había ordenado. Sobrecogida por su arrebato de ira y repulsión, se cobijó lo más lejos que pudo de él, acurrucándose en la oscuridad en las profundidades de la caverna donde él no pudiera verla. Las lágrimas se agolpaban bajo sus párpados. Pestañeó tratando de impedir que brotaran, pero, aun así, rodaron por sus mejillas y se alegró al saberse protegida por las sombras.

El no quiso saber dónde se metía. Se negaba a pensar en ella. Dedicó toda su atención al pernil, comiéndolo con furia hasta desgarrarlo por completo salvo las partes más gruesas de carne fibrosa. Poco a poco se dio cuenta de que el olor a mustélido lo impregnaba todo, porque estaba no sólo en su piel, en sus manos, sino también en los largos mechones de su cabello suelto. Asqueado, tiró el pernil al fuego, se puso en pie, y se despojó de todas sus ropas y las amontonó en la oscuridad. Lonit sabría lo que tenía que hacer con ellas en cuanto captara la primera bocanada del hedor que despedían. Entretanto, se inclinó a recoger un puñado de cenizas de los bordes del hogar y se espolvoreó la piel con ellas. Se frotó bien hasta que estuvo gris de pies a cabeza, con lo que consiguió que la capa cálida y absorbente de las cenizas arrastrara el fétido olor del mustélido y lo enmascarase con su propio olor acre a humo.

Lonit no olió ni vio las ropas pestilentes que yacían desperdigadas delante de ella. Sólo vio al hombre desnudo a la luz del fuego. Las llamas humeaban. El pernil que Torka había arrojado en ellas las había desbaratado; ardían con su grasa y sus tejidos, produciendo una luz cálida, oscura, que proyectaba extrañas imágenes danzantes sobre las paredes de la caverna.

Y a aquella luz vio su miembro viril y las cicatrices de muchas cacerías. Vio la anchura de su espalda y de sus hombros, la delgadez de sus caderas y su cintura, el vigor de sus brazos musculosos. Incapaz de mirar a otro lado, apenas podía respirar; le vio acercarse a la lejana pared donde ella había colocado los odres de agua cerca de la entrada de la caverna. El joven cogió dos de ellos y se dirigió a la parte más alta del saliente. Allí, en el frío viento del atardecer, se los vació encima. Lonit le oyó jadear, y un fuego profundo prendió en sus ijadas. Débiles y oscuros recuerdos asaltaron de pronto su mente. Vio a su padre, lo sintió montándola, aplastándola, insultándola porque ella no "se encendía". La niña no comprendía lo que quería de ella. Ahora, después de haber contemplado a Torka a través de la trémula luz de las llamas, lo entendió y supo por vez primera que una mujer podía arder con tanta fuerza como un hombre, pero no por cualquier hombre.

Con su silueta recortándose sobre los moribundos rescoldos del día, Torka se limpiaba el cuerpo y sacudía la cabeza. A continuación volvió a entrar en la caverna, cogió una de sus pieles de dormir y se sentó junto al fuego. Envuelto en la oscura piel de bisonte, se estremeció. Estaba cansado; ignoraba que la muchacha le vigilaba, ignoraba que también ella se estremecía, pero no de frío.

Los minutos pasaron. Torka daba alguna que otra cabezada; después se durmió. Lonit oía su respiración profunda. También oía los ronquidos del viejo. En la sombra, cerca de la entrada, Aar roía un hueso. Oía cómo raspaban el hueso los dientes del perro, y también el sonido de los restos de grasa del pernil que chisporroteaban en el hogar. Ahora, las llamas producían menos calor. El momento de "encenderse" había pasado.

De pronto se dio cuenta del fétido olor que impregnaba las ropas de Torka. Comprendió que él quería que las limpiase y las orease. Lo más silenciosamente que pudo, las llevó —apartándolas de sí cuanto le fue posible— a la fogata. Allí frotó con cenizas todas las prendas sin omitir una sola costura. Hecho esto, salió y las colocó sobre el saliente cuando ya era casi de noche cerrada, sujetándolas con piedras. El viento y el sol las limpiarían. Con el tiempo el hedor del mustélido se mitigaría, pero nunca desaparecería del todo. En la oscuridad casi completa, la muchacha pasó una mano por las sedosas colas de zorra que adornaban la túnica cosida por ella para Torka. ¿Cuánto tiempo había empleado en hacerla? ¿Cuánto tiempo necesitaría para reunir otra vez tantas pieles de zorra?

Suspiró. Torka necesitaría otro traje. Aunque estaba cansada sólo de pensar en ello se sentía inspirada. Él la había ordenado que fuera a ocuparse de sus pieles, y eso sería exactamente lo que haría. Tal vez dejara de mostrarse tan irritado con ella si se las arreglaba para sustituir sus ropas por otras incluso mejores. Su brazo herido sanaba rápidamente. Hacía mucho tiempo que no lo llevaba en cabestrillo, y podía utilizar la mano otra vez sin que le doliera, aunque la piel donde Umak le dio los puntos de sutura le picaba con frecuencia.

Suspiró de nuevo. Torka nunca sonreía al verla, pero sin embargo, podía mostrarse complacido por su habilidad. Sin hacer caso de su fatiga, se sentó para ponerse manos a la obra. El auténtico trabajo empezaría por la mañana. Ahora las pieles tenían que ser sometidas a su curtido definitivo. Aquella noche dormiría desnuda, enrollada en ellas al máximo. De esta forma las pieles absorberían aceites de su cuerpo y adquirirían una suave elasticidad de la que carecían puesto que los animales que vivieron dentro de ellas fueron sacrificados.

Lo más silenciosamente que pudo, se dirigió al sitio donde estaban las pieles extendidas y se plantó encima de ellas y se desnudó. Sus prendas cayeron una tras una, mientras ella permanecía de pie, desnuda y temblando al escaso calor y la poca luz del fuego a punto de apagarse.

En el hogar, el hueso ennegrecido crujió y se resquebrajó. El tuétano se desparramó sobre las ascuas. Se produjo un pequeño escape de vapor. El sonido despertó a Torka, quien miró hacia arriba.

Enseguida vio lo que nunca había visto antes.

La muchacha estaba de pie al borde de la oscuridad. El suave resplandor del fuego desfalleciente dibujaba cada una de sus curvas. Torka la contempló primero con extrañeza, luego extasiado, estremecido y confuso. La figura que se erguía desnuda ante él no podía ser Lonit. Sin embargo, los ojos que le miraban no podían pertenecer a nadie más. Le devolvían la mirada como los ojos de un antílope asustado, dos pozos redondos y oscuros en los que nadaba la luz del fuego.

Pero no eran sus ojos los que atraían la mirada del joven. Era su cuerpo.

Casi Una Mujer *era* una mujer. Y por primera vez desde que Torka dejó tras de sí el campamento de la muerte, el recuerdo de Egatsop se eclipsó. Egatsop estaba muerta. Lonit estaba viva. Y era la vida lo que ahora surgía en él, lo que desterraba recuerdos y comparaciones. Desterraba todos sus anhelos, salvo uno. Se sentía enloquecer de deseo mientras sus ojos recorrían los contornos de un cuerpo que no pertenecía al de una adolescente a medio crecer. La piel de Lonit era lisa y brillante como la de un cervatillo, sus formas exuberantes y bien torneadas. Era la flor de la que Umak había hablado. Largo tiempo en letargo, ahora había rebrotado y aparecía rebosante de vida y promesas.

Torka contemplaba la oscuridad después de que Lonit, arrodillándose, se envolviera en las pieles que pensaba acabar de curtir y se tendiera disponiéndose a dormir. Torka estaba furioso. ¿Por qué se había mostrado en la forma en que acababa de hacerlo si acto seguido no acudía a él para darle placer? ¿Cómo se atrevía a volverle la espalda ahora, arrebujándose en sus pieles como una niña, después de haber mostrado con todo descaro que no lo era en absoluto? En el Pueblo, a todo hombre le asistía el derecho a satisfacer sus necesidades sexuales con cualquier mujer disponible, siempre que su hombre no pusiera objeciones. Lonit era la última hembra en el mundo a quien Torka hubiera elegido para ser receptáculo de su placer, pero desde la violenta y mortal incursión del Destructor era la *única* mujer en el mundo. Por tanto, era suya, y de Umak.

Torka miró a su abuelo. Hasta donde él sabía, el viejo no había hecho proposiciones a la muchacha, pero no ocultaba que había considerado tal posibilidad. Ahora, tumbado al lado del fuego, Umak dormía profundamente. Torka sabía que, a menos de que le despertaran adrede, no se rebulliría hasta el alba.

Torka miró de nuevo a la muchacha. Estaba echada de costado, inmóvil en la sombra. Sospechó que fingía estar dormida. Después de haberle provocado, le rechazaba. Un sordo gruñido surgió de su garganta. No se dio cuenta de que el perro le había oído y le miraba. Había pasado demasiado tiempo desde la última vez que tuvo contacto carnal con una mujer. La llama que Lonit había encendido en él no debía extinguirse. Ella no tenía derecho a rechazarle. Estaba obligada a doblegarse a su deseo.

Se acercó a ella y apartó las pieles. Se acostó a su lado, extendiendo sus propias pieles de dormir encima de los dos para protegerse del frío nocturno. Ella le daba la espalda, tan ardiente y rígida como la necesidad del hombre. Torka la volvió con brusquedad hacia él. Sus manos exploraron con rudeza a la mujer cuya existencia había ignorado hasta aquella noche.

Lonit proporcionó a Torka cuanto él deseaba, todo cuanto podía ofrecer de sí misma, tanto para placer del hombre como para el suyo propio. Ahora, por fin, era su mujer. Ahora, por fin, él la dirigía como realmente le gustaba. Y ella se dejaba guiar con vehemencia, tocándole, amándole, abriéndose a su boca y a sus manos ávidas, arqueándose para acogerle cuando la penetró. Lonit pensaba que su cuerpo ya no era suyo. Formaba un solo cuerpo con el del hombre. Sus movimientos eran los movimientos de Torka, igual de salvajes e intensos.

Para Torka, la respuesta de la muchacha fue sorprendente. Jamás, en todos los años que pasaron juntos, le respondió Egatsop como Lonit estaba respondiéndole ahora. *Jamás.* Incluso en *aquello,* la muchacha mancillaba el recuerdo de su adorada mujer. Pero en la oscuridad, unida a él, moviéndose con él, Lonit era hermosa de mil maneras que él nunca había imaginado. Él había tenido la intención de usarla, de acabar cuanto antes lastimándola cuanto más mejor, pero la inesperada pasión con que ella le acogió le había elevado a alturas que él nunca imaginó fuera posible alcanzar. Lo olvidó todo menos el momento presente, prolongando su unión, saboreándola, retirándose y entrando en un éxtasis controlado que se rompió cuando la muchacha gimió y la acometida del hombre tuvo un impulso final que provocó un sollozo en la muchacha.

En la oscuridad, Aar les volvió la espalda y se acercó un poco más al calor que todavía conservaba el hogar. Umak dormía tranquilo. Torka y Lonit aturdidos, temblorosos de agotamiento, con sus cuerpos unidos, todavía moviéndose, ávidos de las últimas ondulaciones de placer hasta que, por último, el sueño les venció. No se enteraron de nada más hasta que el primer grito de pánico de la criatura partió la noche en dos.

Capítulo 5

Los primeros rayos del sol daban justo en la llanura oriental cuando Torka, ya vestido, cogió sus armas y empezó el ascenso de la pared. Umak, quien había dormido completamente vestido, le llevaba ventaja. El anciano no había dicho nada a Torka ni a Lonit al darse cuenta de la forma desacostumbrada en que estaban colocadas las pieles de dormir de ambos. Los alaridos de la criatura fueron demasiado imperativos para ignorarlos. El anciano escogió su lanza más ligera, se ciñó el cinturón y salió de la caverna para ver con sus propios ojos qué era lo que aullaba en los peñascos situados encima de la caverna. Ahora trepaba delante de Torka, los dos mantenían las lanzas equilibradas sobre sus hombros, utilizando el mentón para sujetarlas cuando era necesario. Aunque la escalada ofrecía dificultades, Umak se encontraba en su mejor momento aquella mañana. A pesar de la pierna lastimada, se movía con gracia y agilidad innatas.

La plena luz de la mañana inundó la montaña. Encima de ellos, sin dejar de pegar gritos como un niño escaldado, la criatura colgaba boca abajo sobre el flanco de la cara de la montaña; una de sus piernas, cortas y peludas, estaba atrapada en el extremo del nudo corredizo de la última trampa colocada por Torka el día anterior. Pudieron contemplar al animal a su sabor, y olerlo. Su cabeza estaba oculta por espesos mechones de pelo tan largos y oscuros como los de un buey almizclero. No podían verle la cara. Mientras agitaba los delgados y peludos brazos como un poseído, su pequeño cuerpo daba vueltas y más vueltas, impulsado por la fuerza de sus frenéticos movimientos.

Umak se detuvo, miró hacia abajo, a su nieto, y se vio obligado a conceder que no se trataba de ningún espíritu del viento.

Pero entonces, ¿qué es lo que era? Imposible que ningún hombre hubiera visto nunca una cosa como aquélla. Demasiado grande para ser una comadreja o un glotón, y demasiado pequeño para ser un gato montés o un oso. Mientras contemplaba a la extraña criatura, ésta dejó de chillar y gimió mientras con unas manos que parecían garras asía el miembro atrapado en un desesperado esfuerzo por soltarlo y quedar en libertad. Si lo lograba, se precipitaría a la muerte, aunque de todas maneras moriría.

Umak cogió la lanza con la mano derecha. Apuntó al blanco con la precisión de quien rara vez fallaba; echó el brazo hacia atrás lo más que pudo y a continuación arrojó el arma con el máximo impulso que le permitía su postura poco estable en la montaña. Le permitió poco. El arma cayó demasiado baja, alojándose no en el tronco, como Umak había previsto, sino en un muslo.

El alarido procedente del animal impresionó a ambos cazadores como si fueran ellos, y no la criatura, los atravesados por el lanzazo.

En el saliente de abajo, Aar levantó la cabeza. Todavía en un estado de semiembriaguez provocado por los acontecimientos de la noche pasada, Lonit se detuvo a medio vestirse. Escuchó, segura de que sus oídos no la engañaban.

Los cazadores estaban petrificados. El cuerpecito suspendido sobre sus cabezas continuaba girando. Ya no se oían alaridos, sino sollozos, patéticas explosiones de sonido que sólo una criatura en el mundo entero podía producir: *palabras*. Aquello no era un animal. Tampoco un espíritu del viento. Aquello era un niño.

En un instante, todas sus perspectivas habían sido cambiadas por un niño pequeño, sollozante e indescriptiblemente mugriento.

Superaron el resto de la pared y se arrastraron por el saliente de donde había caído el niño. Le izaron, mientras él se debatía como un pez en la caña de pescar. Cuando Torka se agachó para cogerle, el pequeño chilló y le abofeteó. Al mismo tiempo que trataba de no respirar su pestilente hedor, Torka le agarró por el cogote, le izó hasta el saliente e intentó ponerle en pie. Su respuesta fue pegarle una patada con la pierna sana. La pierna herida no le brindaba apoyo, y el niño cayó. Su propio peso hizo que el asta de la lanza se clavara a mayor profundidad en los músculos del muslo. El dolor fue tan insoportable que el niño, en vez de quejarse, se desplomó igual que si le hubieran roto la cabeza de un mazazo. Yacía inconsciente a los pies de los cazadores como un montón informe de andrajos de pieles de pelo largo y cabellos enmarañados.

Torka y Umak se miraban perplejos, preguntándose si ambos experimentarían la misma sensación. Lo que yacía delante de ellos *no* podía ser un niño. Estaban solos en el mundo. El Pueblo había muerto. Y todos los niños estaban muertos. El mamut los había asesinado. Sin embargo, un examen superficial reveló que la "criatura" era un pequeño ser humano, flaco, un chico de unos nueve años. Cuando apartaron los sucios mechones de su cabello, los dos hombres se echaron hacia atrás como si les hubiesen clavado un aguijón. La carita donde las lágrimas habían dejado unos surcos negros era tan parecida a la de Kipu, el adorado hijo de Torka, que se quedaron boquiabiertos, momentáneamente desorientados.

Con dedos trémulos, Torka acarició las facciones familiares.

—¡Padre de mi padre! —exclamó—. ¿Cómo puede ser esto?

Por primera vez en su vida, Umak no pudo lanzar uno de sus característicos gruñidos, ni mucho menos formular una respuesta.

Torka cerró los ojos y retiró sus manos. La vista del niño había hecho renacer en él su antigua agonía, los recuerdos de aquel precioso niño a quien había perdido para siempre.

Umak se puso en cuclillas al lado de Torka para examinar la herida. Aunque seguía inconsciente, el niño se quejaba. El anciano estaba confuso. Él había arrojado la lanza y le había herido, pero ¿cómo podía saber que aquella cosa pequeña y maloliente no era un animal?

Al extraer Umak su lanza estropeada, brotó de la herida un chorro de sangre caliente y roja. Umak metió los dedos en el boquete y tocó lo que no podía negar.

—Los espíritus no sangran —dijo, levantándose y colocando al chiquillo sobre sus hombros como si éste fuera un antílope abatido en una cacería—. Vamos. Torka y Umak tienen que regresar ahora al saliente. Hay que atender la herida del niño.

Aturdido por las implicaciones del descubrimiento que acababan de hacer, un Torka perplejo les siguió. En su descenso, a mitad de camino, se paró. Su cabeza estaba más despejada en aquel momento. De pronto vio las cosas de una manera distinta. El chiquillo lo había cambiado todo. Era *real*. En algún lugar, donde fuera, existía otra tribu. No estaban solos. Existía gente, cazadores, hombres a los que convencería para ir en busca del Destructor. Y si no se dejaban convencer, él iría solo. A Umak y a Lonit no les importaría. Ellos formarían de nuevo parte de una tribu.

Torka sería libre de seguir a la bestia, de encontrarla aunque tuviera que seguirla donde la tierra ya no existiera por siempre jamás. En memoria de todos los que habían muerto, por Nap y Alinak, por Egatsop y Kipu, por todos aquellos que ahora yacían de cara al cielo, Torka lo haría.

El niño estaba sentado, desnudo, al fondo de la caverna. Le dolía la pierna. Tenía fiebre, pero no chuparía los palitos que el viejo se empeñaba en darle, ni se pondría la túnica nueva que la muchacha de extraños ojos había depositado ante él. El joven cazador, alto y guapo, se había arrodillado frente a él y una vez más le acosaba a preguntas. El chiquillo pretendía no entenderle, aunque las palabras del hombre eran tan similares a las de su tribu que conocía la mayor parte.

— ¿Por qué estás aquí, solo en la montaña? ¿Dónde está tu tribu?

El niño permaneció impertérrito, frunciendo el ceño con fingido estoicismo, esforzándose por no poner una cara de desprecio que pudiese traicionar su comprensión de las preguntas del cazador. Seguro que aquel hombre ya habría visto antes niños abandonados. Seguro que no sería ninguna sorpresa para él comprobar, una vez más, que, en ocasiones, sobrevivían algunos de los que fueron abandonados para morir.

El viejo le observaba. Le deslumbraba con su mirada; luego dirigió la vista a otra parte. Los ojos del viejo tenían la facultad de hacerle sentirse invisible.

—Este pequeño fue abandonado para que se liberase de su espíritu y que éste caminase en alas del viento —dijo.

Al oír la verdad, el chiquillo lanzó una mirada de cautela al anciano. Éste estaba en pie al lado del cazador más joven con los brazos cruzados sobre el pecho y su rostro marcado por el paso de los años absorto en la introspección. El niño se dio cuenta de sus poderes y tuvo miedo de él. Llevaba las garras de un lobo gigante alrededor del cuello, igual que el más joven, pero el anciano llevaba además su bolsa de medicina colgada del cinturón, y adondequiera que fuese, el perro solía estar pisándole los talones a su sombra. El muchacho miró en torno. El perro estaba acostado en el extremo más alejado de la caverna, devolviéndole la mirada con unos ojos azules que destacaban en su cara que parecía cubierta por una máscara negra, tan impasible como la del viejo. El chiquillo tragó saliva. El perro formaba parte del poder del anciano. Éste, sin duda alguna, era un hechicero.

—El chico es fuerte —estaba diciendo el joven cazador—. Alguien tuvo que imponerle un nombre, porque a su edad es imposible que ese trámite no se hubiera cumplido. ¡El Pueblo no se desprendería de un chico como él!

—El Pueblo ya no existe. Si existen otras gentes en el mundo, ¿quién puede saber lo que harán?

—¿Dónde está tu tribu? —insistió el joven cazador.

El niño tenía la respuesta en la punta de la lengua, pero se contuvo. "Mi tribu volverá", pensaba. "Volverán por mí. Supnah lo prometió. Juró que si sobrevivían al invierno, volverían para recoger a sus hijos. ¡Mi padre no miente! Si vive, Supnah vendrá por Karana. Y matará a estas gentes y a su perro. ¡Hará que paguen con la vida la forma en que han tratado a su único hijo! Por tanto, Karana guardará silencio. Cuando Supnah llegue, estas gentes aullarán de sorpresa. Luego, Karana hablará. Luego, Karana reirá. Luego, ¡estas gentes morirán!"

Miró de hito en hito al joven cazador. Sus pensamientos le habían hecho sentirse valiente. Clavó sus ojos en el anciano. Y si la muchacha de ojos extraños no hubiese estado inclinada sobre el fuego de cocinar, la habría mirado lo mismo. Todos ellos habían conspirado para hacerle prisionero. Mientras él estaba en el país de los sueños, le habían quemado la pierna y cosido la herida que ellos le habían hecho. Le habían despojado de sus ropas y de su dignidad.

Sus ropas eran las últimas que su madre había podido hacerle. Ribeteadas y confeccionadas con las pieles de pelo largo de todas las clases de animales que un hombre es capaz de matar, estaban destinadas a su primera cacería. Su madre había cosido las numerosas costuras y tiras de pieles con tal destreza que las puntadas eran casi invisibles. Él había salido con su padre lleno de audacia, orgulloso de sus nuevas ropas, orgulloso de su nuevo puñal y de la lanza hecha ex profeso para él. Fue una buena cacería, pero también la última de los tiempos felices. Llegó la época de la gran oscuridad y se prolongó hasta que su madre murió, y todos los bebés fueron abandonados desnudos a la intemperie, y todos los viejos y las viejas caminaron en mitad de tormentas sin fin con el propósito de que los hombres y las mujeres más jóvenes tuvieran suficiente comida para ellos y sus hijos.

La tribu levantó el campamento para ir en busca de caza. No la encontraron. Los hombres estaban cada vez más agotados; los niños supervivientes, demacrados y enfermos. Los cazadores entonaban cánticos para que regresara el sol. Pero el sol no regresó.

Cambiaron de sitio una y otra vez. En cada campamento había hambre, y muerte. Después, ante la amenazadora presencia de la montaña, Navahk, el hechicero de la tribu, llamó aparte a Supnah, el jefe de la tribu. Y cuando terminaron de hablar, Supnah parecía un viejo a pesar de ser joven, y Navahk caminó hasta donde se encontraba Karana y se detuvo a mirarle como si no valiera más que la larva de un gusano retorciéndose en el pico de un ave de rapiña. A continuación le volvió la espalda y siguió su camino, pero no sin que antes hubiera visto el niño su sonrisa.

Supnah se le había acercado.

—El Hechicero ha visto mucha caza más lejos. Para llegar allí es preciso atravesar un territorio muy difícil. Iremos y cazaremos. Karana esperará aquí con los niños que están enfermos. Karana cuidará de los pequeños hasta que Supnah regrese.

Supnah no había vuelto. Aunque Karana se esforzó cuanto pudo por cuidar de los más pequeños, éstos estaban muy débiles. Uno tras otro entregaron su aliento al Espíritu Succionador, hasta que Karana se quedó solo con su lanza, su puñal y sus hermosas ropas. Mientras escuchaba el rugido despiadado del viento, recordaba la sonrisa de Navahk, consciente de que el hechicero quiso que pasara por aquel amargo trance, y se preguntaba qué era lo que podría haberle hecho al chamán para que éste le odiase tanto.

A la luz temblorosa y azul de la aurora boreal, vio un águila que volaba de un sitio para otro desde su nido situado sobre la pared de la montaña. Extenuado por el hambre, todavía conservaba el suficiente buen sentido para saber que aún era demasiado temprano para que el águila volara sobre la tundra. Pero allí estaba, y Karana comprendió que abatir al águila mantendría acorralado al Espíritu Succionador, y allá donde se encontrase, por muy lejos que fuera, Navahk sabría que había sobrevivido y dejaría de sonreír.

Impulsado por este pensamiento, se puso en pie, pero fue la presencia de gigantescos lobos que acudían a alimentarse con los cadáveres de las criaturas de la tribu de Supnah lo que le espoleó a poner en práctica su idea aparentemente descabellada. Probaría suerte y tal vez saliese airoso de su intento. Corrió desolado hasta encontrarse por fin en la montaña, lanza en ristre. Segundos después la arrojaba con todo el ímpetu que le permitían sus últimos restos de energía. De forma casi inconcebible, el arma se clavó en el pecho del águila. El ave cayó, y el chiquillo se abalanzó sobre ella, devorándola apenas lanzó el último estertor, y mientras comía no dejaba de pensar en la sonrisa de Navahk y deseaba que fuera la carne del hechicero la que desgarraban sus dientes.

Durante largos, incontables días, durmió en la cueva del águila, caliente en su nido, a salvo hasta que un enorme cóndor le divisó y se lanzó en picado contra él para arrancarle del peñasco. Su lanza le salvó, pero en su pánico asestó primero un golpe hacia arriba, luego retrocedió, asió el arma con las dos manos y golpeó al ave como si la lanza fuera un palo. En medio de la lluvia de plumas arrancadas y salpicaduras de sangre, el cóndor se alejó. El chiquillo, aturdido, permaneció inmóvil, con la lanza rota entre las manos. Al tranquilizarse, comprendió que tenía que buscar un refugio más pequeño y menos a la vista.

Siguió a una marmota hasta las madrigueras que había más arriba. Mató a la marmota y tuvo comida para varios días. El hambre le obligaba a bajar de la montaña para cazar, pero allí donde había eventuales presas, había también depredadores. Un gran felino con enormes colmillos casi le atrapó una vez, y en otra ocasión faltó muy poco para que le hiriera un solitario osezno caricorto. Pronto, inspirado por su poderoso deseo de vivir, atrapó todas las comadrejas que pudo y, aunque de mala gana, se impregnó la ropa y el cabello con sus fétidas glándulas aceitosas. Le dolía echar a perder las bonitas prendas confeccionadas por su madre, pero olía tan mal que nadie quería perseguirle para comérselo. En adelante estaría a salvo. No creía que su madre se enfadara.

Solo en la montaña, vivió de su ingenio. Cazaba en tierra baja cuando el hambre le acuciaba; después regresaba a las alturas que le ofrecían un refugio seguro y acogedor. Esperaba pacientemente el retorno de su padre, confiado en que Supnah volvería a buscarle. Anhelaba fervientemente que llegara ese día, y soñaba con el momento en que pudiera plantarse delante de Navahk y mirarle con orgulloso desprecio. Vigilaba la solitaria lejanía horas y horas, pero Supnah y su tribu no habían regresado. En su lugar se presentaron aquellas gentes y su perro.

Se odiaba por haberse dejado atrapar. Les miró con renovada ira. Había descubierto todas las trampas, menos la última. Sabía que tuvo razón en temer a los extraños. Debían de poseer una magia extraordinaria y terrible, o por lo menos su hechicero, para haber doblegado la voluntad de una fiera que vivía con ellos como si fuera un miembro de su tribu. De no haber sido por los gruñidos del animal, él hubiera buscado su compañía antes, atraído irresistiblemente a descender desde su cueva a la caverna por el olor de la carne asada.

La muchacha acababa de arrodillarse delante de él, ofreciéndole una especie de bandeja de hueso en la cual había asado pedazos escogidos de carne roja. Los dos hombres la habían cazado poco antes; el delicioso olor de la carne fresca, recién cocinada al fuego, hacía casi imposible rechazarla.

Casi. Dedicó una mueca de desagrado a la muchacha. Ella bajó sus ojos tan poco corrientes, suspiró y se retiró, no sin antes dejar la comida junto a él. El chiquillo no la tocó; pensaba que quizá estuviera envenenada.

—¡Es buena! ¡Come! —le regañó el viejo—. ¡Eres un niño, no una pieza de caza a la que atrapar con comida mala!

Los ojos del chiquillo se dilataron. El viejo *era* un hechicero. Había leído sus pensamientos. El miedo le hizo un nudo en las tripas, haciéndole olvidar el hambre. ¿Por qué aquellos extraños eran tan amables con él? El no pertenecía a su tribu. ¿Se proponían cebarle para que sirviera después de comida para el perro salvaje? Pero no; si pensaran degollarle y cortarle en pedazos para el perro, no hubieran restañado y cosido su herida.

Se le ocurrió otra idea, tan aterradora que se sintió enfermo. A lo mejor eran miembros de la Tribu Fantasma, temida por los hombres del mundo entero. En la época de la luz llegaban de no se sabía dónde y desaparecían de idéntica manera, llevándose a mujeres, jóvenes y niños. Luego se desvanecían como si jamás hubieran existido, dejando tras de sí campamentos incendiados, muertos y moribundos para marcar la realidad de sus incursiones.

Se puso a temblar de repente, esforzándose para que no lo notaran; temía que los extraños descubrieran que temblaba de miedo y no de frío. Imaginó que aquella caverna debía de ser el lugar donde la Tribu Fantasma se desvanecía para ejecutar sus danzas fantasmagóricas. Sin duda era allí donde se reunían después de sus correrías, con su piel tatuada y sus enormes colgantes de hueso tallado que deformaban su labio inferior. Su aspecto aterraba a cuantos les habían visto y pudieron vivir para contarlo.

—¿Dónde está tu tribu? —volvió a insistir el joven cazador, hablando lentamente, con una intensidad tal que su voz sonaba como si fuera a darle una dentellada—. Si tu pueblo te abandonó, ¿en qué dirección partieron? ¿No puedes decirle nada a este hombre? ¿No puedes entender ni una sola palabra de lo que este hombre te dice?

El chico apretó los brazos contra su pecho y se sujetó los codos con las manos, esforzándose por no temblar. El joven no llevaba tatuajes, ni su labio inferior estaba perforado para que colgase ningún adorno. ¿Por qué se preocupaba tanto de un chiquillo al que otros habían abandonado? Tal vez perteneciese a la Tribu Fantasma, y esperaba a que sus compañeros de raza se reunieran con él en su fortaleza de la montaña. Los otros usarían tatuajes y de su labio inferior colgarían adornos tan enormes que tropezarían con ellos al andar. Intentarían que el chiquillo les dijera cuál era el camino tomado por la tribu de Supnah; después los perseguirían y los matarían a todos.

Pensar en ello le resultaba tan angustioso, que su miedo se transformó en cólera.

—¡Karana no dirá nada al hombre de la Tribu Fantasma! ¡Karana no tiene miedo! ¡El padre de este chico es la montaña, y la niebla su madre! ¡Karana está solo! ¡No tiene tribu!

Al lado de la fogata, la muchacha levantó la cabeza, sobresaltada por el súbito estallido de cólera del niño. Lo mismo le sucedía al perro, cuyas orejas se enderezaron.

Torka escrutó al chiquillo a través de sus ojos entornados. Alargó una mano y presionó suavemente el muslo vendado del chico. Cuando éste abrió la boca a causa del dolor que sentía, Torka asintió con la cabeza.

—Karana no está hecho de niebla ni de piedra —dijo—. A su debido tiempo, le dirá a Torka hacia dónde partió su tribu.

Karana silbó como una serpiente y enseñó los dientes igual que un lince acorralado, odiándose por haber hablado. Ahora sabían que podía entenderles. Ahora sabían que podía hablar. Ahora no pararían de hacerle preguntas. Pero él no les diría nada. El día en que su pierna estuviera curada y pudiese escapar, iría en busca de su padre y de su tribu, y volvería con ellos para matar a aquellos extraños. Si fueran feos, resultaría más fácil odiarles. Si no fueran tan amables, resultaría menos duro mantenerse en guardia contra ellos. Si la muchacha no fuera tan buena cocinera, el olor de la carne asada procedente de su fogata no haría que su estómago rugiera y le pusiera en evidencia, demostrando que mentía por mucho que se empeñase en decir que no tenía hambre. ¿Dónde está Supnah? ¿Por qué no había vuelto como prometió? Karana ni siquiera se permitía pensar que su padre no hubiese sobrevivido al invierno. Supnah *regresaría,* y pronto. Karana se daba cada vez más cuenta de lo difícil que le resultaba ser valiente.

Los ojos del anciano le recorrieron. Era como si las alas de un ave invisible le frotasen la piel.

—¡Hummm! —exclamó el anciano, en un tono que no revelaba nada acerca de sí mismo—. No intentes ser tan intrépido, Pequeño Cazador. No somos fantasmas. Somos todo lo que queda del Pueblo. Ahora perteneces a nuestra tribu.

Capítulo 6

Mientras Torka y Umak cazaban con Aar en la tundra, lejos de la caverna, el niño dormía al sol en un lado del saliente, y una desdichada Lonit rompía huesos de tuétano con una piedra.

La luz amarilla de la mañana limpia de nubes de derramaba encima de ella. Enfrascada en sus pensamientos, no se dio cuenta. Precisamente recordaba otra luz; la luz invisible que iluminaba la caverna cuando ella y Torka se habían "encendido". Era más brillante que mil mañanas del Ártico, más caliente que el sol a mediodía de un verano interminable. En aquella luz había sido mujer de Torka. Y él fue suyo por entero mientras Lonit temblaba de alegría porque sabía que en el mundo entero no quedaba una sola mujer viva que pudiera apartarle de su lado. No había tampoco ningún hombre que pudiera decirle que no era digna de él.

Su felicidad era tan grande que se sintió agradecida al gran mamut por haber destruido las vidas de muchos para que la dicha pudiera llegar a su existencia. Mientras yacía en los brazos de Torka, sudorosa y exhausta de haber hecho el amor, se había dormido, demasiado feliz para sentirse culpable por su alegría. Aquellos que habían sido duros y crueles con ella habían muerto. Las dos únicas personas que la habían tratado con amabilidad estaban a su lado. Juntos crearían una nueva vida, un nuevo Pueblo. Una felicidad mezcla de júbilo y euforia embargó su consciencia mientras se sumía placenteramente en unos sueños tan dulces como jamás había conocido.

La sensación de dicha y de júbilo se prolongó en ella hasta que el animal gritó y supo que no era un animal. Cuando Umak regresó con el niño en sus brazos, Lonit echó una mirada al rostro del pequeño y estuvo a punto de desmayarse del susto. Era el hijito de Torka, el cual regresaba de entre los muertos para recordarle que era una criatura egoísta. ¿Acaso se alegraba ella de su muerte? No. Su corazón sangraba por los niños muertos, aplastados y destrozados en el feroz ataque perpetrado por el mamut asesino. Se había vuelto loca al pensar que Torka había hecho el amor con ella. El la había usado para satisfacer su necesidad porque era la única mujer disponible. ¡Cuánto debía añorar a Egatsop!

Suspiró con dolorosa resignación. Torka tendría otra mujer pronto, estaba segura de ello. Hizo un alto en su trabajo. Sus ojos se posaron en el niño, cuya existencia era prueba de la presencia en el mundo de otros seres humanos. Lonit ya no podía aferrarse a la creencia de que era la única mujer en el mundo. Cuando Torka había tirado al abismo las ropas hediondas y hechas jirones del chiquillo, los ojos expertos de Lonit notaron que sin duda alguna fueron hermosas en su día, porque estaban hechas con muchas tiras de piel de pelo largo unidas entre sí con gran esmero. Las manos de la madre humana del pequeño había cosido sus prendas de vestir con orgullo y amor. Karana había gritado de rabia, esforzándose patéticamente por no separarse de aquellas ropas. Lonit sabía que la intensidad de su apego a aquellas prendas tenía poco que ver con el valor intrínseco de éstas; era una manifestación de su amor por la mujer que las había confeccionado.

Lonit se preguntaba cómo sería. Bella sin duda, como su hijo. Su corazón debió desgarrarse al verse obligada a abandonar a un niño tan precioso. Pero, ¿por qué fue Karana abandonado por sus padres? El chiquillo sobrepasaba con creces la edad en la cual era aceptable para la tribu de Lonit abandonar a un niño. El hecho de que hubiera sido capaz de sobrevivir sin ayuda demostraba que era lo suficientemente fuerte y hábil para cazar. Quizá no le hubieran abandonado. Quizá se perdió durante una tormenta y su gente le buscaba todavía, tras de retroceder en busca de sus huellas en los senderos de caza recorridos meses antes. Lonit no quería pensar en ello. Prefería imaginar que habían muerto de hambre durante la larga y cruel época de la oscuridad invernal.

El sol calentaba el saliente de tal forma que el tuétano del hueso que Lonit había estado partiendo se ablandó haciéndose aceitoso al tiempo que despedía un sustancioso olor. Una mosca se aproximó entre zumbidos; sus alas transparentes combatían el viento en tanto comenzaba una glotona exploración. Otra mosca se unió a ella. Absorta en sus pensamientos, Lonit las espantó con aire ausente mientras se enfrentaba a una escueta verdad. Deseaba que la gente del chiquillo hubiera muerto. Deseaba estar sola en el mundo con Torka como su hombre, y con Umak como el padre paciente y solícito que nunca había conocido. Pero no era probable que una tribu entera hubiera muerto de hambre, y el comportamiento del niño avalaba esta idea. A pesar del dolor y de la fiebre, Karana se había arrastrado sin ayuda al borde de la cornisa y permanecía allí, sentado, con los ojos clavados en la tundra. Lonit le observaba y comprendió que el niño estaba convencido de que era sólo una cuestión de tiempo que su pueblo regresase.

Pero no regresaron. Habían transcurrido muchos días desde que Umak bajó de la altura cargado con Karana. Las horas de luz eran cada vez más largas. La noche se convertiría pronto en algo del pasado, y aún no había el menor indicio del pueblo de Karana. Los ojos de Lonit se posaron en el niño. Su pierna cicatrizaba con lentitud. Todavía estaba caliente y le dolía tanto que casi no podía moverla. Torka no había insistido en que pasara las noches al abrigo del viento, y el chiquillo permanecía en su estera de pieles apiladas, en el extremo opuesto de la cornisa, y nunca se movía de allí, excepto para hacer sus necesidades. A pesar de todo, Umak decía que la herida sanaba. Esquirlas de hueso de la punta rota de la lanza empezaban a salir del muslo inflamado. Umak dijo que aquello era bueno, porque eran las esquirlas las causantes del pus. De la herida todavía fluía un poco de líquido claro, pero ya no rezumaba las secreciones espesas y verdosas que tanto preocuparon al anciano pocos días después de haber alanceado al niño.

Karana había recuperado el apetito, aunque seguía negándose a comer delante de cualquiera de ellos. Gruñía a Lonit cada vez que ésta se le acercaba para ofrecerle una ración de carne que, ante su negativa, depositaba en el suelo, a su lado. Cuando Aar se aproximaba para robar los pedazos despreciados, el chico le daba un manotazo en el hocico. Insultado, pero tenaz, el perro se mantenía cerca del niño, en paciente espera. Cuando no miraba nadie —excepto el perro y Lonit desde el otro lado del hogar— Karana engullía hasta el último bocado de la comida que ella le había llevado. Lonit había observado a hurtadillas el creciente interés del niño por el perro. El miedo que al principio le inspiraba el animal se había convertido gradualmente en curiosidad. Intrigado por tener a un animal salvaje tan cerca, empezó por arrojarle las articulaciones cuyo tuétano no había podido chupar del todo. Cada día efectuaba los lanzamientos a menor distancia, por lo que el animal se le aproximaba cada vez más, hasta que un día le ofreció un generoso pedazo de carne y Aar comió en su mano.

Desde aquel día, cuando no cazaba con Umak, el perro permanecía junto al chico. En la caverna o en el saliente, a Aar se le encontraba siempre junto a Karana. De noche dormía casi pegado a él, y de día absorbían juntos la luz del sol mientras el chiquillo, sentado con la espalda apoyada contra la pared de la montaña, vigilaba la tundra vacía que se extendía hasta el infinito al pie. Aguardaba pacientemente el regreso de su pueblo.

Lonit suspiró de nuevo. Ya no tardarían en llegar.

También Torka estaba convencido de ello. Parecía haber vuelto a nacer. Ya no estaba taciturno ni pensativo, sino ávido por recibir la llegada de cada día. No tenía tiempo para Lonit. Cuando no estaba cazando, estaba ocupado con sus armas; repasaba y perfilaba sus lanzas una y otra vez, afilaba y perfeccionaba sus puntas sin descanso. Lonit estaba convencida de que trabajaba sin tregua ni descanso para acallar su necesidad masculina, y cuando la tribu de Karana llegase, escogería a una de sus mujeres que valiera la pena para que le calentara por la noche. Entretanto, en cuanto se hacía la oscuridad encendía una hoguera en el borde, resguardándola del viento con una pantalla de pieles abierta en un extremo sobre la estructura de huesos redondeada.

—Si la tribu de Karana anda por ahí —dijo—, verán el fuego de Torka. Pronto vendrán.

El chiquillo le había escuchado con el miedo reflejándose en sus ojos, como si temiera que las llamas atrajeran fantasmas en vez de hombres; pero a medida que el tiempo pasaba, empezó a tranquilizarse un poco. Tanto Umak como Torka ignoraban su hostilidad. Le hablaban y compartían sus pensamientos en su presencia. Torka le enseñó cómo fabricaba el Pueblo sus armas con piedras y huesos, y Umak le contaba historias de magia y también leyendas, y aunque el niño no reconociese con palabras las constantes atenciones de que era objeto por parte de ellos, el terror y el odio que brillaban en sus grandes ojos oscuros cuando los dos hombres le llevaron a la caverna, eran ya menos visibles.

En cualquier caso, continuaba con su vigilancia mientras duraba la luz diurna, e insistía en acoger con gruñidos a Lonit cada vez que ésta le llevaba comida. La muchacha había dejado de tratar de comunicarse con él. A su debido tiempo volvería a hablar, una vez disipados sus temores. A su debido tiempo, su tribu regresaría y quién sabe lo que la ocurriría a ella entre extraños, cuando su propia tribu la había tolerado a regañadientes.

La muchacha había hablado del asunto con Umak, él la había escuchado pensativo; comprendía sus recelos, porque él mismo sufría inquietudes similares. Allí, solo con Torka y Lonit, era de nuevo cazador, fuerte y todavía útil. En una tribu solamente sería un anciano más, que arrastraría una vida monótona hasta que le llegase el momento de caminar en alas del viento.

La noche antes se habían sentado juntos al lado del fuego, mientras Torka y el niño dormían. Los sonidos de la nieve convertida en agua precipitándose en forma de cascada desde la cima cubierta por un casquete de hielo había llenado la oscuridad. De vez en cuando, desde algún lugar en las profundidades de la montaña, se oían los sordos quejidos y los misteriosos crujidos a los que habían acabado por acostumbrarse.

De buenas a primeras Umak sacó a relucir un argumento que le tenía en ascuas desde hacía algún tiempo, pero del cual no había hablado con nadie hasta aquel momento.

—El Pueblo no era el *único* pueblo —empezó a decir—. Existen otras tribus. No estamos solos. Umak piensa que tal vez las gentes de la tundra sean como los grandes rebaños de caribúes. Al principio sólo existían un macho y una hembra; después un rebaño con muchas crías. Las crías crecieron. Se convirtieron en muchos machos, en muchas hembras. Los machos se enzarzan en combate, sus cuernos se enredan. Corre la sangre. Los machos más jóvenes se separan del grueso del rebaño. Las hembras les siguen para formar un nuevo rebaño. Este mismo proceso se repite infinitas veces. Pronto existen innumerables rebaños, cada uno moviéndose a su aire, cada uno siguiendo su propia ruta migratoria en una infatigable búsqueda de comida, y olvidan que hay otros rebaños en tanto no surja alguna hembra o algún macho que recuerde los orígenes.

—Esta mujer se siente feliz aquí, en la montaña. Está contenta con Umak y Torka como los únicos miembros de su rebaño.

—Lo mismo le pasa a Umak. Pero ningún hombre ni ninguna mujer pueden sujetar el viento. Soplará como mejor le apetezca. Y traiga lo que traiga, tenemos que ser fuertes.

Unas moscas empezaron a aterrizar en el dorso de la mano de Lonit y se arrastraron entre sus dedos, mientras zumbaban y revoloteaban regalándose con los aceites que rezumaba el hueso de tuétano. La muchacha las espantó con un gesto de repugnancia y se puso en pie, limpiándose las manos en el delantal que se había hecho con trozos de piel sobrantes de las ropas que confeccionaba para sus hombres.

Ahora les veía perfectamente: dos figuras solitarias dirigiéndose a zancadas hacia ella, con Aar trotando al lado de Umak, aunque no demasiado cerca, con la cola en alto y dando algún que otro salto. Habían atrapado un perezoso de buen tamaño; su forma rechoncha era inconfundible mientras los cazadores lo arrastraban. Su grueso pelaje serviría para hacer una maravillosa estera para dormir, y sus extraordinarias garras servirían de excelentes herramientas con las cuales extraer la cosecha de tubérculos comestibles de finales del verano. La felicidad del placer anticipado la colmó, luego se esfumó. El viento cálido y suave de la primavera se movía en torno a ella. No aportaba calidez ni dulzura.

Lonit lo consideró un elemento hostil al recordar las palabras de Umak.

Sus ojos escudriñaron la tundra. ¿Habría gente de otra tribu allí, justo al otro lado del horizonte montañoso coronado de nieve, caminando hacia ella mientras contemplaba el espacio? No. No era posible. No soportaba pensar en ello. Sin embargo, no podía hacer nada para evitarlo. Torka les acogería de buen grado. Lo había dicho. Había hablado con entusiasmo de que la seguridad sería mayor cuanto más numerosa fuese una tribu, aparte de que el trabajo compartido resultaba menos duro. Umak le había acusado de pensar en marcharse para dar caza al Destructor. El joven no lo había negado, pero Lonit estaba segura de que en lo último en que pensaba era en cazar mamuts. Pensaba en una nueva vida, en una nueva mujer, tal vez en muchas mujeres, y Lonit sabía que tendría todas las que quisiera. ¿Qué mujer no se mostraría ávida de darle placer? ¿Qué tribu de cazadores no acogería en sus filas a un hombre con la destreza y el valor de Torka?

¿Y qué había de Lonit?

La muchacha lanzó un hondo suspiro. Era amargo.

Las palabras de su madre surgieron del pasado: "... no hay sitio en la tribu para una muchacha fea... tienes que ser útil... tienes que ser valiente... tienes que ser fuerte".

La amargura creció en su interior. "Lonit ha sido todas esas cosas", pensó. "Sin embargo, Torka elegirá a otra. Pero Lonit es fuerte. Que el viento sople sobre ella como le venga en gana. Lonit no se asustará".

Aún tenía a Umak. Se quedaría con él, para atenderle como una hija, o como una mujer si lo deseaba. Lo sería todo para él, y cuando le llegara el momento de caminar en alas del viento, ella caminaría con él para hacerle el viaje más agradable. Juntos, liberarían sus espíritus en el viento. No sería una mala cosa. Sin Torka como su hombre, Lonit no deseaba seguir viviendo.

Capítulo 7

Los días cada vez más largos que sucedían a las noches tachonadas de estrellas, continuaban pasando. Al pie de la montaña, los pastos eran altos y verdes. A través de la tundra se abrían flores de todos los colores y formas imaginables. En los elevados y escarpados cañones alpinos, bosquecillos de cornejos en miniatura se adornaban con estrellas blancas de cuatro pétalos, mientras las candelillas de los sauces adquirían un tono dorado con diminutos capullos y los arándanos florecían y empezaban a dar fruto.

Moscas, cínifes y grandes enjambres de mosquitos zumbadores formaban transparencias negras, como una especie de velo sobre lagos y balsas. Las aves aparecían por todas partes. Halcones pescadores y águilas sobrevolaban las termales, elevándose unas veces y posándose otras en las riberas de los ríos donde los salmones comenzaban a deslizarse. Ansares de infinidad de tamaños y variedades rivalizaban con patos, cisnes, revuelvepiedras y lavanderas en la búsqueda de lugares adecuados para sus nidos en las tierras húmedas. Cigüeñas y garzas de cuello serpenteante y largas zancas se paseaban entre las juncias de las marismas, mientras somormugujos de torsos aquillados y dedos casi libres, algunos con un moño de dos puntas y otros desprovistos de este adorno, chapoteaban y batían alas en las aguas poco profundas de innumerables ríos, arroyos y riachuelos mientras hundían las cabezas debajo del agua para sacar con sus picos larvas y crustáceos de agua dulce. Zorras y liebres, perdices nivales y lechuzas perdían sus últimas plumas blancas del invierno. Ahora eran marrones, rojas o grises, o bien con motas en las que se combinaban los vivos colores. A lo largo de la vasta y pedregosa llanura que se extendía al pie de la montaña, un rebaño de caballos macizos de crines cortas hicieron alto para abrevar, pero, al olfatear el olor a hombre, relincharon nerviosos y siguieron adelante. No muy lejos, en la exuberante vegetación estival de una pradera en la linde de la tundra, un oso caricorto y sus hambrientos oseznos devoraban un yak que, debilitado por el invierno, había caído en sus garras. Un grupo de leones de color de oro sucio, de melena enmarañada, permanecían semiocultos entre la hierba alta, a favor del viento, al acecho de un pequeño rebaño de bueyes almizcleros que pastaban en el flanco sur de la montaña.

Y en el profundo cañón, profusamente sombreado de piceas, más abajo de la caverna de Torka, Umak, Lonit y Karana, Umak seguía el rastro de unas pezuñas hendidas a lo largo de la pronunciada cresta de un banco de nieve todavía existente. Divisó a su presa en un bosquecillo de raquíticos abedules y abatió al alce de incipiente cornamenta con una de sus lanzas. Con el corazón atravesado, el animal cayó de rodillas, lanzó un quejido y se desplomó, muerto.

El eco del alarido de triunfo del viejo subió por las paredes de la montaña y provocó vibraciones que estremecieron las profundidades del apuntalamiento cenagoso de la corona de hielo de la cumbre. En algún lugar de las entrañas del glaciar, una enorme fractura lateral crujió agrandándose en sentido longitudinal y forzó las masas de hielo situadas a ambos lados de la grieta. La masa inferior se deslizó de forma casi imperceptible, pero el glaciar entero rugió mientras su superficie se resquebrajaba en infinitas fisuras y se desplazaba levemente hacia abajo para acomodarse a los cambios operados en su interior.

Los movimientos y sonidos no habían sido ni más ni menos que los usuales cambios erráticos a los que el viejo había terminado por acostumbrarse en las últimas semana, de manera que no se le ocurrió prestarles ninguna atención. A gran altura, allí donde el sol castigaba la cara sur de la masa de hielo, un lóbulo de un espesor de unos cuarenta metros rezumaba sobre sus cimientos poderosos y verticales. Una familia de grandes ovinos blancos, que había estado alimentándose con las verdes matas de hierba de una pradera que parecía tocar el cielo, brincaron en el aire fino y se deslizaron pared abajo de la montaña. Un esparavel que volaba en círculo en la bóveda azul celeste del firmamento, proyectó su sombra sobre la inmensa boca de una grieta de unos treinta metros de profundidad que instantes antes no existía.

En la parte posterior del cañón, una avalancha poco consistente de piedras pequeñas y fragmentos de hielo glacial cayó con estrépito y rodó varios centenares de metros antes de aterrizar cerca de donde Umak se encontraba. Pero el viejo ya había visto caer muchas piedras desde que él y los otros llegaron a la montaña.

Torka se aproximaba a él, con sus lanzas en la mano. Umak lanzó un pequeño grito de orgullo. Le había tomado la delantera a Torka en la caza. Aar, tras de olfatear el cuerpo del alce, lamía ahora la sangre que manaba de la herida. Umak levantó los brazos y los agitó en señal de victoria, pues sabía que el alce macho que acababa de abatir estaba en la flor de la vida. En unión de los numerosos antílopes ya abatidos, más el perezoso y la carne para mujer que Lonit había conseguido con sus trampas y sus boleadoras, la tonelada y media de carne que el alce proporcionaría sería más que suficiente para alimentarles el resto del verano, en otoño y en la época de la larga oscuridad, incluso más tiempo aún. Si querían, no era necesario que volvieran a salir de caza. Podrían holgar a sus anchas mientras Lonit se ocupaba de realizar las interminables tareas que los tiempos de abundancia acarreaban a las mujeres.

Cuando Torka se acercó para calibrar la presa, Umak aprovechó para exponerle sus pensamientos, añadiendo:

—Lonit es una mujer. Hay mucha carne. En este sitio nuevo, es posible que a los espíritus que proporcionan poder a los cazadores no les importe que estos dos ayuden a La Única Mujer En El Mundo.

—Lonit no es la única mujer en el mundo.

—Cuando Umak vea otras, entonces creerá que existen otras. Entretanto, hay mucha carne que preparar, muchas pieles que curtir; es demasiado trabajo para La Única Mujer En El Mundo.

Torka suspiró, esforzándose por no chocar con su abuelo. Umak ya no se refería a Lonit como Casi Una Mujer desde que, al despertarse, había visto a Torka y a la muchacha compartir las mismas pieles de dormir la mañana en la que habían descubierto a Karana. A Torka no le gustaba que le recordaran aquella mañana ni la noche que la había precedido. Evitaba a Lonit siempre que podía. Verla reavivaba en su mente el recuerdo de la cópula y sus sentimientos hacia ella, jamás experimentados por nadie, a excepción de Kipu y de su abuelo. Le turbaba verse obligado a admitir que nunca había sentido una ternura semejante hacia Egatsop. ¿Pasión? Sí. ¿Posesión? Sí. ¿Orgullo porque la mujer más hermosa de la tribu le hubiese aceptado? Sí. De cualquier modo, cuando últimamente contemplaba la figura alta y esbelta de Lonit doblada sobre sus bastidores de curtir, o cuando la veía coser o guisar, encontraba encantadores todos y cada uno de sus movimientos y gestos.

Según los cánones de la belleza del Pueblo, Torka sabía que ella no debería parecerle hermosa, pero así era. Cuando observaba su paciencia con el niño herido o su devoción por Umak, Torka no podía por menos de pensar que Egatsop nunca habría sido tan paciente con el hijo de otra mujer ni tan respetuosa con un anciano que necesitaba mantener su orgullo. Aunque Umak hacía cuanto podía por aparentar otra cosa, era imposible ocultar el hecho de que se sentía fuerte por la mañana y cansado, con las articulaciones rígidas, cada noche. Egatsop no habría entendido el motivo por el que Torka se quedaba atrás y dejaba que Umak acechara y abatiese una presa que él podía haber cobrado fácilmente en la mitad de tiempo; en cambio, intuía que Lonit lo entendería. La había visto escuchar los relatos del anciano, pretendiendo no darse cuenta de cómo se dormía en mitad de una historia para repetirla desde el principio cuando despertaba. La había visto macerar a escondidas la carne para Umak antes de asarla, y sabía que lo hacía porque la dentadura del anciano empezaba a ser frágil. Eran infinidad de pequeños detalles, siempre realizados cuando creía que nadie la observaba. Era imposible menospreciar a una muchacha como aquélla.

Ahora sabía que se había equivocado por completo al juzgarla. Se sentía profundamente inclinado hacia ella, cada vez le importaba más; pero no quería dejarse arrastrar por sus sentimientos. Aquella inclinación daría al traste con su decisión de encontrar o matar a la bestia que había destruido a su tribu. Cada vez que miraba a Karana, veía a su adorado hijito perdido para siempre, y sabía que antes de volver a interesarse por alguien o por algo, tenía que clavar su lanza en el ojo y en el cerebro de El Que Hacía Temblar El Mundo y ver al monstruo abatido y muerto.

—Umak dice que él ayudará a Lonit. La Única Mujer En El Mundo se alegrará de contar con otro par de manos para trabajar las pieles, curtir los tendones y preparar la carne.

La declaración del anciano devolvió a Torka a la realidad. Miró a su abuelo y supo que había hecho bien al hacerle creer que habían cobrado la pieza gracias a él. Su aspecto era el de un hombre lleno de vitalidad, arrogante, casi joven de nuevo. El sitio donde su lanza se había clavado en el alce indicó a Torka que, a pesar de los achaques propios de la vejez, todavía era un cazador con el que se podía contar. Si a esto se sumaban sus poderes de espíritu jefe, Umak sería una valiosa adquisición para cualquier tribu. La idea era tranquilizadora.

Torka repitió su cumplido en voz alta.

—Cuando venga la gente de Karana —añadió—, será una buena cosa compartir nuestra carne con ellos. Se alegrarán de conocernos, y Lonit tendrá las manos de muchas mujeres para ayudarla en su trabajo.

—¡Si es que la gente de Karana viene!

—Vendrán. No pueden abandonar a un hijo como Karana. Torka dice que el niño se perdió en las tormentas de la época de la larga oscuridad. Los cazadores están buscándole desde entonces.

—La época de la larga oscuridad fue más larga y más oscura que cualquier otra de las que este anciano recuerda. Nunca vio Umak tormentas como aquéllas ni pasó tanto frío. Si el chico se perdió, los suyos le creerán muerto. No enviarán a nadie en su busca.

—Si Karana fuera hijo de Torka, Torka no dejaría de buscarle hasta que encontrase los huesos de su cuerpecito y los colocase con sus propias manos cara al cielo. Sólo entonces podría creer Torka que su hijo había entregado su espíritu para que éste caminase en alas del viento.

—¡Hummm! En primer lugar, Torka no hubiese perdido a su hijo por muy terrible que fuera la tormenta ni blanco de nieve el viento. Hizo falta un espíritu maligno para arrancar la vida del corazón de Kipu. Pero Umak dice que Karana fue abandonado. ¡Su pueblo no vendrá!

Torka se levantó, impaciente por la conversación. Le constaba que Umak debía de tener sus dudas acerca de unirse a una nueva tribu, que debía de estar preocupado por su edad.

—Estarás bien en una nueva tribu, padre de mi padre —aseguró—. ¡Eres Umak! ¡Eres un espíritu jefe! Tu fuerza no te abandonará. Cazarás. La vida será agradable. Tendrás mujer otra vez. Conservarás tu orgullo. No tienes ningún motivo para estar asustado.

El rostro del anciano se crispó a causa de la justificada indignación que le invadía.

—¡Umak no teme por Umak! —gritó. Sus brazos se abrieron y elevaron como si quisiera abarcar todas las variedades de caza que existían en la base de la gran montaña—. Torka trajo a Umak y a Lonit a un buen sitio. Tenemos un campamento seguro. Tenemos mucha carne. No necesitamos que otros nos ayuden a sobrevivir. ¡Nos quedaremos en este sitio para siempre!

El apasionado estallido del anciano fue contagioso. Torka respondió con igual intensidad.

—¡Para siempre significa hasta que Torka lo desee, hasta que decida salir en busca del Destructor y matarlo!

—¡Ah! ¡Eso es lo que Umak había dicho! Torka espera a la tribu de Karana para decirle al gran mamut: "¡Torka va ahora a buscarte desde una tierra lejana, para matar al que ha destruido al Pueblo, para matar al que no puede ser matado! ¡Y si Torka muere ahora, no importa, porque Umak, Lonit y Karana están a salvo cuidados por otra tribu!"

Torka miró fijamente a su abuelo. Nunca dejaba de sorprenderle que, justo cuando empezaba a aceptar el hecho de que Umak era un hombre cuyas facultades estaban desgastándose, la mente del anciano era rápida como el rayo en adivinar sus pensamientos más recónditos y no menos rauda en reaccionar al respecto. La imagen de un anciano desdentado, anquilosado, sentado rígido junto al fuego se desvaneció. Frente a él se alzaba Umak, de carácter fiero, astuto rastreador de bestias, matador de osos, maestro de infinita sabiduría.

—¡Entonces ven conmigo! —rogó—. Cuando la tribu de Karana venga y Lonit y el niño estén a salvo, podemos marcharnos juntos. Juntos mataremos al Destructor y regresaremos para contar cómo lo hicimos.

—¡Hummm! Aunque venga la tribu de Karana. La Voz del Trueno está muy lejos, y este anciano dice que eso es bueno. ¡Los recuerdos que nos trae el Destructor son amargos! Deja que se vayan, Torka. Olvida todo lo que ocurrió. Mira todo esto. La vida es ahora agradable. Y si los ojos de este espíritu jefe han visto con claridad, entonces Umak afirma que, cuando la época de la larga oscuridad haya venido y se marche después, Lonit alumbrará una nueva vida, y el Pueblo renacerá. ¿Dirá entonces Torka que su vida no le importa? ¿Le dirá entonces a Umak: "dejemos a nuestra mujer y al niño para que los cuiden quienes perdieron o abandonaron a su propio hijo?" ¡Hummm! Torka hará lo que crea conveniente. Umak se quedará con Lonit. Para este anciano, la vida de esa muchacha es más valiosa que la muerte de un mamut.

Capítulo 8

El sol aún permanecía en el cielo. El mundo estaba al revés. Las luces septentrionales brillaban de día, y el viento se elevaba para transformar sus colores en arcoiris que corrían como ríos sobre la tierra.

Sólo Torka veía estas maravillas. No estaba seguro de por qué las veía. No quería sentirse feliz por la revelación de Umak, pero cuanto más pensaba en ello, más crecía en su interior la sensación de maravilla. Quizá fuese porque habían estado muy cerca de la muerte: el anciano, la muchacha, el cazador, el chiquillo, incluso el perro. En cierto sentido, todos ellos habían caminado en alas del viento sólo para ser rechazados por los espíritus, para ser expulsados del mundo nuevo, y ahora este renacer se confirmaba en la promesa de la nueva vida que crecía dentro de Lonit con tanta seguridad como el verano maduraba sobre la tierra.

Tal vez Umak tuviera razón. El Destructor estaba muy lejos. En una parte del mundo que habían dejado atrás. La vida era buena en la montaña. Por primera vez, Torka se dio cuenta de que mientras su pequeña tribu permaneciera unida, el Pueblo no podía ser destruido. El Pueblo vivía en Umak y en Torka. Por medio de Lonit el Pueblo nacería de nuevo para sobrevivir en generaciones futuras. Tal vez había llegado la hora de que Torka se desprendiese del pasado y enviara sus recuerdos del gran mamut a pasear en alas del viento... al menos hasta que la tribu de Karana llegase. Ahora pensaría en otras cosas. Se ocuparía de Lonit y del hijo que les iba a nacer. Pensaría en el futuro, y saborearía la recobrada alegría que ahora encontraba en la maravilla de vivir.

Los dos hombres se comportaban con ella de una forma tan extraña, que Lonit no sabía a qué atenerse. Les había preparado un campamento limpio y ordenado en el saliente, había puesto grandes cantidades de carne a secar e infinidad de pieles se curtían en el ancho borde de la cornisa. Estaba contenta con su trabajo de mujer, pero ellos insistían en ayudarla. Se sentía humillada al ver a sus hombres afanándose en raspar pieles, en limpiar y retorcer tendones. ¿Acaso estaban insatisfechos de la calidad de su trabajo? Ofendida, se había aplicado a sus tareas con redoblado vigor, sólo para que la regañaran, la dijeran que descansara y la ordenaran que no trabajase tanto.

Era una situación realmente extraña. ¿Qué otra cosa podía hacer una mujer? Los hombres cazaban, las mujeres *trabajaban*. ¿Y cuánto descanso podía necesitar una mujer? Desde que Umak había matado el alce, y él y Torka habían amontonado la carne en su propia piel y habían ideado una polea para subirlo al saliente, los dos la trataban como si pensaran que era ella, y no Karana, la que estaba enferma y necesitaba cuidados especiales. A veces les sorprendía observándola de la manera más curiosa del mundo, como si esperasen que de un momento a otro fuese a decirles algo especial, o como si creyesen que se iba a poner enferma.

Era raro. Su apetito no había sido nunca mejor. Se sentía bien y fuerte, aunque sus pechos estaban sensibles y esperaba con inquietud que llegaran sus días de sangrar. ¿Qué dirían sus hombres cuando llegasen? ¿Se contentarían con relegarla al fondo de la caverna? ¿O la enviarían a pasar esos días sentada en la base de la pared de la montaña? Sólo de pensarlo se estremeció de miedo. Estaba contenta de que sus días de sangrar no llegasen, si bien se preguntaba cuál sería el motivo de aquel retraso.

Lonit sólo sabía lo que había podido observar, es decir que el tiempo de sangrar se presentaba con una especie de misteriosa regularidad, la cual tenía algo que ver con las fases de la luna. Pero la luna cumplió su ciclo dos veces más y sus días de sangrar no llegaban. Se sintió aliviada. Entretanto, una parte de ella deseaba que sus hombres dejaran de tratarla de una forma tan extraña, mientras que la otra se regocijaba sin atreverse a creer demasiado lo que le ocurría. Torka se comportaba amablemente con ella. Por razones que no se le alcanzaban y que tampoco le interesaba averiguar, ya no parecía odiarla.

El sol lucía cada vez más tiempo en el cielo. Luego, un buen día, no se puso en absoluto. Llegó la puesta de sol, pero éste no desapareció. En lugar de ello se quedó colgado un poco más abajo en el horizonte occidental, semejante a un pedazo de carbón emblanquecido que brillase suavemente en el hogar azul del firmamento, deslizándose después poco a poco hacia el norte para fundirse en la persistente luz crepuscular. A medianoche, el sol iniciaba su lento descenso hacia el este. Horas más tarde había nacido un nuevo día. Ni por un momento había desaparecido el sol del cielo.

Y la tribu de Karana seguía sin aparecer.

Lonit vio que el niño estaba desganado. Apenas tocaba la comida.

—Lonit buscará huevos para traérselos a Karana —le dijo.

La cara del pequeño resplandeció. Lonit sonrió. Karana seguía sin hablar y mantenía una máscara de hostilidad, pero Lonit había observado cambios sutiles en su comportamiento durante las últimas semanas. Había observado que los huevos frescos, crudos o cocidos en las cenizas del hogar, eran su alimento preferido. Su pierna cicatrizaba sin problemas, aunque probablemente tendrían que pasar varias lunas antes de que los músculos desgarrados quedasen como nuevos. Su temor hacia el espíritu jefe había desaparecido poco a poco, ya que Umak pasaba horas enteras con él, narrándole historias del Pueblo, enseñándole a jugar con trocitos de hueso y compartiendo con el niño los mismos conocimientos que había compartido con Torka cuando éste tenía la misma edad. También Torka estaba encantado con el niño y mientras se ocupaba en la construcción de sus propias armas, encontró tiempo para fabricarle a Karana una lanza hecha con un hueso largo del alce.

—Karana cazará pronto con Umak y con Torka —le dijo al dársela—. Eso será una buena cosa.

El chiquillo no había replicado, pero cogió el arma y la sopesó, blandiéndola a continuación en una lucha imaginaria. y después, por primera vez, sonrió.

Lonit había observado cómo se desarrollaba la relación entre sus hombres y el pequeño. Karana estaba llenando paulatinamente el vacío que Kipu dejó en sus vidas. A ella le alegraba que fuera así, pero sentía pena por el niño. Por mucho que Umak y Torka se desvivieran por él y le mimaran, era lógico que aún añorase a su propio pueblo, porque, a pesar de todas sus bravatas y de su orgullo, todavía era un niño pequeño y solitario. Algunas veces, cuando los hombres dormían o habían salido de caza, Lonit le oía cómo hablaba en voz queda al perro. En Aar, Karana había hallado un compañero a quien confiar sus secretas esperanzas y sus temores. Por su parte, Aar sentía afinidad y simpatía por el niño, quizá porque, a pesar de su potencia y de su voracidad, era a su vez poco más que un cachorro perdido. Niño y perro estaban ahora siempre juntos. Dormían espalda contra espalda, tocándose, y cuando Karana se quejaba en sueños, el perro le lamía la cara y le animaba con suaves gemidos. Karana rodeaba con uno de sus delgados bracitos el cuello de Aar y lo estrechaba contra su cuerpo. El perro no hacía el menor intento de apartarse.

El día era caluroso y hacía viento. Torka se empeñó en acompañar a la muchacha a buscar huevos. Bajaron de la montaña juntos, con Lonit maravillada al ver cómo se preocupaba el joven porque no sufriera ningún tropiezo. Él se había echado al hombro las redes donde la muchacha metía los huevos que encontraba y fue el primero en iniciar el descenso, volviéndose a cada paso para comprobar que ella le seguía.

Lonit ya había conseguido reunir la mayoría de los huevos disponibles cerca del flanco de la montaña. Una de las pocas lecciones que su madre había tenido tiempo de enseñarle fue que nunca debía cogerlo *todo,* fuera lo que fuese. Esa era la costumbre de la tribu, confirmó Torka. Unos cuantos huevos aquí, unas pocas plantas allí, unas cuantas piezas de caza o unos ansares, y siempre quedaría algo para que los cazadores y los recolectores pudieran encontrarlo en la próxima temporada de luz.

Fueron a la tundra, internándose entre las juncias de las marismas donde los ansares perdían sus últimas plumas voladoras. Tendrían que conformarse con permanecer en tierra mientras criaban a sus polluelos. Entretanto, les crecían nuevas plumas para reemplazar a las viejas, y de este modo los ansares recobrarían su fuerza para cuando volasen ante la cara del sol naciente en los últimos y persistentes días de verano, antes de la época de la larga oscuridad.

Torka se detuvo. Hacía mucho viento. Los altos pastos silbaban en derredor. Las aguas se ondulaban y salpicaban mientras las aves acuáticas, repentinamente apercibidas de la presencia de los dos jóvenes, batían alas entre histéricos cacareos y graznidos. Como muchas de ellas estaban desprovistas de las largas y fuertes plumas que les permitían volar, fueron numerosas las que no pudieron ganar altitud, y en lugar de ello se metieron entre grandes muros de hierba para desaparecer sin gracia ni dignidad en otra parte de la marisma.

Torka se echó a reír.

Era un sonido tan raro, que Lonit le miró, atónita y complacida. Ya no era el mismo hombre que había caminado en medio del viento y les había conducido a ella y a Umak a la montaña. Había perdido la delgadez extrema del invierno. El sol había bronceado su rostro. El amor que sentía por él era tan intenso que casi la ahogaba. A pesar del viento, el día era caluroso y apenas podía respirar.

—Mira —dijo Torka alzando los brazos—; el viento ha barrido a las moscas y a todos los demás insectos que pican. Vamos a aprovecharnos mientras dure. Un día como éste puede no volver a darse hasta que el tiempo de la larga oscuridad venga para luego marcharse y nazca un nuevo verano.

No la dio oportunidad de contestar, ya que en un periquete dejó en el suelo sus lanzas y la red de recoger huevos, se despojó de sus ropas y se sumergió en las frías aguas poco profundas, gritando de placer mientras chapoteaba y se revolcaba como un niño.

—¡Ven! —llamó.

Era una orden. No podía negarse. Era agradable quitarse la túnica de verano; se le había quedado muy estrecha de busto, sin duda a causa de toda la comida que sus hombres habían compartido tan generosamente con ella. Sin embargo, le resultaba extraño que sólo hubiera aumentado el tamaño de sus senos mientras el resto de su cuerpo permanecía delgado y su vientre estaba más tirante que nunca.

Después de quitarse las botas, penetró en el agua, estremeciéndose a causa del frío inesperado. Esperaba que Torka no la encontrase demasiado repulsiva.

Mientras avanzaba hacia él, Torka dejó de agitarse. De sus facciones desapareció la expresión expansiva, infantil, de absoluta despreocupación. Ella se detuvo, segura de que, al verla, se había estropeado la felicidad de Torka, pero cuando éste se puso de pie y salió a su encuentro, comprendió que no era así; supo que, al verla, se había desvanecido el muchacho para dejar paso al hombre.

Los ojos de Torka la recorrieron lentamente. Después lo hicieron sus manos. Cuando le tocó los pechos, Lonit abrió la boca y se estremeció como si el viento se hubiera vuelto frío de repente. Sin embargo, no tenía frío. Ardía. El oprimió suavemente con la palma de la mano el bajo vientre de la muchacha, y una sonrisa se dibujó lentamente en sus labios.

—Lonit es hermosa —dijo, y la estrechó contra sí en una abrazo de exquisita ternura, sosteniéndola, envolviéndola con sus brazos—. Lonit es la mujer de Torka. Este niño... será algo muy bueno.

—¿Niño?

Él no habló. Exhaló su respiración vital en las ventanillas de la nariz de la muchacha, luego la levantó y la sacó del agua. La depositó con suavidad en la tundra, y con mayor suavidad aún, la hizo el amor. Bajo el ojo dorado del sol de medianoche, Lonit supo que aquello era amor, y cuando, por fin, yacieron el uno al lado del otro, exhaustos y satisfechos, comprendió por qué no había manado su sangre de mujer y no necesitaba que nadie de su propio género la explicara cómo había sucedido todo para que llevara un hijo de Torka en sus entrañas.

Capítulo 9

Ahora eran amantes. Compartían las mismas pieles de dormir. Corrían los días, uno tras otro, como peces dorados saltando en las mallas de una red enmarañada que no hubiera llegado a atraparlos.

La gente de Karana seguía sin llegar.

El muchacho ya andaba, con ayuda de una muleta que Umak le había hecho con una cornamenta de caribú. La herida aún le dolía y el chico cojeaba bastante, pero continuaba de centinela en la cornisa, en paciente espera de su tribu mientras veía a Umak y a Torka cazar en la tundra a lo lejos, al pie de la montaña.

Las bayas empezaban a madurar en los cañones. Los cazadores acompañaban a Lonit y no la perdían de vista mientras ésta desenterraba tubérculos comestibles. Para complacerla en su afán de almacenar tanto como les fuera posible contra la amenaza de tiempos de hambruna, iban con ella a las tierras húmedas y la contemplaban con admiración mientras perfeccionaba su destreza con sus boleadoras dedicándose a la caza de ansares y otras aves acuáticas. Aunque las primeras redondeces del embarazo empezaban a manifestarse, aún aparecía tan ágil y esbelta como un cervatillo.

—¡Hummm! Cuanto más mira Umak a La Única Mujer En El Mundo, menos fea le parece.

—Lonit no es fea —dijo Torka a la defensiva y no corrigió a su abuelo por haberse referido a la muchacha como la única mujer en el mundo. Para Torka, ella *era* la única mujer. En aquellos días rara vez pensaba en Egatsop, y cuando lo hacía, era un recuerdo triste y tierno. La impotencia y la rabia por la forma en que murió habían desaparecido. Estaba muerta, él la había colocado con sus propias manos de cara al cielo. Lonit estaba viva y era ahora su mujer. Sabía que nunca desearía o amaría a ninguna otra de la forma en que amaba a Lonit.

Las crías de las aves habían abandonado el nido para alzar el vuelo. Jóvenes zorras, lobos y leones aprendían a cazar. Los habitantes de madrigueras y los roedores observaban cómo aprendían a morir sus crías más incautas. Bisontes y bueyes almizcleros, caballos y camellos, antílopes y yaks, grandes rebaños de rumiantes se dirigían hacia el este a través de la estepa dominada por la montaña. Las primeras aves migratorias de la temporada no tardarían en elevarse de las tierras húmedas de la tundra para dirigirse a la cara del sol naciente. Karana contemplaba un mundo cuyos colores se habían desteñido con las primeras heladas del otoño.

¿Dónde estaba su tribu? ¿Por qué no llegaba?

Lonit estaba sentada al sol en el extremo opuesto. El niño oía el suave sonido de su voz mientras canturreaba al tiempo que cosía. Confeccionaba botas nuevas para todos. Su voz era arrulladora; pero el chiquillo no quería ser arrullado.

Frunció el ceño mientras escudriñaba el mundo circundante. Aar había abandonado las alturas para descender con Umak y con Torka. El anciano había descubierto huellas de oso en el cañón. Él y Torka decidieron construir un pozo-trampa para cazarlo. Un animal tan grande y peligroso en potencia no figuraba entre sus piezas de caza favoritas, pero la carne de oso era una de las mejores si se consumía fresca. Rica y dulce, podía ser un banquete para todos ellos. La grasa del animal ardería mucho y bien en la lámpara de aceite de Lonit. Su grueso pelaje proporcionaría calientes polainas de invierno y prendas exteriores para los cuatro.

Pero Karana no pensaba en el oso que pronto moriría a manos de Umak y de Torka. Pensaba en su pueblo. Se le hizo un nudo en la garganta. ¿Habría muerto su padre? ¿Sería Karana el único miembro de su tribu que había sobrevivido al último y terrible invierno? ¿O tendría razón el viejo espíritu jefe? ¿Era posible que su tribu le hubiera abandonado?

Nunca se había permitido una suposición semejante. Supnah jamás le hubiera abandonado. *Jamás*. No obstante, ahora recordaba la mirada angustiosa que desfiguraba el rostro de su padre cuando el hechicero, Navahk, hablaba con él. Y recordaba asimismo el modo en que el hechicero le sonrió. Fue una sonrisa cargada de secretos, secretos oscuros, como larvas de insectos ocultas en el interior de un pequeño pájaro herido que encontró una vez en la tundra primaveral. El pajarito parecía estar tan sólo aturdido mientras temblaba de frío, pero cuando el niño lo levantó de la nieve, los gusanos que devoraban su pechuga herida saltaban y se desparramaban por las palmas de sus manos mientras el diminuto pájaro moría con un último estremecimiento.

El recuerdo era tan desagradable que Karana cerró los ojos y sacudió la cabeza, tratando de borrarlo de su mente. Esperaba que Navahk hubiese muerto, con las entrañas comidas por gusanos. No lograba entender cómo pudo su padre escuchar los consejos de semejante hechicero. ¿Tal vez porque eran hermanos? ¿Quizá porque, hacía mucho tiempo, la madre de Karana había adorado a Supnah y evitado, en cambio, a Navahk, y Supnah se creía obligado a compensarle por aquello?

Tal vez Karana no conociera nunca las respuestas a estas preguntas. Supnah, Navahk y su tribu estaban muy lejos. Karana estaba solo con extraños, y a medida que el tiempo pasaba, le resultaba más duro mantener su actitud hostil. Ahora veía con toda claridad que el viejo espíritu jefe no quiso herirle. Sin embargo, sentía rencor hacia él por su negativa a creer en el regreso de la tribu de Karana.

El niño abrió los ojos. Echó una mirada en torno y tuvo que reconocer que la vida era buena en aquel campamento de la montaña, limpio y meticulosamente ordenado, en compañía de Umak, Torka, Lonit y el perro salvaje. Tan buena que algunas veces deseaba que su tribu no fuera a buscarle.

Pero lo haría. *Sabía* que lo haría. Desear otra cosa equivaldría a ser un hijo desleal. Apretó los dientes y cerró la boca en una mueca de firme resolución. Karana esperaría a los suyos. No tardarían en llegar.

El perro les alertó del peligro. Umak y Torka se habían afanado en cavar el pozo-trampa, en cortar árboles de picea y afilarlos hasta convertirlos en estacas encima de las cuales confiaban que caería el oso y se empalaría. Para estar seguros de la muerte de su futura presa, habían diseminado por el cañón marmotas recién muertas en las cuales habían insertado mortíferos cebos de hueso ingeniosamente suavizados y curvados. Puntiagudos en ambos extremos, cuando el oso los engullese las astillas de hueso se endurecerían merced a sus jugos gástricos, expandiéndose en varillas letales que perforarían los intestinos del animal. Debilitado por el dolor y el derrame interno de sangre, cualquier oso podía ser rastreado y muerto por dos hombres. Sería peligroso, pero si el oso evitaba la trampa, no tendrían otra forma de abatirlo con el mínimo riesgo para ellos. No era una manera de cazar que les gustase a Torka ni a Umak, pero los dos hombres sabían que, incluso para un nutrido grupo de cazadores, no había presa más peligrosa e imprevisible que un oso, salvo un mamut enfurecido.

De momento, su principal problema había sido impedir que Aar se acercara a las marmotas. Estuvieron arrojándole piedras al perro sin parar para que se abstuviera de coger los mortíferos cebos, y el perro ofendido y confuso por su conducta para con él, volvió grupas y empezó su regreso hacia el saliente. Así fue como Aar se topó con el oso y les avisó de que eran ellos los que estaban a punto de ser cazados.

El gran oso se quedó unos segundos quieto entre la maleza del cuello del cañón. A cuatro patas medía aproximadamente un metro ochenta hasta la cruz. Cuando se mantenía erecto para mirar a su presa, su estatura aumentaba por lo menos el doble. Tenía la cara chata y el hocico aplastado, y la quijada inferior ancha y prominente. Su enorme y peludo cuerpo oscilaba cubierto por varias capas de grasa, y sus ojuelos amarillos se clavaban en los cazadores mientras sacudía su descomunal cabeza y de sus fauces manaban chorros de baba. Sus dientes parecían más adecuados para desgarrar carne que para masticar bayas.

La gran cabeza cayó. Los ojos no parpadearon. El oso no emitió sonido alguno. Cargó sin previo aviso, pero el repentino contraataque de Aar, rápido como un rayo, le distrajo. Sorprendido por los ladridos frenéticos del perro y por sus intrépidas acometidas en círculo en las que no faltaban las dentelladas, el oso se detuvo. Primero giró hacia un sitio, luego hacia el otro, como si intentase aplastar al audaz perro. Sus movimientos le dieron tiempo a Torka para equilibrar y arrojar una lanza. El arma quedó clavada en la cruz del oso, estremeciéndose pero sin herirle a causa de la gruesa capa de grasa del animal. El oso gruñó ahora, poniéndose de manos y sacudiéndose. Con la lanza sobresaliendo todavía de su cruz, se puso de nuevo a cuatro patas y corrió en línea recta hacia Umak.

El anciano jamás retrocedía. Con su lanza en una mano y su puñal en la otra, se puso en cuclillas, esperándole. El oso era una mancha parda que oscurecía el campo de visión. Detrás de Umak, Torka instó a su abuelo a correr, pero éste no lo hizo. Su sabiduría, su experiencia de cazador durante toda una vida, galvanizaban sus sentidos. Vista, oído, olfato, gusto y los nervios sensorios de las puntas de sus dedos, todo funcionaba a su nivel máximo mientras Umak, espíritu jefe, los empleaba para un solo propósito. Ahora era jefe de su propio espíritu, en completo control de su cuerpo y de sus emociones. La luz que se encendía en la parte posterior de los ojos de un hombre cuando la muerte acecha cercana estaba ahora al rojo vivo dentro de sus ojos. Se mantuvo en sus trece hasta que pudo oler el aliento de la fiera y una enorme pata voló hacia él para arrancarle la cabeza.

En aquel instante, su mente y su cuerpo se consumían en el brillante fuego interior del intento puro y de la total falta de temor. Los ojos de hombre y bestia se encontraron mientras Umak se lanzaba al ataque para hundir su puñal y clavar su lanza en la órbita izquierda del oso, atravesándole el cerebro. El animal se desplomó encima del hombre como una oleada aplastante de pieles de color pardo. En su caída arrastró a Umak en una abrazo de muerte.

Torka tenía el corazón en la garganta y una de sus manos asió el cuchillo hecho de hueso de ballena. El tiempo parecía palpitar a ritmo de su pulso, y éste era rápido, demasiado rápido. Se había quedado sin respiración, incapaz de reaccionar ante lo que acababa de presenciar. Después, en una explosión de energía vociferó el nombre de su abuelo. Mientras Aar saltaba sobre el oso caído para clavar en él sus dientes, Torka se le unió, asestando cuchilladas y lanzazos. Se dio cuenta de que estaba sollozando, pero no le importó. El gran oso estaba muerto, con la lanza de Umak hundida en el cráneo y el puñal de Umak clavado hasta el mango en el tórax, y todo lo que Torka podía ver de su abuelo eran sus piernas agarrotadas debajo del monstruoso montón de pieles ensangrentadas.

De pronto una de las piernas se movió, y después la otra. Del fondo del informe montón salió una voz débil y enfadada.

—¡Torka puede desollar al gran oso más tarde! ¡Umak tal vez sea un espíritu jefe, pero lo que él ha matado no va a ponerse de pie y marcharse! ¡Saca a este viejo de aquí!

La noche había vuelto a la tundra. Y en su oscuridad tachonada de estrellas, la pequeña tribu celebraba un festín con la carne del oso. Umak no había salido ileso del encuentro. El oso le había arrancado la mitad del cuero cabelludo, pero cuando las heridas curasen, no quedaría del todo mal. Estaba sentado lleno de orgullo, mientras Lonit le suturaba las heridas. El anciano recordó su fracaso con los lobos y sonrió: “Esta herida es una buena cosa”, pensó. “Le ha devuelto a este viejo el orgullo”.

Compartieron su comida con Aar. Karana estaba sentado al lado de Umak mientras Lonit se ocupaba de que la fogata ardiera bien. Por segunda vez desde que fue a vivir con ellos en el saliente, el niño habló.

—Karana se alegra de que el anciano esté vivo.

—¡Hummm! ¡Este anciano no es tan fácil de matar! —replicó Umak—. Y este viejo está contento de que el niño se haya decidido a usar la boca para algo más que comer y gruñir —manifestó, propinándole un cariñoso manotazo en la cabeza. El chiquillo sonrió mientras contemplaba cómo se ponía Umak el collar con las garras del oso que Lonit le había confeccionado. El anciano había tratado su herida con pasta de pulpa de sauce y orina. Los aceites curativos del sauce suavizaron la irritación de su cuero cabelludo suturado. El amoníaco de la orina impediría la infección. Aunque estaba cansado y herido, Umak nunca se había sentido más fuerte ni más joven, ni tan en paz consigo mismo. En su ancianidad, había abatido y dado muerte a un oso cuyo tamaño era incluso mayor que el del gran oso blanco que mató en su juventud.

—Éste no es el primer oso que Umak ha cazado —informó al niño—. No; hace mucho tiempo, cuando este anciano tenía aproximadamente la edad de Karana, los espíritus del oso dijeron a sus oseznos: "Creced fuertes, prudentes y astutos. Umak está creciendo para convertirse en hombre y posee todas estas cualidades".

Acto seguido narró su historia. Sentados alrededor de las altas llamas que brillaban y danzaban jubilosamente, mientras en el resto de la caverna reinaba la oscuridad, permanecían pendientes de las palabras del anciano, que ejercían sobre ellos una suerte de encantamiento. De viejo, Umak había nacido de la oscuridad para volver a vivir a la luz de la fogata de Lonit, para cazar, para andar por la tundra salvaje, para vivir de nuevo como un joven en la magia de la noche, hasta que al desfalleciente resplandor de las sombras oscilantes, debilitado por la pérdida de sangre y exhausto por los acontecimientos del día, se quedó domido.

Karana le miró con adoración, luego bostezó, colocó la cabeza en la rodilla del anciano y se sumió feliz en sus propios sueños de aventuras fomentados por los relatos de Umak. Aar dormía a su lado, y Lonit yacía dormida en su sitio, encima de su nuevo colchón de pieles de perezoso.

Cansado, Torka la contempló con amor. Sus ojos se volvieron después hacia el viejo y el niño. Recordaba las numerosas noches de su propia niñez cuando dormía pegado a su abuelo, con la cabeza apoyada en la rodilla de Umak, alimentado por su sabiduría y su fortaleza. Daba la impresión de que había pasado mucho tiempo; sin embargo, no tenía que esforzarse en absoluto para que todo volviera a su memoria... todo... demasiado.

La tristeza le invadió. Borró la paz, la tranquila dicha que instantes antes experimentaba. En la oscuridad, pálido por la pérdida de sangre, el aspecto de Umak era el de un hombre frágil y gastado. La juventud, que había cobrado vida por medio de las mágicas imágenes de los relatos del espíritu jefe, estaba irremediablemente perdida en el pasado.

Embargado por una repentina inquietud, Torka se levantó para salir de la caverna. Permaneció de pie en el saliente; no podía quitarse de la cabeza el convencimiento de que sin el aviso del perro, él y Umak no hubieran sobrevivido probablemente al encuentro con el oso.

El viento le azotó, portador de la dentellada fría y seca del otoño. Más allá de la montaña, el mundo era una vasta e informe extensión de oscuridad. Estrellas que parecían ascuas frías y blancas pululaban estremecidas en la piel de la noche, lustrosa y brillante, y establecían dónde terminaba la tierra y empezaba el cielo.

¿Dónde estaba la tribu de Karana? ¿Se encontrarían en la lejanía de la tundra, mirarían tal vez hacia la montaña preguntándose lo que significaba la hoguera que brillaba en las alturas de su pared oriental?

También podía ocurrir que la situación fuese la que Torka había imaginado desde el principio: es decir, que estaban solos en el mundo. Él era ahora feliz, con Umak, Lonit y el niño en su extraño campamento de las alturas, el cual habían instalado sobre una tierra donde abundaba la caza. Pero sin otra tribu que ayudase a incrementar el número de miembros de la suya, tan reducida, se verían obligados a vivir en soledad, siempre con el riesgo de una muerte inminente. Umak era un cazador extraordinario, pero era un anciano que no estaría en condiciones de cazar siempre. Si Torka resultaba herido o muerto, ¿cuánto tiempo podrían vivir Lonit y su hijo, aún por nacer, con sólo un perro salvaje y un chiquillo herido para protegerles de los peligros a los que tendrían que enfrentarse cada día de su existencia?

No demasiado, sin duda, pensó.

Y mientras Umak, Karana y el niño disfrutaban del sueño tranquilo y reparador de aquellos que se sienten dichosos, Torka se envolvió de golpe en sus pieles de dormir instaladas junto al muro de la montaña, en el borde de la cornisa. Escudriñó la noche en busca de hogueras distantes, de indicios de otras tribus; luego se durmió con el sueño irregular de alguien profundamente inquieto. Sus sueños estaban poblados de lobos y de rugientes muros de agua, de enormes extensiones de tundra desierta, y de un mamut con los ojos tan rojos como la sangre y tan alto como una montaña. Se vio a sí mismo como un cóndor: sus brazos cubiertos de plumas se batían en el viento. Después, en una visión soñada mucho tiempo atrás, se transformaba en un rayo brillante, una lanza de plata arrojada desde lo alto contra el mamut con impulso mortífero, mientras el trueno retumbaba en el cielo y él penetraba la carne del Destructor, atravesándole el corazón.

Despertó sobresaltado.

El trueno había sido real. Pudo oírlo y distinguir el brillo evanescente del rayo en el horizonte lejano. Siguió mirando, preguntándose por un momento si había oído otro sonido dentro del trueno; un sonido más poderoso y agudo, el trompeteo escalofriante de un mamut.

Escuchó. Sólo se oía el sonido de la tormenta lejana. En alguna parte, mucho más arriba de la caverna, algo se desplazó en el interior del casquete de hielo de la cima. Torka no prestó atención. Se durmió de nuevo, y esta vez no tuvo ningún sueño.

Cuando el sol se elevó sobre las montañas orientales, su luz proyectaba sobre las cumbres heladas de cordilleras distantes y se extendía a lo largo de kilómetros para perforar sus casquetes. Torka se levantó y salió de la oscuridad, protegiéndose los ojos con el dorso de la mano, convencido de que estaba soñando. No hacía viento. El silencio era tan absoluto que hería sus oídos, y el color del alba tan intenso que le deslumbraba. Llenaba la gran extensión de la llanura con una trémula luz dorada. Y en aquella luz algo se movía, serpenteaba en una larga estela como el pez que nada debajo de la superficie de un lago moteado de luz. Y en medio del silencio, crecía poco a poco el sonido.

Dentro de la caverna, Umak, Karana y Lonit dormían profundamente en las últimas y persistentes sombras de la noche. El perro se levantó y fue a situarse al lado de Torka. Con la cola entre las patas, la cabeza hacia adelante y las orejas hacia atrás, Aar se mantenía al borde de la cornisa vigilando la tundra. Ahora Torka estaba plenamente convencido de que soñaba. El perro nunca se había acercado tanto a él intencionadamente. Cazaban juntos en bien de Umak y compartían la misma caverna, también por el bien de Umak, y ahora también para darle gusto a Karana, pero Torka y Aar sentían una desconfianza mutua. Aar no olvidaba que Torka le había atado una vez, y Torka no se permitía olvidar que Aar era todavía una bestia salvaje.

Ahora el animal empezó a gruñir, tan atento a la visión cuyo tamaño aumentaba en el lago de la luz matinal que no prestó atención a Torka mientras éste se levantaba y permanecía de pie, quieto.

Hombre y perro vigilaban juntos el mundo. La luz empezó a palidecer paulatinamente del mismo modo que el sonido empezaba a definirse. La incredulidad dilató los ojos de Torka. Los cerró y enseguida volvió a mirar. La visión continuaba allí, era real. No soñaba. Poco a poco, desde la extensión septentrional de la vasta y ondulada estepa de la tundra, un grupo de gente avanzaba en dirección a la montaña.

PARTE IV

EL QUE HACE TEMBLAR EL MUNDO

Capítulo 1

No era el pueblo de Karana. El niño, apoyado en su muleta, miraba hacia abajo con el corazón en un puño. Solamente le aliviaba el hecho de que aquellas gentes no parecían ser miembros de la Tribu Fantasma. Formaban una tribu pequeña, cubierta de barro, de menos de treinta viajeros agotados. Sus ropas estaban burdamente confeccionadas. No llevaban adornos en la nariz ni sus caras aparecían pintarrajeadas, aunque estaban tan mugrientas y tiznadas de hollín que, a primera vista, parecían negros.

Se detuvieron al pie de la gran montaña, cuchicheando entre ellos ante el espectáculo sin precedentes de dos hombres acompañados por un perro salvaje.

Torka y Umak se erguían el uno al lado del otro en el saliente. Aar estaba de pie frente a ellos, ladraba y gruñía como si se hubiera erigido en portavoz de su manada humana. Lonit y Karana permanecían algo aparte. Cuando ella se inclinó para preguntar al niño si aquella era su tribu, él gruñó y después sacudió la cabeza en un vehemente gesto de repugnancia.

—¡La tribu de Karana no se parece nada a *ésos*! —exclamó.

Su reacción negativa reafirmó a Lonit en su presentimiento de que algo malo iba a ocurrir. No le gustaba el aspecto de los recién llegados, pero hasta que Karana habló, estaba segura de que el motivo de sus temores era producto del resentimiento que sentía hacia ellos. Sus sueños se habían cumplido: por fin Torka era su hombre. Sola en el mundo con él, sería siempre su mujer. Juntos crearían una nueva tribu, y el Pueblo renacería. Ahora sus sueños se hacían añicos. Entre las gentes que levantaban la cabeza para mirar su nido de águilas, habría mujeres más dignas de Torka que ella. El ya no la querría, sería un estorbo para él. Cuando el hijo de ambos naciese, no consentiría en cazar para él. Les volvería la espalda a ambos.

Al mirar hacia abajo para observar la llegada de aquellas gentes, las odiaba tanto como se odiaba a sí misma en aquellos momentos. Sin embargo, su temor hacia ellos empezó a remitir poco a poco. Incluso a distancia podía distinguir sus ropas andrajosas, no por el uso, sino por haber sido confeccionadas toscamente, como si las mujeres no se hubiesen preocupado en emplear el tiempo suficiente para cortarlas y coserlas de forma adecuada. Las mujeres formaban una fila aparte de la de sus hombres, encorvadas bajo el peso de los enormes bultos que transportaban. Lonit veía que las prendas de vestir femeninas estaban andrajosas y mal cortadas, sin ninguna orla o combinación de pieles de colores contrastantes. También la indumentaria de los hombres era harapienta. Aparte de sus armas, no llevaban ninguna otra clase de carga. Unos cuantos chiquillos rechonchos flanqueaban al cazador que marchaba a la cabeza del grupo, un individuo vestido de piel de bisonte y cuyo peinado consistía en un penacho de cabello todavía negro en lo más alto de la cabeza. Lonit le miraba extrañada. El penacho semejaba un aditamento ajeno a la cabeza del hombre; sin embargo, el pelo era tan rígido que apenas si se movía aunque el cazador caminaba a través del viento. Llevaba lanzas en las dos manos. Las agitó mientras con los brazos levantados vociferaba unas entrecortadas palabras de amistad.

—¡Galeena viene! ¡Galeena Klum todos amigos!

Engalanado con sus collares de zarpas de lobo y garras de oso recién cortadas, Umak no quería enterarse de la debilidad que le había causado la herida en el cuero cabelludo. Se irguió todo lo más que pudo. Sostenía una lanza en una mano, en actitud arrogante. Estaba decidido a mostrar sólo fortaleza y desprecio hacia los recién llegados. Compartía los temores de Lonit. No le gustaba el aspecto de aquella tribu y no entendía una palabra del lenguaje que su jefe hablaba. Karana le miraba, pendiente de que respondiera con la infinita sabiduría de un espíritu jefe. Como carecía de tal sabiduría, Umak prefirió permanecer largo rato en silencio mientras actuaba con un gran despliegue de autoridad. Levantó el mentón. Las comisuras de sus labios cayeron. Sus ojos estaban semiabiertos como si mirasen más allá de este mundo otro plano de la existencia, que sólo los ojos de un espíritu jefe podían ver.

—¡Hom Per, Galeena viene amigo! ¿Hom Per bahd beh mah oh quedar?

Las palabras del hombre del penacho en la cabeza quedaron en el aire. Torka frunció el ceño, extrañado al ver que Karana se acercaba a

Umak, sorprendido por el aplomo y la insolencia con que se inclinó a mirar a los extraños. Deseoso de merecer los elogios del anciano, Karana habló.

—Karana sabe lo que el hombre dice. Pregunta quien está en la montaña. El hombre dice que se llama Galeena. Galeena dice que subirá a visitarnos. Pide que no le matemos. Dice que es amigo. Da a esta tribu el nombre de los Hombres-Perro. Pregunta si los Hombres-Perro son hombres o espíritus.

Umak estaba impresionado, como les ocurría a Torka y a Lonit. Torka asintió con la cabeza en señal de aprobación.

—Es bueno que Karana conozca las palabras de otras tribus —dijo.

—¡Hummm! —gruñó Umak, sabiendo que Torka y Lonit estaban al tanto de lo que Karana no había descubierto todavía, es decir que los conocimientos de su espíritu jefe no eran ilimitados.

El niño estaba encantado con el cumplido de Torka. Se irguió un poco más e imitó la conducta altanera de Umak.

—¡Algún día Karana será espíritu jefe! Sabrá todas las cosas. Pero Galeena dice las mismas palabras que Torka. Muchas tribus hablan igual, sólo que dicen las palabras de otro modo.

Umak engalló la cabeza. Su mueca se convirtió en una sonrisa. Tenía razón cuando dijo a Lonit que el Pueblo era como un gran rebaño de caribúes. Al principio *fueron* uno, ahora eran muchos y las palabras que pronunciaban cambiaban paulatinamente a medida que se apartaban cada vez más del centro de la Creación.

—Hom per... Hombres-perro, Galeena viene como amigo —la luz del entendimiento se había encendido en el interior de Umak— ¡Hummm! Es bueno que este espíritu jefe pueda hablar con Galeena y su gente.

Dichas estas palabras, levantó el brazo y sacudió la lanza.

—¡Galeena khum ah amigo! ¡Umak es espíritu jefe! Umak dice a Galeena: ¡Ven! ¡Sois bienvenidos! ¡Los Hombres-Perro tienen mucha carne que compartir!

Fue un error. El anciano lo supo un instante después de que Galeena subiera al saliente con media docena de sus cazadores pegados a sus talones. El hedor de los extraños les precedió en las alturas y era todavía peor que la pestilencia con que Karana se había impregnado para protegerse de los depredadores. Era un olor inmundo de cuerpos y ropas sin lavar, y de algo más, algo amenazador. La tensión irrumpió con aquellos hombres. Karana tuvo que arrodillarse y rodear a Aar con sus brazos para impedir que el perro les atacara. El animal agachó la cabeza y se le erizaron todos los pelos del lomo mientras un gruñido sordo surgía de su garganta.

Umak no necesitaba mirar al Hermano Perro para compartir su instintiva sensación de peligro. Lamentaba haber invitado a los recién llegados sin conferenciar antes con Torka. Si sucedía algo desagradable, Umak sabía que la culpa sería totalmente suya. Se preguntaba qué era lo que podría ir mal. Al fin y al cabo eran hombres cazadores. En cuanto se hubieran lavado y limpiado sus ropas, no se diferenciarían de los hombres del Pueblo que ahora yacían de cara al cielo. Pero, ¿por qué cogían sus armas tan a la defensiva? ¿Por qué no habían subido a la montaña con sus mujeres y sus hijos? Umak lanzó un ligero bufido, diciéndose que los recién llegados sentían miedo sin duda de aquellos cuyo espíritu jefe había doblegado la voluntad de un perro salvaje hasta el punto de que el más pequeño de ellos podía tocar al animal como si éste fuera su hermano.

Torka miraba preocupado a los recién llegados. Su mano apretaba el mango forrado de tendones de su maza de hueso de ballena. No sabía por qué la había cogido, pero en cuanto los extraños iniciaron el ascenso de la pared, experimentó la necesidad de mostrarles una señal de poder. ¿Por qué? Los hombres utilizaban armas contra las piezas de caza y los depredadores, no contra otros cazadores. Los hombres no cazaban hombres. No obstante, se alegró de tener su arma en la mano apenas descubrió en los pequeños ojos negros de Galeena una acentuada expresión de rapacidad.

Galeena habló, con cortesía.

Torka contestó, también con cortesía.

Galeena mostró los dientes en una mueca de sonrisa, y sus seis cazadores portadores de lanzas sonrieron de idéntica forma.

Torka sintió cómo corría la furia por sus venas. Galeena miraba a Lonit de una forma que a Torka le entraron ganas de romperle la crisma. Sus dedos se curvaron alrededor de su arma.

—Esta mujer es la mujer de Torka —dijo en un tono que no dejaba lugar a discusiones.

Lonit se ruborizó. Agachó la cabeza, bajó los párpados y se colocó detrás de Torka, deseosa de quitarse de la vista de los extraños. No le gustaban. Había algo en sus ojos, en su sonrisa, en la forma de llevar sus armas que la asustaba. Deseaba que no hubieran aparecido nunca. Sin embargo, su llegada había hecho que Torka pronunciara palabras que ella jamás había pensado oírle decir a otros. Una nueva tribu había irrumpido en su mundo, y Torka no la había negado. El descubrimiento era embriagador.

Galeena dio un paso hacia adelante. Aar casi se soltó de los brazos de Karana. Amenazado por el perro, el hombre se detuvo. Sus cazadores apuntaron a Aar con sus lanzas. Karana se sintió de golpe enfermo de miedo, pero no soltó el cuello de Aar. Sabía que sus bracitos no podrían retenerle si el perro se decidía a atacar, pero sus palabras afectuosas lo mantuvieron a su lado.

—Espera, Hermano. Hasta que el Espíritu Jefe diga lo contrario, esta gente maloliente es bienvenida entre nosotros.

Galeena miró al chiquillo y al perro. Calibraba la escena y le pareció que había en ella una magia poderosa. A continuación miró a Torka, vio su fortaleza y su inconfundible resolución de plantar cara a quienquiera que amenazase a su tribu. Pero era una tribu muy reducida, compuesta tan sólo por un cazador, un viejo, una joven, un chico y un perro salvaje. Un conjunto extraño, preocupante hasta que Galeena estuviera plenamente seguro de que no iba a presentarse nadie más.

—¿Vosotros Hombres-Perro, espíritus jefes? —preguntó sin rodeos.

Torka se devanaba los sesos tratando de entender las palabras. Umak atrapó su significado y replicó con orgullo:

—Umak es espíritu jefe. La gente de la tribu los Hombres-Perro, como tú la llamas, está integrada toda ella por espíritus jefes.

Pensó que embellecer la condición de los demás no les haría ningún daño. Se disponía a seguir, pero se contuvo al ver las facciones de Galeena contraídas y arrugadas en todas direcciones. Evidentemente no había entendido nada. Entonces repitió sus anteriores palabras en el dialecto de los recién llegados. Les explicó asimismo que los espíritus de la montaña *habían* estado con ellos, permitiéndoles instalar un campamento seguro, protegiéndoles mientras cazaban.

Umak se sintió satisfecho al ver la desconfianza y el temor reprimido que se reflejaban en las caras de los recién llegados cada vez que miraban al Hermano Perro. Eso le hacía sentirse casi omnipotente al hablar a los extraños con la barbilla hacia arriba y sus ojos mirándoles por debajo de la nariz como si se tratase de niños ignorantes que acudían a él para recibir su primera lección sobre la sabiduría del Pueblo.

Los ojos de Galeena se convirtieron en una estrecha rendija. Por supuesto, había notado el tono de condescendiente autoridad de Umak. En cualquier caso, también se había fijado en la reciente herida del cuero cabelludo del viejo y pensó: "Tal vez mande en los espíritus de este lugar y en el del perro salvaje, pero algún animal le hizo ese desgarrón. Su magia no es tan grande. Este espíritu jefe es mortal. Y los que están con él, también son mortales." Asintió con la cabeza, sonrió tímidamente mostrando los pocos dientes que le quedaban, oscuros y llenos de sarro, como si los considerase dignos de ser admirados y envidiados por todos. Luego indicó con un ademán el espacioso saliente y el bonito campamento preparado por Lonit.

—Güen camp éste —dijo, trasluciéndose en su tono de voz y en la expresión de su rostro la codicia que le embargaba al contemplar las numerosas pieles y las hileras de carne, pescado y raíces. Al igual que Umak, Galeena había captado rápidamente las sutiles diferencias en los dialectos de las dos tribus. Alteró el suyo complaciéndose en ello. Quería que Umak supiera que, por mucho que se las diese de espíritu jefe, se había equivocado al juzgar la capacidad de comprensión de Galeena—: La tribu de Galeena vio este camp desde muy lejos. Nosotros venir. Ahora acampar en este camp. Estar a salvo del Gran Espíritu en este lugar elevado que compartiremos con Hombres-Perro.

El mundo se estremeció bajo los pies de Torka; sin embargo, la sacudida estaba dentro de él mientras el corazón le brincaba en el pecho.

—¿El Gran Espíritu? —inquirió, todavía no repuesto de la sorpresa que estuvo a punto de hacer que se tambalease.

—¿Tú no conocer Gran Espíritu? ¡Gran Espíritu sacude mundo! Gran Espíritu matar mucha gente tribu de Galeena. En sitio lejano, muchos morir. La tribu de Galeena reunirse con muchas tribus donde tundra y bosque se encuentran. Mucha picea allí. Muchos mamuts pastar allí donde empezar Corredor de las Tormentas. Mal sitio. Montañas todo hielo allí. Altas hasta el cielo. Caminar con hombres. Hacer sonidos con mujeres al quejarse. Viento nunca parar. Soplar todo el tiempo.

—¿Y el Gran Espíritu?

Galeena refunfuñó; no le gustaba que Torka le metiera prisa y le acosara a preguntas. Hacía falta concentración para formar palabras de modo que pudieran ser comprendidas por los Hombres-Perro.

—Nosotros hacer camp allí —continuó por fin—; donde Corredor de las Tormentas empezar. Cazar mamuts. Matar. Muchas tribus juntas. Coger mucha carne. Celebrar festín. Después Gran Espíritu venir, oculto en la piel de animal que viene... igual como mamut... pero demasiado grande para mamut. Mata. Muchos correr. Sus ojos rojos ver a todos. Gran Espíritu no parar. ¡Sus colmillos matar hombres, como éstos! ¡Sus patas matar mujeres y niños, como éstos! Bramar; después marcharse. Hombres salir de escondite. Muchos intentan seguir Gran Espíritu, para matar Gran Espíritu. Lluvia venir. Muchas tormentas no dejar huellas que seguir. Pero Galeena y su tribu decir que esto ser bueno. Buscar camp alturas. Nosotros encontrar, lejos del Gran Espíritu. Galeena dice que Gran Espíritu andar lejos tundra, buscando hombres que matar. Y los hombres no poder matar Gran Espíritu. Es como una montaña. ¡Vive por siempre! —hizo una pausa para observar el efecto que sus palabras habían causado en sus oyentes, y a continuación pregunto—: Tú, Torka, ¿conocer Gran Espíritu?

—Torka conoce al Gran Espíritu.

—¿Torka encontrarlo sitio lejano? ¿Tal vez Gran Espíritu matar también a muchos de tribu de Torka?

—Así es.

—¡Por eso la tribu de Torka ser pequeña! Muy pequeña. Torka traer a sitio alto para salvar... ¡Eso es bueno! ¡Este camp muy buen camp! Bueno para muchos. ¡Tribu de Galeena venir y quedarse! ¡Formar una tribu con Pueblo del Perro! ¡El viejo Espíritu Jefe nos hablará a todos! Tribu de Galeena no tener espíritu jefe. Mamut matar. Nuevos tiempos, buenos tiempos para todos juntos. ¡Muchos hacer caza no peligrosa! ¡Muchos vivir mejor! ¡Es buena cosa!

Capítulo 2

Aquello no tenía nada de bueno. Galeena no pedía, cogía. Puso a un lado sus armas, pero aun así, cogía. Pacíficamente, su tribu subió al saliente. No pidieron nada a sus ocupantes. Su mayor número les permitía el privilegio de dejar sus pertenencias donde se les antojaba. Cuando Lonit intentó llevar a las mujeres a la parte de la caverna más adecuada a sus necesidades, la apartaron con malos modos e ignoraron sus protestas. De golpe y porrazo su ordenado campamento se convirtió en un lugar donde imperaban la confusión y el desorden, mientras las mujeres hurgaban sus almacenes y se llenaban la boca de bayas y pedazos de sebo. Lonit permanecía detrás, en espera de que Torka o Umak acudieran en su ayuda, pero ellos también tenían problemas similares a los de ella.

No cabía duda de que Galeena se había erigido en conquistador. Lanzaba órdenes que parecían ladridos a sus hoscos cazadores y daba puntapiés a los chiquillos que eran los únicos niños de la tribu. Uno de ellos arrojó una lanza raquítica y mal equilibrada en dirección a Aar. No dio en el blanco, pero Karana no falló al abalanzarse sobre el chico y golpearle hasta hacerle caer al suelo. Umak los separó. Karana estaba tan enfadado que Aar había desaparecido.

—El Hermano Perro volverá —le tranquilizó Umak.

—¿A esto? ¡Esto ya no es la caverna de Torka! Es el revolcadero de Galeena! —protestó el niño.

El chiquillo tenía razón. Los hombres de Galeena estaban acuclillados en las sombras, ocupados en devorar las carnes cuidadosamente conservadas por Lonit. Arrojaban los desperdicios sin orden ni concierto y hacían sus necesidades donde y cuando les venía en gana.

—¡Allí... encima de aquellas juncias! ¡Y tiradlo después bien lejos!

¡Si dejáis todo esto aquí arriba, el saliente entero olerá como un revolcadero de bisontes! —gritó Torka, aunque luego lo pensó mejor. Galeena y su tribu ya olían como si acabaran de salir de revolcarse en un estercolero. Por otra parte, el número de sus miembros echaba por tierra cualquier tipo de autoridad que Torka pretendiera imponer.

El joven los contempló pensativo. Era una gente despreciable e inmunda. No albergaba ninguna duda acerca de que si se le ocurría protestar contra su ocupación del saliente, no se moverían de allí aunque para ello tuvieran que despeñarle. No obstante, a medida que transcurriera el tiempo, una vez descansados y ahítos, sus modales tenían por fuerza que mejorar. También ellos habían sufrido bajo la sombra mortífera del Destructor. Aunque no le cayeran bien y le encolerizase que impusieran indefinidamente su intrusión, no encontraba ningún argumento lógico contra la intención de Galeena de conjuntar esfuerzos y compartir la ocupación del saliente en beneficio de todos. Tendría que haber arreglos por ambas partes. Y con otras mujeres para ayudarla, Lonit no tendría que trabajar tanto y contaría, además, con personas de su propio sexo para asistirla en el momento del parto. Karana tendría amigos de su misma edad. Umak volvería a ser un espíritu jefe, con una verdadera tribu para rendirle pleitesía. En cuanto a él mismo, cazaría con otros hombres y los riesgos de la caza serían considerablemente menores.

Y era lo más probable que Galeena tuviera razón con respecto al Gran Espíritu. Sus sentimientos constituían el eco de las certidumbres de Umak. El mamut era un espíritu. ningún hombre podía confiar en matarlo; siempre que no le importara arriesgarse a convertirse a su vez en espíritu. Sus ojos se posaron en Lonit, quien avanzaba hacia él con los brazos cargados con sus pertenencias. Comparada con las mujeres de la tribu de Galeena, era la mujer más bella del mundo. Torka se sentía orgulloso de haber engendrado una nueva vida en su seno. Recordó las numerosas veces que habían hecho el amor, y pensó que el niño nacería hacia finales de la época de la larga oscuridad. Imaginó sus vagidos y la sonrisa que formaría hoyuelos en el rostro de Lonit e iluminaría sus ojos de antílope cuando la criatura mamara por fin de los redondos y firmes senos que a él le gustaban tanto.

La sonrió cuando llegó junto a él. Todos los pensamientos sobre el gran mamut abandonaron su mente al apretarla contra su pecho. Mientras Lonit fuera su mujer, Torka no estaba dispuesto a desperdiciar su vida.

Capítulo 3

La tribu de Galeena comía como si temiera no volver a comer nunca más. Se atiborraban hasta dar la impresión de que ya no podían más, pero seguían comiendo. No parecían dispuestos a dejar de devorar. Lonit acabó por protestar diciéndole a Torka que pronto se acabarían todas sus provisiones para el invierno.

—Mujer no preocuparse —dijo Galeena, que la había oído por casualidad—. Mañana, hombres cazar. Las dos tribus juntas, coger mucha carne. Tener abundante carne para todos, antes de venir oscuridad invierno.

El sol estaba en su cenit. Cansados de antemano por el duro ascenso a la montaña anunciado por Galeena, sus gentes se tumbaron en sus mugrientas pieles de dormir, cubriéndose con las pieles de pelo largo cogidas de los almacenes de Lonit. Rascándose sus cuerpos plagados de bichos, algunos de ellos dormían; otros chupaban huesos, zampaban carne, engullían grasa, expelían ventosidades, eructaban y copulaban abiertamente. De vez en cuando, alguno de ellos se levantaba para defecar o vomitar; luego, tras de aquella especie de purga, volvían a sus pieles de dormir para echar una cabezada, engullir o copular sin el menor recato a la vista de los chiquillos ingobernables que iban de un lado a otro en busca de sobras de comida.

La tribu de Torka no había conocido jamás a personas que se comportasen de una manera tan repugnante, ni chicos tan agresivos y maleducados. Torka le habría preguntado a Galeena por qué no había alguien que se encargara de dar de comer a los chicos, de no haber llegado a la conclusión de que todos ellos eran huérfanos. Y simplemente había un exceso de mujeres en la tribu de Galeena. No muchachas, ni niños que empezaran a andar, tampoco niños de pecho, ni ancianos.

Sólo había mujeres y hombres en la flor de la vida, y un puñado de adolescentes, unos doce, que corrían como salvajes entre los adultos y actuaban sin freno mientras buscaban restos de comida y hostigaban a todo el mundo, en especial a dos matronas gordas sentadas en medio de la suciedad de un rincón al que ningún hombre se acercaba. Era evidente que se trataba de viudas; Torka las había visto luchar por su ración de comida tan salvajemente como los chicos. Ahora, mientras él las observaba, una de ellas golpeó a los muchachos con un fémur de antílope, en tanto la otra miraba con ojos de anhelo hacia la cueva de Umak. El viejo la ignoraba, y a Galeena no parecían preocuparle los agudos gritos de su fornida compañera sentimental ni el alboroto de los chicos pendencieros. El jefe estaba demasiado ocupado debajo de sus pieles de dormir con la comida de que se había apropiado y las dos hembras que reían a carcajadas y eran sus mujeres. Torka sabía que no conseguiría ninguna respuesta de Galeena hasta que éste estuviera descansado y saciado.

Torka se sentía enfermo a causa del hedor y del hacinamiento, y a instancias suyas la pequeña tribu cambio de sitio las piedras del hogar, las pieles de dormir y lo que Galeena les había dejado de sus pertenencias. Se trasladaron lo más lejos que pudieron del centro de la caverna, casi en el borde al aire libre de la cornisa. El nuevo emplazamiento no carecía de inconvenientes. Cuando cambiara el tiempo, o cuando el viento arreciase, tendrían que construir una mampara que los mantuviese a ellos y a su fogata secos y resguardados. No importaba. Allí el aire se podía respirar, y la pestilencia de la tribu de Galeena resultaba menos insoportable. Nadie puso objeciones a su traslado; en realidad nadie se enteró. Las gentes de Galeena estaban demasiado engolfadas en su glotonería y sus otros excesos.

Mientras Lonit reorganizaba las piedras del hogar, y Torka y Umak se instalaban, Karana no ocultaba su enfado.

—A Karana no le gustan esas gentes apestosas. Torka debería de coger su lanza y obligarles a marcharse.

—Torka es uno solo. Ellos son muchos. Karana ha de tener presente que vienen de muy lejos. Han sufrido mucho. Están cansados y hambrientos. A su debido tiempo, cuando hayan descansado, actuarán de forma distinta. ¡No pueden vivir así siempre! Ya lo verá Karana. Y de paso, Torka dice que no hace demasiado tiempo también Karana despedía un olor pestilente.

—¡Sólo para impedir que los animales de grandes dientes me devoraran! —replicó el niño, enrojecido el rostro de rabia.

—Es posible que ocurra lo mismo con las gentes de Galeena —sugirió Torka.

Karana ignoró las miradas de advertencia que le dirigían Umak y Lonit, sabía que no le correspondía hablar, pero no le importó. Si no hablaba de sus temores con respecto a la tribu de Galeena, no podía abrigar esperanzas de convencer a Torka para que cambiara de opinión sobre ellos.

—Los de la tribu de Galeena son malos —dijo en voz baja, en tono conspirador—. ¡Pueden ser la Tribu Fantasma! ¡Tal vez nos coman a nosotros cuando hayan terminado toda la carne! Si Torka no puede echarlos, entonces el Espíritu Jefe tendrá que hacerles desaparecer. Eso sería estupendo. Entonces el Hermano Perro regresará. Y este campamento será otra vez un buen campamento.

—Las gentes de Galeena no son fantasmas, Karana. —Torka frunció el ceño, pensativo a pesar suyo—. Si Umak les hiciera desaparecer, nos quedaríamos solos... en gran peligro de nuevo... y Karana no tendría otros niños para hablar de lo que les interesa a los niños. Sólo tendría un perro que no puede entenderle, ni hablar para contestarle.

Umak gruñó irritado, pero antes de que pudiera saltar en defensa del perro, Karana se encrespó.

—¡Karana no quiere hablar con los que han intentado matar a su hermano! —replicó apasionadamente—. ¡Que Aar *no* entiende! Pues Karana dice que una sola de las cagadas del Hermano Perro vale más que *todos* los chicos de la banda de Galeena! —dicho esto se acercó cojeando al borde mismo de la cornisa, y permaneció allí en pie, apoyado en su muleta de antílope mientras añoraba a su hermano perro más de lo que las palabras podían expresar.

El sol se deslizó poco a poco detrás de la montaña para dejar el mundo oriental en la penumbra. La oscuridad empezó a adueñarse de la caverna. La gente de Galeena dormía. Un viento helado hizo que Karana regresase junto a la fogata de Lonit. Ninguno de los tres, Umak, Torka y Lonit, dijeron una palabra sobre su reciente acceso de cólera. Se sentó en silencio, taciturno. Trató de pensar cómo podría arreglárselas para que le perdonaran sin alterar su postura. Las gentes de Galeena eran todo lo que él había dicho, y más. Lo sabía y no cambiaría de opinión. Tenía que lograr que Torka cambiase la suya.

A la luz de la luna que se elevaba en el cielo, un perro salvaje aulló, y desde el país desconocido que se extendía al este, otro perro contestó, y otro, y otro.

Karana estaba en tensión.

Umak tendió el oído. Movió la cabeza con aire reflexivo, tratando de no dejarse distraer por los ojos de la matrona. Era la única de su tribu que permanecía despierta. ¿Cuánto tiempo llevaba observándole? ¿Y cuántos inviernos llegaron y se fueron desde que una mujer le había mirado como aquélla? Lanzó un discreto gruñido. No era joven, pero tampoco vieja. Debajo de sus ropas desaliñadas y de capas de suciedad, tal vez incluso fuera humana. Aquella posibilidad le intrigaba, tanto que cuando habló refiriéndose al perro, en realidad no hablaba sólo de Aar.

—Quizá el Hermano Perro no esté solo mucho tiempo, sin una compañera con la que compartir la comida que él lleve a su campamento.

Lonit miró a Torka y suspiró mientras oía los sonidos solitarios de los lejanos animales salvajes. La luz de la luna plateaba la noche.

—Es posible que Aar encuentre una hembra de su especie —dijo—. Eso sería una buena cosa.

A la luz de la luna, Torka aparecía más hermoso que nunca, y la muchacha pensó: "Lonit ha encontrado por fin su sitio al lado de Torka. Incluso en este campamento, rodeados de esta gente pestilente. Es algo maravilloso".

Karana les observaba. El viejo espíritu jefe tenía una expresión muy extraña en su cara. Y Torka y Lonit sólo parecían ver el reflejo de la luz de la luna que brillaba en sus ojos mientras se miraban el uno al otro. De repente se sintió sólo, a pesar de la gente que se apiñaba en la caverna y de la presencia de aquellos que le habían aceptado en su tribu, no había nadie en el mundo para él, ni siquiera un perro salvaje. Por primera vez desde hacía mucho más tiempo del que deseaba reconocer, se acordó de su gente. Había transcurrido mucho tiempo desde que se internaron en dirección a la niebla y la nieve, tras prometer que volverían por él y por los otros niños más pequeños. Ahora, cuando trató de recordar el rostro de su padre, no veía a Supnah en absoluto, sino una mezcla de Torka y de Umak. Supnah estaba muy lejos, perdido en la niebla del pasado, pero volvería algún día... si podía. De cualquier modo, Karana estaba convencido de que si a su padre le hubiera sucedido algo, él lo sabría. Aun así, a pesar de esta certidumbre, Karana no veía a su padre sino la sonrisa maliciosa y despectiva de Navahk, el Hechicero.

Karana se estremeció. Su certidumbre se tambaleó. Quería olvidarse de Navakh, pero no lo conseguía. Tenía la sonrisa del hechicero clavada en su cerebro. Sus blancos dientes, sus colmillos tan agudos como los de un lobo, mordieron la conciencia de Karana.

"Karana es un hijo ingrato que ha olvidado a su propio pueblo".

¿Surgía aquella acusación de su propio interior, o provenía de Navakh? No podía decirlo. Lo único que sabía es que era verdad.

Nubes intermitentes se deslizaban por la cara de la luna. En el interior de la caverna, la oscuridad disminuía y aumentaba a tenor del paso de las nubes. Karana se cubrió sus estrechos hombros con las pieles de dormir. A su lado, Umak se envolvía en la piel del gran oso caricorto. Aún no estaba curtida del todo, pero el chiquillo sabía que si el anciano se descuidaba, Galeena o cualquier miembro de la tribu intentaría probablemente robársela. Mientras el chico vigilaba, Umak se quedó dormido, como a menudo hacía, sentado muy derecho, dando alguna que otra cabezada como si estuviera en trance, como si creyese no estar en absoluto dormido sino en comunión con los poderes místicos de la montaña. Karana le envidiaba. Le hubiera gustado poseer el poder de un espíritu jefe para quitarse de la cabeza la burlona imagen de Navahk y hacer que la tribu de Galeena desapareciera.

El viento arreciaba; Karana oía su silbido al chocar contra la montaña. Desde algún lugar encima de la caverna cayeron unas piedras pequeñas; su sonido se amortiguó al caer a plomo en el chorro de alguna de las innumerables cascadas que continuaban manando del casquete helado de la cima hasta que la primera helada del otoño las solidificara. Karana escuchó. Los perros todavía aullaban. Era un sonido desolado, aislado. El niño se preguntaba si Aar estaría con ellos, y si regresaría alguna vez.

—Duerme —le dijo Torka—. Mañana iremos a cazar. Torka traerá carne y Karana teñirá en sangre su cuchillo de desollar.

Karana se tumbó y trató de dormir. Torka y Lonit compartían las mismas pieles. En la caverna reinaba el silencio. Sólo los lejanos aullidos de los perros perturbaban los sonidos familiares del viento y de la montaña. Las gentes de Galeena roncaban, pero el sonido quedaba amortiguado debajo de sus pieles de dormir amontonadas. Karana notó que la noche se hacía cada vez más densa a su alrededor. Echaba de menos el calor y la fuerza del perro cuando dormía a su lado. "Si esta gente apestosa se marchara", pensó, "Aar volvería a su manada humana. Entonces Karana no dormiría solo".

Suspiró mientras se tapaba los ojos con uno de sus delgados antebrazos. La luna colgaba baja en el cielo occidental cuando por fin consiguió dormir. Los perros guardaban silencio. Lejos, en la tundra, un animal de ojos azules con un antifaz negro, estaba sentado, solo, en lo alto de un montículo. Era casi de madrugada cuando se durmió, gimoteando en sueños.

En la oscuridad reinante en el fondo de la caverna, una mujer de la tribu de Galeena rebulló y lloró suavemente en los brazos de un joven cazador con una cicatriz en el rostro; ninguno de los dos había participado en la alocada y vociferante comilona de su gente. No tenía apetito ni gana de nada; la pena les había privado de todo, salvo de una tristeza honda e infinita.

—¿Has permanecido despierta toda la noche, Iana?

—Dormir es soñar, Manaak, con el Gran Espíritu...

—El Gran Espíritu está lejos. No puede venir a un campamento tan alto. Galeena nos ha guiado bien, como prometió. Tendremos una nueva vida —sus palabras eran una amarga combinación de consuelo y de sarcasmo.

—El Gran Espíritu está *aquí* —dijo ella, y suspiró poniéndose una mano sobre el corazón—. Con la pequeña Ripa, nuestra hija... con todos los que murieron. ¿Por qué habrá matado incluso a los más pequeños, Manaak? ¿Por qué está tan enfadado?

—Es un espíritu. Un *gran* espíritu. Puede hacer cuanto le venga en gana.

Ella se estremeció. Se quitó la mano del corazón para tocar la cara del hombre y acariciar las cicatrices todavía frescas.

—Pero, ¿quién le detendrá? —preguntó—. ¡Ningún hombre puede matarle, Manaak! ¡Ningún hombre! Galeena lo ha jurado.

—¡Yo mataré al Gran Espíritu! —afirmó Manaak.

—¡No debes hablar así! ¡Si desafías a Galeena de nuevo, no se conformará con hacer que los otros te corten la cara!

Manaak no replicó. La mantenía muy cerca de él, rodeándola con sus brazos, y notaba a su hijo nonato moverse contra su antebrazo. Más allá de la oscuridad de la caverna, podía oír el sonido de las cascadas que bañaban la cara de la montaña. Era un sonido sedante, pero él no estaba tranquilo.

—¿Has visto al pequeño? ¿Ese que cojea y al que le llaman Karana? —inquirió.

—Sí, lo he visto...

El hombre percibió la angustia que estrangulaba la voz de la mujer. Su tristeza profunda se convirtió en rabia.

—Podíamos haberle traído. *Yo* podía haberle traído. Antu era pequeño, y se habría podido curar lo mismo que Karana. Yo *podía* haberle cargado sobre mis hombros. Yo *quería* hacerlo, yo.. —su voz se quebró y no pudo continuar.

—Galeena es el jefe —la mujer le acarició los labios mientras hablaba—. Le correspondía tomar la decisión. Tú luchaste. Él te cortó la cara. Era la segunda vez que te enfrentabas a él, Manaak. Y tú mismo lo has dicho antes. Galeena nos ha guiado bien; nos ha proporcionado una nueva vida, en un lugar donde el Gran Espíritu no puede venir.

—A un lugar sin niños.

—Lo que se hizo tenía que ser hecho por el bien de la tribu. Galeena lo dijo.

—Este Pueblo del Perro no ha abandonado a su miembro más joven. El viejo caza. Y es tan anciano que Galeena le habría echado de nuestra tribu muchos inviernos antes de que llegara a adquirir el aspecto que ahora tiene. Sin embargo, es un hombre fuerte, caza y es útil para su gente. El que llaman Torka dice que el viejo mató al gran oso cuya piel viste.

—Las costumbres del Pueblo del Perro no son nuestras —dijo Iana, apaciguadora—. También ellos se enfrentaron al Gran Espíritu, pero ya ves los pocos que quedaron. El que los manda, ese Torka, parece audaz y valiente, pero ha entregado su campamento a Galeena; por tanto, es débil. Te darás cuenta de que Galeena se las arregla bien, mejor que los demás. Nos ha guiado bien. Tenía derecho a... —se detuvo, incapaz de continuar. Su tristeza era tan grande que le desgarraba el alma y estaba a punto de ahogarla.

Manaak la sostuvo, casi desvanecida, en sus brazos. La acunó como si fuera una niña de corta edad. Pensaba en Ripa, su hijita, a quien vio morir bajo la pata del mamut asesino, y en Antu, el hijo a quien le obligaron a abandonar cuando Galeena condujo a su tribu en medio de la tormenta para que sus cazadores no se viesen forzados a unirse a las otras tribus cuyos jefes escogieron perseguir al gran mamut y tratar de matarlo. Más tarde, dos de los supervivientes se unieron a ellos y les contaron la forma en que habían muerto sus compañeros. Aunque sus lanzas se tiñeron con sangre del Gran Espíritu, la bestia había seguido su camino, inmortal. Eso era lo que Galeena dijo, refocilándose mientras sus cazadores asentían una y otra vez con la cabeza en señal de que aceptaban su decisión de abandonar la caza de un ser al que era imposible dar muerte. Manaak fue el único en no mostrarse de acuerdo, pues creía que, aunque algunos hombres murieran en el intento, por lo menos se esforzaron por conseguirlo. Por lo menos no habían vuelto la espalda y echado a correr como perros asustados.

—Duerme —susurró a la mujer que tenía en sus brazos, y poco a poco ella se tranquilizó quedándose al fin dormida.

Pero Manaak no dormía. Estaba sentado con la espalda apoyada en la pared de la montaña y, envuelto en las sombras de la noche cuyo fin estaba cercano, observaba la salida del sol sobre los elevados picachos cubiertos de glaciares que bordeaban el horizonte del mundo desconocido situado al este.

En las entrañas de la montaña algo se movía, gemía y se quejaba. Era un sonido terrible, como si algo vivo, enorme, estuviera atrapado en el seno de la piedra y tratase de salir de allí. En realidad era más un susurro que un rugido. Luego desapareció; y Manaak se dijo que quizá habría sido producto de su imaginación.

A la entrada de la caverna, el hombre que se daba a sí mismo el nombre de Torka se levantó y miró las primeras luces del alba. Tras despojarse de la túnica y el pantalón, salió. Pasaron unos minutos antes de que volviera. Cuando lo hizo, su cuerpo relucía de humedad, y su cabello chorreaba. Manaak frunció el entrecejo, dándose cuenta de que Torka había dejado que el agua helada de una de las cascadas cayese encima de él. Pensaba que era realmente extraño que un hombre hiciera algo semejante; por tanto, llegó a la conclusión de que debía de tratarse de algún tipo de ritual religioso, exclusivo del Pueblo del Perro.

Torka permanecía en pie a la luz del sol naciente, permitiendo que éste y el viento matutino le secasen. Manaak vio su cuerpo vigoroso y las recientes cicatrices que lo surcaban.

¿Le habría hecho aquello el mamut? ¿Se habría acercado al Gran Espíritu tanto como él, para mirar sus ojos enrojecidos y oler su aliento fétido, para ver sus colmillos tintos en la sangre de su pueblo?

Manaak pensó en sus hijos muertos y en su mujer de ojos tristes. Después pensó en Galeena, quien había conducido a su tribu en medio de las tormentas que les habían diezmado.

Las comisuras de la boca de Manaak se curvaron hacia abajo. Lentamente, con suavidad, apartó de Iana sus brazos. A continuación, con el mayor sigilo, puesto que no deseaba despertar a nadie de la tribu de Galeena, atravesó la caverna y se aproximó a Torka. Le impresionó la extraordinaria percepción del hombre, porque Torka se volvió a mirarle antes de que hubiera tenido tiempo de llegar a su lado; en sus ojos había una expresión alerta y las ventanillas de su nariz aparecían dilatadas cuando Manaak se detuvo junto a él.

Permanecieron hombro con hombro. Torka era más alto y más fuerte, si es que Manaak no se equivocaba, cosa que no solía ocurrirle en casos como aquél. Con los ojos entornados calculó, buscó y encontró lo que buscaba. Iana se había equivocado, no había en Torka debilidad alguna.

—Galeena busca seguridad para su tribu en la caverna de Torka —habló en tono provocativo—. Galeena se oculta de sus temores lo mismo que una mujer anciana se esconde de quienes la expulsan de la tribu para que muera. ¿Qué es lo que Torka busca?

—Torka ha encontrado lo que buscaba. Seguridad para mi gente en una nueva tribu.

—¿Y qué es lo que Torka teme?

La pregunta quemaba como lo harían los rayos del sol. Torka vio la respuesta que brillaba oscuramente en los ojos del otro hombre.

Manaak asintió con la cabeza. Sonrió, pero no había felicidad en su sonrisa, sino tan sólo la confirmación del odio que le devoraba.

—Torka ha visto al Gran Espíritu —dijo—; ha visto morir a sus hijos... y ha mirado los ojos enrojecidos de la bestia que según dice Galeena no puede morir.

—Sangra. *Puede* morir.

La sonrisa de Manaak se ensanchó. Se volvió un poco mientras con un gesto indicaba la tundra.

—Está allí, en alguna parte. Ya sea carne o espíritu, está allí —aseguró—. Busca hombres a los que matar, niños a los que aplastar, persigue a las tribus que no han podido ponerse a salvo en campamentos a gran altura como éste.

—Entonces Galena es un hombre sabio y prudente —la frente de Torka se cubrió de arrugas, pues no sabía aún qué pensar sobre la actitud de su interlocutor—. Busca seguridad para su pueblo, igual que Torka lo hizo. Nuestras dos tribus juntas vivirán y cazarán como una sola... y estarán a salvo.

Las facciones de Manaak se contrajeron en una mueca de asco.

—No existe seguridad para ningún hombre, mujer o niño en tanto el Gran Espíritu comparta el mundo con nosotros —afirmó.

Ahora fue Torka quien hizo un gesto de enfado al ver una clara censura en los ojos de Manaak.

—El Gran Espíritu —replicó—, está muy lejos de aquí. Camina por un mundo distinto.

Manaak sacudió la cabeza.

—El Gran Espíritu vendrá algún día en busca de tus hijos y de los míos. A no ser que nosotros lo matemos.

—¿Nosotros?

—¡Sí! Torka y Manaak. ¡Juntos!

El antiguo y terrible deseo de matar al Destructor rugió de nuevo en la mente de Torka. Suspiró y trató de acallar el rugido apelando al sentido común.

—Dos hombres no pueden matar al Destructor —contestó con severidad al hombre que se daba a sí mismo el nombre de Manaak—; aunque poseyeran el poder del rayo para dirigir sus lanzas y encender sus corazones, no sería suficiente.

Manaak asintió con la cabeza, algo más tranquilo. Sonrió de nuevo, y esta vez era una auténtica sonrisa, no una mueca de impotencia.

—Dos hombres pueden inflamar los corazones de muchos hombres. Y con muchos cazadores juntos, se podría conseguir.

—Galeena ha dicho que no desea cazar al gran mamut.

Manaak se encogió de hombros. La luz del sol bañaba el interior de la caverna. Los miembros de su tribu rebullían, y su jefe se disponía a abandonar su cama de pieles, desperezándose entre resoplidos. La sonrisa de Manaak desapareció.

—Es posible que Galena no sea siempre el jefe —sugirió; luego se alejó mientras dejaba que Torka considerase el significado de sus palabras.

Capítulo 4

¡Crack!

El sonido fue una explosión de potencia al chocar los cráneos de los dos bueyes almizcleros machos con la aplastante intensidad del celo otoñal.

Torka se levantó de un brinco. Tenía sus lanzas en la mano antes de que Karana diera a voz en cuello la noticia de que había visto pastar al rebaño entre los sauces achaparrados y los arbustos que se extendían al pie del aluvión. Torka estuvo a su lado en un instante. Se encontraban los dos en el saliente de la cornisa.

—¡Mira! —exclamó Karana—. ¡Cuántos bueyes almizcleros!

Torka miró. Después hizo señas a las gentes de Galeena para que se acercaran. ¡Venid! ¡Ahora cazaremos juntos!

Ninguno de los hombres se movió. Miraron a su jefe, en espera de que éste les diera una señal. No recibieron ninguna.

Gáleena bostezó. Yacía de costado, apoyada la cabeza sobre un codo, con sus dos mujeres, una a cada lado, desnudas y sentadas con las piernas cruzadas.

—No hambre. Cazar mañana —anunció, y se estiró para pellizcar un pezón de la más joven de sus mujeres, el que le caía más a mano, como si fuera una fruta que quisiera arrancar.

La mujer soltó una risita y se sacudió.

Torka estaba fastidiado. Galeena había prometido cazar. Había transcurrido un día, una noche y una mañana, y todavía continuaba repantingado en medio de la porquería.

—¡Vamos! —Torka intentó persuadirle—. ¡Mira cómo estás! Ningún hombre puede pasar tantas horas tumbado con sus mujeres. Sal de ahí, antes de que te vuelvas tan blando como una hembra.

¡Levántate y mira! Hay bueyes almizcleros al pie de la montaña, tan cerca que este hombre puede sentir cómo cabalgan en el viento sus espíritus de vida que piden ser cazados.

Con gran lentitud, Galeena se incorporó. Con gran lentitud, sus dedos retorcieron un pezón de su mujer hasta que ésta lanzó un chillido. El jefe le propinó un brutal empujón en la espalda, dejó libre su pecho y sonrió al ver la desilusión reflejada en los ojos de Torka. Le gustaba irritar a aquel hombre. Le molestaba la forma en que Torka tendía a asumir autoridad. Galeena bostezó de nuevo, abrió una boca enorme, con toda deliberación.

—Hoy no hay caza —dijo cuando terminó su bostezo—. El día está a punto de acabar.

—Lo mismo ocurre con la carne que iba a ser consumida por la tribu de Torka —la impaciencia endurecía el tono en que el joven pronunciaba sus palabras— durante la época de la larga oscuridad.

Un murmullo contenido recorrió las filas de los miembros de la tribu de Galeena. Contemplaron alternativamente a Torka y a su jefe, pendientes de la respuesta de Galeena a la audacia de Torka.

—Cuando la carne se termine —se limitó a contestar el jefe con una sonrisa insolente—, cazaremos.

En toda su vida había oído Torka un razonamiento tan estúpido. ¿Esperar a que la comida se hubiera acabado antes de salir a buscar más? ¿Permanecer sentados sobre el trasero mientras un rebaño entero de bueyes almizcleros pastaba en las estribaciones de la montaña y no se precisaba otro esfuerzo que el de arrojar una lanza para conseguir carne.

—¡Eso es impensable! Es una ofensa a los espíritus de la caza —concluyó Torka, indignado tras de haberse despachado a su gusto.

Al lado de su fogata, Lonit se encogió asustada dentro de sus ropas y dejó de coser los nuevos guantes de invierno que confeccionaba para Karana. Al otro lado del anillo de piedras, Umak se pudo en pie, la muchacha sabía que se proponía acudir junto a Torka, pero el peso de la gran piel de oso retardaba sus pasos. La usaba a modo de túnica, y con la cabeza de la enorme bestia balanceándose encima de la suya propia aparentaba una estatura de casi tres metros y era difícil verle la cara. Miró horrorizada a Torka, recordando las leyes de su tribu. Nadie podía distinguirse de los demás. Toda competencia estaba descartada. Era preciso existir dentro de un todo para la supervivencia global. Torka ya se había rebelado antes contra tales normas, y era evidente que ahora volvía a hacerlo. La asustaba ver que la estupefacción de las gentes de Galeena se había transformado rápidamente en una ira colectiva. Torka había censurado abiertamente el criterio de su jefe. Y con ello les había criticado indirectamente a todos ellos, puesto que habían elegido a Galeena para que les dirigiera.

Varios cazadores se pusieron en pie, cogieron sus lanzas y las blandieron de forma amenazadora en dirección a Torka, mientras los chiquillos abandonaban las sombras para situarse detrás de Galeena. Las mujeres del jefe fruncieron el entrecejo; al fondo de la caverna, Iana, la mujer de los ojos tristes, contemplaba la escena con indiferencia, y Manaak, en pie, miraba expectante a Torka.

Más que la amenaza de las lanzas en alto de los cazadores de Galeena, fue la expresión de Manaak lo que aplacó la furia de Torka recordándole cuál era su sitio. Cualquiera que fuese el resentimiento que el hombre de la cicatriz en la cara, Manaak, abrigaba contra Galeena, era asunto de Manaak, no de Torka. Tal vez Galeena no fuese siempre el jefe, pero ahora lo era. Podía no ser sino un imbécil perezoso y flatulento, pero su tribu le consideró lo bastante capacitado para dirigirles, y él les había llevado a un campamento seguro. Tanto si le gustaba como si no, Torka tenía que reconocer que Galeena los aceptó en su tribu, a él y a los suyos, sin hacer la menor objeción.

Torka se reprochó su agresividad. Se había equivocado al desafiar a Galeena. Aquel hombre venía de muy lejos. Si no estaba dispuesto a cazar, Torka debía de mostrarse comprensivo y aceptar su actitud. Otra cosa sería si el rebaño de bueyes almizcleros estuviera a punto de desaparecer, pero aquellos animales, a no ser que se sintieran amenazados, acostumbraban a quedarse allí donde el pasto era bueno. Los machos lucharían, se aparearían con sus hembras o se revolcarían en los sauces enanos que amarilleaban en el otoño. Las crías de la primavera pasada, ahora gordas y luciendo la incipiente barba que caracterizaba a su especie, mirarían a las hembras que berreaban y babeaban mientras eran fecundadas por los machos.

La mano de Torka apretó con fuerza el asta de sus lanzas. No era costumbre del pueblo abstenerse de cazar cuando en los almacenes escaseaba la carne y la caza estaba cerca, pero, por lo visto, sí era costumbre en la tribu de Galeena. Recordó las palabras de Umak: "En tiempos nuevos, los hombres deben de aprender cosas nuevas".

Suspiró pesaroso. Su sangre bullía, anhelaba la emoción de la caza; pero tendría que enfriarse.

—Torka cazará mañana —dijo por fin en tono amistoso a Galeena.

La grasienta frente del jefe se estiró hasta el nacimiento del pelo, no menos grasiento. Su penacho se torció a un lado mientras el cuero cabelludo afeitado se contraía sobre su cráneo ancho y chato. Con aire de suficiencia miró de reojo a Torka después de haber engullido un trozo de carne que no se le ocurrió compartir con nadie.

—Torka cazará cuando Galeena diga que hay que cazar. Torka no cazará cuando Galeena diga no cazar. ¡O Torka marcharse! ¡Coger tribu y dejar el campamento de Galeena!

—¿El *campamento* de Galeena? —Torka estaba a punto de estallar ante el descaro y la insolencia del hombre.

La chispa maliciosa en las pupilas del jefe era inconfundible. Su pueblo la vio. De nuevo se produjo un murmullo entre ellos. Complacidos, asintieron con la cabeza y sonrieron.

Los ojos de Torka se entornaron. Su buena voluntad para llegar a un compromiso se vino abajo al darse cuenta de que la negativa de Galeena no tenía nada que ver con el cansancio; obedecía a su deseo de poner a Torka en su sitio y rebajarle delante de los suyos y de los miembros de la tribu de Galeena. De momento había tenido éxito. Torka era consciente de que el pequeño Karana le miraba expectante, y de que Lonit desviaba la vista para no ser testigo de su humillación. Torka sabía que dentro de la piel del gran oso, el viejo Umak le vigilaba. Si ahora se retractaba ante Galeena, nunca más volvería a inspirar respeto a nadie, especialmente a sí mismo. Pero por el bien de su pequeña tribu, y de su hijo nonato, tenía que andar con pies de plomo para conservar su orgullo sin perjudicarles.

Por consiguiente, decidió adoptar una actitud muy en la línea de Umak, con la cabeza erguida, el mentón hacia arriba, las comisuras de la boca hacia abajo y un rostro tan duro e impenetrable como una piedra.

—¡Hummm! Galeena dijo que su pueblo y el de Torka serían una sola tribu, porque muchos cazarían sin peligro y vivirían con mayores facilidades. Torka nunca discutirá la sabiduría de Galeena. Por el contrario, Torka dice que en la época de la larga oscuridad cuya llegada pronto enviará al sol a ocultarse bajo el borde occidental del mundo, la sabiduría de Galeena hablará por sí misma.

Las gentes de Galeena miraron a su jefe sin saber a qué carta quedarse. Esperaban que les dijera si Torka había hablado con deferencia o con sarcasmo.

El semblante de Galeena estaba encendido. Tampoco él estaba seguro de la verdadera intención de las palabras de Torka. A su lado Ai, la más joven de las mujeres, estaba sentada muy erguida. Miraba a Torka con un interés que ninguna hembra perteneciente a un hombre podía permitirse demostrar hacia otro sin la autorización expresa de su compañero. El jefe le propinó un golpe en la cara con el revés de la mano, con tal fuerza que le fracturó la nariz. Brotó un caño de sangre. La mujer se llevó a la cara sus manos pequeñas y rechonchas. Cuando se puso a chillar, él volvió a pegarla.

Asqueado, Torka volvió la espalda Y fue a sentarse junto a su propia fogata. Karana le siguió. Y en el fondo de la caverna, Manaak, que observaba la expresión torva y resentida que se dibujaba en la cara de Galeena sonrió.

Terminó el día. Pasó la noche. Comenzaba un nuevo día.

Umak se levantó con el alba y se acercó a Torka, señalando a Galeena con un movimiento de cabeza.

—Ese individuo es un mal bicho —dijo—. Tiene un corazón pequeño, podrido de orgullo. Pero también es estúpido. Este anciano puede hacer que su corazón empequeñezca aún más: pero Torka no debe desafiar de nuevo a Galeena, Torka debe vigilar. Tiene que mantenerse al margen y observar cómo el Espíritu Jefe domina al espíritu de Galeena.

Dichas estas palabras, se puso su piel de oso y sus collares y balanceó la cabeza del gran oso caricorto sobre la suya. Si bien el peso del enorme cráneo le producía molestias en el cuero cabelludo, no daba muestras de sentir ningún dolor. Trazó con ceniza unas rayas en sus mejillas, con lo que logró que sus facciones adquiriesen un aspecto de imperioso desprecio, como si estuviera furioso con el universo entero y convencido de ser más poderoso que las fuerzas de la tierra y el cielo.

Se irguió y abrió los brazos en cruz. Cantando en voz alta, se acercó a zancadas al borde mismo de la cornisa. Invocó al alba, no con palabras sino con sílabas, al principio cortas y sincopadas, luego largas y arrastradas, como si el viento succionase las palabras de su cabeza.

Cuando por último se volvió para afrontar a aquellos a los que había despertado, el sol se elevaba a su espalda. Umak resplandecía como un águila elevándose justo al mediodía en pleno verano. Su aspecto era magnífico, majestuoso, más grande que la vida. Cuando echó la cabeza hacia atrás y aulló, desde muchos kilómetros de distancia de la montaña, el Hermano Perro contestó con otro aullido.

El público de Umak le contemplaba con estupefacción, paralizado de terror.

Cuando dejó de aullar, el perro salvaje también guardó silencio. Con un grito agudo, penetrante, Umak cerró los brazos y los alzó mientras sacudía la cabeza de tal forma que la del gran oso parecía moverse por sí misma. Una de las matronas se desmayó de miedo, y los chiquillos de ojos de hurón no se movían. Hasta Torka estaba impresionado. Umak se balanceaba y bailaba. Pero no era Umak; el que se movía y respiraba era el gran oso caricorto. Cuando el hombre que se ocultaba debajo de su piel hablaba, lo hacía con la voz del gran oso, y los ojos de Galeena se dilataron de tal modo que parecían a punto de salírsele de las órbitas.

—¡Hoy los espíritus de la caza aguardan a los espíritus de los cazadores! —rugió el gran oso que era Umak— ¡Hoy será un buen día para cazar!

Y así fue.

Aunque hubiera llovido a cántaros o las nubes se hubiesen agrupado para emblanquecer de nieve la tundra, a ninguno de los que presenciaron la transformación de Umak en el espíritu del oso se le habría ocurrido poner sus palabras en tela de juicio. Cogieron sus armas y salieron, hombres y muchachos juntos, todos salvo Umak y Karana, que se quedaron con las mujeres en el saliente viéndolos marchar.

—Pronto iremos con ellos —dijo el anciano en tono tranquilizador, con una mano sobre el hombro de Karana, dándose cuenta de lo mucho que le hubiera gustado al chiquillo acompañar a los cazadores. Cuando estemos curados del todo y fuertes, correremos delante de todos ellos y les demostraremos cómo se caza, y todos envidiarán a este viejo y a este muchachito.

Karana levantó la cabeza y miró la pared de pieles oscurecida por la avasalladora cabeza del gran oso. De alguna manera, Umak estaba allí. El niño veía su mentón puntiagudo, los huecos negros de las ventanas de su nariz y unos pocos mechones de su cabello enredados en las zarpas y las garras de sus collares.

—¿El Hermano Perro correrá con nosotros, Espíritu Jefe?

Umak percibió la ansiedad que había en la voz del niño. Le emocionó. También él echaba mucho de menos la compañía del Hermano Perro, pero desde hacía dos noches, los ladridos de otros perros salvajes se habían unido a los de Aar para taladrar la oscuridad. Umak reflexionó antes de decidirse a contestar.

Nosotros hemos encontrado una nueva tribu —dijo por fin—. Y Aar también ha encontrado a otros de su misma especie. Ahora nuestro hermano no necesitará cazar con su manada humana.

—¡Pero somos sus hermanos! —protestó el niño—. ¿Cómo podemos saber que es feliz con su propia tribu? ¡Karana no es feliz con esta gente maloliente! Karana es... —se interrumpió porque su voz había subido de tono y las mujeres de la tribu de Galeena le miraban, lo mismo que Lonit. Vio el reproche en sus ojos y enrojeció resentido, en espera de la respuesta de Umak.

Pero Umak no contestó. Se había olvidado de Karana por completo y su mente no estaba en aquellos momentos para preocuparse por el paradero ni el bienestar del perro salvaje.

Las dos matronas avanzaban hacia él. Le llevaban ofrendas de trozos de carne apilados en fuentes hechas con los huesos pélvicos de grandes rumiantes. Las dos miraban a Umak otra vez de aquella forma. Y las dos estaban completamente desnudas.

La sangre latía detrás de los ojos de Torka. Era todo lo que podía hacer para contenerse de gritar con la alegría del estímulo vivificante. Hacía, como Umak había prometido, un buen día para cazar. El cielo estaba despejado. El sol calentaba. El viento soplaba para refrescarles y mantener alejados a los insectos.

Aunque a Torka le molestara admitirlo, desde el primer momento vio claramente que Galeena sabía lo que estaba haciendo. Condujo bien a sus hombres; de acuerdo con el viejo estilo de cazar bueyes almizcleros que Torka aprendiera de Umak cuando era niño, practicado asimismo por los cazadores de su propia tribu.

No se acercaron de frente al rebaño. Lo rodearon con sigilo en pequeños grupos que no se reunirían hasta encontrarse al otro lado de los terrenos de pasto de sus presas.

Después formaron una sola línea. El viento era su aliado ya que, al soplar, se llevaba su olor lejos del rebaño. Permanecieron con los ojos entornados, de cara al viento, con el hedor de los animales excitándoles a cazar de forma imperiosa.

El brazo de Galeena se alzó indicando a los hombres situados a cada extremo de la línea que iniciasen el avance. Poco a poco paulatinamente, dejándole sólo una vía de escape que conducía al cañón glacial sin salida donde Umak había abatido al alce.

Pasó un buen rato antes de que los animales se dieran cuenta de que estaban siendo agrupados. Los matorrales de la tundra eran lo bastante altos para ocultar a los cazadores que, en cuclillas, se mantenían al acecho. Luego, el primer macho los descubrió. Se quedó parado, a continuación levantó la cabeza, sus ollares se movían como si quisieran negarse a aceptar lo que sus pequeños ojos ya habían confirmado a su cerebro.

Pero no era posible ignorar la presencia de los cazadores. Estos estaban ya en pie, erguidos, con las lanzas en ristre. Galeena lanzó un grito que fue coreado por cada hombre y cada muchacho al precipitarse hacia adelante en una vociferante marea de entusiasmo por la cacería ya en marcha.

—¡*Ow-yaj*! ¡*Jai*!

Corrieron como hombres perseguidos por avispas. Empavorecidos, los bueyes almizcleros emprendieron veloz carrera delante de los cazadores hasta que, sintiéndose atrapados en el cañón, giraron y se pararon para formar un círculo protector en el flanco elevado de la montaña. Era una formación defensiva que solía darles resultado contra lobos y leones. Con sus crías resguardadas en el improvisado baluarte de la circunferencia protectora formada por hembras y machos situados de cara a los cazadores, los bueyes almizcleros agacharon la cabeza y prepararon sus poderosos cuernos curvados hacia arriba para los carnívoros de dos piernas que se precipitaban hacia ellos como perros salvajes, entre alaridos y aullidos.

Pero no eran perros, eran hombres mucho más peligrosos que aquellos. No se dejaron intimidar por los cuernos que desgarraban y destripaban, ni una sola vez se acercaron tanto como para ponerse en peligro. Sus lanzas les proporcionaban la ventaja de la distancia, y su conocimiento sobre las costumbres de los animales les daba una absoluta supremacía. Sabían que los bueyes almizcleros no cargarían contra ellos. Los animales no romperían su círculo defensivo. Morirían antes de abandonar a sus crías o a sus hembras a la rapacidad de los cazadores.

Y así fue como los hombres y los muchachos de la tribu de Galeena los abatieron. Torka les secundó hasta que optó por quedarse atrás, preguntándose por qué continuaba la caza. Ya habían dado muerte a más de las tres cuartas partes del rebaño. Sólo se mantenían en pie dos machos viejos y unas cuantas hembras y crías. Los animales muertos y agonizantes proporcionarían tanta carne que sus mujeres tendrían que trabajar duro para prepararla. Sin embargo, la cacería continuaba, con los hombres y los muchachos de Galeena precipitándose a recobrar sus lanzas para volver a utilizarlas una y otra vez.

Torka estaba horrorizado. Matar a *todos* los bueyes almizcleros equivaldría a destruir para siempre a los espíritus de vida del rebaño. No podía creer que Galeena permitiese a sus cazadores cometer aquel disparate; una acción semejante contravenía los tabúes más estrictos del Pueblo, según los cuales estaba vedado matar de una forma tan despilfarradora. Siempre había que dejar con vida a unos cuantos animales, porque se decía que si moría la última cría, moriría también el último niño en la época de la larga oscuridad, cuando los animales gregarios se negaran a acudir para ser cazados por aquellos que no se preocuparon de la continuación de su especie.

Manaak, el hombre de la cicatriz en la cara y ojos duros, se le acercó.

—¿Por qué no caza Torka? ¿Acaso teme a un puñado de bueyes almizcleros tanto como teme al Gran Espíritu? —preguntó.

Se alejó antes de que Torka pudiera contestarle, pero sus palabras le habían herido. Aun así no habría vuelto a matar si Manaak no hubiera provocado la carga del último de los viejos machos.

Era el animal más grande del rebaño. Medía aproximadamente metro y medio hasta la cruz, era macizo, con una maraña de pelo pardo cayéndole hasta los jaretes. Cada centímetro de su cuerpo de media tonelada de peso era un tejido de músculos excepto encima de los ojos. Tenía cuernos.

Galeena ya había colocado una lanza en la cruz del viejo macho, por lo que la cabeza del animal aparecía agachada a causa de la pérdida de sangre y del dolor. Sus cuernos abiertos parecieron juntarse sobre su frente, como una cinta aplastada que se extiendiese hacia abajo con las puntas desgastadas a cada lado de lo ojos.

Manaak arrojó la última de sus lanzas, que se clavó al lado del arma de Galeena. Las rodillas del macho se torcieron, se cerraron. No cayó; miró a sus antagonistas con sus pequeños ojos llenos de dolor. Detrás de él, una de las pocas crías supervivientes berreó, y junto a las patas del macho se desplomó otro de costado, con los ojos vidriosos, la lengua colgando y los costillares agitándose en el postrer paroxismo de la muerte.

—¡Yo asestaré el último lanzazo! —proclamó Manaak.

—¡Sólo si sacas tu lanza antes que yo la mía! —respondió Galeena al reto de Manaak.

Mientras Torka miraba y los otros les jaleaban, Manaak y Galeena se aproximaban al macho. Haciéndose fintas se acercaban al animal de frente, en tanto los chicos lo hacían por detrás y gateaban sobre los cuerpos de los bueyes muertos y agonizantes para pinchar los ya ensangrentados cuartos traseros del macho con sus lanzas, hasta que una hembra enfurecida les obligó a batirse en retirada.

La sangre empezaba a manar del pelaje, grueso y oscuro, de la cruz del macho. Salivaba pesadamente; era una espuma densa, sonrosada que revelaba heridas internas. Se volvió justo cuando el chico que había echado a Aar del saliente tropezó y cayó cuan largo era sobre el vientre.

Increíblemente, el macho cargó. Estaba de pie casi muerto, pero la rabia le impulsó a hacer aquel último esfuerzo. Varios le arrojaron lanzas, pero todas erraron el blanco. Fue la lanza de Torka, más larga y ligera que las armas usadas por los cazadores de la tribu de Galeena, la que se hundió en la carne suave de la base del cráneo del macho. La herida fue muy profunda. La posición de Torka le había permitido el ángulo perfecto para el lanzamiento mortal; su fortaleza, habilidad y la calidad de su arma lo hicieron posible. La punta de su lanza rompió el centro de equilibrio en la parte posterior del cerebro del animal, y la hemorragia cerebral hizo el resto. El buey almizclero se desplomó muerto y faltó muy poco para que aplastara al muchacho caído.

En el saliente donde había seguido la cacería con Karana y las mujeres, Umak lanzó un rugido de orgullo, y las mujeres, incluida Lonit, prorrumpieron en gritos de maravilla y de júbilo. Los cazadores y los muchachos se aproximaron a Torka para expresarle su aprobación y decirle que jamás habían visto un lanzamiento tan magnífico.

Galeena fue el único que no dijo nada. La exaltación que surgió en su boca mellada fue honda, rebosante de resentimiento. Y aunque el chico que se había caído era Ninip, su único hijo, no sentía gratitud hacia Torka por haber salvado la vida del chico. El muchacho era un necio. Se había avergonzado de su padre. Al salvar su vida, Torka había avergonzado a Galeena aún más. Y todos los hombres, muchachos y mujeres de su tribu habían presenciado la humillación. Nunca se lo perdonaría a Torka. Algún día se lo haría pagar.

Capítulo 5

Las mujeres bajaron del saliente, y comenzó el descuartizamiento. Umak se les unió con su capa de piel de oso. Paseaba por el escenario del descuartizamiento con la misma altanería desdeñosa con que una garza real se pasearía sobre sus zancas por un terreno pantanoso.

—¡Hummm! Justo como el Espíritu Jefe lo dijo: un buen día para cazar.

De ningún modo estaba dispuesto a dejarles olvidar que fue él quien pronosticó su buena suerte. Mientras los cazadores desollaban a sus numerosas presas, él les observaba con estoicismo. Su rostro no dejaba traslucir lo que pensaba acerca de la desenfrenada matanza del rebaño entero. Lo que estaba hecho, hecho estaba. Si los espíritus de la caza se sentían ofendidos, nada se podía hacer para arreglarlo. Por la noche encendería fogatas y entonaría cánticos de veneración en honor de los espíritus de vida de los bueyes almizcleros. Tal vez entonces se sintieran complacidos. Entretanto, sus cánticos, sus fogatas y sus danzas rituales impresionarían a la gente de la tribu de Galeena, especialmente a las matronas. Eso, por lo menos para Umak, sería una buena cosa.

Para sorpresa de Lonit, los cazadores de la tribu de Galeena no se limitaron a desollar a sus presas. Vio asombrada cómo obligaban a sus mujeres a permanecer en pie, a su espalda, mientras ellos abrían las gargantas de cada animal, le cortaban la lengua y la devoraban allí mismo.

Mientras la muchacha miraba, Torka cortó la lengua del macho que había matado y se la llevó a Umak.

—Para el Espíritu Jefe, cuya magia nos ha proporcionado tanta carne.

El anciano gruñó como de costumbre, si bien evidentemente complacido por la deferencia de Torka. Mientras las gentes de Galeena les miraban con extrañeza, ya que por lo visto no estaban acostumbrados a que los jóvenes sirvieran a los viejos, limitándose en su trato con ellos a ordenarles que se marcharan a caminar en alas del viento, Umak aceptó la ofrenda, como si estuviera completamente convencido de merecerla. Sostuvo la lengua en alto como si con su ademán quisiera expresar su gratitud a los espíritus. A continuación, con voz potente, entonó una melopea en alabanza del animal cuya carne se disponía a consumir. Luego, tras haber cortado una pequeña porción que Lonit estaba segura de que sería para Karana, dividió la lengua en dos pedazos con su puñal para carne y le ofreció uno a Torka.

La muchacha vio que ambos la buscaban con los ojos entre las mujeres antes de sentarse a comer en silencio. Se sintió aliviada de que no la hubiesen visto o llamado para que fuera a reunirse con ellos. Había preferido quedarse detrás del grupo de mujeres que aguardaban, encogiéndose para no sobresalir entre ellas. Por la actitud adoptada por las mujeres sabía que no esperaban recibir el más mínimo trozo de aquella parte de las piezas cobradas. Como ocurría en su propia tribu, los pedazos escogidos estaban reservados para los cazadores.

Si Torka o Umak la hubieran invitado a compartir su festín, se habrían granjeado la enemistad de Galeena y de sus hombres. Y Torka ya tenía más que suficiente con haberse ganado la antipatía de Galeena.

Lonit lo veía en los ojuelos codiciosos del jefe cada vez que éste miraba a Torka como si se tratara de un animal al que quisiera cazar. A Lonit le inquietaba mirarle. Estaba sentado en una de las ancas del macho al que Torka había dado muerte, como si el animal fuera *su* presa y no la de Torka. Le gustaba menos ahora que cuando le vio por primera vez. Entonces la había asustado; ahora la asustaba todavía más.

El viento había amainado. Caluroso y encalmado, no hacía nada para suprimir el olor a sangre que se elevaba de los bueyes almizcleros, unos muertos y otros agonizantes. Saciados con la carne de la lengua, los cazadores empezaron a tirar las sobras a los muchachos. Estos saltaron inmediatamente sobre los restos, peleándose furiosos por llevarse la mejor parte, en tanto los cazadores fijaban su atención en otros bocados escogidos. Observados por Lonit, utilizaron los pulgares para saltarles los globos oculares a los bueyes almizcleros y empezaron a chupar con glotonería los sabrosos jugos negros.

Lonit tragó saliva al recordar los días en que viajaba por la tundra con Torka y Umak; los dos habían insistido generosamente en que compartiera aquellas exquisiteces con ellos. Aquellos días habían pasado para siempre. Miró a sus hombres, deseosa de estar a su lado, y se alegró cuando la llamaron a trabajar con las otras mujeres para iniciar el auténtico despiece. La actividad disiparía los recuerdos agridulces.

Ahora había cráneos que romper y cuerpos que desmembrar. Los cerebros serían extraídos y utilizados para el curtido de las pieles. Los tendones se guardarían, una vez separados de la carne. Se encenderían hogueras para ahumar y asar la carne. Se romperían los huesos para fundir después el tuétano. Los cazadores ya estaban orinando encima de las pieles recién arrancadas y que, una vez empapadas, se ataban en rollos muy apretados y se colocaban cerca de las hogueras para mantenerlas calientes. Al cabo de un día o dos las pieles estarían lo bastante suaves para poder trabajarlas, y los largos pelos de los bueyes almizcleros podrían ser desenredados con facilidad. A continuación las mujeres los arrancarían uno por uno y atarían las pieles, bien estiradas, a los bastidores de secado donde daría comienzo el largo y tedioso proceso de transformar las pieles en bruto en flexibles prendas de vestir.

Lonit cogió su cuchillo de piedra para descuartizar y empezó con otras tres mujeres a cortar la giba rica en grasa de un macho en chuletas grandes y sangrantes. Mientras trabajaba comía la carne que le apetecía con entera libertad. La carne estaba caliente y dulce. Sin embargo, cosa rara, tenía también un sabor amargo, lo que hizo que se reprodujeran en su mente imágenes de la cacería en la que había sido abatido el gran macho. Se sintió desasosegada al recordar la total exterminación del rebaño de bueyes almizcleros. No podía olvidar el triste espectáculo de las tiernas crías que balaban llamando a sus madres ni la forma en que los valientes machos se habían dejado alancear deliberadamente en los costados antes de abandonar a sus congéneres viejos y débiles y a los pequeños que todavía caminaban dando traspiés.

De pronto encontró repulsivo el sabor de la carne. Lonit tragó el bocado que tenía en la boca y trató de pensar en otra cosa. A su lado, la mujer de ojos tristes a quien los otros llamaban Iana trabajaba en silencio. Frente a ella, otras dos mujeres que decían llamarse Oklahnoo y Naknaktup, comían y trabajaban, reían y charlaban. Se burlaron de la estupidez de los bueyes almizcleros. A Lonit la molestaron sus palabras y no pudo por menos de reflexionar sobre las costumbres de su propia especie. Se preguntaba por qué los seres humanos —mucho más inteligentes y adaptables que cualquier animal— rara vez se sacrificaban por los suyos y cuidaban de ellos como los valientes bueyes almizcleros que habían muerto aquel día. Manifestó sus pensamientos en voz alta e inmediatamente lo lamentó.

—¡Bah! —Naknaktup, la más joven de las dos matronas, lanzó un bufido—. ¡Los bueyes almizcleros no son valientes! ¡Los bueyes almizcleros son necios! ¡Si hubieran corrido, no estarían ahora todos muertos!

Oklahnoo gruñó en señal de asentimiento. Era el doble de gorda que Naknaktup y varios años mayor. Por el parecido de sus facciones y su timbre de voz, resultaba evidente que eran hermanas. Miró escrutadoramente a Lonit, como si pensara que no estaba en su sano juicio.

—¡Es bueno que los bueyes almizcleros no piensen igual que la gente! Si los bueyes almizcleros escapar, sin dejar atrás pequeños y enfermos, nosotros coger sólo *algo* de carne. Pero como son estúpidos, permanecer con viejos y débiles, y nosotros matar todos. ¿Mujer de Torka pensar que no ser bueno?

La mujer había hecho una pregunta. Lonit estaba obligada a contestar.

—No es bueno. No han quedado hembras ni machos para que nazcan nuevas crías. El rebaño se ha ido *para siempre*. Nunca más volverán los cazadores a darse un banquete con su carne y a expresar su agradecimiento a sus espíritus de vida.

—¿Qué importa eso? —Oklahnoo se encogió de hombros desdeñosa—. ¡Nos damos el banquete *ahora*! ¡No es el único rebaño de bueyes almizcleros en el mundo entero! Encontraremos más. Matar muchos. ¡*Para siempre*!

—¡Ai yih! —añadió Naknaktup.

La mujer de ojos tristes levantó la mirada de su trabajo y sugirió que las otras prosiguiesen con el suyo.

—Mucha carne que cortar. El sol no andará más despacio por el cielo mientras mujeres hablar.

Oklahnoo sonrió de oreja a oreja, mostrando unos dientes desgastados que eran como guijarros cubiertos de musgo en el fondo de una charca de aguas estancadas. Su puñal para cortar la carne era un trozo de piedra redondeado y tosco, que encajaba en la palma de su mano como una nuez dentro de su cáscara y estaba tan afilado como una cuchilla de afeitar. Se había servido de esta hoja para rajar la paletilla del buey y se regodeaba al contar cómo se las había arreglado para chupar la sangre caliente del cuello de una cría aún viva. Los cazadores le habían abierto la garganta y cortado la lengua, pero sin seccionar la vena yugular. Todavía estaba con vida cuando Oklahnoo cayó sobre ella. Se reía entre dientes mientras imitaba los sonidos emitidos por el animal cuando ella había enterrado la cara en su cuello desgarrado. Utilizaba los brazos para explicar cómo había pataleado.

Lonit sintió náuseas de repente. Las hermanas eran las dos mujeres que se aproximaron desnudas a Umak para ofrecerle carne y todo cuanto él hubiera querido de ellas. Él sólo cogió la carne, y nada más, pero las examinó con indudable interés. Lonit no entendía por qué. Ella las encontraba nauseabundas. Como todas las mujeres de la tribu de Galeena, estaban sucias. Su cabello no parecía haber conocido nunca el toque de un peine. Grasa de toda una vida se acumulaba en los mechones enmarañados. Al agacharse sobre su trabajo, la reprendieron de nuevo por su preocupación por el destino de los bueyes almizcleros.

Lonit no replicó. Sabía que no entenderían sus sentimientos más que ella los suyos. Tal vez algún día sus propias vidas estuvieran en peligro y fueran salvadas por la intervención de alguien a quien no le importase arriesgarse a morir por ellas. ¿Se considerarían acaso por encima de los accidentes, la enfermedad o los comienzos de la vejez? ¿Tendrían tantas ganas de reírse cuando los miembros de su propia tribu las enviasen a caminar en medio del viento por no ser ya capaces de salir en busca del forraje o de luchar por comer las sobras de quienes eran más jóvenes y más fuertes que ellas?

Los ojos de Lonit recorrieron el escenario de la matanza. Tres o cuatro mujeres se ocupaban en descuartizar cada buey almizclero. Los hombres y los muchachos holgazaneaban, reponiendo las fuerzas que habían gastado al empeñarse en coger tanta carne. No era la primera vez que Lonit advertía que se trataba de una tribu sin niños, bebés y ancianos. No era preciso averiguar el motivo. Los niños pequeños, los viejos y los enfermos siempre llevaban las de perder en los tiempos difíciles. Y aquéllos *eran* tiempos difíciles, o por lo menos lo habían sido hasta que Galeena condujo a su pueblo a través de las tormentas de la adversidad a un campamento a salvo en la montaña de Torka.

Los ojos de la joven descansaron en su hombre. Se sentía muy orgullosa de él. Y de Umak, quien, sentado en cuclillas al lado de Torka, extraía el tuétano del hueso roto de una pata con las pinzas especiales que ella le había hecho. No parecía un hombre en absoluto sino un oso enorme; casi era divertido observarle, ver cómo desaparecían las delicadas pinzas de tuétano en el rostro humano que se ocultaba debajo de la cabeza del animal. Se le hacía cuesta arriba recordar que el viejo e inteligente espíritu jefe fuese un anciano que, no hacía demasiadas lunas, escogió dejar a los suyos y caminar en alas del viento al objeto de que el Pueblo no sufriera por su causa.

Pensar en ello resultaba desconcertante. Umak había sobrevivido. El Pueblo había muerto. Y si Lonit y Torka estaban vivos era exclusivamente gracias a la inteligencia, al cariño y a la extraordinaria fortaleza de un anciano a quien no se había considerado apto para vivir. A través de las tormentas y del frío, defendiéndose de los ataques de las bestias salvajes, se mantuvieron juntos y lucharon prestándose mutua ayuda hasta que, por fin, habían hallado seguridad en el seno de una nueva tribu. Lonit pronto alumbraría al hijo de Torka. Y todo porque, merced a un viejo, el Pueblo había renacido.

Una vida *importaba*. Arriesgar una vida para salvar otra no era el acto de un necio.

El niño de Lonit se movió dentro de su vientre como si confirmara sus pensamientos. La mano libre de la muchacha se posó en su abdomen. El niño que había en su interior era aún muy pequeño, pero estaba lleno de vida y ondulaba dentro de ella como un pececillo estremeciéndose en los confines de un charco protegido. Por lo general, los movimientos de la criatura la llenaban de alegría, pero ahora la ensombrecieron. El bebé nacería en la época de la larga oscuridad. Umak se lo había dicho. Pero, ¿podía asegurarle que la tribu de Galeena permitiría vivir a un niño nacido durante la luna del hambre? ¿Se reirían de ella las dos matronas, Oklahnoo y Naknaktup, como ahora se reían del buey almizclero si la obligaban a abandonar a su bebé desnudo para que se lo arrebataran los espíritus de las tormentas? ¿Y Torka lo consentiría?

Lonit, de repente, se sintió enferma. Se levantó enloquecida y, sin preocuparse de dar explicaciones sobre su apresurada marcha, buscó un sitio donde estar a solas, lejos del lugar de la matanza. Alzó la cara al viento, pero éste era demasiado caluroso para refrescarla. Estaba pálida y sentía náuseas, y había lágrimas en sus ojos cuando la mujer de los ojos tristes que la había seguido, llegó a su lado.

La cara de la mujer, aunque demacrada, podría haber sido bonita si no hubiera estado cubierta de suciedad y de hollín. Vestía un traje andrajoso que aparecía tirante como la piel de un tambor sobre la enorme distensión de un embarazo muy adelantado. Cuando habló, su voz era suave y profunda, llena de simpatía.

—¿La mujer de Torka llevar niño en vientre?

Lonit asintió con la cabeza.

—Sí; será mi primer bebé.

—Es buena cosa —la mujer asintió con la cabeza para corroborar sus palabras—. Niño primera vez, el mejor. Duro dar a luz, pero el mejor. Iana ayudará. Lonit no asustada. Iana tener niños antes. Dos niños. Y ayudar a nacer muchos más.

Lonit frunció el entrecejo. ¿Muchos niños? ¿Y ninguno de ellos vivía para que su madre lo llevara atado a la espalda? ¿Sería la muerte de sus hijos lo que entristecía los ojos de Iana? Muchos murieron cuando el Destructor arrasó el campamento de Galeena, pero quizá los hijos de Iana fueron víctimas de las largas y frías noches de la época de la luna del hambre, la misma que con excesiva frecuencia obligaba a las mujeres de su propia tribu a dejar desnudos a la intemperie a sus hijos recién nacidos, o abandonarlos. Se estremeció. No quería pensar en ello.

—Lonit no estar triste —dijo Iana, señalando con una mano ensangrentada el rebaño aniquilado de bueyes almizcleros—. No por ellos. Mejor todos morir. Mejor morir que estar tristes por perder las crías... por perder las madres... por perder los padres. Iana te lo dice: mejor todos morir que quedar alguno para recordarlo.

Lonit frunció el ceño de nuevo y sacudió la cabeza, dándose cuenta de que Iana no se refería precisamente a los bueyes almizcleros.

—No —replicó—; no es mejor morir. *Nunca* es mejor morir. ¡Y esta mujer *nunca* abandonará a sus hijos!

A pesar de estar oscurecido por la suciedad y el hollín, el rostro de Iana palideció visiblemente. Sus ojos se dilataron y por un instante miró a Lonit como si no estuviera segura de haberla entendido bien. Después, agachó la cabeza y suspiró.

—No hables así —susurró—. Galeena dice, Lonit hacer. Es la costumbre de la tribu.

—Lonit es la mujer de Torka. Galeena vive en la caverna de Torka. Galeena come de la carne de Torka. Torka habla, Lonit responde. A Torka. No a Galeena.

Iana sacudió la cabeza lenta, casi tristemente.

—Torka mucho hombre. Pero Galeena ser jefe de esta tribu. Lonit escuchar lo que Iana decir ahora, y recordar. Torka debe hacer lo que Galeena decir... o cazadores de Galeena matar a Torka. Entonces, Lonit estar triste. Entonces Lonit decir: ¡mejor morir que recordar!

Capítulo 6

Trabajaron hasta que el sol se puso, y el despiece aún no había concluido. Demasiada carne. Demasiadas pieles. Demasiada sangre. Acudieron lobos, perros y zorras. Agazapados en las sombras de la noche invasora, permanecían a la espera.

Umak pensaba que también Aar se acercaría a la luz de las hogueras que habían encendido. Pero si el perro estaba allí, se mantuvo en las sombras, y el anciano comprendió que el Hermano Perro no volvería a su lado aquella noche ni ninguna otra a no ser que dejara la compañía de las gentes de la tribu de Galeena. Y eso no podía hacerlo... ni tampoco lo deseaba.

A la puesta del sol ejecutó una danza en honor de los animales muertos y, a continuación, totalmente desnudo, se dirigió a bañarse en la más próxima de las numerosas charcas heladas que había en la base de las estribaciones cenagosas que se elevaban a partir de la llanura. El espíritu jefe llevó a cabo un ritual del baño. Torka supuso, y no se equivocaba, que aquello era un truco. Umak vio los esfuerzos que hacía su nieto para no sonreír cuando, a petición de Umak, Galeena y los suyos se desnudaron con gran solemnidad y se metieron en el agua para ser "purificados" por la magia del viejo.

Y realmente fue algo mágico obligar a unas personas tan mugrientas a hacer lo que no habían hecho jamás, con el pretexto de que así conseguirían el poder del día que les había traído suerte durante la cacería y asimismo para mantener a los espíritus de la caza fuertes y santificados dentro de sus propios cuerpos. Eso fue lo que les aseguró que obtendrían por medio del sacrificio del baño. Gracias a esta triquiñuela logró que todos se mojaran, en especial las matronas.

Desde el saliente, Karana observaba la invasión de la noche y las hogueras de los cazadores que ardían como soles en la llanura, en la linde del aluvión. Estaba sentado a solas y desde las alturas vio cómo se agrupaban los depredadores en torno al lugar de la matanza. Buscó a Aar entre los bultos en la sombra. Si el perro estaba allí, Karana no lo vio. El niño solitario suspiró; le hubiera gustado participar en la caza. Mañana, cuando el descuartizamiento hubiese terminado, Umak y Torka le llevarían carne de lengua —estaba seguro de ello—, y Lonit le habría guardado chuletas de giba y las asaría para complacerle.

Pero ahora estaba solo con sus recuerdos y su descontento. Estaba sentado en la oscuridad, con la lanza que Torka le había hecho sobre las rodillas, con sus pequeñas manos apretadas en torno del asta blanca y suave, y pensaba en todos los cánticos que había oído entonar al viejo Umak. Había intentado seguirlos, afanándose por acertar con la secuencia exacta de las sílabas y el ritmo. En medio de la noche levantaba su lanza en alto una y otra vez, en una acción de ofrenda a los espíritus. Si la levantaba todo lo más que podía y cantaba con toda la fuerza de sus pulmones, tal vez le oirían y complacerían su deseo de poner en práctica la magia que haría desaparecer a Galeena y a su despreciable tribu. Pero no ocurrió nada.

Pasaban las horas. El niño sabía que en la llanura los cazadores armados se turnaban para formar un círculo que protegía la carne de los numerosos depredadores que acechaban para robar un pedazo. Karana sabía que tendrían que esperar mucho. Galeena era demasiado glotón para compartir comida con alguien sin luchar.

La noche era cada vez más densa alrededor del chiquillo. Las estrellas desaparecían. Las nubes las habían tapado.

Karana suspiró, preguntándose si sus cánticos habrían atraído las nubes. ¿Sería posible que hubiese manejado la magia meteorológica en vez de la magia que hacía desaparecer a las personas? En cualquier caso, mejor era algo que nada. Se frotó la pierna herida. Le dolía. El tiempo iba a cambiar. Esperaba que lloviera a cántaros allí donde se desarrollaban los preparativos de la carne, para que el Pueblo de Galeena se diese cuenta de qué jefe tan desafortunado habían elegido para dirigirles.

Pero las nubes no trajeron lluvia. Eran tan sólo el aliento frío, congelado, de la montaña. Olían más a invierno que a los primeros días del otoño. Karana amontonó en torno a sí las pieles de dormir y se tumbó, dispuesto a conciliar el sueño.

Cuando despertó, Aar estaba a su lado, completamente enroscado. El niño creía estar soñando, pero el perro era real. La sangre seca de la cruz y las recientes cicatrices encima del hocico lo demostraban, así como la lengua cálida y áspera del animal al lamerle.

—¡Hermano Perro! —loco de alegría, Karana rodeó con sus flacos brazos el cuello de Aar y le abrazó como si fuera realmente el hermano de su corazón.

El perro gimió y le lamió la cara con creciente entusiasmo.

El niño tocó las heridas del perro y frunció el ceño.

—De manera que no has sido aceptado por tu propia especie —dijo—, yo tampoco por la mía. ¿Has topado con un Galeena al frente de tu manada de perros? Bueno; Karana ha encontrado a un perro que dirige a una manada humana. Tenías razón al escapar de Galeena. Es malo, tan malo como el perro que te ha hecho esto a ti, hermano mío.

Se tendieron muy juntos, no para dormir, simplemente para descansar y disfrutar de su mutua proximidad. De las profundidades de la montaña surgió el ya familiar rugido. El sonido duró unos segundos y luego volvió el silencio. Karana escuchó. Todo estaba tranquilo; tanto, que no era normal. El pequeño dio un respingo al advertir que las cascadas de agua que caían desde el casquete helado de la cumbre se habían helado.

—Pronto será invierno —susurró al perro.

Aar tenía la cabeza levantada. Escuchaba el silencio que le desconcertaba tanto como al niño.

—Karana no cree que pueda pasar un invierno entero en este lugar con Galeena y su gente. Karana se está empleando a fondo para ejecutar la magia que consiga hacerles desaparecer.

El perro gimió y le lamió la cara; era casi como si hubiera entendido las palabras del pequeño y deseara decirle que, incluso en el caso de que estuviera predestinado al fracaso, el Hermano Perro no se lo echaría en cara.

Karana suspiró. El sentido común acababa de hacer añicos el entusiasmo que instantes antes sentía por su habilidad para hacer magia.

—Si Torka no expulsa a Galeena —decidió—, Karana abandonará este lugar. Los dos juntos formaremos una tribu. Karana y Aar. No sería mala cosa.

El perro suspiró suavemente, mientras Karana pensaba en lo que acababa de decir. “No sería una mala cosa. Sería una cosa imposible”.

A menos de que su pierna sanara.

Cerró los ojos. Trataría de hacer la magia que lo consiguiese; al fin y al cabo, no sería tan difícil como impetrar a las nubes. Y él lo *había* hecho, o por lo menos así lo creía.

Se durmió y soñó con kilómetros y kilómetros de tundra oscura y salvaje, barrida por las tormentas del invierno, con niños agonizantes bajo la fría hoguera de la aurora boreal, y con un niño que seguía el vuelo de un águila hasta la Montaña Poderosa donde había vivido solitario, como un animal, durante demasiado tiempo.

Se despertó sobresaltado. El sol estaba elevándose por el este sobre la montaña veteada de nieve. El Hermano Perro se había marchado. Y por primera vez desde que quedó atrapado en la trampa de Torka, la pierna no le dolía en absoluto.

Capítulo 7

Contempló la salida del sol. Observó cómo construían los espíritus del cielo un enorme anillo de arcoiris para el sol. Karana sonrió. Las nubes estaban agrupándose de nuevo. Poco a poco el arcoiris circular se desvaneció, y el aire empezó a ser cada vez más cálido. Karana sabía que iba a llover. Sentía que el Hermano Perro no se hubiera quedado para compartir la mañana con él, porque cuando las primeras gotas de lluvia comenzaron a caer, hicieron que aquella mañana fuera más maravillosa que cualquier otra mañana amanecida antes. Aquellas gotas de lluvia eran especiales, porque Karana sabía que las había provocado él.

La pierna volvía a dolerle, pero no tanto como para hacerle dudar de su magia. De hecho se sentía mucho mejor, tanto que se levantó, cogió su muleta de asta de caribú y la arrojó por el saliente.

Observó cómo caía. En adelante, el único bastón que usaría sería la lanza que Torka le había hecho. Volvería a cazar pronto. Su pueblo regresaría pronto. Muy pronto. Si Umak se negaba a hacer la magia que expulsara de allí a la tribu de Galeena, Karana lo haría en su lugar. Observaría cada danza y cada gesto de Umak, se aprendería de memoria los matices de cada uno de sus cánticos, absorbería los conocimientos del anciano hasta convertirse a su vez en un espíritu jefe. Transformaría a las gentes de Galeena en ratones campestres y les ordenaría que siguieran a su mugriento jefe precipitándose a la muerte desde la cornisa. Aar volvería entonces, estaba convencido de ello. Y cuando su pueblo regresase, él saludaría a su gente con el Hermano Perro a su lado. Umak avanzaría envuelto en su piel de oso, con su collar de zarpas de lobo y garras de oso, con la cabeza del enorme plantígrado balanceándose encima de la suya. Pondría una mano sobre el hombro de Karana. Juntos permanecerían erguidos delante de Navahk, el hechicero, y Umak diría: "Mirad a Karana, el Niño Que Trae la Lluvia. Mirad a Karana, cuya magia es fuerte a la sombra de este espíritu jefe". Y Navahk no sonreiría, porque, en presencia de Umak y de Karana, sus poderes serían insignificantes.

La perspectiva era estimulante, pero sólo por un momento fugaz. Grandes nubarrones negros estaban amontonándose a lo largo de las inmediaciones. Un trueno sacudió el mundo, así como la confianza del chiquillo. Mucho más abajo del saliente, cazadores, chicos y mujeres corrían en todas direcciones. Karana entrecerró los ojos para ver mejor en la distancia y distinguió a Umak que levantaba los brazos al cielo. Galeena dirigía los trabajos para envolver la carne a toda prisa en pieles. La escena de la carnicería empezaba a ser abandonada. La gente se preparaba para volver al refugio de la caverna. Si la furia de la tormenta descargaba de plano sobre ellos, el camino sería difícil y peligroso.

A Karana se le hizo un nudo en el estómago al ver a Torka caminar al lado de Lonit, llevando él solo casi toda la carga que les correspondía a los dos. ¿Qué pasaría si Lonit tropezaba al subir la pendiente hasta la cornisa y ella y su niño se hacían daño? Con cada gota de lluvia aumentaban las posibilidades de que se produjese un accidente de esa clase, porque el camino sería resbaladizo y traicionero.

Un súbito terror hizo que a Karana se le helase la sangre en las venas. Él había provocado aquella lluvia. Todavía no caía con fuerza, pero lo haría. Él había querido que lloviera. Había querido que las gentes de la tribu de Galeena culpasen a su jefe por haber encolerizado a los espíritus del cielo por su salvaje forma de cazar. Sin embargo, ahora que lo pensaba, los cazadores no dieron muestras de reticencia alguna a la hora de exterminar al rebaño entero de bueyes almizcleros. Probablemente no culparían a Galeena en absoluto. Culparían a su nuevo espíritu jefe. Dirían que, al no poder detener la tormenta, Umak había demostrado que su magia era la de un débil anciano.

Karana se sentía enfermo. Habría querido arreglárselas para que la tormenta desapareciese. Pero, ¿cómo? No tenía la más ligera idea de lo que tenía que hacer para convencer a los espíritus de la lluvia. Simplemente había imitado lo poco que recordaba de los cantos atonales de Umak. No existían palabras. Sólo había fragmentos de sonido que carecían de sentido para cualquiera que no fuese un espíritu jefe.

La lluvia caía ahora más intensamente, en gotas gruesas y frías. Extendió los brazos y dejó que sus palmas unidas en forma de taza albergaran un lago claro y frío. Por vez primera, Karana se dio cuenta de lo estúpido que había sido al asumir la responsabilidad por el uso de tales poderes. Si a Umak le culpaban de la tormenta, él tendría que dar un paso al frente y admitir su falta delante de todo el mundo, cualesquiera que fuesen las consecuencias. En un acto puramente reflejo, tendió los brazos y dejó escapar la lluvia que había retenido cautiva en el hueco de sus manos.

—¡Volved al cielo! —suplicó—. ¡Decid a los espíritus del cielo que Karana os llamó por un error! ¡Decidles que Karana lo siente!

En aquel instante, un rayo descendió a lo largo de la pared de la montaña. Pasó tan cerca del saliente, que Karana pudo olerlo y notar su poder zumbando en el aire en torno a él. Cuando el trueno siguió casi instantáneamente, el niño se puso en pie de un salto. Su cabeza estaba tan llena de aquel sonido, que no oyó el grito estridente, casi humano, que surgió de la corona de hielo de la cima. Estaba completamente seguro de que los espíritus del cielo se habían presentado para castigar al chiquillo audaz que había osado robar los cánticos mágicos de Umak, para así convertirse en jefe de espíritus.

Pero no era jefe de nada. Era sólo Karana, un niño pequeño que nunca jamás volvería a invocar a los espíritus. No obstante, mientras permanecía de pie en el saliente, el viento viró bruscamente. Los grandes nubarrones cambiaron de dirección. La lluvia cesó.

Y Karana supo que era él quien lo había hecho.

Llegaron al saliente sin novedad, llenos de júbilo porque Umak había desviado la tormenta. Hablaban de las grandiosas invocaciones que había hecho al cielo y de las maravillosas danzas que había ejecutado en nombre de los cazadores. Karana les miraba y no dijo nada mientras ellos descargaban la carne, las pieles y los cuernos donde mejor les parecía. Nadie excepto la tormenta había presenciado su encuentro con los espíritus del cielo. Era lo mejor. Nunca había visto a Umak tan feliz. El anciano se comportaba como alguien que tuviera la mitad de su edad mientras se pavoneaba contemplado con adoración por las matronas. Las dos hermanas competían agresivamente por sus favores. Karana admitió que, después de haberse bañado, su aspecto no era tan malo. Se alegraba por Umak, y no tenía la menor intención de decirle a nadie que él era responsable de la aparición y desaparición de las nubes y de la lluvia.

Estaba muy cansado. Se sentía como si el rayo le hubiera arrebatado una parte de su espíritu. Daba cabezadas junto a la hoguera de Lonit en tanto los hombres y los muchachos hacían varios viajes al lugar de la cacería. Oyó al chico a quien los otros llamaban Ninip hacer una observación sarcástica sobre su inutilidad. Torka la rebatió, pero Karana simuló no haberla oído. Su pierna pronto volvería a ser fuerte y flexible. Entonces demostraría a Ninip quién era el inútil: si el Chico Que Atrae la Lluvia o el Chico Que Se Cae Delante del Buey Almizclero.

En medio de una profunda somnolencia, Karana oía hablar a las mujeres de lo inteligente que había sido Galeena al descubrir aquel campamento en las alturas, donde no se mojaban. Las oía decir que, de no haber sido por la inteligencia de su jefe, se habrían visto obligados a acampar donde siempre lo habían hecho, en la tundra, al raso, a merced de todas las tormentas. En la caverna, gracias a Galeena, podían sentarse a cubierto, trabajar sus pieles y preparar su carne con escasa preocupación por los elementos. Karana refunfuñó para sus adentros, pero estaba demasiado agotado para recordarles que él había encontrado la caverna, y que de no haber sido por la hoguera de Torka, a Galeena jamás se le hubiera ocurrido llevar a su gente a la montaña. Galeena era un hombre con la mínima imaginación, valiente sólo cuando estaba respaldado por cazadores armados.

Karana se enroscó en sus pieles y cerró los ojos. Estaba casi soñando. Aar estaba a su lado. Él cazaba con Torka, a la sombra de un gran oso que era Umak, mientras Lonit les seguía con una criatura atada a la espalda y sus boleadoras en una mano. Era un hermoso sueño. Karana lo saboreó y se dio cuenta de que lo mejor de todo era que Galeena y su tribu no aparecían en él para nada.

Capítulo 8

Era casi de noche cuando Galeena anunció que ya estaba en la caverna todo lo que se tenía que subir del lugar donde se había realizado la matanza y el descuartizamiento. Aunque todos sabían que algunos bueyes almizcleros no habían sido despiezados por completo, nadie protestó. Habían cogido las mejores porciones. El resto podía dejarse. Todos estaban exhaustos, y la tormenta, obligada a retirarse por la mañana, amenazaba estallar de nuevo.

Durmieron mientras llovía torrencialmente. Por la mañana la lluvia se había convertido en aguanieve. Torka se levantó para sujetar la pantalla contra las inclemencias del tiempo que había instalado la noche antes con el propósito de mantener a su reducida familia caliente y seca. Al contemplar los cuerpos dormidos de Karana y de Lonit, le asaltó de nuevo la preocupación que rondaba por su cabeza desde el día anterior.

La oscuridad les había obligado a desistir de hacer más viajes al sitio del descuartizamiento, y el tiempo reinante haría que resultase muy peligroso el descenso de la ladera. ¡Pero habían dejado tanta carne allí! Habían matado tal cantidad de bueyes almizcleros, que aunque el tiempo lo hubiera permitido, lo más probable era que tampoco los hubiesen descuartizado todos. Los despojos abandonados sin vigilancia alguna en el lugar de la matanza, próximo a la montaña, atraerían a los depredadores. Si éstos se quedaban merodeando por allí, supondrían una amenaza para cualquiera que abandonase el saliente para cazar, pescar o recoger tubérculos y bayas.

Se lo había dicho a Galeena, pero el jefe se encogió de hombros y dijo que actuarían con cautela y matarían a los depredadores si éstos planteaban algún problema. No obstante, Torka seguía intranquilo.

Quería comunicar sus temores a Umak, pero el viejo había pasado la noche con las matronas, junto a la hoguera encendida por éstas. Torka le vio sentado ahora con las piernas cruzadas delante del anillo de piedras, con el ceño fruncido mientras cosía las mangas de la túnica que Lonit le había hecho. Tenía encima de las rodillas algo que parecía ser un montón de plumas del cóndor al que dieron muerte hacía mucho tiempo. Torka no tenía la menor idea de lo que Umak se proponía hacer con ellas. Las matronas zumbaban como moscas a su alrededor. Él las espantó de un manotazo, tan atento a su trabajo que no oyó a su nieto cuando éste pronunció su nombre en voz alta.

Fue Galeena quien se acercó a Torka.

—Es buena cosa que nosotros estar en este campamento seco, ¿eh? —señaló el amenazador aspecto de la mañana con un movimiento de cabeza—. ¿Torka todavía preocupado por dejar carne? Galeena dice basta. Si fieras venir a comer de las presas de Galeena, ser bueno para ellas. Y para nosotros. Fieras gordas ser lentas. No peligrosas para hombres. Torka preocuparse demasiado.

Torka miró a Galeena y le dijo lo que pensaba.

—Galeena ha comido muchas presas de Torka. Galeena engorda. Pero cuando caza, Galeena no es lento. Es un peligro para las fieras que se alimentarán con la carne que él ha despilfarrado.

El jefe meditó las palabras de Torka. Había en ellas algo bueno, y también malo. Eran a la vez un cumplido y un insulto, mezclados lo mismo que se incorporaban bayas cosechadas en verano a la grasa rancia para disfrazar su olor. Ningún hombre le había hablado nunca como Torka lo hacia... excepto Manaak; y Manaak lo había pagado. Recordó la forma en que Torka le había avergonzado al salvar la vida de Ninip, su hijo. Una vez más se juró que Torka pagaría por ello. Con una risita socarrona le propinó unas amistosas palmadas en la espalda.

—¿Torka siempre creer que lo que él hace ser mejor, eh? —dijo con una untuosa amabilidad que revelaba hipocresía. Era la imagen perfecta del lobo con piel de cordero, con las garras preparadas para atacar.

Torka enarcó una ceja.

—A veces es difícil aceptar nuevas formas de vida. ¿No cree Galeena que esto es cierto?

Galeena sabía que varios de sus cazadores, sus mujeres y su hijo le observaban. También sabía que Torka había soslayado la pregunta espinosa con su acostumbrada habilidad, poniéndole a él en un brete. No se iba a dejar atrapar. Tras un resoplido, manifestó que no tenía dificultad en adaptarse a nuevas formas de vida, siempre que las encontrase dignas de su consideración.

Dicho esto, se acercó al borde de la cornisa lo justo para que la lluvia no le mojase. Se levantó la túnica, soltó el cordón hecho con tendones que sujetaba sus holgados calzones y sacó un enorme pene veteado de venas azules. Se puso a orinar.

—¡Miradme todos! —vociferaba mientras tanto—. ¡Galeena se mea en las nuevas costumbres! ¡En las costumbres de Torka! No en la caverna. ¡Por encima del saliente! —Como esperaba, el viento hizo que la orina cayese sobre él entre nubes de vapor. Se echó a reír y se volvió de cara a la caverna—. ¡Todos veis lo que ocurre cuando Galeena se mea en las costumbres de Torka! ¡Torka arrojó una lanza mortífera en la cacería! ¡Torka salvó la vida de un chico imbécil! ¡Pero Torka hará mejor en aprender a no mearse encima antes de decirle a Galeena que acepte nuevas formas de vida!

Los cazadores prorrumpieron en alaridos de entusiasmo. Las mujeres lanzaron risotadas. Umak contemplaba la escena, estupefacto. Y el joven Ninip enrojeció avergonzado.

Torka sabía que la prudencia le aconsejaba pasar por alto el insulto, pero era demasiado para él.

—Es cierto —replicó—. Pero a Galeena no le vendrá mal conocer que en la tribu de Torka existe un dicho muy popular: "El hombre que se mea al viento tiene sesos sus en la mano".

Galeena se quedó sin habla sólo unos segundos.

—El pueblo de Torka *está muerto* —recordó con todo el veneno de que era capaz, en un tono de velada amenaza.

—No todos —replicó Torka midiendo a su adversario con la mirada, preguntándose cuánto tiempo seguiría él con vida.

Aquella noche danzaron. Después de un día de alisar pieles, colocar la carne a secar sobre los imprescindibles tendones, anhelaban un poco de expansión. Danzaron, y sus fuegos danzaron con ellos; eran hogueras de llamas muy altas, encendidas con los restos de huesos y líquenes cuidadosamente conservados por Lonit. Cuando ésta protestó por el despilfarro, diciendo que si el tiempo no mejoraba tendrían que darse prisa en buscar otros elementos para alimentar las hogueras durante el tiempo de la larga oscuridad, Naknaktup la hizo callar. Oklahnoo la recordó que todavía era otoño. Iana dijo que el invierno estaba muy lejano, y Ai, la mujer más joven de Galeena, le aseguró que tendrían tiempo de sobra para buscar y almacenar leña y todo lo necesario para hacer fuego. Mañana. O pasado mañana. O tal vez un día después.

Entretanto, se ocuparon de que las llamas fueran altas. El humo llenaba la caverna y ennegrecía su techo rocoso. Los ojos escocían y las ventanillas de la nariz quemaban, pero el Pueblo de Galeena parecía no darse cuenta. Batían palmas, golpeaban el suelo con los pies. Alababan a los espíritus por haberles conducido a aquel campamento seguro en las alturas. Alababan a los bueyes almizcleros por haber sido lo bastante estúpidos para consentir que los cazadores de Galeena los mataran a todos. Se alababan los unos a los otros por cualquier cosa y por nada, absolutamente nada. Formaron primero una línea, después un círculo. El círculo se abría y se cerraba. Los danzarines cantaban. A continuación formaron de nuevo una línea y se movieron como las aguas del recodo de un río, serpenteando para adelante y para atrás alrededor de sus hogueras.

—¡Vamos! ¡Pueblo de Torka! Galeena decir que vosotros también danzar —invitó Ai.

Bajita y rechoncha, su cara ancha y redonda brillaba a la luz del fuego. Estaba grasienta y tiznada de hollín. Tenía la nariz hinchada a consecuencia de la reciente bofetada de Galeena, pero enmarcado por su larga cabellera negra, su rostro todavía era bonito; muy bonito.

Torka no pudo evitar corresponder a su sonrisa mientras ella le cogía de la mano.

—¡Vamos! —le apremió, y se lo llevó para que ocupara un sitio a su lado en la rueda de los bailarines.

Él vaciló tan sólo un momento, convencido de que Lonit le seguiría. La muchacha se asió de la mano libre, pero entonces el círculo se cerró. La línea se rompió. Mientras se preguntaba por qué parecía la muchacha tan turbada, Torka se vio rodeado por un grupo de danzarines, cada cual moviéndose a su aire y entonando su propia canción.

Alguien cogió a Lonit de la mano y la empujó haciéndola tambalearse. La muchacha se quedó boquiabierta al encontrarse en los brazos de Galeena. El hombre danzaba y apretaba de tal forma que apenas si podía respirar. No se había dado cuenta de lo fuerte que era. Con la mano derecha alrededor de su cintura la hacía daño, obligándola a moverse con él mientras con la mano libre la tocaba de una forma como ningún hombre, excepto su padre, lo había hecho nunca, aflojándole los cordones de su túnica, manoseándola, haciéndole daño deliberadamente. Ella trató de soltarse, pero él la sujetó por las muñecas. Jadeó angustiada. Él la miró de manera lasciva, con unos ojos que parecían de lobo en la oscuridad de la luz de las hogueras. Los danzarines giraban en torno, inmersos por completo en sus evoluciones. La punta de la lengua de Galeena se introdujo en el hueco existente entre sus dientes frontales. Evidentemente se trataba de un símbolo obsceno. Ella se alegró de que gracias a las llamas no se pudiera ver el rubor que encendía sus mejillas. Él la apretó contra su corpachón, murmuró unas frases obscenas y dijo que cuando el hijo de Torka saliera de su cuerpo, haría bien en recordar quién era el jefe de aquella tribu si quería que al niño se le permitiese vivir.

Luego la soltó, con tal violencia que la muchacha salió disparada y estuvo a punto de caer. Cuando recobró el equilibrio, Galeena ya no estaba a la vista. Lonit buscó a Torka, pero los danzarines la rodearon, arrastrándola.

Hacía tanto calor en la caverna que le resultaba difícil respirar. La luz de las llamas hacía que todo resultase irreal. Le pareció ver a Umak danzando con las matronas... ¿o era el gran oso caricorto? Vio a los chicos brincar y balancearse en una grotesca parodia de los adultos. Desorientada, se preguntó si habría imaginado los últimos momentos. ¿Acababa Galeena de amenazarla? ¿Qué se propondría con ello?

El movimiento de los bailarines la empujaba. Con infinito alivio, vio el círculo de su propia hoguera. Karana, con aspecto solemne, estaba sentado delante. Se salió como pudo de la danza, medio mareada mientras se sentaba en su piel de perezoso. Sin aliento, aturdida, sacudió la cabeza para despejarse. Cuando Karana le preguntó si se encontraba bien, le contestó afirmativamente.

Pero al ver cómo miraba Ai a Torka, ya no estaba segura.

La noche transcurría con lentitud, como un mal sueño. Para Lonit, lo único bueno era que Torka ya no permanecía al lado de Ai. A los pocos minutos el joven dejó a la mujer del jefe y la danza para reunirse con Lonit en su hoguera. Ai le miró airada, lo mismo que Galeena. Cuando Lonit preguntó a Torka en qué les había ofendido, él exhaló un suspiro de fastidio, envolvió las pieles de dormir alrededor de ambos y la estrechó contra su pecho.

—Nada y todo —contestó ambiguamente, y no añadió una palabra más sobre el asunto.

Durmieron juntos hasta el amanecer. Lonit se despertó entre los brazos de Torka, recordando la noche anterior y preguntándose si el miedo que le inspiraba Galeena habría hecho que entendiera mal sus palabras. No veía ninguna razón para que aquel hombre quisiera amenazarla y todavía menos para que la deseara. Podía oírle ahora mientras montaba a una de sus mujeres. Probablemente se trataba de la más guapa, y recordó la forma en que la mujer miraba a Torka. Sin querer oir más los resoplidos del salvaje acoplamiento, enterró la cabeza en el brazo de Torka. Se acurrucó junto a éste debajo de las pieles de dormir y deseó que Galeena y su tribu no hubieran aparecido nunca.

Mucho más allá de la montaña, el aullido de un perro salvaje se elevó con el alba. Lonit se preguntó si sería Aar y deseó que el animal hubiera encontrado una tribu mejor que la que le había obligado a marcharse. Introdujo sus recuerdos del Hermano Perro en sus sueños y estaba profundamente dormida cuando Karana se levantó, cogió su lanza y salió de la caverna para permanecer en pie a la luz del sol naciente.

Estaba solo. Escuchaba a Aar, y asimismo los extraños ruidos procedentes del desplazamiento y posterior acomodo del casquete helado de la cumbre, mucho más arriba de la caverna. Había oído aquel sonido infinidad de veces; sin embargo, ahora, en la mañana fría y clara, le pareció como si lo oyese por primera vez. Le hablaba con tanta claridad que levantó la cabeza y cerró los ojos, permitiendo que su voz resonase no en las profundidades de cañones inexplorados de la montaña sino en el interior de su alma.

Vete. Vete ahora. El Niño Que Trae la Lluvia ya no es bien acogido en la Montaña Poderosa.

Aquella voz interior le sobresaltó casi tanto como la presión de la mano de Umak.

—Karana se levanta temprano para saludar al sol —comentó el anciano.

El chiquillo le miró con atención, dándose cuenta de que sus palabras, si bien dichas amablemente, constituían no obstante un reproche. Era al espíritu jefe a quien le correspondía saludar al sol.

En cualquier caso, mientras contemplaban juntos el sol naciente, fue el niño quien acusó su poder. Los ojos de Karana, su corazón, su ser entero se quemaban.

Umak se sintió inquieto al ver los ojos dilatados del chiquillo y la extraña expresión que aparecía en su rostro mientras la voz de Karana salía de su boca como un susurro a causa del temor provocado en él por la revelación:

—La montaña dice que debemos marcharnos de este lugar. Tenemos que dirigirnos hacia el este, hacia la cara del sol naciente. ¡Escuchad! El Hermano Perro nos llama en medio del viento y es el eco de la voz de la montaña. El Hermano Perro nos advierte. Tenemos que marcharnos de este lugar, ¡o nos quedaremos aquí para siempre!

—¡Karana debe dejar de hablar así. Como Umak se ha negado a utilizar su magia para hacer que el pueblo de Galeena desaparezca, ahora Karana pretende que liemos los bártulos, que nos vayamos y les dejemos a ellos el mejor campamento que hemos conocido en toda nuestra vida!

—Es un *mal* campamento.

—¡Hummm! ¡Ha salvado la vida de un niño! ¡Ha permitido a Umak, Lonit y Torka vivir a salvo! ¡Con esa forma de hablar, Karana hará que los espíritus de este lugar se enojen ante tamaña ingratitud!

—Son los espíritus de este lugar los que hablan a través de la boca de Karana.

—¡*Umak* es el espíritu jefe! —exclamó enfadado—. ¡Karana es un niño pequeño!

Karana tragó saliva. Umak estaba furioso. El chiquillo asintió con la cabeza; no quería sacarle de sus casillas. Decidió que no diría nada más. Era un presuntuoso al pensar que los espíritus deseaban decirle algo. Si tenían alguna advertencia que hacer, se lo comunicarían a Umak.

Capítulo 9

Días y noches volaron ante el sol y la luna como nubes arrastradas por los vendavales. Karana esperó en vano que los espíritus de la montaña repitiesen sus advertencias. Transcurrido algún tiempo, se alegró de que permanecieran en silencio. Su pierna aún no estaba lo bastante fuerte como para emprender viaje a tierras lejanas y desconocidas, y aunque lo estuviera, no deseaba irse sin Torka, Lonit y Umak. Y ellos no creerían nunca que los espíritus de la gran montaña hablasen a través de una boca tan pequeña como la suya.

En muchos aspectos, la vida mejoraba en el saliente. Las noches otoñales eran cada vez más largas. Los días eran suaves y brillantes gracias a la luz del sol del Ártico, pero existía una creciente fragilidad en aquella luz. Hombres y bestias se inquietaban al avecinarse la época de la larga oscuridad, tanto que incluso el pueblo de Galeena se levantaba con el sol para cazar, para coger tubérculos, preparándose para los días de oscuridad y de escasez a punto de llegar.

El firmamento se volvió blanco con millares de gansos de la nieve que emigraban hacia el sur y el este. Competían con Lonit y las mujeres de la tribu de Galeena por las últimas bayas y raíces de la temporada. Mientras los gansos engordaban en la ubérrima tundra otoñal, las mujeres de Galeena bajaban de la montaña y ponían trampas para atraparlos; Lonit disfrutaba acechándoles con sus boleadoras, un arma totalmente desconocida para la gente de la tribu de Galeena. Torka se sentía orgulloso al ver cómo admiraban los cazadores abiertamente la habilidad de Lonit con el extraño artilugio. Ellos y los chiquillos murmuraban asombrados al oír el zumbido que producían al volar al ras de las charcas y las marismas, e incluso el hosco Ninip gritaba de entusiasmo cuando las correas perfectamente equilibradas silbaban alrededor de las patas y de los cuellos de su presa. Deseosa de tener con ellas un gesto de amistad, Lonit se ofreció para enseñar el manejo de las boleadoras a las mujeres de la tribu, pero su mentalidad les impedía intentar cosas nuevas. Ai levantó su naricilla, ahora torcida, y dijo que era más fácil instalar trampas que perder su tiempo en tratar de dominar algo tan complicado como las boleadoras.

La enemistad que había creado una profunda tirantez en la relación de Torka con Galeena, se convertía paulatinamente en una forzada tolerancia. Ninguno de los dos hombres se gustaba, pero Torka había demostrado que era alguien con quien se podía contar en una cacería y, por el bien de los suyos, no había vuelto a desafiar al jefe desde su último intercambio de palabras hostiles. Ahora que por fin Galeena demostraba preocuparse por el futuro bienestar de la tribu, Torka no veía ninguna razón para provocarle: la más joven de sus mujeres se bastaba y sobraba para hacerlo por su cuenta. No era un secreto para nadie que, desde que Galeena le rompió la nariz, la mujer sentía un gran resentimiento hacia él, centrando su atención deliberadamente en Torka para molestar a su hombre. Torka la evitaba siempre que podía. Ahora también estaba enfadada con él, cosa que complacía a Galeena y hacía a Lonit muy feliz.

Los almacenes de la caverna volvieron a llenarse de provisiones para el futuro invierno. Había bastidores de sacado por todas partes, y cada uno de ellos estaba abarrotado de carne, pescado y aves. Las mujeres trabajaban las pieles y transforman los cuernos y los huesos en útiles para distintos usos. Umak, felizmente instalado con Naknaktup y Oklahnoo en el círculo de su hoguera, decididamente mucho más limpio, auguraba cosas buenas para quienes pasaban los últimos días de la época de luz preparándose para el inevitable ascenso de la luna del hambre. Con las matronas desviviéndose por complacerle en todas sus necesidades y caprichos, no tenía tiempo para Karana. Cuando el niño se le acercaba, Umak le despedía diciéndole que buscara amigos de su edad. Karana se retiraba, dolido y ofendido por su rechazo, pero el anciano no se enteraba. Tenía a sus mujeres y sus presagios, y eso bastaba para mantener a un hombre ocupado. Arrogante, seguro de sí mismo y plenamente viril de nuevo, había adquirido una situación envidiable como espíritu jefe de la tribu de Galeena. Sin duda estaban lejos los años en que abatía a la carrera a los antílopes de la estepa y los mataba con sus manos desnudas, pero todos sabían que había matado recientemente a gran oso caricorto, y tampoco permitiría que olvidaran que obtenía la esencia de su poder de la piel del animal cada vez que se la ponía. Todos los días saludaba al alba con un cántico en el cual se refería a sí mismo como El Hombre Que Mata Él Solo Al Gran

Oso. Invocaba todas las puestas del sol con una súplica para el regreso del sol, en nombre del Hombre Que Camina Con La Piel Del Espíritu Del Gran Oso.

Nunca dejaba de anunciar que el sol salía o se ponía. Todos estaban impresionados. Especialmente Umak. Debido a la confianza que tenían en su magia, los cazadores de Galeena eran audaces y mejores cuando salían de caza. Las mujeres de Galeena, que temían su poder, se bañaban y mantenían el campamento más limpio cuando, al salir de un trance fingido, insistía en que tenían que hacerlo así o serían devoradas por los espíritus del viento. Torka se sentía muy orgulloso de él, y una Lonit radiante le llevaba las mejores porciones de carne de su propia hoguera. Todas las mujeres de la tribu lo hacían, porque por tratarse del hombre que exhortaba a los espíritus de la caza a morir bajo las lanzas de los cazadores, Umak no estaba obligado a cazar para él ni para sus mujeres.

Por primera vez desde que su juventud le había abandonado, Umak estaba contento con su vida... excepto cuando se topaba con los ojos vigilantes de Karana. El rostro del niño era imposible de leer, incluso para un espíritu jefe; por consiguiente, Umak no lo intentaba. Le bastaba con ver que el chiquillo andaba sin la ayuda de su muleta. Torka no tardaría en llevárselo con él a cazar gansos pequeños. Y todo porque Umak había utilizado sus habilidades de curandero para extraer a los malos espíritus de la pierna herida del pequeño. El anciano estaba orgulloso de sus logros.

Y Torka, al ver el cambio que se había obrado en él, estaba contento.

—¿Es feliz Umak con esta nueva forma de vida?

—¡Hummm! Vivir en un sitio no es la costumbre del Pueblo. Pero El Hombre Que Mata Él Sólo Al Gran Oso dice que esta montaña es la Montaña Poderosa. A este espíritu jefe le proporciona gran fortaleza y sabiduría. Para quienes acampan dentro de sus paredes, es un buen sitio.

Torka no tenía ningún motivo para estar en desacuerdo con él. Galeena y los suyos dejaban mucho que desear cuando los comparaba con los miembros de su propia tribu, pero la vida era más fácil desde que habían llegado, y, aunque Torka deseaba a menudo tener a Lonit, Umak, Karana y el perro salvaje por toda compañía, debía de admitir que el futuro parecía menos amenazador. Umak tenía razón. La vida *era* buena en la montaña. Por primera vez desde hacía mucho más tiempo de lo que podía recordar, los días y las noches transcurrían con muy pocas sombras.

Hasta que, una noche, soñó de nuevo con el muro rugiente de agua. Se elevaba en el lejano horizonte para extenderse hacía el este, en dirección a la montaña. Negra y encrespada, anegaba cuanto encontraba a su paso, excepto una indómita criatura que andaba a través y por encima de ella.

Era enorme. Era silenciosa. Era terrible identificarla en su espantosa realidad. No era carne ni espíritu. Su lomo tocaba el cielo. Sus miembros colosales partían las aguas. Sus colmillos ensangrentados rasgaban las nubes. De éstas llovían cadáveres decapitados, sin rostro, aplastados y despedazados. Los cadáveres se aferraban a su pelaje enmarañado y cabalgaban en su lomo monstruoso, mirando con expresión maliciosa a quien soñaba con ellos a través de los atormentados kilómetros de sus recuerdos.

Alinak. Nap. Egatsop. Kipu. Los cadáveres del Pueblo estaban todos allí, haciéndole señas y hablándole sobre el creciente muro del viento, diciéndole que no debía alejarse de ellos, que le habían seguido, que le seguirían siempre... hasta que fuera uno de ellos, de nuevo un miembro de su tribu, para siempre.

Se removía intranquilo. Trataba de liberarse del mal sueño, pero éste se intensificaba. La bestia de sus pesadillas llegaba a la pared de la montaña. Era más grande que la vida, pero sólo la mitad del tamaño de su terror mientras la bestia levantaba su trompa con el fin de que los muertos pudieran subir a gatas por ella y brincar al saliente.

Eran niebla y humo arremolinándose sobre las figuras dormidas de Umak, Lonit y Karana. Torka los veía, pero no los conocía. Aquellos cadáveres aplastados, mutilados, ensangrentados de aspecto repugnante, no podían ser su amada mujer, su hijo adorado. No tenían cara, pero aun así, no sabía cómo, le sonreían y le miraban antes de acercar sus bocas mutiladas, hechas de jirones de niebla, a los rostros de Umak, Lonit y Karana para absorber sus espíritus de vida.

La bestia golpeó con sus colmillos la pared de la montaña.

El mundo se estremeció mientras la Voz del Trueno barritaba para pregonar su triunfo sobre el hombre que había osado enfrentársele y vivir para contarlo.

—¡*Torka*!

Gritó su nombre en tanto su trompa descomunal le rodeaba el tórax aplastándole las costillas, le sacaba de la caverna y le lanzaba hacia arriba en mitad de la noche. Voló hasta las nubes y su niebla le cegó. Un relámpago brilló cerca. El trueno le ensordeció mientras cogía el rayo y se lo guardaba.

Formaba parte de él. Él era el rayo. Éste era una extensión de su brazo armado con la lanza. Ardía y mantenía su espíritu encendido.

Le despojaba de su humanidad al transformarle en un arma viviente. Su brazo no era un brazo, era una catapulta poderosa; músculos, tendones y carnes propulsados por el rayo se convertían en un maravilloso artilugio que retrocedía y acto seguido se proyectaba hacia adelante como los miembros de un león en pleno salto. El poder de aquella bestia, y más, era suyo mientras el rayo fuera propulsado por su mano hacia abajo con la velocidad de un águila que cayera en picado.

Cayó sobre el Destructor introduciéndose en sus ojos rojos, llenos de odio. Se metió en el cuerpo que le asfixiaba y enfrió el poder del rayo hasta que los dos, el rayo y Torka, yacieron fríos y sin vida dentro del corazón del gran espíritu muerto que jamás volvería a vagar por el mundo para alimentarse con la vida de los hombres.

—¡Torka!

El imperioso susurro de Manaak le sacó de su sueño. Abrió los ojos y miró al hombre de la cicatriz en la cara. Estaba aturdido, tenía la boca seca y el corazón le latía con fuerza. El amanecer empezaba a disipar la oscuridad. A su lado, el cuerpo de Lonit estaba caliente debajo de las pieles de dormir, pero él tenía frío, se encontraba mal. Le alegró que Manaak le hubiera despertado.

—¡Vamos! ¡Escucha! ¡Torka debe oír!

Levantándose con cuidado para no despertar a Lonit, Torka cogió su túnica y siguió a Manaak al borde de la cornisa. El mundo era azul y frío, y las cascadas estaban completamente heladas. El viento hablaba con suavidad, prometiendo la rápida salida del sol.

Desde una distancia de miles de kilómetros, desde lejanos cañones y cordilleras cargadas de glaciares hacia el este, llegaba un sonido que daba consistencia al sueño de Torka.

—Mamut... —Manaak exhaló la palabra como si fuera la respuesta de una súplica largo tiempo esperada.

Torka escuchó, con su corazón y su espíritu tan fríos y helados como las cascadas, hasta que el sonido se definió perfectamente y sonrió aliviado.

—*Muchos* mamuts. Un rebaño. Muy lejos. A muchos días de distancia de este lugar. Un rebaño significa hembras y crías. —El sueño estaba desvaneciéndose. Se sentía mejor. Vio la mirada de desaprobación de Manaak, pero no le importó—. El Gran Espíritu... El que hace que el mundo se estremezca... el Destructor... el que Manaak matará... ése es un solitario, camina solo.

Los ojos de Manaak se entornaron.

—El Gran Espíritu no estaba solo cuando atacó el campamento de los cazadores de mamuts a la entrada del Corredor de las Tormentas.

Los mamuts berreaban al morir en los pozos de barro adonde los cazadores los condujeron. Entonces se presentó el Gran Espíritu. Llegó como la sombra de un invierno anticipado y cayó sobre nosotros como una tormenta. Cuando se marchó, se fue solo, pero se dice que el Gran Espíritu sigue a los rebaños. Vela por los viejos, por los débiles, por los pequeños que se pierden y pueden morir. Mata a quienes comen de su carne. Aplasta en la tundra a quienes utilizarían sus huesos. Vive para eso: para triturar los espíritus de vida de los que cazan mamuts.

—Entonces no nos buscará aquí, porque nosotros somos hombres que nos alimentamos de otra clase de carne.

Manaak sacudió la cabeza.

—Se dice que el Gran Espíritu lo sabe y lo recuerda todo. Y lo mismo que Manaak, no perdona. El Gran Espíritu está ahí, en alguna parte, incluso mientras hablamos es posible que otros mueran en sus campamentos. Algún día se presentará ante nosotros y tendremos que hacerle frente. Galeena tal vez se contente con esconderse en las entrañas de esta montaña, pero hasta que el Gran Espíritu esté muerto, Manaak escuchará el sonido de los mamuts que se mueven en la noche, y Torka se estremecerá en sus sueños.

Torka se sintió turbado por las palabras de Manaak, pero si bien distintas especies de animales continuaron pasando al pie de la montaña en un desfile cuyo número cada vez más reducido, ningún mamut hizo acto de presencia, y los animales a los que él y Manaak habían oído barritar en las montañas lejanas no volvieron a dejarse oír.

Las aves continuaban poblando el cielo de día y piaban y graznaban en las charcas heladas durante las noches cada vez más largas. Los animales de la tundra cambiaban su pelaje de verano por el blanco del invierno. Pikas y otros roedores se afanaban en almacenar todo el verde que encontraban, incluso tallos y brotes tiernos que se atrevían a germinar en audaz reto al frío creciente. Escondidos en madrigueras de líquenes, se secarían y servirían de forraje cuando la nieve y el hielo se extendieran en una capa profunda e impenetrable sobre la superficie del mundo de la tundra.

Los hombres de la tribu cazaban ahora con menos apremio. Los chicos se animaban a realizar alguna que otra correría, siempre que no les perdiera de vista algún adulto. La pierna de Karana había mejorado mucho, pero cuando cogía su lanza y se preparaba para seguir a los otros, Ninip se burlaba de él por su cojera, y, por otra parte, Torka se negó en redondo a permitir que realizara el descenso de la ladera.

—Cuando tu pierna esté más fuerte, lo harás. Ahora no; todavía no.

Karana aceptó las palabras de Torka taciturno y en silencio, pero en sus ojos brillaba la rabia cuando veía marcharse a los otros sin él. Se ponía tan enfurruñado que no había forma de animarle, ni siquiera ofreciéndole Lonit su budín favorito, una mezcla de grasa machacada muy fina con sangre coagulada y trozos secos de moras y arándanos cogidos frescos en el cañón de la base de la montaña.

Pasaban los días y las noches, y Torka seguía con interés los ejercicios que Karana realizaba para fortalecer su pierna. Los repetía infatigable hasta que los músculos le ardían. Aun así, el niño continuaba con su cojera y Torka no le daba permiso para abandonar la caverna.

—Serás lento. No tendrás estabilidad. Serás un peligro para ti y para cualquier hombre o muchacho que cace a tu lado.

—¡Entonces, déjame cazar solo! ¡Déjame demostrar que puedo hacerlo!

El niño se parecía tanto al hijo que había perdido, que Torka tenía que mirar a otra parte.

—Pronto —dijo, y trató de dejar a un lado sus recuerdos, pero no lo consiguió. Cuando volvió a mirar la carita triste de Karana, habló con cariño a alguien que se había convertido en un hijo para él—. El tiempo pasa rápido, Pequeño Cazador. Me parece como si sólo hiciera una luna que yo era un niño que caminaba a la sombra de mi padre, ansioso por demostrar mi valía ante él y ante mi pueblo. En algún momento, entre entonces y ahora, me convertí en un hombre que velaba por su propio hijo. Y ahora, mi padre y mi hijo, y la mayoría de mi pueblo, caminan por el mundo del espíritu y Torka camina con Karana, y a los dos nos protege la sabiduría de Umak, nuestro espíritu jefe. Le pediré que entone cánticos apropiados para que la pierna de Karana cure enseguida. Pero Karana debe recordar lo mucho que Umak les ha pedido ya a los espíritus en nombre de nuestro niño.

—El Espíritu Jefe tiene a sus mujeres y a una nueva tribu. Ya no se preocupa de ningún niño.

—Karana vive gracias a la magia de Umak —Torka subrayó sus palabras con un enérgico movimiento de cabeza —. Karana está cada vez más fuerte porque nuestro anciano no le dejó morir. La vida es buena para nosotros, Pequeño Cazador, de modo que ten paciencia. Confórmate con los días tal como se presentan. Conténtate con tener la seguridad de que entre ahora y la aparición de la luna del hambre, Torka cazará para ti, y Lonit cocinará para ti mientras Umak comparte una hoguera común con aquellas que le han hecho sentirse joven de nuevo en este campamento seguro en las alturas.

—El Espíritu Jefe nos ha olvidado —dijo el niño a punto de echarse a llorar.

—No, Pequeño Cazador —Torka sonrió— se ha recordado a sí mismo y le ha parecido una buena cosa ser de nuevo un hombre entre los hombres.

Capítulo 10

Aún era otoño, pero pequeños y duros copos de nieve arrastrados por un viento sibilante azotaban las hojas de los sauces y envolvían al mundo en espuma blanca.

El pueblo de Galeena permanecía dentro de la caverna. Comían, dormían y volvían a comer, y cuando Lonit se preocupaba de nuevo por su forma de despilfarrar la comida, las mujeres se burlaban de ella. Se regían según la ley del más fuerte y le hacían ver claramente que ella no pintaba nada a la hora de opinar. Pero, por lo demás, ofrecían amistad y compañía porque les encantaba chismorrear, aunque les gustara todavía más abrumarla con sus críticas y consejos. Ante su sorpresa, aunque de vez en cuando hicieran algunas observaciones sobre su aspecto, no la encontraban repugnante. Cuando Ai lanzó una pulla contra los párpados de Lonit, la matrona Naknaktup salió en su defensa.

—Si Galeena permite a Ai vivir el tiempo suficiente, tal vez tendrá que ocuparse de sus propios ojos en vez de preocuparse de los de Lonit. Esta mujer ha vivido mucho tiempo, ha visto a muchas personas que tienen los ojos como los de la mujer de Torka. En algunas tribus muy lejos de aquí, la gente *prefiere* los ojos como los suyos. Por tanto, esta mujer dice que, si un hombre tan guapo como Torka ha tomado por mujer a Lonit, tal vez su aspecto sea mejor que el nuestro; ¡y mucho *mejor* que el de Ai desde que Galeena le aplastó la nariz por mirar al hombre de Lonit!

Todas las mujeres se echaron a reír, salvo Ai y la mujer de ojos tristes, que nunca reía por nada. Lonit estaba demasiado asombrada para responder. ¿Otras personas con los ojos como los suyos? ¿Era eso posible? ¿O acaso Naknaktup lo había dicho sólo por amabilidad? No.

Entre aquellas mujeres, con la posible excepción de Iana, la amabilidad era una palabra carente de sentido. Se arrodilló junto a ellas en un círculo alrededor de un gran cuero de buey en la última fase de raspado. Todas habían hecho una pausa en su trabajo, Ai para mirar a Lonit con abierta hostilidad, las otras, excepto Iana, para reírse a carcajadas de Ai.

Lonit deseaba que cambiaran de tema. La boca de Ai se contraía en una mueca de resentimiento que no hacía sino aumentar la hilaridad de las otras mujeres. Lo único que Lonit podía hacer era callarse y observar sus rostros uniformemente redondos y chatos. Desde que Umak las obligara a lavarse de vez en cuando, sus facciones eran visibles; se parecían todas tanto que podían haber sido hermanas. Incluso las menos atractivas poseían idéntico pliegue de carne sobre sus párpados, el cual hacía que sus ojos se empinaran hacia las sienes. Desde luego, envidiaba sus ojos y sus bonitas caras redondas, pero nada más. Era la mujer de Torka, y sabía que todas ellas la envidiaban a ella por serlo.

Ai se había levantado, limpiándose las manos pequeñas y rechonchas en sus ropas.

—¡Reíros! ¿Vamos, reíros cuanto queráis! ¡Pero pronto Ai reirá más fuerte que vosotras! Lonit y su hombre creen ser mejores que nosotras. Se mantienen apartados, vuelven la nariz a nuestra comida, a nuestras costumbres. Ahora la tripa de Lonit está tan grande y redonda como una luna de verano. Ai yacerá muy pronto con el hombre de Lonit. Y cuando el niño de Lonit nazca, Galeena no permitirá que viva. ¡Nunca! ¡Esta mujer se ocupará de que sea así!

—Duerme ahora. No te preocupes, pequeña Ojos de Antílope. Créeme. La mujer de Galeena no es quién para decir lo que él o cualquier otro hombre debe hacer.

Lonit había esperado hasta muy tarde para comunicarle sus temores. Le había despertado tocándole con suavidad, y ahora él la hacía tenderse y la besaba en la frente.

—Duerme —la apremió—. Torka no tiene miedo de las amenazas de una mujer celosa.

—¿Celosa? ¿Por qué tendría que estar Ai celosa? Es la mujer de Galeena... y es hermosa.

—Lonit es hermosa.

Ella sonrió débilmente, deseosa de creerle, pero sin lograrlo.

—Lonit estará pronto como Ai dice... tan gorda y redonda como una luna de verano.

Abrazándola, Torka puso su mano ancha y fuerte sobre su vientre, oprimiéndolo con suavidad.

—La luna de verano es la luna más hermosa de todas —afirmó.

Lonit le echó los brazos al cuello, apretándose junto con su hijo contra él. Le amaba con tal intensidad que, por un momento, fue incapaz de hablar. Sin embargo, *tenía* que hablar.

—Lonit ha oído cómo le decía Karana a Umak que éste es un mal campamento, que debemos abandonar este sitio, que la Montaña Poderosa ha hablado a través de su boca para advertirnos que nos marchemos.

—Karana es un niño pequeño. ¿Hablarían los espíritus de la montaña por medio de él en lugar de hacerlo por boca de Umak?

—Umak es viejo. Quizá...

—Umak es un espíritu jefe. Si los espíritus tuvieran que hablarle a alguien, hablarían con él. Y él es dichoso en este campamento. Aquí ha recobrado el poder de su virilidad. Por consiguiente no escuchará las habladurías de una mujer tonta y de un chiquillo todavía más tonto. Pronto la mujer de Torka se habrá liberado de nuestra luna de verano. Pronto estará con nosotros el tiempo de la larga oscuridad. Estaremos aquí, en las alturas, a salvo en este lugar. Era nuestro antes de que Galeena lo ocupara. Gracias a la magia de Umak, su pueblo ha cambiado... un poco. A su debido tiempo las cosas irán mejor entre nosotros. Lonit lo verá... Éste volverá a ser pronto un buen campamento... —sofocó un bostezo y se apretó contra ella— Lonit lo verá...

Ella quiso protestar, hablarle de sus desagradables recuerdos de la noche en que las llamas de las hogueras ardían muy altas y el pueblo de Galeena danzaba y ella pensó que el jefe la había amenazado; pero Torka se había quedado profundamente dormido, ella bostezaba y los párpados le pesaban cada vez más. La noche de las hogueras danzantes parecía quedar muy atrás como si formara parte de una pesadilla olvidada a medias. Quizá hubiera sido sólo eso. Galeena no se le había vuelto a acercar, ni tampoco la había amenazado. Suspiró, contenta de dejar que sus recuerdos se desvanecieran. En los brazos de Torka, con su hijo nonato durmiendo cerca de sus senos, la vida misma parecía un sueño. Cerró los ojos y se durmió, sonriente porque sabía que ningún sueño podía ser más dulce, o más increíble para ella, que el que ahora compartía con Torka.

Había llegado la época de narrar historias. Umak fue el primero en tomar la palabra. Cuando su voz empezó a quebrarse y resultó evidente que el tiempo iba a obligar a todos a permanecer confinados en el saliente el resto del día y de la noche, Galeena tomó el relevo. Mientras los relatos de Umak eran historias complicadas y alegóricas que hablaban de hombres y de bestias y de su eterno conflicto y unión con las fuerzas de la Creación, las historias de Galeena eran sencillas, relatos faltos de imaginación de intrépidas aventuras en lugares lejanos. En las historias de Umak, hombres y bestias estaban sometidos siempre a los poderes del cielo y de la tierra. En los relatos de Galeena, él y los miembros de su tribu eran los personajes centrales en torno a los cuales giraba todo el argumento. El cielo, la luna, las estrellas, todo giraba en torno a Galeena. Hablaba de extraños y maravillosos territorios de caza en los que él y sus cazadores mataron hasta exterminar al último animal. Hablaba de banquetes que duraron días enteros hasta que se terminó toda la comida y él y su tribu se vieron obligados a acudir al territorio de caza de otras tribus. Habló una vez más del Corredor de las Tormentas, un paso donde abundaba la caza pero terriblemente angosto, batido por el viento, rico en pastos, el cual se extendía entre elevadas montañas de hielo sólido... montañas que se agitaban y gritaban como mujeres con dolores de parto y en ocasiones se desplomaban en enormes avalanchas que sepultaban a los hombres o a los animales que pasaban por allí.

Luego, el tono y el énfasis de sus relatos cambió por primera vez. Al disponerse a hablar de sus sombríos recuerdos del Corredor de las Tormentas, Galeena admitió de mala gana que incluso el poderoso Galeena, héroe de sus relatos, al fin y al cabo sólo era un hombre mortal.

—¿Cuántos morir cerca Corredor de las Tormentas, donde las montañas andan como si fueran personas? —la pregunta formaba parte de su historia.

—Muchos morir cerca del Corredor de las Tormentas, donde montañas andar como personas —respondieron sus cazadores al unísono. Sus mujeres estaban pendientes de sus labios. Los chicos de su tribu le escuchaban con los ojos abiertos como platos, aunque ya habían oído el relato tantas veces que algunos de ellos eran capaces de musitar palabra por palabra lo que Galeena decía en voz alta.

—¿Murieron porque montaña se desplomó? —de nuevo la pregunta de Galeena formaba parte de su historia.

—¡No murieron a causa de la caída de la montaña!

—¡Cuéntanos entonces qué fue lo que mató a la gente!

—¡La furia del Gran Espíritu mató a la gente!

—¡Ei-yii! ¿Y quién es el jefe más sabio de todas las tribus? ¿Quién salvó a la gente de la caída de la montaña? ¿Quién nos condujo lejos del Gran Espíritu cuando éste se arrojó sobre nosotros como una tormenta?

—¡Galeena!

—¿Y quién dijo a su pueblo que nunca más cazar Gran Espíritu?

¿Quién fue el hombre que salvar vidas de esta tribu mientras otros seguían al Gran Espíritu y morir?

—¡Galeena! ¡Ai-yi-hei! ¡Ga-lee-na!

El jefe irradiaba satisfacción al verse abiertamente adulado, luego frunció el entrecejo al observar que entre sus cazadores sólo uno, Manaak, el hombre de la cicatriz en la cara, permanecía en silencio, impertérrito. Incluso Torka parecía interesarse en su historia. Estaba sentado con las piernas cruzadas en el círculo de su propia hoguera, con Lonit y Karana. Los tres estaban de cara a la caverna, sin dejar de observar a Galeena mientras éste gesticulaba y sacaba el pecho.

—¿Dónde está ese Corredor de las Tormentas? —inquirió Torka.

—Hacia el este. En la cara del sol naciente —contestó Manaak.

—¿Qué cazador no conocer Corredor de las Tormentas? —se asombró Galeena soltando un bufido.

—Éste —se apresuró a admitir Torka, que no tenía el menor deseo de que le sacaran de quicio.

Galeena soltó otro bufido.

—¿Qué clase de gente ignorante ser la que vive en el norte y no saber nada del mamut que ramonea en el este?

—Las gentes que siguen a los caribúes no se preocupan gran cosa por las costumbres del mamut —dijo Torka—. Entre nosotros la carne de mamut sólo sirve para ser comida en los peores tiempos de la luna del hambre. Es demasiado dura. Sabe demasiado amarga a causa de los árboles que come. Incluso nos molesta el olor de su carne.

—¡Tribus acudir de todas partes a reunirse en gran campamento! —exclamó Galeena en una explosión de entusiasmo—. Matar muchos mamuts. ¡La carne dura hacer gente dura!

“Y la carne apestosa hace a la gente apestosa”, pensó Karana con asco. De repente surgió una chispa en su cerebro y se preguntó cómo no se le habría ocurrido antes pensar en ello.

—En ese gran campamento donde acudían tantas tribus.... ¿vio Galeena a la tribu de Supnah? Dirige a muchos hombres, a muchas mujeres. No le gusta demasiado la carne de mamut, pero en los tiempos de hambre...

A Galeena no le hizo gracia la interrupción del chiquillo.

—¿Qué importar a ti ese Supnah? —preguntó enfurruñado.

Karana se lo dijo; Galeena gruñó, diciéndole al niño que *había* visto y compartido hoguera con un hombre llamado Supnah.

—Gran tribu. No haber pequeños. No recién nacidos. Algunas mujeres. Y el hechicero Navahk creo que llamarse...

Los ojos de Karana se dilataron.

—Navahk —asintió—; eso es.

Galeena gruñó de nuevo. Le dijo a Karana que él y su tribu encontraron a Supnah y su pueblo mientras aún estaban en ruta hacia el gran campamento. Juntos habían cazado unos cuantos caribúes. habían compartido una hoguera de asar, y Galeena había invitado a Supnah a continuar camino con él hasta la gran concentración de cazadores de mamuts que iba a tener lugar en las inmediaciones del Corredor de las Tormentas. Supnah no conocía la zona y había manifestado su desagrado con respecto a la carne de mamut.

—La última vez que Galeena ver a ese hombre estaba aún allí. Hace mucho tiempo ya. Supnah decir quedarse en aquel sitio, cazar muchos caribúes, después marcharse, seguir rebaños donde éstos ir.

—Pero él prometió volver por mí, por todos los niños. Él...

—No decir nada de hijo. No decir nada de niños. Galeena dice ahora a Karana que, después de que el Gran Espíritu matar a muchos en campamento cazadores de mamuts, Galeena condujo a su tribu hacia el oeste, lejos del Gran Espíritu, en busca de ese Supnah, porque pensaba que dos tribus mejor que una. Pero Supnah se había ido. Supnah seguía a los caribúes. Y el Gran Espíritu seguir a Supnah. Galeena ver huellas. Por tanto Karana debe olvidar a Supnah, olvidar a todos los cazadores que recorrer tundra sin montaña alta, donde ponerse a salvo del Gran Espíritu.

La cabeza de Karana era un mar de confusión. Sabía que todos le miraban. Sin pararse a pensarlo, habló furioso.

—¿Viste las huellas del Gran Espíritu y no seguiste a Supnah para advertirle del peligro que corría?

La gente de Galeena murmuró. La pregunta del niño había sonado como una acusación.

—¿Seguir al Gran Espíritu? —Galeena sacudió la cabeza—. ¿Para qué iba a hacer este hombre una cosa así? Galeena no estar dispuesto a enviar a su espíritu a caminar en viento. Los cazadores cazan animales, ¡no espíritus malignos! ¿Y por qué se preocupa Karana por alguien que se marchó y le abandonó para que muriera?

—¡Porque no estoy muerto! ¡Porque es mi padre! ¡Porque su tribu es mi tribu! ¡Porque sé que si hubiera podido, habría vuelto a por mí! ¡Porque a diferencia de Galeena, Karana no teme al Gran Espíritu!

Se dio cuenta en el acto de que se había excedido. Lonit se quedó boquiabierta y oyó a Umak exhalar un gruñido sordo incluso antes de ver la sombría expresión del rostro de Torka.

El joven cazador le reprendió con dureza, enfadado.

—Karana conocerá el significado del miedo cuando se haya enfrentado al Gran Espíritu, como lo han hecho este hombre y Galeena y los suyos. Ya sea un espíritu o un ser de carne y hueso, muchos hombres valientes han muerto tratando de matar al gran mamut que tiene muchos nombres. ¡Tú eres tan sólo un niño con una boca demasiado grande! Hasta que seas un hombre, con el peso de las responsabilidades de un hombre sobre tus espaldas, Torka no quiere oírte desafiar o criticar la conducta de tus mayores, porque mientras que su inteligencia es grande, Karana no posee, en cambio, la más mínima.

Karana estaba avergonzado por la regañina, pero no tan intimidado como para no ver que había servido para apaciguar a Galeena y aplacar a sus cazadores. Todos hacían comentarios favorables sobre las palabras de Torka. Las mujeres asentían con la cabeza; los chicos se unieron a Ninip para insultar al niño. Éste agachó la cabeza. Oyó a Umak decir que Karana era un chiquillo que aprendía con rapidez y que no repetiría su error. Se sintió enfermo, traicionado.

Para aliviar la tensión del momento, Umak empezó a narrar una historia. Sus dos mujeres se levantaron y apremiaron a las demás a ofrecer carne. Una vez más, el pueblo de Galeena reanudaba su interminable festín.

Lonit ofreció un huevo añejo de perdiz nival a Karana. Era uno de sus bocados preferidos, pero lo rechazó. No tenía apetito. Muy lejos, en la tundra, apagado por la nieve que caía, sonó el aullido de un perro salvaje. ¿O sería un lobo? Karana no estaba seguro.

Inquieto de repente, salió para situarse al borde de la cornisa. El cántico de Umak llenaba la caverna. Las palabras penetraron como ráfagas de humo en la cabeza del niño. *Había* magia en la Montaña Poderosa, pensó. Una magia oscura y subversiva, una magia que transformaba a cazadores tan valientes y honorables como Torka y Umak en dos hombres sin voluntad que veían inteligencia en los excesos y la cobardía de un individuo como Galeena.

"Este chico no se quedará en este lugar", se dijo. "Es un mal campamento. El Hermano Perro lo abandonó y Karana hará lo mismo. Seguirá a su propio pueblo hacia el este, a la cara del sol naciente. Y no importa lo que Torka diga. ¡Karana no tendrá miedo!"

Pero cuando miró hacia abajo, a lo largo del camino helado y accidentado que tendría que seguir para dejar la caverna, tuvo miedo. Había trepado por aquella cara de la montaña muchas veces antes de resultar herido. Con sol, con lluvia, con aguanieve, con nieve, conocía perfectamente todos los asideros para manos y pies. Con el buen tiempo era una escalada que requería mucha paciencia y que no estaba exenta de peligro. Con el mal tiempo era poco menos que mortal de necesidad y sólo un loco lo intentaría.

Karana no era un loco. Había sobrevivido solo en aquella montaña demasiados meses para que ningún hombre pudiera tacharle de serlo. No obstante, Torka lo había hecho ante toda la tribu.

En el fondo de la garganta de Karana había algo caliente y duro. Al intentar tragarlo, no se movía. Hasta aquel momento no se había dado cuenta de lo mucho que deseaba la aprobación de Torka y cuánto podía dolerle que esa aprobación le fuera denegada.

Había dejado de nevar. El aire era muy frío. El viento parecía contener el aliento. la nieve volvería a caer pronto, pero ahora Karana podía ver el sol. Era un ojo pequeño, de un amarillo pálido, que le contemplaba a través de kilómetros de nubes en movimiento. Había algo en él que le hizo pensar en Navahk, el hechicero, vigilándole, sonriéndole con su sonrisa llena de odio que impulsaba a un chiquillo a ir adonde los cazadores más valientes no se atrevían.

El cambio del tiempo hacía que la pierna de Karana se agarrotara y le doliese. Sabía que Torka acertaría en sus previsiones con respecto a él si se atrevía a descender de la caverna sin ayuda. Y cuando se precipitase a la muerte desde la pared helada, de alguna manera Navahk lo sabría y el ojo del sol se agrandaría de contento mientras, a miles de kilómetros, en la tundra, el hechicero sonreiría. A menos que...

Empezó a devanarse los sesos, esforzándose por hallar el modo de escapar de allí. Recordó la polea y las plataformas ideadas por Torka y Umak para subir la carne del alce descuartizado al saliente. Desde aquel día, el artefacto fue utilizado en numerosas ocasiones y estaba algo desgastado y mal equilibrado por el peso de las grandes cantidades de carne subidas a la cornisa.

Karana se prometió tener cuidado. "Esta noche, cuando la oscuridad lo envuelva todo y todos duerman, Karana se marchará. Nadie le echará de menos. Ésta ya no es su caverna ni su montaña. El pueblo de Torka ya no es el pueblo de Karana. Ahora pertenecen a la tribu de Galeena".

El día parecía haber terminado definitivamente. Mientras la nieve caía sin parar, las gentes de la tribu de Galeena se cansaron de comer y de escuchar historias y cánticos. Bebieron un líquido asqueroso que las mujeres habían preparado y almacenado en vejigas. Pronto quedaron éstas vacías y mientras Torka golpeaba puntas de lanza y Lonit cosía, el pueblo de Galeena mostraba escasa inclinación a ocuparse en tareas productivas. Dormitaban y, al despertarse, hablaban de forma embarullada y lanzaban risotadas. Luego, su disposición de ánimo cambió. Los cazadores se acoplaron con sus mujeres como si estuvieran enfadados, tan rápidamente que después las parejas estaban irritables y discutidoras. A los chicos les estaba prohibido beber un solo sorbo de las vejigas y no tardaron en enzarzarse en peleas tan enconadas que Umak fue requerido para suturar la brecha que Ninip le había hecho a otro muchacho en la cabeza con una piedra.

Karana se había sentado, lejos de todos, encima del montón de sus pieles de dormir, cerca del borde de la cornisa. Era mejor contemplar cómo caía la nieve, fría, limpia y silenciosa, que observar las actividades que se desarrollaban dentro de la caverna. En su mente, ya la había dejado. Cuando Lonit se le acercó y trató de persuadirle para que se resguardase del frío, la ignoró. Si Torka hubiera acudido junto a él para disculparse, aunque hubiese sido de forma velada, su resolución de marchar podría haberse convertido en agua de borrajas. Pero Torka no se había presentado, y aunque Karana estaba disgustado, quiso convencerse de que se sentía contento. Torka se había convertido en un extraño. En cualquier caso, le convenía acostumbrarse al frío, que sería su única compañía constante hasta que encontrase al Hermano Perro y los dos recorriesen la tundra en busca de la tribu de Supnah.

Al lado del círculo de la hoguera del jefe, Ai susurró unas palabras incendiarias al oído de Galeena. Éste, complacido por su conducta de los últimos días, aceptó sus avances. Abofetear a una mujer era una buena forma de tratar a las hembras que daban quebraderos de cabeza, aunque Ai había tardado más que de costumbre en que se le pasara el enfado. Ahora, mientras ella le manoseaba, suspiró complacido al tiempo que asentía con la cabeza a todas las palabras de lisonja que ella le susurraba al oído. Mientras Ai se abría generosa a su impaciente celo, Galeena no dudó de la veracidad de sus palabras cuando ella le dijo que era el mejor de todos los hombres en todas las cosas.

Pero luego, Weelup, su segunda mujer, le susurró lo que Ai le había conminado a decir bajo la amenaza de arrojarla al abismo la próxima vez que descendiera por la pared de la montaña:

—Algunos dicen que Torka es mejor.

Weelup se había encogido mientras hablaba y se apresuró a rodar fuera de las pieles de dormir para tratar de escapar del estallido de cólera del jefe.

—¿Qué mujer dice eso? —preguntó con una mirada asesina.

—Ninguna mujer —le aplacó Ai—, Torka cree que es el mejor hombre en todas las cosas. Torka desafía siempre a Galeena. No come nuestra comida. No bebe de nuestras vejigas. Torka insulta a nuestros hombres al yacer solamente con su propia mujer.

En medio de su furia, Galeena se dio cuenta de que ningún hombre había ofrecido compartir su mujer con Torka. Le correspondía al jefe de una tribu ser el primero en tener ese gesto. Y Galeena había preferido no ponerlo en práctica. Si un hombre era culpable de insultar a otro, también le correspondía al jefe no compensarle con aquella muestra de cortesía. A Torka no parecía importarle. Era evidente que el joven estaba más que contento con su propia mujer de ojos extraños, y Galeena se alegraba porque no deseaba compartir a ninguna de sus mujeres con un hombre de quien se sentía a todas luces celoso.

Ai pasó sus palmas pequeñas y cálidas sobre el pecho del jefe y levantó la cabeza para lamerle y pellizcarle la piel.

—Galeena no debe preocuparse por lo que Torka diga o por lo que puedan pensar otras mujeres y otros hombres de este campamento. Ai ha oído decir a los viejos que, hace mucho tiempo, Galeena era el mejor hombre de todos en la gran reunión donde muchas tribus acuden para cazar y danzar el *plaku* a la entrada del Corredor de las Tormentas.

—¿Los viejos? ¿Hace mucho tiempo?.. ¡Galeena es mejor hombre ahora! ¡Si las mujeres danzan el *plaku* en este campamento, Torka no emulará ni de lejos las proezas de este hombre!

Ai sonrió y ocultó la cara en el pecho del jefe, por temor a que su sonrisa se convirtiera en risa de burla a costa suya.

—Galeena no debe decirle eso a Ai. ¡Ai es la mujer de Galeena, no quiere a otro hombre que no sea el jefe! ¡Ai sabe que Galeena es el mejor de todos!

—¡Ai lo verá! —la apartó a un lado y se puso en pie, declarando que su pueblo debía de prepararse inmediatamente para un *plaku*.

Se hizo un profundo silencio.

Las gentes de Galeena le miraron atónitos, boquiabiertos de incredulidad.

—¡*Plaku*! ¡*Plaku*! ¡Preparáos! —ordenó, observando cómo los rostros asombrados de los hombres adquirían una expresión lujuriosa y las manos de las mujeres subían a sus bocas en un vano intento de sofocar sus risas disimuladas.

Ninip lanzó un prolongado alarido y luego él y los otros chicos se pusieron a cuchichear mientras Iana se acercaba para coger a Lonit de la mano y apartarla de Torka llevándola a que se sentara con ella en el círculo de su hoguera.

—*Plaku* no ser para mujeres con niño en tripa —explicó, y no tuvo tiempo para decir nada más porque Naknaktup se les unió.

La mujer de más edad estaba exultante de alegría al comunicarles que Umak era realmente un espíritu jefe grande y poderoso, porque había hecho un niño en el vientre de alguien que hacía mucho tiempo que no se creía fértil.

Lonit estaba tan encantada, no por Naknaktup sino por Umak, que olvidó preguntar por qué Iana se la había llevado de la hoguera de Torka. Ahora, el anciano *sería* joven de nuevo por el hijo que Naknaktup iba a darle en sus últimos años, un hijo que le fortalecería y cambiaría su existencia. Además de darse tono y hacer su magia maravillosa podría, sobre todo, ofrecerle el don de su vida a alguien cuyo espíritu de vida había sido formado con su propia semilla.

—¡Tú ver! ¡Todas las mujeres desearán a Umak! ¡Danzarán el *plaku* por mi hombre! Esta mujer estará orgullosa —dijo Naknaktup radiante.

—¿*Plaku*? ¿Qué quiere decir *plaku*? —preguntó Lonit en tono apremiante.

—Es una danza que se ejecuta en el gran campamento de los cazadores de mamuts, a la entrada del Corredor de las Tormentas. *Plaku*... quiere decir, *la danza para que mujer escoja*. Tribus se unen para compartir placer. La mujer de un hombre estar con el hombre de otra mujer —explicó Iana.

Lonit parpadeó. Lo que oía no le gustaba en absoluto.

—¿Quién comparte? ¿Quién escoge?

—Todos comparten, pero es la única vez que una mujer puede elegir. Un hombre. Muchos hombres. A cualquier hombre con el que desee acostarse. Cualquier hombre excepto su propio hombre. Sólo por esta vez.

—¡No con mi hombre! —protestó Lonit.

Naknaktup se echó a reír ante la exclamación de Lonit.

—*Cualquier* hombre, pequeña mía. Torka... Umak... Galeena... ¡cualquiera de ellos! ¡Cuantas más mujeres deseen a un hombre, más orgullosa se sentirá su mujer! —jubilosa, unió en una palmada sus manos grandes, ásperas por el trabajo, mientras se deleitaba con sus recuerdos—. Esta mujer ha vivido mucho, visto muchas cosas, bailado en muchos *plakus*. Hace mucho tiempo, antes de que Galeena se convirtiera en jefe de esta tribu, Naknaktup le vio gozar con todas las mujeres en gran reunión.

—¡Eso no es posible!

—Galeena ser entonces más joven —concedió la matrona y con un pícaro guiño, añadió—: En aquella época las reuniones ser muy pequeñas. ¡Pero Naknaktup le dice a Lonit que Galeena tiene un hueso enorme, hambriento y muy levantado! Es una de las razones por las que los cazadores le hicieron jefe de esta tribu. Cualquier hombre con un hueso así de grande...

—Una vez, mi Manaak poseyó a tres mujeres al mismo tiempo —interrumpió Iana, quien evidentemente no quería oir más elogios de Galeena—. Cuando Manaak terminó, las tres estaban saciadas y felices. No agotadas y magulladas como Galeena deja a las mujeres después de montarlas. Pero eso no importa. Todas las mujeres desean a Galeena. Él es el jefe. Ninguna mujer, sólo Iana, desea a Manaak desde que tiene cicatrices en la cara.

Lonit estaba desesperada; sin embargo, vio la tristeza en la cara de Iana y quiso mitigarla.

—En el pueblo de esta mujer —dijo—, un hombre con cicatrices es envidiado por los demás. Manaak es fuerte y tiene un rostro hermoso. ¡Sus cicatrices indican que Iana es feliz por no tener que compartir su hombre con otras! ¡Lonit no quiere compartir a Torka!

Parecía tan desgraciada que Naknaktup se inclinó hacia ella y la abrazó maternalmente.

—Escucha a esta mujer, pequeña mía, Manaak tiene cicatrices porque Galeena le cortó la cara. Las cicatrices de Manaak le marcan como un hombre aparte... un hombre que morirá si vuelve a desafiar a Galeena.

En un gesto de simpatía y comprensión, Iana puso una mano sobre el brazo de Lonit.

—Lonit, *compartirás* a tu hombre —su voz era tan suave y triste como sus ojos—. El *plaku* es una danza de nuestro pueblo. Tú y Torka sois ahora de esta tribu. Si Torka es escogido y rechaza a una de nuestras mujeres, no será digno de envidia. Nuestros hombres enfadarse. Ellos sujetar a Torka mientras Galeena corta su cara o tal vez le expulsa de este lugar. Después, Lonit convertirse en mujer de Galeena. Y Galeena pegará a Lonit hasta que su hijo muera. Después Lonit compartirá sus pieles de dormir con Ai y Weelup hasta que Galeena se canse de ella. Más tarde Galeena enviará a Lonit a seguir a Torka, a caminar sola en medio del viento para ser devorada por las fieras.

Los hombres de la tribu encendieron una sola hoguera en el centro de la caverna. Era una pira humeante, hecha sin el menor cuidado con una pila alta de huesos y restos de recientes comidas. Arrastraron cerca de ella sus pieles de dormir y se sentaron alrededor del fuego, dejando un amplio círculo de espacio abierto entre ellos y las llamas. Allí danzarían las mujeres. Los cazadores intercambiaban bromas lascivas acerca de las bailarinas, y hacían apuestas sobre quién realizaría más proezas y con quiénes. Como Torka no hiciera ningún movimiento para aproximarse a ellos, le llamaron y le indicaron el sitio donde querían que se sentase y le recordaron que ahora era un miembro más de su tribu. Ningún hombre podía permanecer aparte durante un *plaku,* ni tampoco desearía hacerlo cualquier varón a quien le quedara un hálito de vida.

Seguidamente todos se echaron a reír. Uno de ellos sugirió que quizá Torka fuera de una clase distinta de hombre. Otro añadió que, como todavía no había yacido con ninguna de sus mujeres, ni siquiera estaban seguros de que fuera un hombre, aunque era un excelente cazador y el aspecto de su mujer parecía demostrar que su hueso levantado sabía hacer bien su trabajo.

Entre molesto y desconcertado, Torka enrojeció. Pensaba en una apenada Lonit sentada al otro extremo de la caverna con Iana y Naknaktup. No quiso mirarla. Se proponía hablar, decir a los cazadores de Galeena que, entre el pueblo de Torka no se esperaba de un hombre que copulase con las mujeres de otros hombres para demostrar su virilidad; pero sabía que estaban en los cierto al decir que ahora pertenecía a su tribu. El Pueblo había muerto. Y las sabias palabras de consejo de Umak demostraban ser más válidas cada día: "En los nuevos tiempos, los hombres han de aprender nuevas formas de vida".

"Aunque no les gusten ni las aprueben", añadió para su coleto, uniéndose de mala gana al círculo. Se sentó al lado de Manaak y, por un instante, tropezó con la mirada crítica de Karana que le observaba en la sombra, justo detrás del círculo de los cazadores; después, con aire melancólico, el chiquillo desapareció, sin duda para ir a sentarse en su propia hoguera. Entretanto Galeena advertía a Umak que se uniera a los demás.

—¡Hummm! —exclamó el anciano por toda contestación mientras se adelantaba cubierto con su piel de oso; sus collares adornados con garras y zarpas tintineaban suavemente. En los últimos días había acabado de coser las plumas de cóndor a las costuras de las mangas de su túnica. Al levantar los brazos parecía tener alas, como si no fuera un hombre sino una extraña combinación sobrenatural de oso y ave. Mantuvo los brazos en alto unos instantes, en espera de las exclamaciones de asombro de quienes contemplaban su atavío. Las exclamaciones se produjeron, sobre todo por parte de las mujeres. Satisfecho, dobló las piernas bajo su cuerpo, cruzó los brazos sobre el pecho y contempló estoicamente las llamas.

Pero sólo una roca hubiera podido sentarse estoicamente durante el *plaku*. Como preludio a la danza, las mujeres circularon entre los hombres con vejigas de la bebida aceitosa, espesa, maloliente, que Torka se las había ingeniado para no beber en las últimas semanas. Era una mezcla repugnante de sangre, bayas y zumos fermentados, musgo y hongos, con el aditamento de corteza de sauce convertida en pulpa y chupada luego por las mujeres hasta licuarla por completo mezclada con su saliva.

Ahora no tenía más remedio que beber, y beber mucho. Actuar de otra forma sería ofender a la gente de la tribu de Galeena, gran aficionada a la poción. Tuvo náuseas dos veces, pero se las arregló para beber un buen trago. Los hombres asintieron con la cabeza. Las mujeres expectantes lanzaron risitas contenidas y siguieron ofreciendo el mejunje.

Pronto comprendió cuál era el motivo de que lo bebieran. No tenía nada que ver con el sabor, que era todavía peor de lo que pensaba. Y en menos de un minuto supo el porqué de que Galeena y su gente fueran con tanta frecuencia indolentes y parecieran aletargados. Con un solo sorbo de la poción preparada por sus mujeres, se sentía arder y los párpados le pesaban. Los hombros le escocían. Las plantas de los pies estaban irritadas y sensibles. Movió los dedos de los pies. Era una sensación exquisita. Al revés de lo que le había pasado unos segundos antes, sus ojos se llenaron repentinamente de luz y de sustancia. La caverna, la hoguera, los hombres sentados alrededor, las mujeres que se movían lentamente con las vejigas que contenían la poción sobre sus manos, todo parecía tan hermoso como el primer amanecer al finalizar la época de la larga oscuridad. Se sintió más grande, más fuerte, y, al mismo tiempo, con tan poco peso como un niñito cómodamente atado a la espalda de su madre mientras ésta caminaba por la tundra en los lejanos días de su primera infancia.

Pero no era un niño. Era un hombre sentado entre otros hombres, que contemplaba cómo las mujeres se despojaban con lentitud de sus ropas, cómo se untaban sus cuerpos de aceite con igual lentitud y se friccionaban los pechos, los vientres y las suaves y oscuras curvas internas de sus muslos con hojas aromáticas de ajenjo. Era un hombre que contemplaba a las mujeres enlazar sus manos lentamente y, alejándose de los hombres, pero siempre de cara a ellos, empezaban a rodear la hoguera. Daban pasos de lado sin levantar los pies del suelo, arrastrándolos suavemente. Era un hombre que miraba cómo sus pasos se ensanchaban cada vez más, permitiendo que la luz de la hoguera se introdujera entre sus muslos antes de volver a cerrarlos.

Todo con lentitud.

Todo se movía, ondulaba y palpitaba con un latido más lento que el de su corazón; y poco después los latidos de su corazón fueron como martillazos a medida que los movimientos de las danzarinas se hacían más rápidos mientras giraban. Ahora el fuego estaba detrás de las actuantes, y éstas al alcance de los hombres que las contemplaban. Los cuerpos femeninos brillaban. Las mujeres exhibían sus pechos y sus vientres y los suaves y aceitados triángulos de vello que ocultaban zonas más suaves y húmedas que no resultaban tan fáciles de mostrar. Las mujeres ladeaban las caderas, las hacían oscilar lentamente y dejaban que se vislumbraran cosas rara vez vistas.

Torka contemplaba el espectáculo con la boca seca, enloquecido de deseo, en trance, inconsciente de que, lo mismo que los demás hombres, había empezado a acompañar con palmadas un ritmo estridente, cada vez más rápido. Había olvidado a Lonit. Había olvidado a Karana. Lo había olvidado todo y a todos excepto a las bailarinas.

Sus movimientos determinaban la cadencia de las palmas. Sonreían al bailar, no abiertamente de forma que se vieran sus dientes, sino con ligeras contracciones de placer. El corto día otoñal que había parecido tan largo, estaba a punto de concluir. Las largas sombras de la noche comenzaban a llenar la caverna. Las mujeres de la tribu de Galeena bailaban el *plaku*; aunque sólo fuera por una noche, controlarían a sus hombres, y lo sabían perfectamente.

La danza continuaba. Cada mujer se movía con más lentitud cuando pasaba por delante del hombre al que prefería; entonces sus rodillas se doblaban, sus brazos se tendían, sus piernas se abrían, sus hombros se movían de forma tan espasmódica que sus pechos brincaban estremecidos y sus pezones redondos y suaves estaban duros y oscuros.

La caverna quedaba cada vez más a oscuras. La hoguera había consumido la mayor parte de los huesos y de los restos de comida y tuvieron que alimentarla de nuevo. El círculo formado por las mujeres se paró. Ai danzaba delante de Torka y encendió otro fuego. Le daba la espalda. Tenía los brazos levantados, con sus manos pequeñas y rechonchas entrelazadas. Con sus fuertes y pequeñas piernas abiertas y las rodillas dobladas, blandeaba las caderas hacia atrás y hacia adelante, cambiando el peso de su cuerpo de las rodillas a los dedos de los pies, flexionando sus tobillos sorprendentemente finos y su cintura flexible al estirarse hacia arriba mientras arqueaba el tórax como una leona bien alimentada que arañara el tronco de un árbol y empezase a responder a los sonidos del fuego con maullidos emitidos con furia en tono bajo.

Alrededor del círculo, los cazadores se habían puesto en pie y estaban quitándose la ropa. Torka no era una excepción.

La danza continuaba. Se produjo un momento de enorme tensión cuando uno de los cazadores más jóvenes cayó de rodillas, entre gemidos de vergüenza y frustración. Ya apagado, no sería elegido por ninguna de las mujeres que hubiesen pensado hacerlo. Torka experimentó un fugaz sentimiento de piedad hacia él. Pasaría mucho tiempo antes de que su mujer o sus compañeros de caza le permitiesen olvidar aquel momento.

Las danzarinas evolucionaron y se pusieron de cara. Torka miró el rostro de Ai y vio unos rasgos tan salvajes y apasionados como una tormenta del Ártico y, a pesar del calor del momento, fríos y calculadores, atendiendo tan sólo al logro de sus propósitos. En aquel instante, Torka comprendió que Ai había incitado a Galeena a convocar el *plaku* de forma que mientras el jefe estuviera disfrutando con otras mujeres, ella pudiese exigir a Torka lo que tanto éste como Galeena le habían negado. Era una mujer descarada, egoísta y manipuladora, responsable de la vergüenza sufrida por el joven cazador y por las horas de preocupación que sus amenazas habían provocado en Lonit. Estaba lleno de odio hacia ella; pero esta aversión no enfrió su lujuria. Antes bien, la excitó.

Alrededor del círculo, las mujeres de la tribu de Galeena se ocupaban de elegir pareja. Torka no vio ni oyó ninguno de sus feroces acoplamientos.

Ai le sonreía con afectación, mostrándose, tocándose como sólo un hombre puede tocar a una mujer. Sus ojos se clavaban en la largura y la anchura de aquella parte del cuerpo del hombre al que había deseado tanto tiempo y que ahora estaba completamente erecta. Pequeñas perlas de sudor aparecieron en las comisuras de su boca. Las lamió en tanto se disponía a cumplir la amenaza que le había hecho a Lonit.

Torka la aborrecía, pero la deseaba y la hubiera tomado aunque no hubiese sabido que rechazarla supondría insultar a Galeena y arriesgarse a ser expulsado de la tribu. No era su propio bienestar lo que le preocupaba. Era el de Lonit, el de Umak y el de su hijo aún no nacido. Con la próxima llegada de la larga oscuridad, necesitarían la protección de la tribu... tanto como él necesitaba ahora poseer a Ai, pero de acuerdo con sus condiciones, no según las de ella.

Contuvo el impulso de penetrarla en el acto y satisfacer su urgencia sobre su cuerpo flojo, para que la mujer no hallara satisfacción en su descarga o en la humillación de Lonit.

Lonit.

Su nombre estaba en el corazón de Torka al levantar a Ai cogiéndola con fuerza por debajo de los sobacos y haciéndole daño intencionadamente. Notó que se ponía tensa y se retorcía para librarse de sus manos al comprender que había perdido el control del momento.

Torka la bajó despacio, mordiéndola, apretándola, acordándose de los sementales salvajes de la estepa mientras la colocaba debajo de él y la atravesaba con tanta violencia que tuvo la seguridad de que la hacía daño. Torka era más grande y más duro de lo que había sido jamás. Demasiado grande para ella, pero no para Lonit. Experimentó un inmenso placer al comprenderlo. La embistió a fondo, la oyó gritar de dolor y supo que el legendario órgano de Galeena era una exageración. Se produjo la descarga, que fue tan violenta como la penetración.

Permaneció dentro de ella como un lobo en celo y la mantuvo agarrada aunque ella se retorcía para apartarse.

—Ai, mujer de Galeena, ¿era esto lo que querías? —le susurró las palabras en la garganta, justo debajo del oído, y la tomó de nuevo con deliberada brutalidad.

El yacía, todavía unido, con todo su peso encima de ella, sin querer darse cuenta de la presión de las pequeñas manos de la mujer que empujaban sus hombros hacia atrás. Ai pronunció jadeante el nombre masculino y le rogó que se apartara.

El no hizo sino apretarla aún más fuerte. Simuló haberse quedado dormido, manteniéndola a ella inmóvil, con el peso de su cuerpo mientras oía a los otros cazadores regresar sin prisa a los círculos de sus propias hogueras o lanzar suspiros de honda satisfacción allí donde yacían. Fingió roncar en el oído de la mujer mientras la oía retorcerse y jadear al tiempo que trataba de liberarse de su apretón. La mantuvo debajo de él hasta que la somnolencia empezó a dominarle. Ella lloraba suavemente cuando por fin se las compuso para soltarse del brazo masculino cuyo propósito parecía ser poco menos que asfixiarla, y regresó de puntillas al círculo de la hoguera de Galeena.

Torka recostó la cabeza sobre un brazo y se permitió que el sueño le venciera, sonriendo porque estaba seguro de que Ai jamás volvería a estar interesada en yacer con él.

Durmió a ratos. Sus sueños eran imágenes fragmentadas del pasado: de Egatsop, hermosa y viva; del pequeño Kipu, que reía con alegría infantil mientras él le lanzaba al aire, le recogía y volvía a lanzarle; el Gran Espíritu, que proyectaba su sombra sobre el mundo y lo sacudía hasta destruirlo; de Ai, que danzaba desnuda sobre las ruinas de su vida, ofreciéndosela con descaro en tanto Galeena le contemplaba con mirada asesina y Lonit sostenía a una criatura sobre su pecho y sollozaba suavemente.

Lonit.

La buscó en sus sueños. No estaba allí. Sus sueños cambiaron convirtiéndose en turbadores recuerdos de su acoplamiento con la mujer de Galeena y del modo en que se había visto obligado a poner a Karana en su sitio. Había hallado placer en rebajar a la mujer, pero no en humillar al niño. Aquel chiquillo valiente, leal y testarudo había llegado a significar para él más de lo que nunca hubiera imaginado.

El sueño se disipó. Abrió los ojos. Escudriñó en la oscuridad. Karana había cometido un error al hablar con tanta rudeza al jefe. Galeena habría estado en su derecho si le hubiera expulsado de la caverna para castigarle por su conducta. De haberse producido un hecho semejante, Torka sabía que habría tenido lugar un enfrentamiento entre él y el jefe. No permitiría que Karana volviese a correr el riesgo de ser echado, ni permitiría tampoco que Lonit y Umak sufrieran daño alguno. Si soportaba las repugnantes costumbres de Galeena era por ellos. Ése fue también el motivo de que no hubiera vuelto la espalda a la intrigante Ai. Y fue por el propio bien de Karana por lo que le reprendió con severidad. No habría actuado de otra forma de haber sido el chiquillo su propio hijo.

Enfrascado en estos pensamientos, tuvo una revelación. En Kipu había perdido un hijo. En Karana había ganado otro. Si Lonit daba a luz un varón, no significaría para él más que Karana. Los dos serían como hermanos, y Torka les llamaría hijos a ambos. El niño tenía que saber por fuerza que ocurriría así.

Aunque, ¿cómo podía saberlo si Torka no se lo había dicho? Sólo tenía que recordar la expresión de desconcierto y enfado que apareció en la carita de Karana, y asimismo la mirada de desesperación en los ojos de Lonit, sin que antes de que comenzara el *plaku* hubiera tenido tiempo para decirles la razón de su conducta ni manifestarles la profundidad de sus sentimientos hacia ellos. Aquélla no era la forma que tenía el pueblo de comunicar sus pensamientos a otras personas.

"En los nuevos tiempos, los hombres deben aprender nuevas formas de vida".

Umak tenía razón. Torka iría a buscarles ahora. Estrecharía a Lonit entre sus brazos y le aseguraría que Ai no significaba nada para él. *Nada.* Miraría a Karana a la cara, con sus ojos clavados en los del niño para que éste comprendiese que le hablaba de corazón y le llamaba *hijo.*

Torka se levantó en la penumbra y pasó con cuidado sobre los cuerpos dormidos de las danzarines del *plaku* de la noche pasada. Era de suponer que Galeena tendría a la mayoría de las mujeres a su alrededor. Cualquiera de las mujeres de la tribu ganaría en importancia al copular con su jefe. Galeena no había vuelto al círculo de su hoguera. Ai dormía sola mientras su hombre yacía boca arriba, rodeado de un montón de mujeres cuyos brazos y piernas se enredaban como un puñado de gusanos.

Le repugnaba verlos. "Cuando el tiempo de la larga oscuridad haya pasado", pensó, "cuando Lonit se haya recuperado después del nacimiento de nuestro hijo, si Galeena no ha cambiado, Torka dejará este sitio. Hay otras tribus; por fuerza tienen que ser mejores que ésta".

Pasó alrededor de un bulto peludo en el que reconoció a Umak. Dos mujeres desnudas yacían cómodamente debajo de sus "alas". La cabeza del gran oso parecía sonreírle cuando pasaba. Torka devolvió la sonrisa en tanto pensaba que el anciano era realmente un espíritu jefe; había dominado a su propio espíritu y logrado que funcionara como el de un hombre joven en su ancianidad.

Su sonrisa se desvaneció al llegar al círculo de su hoguera. La pantalla contra las inclemencias del tiempo protegía la figura dormida de Lonit, pero Karana no estaba allí. Tampoco sus pieles de dormir, ni la lanza que Torka le había hecho.

Capítulo 11

Hacía horas que Karana se había marchado, y durante todo el tiempo la nieve había caído sin parar, cubriendo sus huellas. El viento era muy fuerte y las montañas aparecían enfundadas en hielo.

Galeena decidió que una búsqueda era imposible; sus cazadores se mostraban de acuerdo con él. Aunque Umak estaba visiblemente preocupado, una ojeada a la pared de la montaña le obligó a darle la razón al jefe. Sin embargo, Torka decidió seguir a Karana.

Se levantó y enseguida descendió utilizando la plataforma sostenida por cuerdas confeccionadas con tendones trenzados, lo mismo que había hecho Karana. Aunque aquel sistema resultaba más difícil y peligroso para un hombre adulto, Torka estaba tan preocupado por Karana que no pensó en absoluto en su propia seguridad.

Buscó durante horas, dirigiéndose trabajosamente hacia el este, convencido de que Karana buscaría a su pueblo donde Galeena decía haberle visto. Avanzaría hacia las montañas distantes, abriéndose camino a través de un territorio salvaje e ignoto en dirección al lugar conocido como el Corredor de las Tormentas... donde el Gran Espíritu erraba por el mundo, destruía la vida de los hombres y aplastaba a los chiquillos vulnerables que osaban caminar solos porque creían haber sido abandonados por sus amigos.

A lo largo de infinitas extensiones, gritó el nombre de Karana. El viento le devolvía la voz contra su rostro junto con punzantes partículas de nieve, tan duras como pelotitas, lo que reducía considerablemente la visibilidad, hasta el punto de que durante un rato perdió el sentido de la orientación.

Mientras la oscuridad se adensaba en medio del aullido del viento que provocaba blancas turbulencias, Torka pensó de repente en Lonit y en su hijo nonato. Si él moría, estarían a merced de Galeena, con sólo un frágil anciano para protegerles. El sentimiento de frustración de Torka era absoluto. Por el bien de ellos, tenía que regresar a la montaña, pero volverle ahora la espalda a Karana significaba abandonar al niño a una muerte segura.

Su pena era inmensa cuando, por último, se decidió a emprender el camino de vuelta a casa. Al llegar a la base de la montaña, Manaak estaba esperándole.

—Mañana —le dijo el hombre de la cicatriz en la cara—; mañana este hombre te acompañará. Tal vez dos hombres consignan más que uno solo.

En el corazón de Torka renació una leve esperanza.

—Mañana —aceptó, y supo que en Manaak había encontrado un amigo.

Ascendieron la pared en la oscuridad, agarrándose a las cuerdas de tendones trenzados de la plataforma y ayudándose mutuamente. Manaak había esparcido cenizas sobre la pared para suavizar lo resbaladizo del ascenso, que fue bastante bueno, aunque los dos escaladores estuvieron a punto de caer varias veces. Sólo las cuerdas de la plataforma, que Umak mantenía tensas desde arriba, les impidieron perder el equilibrio por completo, permitiéndoles mantenerse relativamente firmes sobre la pared. Cuando, por fin, se encontraron en el saliente, los cazadores de la tribu de Galeena hacían comentarios acerca de su impresionante escalada y también sobre la locura de haberla acometido.

—No ser buena cosa que un cazador se arriesgue a morir para salvar a un niño —se burló Galeena—. Ese Pequeño Lisiado se ha marchado para que su espíritu alimentar tormenta. Ser flacucho, pero servir de comida para lobos y leones. Desde el principio no ser bueno para mucho más; eso creer este hombre. Ahora Torka debe olvidar.

Torka se echó la capucha hacia atrás y se sacudió la nieve de los hombros; después miró a Galeena con ojos cansados. Era evidente que el jefe se sentía más engreído que de costumbre desde que, al despertar después del *plaku,* se encontró con varias mujeres en sus brazos y una pasiva Ai en el círculo de su hoguera. Era un hombre duro y arrogante que no entendía de compasión; pero, a excepción de Manaak, sus cazadores le eran leales, no a pesar de aquellas cualidades sino debido a ellas. Con Galeena de jefe, llevaban una existencia tan muelle e indolente como su hábitat lo permitía; y en la montaña adonde les había conducido, la vida era realmente cómoda.

Torka los contempló con aborrecimiento, consciente de que entre todos ellos no había un solo hombre que hubiese vacilado en clavarle una lanza en el corazón si Galeena lo ordenase. Por consiguiente, aunque le hubiera encantado hacer rodar por el suelo al jefe por las crueles palabras pronunciadas contra Karana, replicó con calma:

—En el pueblo de Torka no se considera una buena cosa abandonar a los muertos antes de que estén muertos. El Pequeño Lisiado sobrevivió sin compañía durante muchas lunas en la tundra. Su valor le condujo a esta montaña y a esta caverna. Todavía está vivo. Con las ropas nuevas y calientes que Lonit hizo para él, se enroscará como una zorra contra el viento, de espaldas a la tormenta. *Sobrevivirá.* Torka le *encontrará.* Torka no pedirá a ninguno de los hombres de Galeena que se arriesgue.

Llegó la mañana. La tormenta se había convertido en una furiosa ventisca que sacudía los cimientos del mundo. Aunque Manaak dijo que estaba dispuesto a acompañar a Torka a buscar a Karana a pesar de las inclemencias del tiempo, a Torka le bastó ver la desconocida expresión de los rostros de Lonit y de Iana para saber que no se atrevía a aventurarse a salir con aquel día. Desilusionado, sintiendo que tenía que hacer *algo,* encendió una hoguera que sirviera de señal y se puso en cuclillas a su lado.

Ninip deambulaba por allí cerca.

—¡El Pequeño Cojo está muerto! ¡Ni siquiera las bestias que roen sus huesos podrán ver la hoguera de Torka en medio de esta tormenta!

Torka le largó un bofetón. No le dio, pero al menos consiguió que se alejase. El chico reía para provocarle. Torka decidió ignorarle y continuó alimentando su hoguera, protegiéndola del viento. Confiaba, no sabía por qué, en que Karana *estaba* vivo, que podría ver la almenara y sabría que había alguien en la montaña que esperaba su regreso.

Las horas pasaban. La tormenta había arreciado. Umak entonó una infinita letanía de cánticos en los que imploraba a los espíritus del viento y del mal tiempo que abandonaran aquella parte del mundo, para que un chiquillo pudiera encontrar el camino de vuelta a casa; pero los espíritus que obedecieron sus órdenes la noche de la cacería de los bueyes almizcleros, hacían oídos sordos ahora.

La tormenta era cada vez más violenta. Torka seguía alimentando su fogata a medida que oscurecía y Umak proseguía con sus cánticos. Exhausto, roto por la energía empleada en mantener viva su esperanza, miraba el mundo hendido por la tormenta y pensaba en lo que Galeena había contado de otras tribus, de tierras extrañas, del Corredor de las Tormentas y de los innumerables rebaños de caza que se movían de un lado para otro a través del mundo, desvaneciéndose a finales del verano para resurgir de la eterna noche al terminar la época de la larga oscuridad.

¿Adónde irían en la temporada durante la cual la larga oscuridad los engullía? ¿Por qué iban? ¿Qué fuerza les impulsaba a empezar a abandonar la tundra incluso antes de que las primeras brumas de escarcha tornasen quebradizas las hierbas y los sauces se volviesen dorados por la misma causa? ¿Habían recibido de los espíritus un don que se le negaba al hombre? ¿Viajarían a alguna lejana y brillante llanura al otro lado de aquel espantoso lugar que Galeena llamaba el Corredor de las Tormentas? ¿Se ocultaría el sol allí, calentando aquella lejana y desconocida tierra y bañando a los rebaños con su preciosa luz que alimentaba la vida, mientras el mundo de Torka se extendía frío y oscuro bajo las tormentas de la larga oscuridad?

¿Y dónde estaría Karana ahora? ¿Seguiría a los rebaños dirigiéndose siempre hacia el este en busca de su pueblo? ¿Encontraría al padre cuyo amor significaba tanto para él que se negaba a admitir que le hubiera abandonado? ¿Se volvería a mirar alguna vez hacia la montaña, con su corazón lleno de odio hacia Torka por haberle avergonzado delante de la tribu de Galeena? ¿O estaría muerto, en el estómago de una fiera, como Galeena decía? ¿Yacería helado y solo, con su cuerpecito delgado de cara al cielo para siempre?

La idea era insoportable. El rostro de Torka estaba tenso por la fatiga cuando levantó la cabeza sobresaltado por Galeena. El jefe estaba de pie a su lado. Miraba hacia abajo mientras sacudía la cabeza.

—Torka debe olvidar al flacucho. Tú, atormentarte para nada. El Pequeño Lisiado elegir su camino. Para él estar muy claro. Galeena dice que ha hecho una elección valiente al no pedir piedad de hombre ni querer lágrimas de mujer. Ahora que estar muerto, Torka ha de admitir que ser buena cosa.

Durante toda la noche arreció la tormenta, y mientras sus hombres dormían, Lonit mantuvo encendido el fuego de la almenara. Cuando Torka despertó, no le dijo nada que pudiera apenarle. Le llevó comida y arrastró sus pieles de dormir cerca de donde él estaba para montar guardia a su lado. Antes de que amaneciera, la joven cayó en un sueño profundo e intranquilo. Soñó con perros salvajes que corrían a través de un mundo blanco. Tierra, montaña y cielo, todo estaba tan blanco como huesos. Despertó sobresaltada.

Torka se había ido. Igual que Karana, quien se había esfumado antes que él, se había ido furtivamente. Tampoco estaban sus prendas de invierno más pesadas, de varias capas de pieles, y había cogido suficientes provisiones para alimentarse durante un viaje largo.

—Se ha ido para mucho tiempo —dijo Iana, acercándose para consolarla.

—¿Por qué no me has despertado? ¿Por qué no ha ido nadie con él?

—Demasiada nieve. Demasiado viento —explicó Manaak, a todas luces disgustado. Si le hubiera dicho a este hombre que se marchaba, Manaak hubiera ido con él. Tal vez juntos...

—¡Os habríais reunido con el lisiado en el mundo de los espíritus! —le interrumpió Galeena. Luego se acercó a Lonit, quien estaba en pie ante el círculo de su hoguera. Poniéndole una pesada mano encima del hombro la dedicó una sonrisa lasciva—. Olvida a Torka. Ningún hombre de esta tribu seguirle con esta tormenta. Torka no volverá. Pero Lonit no preocuparse. Galeena siempre cuida de las mujeres. —Mientras pronunciaba estas palabras la apretaba el hombro con más fuerza.

Ella se zafó del apretón y retrocedió.

—¡Torka volverá!

—La nieve ha enterrado sus huellas —informó Ninip en tono vengativo, sonriendo ante el dolor reflejado en la cara de Lonit—. Ningún hombre podría encontrarle con esta tormenta. Ningún hombre sería tan idiota como para desperdiciar su vida por un tullido.

—¡Karana no es un tullido! —Lonit le habría abofeteado de haber estado el chico al alcance de su mano—. ¡Y Torka no es un idiota! ¿No te buscaría a ti tu padre si te hubieras perdido en medio de una tormenta?

La pregunta hizo que la cara ancha y sucia de Ninip enrojeciera y se crispase. Los miembros de la tribu se echaron a reír mientras Galeena replicaba:

—¡En cualquier clase de tiempo, este hombre no arriesgar su vida por Chico Que Cae Delante De Buey Almizclero!

A lo largo de otro día y otra noche, la tormenta sopló, aulló y escupió nieve sobre el mundo. Como sucedía en el sueño de Lonit, la tierra, la montaña y el cielo se habían vuelto blancos y formaban parte de un paisaje helado y desbordante de nubes en el que a ningún hombre que deseara vivir le hubiera gustado pasar un solo día.

Luego, aparentemente en un momento, la tormenta paró y el cielo se aclaró. La tundra se extendía blanca y apacible, sepultada bajo los escombros helados de la tormenta. Brillaba un sol frío cuyo calor parecía haberse agotado, lo mismo que la juventud parecía haber abandonado a Umak.

El espíritu jefe, pocos días antes tan orgulloso de sí mismo, estaba de pie en el saliente, envuelto en su vestimenta de piel de oso, con la cabeza de la fiera balanceándose encima de la suya... pero la piel era sólo una piel, y la cabeza era sólo una calavera, y dentro de su propio cuerpo se sentía de nuevo como un anciano. La tormenta había soplado con furia durante casi una semana, y a lo largo de todo ese tiempo, Umak la había atacado con no menos furia.

¿Por qué le ignoraban los espíritus del cielo? Había hecho un magnífico despliegue de su magia. El pueblo de Galeena no se hubiera sorprendido si hubiese volado en medio de la tormenta como una especie de pájaro-oso prodigioso, capaz de arrebatar el poder del corazón de la tormenta, de coger a Karana y a Torka entre sus garras y llevarles sanos y salvos a la montaña.

El viejo había llegado a encantarse con sus propios sortilegios. Por un instante, cuando, tras desaparecer el niño, ocupó un sitio en el saliente y extendió sus brazos emplumados haciéndolos ondular, casi llegó a creer que podía volar.

Pero cuando Torka descendió por la pared, tuvo que enfrentarse a la verdad. Quiso ir con él, preceder audazmente a su nieto en el descenso de las alturas para ir en busca de Karana. Pero se quedó helado en el sitio donde ahora estaba, dándose cuenta de que sólo era un anciano vestido con una piel de oso, con una pierna rígida y un terror pánico por la pared cubierta de hielo que estaba totalmente seguro de no conquistar.

De manera que se había envuelto las piernas, no como un oso sino como un camello, cubriéndose el cuerpo con la piel del gran oso caricorto. Había permanecido oculto dentro de ella días enteros, con la pretensión de ser lo que sabía que no era. Estaba contento con su piel de oso; le hacía parecer grande; a decir verdad, se sentía muy pequeño.

Poco a poco, los miembros de la tribu empezaron a dudar de él. Oklahnoo le miraba aviesamente. Su hermana, un alma más bondadosa —o tal vez simplemente protectora de su hombre y del hijo que llevaba en su seno— continuaba llevándole comida.

—Umak ser espíritu jefe —le tranquilizaba —; la magia de Umak ser fuerte. Esta vez ser un poco lenta, eso es todo. Esta mujer decir: canta fuerte.

Él le agradecía sus palabras de ánimo. Le ayudaban a soportar el aguijón de los comentarios mordaces que oía hacer a las otras mujeres; aunque éstas se cuidaban de hablar en voz demasiado alta, por si acaso se equivocaban. Pero, en cualquier caso, los hacían. En lo más hondo de su ser, allí donde había renacido la confianza en sí mismo, existía un vacío cada vez mayor, un sentimiento de culpabilidad que empezaba a echar raíces.

¿Por qué había abandonado Karana la caverna? Pues porque un viejo se había endiosado hasta el punto de no ocuparse más de un niño.

La pena que le producía su remordimiento era casi insoportable. ¿Dónde estaba Torka? Había arriesgado su vida al ir en busca de Karana porque los poderes de un espíritu jefe no consiguieron traerle de vuelta a casa. Ahora la tormenta en medio de la cual se había marchado Torka ya había pasado. ¿Por qué no estaba de regreso?

—¡Por favor, Espíritu Jefe, no debes dejar de entonar tus cánticos! —suplicó Lonit.

Él la miró. La expresión de confianza de la joven le conmovió, pero no logró devolverle la confianza en sí mismo. Se sentía viejo, con el cuerpo anquilosado.

—Este espíritu jefe está cansado —confesó a Lonit.

La muchacha se sentó a su lado.

—También Torka debe de estar cansado —dijo—; lo mismo que Karana.

La joven suspiró y apoyó la cabeza sobre un brazo de Umak como si fuera una niña. Permanecieron en silencio, con los ojos fijos en la lejanía y sus rostros iluminados, aunque no calentados, por el frío sol de las postrimerías del otoño. Lonit habló con voz suave del pasado; del largo y penoso viaje que emprendieron juntos a raíz de que el Destructor entrara y saliese de sus vidas; de cómo un anciano cuyo propósito era abandonarse en alas del viento llevó a Torka y a una niña asustada a una nueva vida; de cómo había impulsado en ella el deseo de vivir; de cómo luchó contra lobos, zorras y tormentas; y de cómo le habían escuchado los espíritus siempre que él les hablaba.

—Te escucharán ahora —le susurró, con los ojos brillantes al levantar la cabeza para mirarle—. Por Torka, por Karana y por Lonit, tienen que escucharte. Si Torka no regresa, Galeena llevará a esta mujer al círculo de su hoguera. La dará de puntapiés hasta que el niño de Torka muera. Entonces sí que Torka habrá muerto de verdad. Para siempre. Y Galeena se sentirá feliz.

Oír esta declaración le horrorizó de tal modo que, por unos segundos, fue incapaz de hablar.

—¿Por qué iba Galeena a matar al niño de Torka? Éstos no son tiempos de hambruna.

—Ai ha dicho que lo hará.

—¡Hummm! ¡No mientras Umak sea espíritu jefe! —levantándose se reajustó la piel de oso sobre su huesudo cuerpo y volvió a cantar de nuevo. Su voz era una vibración chirriante que no se elevaba lo bastante por encima de las ocasionales reverberaciones escasamente audibles que surgían del corazón de la montaña, pero era más fuerte de cuanto lo había sido durante horas.

Lonit le llevó comida, que él no tocó. También le llevó agua, de la que tomó unos cuantos sorbos para humedecerse la garganta y que ésta no le fallara.

Al anochecer, una roca cayó con estrépito desde las alturas. Con ojos fatigados, Umak la vio precipitarse en el abismo a la izquierda de la cornisa en cuyo saliente se encontraba. En la roca había hielo y grandes y descoloridos bordes de nieve salpicada de guijarros que sin duda debían de haberse desprendido de debajo de las inmediaciones del casquete de hielo de la cumbre. Era uno más de los incontables desprendimientos que había presenciado desde que se instalaron en la montaña, pero había algo diferente en éste. Demasiada nieve. Demasiados detritus. Tal vez fuera un efecto óptico producido por la luz desfalleciente. No estaba seguro, ni le importaba. En aquel momento tenía cosas más importantes en que ocupar sus pensamientos.

Al fin y al cabo, parecía que los espíritus no habían hecho oídos sordos a sus invocaciones. Su corazón se remontó, porque Torka se dirigía a la montaña y Karana caminaba a su lado.

Exhaustos por su odisea, Torka y Karana durmieron un día y una noche enteros. El chiquillo estaba acurrucado en el hueco del brazo de Torka, cerca del círculo de la hoguera de Lonit. En la oscuridad del segundo día, un poco antes de que amaneciera, Karana despertó y miró a Lonit, ocupada en los preparativos de la primera comida del día.

—Vino por mí... —susurró maravillado—. Me dijo que había seguido las huellas de perros salvajes en el corazón de la tormenta. Arriesgó su vida... por un niño.

Ella sacudió la cabeza y, al hablarle, sus palabras encerraban un suave y cariñoso reproche.

—¡Naturalmente! ¿Pues qué esperabas? ¡El es Torka! ¡Torka nunca abandonaría a uno de los suyos!

Capítulo 12

Las últimas aves acuáticas migratorias que habían sobrevivido a la tormenta empezaban a marcharse de la tundra. Los grandes rebaños se habían desvanecido en dirección a la puesta del sol. En los últimos dias de luz, la caza era cada vez más escasa, pero el pueblo de Galeena no se preocupaba por eso. Los hombres de la tribu cazaban con desgana. Aunque ya habían dado buena cuenta de gran parte de las provisiones apiladas en el fondo de la caverna, se atiborraban con sus presas recientes y dejaban poco para guardar con vistas a los largos días de oscuridad que estaban a punto de llegar.

Las mujeres habían perdido su primer entusiasmo mínimo por el trabajo. La mayoría de ellas estaban embarazadas, y Lonit las observaba con creciente preocupación. Estaban engordando como si fueran osos preparándose para la hibernación. Osos perezosos y sucios. Arrugó la nariz, asqueada por el repugnante olor que había empezado a emanar de sus almacenes de invierno preparados a la ligera. En los confines de la caverna, relativamente calientes y protegidos del viento, bayas puestas a secar de mala manera estaban enmoheciéndose y sus provisiones de carne aparecían cubiertas de musgo verde. Cuando habló de lo que la preocupaba, incluso Iana se mostró asombrada. La mujer de los ojos tristes la informó de que el moho proporcionaba un sabor especial a las bayas, y que nada era más sabroso ni más tierno que la carne tal como ellos la preparaban.

—Bueno; así será —concedió Lonit—. Sin embargo, es demasiado pronto para que el moho esté tan avanzado. Devorará la carne antes de que lo hagamos nosotros! Y el que cubre las bayas ha formado una capa tan gruesa que pronto dejarán de serlo para convertirse en montoncitos de pelusa gris no aptos para ser comidos.

—Todo sirve para ser comido —dijo Oklahnoo, que la oyó por casualidad.

Las otras se mostraron de acuerdo.

Lonit sacudió la cabeza.

—¡Será así en este campamento! Si las mujeres de Galeena no son más cuidadosas, todos nos veremos obligados a chupar pieles hasta que vuelva el sol una vez haya concluido la época de la larga oscuridad.

A las mujeres no les sentaron bien las críticas de Lonit. Naknaktup la dijo que su embarazo estaba volviéndola tan quisquillosa como una vieja, y Weelup añadió que las mujeres quisquillosas, viejas o no, no eran bien acogidas en la tribu de Galeena.

—La mujer de Torka es igual que su hombre —comentó Ai despectiva—; siempre creer que sus costumbres ser mejores. Pero, ¿dónde están las gentes que la enseñaron? Caminan en el viento; en cambio, la tribu de Galeena hacerse fuerte y engordar en este campamento.

También en esto se mostraron las otras de acuerdo, y añadieron que, si bien Torka era un hombre a quien daba gusto mirar, siempre estaba demasiado ocupado; cuando no cazaba, fabricaba sus armas o bien enseñaba al pequeño lisiado nuevas maneras de cazar, aunque eso fuera a todas luces una pérdida de tiempo. Weelup manifestó que Galeena le había dicho que los otros hombres se quejaban de que algunas veces sólo con mirar a Torka se sentían cansados, y el jefe todavía estaba resentido por la forma en que ignoró sus deseos y salió en busca de un chiquillo que estaría mejor muerto.

—Karana ya no es un tullido —la corrigió Lonit con firmeza—. Cojea un poco al andar, pero puede trepar por la pared tan bien como cualquier hombre, y mejor que muchos de los muchachos. En ocasiones esta mujer cree que parece un cabritillo corriendo arriba y abajo sin perder pie nunca.

—Tal vez podríamos comérnoslo en cuanto llegar época de larga oscuridad.

Las otras se echaron a reír. Todas excepto Iana. Desde hacía días estaba pálida y débil; las demás estaban seguras de que su hijo llegaría al mundo en cualquier momento.

Era raro que Lonit se enojara, pero ahora lo estaba al dirigirse a Ai.

—¡En los tiempos de hambre —dijo furiosa—, esta mujer antes te verá a ti ensartada en un espetón que consentir que a Karana le suceda nada malo!

Las otras mujeres cuchichearon entre sí sorprendidas.

Ai sonrió con afectada altanería.

—¡No habrá tiempos de hambre! —repuso—. Galeena decir que

nunca más esta tribu errar en invierno oscuro en busca de comida. La comida *vendrá* a nosotros en los tiempos de oscuridad. Galeena haber vigilado. Galeena ver cómo la montaña golpear la espalda del viento de la tundra. En un sitio, después de una tormenta, *mucha* nieve. En otro sitio, *poca* nieve. Mientras los grandes rebaños siguen al sol que se pone sobre el borde del mundo, otros animales quedarse. Pastan y se mantienen gordos para lanzas de cazadores de Galeena. Comerán todo el tiempo que dure la larga oscuridad. La gente de Galeena se *los* comerá. Por tanto, esta mujer dice: sólo la estupida Lonit se preocupa por despilfarro de comida. Galeena dice que cuando acabarse, habrá más. Galeena decir que, en este campamento, su gente nunca estar hambrienta. Y Ai le dice a la mujer de Torka: vuelve a amenazarme, y *todos* vosotros, Pueblo del Perro, lo lamentaréis.

Lonit la miró horrorizada, no por la amenaza, sino por la despreocupación de Ai y su irrespestuosa actitud con respecto a las fuerzas imprevisibles y todopoderosas de la Creación. Las palabras de Ai habían sido arrojadas a la cara de los espíritus de la caza y desafiado los poderes de la luna del hambre.

—Ten cuidado, mujer de Galeena. Los espíritus se enfadarán con aquellos que presuman demasiado —advirtió Lonit, y desde ese momento su mundo interior se pobló de sombras que no tenían nada que ver con los días cada vez más cortos. No importaba lo que Galeena hubiera dicho, ni cómo hubiese interpretado Ai sus palabras, la luna del hambre se elevaría en el cielo. Y una vez estuviera en lo más alto del cielo, imnenso y negro, no se ocultaría hasta que todas las personas que habitaban la montaña estuviesen muertas, en castigo por la arrogancia de su jefe y de su mujer, Ai.

En el lejano horizonte del suroeste, un penacho de humo volcánico se elevaba de una de las cimas cubiertas de nieve que, a la luz del día, parecían apuntalar el firmamento. Sin embargo, al elevarse durante la noche, el penacho no se veía.

Debajo de las pieles de dormir de Torka, la montaña cayó y se levantó tan sutilmente, que su movimiento sólo le hizo lanzar un bostezo y atraer a Lonit un poco más hacia sí. Cuando el rugido de la distante erupción llegó a sus oídos, estaba tan debilitado por la lejanía, que tan sólo parecía que el viento había arreciado un poco. Pero más arriba, en el glaciar que abrumaba la cumbre de la montaña, la grieta de varios metros que se abrió el día en que Umak mató al alce se había ensanchado más.

En la tundra, los pequeños animales notaron los temblores que sacudían la capa helada y salieron a la desbandada de sus madrigueras y escondrijos. Las aves emprendieron el vuelo a través de la cara redonda de la luna. Lobos y perros lanzaron lastimeros aullidos en tono bajo. Los animales de caza resoplaron y dieron vueltas inquietos mientras, a muchos kilómetros de distancia, un rebaño de mamuts barritaba su incertidumbre en la noche. Y desde un corredor distante y angosto que dividía una ringlera de pasto entre dos capas de hielo continentales, respondió un barrito, alto y agudo, inconfundible para cualquier hombre o bestia que lo hubiese oído antes.

Fue aquel sonido lo que despertó a la gente de la montaña y les obligó a ponerse en pie, mientras escuchaban aterrorizados. De la cima cayeron enormes pedazos de hielo, luego todo quedó en calma. La gente se asomaba a mirar el mundo azul, iluminado por la luna, y Naknaktup se apretó contra Umak, preguntándole al espíritu jefe qué era lo que había turbado la noche.

"Los espíritus del viento", pensó Lonit, porque el silencio era absoluto, salvo el suave silbido del viento contra la montaña.

Umak notó que el viento le daba en la cara. Era frío, un viento invernal que hacía que los huesos le dolieran. Su respiración se helaba en nubecillas delante de sus ojos, velaba su visión del vuelo rasante de las aves que regresaban a la tierra como si fueran hojas que cayesen.

El silencio aumentó y se expandió, después penetró en la caverna y latió en su interior. No había hombre, mujer o muchacho que no se sintiera embargado por el terror de sus propios temores, incluido el espíritu jefe.

Umak recordaba las palabras de advertencia de Karana: "Tenemos que marcharnos de este lugar. Es un mal campamento. Tenemos que irnos o nos quedaremos aquí para siempre".

No obstante, sabía que abandonar aquel refugio seguro en la montaña para atravesar las enormes y desconocidas distancias de tundra que se encontraban ahora bajo las primeras sombras de la larga oscuridad, supondría una muerte segura..., no para toda la tribu, pero sin duda alguna para un anciano cuyos huesos estaban anquilosados y para una matrona madura y embarazada. Umak ya había caminado una vez en alas del viento. No estaba dispuesto a repetirlo. Quería vivir lo suficiente para verse renacer por medio de Naknaktup y también a través de Lonit, porque la vida que llegaría al mundo por medio de ella sería también la de Torka. Una tercera generación de espíritus jefes, una línea ininterrumpida en la criatura que iba a nacer de la semilla de un viejo.

El pensamiento era tan embriagador que le confortó hasta que la negra nube de las palabras de Manaak devolvió al anciano a la realidad.

—Es el gran Espíritu que camina en la noche. Es el enorme fantasma el que hace que la montaña tiemble y las fieras griten de miedo. Nos ha seguido, tal como Manaak dijo siempre que lo haría. ¡Ahora tenemos que darle caza! ¡Ahora tenemos que matarlo antes de que nos mate a todos!

Las mujeres prorrumpieron en angustiados lamentos. Los cazadores refunfuñaron y se miraron unos a otros con ansiedad. Galeena montó en cólera.

—¡Este hombre no caza bestias! —exclamó mientras indicaba con un ademán la noche que se extendía fuera de la caverna—. ¡Este hombre no caza fantasmas! Lo que ha turbado la noche ya se ha marchado. Galeena está enfermo de oír a Manaak que habla siempre del Gran Espíritu. Galeena dice que si Manaak ve alguna vez a ese fantasma descomunal, es libre de ir a cazarlo, pero él solo. Por su parte, Galeena ha encontrado un campamento seguro para su gente. Lo que hace que el mundo se estremezca está ahora en silencio. No vendrá a este sitio.

—Ningún hombre puede decir lo que los espíritus harán —sentenció Umak.

—Ese espíritu camina dentro de la piel de un mamut —Galeena le miró furioso—. El mamut no trepa a las montañas. Y Galeena no caza mamuts, a no ser que puedan ser atrapados en una ciénaga sin correr peligro.

—Eso podría arreglarse —sugirió Torka—. Varios hombres podríamos formar un grupo para descender, seguir sus huellas, descubrir dónde ramonea y hacerle caer en la trampa que preparásemos.

La excitación que denotaba su voz no hizo sino aumentar la alarma entre los otros cazadores. Sólo Manaak dio muestras de entusiasmo.

—Eso sería una buena cosa. ¡Aquellos que recorren la tundra entonarían cánticos de alabanza por quienes lograran matar al Gran Espíritu!

—Los hombres no *matan* espíritus —dijo Umak, haciéndole señas a Manaak para que callara—. Los hombres pueden entonar cánticos de alabanza para apaciguar su ira. Los hombres caminan ligeros a la sombra de los espíritus y entonan las canciones que harán que las sombras caigan sobre otras partes del mundo.

—¿Para que otros hombres mueran? —la pregunta de Torka estaba hecha en tono agresivo, porque acababa de apreciar un inusitado timbre acomodadizo en la voz de Umak. Aquello le irritaba y sorprendía a la vez. Así que Karana tenía razón. Umak había cambiado desde que se había convertido en espíritu jefe de la tribu de Galeena.

—¡A Galeena no preocuparle los otros! —tronó el jefe, y cuando todos sus cazadores suspiraron aliviados y murmuraron para manifestar que estaban de acuerdo, abrió su boca desdentada en una amplia sonrisa y le dio unas farmiliares palmadas en la espalda a Umak en señal de aprobación. A continuación añadió—: ¡los hombres inteligentes escuchar a su espíritu jefe! Los hombres inteligentes entonarán las canciones que mantendrán alejado al Gran Espíritu, mientras camina por su propia parte del mundo.

—Entonad todos los cánticos que queráis —dijo Torka con severidad—. Este hombre ha hundido su lanza en la sangre y la carne del Gran Espíritu. Si camina por nuestro mundo, los cánticos no bastarán para hacer que se marche.

Galeena le miró con aversión.

—¡Torka siempre lo sabe *todo*! ¡No es el único hombre que se ha enfrentado al gran fantasma! Si Torka y Manaak quieren combatir contra el Gran Espíritu, que hagan lanzas. *Muchas* lanzas. Lanzas *fuertes*. Lanzas *agudas*. Si el Gran Espíritu viene, Galeena os permitirá matarlo. *Si* podéis. Pero ahora, Galeena os dice que escuchar noche. Está en silencio. El Gran Espíritu camina por otra parte del mundo. Si queréis seguirle, Galeena dice: ¡*Marchad*! No os detendré. Pero por lo que se refiere a este hombre y sus cazadores, nosotros cazamos carne, no espíritus. Nos quedaremos aquí. ¡Para siempre!

En el horizonte lejano, el volcán dormía de nuevo, como lo hacían la gente de la tribu de Galeena. La noche transcurrió en silencio, excepto por el susurro del viento y los sordos y somnolientos murmullos del casquete helado de la cumbre. Al amanecer, Manaak se acercó al círculo de la hoguera de Torka.

—Este hombre se marcha ahora a cazar al Gran Espíritu —susurró, dándole un golpe a Torka con su mano enguantada—. ¿Tiene que marcharse solo, o viene Torka con él?

Torka se pasó una mano por los ojos para ahuyentar el sueño. Al mirar hacia arriba vio que Manaak estaba vestido para viajar y cazar. Sus lanzas sobresalían del bulto que llevaba a la espalda, las cuerdas para tender trampas las llevaba enroscadas en un hombro, y del otro colgaba su bolsa de caza donde llevaba un surtido extra de puntas de lanza, así como utensilios para despellejar, descuartizar y otros distintos usos. Torka frunció el ceño mientras se incorporaba sobre un codo. Contestó en voz queda que no quería molestar a Lonit ni a Karana, que dormían uno a cada lado de él.

—A diferencia de Manaak, Torka no se siente solo en el mundo. A diferencia de Manaak, Torka sería incapaz de abandonar este campamento sin mirar atrás. A diferencia de Manaak, aunque Torka se *arriesgara* si pensase que tenía alguna posibilidad de matar al Gran

Espíritu, Torka *no* abandonaría a su mujer porque Galeena le haya incitado a salir en busca de su muerte.

Manaak contuvo a duras penas su rabia. El sarcasmo de Torka había dado en el blanco. El hombre de la cicatriz en la cara pensó en su mujer y su firmeza de hacía unos instantes se tambaleó.

—El Gran Espíritu está ahí afuera —dijo desilusionado—. Vendrá algún día. Algún día, por la salvación de nuestras mujeres, tendremos que hacerle frente.

—Algún día. Ahora, no. ¿Quién cazaría para nuestras mujeres en la época de la luna del hambre si nosotros no regresásemos? Las dos esperan un hijo. Debemos quedarnos por ellos. Torka ha pensado mucho sobre el asunto. *Haremos* lo que Galeena ha sugerido: prepararemos nuestras armas y haremos muchas lanzas agudas en número suficiente para todos los hombres de la tribu. Si el Gran Espíritu viene a ramonear al pie de nuestro campamento, le llevaremos ventaja. Este hombre no se fía gran cosa de Galeena, pero tiene razón al decir que los mamuts no trepan a las montañas. No estés tan ansioso por morir, amigo mío. No podemos estar seguros de que la voz que oímos fuera la del Gran Espíritu. Conténtate con que el Gran Espíritu camine lejos, en otra parte del mundo, y con saber que si *viene* a buscarnos, estaremos preparados.

Manaak no era un hombre fácil de convencer para que desistiera de sus propósitos; sin embargo, las palabras de Torka tenían sentido. Contrariado y convencido sólo a medias, regresó al círculo de su hoguera.

Torka estaba despierto. Imaginaba cómo se desarrollarían las cosas si el gran mamut hacía acto de presencia. Los hombres de la tribu de Galeena formarían una línea a lo largo del borde de la cornisa. Arrojarían una lanza tras otra contra la bestia. Crearían una lluvia mortífera y la bestia a la que las gentes de Galeena llamaban el Gran Espíritu escaparía o moriría.

Parecía muy fácil... demasiado fácil. Se daba cuenta del viento y de que algo se movía en las entrañas de la montaña. Era un sonido familiar, pero, ¿había sido siempre tan constante? ¿Tan semejante a un corazón que latiera arrítmicamente?

—Escucha. La montaña está viva. Hace algún tiempo era una amiga. Ahora nos advierte que nos marchemos.

La voz de Karana no había sido más alta que un suspiro, pero, aun así, sobresaltó a Torka. Hacía horas que la luna se había ocultado, pero la luz de las estrellas iluminaba la cara del chiquillo. Torka vio la preocupación reflejada en sus ojos.

—¿Marcharnos? —inquirió—. ¿En la época de la larga oscuridad?

¿Un cazador, un niño, una mujer embarazada y un viejo? ¿Cuánto tiempo sobreviviríamos?

—¡Umak es un espíritu jefe! Su magia nos haría fuertes.

—Umak es feliz en este campamento. No lo abandonaría.

—Entonces marchémonos sin él.

—Nunca, Torka no te abandonó a ti, Pequeño Cazador. ¿Le pedirías que abandonase al padre de su padre, que se alejara de alguien que le salvó la vida, la de Lonit y la de Karana?

El chiquillo se mordió el labio inferior unos segundos antes de contestar.

—El espíritu jefe ya no se preocupa por nadie, sólo de sí mismo. Pero Manaak y su mujer vendrían con nosotros. Seríamos una tribu. Karana puede ser pequeño, ¡pero es un cazador! ¡Y Torka es el mejor cazador de todos! Torka encontró a Karana en la gran tormenta. ¡Sólo el más inteligente de los rastreadores pudo hacer una cosa así!

—Rastreadores todavía más inteligentes iban detrás de ti, una manada de perros, y por la forma en que corrían no cabe duda de que seguían el olor de una presa. Fue una suerte para Karana que algo desviara su atención y Torka te encontrase antes de que ellos lo hicieran.

—Si el Hermano Perro estaba con ellos, Karana no hubiera sufrido ningún daño.

—¿Todavía piensas en él? Olvídalo. A estas alturas Aar habrá encontrado una manada de su propia especie, y si era la manada que te seguía, no dudes ni por un momento de que el Hermano Perro se habría unido a los demás para matarte. Los hombres y las fieras no pueden ser amigos, Karana.

—¡Hummm! —exclamó el chiquillo, en una excelente imitación de Umak—. ¡El pueblo de Torka vive con la tribu de Gaalena!

Divertido por la comparación, Torka se echó a reír.

—Por ahora, sí; porque tiene que ser así —admitió—. Pero a excepción de Manaak, no hay entre ellos uno solo a quien Torka pueda llamar hermano.

Capítulo 13

La montaña estaba silenciosa. El amanecer dio paso a un día frío y luminoso, de absoluta perfección. Los animales de la tundra pastaban y cazaban. No se oía a ningún mamut y la extraña inquietud de la noche pasada parecía una pesadilla casi olvidada. La gente se mostraba reacia a dejar la cueva, pero sin saber a ciencia cierta por qué. Umak elevó cánticos especiales para aplacar a los espíritus del cielo y de la montaña. Como atraído por su cántico, un enorme cóndor con alas de buitre cruzó el cielo, y una reducida familia de esbeltos antílopes de la estepa abandonó el bosquecillo de sauces achaparrados para aventurarse a pastar cerca de las estribaciones de la montaña. Olvidados los temores de la noche anterior, Galeena y sus cazadores bajaron de la montaña y, mientras Torka se rezagaba, asqueado, mataron al pequaño rebaño entero.

Era casi de noche cuando regresaron a la caverna. Como era su costumbre, Galeena y los suyos se dispusieron a pasar las horas dándose un festín, como si pensaran que no existía el mañana. Saciada su glotonería, durmieron todo el día y la noche siguiente y permanecieron en total indolencia dos días más.

Finalmente, el aburrimiento y el deseo de refocilarse con la sabrosa carne de cabras recién matadas, les indujeron a dejar la caverna para seguir las huellas de un escurridizo rebaño de cabras montesas, las cuales conducían a las umbrías alturas del estrecho cañón donde Umak mató al alce y al gran oso caricorto. Las cabras eran veloces y ágiles. Trepaban y brincaban hacia arriba a lo largo de las paredes del abismo con tanta facilidad como si fueran sombras de nubes. Excitados por la caza, los cazadores las perseguían a pesar de que los confines del cañón resultaban pavorosos para quienes estaban acostumbrados a cazar en la inmensidad de la tundra abierta. Galeena les condujo a las alturas, y los muchachos se desperdigaron por matorrales, quebradizos a causa de la nieve helada, y oscuros bosquecillos de piceas enanas. Perdices nivales y liebres se dieron a la fuga en busca de un refugio mejor.

Torka los observaba, preguntándose si eran muy valientes o muy estúpidos. Tal vez fuera lo último, tratándose de un pueblo con tan poca imaginación como el de Galeena. Le dijo a Karana que permaneciera junto a él y se ocupara de tener sus lanzas preparadas. El mismo territorio de espesos matorrales que había ocultado al gran oso caricorto podía reservar idénticos peligros.

A pesar de una ligera cojera, el chiquillo le seguía sin quedarse atrás. Su pierna estaba fuerte de nuevo, y aunque los otros chicos se reían de él por su modo de andar un poco rígido, Torka notó que Karana no quería darse por aludido. Demostraba su temple al ir allí donde ellos se atrevían a aventurarse, sin quejarse jamás ni pedir que se hiciera ninguna excepción con respecto a él. La pierna *tenía* que dolerle a veces, pero si era así, nunca hablaba de ello, sólo una leve contracción en las comisuras de sus labios revelaba cuán grande era su esfuerzo.

Siguieron andando hasta que les bloqueó el paso un enorme bloque del glaciar de la cumbre que parecía a punto de desprenderse. Era imposible penetrar más en el cañón, a no ser que escalaran el hielo. Las cabras brincaron en su ascenso; sus pezuñas pequeñas y agudas se incrustaban en la nieve y hacían que trozos de ésta saltaran por los aires en su alocada huida por ponerse a salvo. Una lanza certeramente arrojada por Galeena se clavó en el cuello de un cabrito. El arma de Manaak voló para hundirse en el anca de un macho cabrío. Varios animales tropezaron y cayeron, levantándose enseguida para echar a correr, la mitad de ellos con lanzas sobresaliendo en diversas partes de su cuerpo. Otros se desplomaron, con su pelaje blanco salpicado de sangre, sofocados sus balidos por los aullidos de los cazadores de Galeena.

Torka le dijo a Karana que se adelantara y matara una cabra si quería. El chiquillo obedeció al punto. Torka no se movió. Se quedó paralizado, momentáneamente desorientado.

El glaciar no estaba allí antes, estaba completamente seguro. Se fijó en la gran masa de hielo sucio que bloqueaba el camino delante de él. Varios árboles de picea yacían tronchados y semienterrados en un informe montón de trozos de roca dura cubiertos de nieve, donde los muchachos y los cazadores de la tribu de Galeena habían trepado para cobrar sus presas. Aquellos árboles estaban en pie la última vez que

Torka los había visto; habían formado el bosquecillo en el que Umak mató al alce. Ahora, al estudiar la nieve y el hielo donde yacían los árboles casi enterrados por completo, comprendió que no estaba viendo un glaciar sino los detritos acumulados que habían caído del borde del casquete de hielo de la cima desde que condujo a los otros a la montaña.

Manaak se le acercó, con su macho cabrío cruzado sobre los hombros. Sentia curiosidad por saber por qué Torka no participaba en la cacería. Cuando Torka le comunicó sus pensamientos, Manaak se encogió de hombros y dijo que pasaba lo mismo en todas partes.

—Los viejos de campanentos lejanos dicen que los espíritus del hielo se hacen más fuertes. Los espíritus del hielo caen del cielo. Cubrir la tierra. Permanecer en montañas. No se funden. Esta masa de hielo crecerá en los tiempos de oscuridad del invierno. En un cañón umbrío como éste, incluso en verano, no se fundirá del todo. En la próxima época de la oscuridad, volverá a crecer. Llenará el cañón, se hará tan alta que se unirá con la cumbre del glaciar. En la próxima temporada de luz, empezará a caminar fuera del cañón, aplastando todo lo que encuentre a su paso. Este hombre caminar lejos y rastrear mucha caza. En las montañas lejanas, desfiladeros enteros desaparecen bajo el hielo que camina. En numerosos sitios, los animales de caza tienen que buscar nuevos caminos para salir de las montañas y acudir a los terrenos donde abundan los pastos.

Torka comprendió, por fin, por qué su pueblo había esperado en vano que los caribúes regresaran por su acostumbrada ruta de migración.

—¿De dónde vienen los rebaños, Manaak? ¿Habéis viajado vosotros allí, a la cara del sol naciente?

—Ningún hombre puede hacer eso. Los rebaños proceden del sol naciente, a través del Corredor de las Tormentas, llegan del borde del mundo donde ningún hombre puede seguirles.

—Me gustaría saber... —la meditación de Torka quedó interrumpida incluso antes de que hubiera empezado a tomar forma.

Un rugido chirriante, espantoso, retumbó en el cañón, seguido por los alaridos de dolor de un muchacho y los gritos e imprecaciones de hombres.

El felino, cuyo tamaño era igual al de un león, había estado alimentándose con los despojos del camello al que había matado hacía algunas noches. El felino era viejo, tenía la espina dorsal parcialmente soldada y artritis en un cuarto trasero. Sus patas eran cortas, lo que le proporcionaba la apariencia de una hiena, era como si los cuerpos de dos tipos diferentes de animales se hubieran unido por equivocación. El felino no era un cazador de la tundra de pies ligeros; estaba hecho para saltar. Su cerebro era pequeño; su temperamento desabrido. En sus últimos años se había convertido en un depredador repulsivo e imprevisible. Cuando Ninip y los otros chicos le rozaron accidentalmente, dio un salto para batirse en rápida retirada en lo alto del hielo caído; la cadera lisiada le impidió saltar tan arriba como pretendía. Con su corta cola, semejante a la de un lince retorciéndose, dio la vuelta y bufó, asestando zarpazos a los chicos mientras desplegaba los dos colmillos que algún día les valdría a otros ejemplares de su especie el nombre de "dientes de sable".

El felino, un merodeador al acecho y saltador, estaba siempre dispuesto a arrojarse sobre una presa torpe y despreocupada a la que se le ocurriera ramonear demasiado cerca del lugar donde él se encontraba apostado. Ahora saltó sobre los chicos, que prorrumpieron en gritos, amenazándole y golpeándole con las pocas lanzas que no habían arrojado contra las cabras en fuga. Con toda su potencia proyectada en su salto, el felino del tamaño de un león era una mancha descomunal de pelo rojizo y largo. Su quijada inferior pareció desencajarse al caer hacia atrás, contra la garganta. Su boca se abrió de oreja a oreja para dejar que sus colmillos, la mitad de largos que el antebrazo de un hombre, se proyectaran hacia adelante.

Ninip era su objetivo, pero el chico se apartó de lado justo a tiempo, tras propinar un empujón al compañero que tenía más cerca, el cual cayó delante del felino. Cuando el animal atacó al muchacho, hundió los caninos en su tórax. El chico se desplomó, con el felino encima. La punta de uno de los colmillos del animal se rompió contra una roca que había debajo de la espalda perforada del muchacho. El felino lanzó un aullido a causa del dolor de un nervio destrozado, sacó los dientes y acribilló a su víctima una y otra vez, desgarrándola por la mitad hasta que sus garras y su cuerpo se cubrieron con la sangre y la porquería que salía de los intestinos del muchacho destripado.

El chico aún no había muerto. No emitía ningún sonido, pero sus manos se movían espasmódicamente y sus piernas se agitaban convulsas. El felino se lo estaba comiendo vivo.

Karana arrojó su lanza. Todos los demás chicos habían huido, y los hombres de la tribu de Galeena se limitaban a observar. No quedaba tiempo para tratar de averiguar por qué no hacían nada por acudir en ayuda del muchacho caído. La lanza de Karana no había dado en el blanco, pero aún le quedaba otra, la mejor, la que Torka le había hecho. Su pequeña mano se curvó sobre el asta, equilibrándola. Por el rabillo del ojo vio que Ninip le miraba.

Karana avanzó con lentitud, con el brazo que sostenía la lanza curvado hasta lograr un equilibrio perfecto antes de arrojarla. Sabía que Torka y Manaak corrían hacia él, con sus lanzas en ristre. Torka sostenía en la mano izquierda su porra de hueso de ballena. Karana apuntó. dispuesto a no fallar. Quería matar al felino. Si lo conseguía, todos los hombres le llamarían el Matador de Leones, en vez de llamarle Pequeño Tullido. Torka se sentiría orgulloso. Y Ninip nunca más volvería a burlarse de él.

Con los ojos fijos en Karana, Ninip se dio cuenta de lo que el niño intentaba hacer. ¿Cómo se atrevía aquel pequeño cojo a enfrentarse al felino merodeador como si fuera el chico más valiente del mundo? Por lo que a él se refería, nunca podría vivir convertido en el hazmerreír de sus compañeros y odiado por su padre si permanecía allí quieto, atemorizado por el gran felino, en tanto que el enclenque Karana intentaba matarlo. Galeena todavía le despreciaba por haberse caído delante del buey almizclero en el instante en que éste cargaba. Ninip jamás recuperaría el respeto de su padre si Karana abatía al felino.

Con un impulso de energía que eclipsó su miedo, Nlnip corrió a ponerse al lado de Karana y le arrebató la lanza de la mano justo cuando el niño se disponía a arrojarla.

Al recibir un violento codazo en un costado, Karana perdió el equilibrio y cayó en tanto Ninip lanzaba un alarido de triunfo. La lanza era ligera y larga, con un equilibrio completamente distinto del que tenían las armas más pesadas y de asta más gruesa hechas por los cazadores de su tribu. Buscó la posición correcta para efectuar el lanzamiento, pero su movimiento atrajo la atención del felino.

La fiera actuó tan rápida e inesperadamente que Ninip no tuvo oportunidad de reaccionar. De un gran salto cayó encima de él, arrojándole al suelo. Ninip cayó de costado, con la lanza todavía en la mano, clavada inútilmente en el suelo por la presión de su cabeza contra el antebrazo. El instinto le había hecho colocarse en posición fetal para así proteger sus órganos vitales de las terribles garras y los feroces colmillos del felino. Con sus gruesas ropas de invierno como única protección contra la acometida de la fiera, llamó a su padre pidiéndole a gritos que matara al felino antes de que éste le hiciera pedazos.

El cóndor gigante que con frecuencia se dejaba ver mientras volaba en círculos alrededor de la cara del sol, apareció en lo alto del cañón, atraído por los sonidos de muerte. Su sombra distrajo al felino, que miró hacia arriba un instante, tiempo suficiente para que Ninip viera que su padre y los otros cazadores permanecían inmóviles. Ninguno de ellos hizo el menor esfuerzo por levantar una lanza.

Estaban preparados para ver cómo moría.

Antes de que pudiera preguntarse la causa de la actitud de los suyos, una lanza de Torka se clavó en el felino, seguida de otra de Manaak. El felino se levantó y reculó, revolviéndose al tiempo que emitía el desagradable gargarismo característico de los felinos acorralados y furiosos.

Ninip no se atrevía a moverse, porque no sabía si sus brazos y sus piernas seguían unidos al tronco; en realidad ni siquiera sabía si aún estaba vivo. Poco a poco Torka entró en el campo de visión de Ninip para situarse entre él y el felino. La sangre nublaba la vista del chico, que no sabía si era suya o del animal. Torka emitía maullidos sordos y hostiles para provocar al animal. Sostenía su extraña maza de hueso de ballena con filo de cuchillo. Ninip estaba a punto de desmayarse, confuso. ¿Por qué se arriesgaba Torka por alguien que nunca había hecho nada para merecer que se preocupara por él?

Mientras Ninip observaba, Torka se agachó, agarró con ambas manos el estrecho mango de su arma forrado con tendones. Continuaba hostigando al felino hasta que éste, con un rugido de rabia, se le echó encima. El joven cazador lo esquivó con extraordinaria agilidad y gracia, sin dejar de asestar golpes al mismo tiempo. El filo largo y agudo de su arma cercenó las garras salientes de la fiera. Ésta aterrizó antes de darse cuenta de que le faltaban. Los muñones no pudieron aguantar su peso. Entre espantosos alaridos cayó de cabeza mientras Torka se acercaba y le propinaba tres golpes brutales en el cráneo con su extraña maza-cuchillo.

Igual que el muchacho a quien había destripado, el felino de dientes de sable murió lentamente.

Si Galeena hubiera hecho las cosas a su modo, Ninip habría sido abandonado para morir al lado del cadáver mutilado del muchacho destripado. El jefe no disimulaba su cólera después de que Torka hubo dado muerte al felino.

—¡Torka ha vuelto a arriesgar su vida por salvar la de un inútil! ¿Creía Torka que los otros compartir el riesgo con él? No. ¡Una tribu necesitar hombres, cazadores, no muchachos torpes!

Los demás cazadores se mostraron de acuerdo. Estaban resentidos por el despliegue de valor de Torka, el cual les había puesto el listón a un nivel por el que nadie deseaba ser medido.

Torka miró incrédulo a Galeena.

—Ninip es tu hijo —dijo.

—¡Bah! ¿Qué es un hijo? Este hombre tener muchos hijos antes. Tendrá hijos otra vez.

A Torka le resultaba difícil comprender el sentido de su crueldad.

—Los espíritus han sido generosos con Galeena. El felino se rompió un diente al atacar al otro chico. Debió resultarle doloroso, por eso no atravesó a Ninip. Tiene arañazos profundos y está magullado, pero con los cuidados oportunos, pronto sanará.

—¡Ya que tú le has salvado, cúrale también! ¡A Galeena no se le ocurrirá reclamar a ese imbécil como algo suyo!

Capítulo 14

El hielo que se formaba en las charcas estaba incrustado ahora en lo más hondo y no se derretiría hasta la primavera. La luz del día era poco más que una breve neblina azul. Mientras el viento frío y seco soplaba con fuerza del noroeste, Iana tuvo dolores de parto dos veces, pero su hijo no nació. Manaak estaba inquieto. Umak entonó cánticos para que la criatura apareciera. Ai sonreía burlona a su espalda y susurraba a Galeena que la magia del espíritu jefe no tenía nada de eficaz. El anciano, que la había oído, gruñó y dijo que el niño de Iana no nacería antes de que su espíritu estuviera preparado. Oklahnoo le miró escéptica, en tanto Naknaktup señalaba a Ninip y se jactó de que si el chico estaba vivo era gracias a la magia curativa de su hombre.

Por el bien de Umak, Torka no quiso discutir con ella. Ninip estaba recuperándose, aunque con lentitud. El incidente con el felino le había transformado. Su combatividad y su arrogancia habían desaparecido. Lleno de moraduras, dolorido y cosido, estaba sentado con pasivo abatimiento junto al círculo de la hoguera de Torka. Si bien Torka detestaba antes al chico por la forma en que trataba a Karana, ahora se sentía preocupado por su causa. Ninip no comía si no le obligaban a hacerlo. No hablaba si no le hablaban, y sus respuestas se limitaban entonces a gruñidos y monosílabos entre dientes. Sus otrora compañeros no querían nada con él, excepto para mofarse de él con tanta crueldad como el chico lo hiciera poco antes de Karana. Sus brillantes ojos de hurón se habían apagado. Parecía haber perdido las ganas de vivir.

Karana disfrutaba con la situación. Estaba abiertamente resentido del nuevo sitio que Ninip ocupaba en el círculo de la hoguera de Torka. Se sentía contento de que los otros muchachos hubieran vuelto la espalda a su antiguo jefe. Le parecía maravilloso saber que ya no era el único objeto de sus bromas salvajes y de sus crueles burlas.

En cuanto a Torka, un extraño y desasosegador malestar se había apoderado de él después de haber dado muerte al felino. Algunas veces, mientras trabajaba en sus armas, se descubría mirando a Ninip, preguntándose si habría hecho lo correcto. El jefe no había arriesgado su vida, ni siquiera por su propio hijo, porque tenía otros en quien pensar: sus mujeres, su tribu y los demás chicos. Y Ninip era torpe, probablemente nunca sería un buen cazador. Entre el pueblo de Torka se consideraba una grave afrenta a los espíritus de la caza desperdiciar carne con cualquiera que demostrase ser un estorbo para la tribu. ¿Por qué iba a ser diferente esta regla entre la trlbu de Galeena? Durante la época de la larga oscuridad, las vidas de su gente, así como las de Torka y su reducida tribu, podían depender de la comida que ahora obligaba a ingerir a Ninip. Suspiró, disgustado por los acontecimientos en los que se había visto inesperadamente envuelto.

Con la espalda apoyada en la pared de la montaña y las nalgas acomodadas encima de las bolsas de piel de pelo largo rellenas de hierba que Lonit había cosido para que sirvieran de almohadones, hizo una pausa en su trabajo. Había estado rehaciendo las puntas estropeadas de algunas de sus lanzas con su martillo de cornamenta endurecido al fuego. A pesar de la almohadilla de cuero que protegía su mano izquierda de cualquier tipo de corte o golpe, la mano le dolía de cansancio. ¿Cuántas puntas de lanzas había apoyado contra la almohadilla mientras les daba forma con la mano derecha? Hizo el cálculo y se sorprendió. Jamás hubiera creído que había pasado tanto tiempo desde que empezó a trabajar. Pero allí estaban todas las puntas, alineadas al lado de sus piedras-martillo y lascas.

Se preguntó una vez más adónde se dirigirían los grandes rebaños de rumiantes en los últimos días del otoño, antes de que el mundo se volviera frío y de que comenzara la época de la larga oscuridad avasallada por interminables tormentas.

Desde su hábitat en las alturas, solía vigilar la salida y la puesta del sol en un arco pálido, en constante disminución que apenas si permanecía en el cielo lo suficiente para proporcionar algo de calor. Pronto no quedaría de él sino un apagado brillo sobre el horizonte meridional, y después se marcharía por completo. "¿Adónde?, se preguntaba. ¿Adónde va? ¿Podrían seguirlo los hombres, seguir las huellas de los grandes rebaños siempre hacia el este, en dirección... a qué lugar?"

El curso de sus pensamientos cambió. Recordaba que había conducido a los suyos a la montaña. Encendió la hoguera que divisaron

Galeena y sus hombres desde muy lejos haciéndoles encaminarse al lugar donde se encontraba la caverna, y aunque el hombre era asqueroso y engreído, rebosante de un desorbitado sentido de superioridad, su compañía brindaba seguridad a causa del nutrido número de personas que componían su tribu. Con el tiempo de la larga oscuridad a las puertas, a Torka le aliviaba pensar que Lonit, Karana y Umak estaban a salvo, protegidos en el interior de la montaña como los niños en el seno de su madre. El peligro estaba allí afuera, en la tundra abierta, en el frío y la oscuridad crecientes por donde caminaba el Destructor, en busca de hombres que matar.

Los días que siguieron fueron intensamente fríos. El viento se deslizaba desde el casquete helado de la cumbre para mezclarse con las furiosas y secas rachas de aire que soplaban procedentes de las vastas distancias de Asia y del norte distante.

Lonit pasaba la mayor parte del tiempo con Iana. Cuando la mujer de los ojos tristes tuvo la primera de sus infructuosas contracciones, las otras mujeres la trasladaron al fondo de la caverna, por temor a que los espíritus de su sufrimiento las contaminaran a todas ellas. Habían hablado de bajarla del saliente para que saliera del trance en una cabaña preparada exprofeso en la base de la montaña, pero aquellas de las mujeres que estaban embarazadas se lo pensaron dos veces antes de dar la idea por buena. Aunque era costumbre mantener aisladas a las mujeres a punto de dar a luz, una cosa era que un hombre levantara una cabaña para el alumbramiento en la linde da un campamento, y otra muy distinta que la mujer se quedara sola en la tundra mientras el resto de la tribu estaba lejos, en las alturas. Umak decía que en los nuevos tiempos, hombres y mujeres tenían que aprender nuevas costumbres. De cualquier modo, todos se sintieron aliviados cuando la idea fue rechazada y a una agradecida Iana se le permitió quedarse mientras Manaak descendía de la montaña para coger juncias y hierbas secas, así como para cortar pedazos de tundra que servirían para suavizar el suelo de la caverna sobre el cual iba a dar a luz su mujer. Regresó valiéndose de la polea, y comunicó que la escarcha era cada vez más espesa y que la tierra no tardaría en estar helada y tan dura como una roca.

Lonit era incapaz de entender la renuencia de las otras mujeres a sentarse junto a Iana. Con la única excepcion de Naknaktup, que acudía de vez en cuando a colocar una mano experta sobre el vientre y la frente de Iana, todas las demás parecían despreocuparse por completo del asunto. Cuando los dolores de Iana aparecieron de nuevo, ellas y sus hombres se mantuvieron alejados de ella.

Lonit cogió las manos frías y secas de Iana y las estrechó entre sus cálidas palmas.

—Lonit se quedará contigo. Lonit ayudará. Lonit entonará canciones de mujer para Iana, pero Iana tiene que decirle a Lonit lo que tiene que hacer, porque las mujeres de la tribu de Lonlt caminaron por el mundo de los espíritus antes de que pudieran enseñarla.

—Entre la gente de Iana no haber canciones para esto... —Iana abrió la boca, contuvo la respiración y apretó los dientes hasta que pasó la oleada de dolor que acababa de asaltarla.

Lonit le soltó las manos y sacudió la cabeza.

—En el pueblo de Torka había *muchas* canciones. Canciones felices. Canciones tristes. Canciones para todas las ocasiones. ¡Especialmente para *ésta*! Escucha, Umak entona el cántico de los niños que nacen para ti. ¡Posee una gran magia!

—Esta mujer no quiere oírlo.

—Porque las mujeres no cantan sus propias canciones. Lonit siempre las oía cuando era una niña pequeña. Esta mujer las escuchaba y trataba de imaginar cómo se encontrarían las mujeres dentro de la cabaña para el alumbramiento. La cabaña estaba siempre tan lejos que Lonit no podía oír las palabras de las mujeres, pero sí el ritmo de las canciones. Era algo parecido a esto...

Lonit cantó suavamente, buscando el tono adecuado para una cadencia perfecta. Dio con ambos. Su voz era tan dulce como el agua clara que corría encima de piedras lisas en un día de verano. Parecía suprimir el frío de la caverna, devolver el sol al cielo de nuevo.

Dentro de la caverna, todos hicieron un alto en sus tareas para volverse hacia Lonit y escuchar. El corazón de Torka estaba henchido de amor y de orgullo. La canción no era más hermosa que la mujer que la cantaba.

Iana suspiró. Estaba tranquila hasta que se presentó otra contracción. Entonces gritó, aferrándose a la mano de Lonit con tal fuerza que la joven hizo una mueca de dolor, pero no hizo el menor movimiento para apartarse. Iana estaba débil, exhausta y dolorida.

—Deja a esta mujer, Lonit. No hay ayuda para esta criatura que tarda tanto en nacer. Nacer es como la muerte. Hay que estar solos.

Lonit no la dejó. Durante horas que parecían no terminar nunca, permaneció con su amiga y le cantó sus dulces canciones de vida hasta quedarse sin voz. ¿Era de día o de noche, mañana o tarde? En la casi perpetua luz crepuscular de comienzos de la época de la larga oscuridad, era imposible decirlo. El viento arrastraba pesadas y enormes nubes de tormenta entre la tierra y el cielo. La oscuridad consumía el mundo. Los quejidos y los lamentos de Iana continuaban. Umak se esforzaba por seguir con sus cánticos, pero su voz se había agotado igual que la de Lonit.

—Tu magia no es buena, anciano —Ai se burló en su cara.

Las horas pasaban. El tormento de Iana continuaba. La gente de la tribu empezaba a murmurar sobre malos espíritus. Weelup y Ai se quejaban de que no podían dormir. Un desconsolado Manaak desafió a los otros de su género a acudir junto a su mujer y acunarla en sus brazos. Una Lonit igualmente desconsolada lloró a lágrima viva al ver el dolor que se reflejaba en la cara del hombre y se apartó del lado de Iana para buscar consuelo en los brazos de Torka.

Las incesantes zalamerías de Ai obligaron por fin a Galeena a ponerse en pie. Incluso cuando cogió una de sus lanzas sus intenciones no estaban claras para Torka, Umak o Lonit, pero Karana las conocía, y entre los miembros de la tribu de Galeena se alzaron murmullos de aprobación.

El jefe avanzó con aire decidido, diciéndole a Manaak que se apartara.

—El alboroto causado por esta mujer ha llegado demasiado lejos. No ser buena cosa.

Manaak vio la lanza preparada en la mano del jefe. No se movió. Por amor a Iana había olvidado su necesidad de ir tras del gran mamut que había aplastado a su hijita para darle muerte. Por amor a Iana, para que ella gozara de la protección de una tribu cuando el nacimiento de su tercer hijo fuera inminente, había permanecido con la tribu de Galeena. Por amor a Iana no había matado al jefe cuando éste le obligó a dejar a su hijito herido. Y ahora, por amor a Iana, combatiría a muerte con Galeena antes que apartarse y permitir que una lanza la atravesara.

Galeena interpretó al pie de la letra el desafío y el odio que veía en los ojos de Manaak. Éste siempre había sido una molestia. Ahora se le brindaba la oportunidad de acabar con él. Preparó el lanzamiento de su arma.

Pero fue Manaak quien se lanzó sobre él. Más joven, delgado y rápido, Manaak saltó encima de él, haciéndole rodar por el suelo con una exclamación de sorpresa seguida de un chorro de insultos. Pero era fuerte y la ira aumentaba su fortaleza. Se las compuso para librarse del apretón de Manaak, y en un instante los dos hombres estaban en pie, mirándose de hito en hito.

Galeena volvió la cabeza para hablar por encima del hombro, ordenando que uno de sus cazadores silenciara para siempre a la mujer de Manaak, mientras él hacía lo mismo con su hombre.

Torka nunca recordaría cómo se puso en pie; pero el caso es que lo había hecho y estaba allí con su hueso de ballena en la mano, mientras Lonit saltaba como una gacela asustada y corría al lado de Iana. Él la dijo que volviera, pero era demasiado tarde. Un instinto nacido del afecto y de la lealtad hacia la única amiga que había encontrado en su vida, la impulsó a cubrir con su cuerpo el de Iana.

—¡Galeena caza animales, no mujeres embarazadas! —gritó mirando al jefe con sus enormes ojos redondos.

Las mujeres chillaron consternadas, pasmadas ante su audacia. Los hombres cogieron sus lanzas y la miraron amenazadores mientras cerraban filas en torno de su jefe.

Galeena, amparado por sus cazadores armados dedicó una de sus horrendas sonrisas melladas a Lonit. Pero en realidad no era una sonrisa; era una mueca maliciosa de intimidación.

—Hace mucho tiempo, este hombre advirtió a la mujer de Torka que recordara quién ser jefe de esta tribu. Galeena piensa que tal vez ella aprenderlo ahora. Este hombre cree que más de un niño en tripa no vivirá para dar su primer respiro si Lonit no se aparta del camino de Galeena.

—¡Y Galeena no vivirá para respirar más si amenaza otra vez a la mujer de Torka! —exclamó el joven cazador, y de repente Umak apareció a su lado, con una lanza en cada mano, enorme dentro de su piel de oso; y junto a él, muy pequeño y muy valiente, estaba Karana, quien blandía la lanza que había retirado del cuerpo del felino dientes de sable. Manaak se les unió, congestionado el rostro por la furia.

—¡Éste era el campamento de Torka antes de que fuera de Galeena! —gritó Karana con energía—. Por derecho, ¡Torka es el jefe aquí!

El penacho de cabello en lo alto de la cabeza de Galeena osciló al elevarse sus cejas hacia las sienes. Luego, se echó a reír.

—¡Este hombre sólo ver dos cazadores, un chico y un espíritu jefe que ha perdido sus poderes! Galeena decir que por la *fuerza,* este campamento pertenece a quienquiera que pueda retenerlo.

Sus hombres, más de una docena de fuertes cazadores, se consultaron con la mirada, y acto seguido, con una expresión maligna en sus caras blandieron sus lanzas en dirección a Torka y los suyos. Sus mujeres lanzaron unos cuantos aullidos para apoyarles.

—¡Mátalos! —chilló Ai enfadada—. Han desfiado a Galeena demasiadas veces. Ser malo que vivan. Ser bueno verles morir. Nos servirán de comida para la larga oscuridad del invierno.

Galeena agradeció sus palabras. Le recordaban al felino que destripó al muchacho y estuvo a punto de devorar a Ninip. Si la madre del chico se hubiera parecido más a Ai, él nunca la hubiera expulsado de su lado en la oscuridad del invierno cuando terminó de amamantar al niño. La hubiese conservado para que le inspirara. Ai le hacía sentirse joven y audaz, pero no tanto como para ignorar la resolución que se dibujaba en los rostros de sus adversarios. Él y los suyos los superaban en número, pero sus lanzas eran afiladas, y había presenciado lo que Torka podía hacer con su cuchillo-maza.

El viento arreciaba en el exterior de la caverna. Su sonido distrajo a Galeena. Perros salvajes aullaban a lo lejos, y sus voces proporcionaron a Galeena tanta inspiración como el consejo cruel y vengativo de la más joven de sus esposas. Engalló la cabeza. Deseaba matar. Habría querido ver a Torka, a Manaak y a sus aliados muertos, y a sus mujeres asándose en espetones, pero Galeena prefirió actuar sobre seguro. Si atravesaba de un lanzazo a la mujer de Torka, sería como si se la arrojase a sí mismo, y no había ningún placer en eso.

Se limitó, pues, a decir con empalagosa dulzura y con un gran despliegue de ademanes:

—¿Por qué hombres luchar por mujeres? ¡Bah! Torka, Manaak y el anciano cuya magia es tan vieja como sus viejos huesos, coged a vuestras mujeres y a vuestro pequeño lisiado. Marchaos. ¡Ahora mismo! ¡Será una buena cosa!

Las connotaciones de sus palabras eran evidentes. Sin embargo, los cazadores y sus mujeres tardaron unos minutos en darse cuenta de que Galeena acababa de condenar a Torka y a los suyos a una muerte segura. El jefe continuaba con la lanza en alto para atravesar a Lonit. Sus cazadores prepararon también sus armas de forma que, si se producía una reyerta, no había manera de que Torka y su gente pudiera esperar salir de ella con vida. Galeena lanzó otra carcajada, coreada inmediatamente por su pueblo.

—¿Torka no feliz? ¿Manaak no feliz? —las preguntas salían de su boca como trallazos—. Galeena ser un jefe razonable. No obligar a gente a quedarse en tribu si no estar contenta. Conque ¡marchaos! ¡Coged a vuestras mujeres con niños en tripa! ¡Coged al viejo que no hacer magia! ¡Coged a vuestro pequeño lisiado! Salid a buscar las tormentas de la época de la larga oscuridad. ¡A Galeena no le preocupa lo que hagáis ni adónde vayáis! ¡Galeena se quedará para siempre en este campamento alto y seguro!

Podían plantarle cara a Galeena y morir en la caverna, o probar suerte en la tundra abierta. Esta última era su única opción y, aunque de mala gana, aceptaron.

Manaak fue el primero en descender la pared, al objeto de mantener tirantes los cables-guía de la plataforma en la que seguidamente fueron bajadas Iana y Lonit. Después le tocó el turno a Umak, tras haber lanzado las oportunas maldiciones contra Galeena. El jefe y la gente de la tribu se reían de él. Ai, fuera de quicio como un ganso histérico, le chilló que se guardara su magia y sus maldiciones ya que, sin duda, le harían falta antes de que su espiritu abandonara su cuerpo para caminar en medio del viento de la larga oscuridad.

El anciano la correspondió con varios gruñidos y se ciñó apretadamente la piel de oso. Descendería la pared como un hombre, no como una hembra preñada, pero antes de que lo hiciera, una desolada Naknaktup rogó que la dejara acompañarle y no hubo forma de disuadirla, aunque prorrumpió en lamentos plañideros mientras era bajada del saliente.

Torka se quedó solo frente a Galeena, pidiéndole que le permitiera coger lo que era suyo por derecho, lo más imprescindible para iniciar una nueva vida.

—Sólo te pido las cosas que eran mías antes de que vinieras a este campamento: unas cuantas pieles, los huesos de costillas para hacer un trineo, las...

—Muertos no tener derechos en este campamento ni en ningún otro. Márchate con lo puesto. Este hombre te da tu vida. Todo lo demás, Galeena considerarlo de su propiedad.

Con las lanzas de los hombres de Galeena apuntándole, Torka comenzó a descender la pared. Deseoso de reunirse cuanto antes con los suyos, se agarró a las cuerdas de la polea, encajó un pie en la plataforma y empezó a bajarse a sí mismo.

En el borde del saliente, Galeena le miraba de reojo, y una Ai que reía a mandíbula batiente cogió una hoja de descuartizar y empezó a cortar la cuerda.

—¡Para! —Ninip saltó como impulsado por un resorte del sitio donde había permanecido sentado, inmóvil, junto al círculo de la hoguera de Torka. Había observado en silencio cómo era degradado por su padre el hombre que le había salvado la vida. Al mirar ahora a su padre, Ninip no comprendía por qué el afecto y el respeto de un hombre semejante le habían parecido siempre tan importantes. Al lado de Torka, proyectaba una sombra mugrienta y retorcida. Aunque Ninip aún estaba envarado y maltrecho, se irguió mientras gritaba a Ai que no tocara la cuerda.

Todos los demás vociferaron para que siguiera cortándola. Ella se volvió a Galeena, en espera de sus órdenes. Éste la dijo que siguiera con su trabajo. Ella exhaló un pequeño grito de placer y obedeció.

Esta vez, ante el asombro de todos, Ninip se abalanzó sobre ella y le arrebató la hoja de la mano. La mujer cayó como un saco, mientras Galeena gritaba furioso.

—¡Torka morirá si ella sigue cortando la cuerda! —chilló el muchacho.

—¡*Ésa* es la idea! —chilló a su vez Galeena.

A medio camino sobre la pared, Torka oyó las voces y dio un tirón de la cuerda para obligarla a volver hacia la pared, que estaba cubierta de hielo, pero él encontró un asidero y soltó la plataforma. Perdió el equilibrio unos segundos antes de que el asidero dejara de serlo. Con la cara contra la pared resbaló dos o tres metros antes de poder arreglárselas para frenar su caída y agarrarse con fuerza, respirando hondo.

Encima de él, en el saliente, Ninip miraba hacia abajo y dio un suspiro de alivio.

—Torka salvó la vida de este chico a riesgo de la suya —manifestó—. ¡Ahora Ninip seguirá a Torka! ¡Nunca más volverá a reclamar a Galeena como algo suyo!

Las decididas y desafiantes palabras de Ninip fueron las últimas de su vida. Una lanza de Galeena arrojada con tremenda potencia le entró por la espalda atravesándole el corazón, y sólo se detuvo cuando la punta de piedra le salió por el pecho. A una señal de Galeena, sus cazadores le imitaron y entre todos, a golpes propinados con pies y manos, echaron a Ninip por encima del saliente.

Había caído la noche. Envolvía a los proscritos en un manto protector de oscuridad mientras extraían las lanzas del cadáver destrozado de Ninip. En silencio, Manaak cogió las lanzas, mientras Umak decía que aquellas armas significarían la diferencia entre la vida y la muerte en la nueva existencia que se disponían a arrostrar juntos. Encima de ellos, Galeena y su gente aullaban, tirándoles piedras y desperdicios desde el saliente. Uno de los cazadores asió la maza-cuchillo de Torka, amenazándoles con ella, y empezó a descender la pared sirviéndose de la polea. Fue un error. La afilada hoja de Ai había hecho un buen trabajo. La cuerda se rompió incapaz de soportar su peso. El hombre cayó como una roca y aterrizó lo mismo que si lo fuera.

Torka recuperó su arma. Después dejó al hombre donde yacía, entre lamentos y convulsiones. Torka alzó a Ninip en sus brazos y condujo a su tribu de proscritos lejos de la montaña. Galeena y sus cazadores no les perseguirían en plena oscuridad. Permanecerían en su seguro campamento de las alturas, sin moverse tan siquiera para ir en busca del cazador despeñado y subirle a la caverna para que muriera en brazos de su mujer, a salvo de los depredadores nocturnos siempre al acecho.

No tardaron en presentarse. Eran lobos gigantes. El hombre los identificó mientras lanzaba alaridos suplicando que Galeena le ayudara. Sus gritos se oyeron durante largo tiempo. Ni Galeena ni los lobos hicieron caso de sus ruegos. Torka y los suyos le oían, y aunque caminaban en la noche hostil sin mirar atrás, sabían que mientras los lobos devorasen al cazador, su pequeña tribu estaría a salvo de depredadores.

Enterraron a Ninip en la llanura, en una pequeña fosa que rodearon de ramas de picea, de hoja perenne. Era una tumba desgarradora y fragante. Depositaron en ella al muchacho, y como era pequeña, lo colocaron en posición fetal. Umak entonó cánticos de agradecimiento por el muchacho cuyo valeroso espíritu había vencido a su maldad inherente y que, al proporcionales armas y con el sacrificio de su vida, les había dado a todos ellos la posibilidad de sobrevivir.

Fue un momento solemne, Naknaktup lloró en memoria de la madre del chico a la que no se le permitió vivir después de haberle destetado, y Lonit sintió una simpatía desbordante por alguien que había conocido el dolor de una infancia sin amor. Karana estaba turbado, triste de que él y Ninip no hubieran cambiado ni una sola mirada de amistad durante todo el tiempo que vivieron juntos. Podían haber sido amigos... con el tiempo. Pero ya no quedaba tiempo. La vida de Ninip se había extinguido.

Apilaron numerosas piedras encima de la tumba al objeto de que los depredadores no comieran su carne ni esparcieran sus huesos. Ninguno de ellos había enterrado nunca a otro ser humano. Los cuerpos quedaban expuestos cara al cielo; pero había algo en aquella costumbre que no parecía estar bien. En la tundra, la superficie de la tierra era demasiado delgada para poder excavar una tumba y la escarcha era roca dura. Ante la presencia negra y sombría de la montaña, el suelo pareció acoger de buen grado el cadáver de Ninip. Por razones que ninguno de ellos alcanzaba a entender, parecía lo más correcto que descansara allí, protegido de los depredadores, en el flanco de la montaña en la cual había entregado su espíritu por ellos.

Torka cogió una de las lanzas. Con el afilado puñal que llevaba al cinto, raspó la marca de identificación de quien la había hecho y grabó la suya. A través del asta grabó las dobles líneas laterales que habían sido la marca de propiedad de Ninip. Luego rompió la lanza contra el muslo y colocó los pedazos derechos sobre la tumba.

—Así sabrán los espíritus de la montaña que Torka reclama a este muchacho como algo suyo. También lo sabrá Galeena. Eso es lo que querría Ninip. Ni siquiera en el mundo de los espíritus reclamaría Ninip a Galeena como algo suyo. Ninip es de la tribu de Torka. ¡Por siempre jamás!

Continuaron adelante. Manaak llevaba a Iana en sus brazos. El sobresalto de las últimas horas había mitigado sus dolores, pero en la neblina azul que iba a ser la única luz del siguiente día, sus dolores se reanudaron. Una gran contracción rompió el agua en la que el niño nonato estaba protegido contra las sacudidadas de la vida; y la criatura salió en medio de un chorro, con tanta rapidez que Umak no tuvo tiempo de entonar una sola canción de alumbramiento. En su lugar entonó un cántico de alabanzas, mientras Manaak casi se desvanecía de alegría y Karana decía que el niño recién nacido crecería para ser un hombre muy sabio, porque había tenido el buen sentido de negarse a nacer en la tribu de Galeena.

Descansaron sólo lo suficiente para que Iana fuera atendida por las mujeres.

—Tenemos que marcharnos lejos de este sitio —dijo Manaak—. Galeena no acostumbra a perdonar. Si puede, vendrá a buscarnos. Sus cazadores caerán sobre nosotros como una manada de lobos mientras durmamos. *Tenemos* que seguir.

Durante un día y casi una noche entera, caminaron y descansaron, descansaron y caminaron. Manaak llevaba en brazos a Iana hasta que ésta insistió en que se sentía lo bastante fuerte para andar sola, y así lo hizo, aunque le costara. Aun así, cuando Umak se ofreció a hacer una camilla con su piel de oso, Iana rehusó.

—Tu magia vive ahí dentro, Espíritu Jefe —le dijo, apretando al niño contra su pecho—. Es posible que no actúe con rapidez, pero es una magia fuerte y poderosa que me ha dado este hijo.

Dos días después encontraron los despojos de un gran bisonte. Se trataba sin duda de un animal viejo y enfermo, pero era imposible decir si había muerto por causas naturales o si los lobos le habían matado. Sólo aparecía devorado en parte: panza, garganta, ojos, lengua y el flanco al descubierto. El resto estaba intacto, y fue tarea fácil ahuyentar a los pequeños carroñeros que acababan de acudir para darse un banquete. Con sus costillas levantaron la estructura de una cabaña pequeña, cubriéndola con el pellejo de bisonte y la piel de oso de Umak.

Iana no puso ninguna objeción; de hecho, sonreía agradecida mientras permanecía acostada en su interior, resguardada del viento.

—Todos nosotros moraremos al calor de la magia de Umak, que da la vida —dijo.

Y así lo hicieron.

Comenzó a nevar. Una nieve suave y constante, sin viento, que cubría la tierra y llenaba el mundo de silencio... hasta que un terrible rugido rasgó aquel silencio. La tierra tembló; su pequeña cabaña se estremeció como si la azotara el viento, pero no hacía viento.

Aterrorizados, salieron a gatas de su refugio, y escudriñaron en todas direcciones la blanca lejanía, kilómetros y más kilómetros de nieve. No se movía nada. Aparte de la nieve no se divisaba otro color que el inmenso bulto negro de la Montaña Poderosa, la montaña de Galeena. Miraron hacia allí, primero perplejos y luego sobrecogidos de terror. Todo el cuadrante superior de la montaña estaba moviéndose. La superficie del enorme casquete de hielo de la cima, de varios metros de espesor, estaba resquebrajándose, rompiéndose, deslizándose hacia abajo mientras capas subyacentes supersaturadas de piedras y rocas, sobrecargadas por el peso de la nueva acumulación de nieve, súbitamente se negaron a soportar la carga. En grandes y oscuras sábanas de detritos, los puntales del glaciar se vinieron abajo haciendo que el propio glaciar los engullera.

Mientras Torka y su reducida tribu de proscritos contemplaban el espectáculo en atónito silencio, el flanco entero de la cara este de la montaña, incluido el saliente que semejaba una caverna y todos sus ocupantes, quedó sepultado por siempre jamás por los detritos geológicos de siglos.

Karana dio un suave tirón de la mano de Umak y después de la Torka.

—La montaña nos lo *advertía*...

El viejo lanzó uno de sus característicos gruñidos mientras Torka asentía con la cabeza, atraía a Lonit más cerca de sí y decía pausadamente:

—Galeena tenía razón. Se *quedará* en su campamento "seguro" en las alturas para siempre.

PARTE V

EL CORREDOR DE LAS TORMENTAS

Capítulo 1

Solitarios en la tundra invernal, Torka asignó a su pequeña tribu las tareas necesarias para sobrevivir. El tiempo aclaró un poco. Trabajaban juntos en silencio, todavía aturdidos y sin creer del todo la enormidad de la catástrofe que había destruido a la tribu de Galeena y estuvo a punto de atraparles a ellos. Aprovecharon cada pedazo de carne del bisonte; comían mientras trabajaban para extraer el tuétano, fuente de vida de sus articulaciones, luego ponían aparte los huesos largos de sus patas, que serían convertidos más adelante en lanzas. Separaban los tendones y arrancaban los largos y duros mechones de pelo de su cola y de sus crines, de forma que estos filamentos pudieran ser trenzados y convertidos en redes para atrapar aves y roedores. Asimismo servirían a modo de cañas de pescar para capturar peces de los hielos.

Para cuando el tiempo volvió a cerrarse, habían utilizado los cuernos del bisonte para quebrar la tundra helada y cortar un círculo más grande y profundo sobre el cual levantaron de nuevo su cabaña. Protegido por trozos de césped apilados todo alrededor, constituía un habitáculo cálido para refugiarse del viento frío y de los remolinos de nieve mientras, a lo lejos, un perro salvaje aullaba en la tundra como si protestara por la tormenta.

Karana levantó la cabsza en la oscuridad.

—Escuchad. El Hermano Perro ha visto cómo se desplomó la montaña. Llora porque cree que hemos muerto.

Umak escuchó los aullidos lastimeros del perro. Mantenía a Naknaktup abrazada mientras ella lloraba en silencio por la muerte de su tribu; sin embargo, no pensaba en ella ni en los miembros de la tribu de Galeena. Recordaba otra noche, otra tormenta, y a un viejo que caminaba en medio del viento mientras un perro salvaje le seguía y le impedía morir. Cerró los ojos. ¿Dónde estaba ahora el Hermano Perro? ¿Y cuál había sido el encantamiento egoísta causante de que Umak hubiera pasado tanto tiempo sin preocuparse por el destino del hermano que le había salvado la vida?

El viento arreció. Se apoderó del sonido del perro y lo difundió por el mundo de tal forma que, en el interior de la cabaña, la voz del viento era la única que se podía oír. Manaak e Iana dormían el uno en brazos del otro mientras su hijito mamaba satisfecho.

Lonit dormía, apretada contra Torka. La mano derecha del joven descansaba sobre su vientre, y de pronto notó que la criatura se movía. El *futuro* se movía.

Torka escuchaba los lamentos del viento y reflexionaba sobre los acontecimientos que le habían convertido en jefe de su reducida y vulnerable tribu. Nunca había deseado ser jefe. En cualquier caso, al pensar en todo cuanto le había llevado a aquel lugar desolado, azotado por la tormenta, parecía como si desde que la Voz del Trueno irrumpió en su vida, una fuerza inivisible hubiera dirigido sus pasos. Probándole. Dirigiéndole. Pero, ¿por qué? ¿Hacia dónde?

Haciéndose estas preguntas se quedó dormido. Soñó con tierras lejanas que se extendían hacia el este al otro lado del Corredor de las Tormentas, con tierras calentadas por el sol naciente, donde bandadas de aves llenaban el cielo y rebaños de caza vagaban por los valles. El sueño era tan intenso y se desarrollaba en una tierra tan maravillosa, que, al despertar, casi esperaba encontrarse con que había sido transportado allí. Pero el mundo que le rodeaba era frío y negro. Fuera de la cabaña, la tormenta arreciaba, y el invierno se enseñoreaba de todo.

No existía el tiempo. No había días, ni noches. Tampoco amaneceres ni crepúsculos.

Sólo había oscuridad, y en aquella oscuridad el viento vivía y proyectaba su aliento seco, frío y salvaje, en una incesante exhalación que barría con furia el mundo y dejaba los cielos limpios de nubes.

Y en aquella oscuridad infinita, bajo aquel frío cielo, Torka y su pequeña tribu sobrevivían. La comida escaseaba, pero un grupo tan pequeño de gente necesitaba poco para su sustento. Cuando la caza disminuía en las inmediaciones de un campamento, se trasladaban a otro. Se calentaban con fogatas alimentadas con trocitos de hueso y estiércol, y cuando dejaban un campamento en busca de otro, Lonit les animaba para que recogiesen piedras y guijarros. Ambas cosas escaseaban en la tundra abierta, pero la vida en las alturas de la montaña les había enseñado cuán valiosas eran para mantener el calor e irradiar su precioso don de calentar la vida durante muchas horas, incluso después de que astillas, huesos y fragmentos de estiércol cuidadosamente preparados se hubieran convertido en nada.

Caminaban por la tierra ondulada, en la dirección impuesta por la caza a la que seguían y por las dentelladas del viento bajo cero. Sin las pesadas ropas de invierno que se vieron obligados a dejar atrás, se encontraban en una grande y peligrosa desventaja hasta que pudieran confeccionar prendas de invierno adecuadas con los cueros y las pieles más inverosímiles. Todo lo que cazaban y mataban lo comían y lo usaban. Las pieles de pescado, aves y ardillas tenían escasa aplicación. Las de tejones, zorras, linces, liebres y ratones de campo eran procesados rápidamente y convertidos en guantes y botas, capotas y camisas hasta la cintura, confeccionado todo ello con piezas de las distintas pieles. Los intestinos de sus presas eran abiertos y su contenido compartido por todos los miembros de la pequeña tribu; luego ponían a secar las tripas opacas encima de su hoguera, previamente aceitadas con grasa derretida, y las transformaban en una especie de láminas de pergamino que colocaban sobre las túnicas exteriores, pues combatían efizcamente los rigores del viento.

De campamento de caza en campamento de caza, avanzaban y prosperaban. Aunque pesada a causa de su embarazo, Lonit nunca se había sentido mejor. Naknaktup se había recuperado de las primeras náuseas de su preñez, pero aún se dolía de la pérdida de su pueblo, especialmente de Oklahnoo, su hermana. En unión de una Iana totalmente recuperada, Naknaktup trabajaba con Lonit; las tres ponían trampas, cosían, descuartizaban y raspaban pieles y convertían la grasa en aceite. Naknaktup compartía también la alegría que el hijito de Iana proporcionaba a su madre, y se complacía en hablar del nacimiento de su propio hijo.

—Esta mujer tan vieja creía que nunca más tener bebé —decía, tan resplandeciente como si se hubiera engullido un trozo del sol de verano—. ¡Umak ser gran espíritu jefe! ¡Esta mujer está orgullosa de ser su mujer! —luego la luz del sol se desvanecía poco a poco de sus ojos, y su sonrisa se borraba mientras los recuerdos empañaban su felicidad—. Tantos pequeños como tener esta mujer, y ahora todos muertos, asesinados. Abandonados a las tormentas, o comidos en el invierno oscuro.

—¿Comidos? —los ojos de Lonit se habían abierto como platos.

—A Galeena no gustarle niños pequeños. Conservar solo unos pocos de los más fuertes. En los malos tiempos, en los tiempos oscuros del invierno, cuando la caza escasear y a los hombres no les gusta salir de caza cuando hacer frío, Galeena matar pequeños. La carne de los bebés ser buena.

Lonit comprendía por qué no había niños pequeños en la tribu de Galeena y por qué Iana había demostrado tan poco entusiasmo sobre el inminente nacimiento de su hijo. El Destructor no había matado a todos los pequeños de la tribu; lo había hecho Galeena.

Naknaktup estaba perpleja ante la sorpresa de Lonit y su lógico horror.

—¿Torka y su pueblo no comer bebés?

—¡No! ¡No lo hacemos! —gritó la muchacha, pero enseguida recordó los rumores que circularon en el campamento de invierno de su propia tribu antes de que irrumpiera en él el gran mamut fantasma, rumores de que Teenak, la mujer del jefe, había matado y cortado en pedazos a su criatura recién nacida para ser utilizada como comida. En ademán protector puso las manos sobre su hijo nonato—. En esta tierra nueva, en esta nueva tribu, la gente de Torka no devorará jamás a sus hijos. ¡Nunca!

Naknaktup e Iana se miraron la una a la otra; luego las dos dedicaron a Lonit una sonrisa esperanzada.

—Ojalá sea así —dijeron al unísono.

—¡*Será* así! —aseguró la muchacha con énfasis.

Las dos mujeres asintieron con la cabeza.

El sol había vuelto a los ojos de Naknaktup.

—Entonces —dijo—, vivir con la tribu de Torka *será* una buena cosa.

Y así fue. Cada campamento parecía ser un poco mejor que el anterior. Los hombres cazaban con éxito, llevándose a Karana con ellos para que pudiera sacar provecho de su habilidad y experiencia. Las mujeres compartían el trabajo cotidiano; preparaban no sólo comida y prendas de vestir, sino todas las pequeñas cosas que elevaban la calidad de su existencia de simple subsistencia a un nivel que les permitía disfrutar un poco.

Se reían. Entonaban canciones de vida. Umak llenaba las horas con el relato de historias maravillosas. Manaak y el pequeño de Iana jugaban y gritaban con un tremendo deseo de vivir. El niño había sobrevivido a las primeras semanas de vida en las que no se sabía con seguridad si una criatura poseía un espiritu de vida; ahora no cabía duda de que era así. El nuevo hijo de Manaak era lo bastante fuerte y mayor como para que se le impusiera un nombre y fuese reconocido como miembro de la tribu. Le pusieron Ninipik, "pequeño Ninip". Y todos estaban convencidos de que el espíritu descarado del valiente muchacho muerto vivía de nuevo en el cuerpo del hijito de Manaak y de Iana.

Torka siempre recordaría el momento exacto en que se le ocurrió la idea. Regresaba al campamento con Manaak y Karana después de varias horas dedicadas con éxito a cazar. Los tres habían abatido dos antílopes de la estapa, una liebre blanca de invierno y cuatro perdices nivales bien alimentados. No obstante, al divisar un nutrido rebaño de caballos se detuvieron.

—Mirad eso... —dijo Manaak, relamiéndose—. Toda esa carne roja y dulce paseándose, justo fuera del alcance de nuestras armas, como si conocieran la distancia exacta que nuestras lanzas pueden salvar.

—Podemos hacer lanzas mas largas —sugirió Karana.

—Las lanzas más largas serían demasiado ligeras para acorralar desde aquí a unos animales tan pesados —replicó Manaak.

—¡Entonces podríamos hacer lanzas más largas y *más pesadas*! —dijo Karana.

Manaak se echó a reír.

—Nuestras lanzas son excelentes para abatir a los caballos, Pequeño Cazador. ¡Lo que necesitamos es *brazos* más largos!

Esta última frase quedó grabada en el cerebro de Torka y no hubo forma de librarse de ella. De regreso al campamento no podía pensar en otra cosa, dándole vueltas y más vueltas mientras consumía la comida que Lonit le había preparado, y al dormirse, la frase de marras figuró en el sueño que tuvo.

El sueño era en parte un recuerdo. Vio a una jovencita que sostenía uno de los huesos largos de las alas de un cóndor. Estaba maravillada por lo ligero de su estructura y preguntaba cómo era posible que un hueso tan frágil pudiera soportar el peso de un ala tan grande. Se vio a sí mismo arrodillado mientras examinaba el ala, fascinado por su estructura anatómica, intrigado por la fortaleza y la elasticidad de los poderosos tendones que proporcionaban una especie de movimiento de resorte a los músculos y huesos.

Después, en el recuerdo de un sueño dentro de otro sueño, Torka se vio como un hombre con las alas de un cóndor; unas alas que le transportaban en las alturas por encima del mundo, que le hacían ingrávido y le permitían experimentar el impresionante impulso y potencia del vuelo. Era una lanza que surcaba el cielo, una lanza que controlaba su propia marcha.

Despertó con un respingo, tenía el brazo derecho doblado, con el puño encima del hombro. Poco a poco, la idea fue desarrollándose en su mente mientras su brazo se extendía. Estaba acostado boca arriba. Flexionaba su brazo una y otra vez, luego lo alzaba para cerciorarse de cómo trabajaban los músculos, los huesos y los tendones. La idea se apoderó de él, haciéndole levantarse y salir a toda prisa de la cabaña.

Permaneció erguido bajo el salvaje cielo del Ártico, un hombre en la oscuridad con la luz de la inspiración inflamando su alma. Cogió una de sus lanzas del lugar donde descansaba con las otras contra las paredes cónicas del exterior de la cabaña. Probó su peso y equilibrio. La idea cobraba cada vez más fuerza; sin forma, pero no sin orientación, se alzó en ángulo recto sobre ambos pies. Giró hacia la derecha, inclinándose hacia atrás, hasta que todo su peso descansó en su pierna derecha y él permanecía retorcido, como una hélice, hasta que no pudo retorcerse más. Su poder estaba concentrado ahora en la parte derecha de su cuerpo. Podía sentirlo en la pantorrilla y en el muslo mientras, por medio de la tensión controlada y el ángulo de su pie, sc obligaba a girar. Notó cómo se desenroscaba su potencia, proyectándose hacia arriba a lo largo de su cuerpo mientras él se lanzaba hacia adelante, se equilibraba sobre el pie izquierdo, apoyándose con firmeza sobre el derecho, y arrojaba la lanza.

El arma trazó un arco elevándose hacia las estrellas. Cortó el aire frígido con tanta limpieza como la imaginación creativa de Torka se expandía en su carebro. Contuvo la respiración, maravillado mientras la idea se encendía y tomaba forma hasta que, en la oscuridad, la veía con toda claridad y gritaba a las estrellas:

—¡*Así* es como vuela!

Umak sacó la cabeza fuera de la cabaña y frunció el ceño al ver que Torka arrojaba una lanza tras otra hacia las estrellas. Preguntó a su nieto si pensaba que las luces del cielo eran presas que los hombres pudieran cazar y comer; después le comunicó que los malos espíritus entrarían en su cabeza si persistía en su extraño comportamiento.

Torka ignoró a Umak. Ahora, por fin, la idea se había encauzado. Le dirigía y él la seguía ansioso, arrojando sus lanzas hacia las estrellas. A cada lanzamiento, notaba la fuente y la redistribución y el flujo de su poder que, a través de él, pasaban al asta. Comprendió que, lo mismo que en sus sueños, la lanza era una extensión del hombre.

Repetidas veces recogió sus lanzas y las arrojó de nuevo, *notando* el impulso. Entendía la mecánica del lanzamiento, recordaba los grandes y largos huesos del ala del cóndor y se daba cuenta de que los orígenes de la idea se remontaban al momento en que Lonit se había preguntado cómo podían unos huesos tan frágiles soportar el vuelo de un ave tan enorme.

No se trataba del tamaño de los huesos, sino de su longitud, la elasticidad de sus tendones y la multiplicidad de sus articulaciones. El poder de la lanza de un hombre no residía en el peso del asta sino en la tensión que el hombre le imprimía a través de todos los huesos de su cuerpo. El rápido movimiento de su muñeca era tan crucial para el lanzamiento como el empuje largo y sostenido de los poderosos músculos del hombro y de la espalda.

—¿Torka? —Manaak acababa de salir de la cabaña y estaba junto a él, lógicamente preocupado por su extraña y aparentemente irracional conducta—. ¿Qué estas haciendo?

—¡Tenías razón! —exclamó Torka, dándole afectuosos golpes en la espalda—. Necesitamos brazos más largos. Otra articulación. Quizá dos. Y más tendones para sujetarlas bien y darles mayor impulso.

Manaak le miraba boquiabierto.

—Vuelve a la cabaña, amigo. Umak ya está entonando cánticos para ahuyentar a los malos espíritus de tu cabeza.

—El espíritu que ha entrado en la cabeza de este hombre —sonrió Torka— es un buen espíritu, ¡tan bueno que puede cambiar para siempre nuestra forma de cazar!

Torka tenía razón. Le llevó varias semanas de ensayos y decepciones, de fracasos y de éxitos a medias; pero por fin fabricó un artilugio de aspecto inofensivo con un asidero en un extremo y una contera con lengüeta en el otro. Obtenido de la pelvis del bisonte, tenía la longitud de su antebrazo. Con la mano derecha en el asa y el extremo de la lanza sujeto contra la lengüeta —con el extremo más estrecho y puntiagudo del asta hacia atrás por encima de su hombro y su sección longitudinal entre los dedos pulgar e índice— Torka había diseñado un rudimentario lanzaproyectiles.

Con la práctica se convertiría en un segundo antebrazo y una segunda muñeca, permitiéndole aumentar la potencia y la rapidez de su brazo. incrementando más del doble la velocidad y distancia del impulso de su lanza.

Manaak, Umak y Karana insistieron cada cual en fabricarse su propio tiralanzas, y pronto cazaron con Torka, encantados con el ingenioso artilugio, contemplados por sus satisfechas mujeres.

—Con el nuevo instrumento —observó Lonit rebosante de orgullo—, los cazadores pueden permanecer lejos de la caza y matar a los animales sin arriesgarse.

—Es una buena cosa —convino Naknaktup.

Iana, que ya no tehía los ojos tristes, sonrió y asintió con la cabeza; pero su sonrisa se habría apagado si hubiera oído las palabras de su hombre mientras éste se arrodillaba junto a Torka sobre el cuerpo del caballo que acababan de matar.

—Mira a cuánta profundidad ha penetrado la punta de la lanza en la carne... hasta el pulmón... ¡y desde tanta distancia! —Manaak palpó la herida causada por su arma—. Con las puntas de lanza adecuadas, un hombre podría atreverse a cazar mamuts con el tiralanzas.

Torka miró al otro hombre y sacudió la cabeza.

—A Torka no le gusta el sabor del mamut.

—El que Manaak cazase sería para darle muerte, no para comerlo.

— Entonces, Manaak cazará sólo —dijo Torka.

—Si el Gran Espíritu viene, le haremos frente juntos.

Sin previo aviso, Torka le asestó un puñetazo. Manaak cayó de costado, más sorprendido que enfadado; sus gruesas ropas de invierno reducían el furor de las embestidas del viento, pero nada podría aplacar la cólera que percibía en la voz de Torka.

—¡Hablas con una lengua que nos acarreará el desastre a todos nosotros! —le acusó Torka—. Manaak ha nombrado al innominable. Aquí, en esta tierra extensa y ondulada donde las mujeres no tienen el recurso de refugiarse en un lugar seguro en las alturas en momentos de peligro, Manaak ha pronunciado el nombre de la bestia a la que Torka teme más que a la muerte... —Se levantó y le dio a Manaak unas afectuosas palmadas en la espalda—. ¡La vida es hermosa! Tu mujer sonríe en un campamento donde hay comida. Tu hijo se alimenta y el mío está a punto de salir del seno de mi mujer. Tenemos responsabilidades en esta vida. ¿Tan ansioso estás de morir, Manaak? ¿Tanto deseas que yo muera contigo? Sin nosotros, ¿quién cazaría para nuestras mujeres en la época de la larga oscuridad? ¿Cuánto tiempo vivirían sin más protección que la de un anciano y un chiquillo?

Capítulo 2

Durante muchos días comieron carne de caballo. Lentamente el invierno empezó a declinar. Había sido frío y seco, con poca nieve; pero ahora, cuando la época de la larga oscuridad tocaba a su fin, el clima cambió. El viento dio la vuelta, arrastrando tierra adentro nubes cargadas de humedad desde distantes mares polares. La nieve caía sin cesar. Sobre un espeso banco de nubes que presagiaban tormenta, la luna del hambre se alzaba en el cielo de la tundra.

A medida que Torka y su pequeña tribu iban de campamento en campamento, la caza resultaba más difícil de encontrar. En la parte inferior del horizonte oriental, cuando los bancos de nubes lo permitían, podían divisar el primer brillo prometedor de la luz del sol encima de un laberinto de cumbres y glaciares de cordilleras lejanas, pero los animales que hibernaban aún dormían debajo del suelo, ocultos y a salvo de los pinchazos de los bastones puntiagudos de las mujeres gracias a grandes montones de nieve dura, y cuando los rumiantes morían por falta de forraje accesible, tambien ellos quedaban sepultados en cuanto se desplomaban. Lobos y perros salvajes entonaban la canción del hambre mientras vagaban por el solitario paisaje barrido por el viento. Y la tribu de Torka empezaba a enflaquecer y a pasar hambre.

Instalaron un campamento en medio de la apabullante blancura. Se alimentaban de los trozos de sebo que en un principio estaban destinados para servir de combustible de sus candiles. Se acercaba el momento en que Lonit daría a luz, y la joven se preguntaba si tendría leche para su bebé. Aunque Iana no hablaba de ello, Lonit sabía por los quejumbrosos sonidos que emitía su hijo al mamar, que su leche no era tan abundante como debería de serlo. También Naknaktup lo sabía. De vez en cuando, Lonit las sorprendía mirando a hurtadillas a sus hombres, y a Torka en particular. Desde que Galeena les expulsó de la montaña, todos le habían considerado como su jefe. Umak se ocupaba de hacer magia; Torka tomaba las decisiones, y Manaak era el segundo en el mando. Todos habían asumido sus papeles con tanta facilidad como se ponían sus ropas. Sin embargo, las decisiones eran cada vez más difíciles de adoptar, y era natural que surgiera cierta incertidumbre.

—¿Por qué me observan las mujeres de ese modo? —preguntó Torka a Lonit.

—Esperan que les ordenes a Iana y a Manaak que nos den a su hijito para que nos sirva de comida.

—¡Este hombre no haría jamás una cosa semejante!

—Es lo que Galeena haría.

—¡Torka no es Galeena! ¡Torka no se come a los niños de su tribu! ¡Los niños son el futuro del Pueblo! ¡Si luchamos para sobrevivir a la oscuridad invernal es precisamente por ellos!

Había hablado en voz alta, enojado. La cabaña era pequeña. Sus palabras fueron oídas por todos. Lonit miró a Iana y a Naknaktup con una significativa expresión en la que se leía claramente: "ya os lo había dicho". Manaak lanzó un gruñido de aprobación. Karana miró a Torka con admiración, se acordaba de cómo arriesgó Torka su vida para buscarle en medio de la tormenta, y ahora, más que nunca, supo que Torka no se parecía a ninguno de los hombres que había conocido anteriormente. Umak refunfuñó sintiéndose orgulloso de Torka, y se dijo que Egatsop estaba equivocada con respecto a su nieto. La innata compasión de Torka no tenía nada que ver con la debilidad de carácter; eran los cimientos sobre los cuales iba alzándose su sabiduría.

—¡*Sobreviviremos*! ¡Para tener una nueva existencia! ¡Para oír las risas de nuestros hijos! Por eso cazamos. Por eso entonaremos ahora cánticos de vida en la oscuridad invernal. Cantaremos en voz alta, para que el sol pueda oírlos en el sitio lejano donde se encuentra en algún lugar del mundo y se apresure a regresar con sus hijos.

Cantaron, y en la oscuridad del invierno, los perros salvajes les respondieron de igual forma.

—Están cerca —dijo Torka.

Todos guardaron silencio y escucharon.

—¿Crees que el Hermano Perro está ahí fuera? —inquirió Karana.

—En alguna parte, sí. Si es que vive —contestó Torka.

Umak cerró los ojos, volvió la cara hacia arriba y respiró profundamente como si quisiera absorber el sonido de los perros, estudiarlo para hallar respuesta a la pregunta que se hacía para sus adentros. Su mente permaneció en blanco. Los aullidos de los perros no le decían nada. Gruñó disgustado consigo mismo. "Umak es un espíritu jefe. ¡Si Aar está cerca, este viejo debería de saberlo en sus huesos!" Pero sus huesos sólo notaban el frío y un fuerte y doloroso entumecimiento. "Umak es viejo", pensó. Luego abrió los ojos y escudriñó desafiante la oscuridad.

—Este hombre no está tan hambriento como para cazar y comerse a su hermano —exclamó.

—¡Tampoco Karana!

Torka miró con severidad al viejo y al chiquillo. Manaak ya se había puesto su capa de cazar. Iana preparaba sus trampas. Torka aprobó con un movimiento de cabeza la iniciativa de ambos. A continuación les dijo a Umak y a Karana que los perros salvajes eran una caza excelente para los hombres hambrientos que tenían que ocuparse del bienestar de sus mujeres embarazadas y de sus hijos.

—Si Umak y Karana tienen un vínculo espiritual con el perro al que llaman Aar —añadió—, allá ellos. Se quedarán aquí y protegerán a las mujeres. Manaak y Torka cazarán y pondrán trampas. Y si el Hermano Perro ha encontrado un sitio en la manada que aúlla, lo mejor para él será que eche a correr, porque Torka no tendrá ningún miramiento si se le pone a tiro.

Viajaron hacia el este bajo un cielo preñado de nubes bajas, en pos de la canción de los perros salvajes. Encontraron el rasto y se animaron. Echaron a correr, con el viento levantándose a su espalda.

La tundra ondulaba delante de ellos. Copos de nieve danzaban en el viento como velos transparentes de neblina. Se detuvieron para descansar y comer cada uno un pedazo de sebo. Entretanto escudriñaban el mundo que les rodeaba para fijarse en detalles que les permitieran regresar después al campamento sin problemas.

Manaak se golpeó el pecho para manifestar su satisfacción por lo que había visto. Se levantó, blandió su tiralanzas, y dijo lleno de audacia:

—¡Con esto *llevaramos* carne a casa!

Torka le habría insultado por su forma arrogante de expresarse, pero Manaak ya se había alejado a todo correr. Torka le siguió.

Pasaban las horas. Los perros parecían estar dirigiéndoles. Tan pronto como llegaban a un sitio de donde había procedido la canción de los perros, sus huellas les hacían continuar siguiéndoles.

—Es como si se pararan y esperasen; como si nos llamasen y dejaran pistas para que vayamos tras ellos —comentó Manaak pensativo.

—¡Son perros, no hombres!

—Sin embargo, Umak llama hermano a uno de ellos.

A Torka no le hizo gracia la observación de Manaak. La ignoró y siguió adelante hasta que las huellas de un bisonte le hicieron detenerse. Sobresaltado, se dio cuenta de que él y Manaak no eran los únicos cazadores a pie. Los perros rastreaban a su propia caza, y parecía como si se apartaran de su camino para hacer que los hombres les siguiesen.

—¡Los espíritus están con nosotros! —exclamó Manaak.

—Tal vez sea así —convino Torka, si bien deseaba que Manaak no hablara con tanta desenvoltura de cosas que todavía no habían pasado.

Manaak captó el tono de censura de Torka. La precaución innata de éste chocaba con su carácter impaciente.

—Mira a tus pies. Hay huellas de bisonte por todas partes. Mira cómo han esparcido la nieve con sus cuernos y sus pezuñas. Han hurgado con sus hocicos para arrancar los rastrojos que hay debajo. Un gran rebaño. Y no está a más de dos días de distancia. Vamos. Ahora retrocederemos para decírselo a los otros. La promesa de tanta carne nos proporcionará la energía que necesitamos para trasladar nuestro campamento cerca de los terrenos de pasto de los bisontes. Pronto cazaremos. Los bisontes se asombrarán ante el poder de nuestros tiralanzas. ¡Beberemos su sangre caliente y nos daremos un banquete con su carne mientras nos reímos en la cara fría de la luna del hambre!

Torka estaba tan horrorizado por el insensato estallido de arrogancia de Manaak, que no podía hablar. En lo más hondo de sus entrañas el miedo se retorció como un pez menudo. Se sintió enfermo al darse cuenta de que Manaak acababa de romper el mismo tabú que Nap rompió el día en que La Voz del Trueno entró en sus vidas para destrozar su mundo. Se había atrevido a nombrar al animal al que perseguían antes de que lo hubieran avistado. Y peor aún, había proclamado su intención de reírse del espíritu de la luna del hambre.

De pronto, Torka fue penosamente consciente del gemido del viento. Violentas ráfagas le azotaban la espalda. Se estremeció, no por el viento que soplaba a una temperatura de varios grados bajo cero, sino a causa de un frío mayor, una especie de espantosa premonición que le corría por dentro.

—Vamos —dijo—. Huelo a tormenta en este viento. Llevamos demasiado tiempo fuera del campamento.

A lo largo de cientos de kilómetros, el viento barría la tierra abierta, sin un solo árbol; hacía que la nieve volara a su paso y se esparciera hasta que fue imposible distinguir el cielo de la tierra. Umak estaba de pie, de cara al viento.

—¡Ya vienen! —gritó aliviado—. ¡Los cazadores vuelven!

Manaak surgió de la blancura, tan jubiloso por sus noticias que abrazó al anciano.

—¡Bisontes, Espíritu Jefe! ¡Los perros nos condujeron hasta ellos! ¡Un gran rebaño! Dejaremos que pase esta tormenta y tendremos dulces sueños de carne en la oscuridad del invierno. Trasladaremos nuestro campamento y luego cazaremos. ¡Oh! ¡Cuánto cazaremos!

Empujó al viejo delante de él y entraron juntos en la cabaña. Sacudiéndose la nieve, compartió su alegría con todos y tendió a Iana la liebre que había caído en una de sus trampas.

—Por ahora no es demasiada carne —declaró —; pero nos la comeremos enseguida y cocinaremos sus huesos en una bolsa de agua hirviendo encima de la grasa que hemos guardado para nuestras piedras de cocinar. Pronto comeremos todos chuletas de giba, y nuestras manos estarán resbaladizas de sangre y de grasa. ¡Díselo, Torka! Háblales de las huellas de los bisontes, y de lo grande que debe ser el rebaño que... —se interrumpió de pronto para escudriñar los rostros en la oscuridad, uno por uno —. ¿Dónde está Torka? Estaba delante de mí cuando me paré para recoger esta liebre. Ya debería de estar aquí.

Afuera, el viento azotaba la cabaña con tal fuerza que el armazón entero se tambaleó. Lonit exhaló un grito de angustia, y salió a la tormenta, seguida de Umak y de Karana. Llamó a Torka con desesperación, pero el viento arrebató su voz y la fragmentó, llevándosela en dirección opuesta a través de la tundra. Torka nunca la oiría. Y si no la oía, nunca sería capaz de encontrar el camino de regreso al campamento en medio de la deslumbrante blancura de la ventisca. *Nunca.*

—Con una tomenta como ésta... ¿Cuánto tiempo puede un hombre vivir solo, sin comida ni cobijo?

La pregunta de Manaak heló la sangre de Lonit mientras Umak la obligaba a volver a la protección de la pequena cabaña, resguardada de las inclementes dentelladas del viento que soplaba bajo cero.

Voces.

Por encima del rugiente vacío y de la pavorosa blancura de la tormenta, Torka oía hablar a unos hombres. Sus gritos de mando agudos y guturales le hicieron volver en sí. Miró hacia arriba desde el fondo del barranco en el que había caído y vio figuras que corrían por el borde.

Uno. Dos. Contó hasta una docena de hombres, con prendas de vestir y capuchas de piel oscura y lanuda de bisonte, con lanzas en sus manos y las espaldas encorvadas para avanzar contra el viento. Al poco rato habían desaparecido, envueltos en el remolino de la nieve. Y en el mundo entero existía tan sólo el sonido del viento, y en la revuelta blancura nada se movía.

Nada.

Excepto el hombre en el fondo del barranco.

Solo y desorientado, Torka sacudió la cabeza para despejarse, diciéndose que las figuras no habían sido reales, no podían haber sido reales. Habían sido fantasmas que caminaban por los bordes borrosos de su conciencia. Sueños. Sólo sueños.

Las preguntas se agolpaban en su mente. Le dolía la cabeza. ¿Cómo había ido a parar al fondo de aquella grieta profunda e irregular en la superficie de la tierra? ¿Dónde estaba Manaak?

Esas preguntas trajeron respuestas inmediatas. Recordó que Manaak se había detenido para matar y recoger una liebre que había quedado atrapada en una de sus trampas. La nieve caía abundantemente. Habían caminado por la vertiente de una de las numerosas colinas cónicas que se levantaban como ampollas en el suelo habitualmente llano. Las habían utilizado como puntos de referencia que les guiasen de vuelta a su campamento, pero a causa de la nieve arrastrada por el viento, aunque las colinas tenían una altura aproximada de 9 a 30 metros, tuvieron dificultades para distinguirlas. Manaak había dicho algo acerca de que esperaba que fueran capaces de encontrar el camino de vuelta a casa, y Torka había replicado que sería así, siempre que se dieran prisa antes de que la tormenta fuese a peor. Por tanto, al verle andar delante de él, Manaak debió creer que se había ido sin esperarle. Con el viento soplando alrededor, ninguno de los dos pudo oír el rumor interno de la pequeña colina que se desplomaba. Torka sólo sabía que bajo sus pies había un terreno firme, cubierto de nieve, y que al siguiente paso la tierra se abrió inesperadamente. No podía saber que la colina no era tal colina, ni que la amplia extensión de tierra, llana y circular sobre la cual caminaban era un antiguo lago cegado. A lo largo de milenios, el agua que antaño espejeaba bajo el cielo del Ártico se había transformado en una gruesa capa de sedimento húmedo, producto de la erosión de lejanas montañas. Rodeada de escarcha, el exceso de agua se helaba y formaba duros núcleos de hielo que poco a poco sobresalían en la superficie del suelo. Salvo por su presencia en el terreno por lo demás llano, tenían el aspecto de cualquier otra colina, pero los veranos calurosos transformaban la textura de sus centros helados y los fríos inviernos les daban una nueva forma hasta que la presión y la expansión provocaban fisuras en ellas y las llenaban de baches. El peso de Torka había bastado para hacer que una de esas grietas se abriese, y el resquebrajamiento de un costado de la colina provocó que la tierra cediese bajo sus pies y que cayera en el bache que ahora había quedado al descubierto.

Sucedió con tanta rapidez y tan inesperadamente, que no tuvo tiempo de reaccionar antes de que su cabeza se golpease contra la pared del barranco. No tenía la menor idea de cuánto tiempo había permanecido inconsciente, pero la tormenta había adquirido proporciones monstruosas. El barranco le proporcionaba un refugio natural. Sabía que no debía arriesgarse a intentar volver al campamento hasta que el viento amainara y la nevada no fuese tan copiosa. Mientras se despojaba de su manto y lo colocaba estirado en lo alto de la estrecha fisura a modo de tejado que le protegiera de la inclemencia del tiempo y mantuviese su cuerpo caliente, pensaba que lo único que cabía esperar era que Manaak hubiera encontrado el camino de vuelta a casa o bien un refugio contra los elementos. Entretanto, cubierto por sus diversas prendas de abrigo, metió sus manos enguantadas bajo las axilas y deseó que sus trampas hubieran atrapado también una liebre, como la de Manaak. Se le hizo la boca agua y trató de no pensar en comida. Decidió imaginarse lámparas de aceite, hogueras resplandecientes, e intentó mantenerse caliente.

La cabeza empezó a dolerle de nuevo. Cerró los ojos y se durmió hasta que, surgido de la ululante blancura de la tormenta, el Destructor penetró en sus sueños. Lo vio con toda claridad, era una montaña en movimiento, medio invisible en la ventisca, dirigiéndose inexorablemente hacia el campamento de su gente.

Despertó sobresaltado. Como en aquel terrible amanecer de hacía mucho tiempo, todos sus sentidos gritaron: ¡*Peligro*! Tendió el oído. ¿Acaso había escuchado el barrito del gran mamut? No. Sólo se oía el sonido del viento que gemía, aullaba, rugía... un sonido capaz de enloquecer a cualquier hombre con su potencia demoniaca. Pero *aquel otro* demonio estaba lejos. Lo mejor sería dormir, ahorrar toda energía para mantener el indispensable calor del cuerpo. En lo alto de la estrecha hendidura del barranco, el aire era cada vez más frío y el viento arreciaba. La tormenta se prolongaría durante horas sin amainar. Nada podía moverse en medio de ella.

Nada.

Pensó fugazmente en las figuras fantasmales que vio apenas recobrada la conciencia. Se le vino después a las mientes algo que Karana le había dicho, algo que le producía verdadero terror.

La Tribu Fantasma.

¿Qué fue lo que le contó el niño sobre ella? Que sus campamentos aparecían en la época de la luz, para raptar a mujeres y niños, luego se desvanecían como si nunca hubieran existido, pero dejaban tras de sí campamentos incendiados, sembrados de cadáveres y de moribundos como única prueba de su existencia.

Se dijo que estaba volviéndose tan asustadizo como Karana, con una imaginación tan desbordante como la suya. No estaban en la epoca de la luz. Precisamente se había desencadenado la peor tormenta invernal que había conocido en muchas lunas. Nadie podía caminar en medio de una tormenta como aquélla. Nadie.

Salvo los fantasmas. Salvo los espíritus.

—¡No!—gritó, y aunque el viento ahogó su voz, la simple exhalación de un sonido humano resultaba consolador.

Se obligó a cambiar el curso de sus pensamientos. Por fin, se quedó dormido, con una mano aferrada al mango de su maza-cuchillo, y la otra a la lanza que providencialmente no se había roto en la caída.

En el campamento, Naknaktup se despertó. La tormenta había amainado. Su gente dormía con un sueño profundo e inquieto, pero Naknaktup no se sentía intranquila. La tormenta terminaría. Torka regresaría. Si Umak lo creía, Naknaktup estaba segura de que sería así. Su confianza en el espíritu jefe era completa. Aquel que era un anciano habia sembrado el espíritu de una nueva vida en una mujer que era lo bastante mayor como para sospechar que su tiempo de fertilidad había pasado. Estaba segura de que Umak obraba prodogios. Y el peso del prodigio que había implantado en su seno presionaba ahora sus entrañas. Suspiró, molesta por tener que salir a hacer sus necesidades. No le quedó otro remedio que hacerse el ánimo; se levantó, se envolvió en una de sus pieles de dormir y salió.

El viento había amainado considerablemente, pero todavía nevaba y hacía mucho frío. Naknaktup se alegraba de que su hijo no naciera hasta el completo retorno de la época de la luz. Sonreía mientras andaba con dificultad a través de la nieve; soñaba despierta con días cálidos y con el dulde olor de su hijo, se imaginaba cómo lo abrazaría y como le amamantaría, y...

Se detuvo. Unas sombras se movían en la nieve. Sombras oscuras y peludas, como si fuesen bisontes erguidos sobre sus patas traseras que acechaban a sus presas disfrazados de hombres. Contó las sombras. Una.. dos... *muchas*. Todas ellas blandían sus armas de una manera que a Naknaktup le pareció peligrosa en sí misma.

Surgieron del viento, miraban con malignidad a la estupefacta mujer que se había quedado inmóvil con su cabellera grisácea ondeando al viento. Las visiones de luz y de calor se desvanecieron junto con la del hijo a quien ansiaba amamantar. Naknaktup logró lanzar un grito de vaga advertencia justo en el momento en que una lanza penetraba en su pecho y le atravesaba el corazón. En el interior de la cabaña, su grito agonizante había alertado instáneamente a los otros. En la creencia de que un depredador la había atacado, Umak y Manaak cogieron sus lanzas, alegrándose de que el mal tiempo les hubiera hecho guardarlas dentro en lugar de dejarlas fuera como solían hacer. Riñeron a Karana, diciéndole que se quitara de en medio. Iana apretó a su bebé entre sus brazos, y Lonit deseó haber tenido aún sus boleadoras para servir de ayuda.

Más joven y rápido, Manaak apartó a Umak para ser el primero en abandonar la cabaña.

—¡Umak es el espíritu jefe! ¡Manaak es un cazador! ¡Deja que vaya delante de ti!

—¡Hummm! ¡Naknaktup es la mujer de Umak!

Manaak no cedió. Quería ser el primero en salir, el primero en enfrentarse a cualquier clase de fiera, ya se tratase de un lobo, un oso, un león o un mamut. ¡Un mamut! ¡Con cuánta ansia esperaba que fuese el gran fantasma! Su imperioso deseo de matar nublaba su inteligencia, eclipsaba la vocecilla que en lo más hondo de su cerebro susurraba: "Si es el Gran Espíritu, todos moriremos".

Salió de la cabaña respirando fuerte, dispuesto a enfrentarse al Gran Espíritu, pero totalmente desprevenido para enfrentarse a hostiles y extraños depredadores de su propia especie. Durante unos instantes fatales, arma en ristre, los miró asombrado. Fueron los últimos de su vida. Dos lanzas se clavaron en su cuerpo. Una le atravesó el cuello; otra le perforó el estómago con su punta asimétrica y le destrozó la columna vertebral. Atónito, ahogándose en su propia sangre, se le doblaron las rodillas y se desplomó sobre la nieve.

Lo último que oyó fue el grito de Umak llamándole por su nombre mientras el viejo salía de la cabaña como una centella detrás de él.

Umak no llegó a ver quién le derribaba. Salió de la cabaña y saltó sobre él atacándole. Había visto caer a Manaak, y también lo que le había abatido. Viejo como era, y no tan fuerte como lo había sido en su juventud, vio que su mujer estaba muerta, y con ella su hijo nonato, y la ira que sentía le hizo poderoso.

Pero juventud y poder no eran nada para la figura emboscada que tenía detrás, a un lado de la entrada de la cabaña. El hombre equilibró su arma con un rápido balanceo y derribó a Umak de un lanzazo.

Fue el silencio, no el sonido, lo que despertó a Torka. El viento había cesado. Ansioso por regresar al campamento, sacudió la nieve de su manto exterior y se lo puso, cogió la única lanza buena que le quedaba y, con su maza-cuchillo en el cinto, se dispuso a trepar para salir del barranco.

A la débil y pasajera luz del día, el mundo era blanco; la tierra, el cielo estaban blancos por la presencia de la nieve y de las nubes. Entornó los ojos, deslumbrado por el resplandor. Pronto se atenuaría. Si quería encontrar el camino de vuelta al campamento antes de que oscureciera, tendía que darse prisa.

Cuando la profundidad de la nieve lo permitía, andaba a paso rápido mientras sus músculos se relajaban paulatinamente a medida que los calentaba el movimiento. La experiencia hizo que no le resultara demasiado difícil encontrar lo que buscaba. Se detenía de vez en cuando al reconocer puntos de referencia que ni siquiera el más avezado de los rastreadores hubiera sido capaz de identificar; cubiertas por la capa de nieve, todas las cosas parecían diferentes. Pero él era Torka. La sangre de muchas generaciones de espíritus jefes corría por sus venas, y Umak había sabido enseñarle.

Siguió adelante sin mirar atrás. De pronto una inesperada columna de humo apareció en el horizonte, señalando la situación exacta del campamento. Se alegró de que se les hubiera ocurrido encender una hoguera para guiarle, aunque se preguntaba dónde habrían encontrado algo combustible que provocara tanto humo. Apretó el paso. Pensaba en el calor de la cabaña, confiaba en que Manaak estaría allí para recibirle y ansiaba encontrarse en los suaves brazos de su mujer.

¡*Lonit*! Casi gritó su nombre al representarse los graciosos hoyuelos que se formaban en sus mejillas cuando sonreía.

Mientras ascendía una ondulada pendiente poco pronunciada, sus pensamientos dieron un brusco giro, y el resplandor abandonó el día. No aminoró el paso mientras miraba hacia atrás por encima del hombro.

Por la forma en que les colgaba la lengua de la boca, la manada de perros debía seguirle desde hacia bastante tiempo.

El instinto le decía que corriera. La prudencia le obligó a detenerse y a plantarles cara. En lo alto de la pendiente la elevación del terreno le proporcionaba cierta ventaja. Nunca podría dejarlos atrás, pero sí matar a varios y, después de haber ahuyentado a los que quedaran, volvería con sus presas al campamento. Los perros tenían la carne demasiado correosa, pero su pequeña tribu, casi depauperada, se alegraría con cualquier clase de carne que les llevara. Y si los despellejaba primero y se comía a continuación sus ojos azules, nunca sabrían que se alimentaban de la carne del Hermano Perro.

La máscara negra de la cabeza de Aar era inconfundible entre sus congéneres de ojos rojizos y pelaje gris. Estaba muy delgado, se le marcaban las costillas y tenía cicatrices en el hocico y en la cruz, pero era sin duda alguna un animal en la plenitud de la vida, el segundo perro más grande de la manada, con potentes quijadas y una mirada salvaje y casi enloquecida en sus ojos.

—Hermano Perro... volvemos a encontrarnos. Este hombre ve que has regresado con los de tu especie, y siempre supo que lo harías.

Aar agachó la cabeza, con el cuello hacia adelante y las orejas hacia atrás. A su lado, un poco más adelantado, el macho más grande gruñó y, como si les hubiera dado una orden, la manada entera le siguió.

Con lentitud, Torka sacó su maza-cuchillo del cinto y la levantó con la mano izquierda, mientras con la derecha sostenía la lanza en ristre. Los perros entendieron su amenaza. Algunos se pararon y dieron unos pasos hacia atrás, pero su jefe, el macho de mayor tamaño, rugió. Avanzó dos pasos y se paró, con el pelo del lomo erizado.

Torka permaneció inmóvil, dejando que el perro se cerciorara de que no había miedo en su mirada.

—Ven... —invitó—. Eres el más grande. Servirás para la comida más abundante.

La cabeza del perro se torció un poco, como si tratase de comprender las palabras del hombre. Aar se puso al lado del jefe, hombro con hombro, con los músculos tensos, conteniéndose para no avanzar más.

—¡Ah, Hermano Perro! A Umak no le gustaría verte ahora sin saber el destino que has elegido. Ven, intenta comerte a Torka, y Torka hará que no vuelvas a tener hambre nunca jamás.

El hambre había hecho intrépidos a los perros. Cerraron filas detrás de su jefe. El macho grande les incitó al ataque, y entre gemidos y aullidos se lanzaron sobre Torka sin vacilar. Subieron veloces la pendiente hacia él; y el joven cazador los golpeó con su maza. Pero cuando su arma entraba en contacto con la mandíbula del perro grande, vio estupefacto que el jefe tenía otro enemigo.

Aar se había arrojado a su garganta. Si el arma no le había matado, las dentelladas del Hermano Perro lo harían. El gran perro gris cayó de costado. Otros perros se abalanzaron sobre Torka y encontraron la muerte por obra de su maza. Ni una sola vez tuvo que usar la lanza. Con Aar combatiendo a su lado, renegando de su propia especie en defensa del Hermano Hombre, Torka era capaz de romper la crisma de los ejemplares más agresivos de la manada. El resto huyó a la desbandada. Todos excepto uno, una hembra de pelaje tupido y panza abultada, que se había mantenido apartada de la lucha, miraba a Torka y al perro como asombrada por la conducta de Aar, mientras Torka se sentía conmovido por la forma en que éste había actuado. Por primera vez desde que Umak había insistido en que Aar era su espíritu hermano, Torka se dio cuenta de que el anciano tenía toda la razón. Asombrado, se dejó caer sobre una rodilla. El perro se mantenía cerca, aunque no demasiado, mirándole, con la cara ensangrentada. Con cierta indecisión, Torka extendió una mano en señal de conciliación.

—*Hermano* Perro... —admitió, y aunque no se explicaba cómo, supo que de alguna manera el perro era más que un animal. En una extraña y desconcertante simbiosis, el perro había decidido ofrecer su lealtad al Hombre—. Tú y yo no éramos amigos —añadió Torka—, pero de aquí en adelante, te aseguro que *seremos* hermanos.

Torka pretendía llevar la carne descuartizada de los perros al campamento, pero cuando empezaba la tarea, descubrió las huellas. Heladas en la capa mas profunda de la nieve dura, el viento había barrido la nieve en polvo que las cubría. Torka las examinó, las tocó para apreciar mejor sus diferencias.

Muchos hombres.

Aar olfateó las huellas con interés; la perra hizo otro tanto. El frío del pánico invadió a Torka. Los hombres envueltos en pieles, armados, que caminaban por el borde del barranco no habían sido un producto de su imaginación. Eran reales. Las palabras de Karana acudieron de nuevo a su cabeza mientras sus ojos se clavaban en la lejana hoguera que no era en absoluto una señal para guiarle de vuelta a casa.

“La Tribu Fantasma.... aparece en la época de la luz para robar mujeres y niños, luego se desvanecen, pero dejan tras de sí campamentos incendiados, sembrados de cadáveres y de moribundos como única prueba de su existencia”.

Con Aar a su lado y la perra siguiéndoles a prudente distancia, Torka corrió hacia el campamento. Cuando llegó, la cabaña era un montón de escombros carbonizados y humeantes.

Permaneció conmocionado, frío e inmóvil, mientras los recuerdos de otro campamento desgarraban su alma. Muerte... muerte... por todas partes. Una voz gritaba en su interior: “¡*No*! ¡*Otra vez, no*! ¡*No*!”

Avanzó rápidamente, con la esperanza de que los cuerpos que veía se levantasen para burlarse de él, como si tomaran parte en una broma pesada. Pero no se levantaron. Manaak había muerto acribillado a lanzazos, pero las armas habían sido extraídas de su cadáver; yacía en un charco helado de su propia sangre. Naknaktup estaba tumbada donde había caído, espantosamente mutilada, con su hijo nonato arrancado de su vientre y colocado en posición de mamar las heridas de donde antes estuvieron sus pechos.

De haber tenido comida en el estómago, Torka habría vomitado. Utilizó la lanza para sostenerse mientras buscaba a Umak, a Lonit y a Karana. Casi deseaba no encontrarles, aunque después se volviera loco de rabia y desesperación si no lo hacía. Gritó sus nombres, y el de Iana. El viento se los devolvió desde kilómetros de vacía y desolada oscuridad.

Los apagados gemidos de Aar le condujeron al cuerpo de Umak. El anciano yacía medio enterrado entre los escombros de la cabaña, tan ennegrecido por las quemaduras que era casi irreconocible hasta que, de las cenizas y las pieles y los huesos carbonizados, un débil sonido mal articulado pero inconfundible llegó al oído de Torka.

—Hummm... mmm...

Torka apartó frenéticamente los escombros de la cabaña; cuando descubrió a su abuelo agonizante, bajó la cabeza y se echó a llorar como un niño hasta que un dedo ennegrecido y huesudo tocó sus lágrimas.

—Las lágrimas son la sangre del espíritu de un hombre. No lo dejes sangrar. Torka necesitará de toda su fortaleza para... seguir la pista de Lonit y de Karana, y de la mujer de Manaak.

—¿Están vivos?

—No gracias... a este viejo. Se los llevaron hacia el este... cuando la tormenta amainaba... en las últimas horas... —un ronco estertor le interrumpió; su mano se agarró al antebrazo de Torka para tratar de soportar el dolor—. Torka tiene que ir... ahora...

Suavemente, como si se tratara de un niño herido, Torka cogió a su abuelo entre sus brazos y lo estrechó contra su corazón, como si, por medio del poder de su amor, pudiera alejar a la muerte.

—Iremos juntos, como cuando Umak sacó a Torka del camino del viento para conducirle a una nueva vida. Torka llevará en sus brazos a Umak hasta que esté bien y fuerte de nuevo.

—¡Hummm! Eso no... sería... una buena cosa —sus pulmones estaban abrasados por el incendio, el tejido lleno de ampollas hacía que cada una de sus palabras fuera una agonía. Pero él era Umak. Dominó los espíritus de su dolor, consciente de que incluso en aquellos momentos, al final de su vida, era un espíritu jefe. En un ronco susurro habló a Torka del pasado y del futuro que ahora descansaba en él—: El Pueblo... todos ellos viven en ti... por siempre jamás... Por siempre jamás...

Aar se sentó y metió el hocico debajo de la mano del anciano mientras la perra, que todavía desconfiaba del Hombre, se sentaba al borde del campamento asolado.

—Hermano mío, una vez más ha llegado la hora de que este anciano camine en alas del viento. Pero esta vez, Hermano Perro, no me detendrás...

El viento arreció. La oscuridad se intensificó. Muy a lo lejos, en las distantes cordilleras orientales, sonaba un rugido dentro del viento, un barrito. Torka escuchó la voz fácilmente reconocible de un mamut. ¿Era la Voz del Trueno? ¿De El Que Sacudía El Mundo? ¿Del

Destructor? "O la muerte misma", pensó, lleno de odio hacia la bestia cuyos estragos le habían conducido adonde ahora se encontraba, a aquel terrible momento de absoluta desesperación.

—Escucha. Camina delante de nosotros... ¡en la cara del sol naciente! —la euforia vibraba en la voz de Umak. Rodeado por los brazos de Torka, su cuerpo se irguió, desplomándose luego hacia atrás.

—¿Padre de mi padre? —Torka no se atrevía a hacer la pregunta.

Aar la respondió. Con la cabeza lavantada hacia el cielo, el Hermano Perro entonó una canción fúnebre por el espíritu de un anciano que, por fin, caminaba en alas del viento.

Capítulo 3

En medio de la helada oscuridad, una luz brillaba como un frío ojo blanco que mirara sin pestañear en la lejanía. Los hombres vestidos de pieles y tocados con capuchas la señalaron y gruñeron con evidentes muestras de satisfacción mientras pinchahan a sus cautivos con sus lanzas.

—¡Klamah! ¡Klamah!

—¡De prisa! ¡De prisa! —Karana repitió la frase en su propia lengua, inclinándose desafiante contra el viento y arreglándoselas para andar con la mayor lentitud posible.

Delante de él, Iana tropezó, y cuando Lonit se inclinó y trató de ayudarla a levantarse, la recompensa que recibió fue un brutal golpe asestado en su espalda con el asta de una lanza. La joven cayó a su vez. Furioso, Karana saltó en su defensa, pero su pierna se resintió y los tres cautivos se reunieron en el suelo.

A los hombres que los habían apresado no les divertía la situación. Largas lanzas erizadas de pinchos daban órdenes tan claras que no necesitaban hablar. Las dos mujeres se ayudaron la una a la otra a ponerse en pie. Karana se levantó, hizo ademán de coger una de las lanzas amenazadoras y le propinaron una patada tan fuerte que rodó otra vez por el suelo.

¿Era el golpe? ¿O era otra cosa? El niño estaba sentado cogiéndose el vientre, esforzándose por respirar como si algo se moviera dentro de su pecho y de sus entrañas. Semejantes a nubes que pasasen rápidamente a través de una luna llena, vio sombras, las *sintió* dentro de él, y supo con una terrible y sobrecogedora sensación de infinito vacío en su corazón que Umak había muerto. El espíritu del anciano que le había tocado, ahora se movía dentro de él y a su alrededor. Quiso agarrarlo, conservar la substancia invisible de lo que una vez fuera el alma de Umak, pero esa clase de cosas no podían conservarse. En cualquier caso, mientras sus captores le obligaban a puntapiés a levantarse, algo había quedado en él. Alzó la cabeza y se dio cuenta de que estaría siempre con él como una parte de sí mismo.

—iHummm! —exclamó, y no se inmutó cuando el extremo romo de una lanza le golpeó con rudeza en la espalda para hacerle callar.

Caminaron durante horas. La luz fría y blanca era una almenara hacia la cual encaminaban sus pasos los hombres vestidos de pieles, hasta que, al amanecer, la luz desapareció e hicieron un alto para descansar, poniéndose en cuclillas sobre la nieve para comer sus raciones de viaje antes de enroscarse para dormir. Cuando despertaron, uno de los hombres pesadamente vestidos cogió a la criatura de los brazos de una pasiva Iana y entregó el bebé a Lonit. Les dijo algo a los otros, palabras obscenas y torpes que les hicieron reír con aviesas intenciones. Algunos de ellos se pusieron a su lado para turnarse y saciar sus bajos instintos a costa de Iana. La mujer de Manaak ni siquiera intentó resistirse. Yacía debajo de ellos como una muñeca fláccida de ojos vacuos.

Lonit cerró los ojos y apretó al pequeño contra su pecho. Sabía que el niño viviría sólo mientras Iana satisficiese los deseos de sus captores. Recuerdos de muerte —de una muerte terrible, sangrienta, sin sentido—discurrían como una visión roja debajo de sus párpados. Abrió los ojos y se sentó estremecida, arrimándose a Karana.

—¿Por qué no nos han matado a todos? ¿Y por qué no me destriparon a mí en lugar de a la pobre Naknaktup?

El niño, sentado junto a ella con las piernas cruzadas, pareció abismarse en la contemplación de la oscuridad. Por fin, habló.

—Karana sólo sabe lo que oyó decir a otros de la Tribu Fantasma. Raptan a mujeres y niños. Naknaktup era mucho mas vieja que tú, y no era hermosa. Cuando lleguemos a su campamento, los Hombres Fantasma nos llevarán bajo tierra y moriremos para siempre para este mundo.

La boca de Lonit se contrajo por la amargura que experimentaba al escuchar los rugidos salvajes y los gruñidos de placer lanzados por sus captores al desahogarse con Iana.

—Son hombres, no fantasmas —dijo—. De manera que tenemos que continuar andando con lentitud; tenemos que arrastrar los pies para que nuestras huellas sean claras. Nuestros captores creen que nos han matado o capturado a todos. No saben que Torka existe. Nunca deben de saber lo que da fuerzas y esperanza a Lonit y a Karana.

El chiquillo asintió con la cabeza. Inconscientemente imitaba a su adorado espíritu jefe mientras cruzaba los brazos sobre el pecho, proyectaba el mentón hacia adelante y hacía que las comisuras de su boca se curvaran hacia abajo.

—Hummm, así es —dijo en un susurro lo que deseaba que fuera una certeza absoluta—. ¡Torka *nos* encontrará!

Se produjo un cambio en el tiempo y el viento volvió. Una vez más soplaba con una intensidad demoníaca que azotaba la nieve caída transformándola en asfixantes corrientes de aire. Viajar era imposible. Las pisadas habían sido borradas del mundo, y después de dos interminables días y noches de tormenta, un Torka sin tribu surgió de un montecillo de la tundra que les había servido de refugio a él y a los perros y en el que se habían acurrucado para defenderse del frío. Surgió para escudriñar una tundra en la que había sido borrada toda huella de quienes habían caminado delante de él.

Permaneció en pie durante un buen rato. Miraba y escuchaba, con el corazón tan vacío como la tierra que se extendía ante él. Luego avanzó resuelto en dirección a la cara del sol naciente. Los perros resollaban mientras trotaban en pos del hombre, como si se preguntaran qué razones tendría para viajar a una tierra desconocida.

—Lonit estaba allí, y Karana —les informó, sin darse cuenta de que estaba haciendo lo que tantas veces había criticado a Umak: hablaba con los perros como si fueran capaces de entenderle.

Los siguientes días fueron breves intervalos de luz hecha jirones por el viento, durante los cuales Torka anduvo a paso largo con Aar a su lado y la perra siguiéndoles a prudente distancia. Las noches eran largos períodos de oscuridad y viento helado en los cuales intentaba dormir para ser capaz de viajar sin tener necesidad de descansar durante las horas de luz. Pero a la tercera noche, despertó en la profunda oscuridad que precede al alba y, por primera vez, distinguió la brillante estrella que refulgía fría y blanca en el horizonte montañoso. Se dio cuenta de que la estrella no se movía. *No* era una estrella. ¡Era una almenara! Se insultó para sus adentros. Los merodeadores viajaban de noche y ganaban tiempo porque se guiaban por una almenara que no podía verse a la luz del día.

En el acto se puso en pie, cogió sus armas y avanzó hacia la luz. Los perros lloriquearon, pero él los ignoró. Las montañas estaban cerca, extensas cordilleras abrumadas de glaciares. Había un fuerte olor a hielo en el aire, pero no vio ni olió nada relacionado con viajeros ni campamentos. Si los que se habían llevado a Lonit, a Karana, a Iana y al pequeño Ninipik eran miembros de la Tribu Fantasma, no cabía duda de que llevaban el nombre bien puesto. Seguir su rastro era como tratar de seguir a una nube después de que ésta se hubiera desvanecido del cielo. Pero ahora, al menos, tenía una luz que le guiaba.

Viajó el día entero, dirigiéndose en línea recta a la parte de las montañas donde había visto la luz. Sólo se detuvo el tiempo suficiente para aliviar su fatiga. Durmió un poco y apenas comió. Aunque la tierra estaba elevándose, las montañas no parecían por eso más cercanas. Siguió adelante toda la noche y el día siguiente hasta desplomarse exhausto en la tundra, viendo cómo cazaban los perros por su cuenta. Trabajaban en equipo, compartían la comida y el lugar donde dormían. Pensó en Lonit, y su dolor por haberla perdido era insoportable. Le despertó Aar, tocándole una mano con su hocico. El perro estaba en pie a su lado. Acababa de depositar delante de él media liebre, con la cabeza y las patas delanteras masticadas. Aar le miraba, aparentemente a la espera de que se comiera el regalo. Torka tenía hambre sobrada para complacerle. Mientras devoraba el inesperado presente, recordaba las numerosas veces en que ante la insistencia de Umak, la comida de la tribu fue compartida con el perro.

La luz estaba ahora cerca. Los merodeadores se dirigían hacia ella a grandes zancadas, confiados. Exhausta, Lonit volvió a sentir un profundo dolor que la abarcaba la parte baja de la espalda y la pelvis. Había oído hablar a suficientes mujeres en el campamento de Galeena como para saber que aquellos dolores significaban el comienzo del parto. Su hijo, *el hijo de Torka*, se disponía a venir al mundo. ¡Torka! Se mordió los labios para no gritar su nombre.

Las montañas estaban justo frente a ellos, y bajo sus pies la tierra se elevaba un poco para recibirles. Karana había caminado apartado de las mujeres, pero ahora lo hizo al lado de Lonit.

—¡Le he visto desde la cresta de las colinas, le he visto! —su voz era un susurro que no obstante sonaba como un grito triunfal—. ¡Un hombre con dos perros que corrían a su lado! ¡Estaba oscuro, pero le he visto a la luz de las estrellas! !Tiene que ser Torka!

Por primera vez desde que los asaltantes irrumpieron en el campamento, Karana vio los hoyuelos de una trémula sonrisa en el rostro de Lonit. Los dos últimos días había estado tan pálida y desmadejada, que empezó a temer por ella, de forma que no le dijo que lo que había visto estaba tan lejos que las figuras parecían tres diminutas sombras moviéndose sobre la tierra cubierta de nieve. Ninguno de los Hombres Fantasma se había apercibido. Pero Karana las había visto. *Sabía* que era Torka porque, lo mismo que en el saliente cuando le habló el espíritu de la montaña advirtiéndole del peligro qua corrían, algo dentro de él había comunicado a su alma la verdad de la presencia de Torka; pero no esperaba que Lonit le creyera.

—Sólo tenemos que retrasar a nuestros captores una noche más, tal vez dos, aquí abajo —le dijo a Lonit —; y dejaremos todas las señales que podamos de nuestro paso, para ayudarle a seguirnos.

La sonrisa de la joven se desvaneció. Sus ojos se posaron en las formas voluminosas y peludas que caminaban delante de ella con andares majestuosos, utilizando sus lanzas como bastones para asegurarse de la solidez y la profundidad de la nieve que había bajo sus pies. Detrás de ella y a ambos lados, caminaban otros hombres; eran feos, llevaban tatuajes y horribles adornos de hueso que les perforaban el labio inferior y sobresalían hacia abajo sobre sus mejillas como si fueran colmillos resbaladizos por la saliva. "Son asesinos", pensó. "Hombres que llevan lanzas y puñales no sólo para cazar y protegerse de los depredadores, sino para matar a los de su propia especie".

Si Torka viene por nosotros... —se detuvo antes de expresar sus temores en voz alta y provocar que se cumpliera, pero las palabras estaban en sus ojos al mirar al niño. "Si Torka viene por nosotros, le matarán."

El hombre que iba en cabeza se paró de repente, alzó un brazo y pronunció unas palabras que parecían un saludo. Lonit y Karana miraron al frente, desconcertados, pero contentos de tener oportunidad de descansar... hasta que vieron unas figuras que avanzaban hacia ellos procedentes de las estribaciones de la montaña. Llevaban antorchas de lo que parecían ser hierbas empapadas en sebo y cueros atados a huesos de costillas de animales de caza mayor. No tardaron en llegar; eran hombres feos, sin aliento, sonrientes, que abrazaban a los merodeadores como si fueran hermanos largo tiempo esperados que volviesen de una cacería.

Y allí estaban. Sólo que sus presas no habían sido animales, sino esclavos. Mareada por un concepto demasiado ajeno a ella para comprenderlo del todo, Lonit se vio convertida en objeto de su escrutinio mientras le echaban hacia atrás la capucha y los hombres se la pasaban de uno a otro, manoseándola y tocándola el vientre. Reían y parecían complacidos mientras dedicaban frases de felicitación a los que la habían capturado. Después pusieron sus manos en Iana y examinaron a su hijito, fuerte y llorón, mientras hacían señas de asentimiento sin dejar de gruñir. A continuación concentraron su atención en Karana, hurgándole, contemplándole lascivamente como si pensasen que era una jovencita núbil, manoseándole tan provocativamente como lo habían hecho con las mujeres hasta que el chiquillo, ofendido, lanzó un grito y se encargó de que uno de ellos lamentara haberse quitado los guantes antes de empezar a meter las manos en las ropas de Karana.

Lonit se encogió, convencida de que iban a matar a golpes al niño por su acción. En cambio, se echaron a reír y le dieron unos empujones como si su arranque les hubiera gustado. El hombre a quien acababa de morderle la mano se chupó la sangre de la herida, sacó con la otra una cuerda de tender trampas de su cinturón y, mientras otros dos sujetaban a Karana, hizo un lazo con la cuerda de tendones y lo deslizó alrededor del cuello del chico.

—¡Shiank! —exclamó, y sacudió la mano mordida, poniendo a Karana junto a él.

Lonit no necesitaba hablar su lengua para comprender que acababa de advertir a todos que Karana era de su propiedad. Notó entonces que los adornos del hombre eran más elaborados que los de sus correligionarios, y su tamaño dos veces más grande. Con su indumentaria oscura y peluda de pieles de bisonte, era un hombre grotesco pero innegablemente poderoso. Su rostro, con colmillos de fiera, estaba tan oscurecido por los negros remolinos de sus tatuajes que, incluso a la luz de las antorchas, no podía distinguir sino la peligrosa bestialidad de sus facciones. Cuando ordenó a los demás que reanudaran la marcha, ni uno solo de ellos vaciló, y cuando Karana se revolvió para librarse del lazo, el hombre se limitó a tirar con más fuerza. Si no quería morir estrangulado, al niño no le quedaba otro remedio que seguirle.

Hacia la luz.

Era un ojo que brillaba frente a ellos en el flanco de un monte angosto que se elevaba en la base de las estribaciones de las montañas. Y a continuación, lentamente, el ojo se abrió. Un puñado de hombres surgió de él.

El terror se enroscó en las entrañas de Lonit mientras se resistía y era empujada hacia adelante y obligada a caminar sobre un talud nevado que nunca conservaría las huellas de seres humanos. Karana caminaba delante de ella, ahogándose mientras luchaba contra el ronzal que le arrastraba. Subieron sin detenerse por un lado del terraplén hasta penetrar en la luz.

Lonit lanzó un grito de espanto. Detrás de ella, por vez primera desde que se había visto forzada a soportar ser violada por amor a su hijo, la mujer de Manaak emitió un sonido. Era un lamento contenido, prolongado, que suplicaba misericordia. Para ella; para su hijo; para Lonit y Karana.

Pero no había misericordia para ninguno de ellos. Aquél era el destino al que habían sido conducidos. No había forma de volverle la espalda. Unas manos duras, inflexibles, asieron a Lonit por detrás forzándola a penetrar en el montículo, y a seguir hacia arriba, hacia el ojo. Al menos la joven pudo ver que se trataba sólo de una cavidad en el interior de las estribaciones del terraplén. En las profundidades de la tierra brillaba la luz, y una cara repugnante, bestial, con colmillos, se asomaba a mirarla mientras, contra su voluntad, era cogida de las axilas por detrás e introducida dentro hacia abajo, donde unas manos la esperaban.

Estaba a punto de desvanecerse mientras el calor, el hedor y la luz la envolvían. La pusieron de pie sobre un suelo húmedo y resbaladizo; estaba rodeada de hombres desnudos de mirada lasciva, cuyos cuerpos aparecían untados de grasa, tatuados desde la frente a la punta de los pies, incluidos los genitales.

Una vez más la manosearon, palparon su vientre, sus ropas. Ella trataba de zafarse, pero se rieron de sus esfuerzos y se la pasaron de uno en otro, sin dejar de sobarla, hasta que por fin la empujaron más hacia el interior del ojo, a lo largo de un hediondo y resbaladizo corredor en declive que se extendía lateralmente debajo de la superficie del terraplén.

El corredor se abría a otro pasillo, con una escalera de mano corta, casi vertical, construida con una estructura de huesos que conducía a una pequeña habitación forrada con cueros, en la cual había infinidad de lanzas apiladas, y de la cual partían varios túneles iluminados por antorchas.

Desorientada, Lonit sucumbió por primera vez a la desesperación. Iana gemía detrás de ella; Karana había desaparecido de la vista. Mientras la mujer de Manaak era obligada a entrar en uno de los túneles y Lonit era empujada dentro de otro, sus pensamientos eran como pájaros asustados que volasen en una tormenta. "Karana tiene razón", pensaba. "Estos hombres son de carne y hueso, pero también son fantasmas. Ni siquiera un rastreador tan hábil como Torka podría encontrarnos aquí jamás."

Fue Aar el primero en captar el olor a Hombre y en correr en círculos, olfateando, con el hocico pegado al suelo mientras movía la cola alegremente. Entretanto, la perra levantó la cabeza con curiosidad, observándole. Cuando Torka encontró cerca de allí la primera de las huellas y reconoció las pisadas de las botas de Lonit y de Karana, lanzó un grito de júbilo. La perra levantó la cabeza en otra dirección y gimió suavemente, completamente desconcertada por el comportamiento de los machos de su manada.

—Torka encontrará a su mujer —aseguró solemne, en voz alta—. Y sigilosamente, con mi maza-cuchillo y el tiralanzas, este hombre hará que muchos hombres paguen por lo que han hecho.

Siguieron siempre hacia el este, en dirección a las montañas hasta que llegaron al talud y perdieron la pista donde terminaba el montículo de nieve. Aar captó el olor y corrió en distintas direcciones, para regresar por último, mientras la oscuridad se apoderaba del mundo, al sitio donde Torka estaba sentado solo, a la espera de ver la luz nocturna que le sirviera de guía. Pero no había ninguna luz, excepto la de las estrellas, fría y distante. Procedentes del este oyó sonidos de mamuts. Una cría que llamaba, una hembra que respondía, y después la voz de otra cría, mayor que la primera, ya en la adolescencia, que barritaba quejumbrosa. Los perros oyeron los gritos de los mamuts y sus cabezas se levantaron mientras gemían suavemente, como solidarizándose con aquéllos.

Torka experimentó un repentino sobresalto al darse cuenta de que, al igual que los perros, entendía lo que se comunicaban los mamuts con tanta claridad como si estuvieran hablando entre sí en su propia lengua.

—*"¡Madre! ¿Dónde estás? ¡Tengo miedo!"*

—*"Hijo,no te muevas. Voy a buscarte."*

—*"Madre, mi hermano está en apuros! ¡Ven enseguida!*

—*"Hijos, tened calma. No tengáis miedo. De día o de noche, estaré a vuestro lado"*.

Torka escuchaba. Los sonidos de los mamuts continuaron, luego cesaron. La hembra había consolado a sus pequeños. Sus pensamientos le asombraban. ¿Cómo podía ser? Los mamuts eran presas. Poseían espíritus de bestias, no de hombres. Los mamut no podían amar, ni afligirse ni preocuparse. Ni aspirar a vengarse de quienes habían causado dolor a sus seres amados o los habían destruído. ¿O acaso sí que podían?

De repente se quedó frío, helado. Miró a los perros que yacían enroscados, el uno contra el otro. La hembra había abandonado a su manada para estar con Aar. ¿Por qué, si no le quería? Su propio amor por Lonit era como una piedra dentro de su garganta. Una piedra que le ahogaba impeliéndole imperiosamente a buscarla. Lo mismo que a Karana, y a vengar las muertes de Manaak y de Naknaktup, y la de su adorado abuelo.

Los recuerdos de un enorme ojo rojo, enloquecido de odio, acudieron en tropel a su mente. El ataque del Destructor se produjo cuando él, Nap y Alinak se disponían a descuartizar a la hembra despeñada. ¿Habría sido el Destructor su pareja? ¿Podría haberla amado el gran mamut? ¿Podía pensar un animal como un hombre? ¿Amar como un hombre? ¿Odiar como un hombre?

No. Torka estaba seguro de que no podía ser así. En su momento, mataría al Destructor y bebería su sangre en nombre de su tribu perdida, de Egatsop, de Kipu, de su hijita, que no había vivido lo suficiente para conocer ninguna de las alegrías de la vida.

Tenía la boca seca. Sus ojos estaban fijos en la tierra negra y salvaje. Ahora él tenía otras presas que cazar: criminales que raptaban mujeres y niños para convertirlos en esclavos.

Capítulo 4

Lonit gritó, pero su voz fue absorbida por los límites sofocantes y mal ventilados de la pequeña habitación donde yacía. Era uno de los numerosos cubículos al final de los innumerables pasajes subterráneos, similares a laberintos, de la Casa de los Fantasmas. Al igual que los túneles, sus paredes y el tejado cónico estaban apuntalados con huesos de costillas y cráneos de mamut, embadurnados después con el mismo fango denso de heces humanas mezclado con grasa y desperdicios que cubría los suelos. La habitación entera rezumaba una humedad caliente que apestaba como si fuera una herida purulenta.

Lonit gritó de nuevo, esforzándose por respirar.

Varias mujeres tatuadas estaban sentadas a su alrededor mientras ella sufría los dolores de parto. La habían colocado sobre un camastro de gruesas pieles de pelo largo enmohecidas, preparado encima de una cama de hierbas y líquenes mohosos. Un armazón de costillas de mamut colocado debajo impedía que resbalara y cayese en el fango fétido y caliente del suelo. Al resplandor titubeante proyectado por dos candiles que ardían sobre cráneos de caribú incrustados en postes de hueso, las caras de las mujeres tenían una uniformidad oscura y aceitosa, hasta que en una de ellas se dibujó una sonrisa de simpatía y comprensión. Se levantó para ver lo que Lonit necesitaba.

Desnuda, salvo un faldellín de plumas, la mujer era casi tan alta como Lonit. Alcanzó sin ninguna dificultad el techo de la habitación y apartó una trampilla del centro. El aire caliente y pestilente salió formando vapores, mientra penetraba aire frío.

Lonit lo aspiró con ansiedad. Era dulce, limpio; procedía del mundo de arriba, donde Torka vivía y la buscaba, y donde ya debía de haber perdido toda esperanza de encontrarla. Tuvo que hacer un poderoso esfuerzo para no pronunciar su nombre en voz alta.

Una de las mujeres reprendió con aspereza a la que había abierto el respiradero. La mujer alta lo cerró y las otras mujeres mascullaron unas palabras de aprobación. Lonit estuvo a punto de sentir náuseas al aumentar la pestilencia en la habitación de nuevo cerrada. La mujer alta, al ver su malestar, abrió otra vez el respiradero. Las otras mujeres se dirigieron a ella en tono regañón, hablando en algo que parecía una mezcla de dialectos diferentes, pero la mujer alta se limitó a mirarlas, con sus manos tatuadas sobre sus anchas caderas también tatuadas. Las otras se levantaron, una de ellas pronunció una frase que terminaba con la palabra *gulap*. La mujer alta respondió con una frase todavía más áspera que terminaba con la misma palabra. Por último, como si todas se sintieran ofendidas en común, abandonaron el cubículo por una salida oculta tras una cortina de cuero, la cual era poco más que un agujero en la pared. La mujer alta suspiró, sacudió la cabeza y se acercó para sentarse al lado de Lonit.

—Gulap vendrá de todas formas —dijo.

Lonit estaba estupefacta de oírla expresarse en su propia lengua.

La mujer alta sonrió al darse cuenta del asombro de la joven.

—Tú y yo, Aliga, hablamos lo mismo. Debes venir de alguna parte lejana del mundo. ¿Del oeste quizá?

—¡Sí!

La sonrisa de Aliga se trocó en melancolía.

—Allí se vivía bien. Hace mucho tiempo. Es mejor olvidar. Esta habitación huele como un cadáver en verano, pero es bueno saber que, a pesar de esta pestilencia, *estamos* vivos.

En aquel momento otra contracción se apoderó de los sentidos de Lonit; era un dolor tan intenso, tan absoluto, que por un instante no existía nada salvo el dolor. Una oleada de insoportable presión la arrastraba hacia abajo hasta que... lentamente... empezó a aflojarse.

Aliga apoyó una mano experta sobre su abdomen.

—Ahora tu hijo no tardará en aparecer.

—¿Dónda está Iana? Me gustaría que estuviera ahora conmigo.

—Tu amiga está con los hombres. Es nueva, de modo que la usarán largo tiempo. Alégrate de estar aquí. Cuando nazca el niño, si quieres, te daré una bebida para que sangres mucho tiempo. Ningún hombre te tocará mientras sangres.

—¿Qué han hecho con el niño de Iana?

—¡Es un crío muy fuerte! Muchas mujeres estarán orgullosas de amamantarle. Cuando sea mayor, los Hombres Fantasma le llevarán a la gran reunión de cazadores de mamuts que tiene lugar cerca de aquí.

Los Hombres Fantasma lo cambiarán por muchas cosas buenas, y por más mujeres.

Lonit la miró despavorida, asustada de hacer la próxima pregunta.

—Y a Karana..., ¿también lo cambiarán?

—¿Al pequeño que cojea? No; es tan guapo como una chica. Los Hombres Fantasma lo usarán como a una mujer. En algunas tribus, chiquillos como él son muy apreciados por los cazadores cuando hacen viajes largos sin sus mujeres... vio la mirada de incomprensión de Lonit y añadió—: En los viajes largos, los chicos no sangran, no se quedan embarazados. Para algunos son más valiosos que las mujeres—. Suspiró con infinita tristeza—. Tu amiga tiene suerte de que su bebé sea niño. Esta mujer espera que a ti te ocurra lo mismo. Entonces los Hombres Fantasma dejarán que tu bebé viva... si Gulap dice que los presagios son buenos.

—¿Gulap?

—Es la hermana mayor del jefe, la madre de sus hijos favoritos. Ahora es muy vieja, y muy lista. Muy inteligente para vivir tanto tiempo en una tribu como ésta... —Aliga se quedó callada de repente. Se oían voces de mujeres que se aproximaban a la habitación de la sangre. Aliga puso una mano sobre la muñeca de Lonit mientras le advertía en voz baja—: Sé fuerte, sé valiente, Mujer del Oeste, y no digas nada que irrite a Gulap. El jefe ha dicho que le pertenecerás cuando dejes de sangrar. Ha dicho que te tatuará él mismo. Eso es un gran honor, pero ha hecho que Gulap se enfadara mucho contigo. Su hermano jamás volverá a mirarla a ella como te ha mirado a ti.

—¡Pero esta mujer es fea! ¿Por qué iba a desearme?

Aliga miró a Lonit como si no pudiera dar crédito a lo que oía.

—Tienes ojos de gacela. Eso se considera como un distintivo de gran belleza entre muchas tribus. Se considera algo tan raro como el león blanco, o como el reclamo del somormujo cuyo lomo no lleva rayas. Lo que no abunda, lo que no es habitual alcanza mayor valor que cualquier otra cosa. Tú eres hermosa, Lonit. Mujer del oeste. ¿Es posible que nadie te lo haya dicho nunca?

—Sólo una persona. Pero ha sido suficiente... Lo ha sido *todo*...

A lo largo de toda la noche los mamuts emitieron tristes y fúnebres sonidos. Torka durmió a ratos hasta que el amanecer tiñó de suaves colores la tundra y un olor increíblemente fétido le llegaba, traído por el viento del este. También los perros lo habían olido. Se habían levantado a la vez, volviéndose hacia el hedor, y luego hacia el lado opuesto. Resoplaron como si quisieran limpiarse. Después, repentinamente inquieto, Aar empezó a dar vueltas y a olfatear de nuevo entre gimoteos.

Torka se puso en pie al reconocer el olor a Hombre en el viento. Era todavía más hediondo que la suciedad y los desperdicios en el saliente después de ser tomado por Galeena. Sin duda alguna era el hedor de un campamento. Pero aunque escudriñó el horizonte hasta que los ojos le lagrimearon y escocieron, no pudo descubrir el menor indicio de vida... hasta que Aar se volvió hacia el norte y se quedó inmovil.

Torka siguió la dirección de la mirada del perro, y por un momento también él fue incapaz de reaccionar.

Una larga columna de gente avanzaba hacia él; demasiada gente para constituir la tribu de merodeadores que él buscaba. Vio mujeres encorvadas bajo pesados fardos y hombres que llevaban lanzas y bastones para la nieve. Si es que había niños pequeños, no los vio. Un reducido grupo de cazadores corría hacia él dando voces, con las lanzas en ristre. Torka permaneció en su terreno, con el arma dispuesta y Aar a su lado, gruñendo.

Los hombres vestían prendas de cuero cuidadosamente trabajadas, y mientras se acercaban, su olor no era el de personas que vivieran en medio de la porquería. El jefe del grupo se detuvo justo fuera del alcance de la lanza, con un brazo levantado. Otro hombre más joven se colocó a su lado.

Sus ropas estaban confeccionadas por entero con la piel blanca del vientre de los caribúes abatidos en invierno. Levantó también un brazo, y al hacerlo, las garras de halcón que colgaban del borde inferior de su bolsa de medicina tintinearon al viento.

Torka no se movió hasta que el primer hombre tiró al suelo su lanza en señal de paz. El hombre de blanco hizo otro tanto, aunque Torka advirtió cierta renuencia en su gesto.

—Buscamos la gran reunión de cazadores de mamuts que se celebra a la entrada del Corredor de las Tormentas —la voz del primer hombre era tan clara y desprovista de amenaza como un cielo sin nubes.

—Esta noche oímos la llamada de los mamuts. ¡Queramos cazar! —la voz del segundo hombre era tan firme y aguda como un proyectil bien lanzado—. ¿Dónde está tu tribu, Hombre Que Camina Con Perros?

No fue el tono de las palabras del hombre lo que atrajo su atención, sino su dialecto. Lo conocía tan bien como el suyo propio, era la lengua de Karana. Mientras tomaba nota de cuántos eran aproximadamente los forasteros y de la falta de niños entre ellos, supo instintivamente que eran el pueblo de Karana.

Desechó toda preocupación por su seguridad y tiró la lanza al suelo.

—¡Yo soy Torka! Busco a la Tribu Fantasma que ha raptado a mi mujer y a Karana, hijo de Supnah! Si tú eres ese hombre, únete a mí. ¡Este día cazaremos hombres, no mamuts!

En la Casa de los Fantasmas, Karana fingía dormir. Despojado de sus vestiduras, yacía muy quieto, temiendo que el menor movimiento hiciera que sus verdugos reanudasen sus tocamientos contra natura cebándose en él. Ahora les oía salpicándose de orina entre sí, en la contigua habitación del sudor. Había pretendido no entenderles, aunque su habilidad innata para desentrañar los diversos elementos que componían una lengua marcadamente diferente había funcionado a la perfección. Ahora que se habían saciado con él y con algún otro, hablaban de perseguir otra presa.

El sonido de los mamuts les había excitado casi tanto como manosear a Karana. Por la forma en que las bestias gemían era evidente que por lo menos una de ellas estaba atrapada en el fango. Los otros permanecían a su lado por si podían ayudar para ofrecer consuelo.

Los merodeadores hablaban de que el jefe ya había dejado la Casa de los Fantasmas a la cabeza de un nutrido grupo de exploradores, con el propósito de averiguar el paradero de los mamuts. También hacían comentarios sobre el placer que todos experimentarían cuando empezara pronto la matanza de las bestias.

Karana escuchaba; les odiaba y odiaba la forma en que le habían herido en lo más hondo de su cuerpo, allí donde ningún hombre tenía derecho a lastimar a otro, menos aún a un chiquillo a medio crecer. Sus voces subían y bajaban. El odio de Karana aumentó y cuajó en una resolución inquebrantable.

"Marcháos", se dijo. "Y mientras cazáis, cogeré mis ropas y escaparé hacia arriba como el humo a través del respiradero de esta habitación antes de que nadie pueda atraparme. Encontraré a Torka y le condudiré hasta aquí. Juntos comprobaremos si los Hombres Fantasma sangran con tanta facilidad como los hombres y las mujeres a quienes matan por placer."

La perspectiva era estimulante, pero de pronto se le ocurrió que no tenía idea de lo que habían hecho con sus ropas. Sus ojos se perdieron en los contornos de la escalera de hueso que conducía al respiradero de la habitación. Un mundo frío y hostil se extendía al otro lado de la trampilla. Si actuaba con rapidez, podía intentar evadirse en aquel mismo momento. Ninguno de los robustos y bien alimentados Hombres Fantasma podrían seguirle a través del respiradero, pero Karana era lo bastante pequeño y ágil para deslizarse a través de él si lo intentaba. Tembló al pensar en el reto al que se proponía enfrentarse y también al darse cuenta de que no tenía esperanza de sobrevivir sin sus ropas, a menos de que encontrase a Torka inmediatamente. ¿Y qué posibilidades había de que fuera así? ¿Y si se había equivocado al creer verle? ¿Y si las sombras que había visto moviéndose en la tundra fueron un simple espejismo provocado por el viento o por la luz de las estrellas.

Karana oyó gritar a Lonit; su voz procedía de uno de los hediondos y laberínticos túneles de la Casa de los Fantasmas. Compartió el dolor y el miedo de la joven. Cerró los ojos con fuerza, concentrándose para ordenar al espíritu del valor que creciera dentro de él. Lonit era la mujer de Torka. El le debía la vida a Torka. En el interior de la Casa de los Fantasmas, Karana, Lonit, Iana y el pequeño Ninipik estaban ya muertos para el mundo de arriba.

"Quizá un chico desnudo pueda sobrevivir", pensó, levantándose con lentitud del hediondo camastro de pieles y líquenes.

"Torka está vivo. Torka está cerca". Como en aquella manaña fría y clara en que la montaña le había hablado desde dentro de su propio espíritu, la voz que le decía que Torka estaba vivo era una voz del espíritu. Karana no podía ignorarla, lo mismo que tampoco había ignorado los gritos de Lonit. Había oído antes a mujeres con dolores de parto. El tiempo de Lonit estaba muy próximo a cumplirse. Y el de Karana para escapar había llegado ya.

Desnudo o vestido, nunca se le volvería a presentar la ocasión. Con el mayor sigilo arrancó las pieles del camastro, y con la velocidad con que un águila se lanza de su percha, Karana voló escalera arriba, apartó la trampilla y forzó su cuerpo a salir por el respiradero, de vuelta al mundo de los vivos.

Con Aar siguiendo el rastro y dirigiéndoles como si fuera el jefe de la manada, Torka y los hombres de la tribu de Supnah avanzaban por la tundra en busca de la Casa de los Fantasmas, en pos del hedor a Hombre que por un breve espacio de tiempo había surgido de la tierra para contaminar el viento. Había vuelto durante unos instantes, fuerte y dulzón, con la pestilencia de orines calientes y de desperdicios y materias fecales en descomposicion. Después se había marchado, tan por completo como si lo hubieran imaginado.

Hicieron una pausa, olfateando como aninales. El rostro curtido de Supnah, de facciones regulares, estaba tenso a fuer de concentrado, mientras el hombre vestido con pieles de caribúes abatidos en invierno permanecía a su lado en cuclillas, con su peso equilibrado sobre las puntas de los pies.

—¿Está seguro mi hermano Supnah de que desea seguir a esos Hombres Fantasma, cuando hemos pasado media vida evitando con éxito todo contacto con ellos?

—Si Karana está con ellos, Supnah les seguirá —contestó el hombre de más edad.

—Karana está con ellos —dijo Torka categórico—. Y este hombre dice que los fantasmas no dejan huellas por las cuales puedan ser seguidos.

Navahk, el hechicero, le contempló con sus ojos fríos de pesados párpados que parecían atravesarle. Torka no recordaba haber visto nunca a un hombre tan guapo, ni a alguien que instintivamente le produjese más desconfianza. Ni siquiera Galeena había provocado en él una reacción tan negativa cuando le vio por primera vez. Era posible que su experiencia con aquel individuo le hiciera mirar con malos ojos a todos los extraños. No estaba seguro. No sentía aversión hacia Supnah, a pesar de que le resultaba difícil pasar por alto el hecho de que hubiera abandonado a Karana. Aun así, Torka vio el parecido del niño con el rostro curtido del padre, lo apreció en la mirada de despejada inteligencia que iluminaba sus facciones y revelaba una naturaleza abierta, bien que cautelosa. Supnah no se parecía en nada a su hermano menor.

Cada palabra y cada gesto del hechicero eran misteriosos. En su boca de labios fuertes y bien dibujados había una perpetua sonrisa afectada, como si fuera dueño de un grande y maravilloso secreto que ningún hombre desvelaría hasta que fuera demasiado tarde, e incluso entonces daría lo mismo, porque nadie excepto Navahk era capaz de entenderlo. Torka no había estado con la tribu de Supnah sino el tiempo suficiente para contarles cómo Karana había seguido a un águila a un refugio seguro en la montaña poderosa, cuando ya sintió los ojos del hechicero fijos en él, atravesándole. Se había vuelto a mirar al hombre, y Navahk le había sonreído de la manera más amistosa, mostrando sus dientes perfectos aparte de la singularidad de que todos ellos eran puntiagudos, como si poseyese una dentadura entera de caninos; pero no fueron los insólitos dientes del hombre lo que llamó la atención de Torka y le puso en guardia. Fueron sus ojos. Había abismos en su interior que advertían sobre ocultas y pérfidas intenciones. Por razones que él solo conocía, aunque sonreía y pretendía todo lo contrario, Navahk no estaba contento de oír que Karana, el hijo de su hermano, vivía, ni estaba tampoco ansioso por aprovechar la oportunidad de rescatarle de la Tribu Fantasma.

Sin embargo, Supnah estaba radiante. Parecía haber rejuvenecido media vida.

—Karana fue abandonado una vez por este hombre. ¡No volverá a ocurrir! —puso una mano fuerte, bellamente enguantada, sobre el antebrazo de Torka y añadió—: Es bueno que los espíritus te hayan guiado para que se produjera nuestro encuentro.

—Es bueno —convino Torka.

El hechicero no dijo nada.

Los cazadores blandieron sus lanzas, y todos se mostraron de acuerdo en que si Supnah lo deseaba, había llegado el momento de dar caza a la Tribu Fantasma. Aquella tribu llevaba demasiado tiempo tratando a los demás como si sus semejantes fueran bestias que debían ser cazados como tales.

—¿Puede el hombre cazar fantasmas? —la sonrisa de Navahk se había acentuado—. Se dice que como los Hombres Fantasma no son de carne y hueso, tienen que raptar a las mujeres de otras tribus. De otro modo no tendrían hijos. ¿Podemos encolerizarnos con ellos por eso?

—Si fuera tu mujer la que hubiesen raptado —dijo Torka con frialdad—, no necesitarías justificar tu cólera. Y este hombre te dice que no se llevaron sólo mujeres del campamento de Torka. Cogieron pieles y la poca comida que teníamos. Los fantasmas no necesitan comer ni vestir. Más que fantasmas parecen hombres que prefieren apoderarse de mujeres de otras tribus en vez de ocuparse en criar a niñas de su propia tribu.

Un murmullo recorrió las filas de los cazadores. Las comisuras de los labios de Navahk se curvaron hacia abajo, formándosele huecos bajo sus pómulos altos y redondeados.

—Se dice que son grandes espíritus peludos, con cuerpo de bisonte y colmillos de felino saltador. Dicen que sus caras son negras, y que la única ocasión en que los hombres pueden mirarles sin ser asesinados es cuando acuden a la gran reunión para conseguir mujeres a cambio de diversos artículos. Llegan en la niebla y desaparecen en ella. Ningún hombre osó nunca darles caza como ahora pretendemos hacer nosotros.

Un nuevo murmullo surgió de entre los cazadores. Luego miraron a Supnah, en espera de que refutara lo dicho por su hermano. De momento, Supnah parecía haber perdido el habla.

Torka se dio cuenta de que Navahk jugaba con el temor de los demás. ¿Acaso estaba asustado el hechicero? Torka calibró su sonrisa, sus ojos y las líneas de su cuerpo erguido dentro de la blanca envoltura de sus vestiduras. No. Torka estaba convencido de que el miedo era una emoción que no debía asaltar a Navahk con facilidad. Existían motivaciones mucho mas sutiles bajo su reticencia a perseguir a la Tribu Fantasma. Su lengua era tan fría, rápida y peligrosa como un río en una crecida de primavera. Por la forma en que los otros se comportaban con él, Torka comprendió que Supnah no era el único que tomaba decisiones en la tribu. Todas las cuestiones se sometían al criterio de Navahk. Juntos Supnah y Navahk regían los destinos de su pueblo, pero si bien Navahk compartía abiertamente la jefatura de la tribu, era a Supnah a quien le correspondía la responsabilidad última de éxitos o fracasos. No era de extrañar que el hechicero sonriera, pensaba Torka. Enseguida recordó que Karana le había contado que fue debido a ciertos augurios hechos por Navahk por lo que Supnah dejó a su hijo para que cuidara de los otros niños más pequeños de la tribu mientras los adultos partían en busca de comida. El recuerdo le preocupó. ¿Por qué habría aconsejado Navahk una cosa así? ¿Y cómo podía Supnah haberle hecho caso?

Enfrente de ellos, en los distantes vericuetos de uno de los cañones de la montaña, los mamuts comenzaron a llamarse de nuevo. Aturdido y lleno de una súbita impaciencia, Torka gesticuló en dirección al sonido.

—Vamos, adelante entonces. Cazad mamuts. Este hombre buscará a la Tribu Fantasma. Por su mujer, por la mujer y el hijo de alguien que fue amigo suyo, y por el niño que ha sido como un hijo para él. Torka continuará solo. No tiene miedo.

Había pretendido aguijonearles, estimular su orgullo, comprometiéndoles a adoptar la decisión que tan desesperadamente necesitaba que tomaran. Solo, el fracaso era casi seguro. Con unos veinte hombres armados a su lado; el éxito era más que probable.

Pero aquellos hombres no se movían, contentándose con mirarle. Las declaraciones de su hechicero les habían despojado de su entusiasmo. Incluso Supnah parecía titubear.

—¿Cómo podemos saber que Karana aún está vivo y no es un espíritu? —inquirió el jefe.

Torka sintió repulsión hacia Supnah. Era débil, y Navahk le manipulaba como a un pedazo de tendón mojado.

—No podemos saberlo. Sólo podemos tratar de averiguarlo.

Dicho esto, le volvió la espalda y se alejó antes de perder el control de su lengua y hacer tales manifestaciones sobre la hombría de Supnah que su propia vida correría peligro. Si Karana, Lonit, Iana y el pequeño Ninipik tenían que ser hallados, tendría que buscarlos él solo.

Apretó el paso, tan desilusionado y furioso que la rabia contenida casi le cegaba. Aar y su hembra corrían delante de él, con el hocico pegado al suelo, la cola enarbolada, trazando amplios círculos hasta que, de repente, Aar se quedó parado.

Un chico pequeño, desnudo, avanzaba hacia ellos, dando traspiés, procedente del este.

El rostro de la vieja era negro. No había un solo milímetro de su piel que no estuviera tatuado, incluso los párpados y las orejas, con círculos y puntos que giraban sobre sus facciones en dibujos parecidos a los jirones en espiral de la aurora boreal.

Lonit la miró a través de una neblina de agotamiento y de dolor, en aquellos momentos algo atenuado. Nunca había visto una aparición tan repelente. Las pestañas y las cejas de la mujer estaban cubiertas de moho verde. Repetidos enjuagues con orina habían vuelto su cabello quebradizo y amarillento. Rodeaba su cabeza como un aura enmarañada de tela de araña, encima de la cual hubiera hecho sus necesidades algún animal. Sus facciones estaban ocultas en pliegues de piel grasienta y curtida, repleta de picachos y valles. Y en medio de esos picachos y valles se abría una sima que era la boca de la mujer. De esa boca surgían palabras que Lonit no entendía, pero estaban dichas con la voz de una persona joven, no vieja. Lonit estaba tan sorprendida que, por un instante, olvidó el miedo experimentado al ver entrar a Gulap en la Habitación de la Sangre.

Gulap sonreía, mostrando sus dientes tatuados y convertidos en afiladas puntas, un distintivo de belleza entre las mujeres de la Tribu Fantasma. Agitó un sonajero encima de Lonit. Era una garra de perezoso hueca en cuyo interior habían sido introducidos huesos de roedor. Producía unos chasquidos ligeros, secos, que servían para subrayar las palabras de Gulap. Mientras hablaba, las otras mujeres empezaron a cantar un lamento fúnebre. La sonrisa de Gulap se acentuó.

Lonit cerró los ojos. El dolor volvía; era un dolor terrible, desgarrador, que le rodeaba la espalda y el vientre como un cinturón invisible que la apretara cada vez más como si fuese a partirla por la mitad. El sordo lamento de las mujeres parecía intensificar el dolor. La sostuvieron derecha, en posición de dar a luz. Se alegró, porque estaba demasiado débil para arrodillarse sola. Pero le habría gustado que cesaran de ulular. Le habría gustado que...

De repente el dolor le desgarró el cuerpo cuando, con un impulso brutal, Gulap convirtió su sonajero en un puñal que penetró en Lonit, perforó la bolsa del líquido amniótico que rodeaba a su bebé, y fue sacado después. Lonit tenía los ojos desorbitados mientras prorrumpía en alaridos contra la violación. Sólo la tensión de sus músculos, en el punto álgido de una contracción, había impedido que la garra ahora ensangrentada penetrase en la carne y en los huesos de su hijo.

Gulap habló. Gulap sacudió la cabeza. Vigilaba el rechazo protector de Lonit, quien luchaba por soltarse de los brazos de las mujeres que la retenían. Aliga era la que estaba más cerca. Parecía pesarosa y arrepentida mientras traducía las palabras de Gulap a Lonit.

—Gulap dice que pondrá fin a tus dolores de mujer. Gulap dice que es mejor que tu bebé muera. Gulap ha visto malos presagios para ti. Tu leche será veneno, y tu criatura no sabrá mamar del pecho de otra mujer.

—¡Y de eso se encargará ella haciéndole un agujero en el cráneo a mi bebé antes de que pueda llegar a respirar! —Lonit miró a Gulap de hito e hito, deseosa de que la mujer supiera que no se dejaba embaucar por sus pretensiones de hechicera.

—No mires de esa manera a la mujer sabia —recomendó Aliga.

—No es sabia, ¡es perversa! Dile que esta mujer no quiere que intervenga en el alumbramiento de su hijo. Dile que Lonit no desea ser la mujer de su hermano. Dile que si se aparta de mi camino, Lonit tendrá a su hijo y abandonará este lugar. Con Iana y Karana. ¡Lonit se marchará lejos y nunca mirará atrás!

Aliga movió la cabeza de un lado a otro.

—Todos nos iríamos lejos y nunca miraríamos atrás si pudiésemos —aseguró—. Si Gulap te dejara marchar, los hombres de la tribu la matarían.

—¡Dile lo que te he dicho!

Aliga se encogió de hombros e hizo lo que Lonit quería, sin demostrar sorpresa cuando Gulap sonrió burlona y habló directamente a Lonit. Aliga tradujo sus palabras.

—Gulap dice que el chico Karana ha huido desnudo en medio del frío. Hace mucho que se ha ido y a estas horas debe estar muerto. Cuando regresen los que han dejado la Casa de los Fantasmas para cazar mamuts, se enfadarán mucho y castigarán a los cazadores que fueron tan descuidados como para permitir que un chiquillo tan precioso escapara. Incluso ahora Liquah y Tlah buscan su cadáver. Cuando le encuentren, le desollarán. Gulap te hará un vestido con su piel para que lo uses cuando hayas dejado de sangrar. Eso hará que el jefe sonría al tomarte a ti y lo que queda del chiquillo al mismo tiempo. Y mientras tanto, Gulap dice que la mujer del oeste no debe preocuparse por su hijo. Está maldito. Varón o hembra. Apenas haya nacido, Gulap le cogerá y entregará su espíritu para que sea pasto del viento.

El Hermano Perro recibió a Karana con tal entusiasmo que el chiquillo cayó al suelo. Los cazadores de la tribu de Supnah habrían acribillado a lanzazos al animal que parecía estar a punto de devorar al hijo largo tiempo perdido de su jefe, pero Torka gritó: "¡Alto!", y a los pocos momentos Karana corría de nuevo hacia ellos, con Aar trotando feliz a su lado, lamiéndole la mano; la perra les seguía mientras emitía un sorprendido gimoteo.

Los cazadores de la tribu de Supnah jamás habían visto a un chico caminar al lado de un animal salvaje como si fuera su hermano. Susurraban entre ellos, preguntándose de qué magia se valdría aquel chico menudo, desnudo, que pasaba delante de ellos con un animal que trotaba a su lado como si su espíritu estuviera dominado por un encantamiento que le hacía considerarse un ser humano en vez de un perro salvaje.

Navahk observaba y escuchaba resentido, mientras Karana se detenía delante de su padre y aceptaba la obligatoria bienvenida del jefe de la tribu. Supnah le contempló largo rato con ojos que hablaban de un amor más profundo de lo que las palabras podían expresar. Puso las manos sobre los hombros del niño. Le llamó Chico Que Sigue Al Águila. Acto seguido le envolvió en vestiduras traídas con rapidez por otros miembros de la tribu.

Karana estaba orgulloso de aceptar el nombre. Se sentía contento de haberse reunido con su padre. Sin embargo, existía un vacío agridulce en su corazón, donde debería estar su amor filial. Supnah le había vuelto la espalda, abandonándole al azote de las tormentas de la época de la larga oscuridad. Por otra parte, Torka había arriesgado su vida, arrostrado aquellas tormentas para salvarle. Era a Torka a quien le debía lealtad. Era a Torka a quien se volvió abrazándole sin avergonzarse, como un hijo abraza a un padre amado. Cuando Torka correspondió a su abrazo y le llamó Pequeño Cazador, el afectuoso apelativo infantil le conmovió más que el intrépido sobrenombre que Supnah acababa de darle. Era eso. Pero era también el Pequeño Cazador, y sabía que siempre sería hijo de Torka. Y hermano de Lonit.

—Está viva —dijo—. Grita con los dolores de parto y corre grave peligro en el lugar más terrible que este chico ha visto jamás. Este chico te llevará allí. Juntos sacaremos a Lonit del mundo de los espíritus y la devolveremos al mundo de los vivos.

—Entonces son fantasmas... —las palabras de Navahk eran mitad afirmación, mitad pregunta, pronunciadas en un tono tan suave como el más blando de los tendones.

Sin explicarse cómo, mientras Karana palidecía, Torka notó como si alguien le hubiera echado un lazo al cuello y lo apretase.

—¡Mirad! Karana señaló hacia el oeste, contento de desviar la mirada de su tío.

Apenas visibles sobre las lejanas vertientes del talud, dos figuras se dirigían al trote hacia ellos. Se movían a la manera de los rastreadores, es decir corrían y de pronto se paraban, y sólo el ángulo del sol les impedía vislumbrar a los cazadores de Supnah en las sombras de la tundra ondulante.

—Hombres Fantasma —susurró Karana.

—No puedes estar seguro de que lo sean —rebatió Navahk.

El chico asintió con la cabeza.

—Su casa está allí, debajo de ese terraplén tan alto que parece una colina. Creo que me buscan. No quieren que ninguno de sus cautivos escape para llevar a otros a su escondrijo o para decir a otros lo fácil que resultaría matarles allí dentro. Sería igual que hacer salir a los tejones con humo. La Casa de los Fantasmas es una gran madriguera con muchos túneles y respiraderos; pero los respiraderos son muy pequeños, y sólo hay una entrada. Si la bloqueáramos y cerrásemos los respiraderos todos morirían. O les podríamos esperar con lanzas en ristre a la entrada, incendiaríamos los respiraderos y entonces saldrían a puñados como las sabandijas que son, para no ahogarse.

Torka sonrió al escuchar las tácticas propuestas por el niño, las cuales podrían funcionar con ciertos retoques.

—Los espíritus son inmortales —dijo Navahk sin dirigirse a nadie en concreto—. Aquellos que les den caza corren el riesgo de provocar su ira.

—¡Los Hombres Fantasma ya han provocado la mía! —replicó Torka—. ¡Y ahora mismo te demostraré que son hombres!

Pidió a los hombres que nadie le siguiera y ordenó a Karana que se quedara atrás. Con su maza-cuchillo y su tiralanzas, acechó a los que perseguían a Karana. El primer hombre no llegó a ver la lanza que le mató. El segundo miró en todas direcciones, en busca de adversarios que no estaban allí. Cuando Torka se dejó ver, estaba tan lejos del radio de alcance normal de una lanza, que el hombre le arrojó las tres suyas, más las de su compañero abatido, y ninguna de ellas cayó cerca. Torka sonrió al ver que el pánico se apoderaba del hombre. El Hombre Fantasma estaba viendo ahora un fantasma.

Sin apresurarse, Torka recogió las lanzas del hombre. Con lentitud las reunió, probó su equilibrio, y las encontró bastas pero útiles. El Hombre Fantasma le vigilaba mientras retrocedía dando traspiés, hasta que por último se volvió y echó a correr.

Propulsadas por el dispositivo ideado por Torka, las lanzas de éste volaron como cohetes. Las dos primeras aterrizaron delante del hombre, deteniéndole a medio correr, mientras la tercera le atravesaba la espalda saliéndole por el estómago, y otras dos se clavaron en la parte posterior de sus muslos. La boca de Torka se torció en una mueca de satisfacción mientras Supnah y sus hombres se le acercaban, maravillados por su hazaña y la "magia" de su tiralanzas.

—No es magia —les dijo, y se ofreció a fabricar un tiralanzas para todos los hombres que desearan tener uno... pero después de que le ayudasen a rescatar a su mujer. Se produjo un cambio de impresiones entre ellos. Él apenas les oía mientras se inclinaba sobre el Hombre Fantasma agonizante y lo volvía de lado, sin hacer caso de sus alaridos de dolor ya que aún tenía las lanzas clavadas en las piernas.

—No eres un fantasma —gruñó, recordando a Manaak, a Naknaktup y a Umak en tanto su mano enguantada se curvaba alrededor de la garganta del hombre—. Diles a éstos lo que eres.

Los ojos del Hombre Fantasma parecían salírsele de las órbitas en su cara negra. Debajo de los tatuajes de su piel palidecía al tiempo que el brillo de la vida comenzaba a desvanecerse de sus ojos.

—¡Díselo! —insistió Torka, sacudiéndole, gozándose en su dolor.

—Hombre... Soy... un hombre... Soy...

—Pronto un hombre muerto —dijo Karana, sacando la lanza de un tirón de los intestinos del hombre, porque sabía que de ese modo lo destripaba. Moriría lentamente, como Karana había sufrido lentamente bajo los malos tratos de aquel hombre, bajo su peso, y con el terrible conocimiento de que fue el mismo individuo quien golpeó a Umak por la espalda y le arrojó a la cabaña en llamas para que se quemara vivo.

Capítulo 5

Siguieron adelante bajo un cielo encapotado. Karana les indicaba el camino, contento de que Navahk hubiera preferido quedarse con otros varios hombres, quienes se encargarían de defender a sus mujeres de los grandes carnívoros que pudieran amenazarlas.

Se encontraban a mitad de camino de su meta en un mundo de color pizarra cuando se tumbaron cuerpo a tierra. Con los ojos entornados contra el azote creciente del viento, permanecían al acecho tras un montículo de la tundra y vieron cómo de la Casa de los Fantasmas salían hombres armados y desaparecían en uno de los cañones que dividían la base de las cordilleras orientales. El viento soplaba en su dirección desde la vastedad de las enormes montañas abrumadas por glaciares. El olor a hielo era muy fuerte. De vez en cuando, el barrito de un gran mamut alborotador rompía el silencio.

—Han salido a cazar a las bestias de grandes colmillos —dijo Karana—. La Casa de los Fantasmas estará casi desierta, a excepción de unos cuantos guardianes y los cautivos. Recuperaremos a nuestras mujeres y nos marcharemos antes de que vuelvan los que han ido a cazar mamuts.

Supnah contempló el horizonte con mirada dubitativa.

—Los guardianes... tendremos que matarles. Este hombre nunca ha matado a otro hombre.

Karana miró a su padre, preguntándose si abandonar niños a merced de la oscuridad invernal no era lo mismo que matarles.

—Los Hombres Fantasma son depredadores de su propia especie —dijo Torka—. Por sus acciones se han convertido en presas para ser cazados por otros hombres. Cuando hayan muerto, el pueblo de la tundra vivirá sin temor a caer en sus manos. Matarles... será una buena cosa.

El joven temblaba mientras veía entrar en el cañón distante al último de los Hombres Fantasma. Temblaba porque acababa de tomar una terrible resolución. "Cuando regresen", pensó, "encontrarán su campamento como yo encontré el mío. Cuando regresen, morirán... pero no antes de ver los cadáveres de sus hermanos y de sus seres queridos preparados para los carroñeros, como ellos dejaron a los míos".

A través de los túneles de techo bajo, angostos y pestilentes, la vieja caminaba y se reía por lo bajo, recreándose en la repugnante victoria que estaba a punto de lograr.

El bebé que llevaba en sus brazos era hermoso; tan hermoso y tan fuerte como su madre. Gulap chupó los residuos de sus dientes. Su risa ahogada se convirtió en una mueca. La mujer del oeste había luchado por aquella criatura como un lince acorralado. Había arañado y pegado, y cuando las otras obedecieron a Gulap y trataron de mantenerla tumbada, se las había arreglado para asestarle un puntapié que alcanzó a la vieja justo en la barbilla. La lengua de Gulap exploró la parte blanda bajo el labio superior. Notaba el sabor a sangre en la depresión esponjosa donde antes había dos dientes. Su mueca se retorció hacia abajo en una expresión de odio que la hacía parecer aún más fea de lo habitual.

Sentado en el húmedo túnel apuntalado con huesos que conducía a la entrada de la Casa de los Fantasmas, uno de los guardianes se estremeció al verla pasar. ¿Se volverían todas las mujeres tan horrorosas como la hermana mayor del jefe si se les permitía vivir pasados los años de la primera juventud? Cerró los ojos y volvió a dormitar, pesaroso de haber sido el primero en levantar la cabeza y mirarla.

Ella continuó, con sus pies calzados con botas deslizándose un tanto sobre el cieno del suelo. Un poco mas allá, otro hombre dormitaba de pie. La vieja le propinó un codazo en su voluminosa panza al llegar junto a él, riéndose del hombre mientras éste se agarraba el vientre.

—¡Vamos! ¡Ponte tus ropas! Gulap necesita un hombre que camine delante de ella para mantenerla a salvo de los carnívoros mientras va a ofrecerles esta comida inútil.

—¿Es una niña?

—¡No por mucho tiempo! —exclamó, graznando como un ave vieja y malvada hasta que el guardián le franqueó el camino al mundo exterior. Sólo le había costado unos segundos ponerse su vestidura exterior y calzarse las holgadas botas. Para la suerte que la vieja le tenía reservada, no tendría que pasar frío demasiado tiempo. Estaba en lo alto de la escalera de mano con un aspecto tan desgarbado como un oso puesto de pie sobre las patas traseras para llenarse la tripa de hojas de picea.

Una fuerte ráfaga de viento la echó hacia atrás. Se sintió menos feliz al recordar su juventud perdida, ya que, a pesar de las pesadas vestiduras que se había puesto para llevar a cabo su empresa, estaba helada hasta los huesos. Sus dientes afilados le dolían dentro de las encías. Frunció en una mueca su pequeña boca tatuada.

¿Cuántos años habían pasado desde que era una muchacha fuerte y elástica a quien no le importaba el tiempo que hiciera? ¡Demasiados! ¿Cuánto tiempo hacía desde que era una viajera resistente que se mofaba de las mujeres esclavas de la Tribu Fantasma cuando se resistían a cruzar el helado río otoñal? ¡Demasiado! Cuando las cautivas se echaban a llorar, ella las pegaba con sus puños pequeños y duros, y cuando ellas, desnudas, se encogían acobardadas por el frío y el agua rebosante de grandes trozos de hielo, mientras suplicaban que les fueran devueltas sus ropas, ella les propinaba patadas. Sus huesos ya no resistirían una actividad semejante.

Ahora, mientras el viento helado recorría sus viejos huesos, invadía también la parte superior de su túnica que le quedaba holgada. Con la mano libre hizo ademán de ponerse la capucha, luego lo dejó. No serviría de nada. El frío encontraría su carne por muchas prendas de cuero y de pieles que se pusiera. Incluso en su nido de dormir de hierba y líquenes en la Casa de los Fantasmas, con todas sus pieles de dormir amontonadas encima de ella, se despertaría y los huesos le dolerían, y permanecería acostada recordando su juventud y el calor de los hombres que antaño durmieron a su lado. Ahora, los hombres dormían con cautivas jóvenes, bellas mujeres. Rechinó un poco los dientes que le quedaban y supo que dormiría sola hasta el fin de sus días.

—Madre... ¡dame la comida para que te resulte más fácil subir la escalera!

La voz del guardián la hirió tan profundamente como el viento helado. "¿Madre?" ¡Ella no era la madre de aquel hombre! Su reacción ante el insulto no intencionado del guardián la hizo entrar en calor, porque el calor siempre es causado por la ira... y por el placer que encontraba en hacer daño a quienes poseían la juventud y la belleza que ella ya no volvería a tener nunca más.

De pronto se dio cuenta de que ya no le interesaba ejecutar el asesinato ritual del bebé que llevaba en sus brazos. Era demasiado joven para temerla, para acobardarse y para demostrarle terror. Tenía que morir, balando como una cabra. En cuanto al guardián que la había llamado "madre", podría calentar sus viejos huesos y quitarle el dolor de dientes. No lo mataría, porque Gulap necesitaría el permiso del jefe para eso. La muerte ya se produciría sin duda en su momento, pero Gulap necesitaba ser calentada ahora.

Impaciente, entregó la criatura al guardián, diciéndole que la llevara lo bastante lejos de la Casa de los Fantasmas para que no atrajera a los depredadores.

—Tapónale la boca y la nariz con nieve. Se asfixiará. Es una mala muerte. Pero primero dale unos azotes, para que llore. Quiero que su madre oiga sus gritos.

Él se encogió de hombros y cogió a la criatura. Que viviera o muriera no era de su incumbencia, pero el infanticidio era cosa de mujeres. Para sus adentros le dedicó una sarta de insultos a la vieja bruja que le obligaba a salir al viento huracanado para realizar una tarea que le rebajaba, mientras ella regresaba al calor de la Casa de los Fantasmas.

Mientras trepaba fuera del terraplén, la oía cloquear alegremente en tanto hacía sonar la ensangrentada garra de perezoso convertida en sonajero. Deseó con todas sus fuerzas que resbalara y al caer se lo clavara en su propio cuerpo.

Luego miró a la criatura que sostenía en sus brazos. La "comida" se parecía a su madre. Sonrió al ver la sangrienta señal de la garra de perezoso hecha sonajero. Había visto cómo la utilizaba Gulap. La madre de aquella criatura viviría para yacer con muchos hombres, pero nunca más volvería a alumbrar comida que pudiera ser ofrecida a las tormentas.

Permanecían al acecho acostados sobre el vientre. Ocultos detrás del terraplén, dejaron que el hombre saliera de la tierra. Estaba de pie y les daba la espalda. Respiraba el aire frío y limpio de la tundra mientras el viento giraba en torno a los jirones pestilentes y mugrientos de su manto de piel de bisonte. Seguía sin volverse.

Fue el último error cometido por el hombre. Supnah le agarró por detrás mientras Torka, cuya sangre ardía de tal manera que no utilizó la escalera de mano, saltaba en el interior con la lanza en una mano y la maza en la otra.

A lo largo de todos los laberintos y pasillos, las antorchas oscilaban y parecían a punto de apagarse. El fuerte olor a humo y el hedor a pieles quemadas empezaban a impregnar el interior de la Casa de los Fantasmas, pero, aunque se esforzó cuanto pudo, Aliga no consiguió abrir el respiradero de la Habitación de la Sangre; era como si la trampilla se hubiese congelado.

A Lonit no le importaba. Le habían arrebatado a su bebé. Se habían llevado al hijo de Torka para abandonarle desnudo en medio del viento. Estaba cautiva en un mundo subterráneo donde no tenía esperanzas de volver a ver a su hombre jamás. El parto había sido laborioso y largo, pero el nacimiento en sí había sido rápido y sin complicaciones. No obstante, mientras permanecía tumbada boca arriba, pensando en el horrible destino de Iana que pronto compartiría, contemplaba las mechas chisporroteantes de los candiles y pensaba:

"La habitación está cada vez más oscura, pero no importa. Esta mujer nota cómo se extingue la luz de su propia vida". Cerró los ojos. "Será buena cosa".

—¡Lonit! Escucha —Aliga la sacudía—, ¿No oyes voces? Lejos, hacia la entrada de la Casa de los Fantasmas. Voces masculinas que maldicen en nuestra lengua.

El sufrimiento del parto había dejado a Lonit exhausta. Combinado con la falta de aire, estaba somnolienta, sumida en sus pensamientos, y apenas si oía lo que Aliga decía.

—Iana... ¿Dónde está Iana? —balbuceó—. No he oído llorar a su hijo. Debe de ser un bebé muy bueno.

Aliga se mordió el labio. No era el momento de decirle a Lonit que el pequeño de Iana no había sido bueno, que padecía cólicos y se había vuelto irritable al mamar de otra mujer. Fastidiada por su irritabilidad, Gulap le había partido el cráneo.

Y ahora, de repente, Gulap estaba en la habitación. Con una mano sostenía la cortina que tapaba la entrada y con la otra agarraba su sonajero. Avanzó con lentitud y con idéntica parsimonia levantó la punta manchada de sangre de la garra, sacudiéndola mientras hablaba. En la creencia sin duda de que algunos de los cazadores habían regresado, ignoró los sonidos que llegaban a la Habitación de la Sangre desde los diversos túneles conectados entre sí. Sus ojos brillaban como los de un hurón.

—Apártate, Aliga. La Mujer del Oeste y Gulap tienen que pasar algún tiempo a solas. Con *esto*.

Aliga contempló horrorizada no a la vieja que estaba otra vez completamente desnuda, tan correosa y seca como trozo de carne vieja secada al viento, sino por la punta levantada de la odiosa garra. En las profundidades de sus ijadas, músculos mutilados se contrajeron involuntariamente al recordar su propio empalamiento para deleite sexual de la bruja que ahora miraba fijamente a Lonit. El corazón de Aliga se compadeció de la muchacha. Estaba demasiado débil, no podría luchar contra Gulap, y si Aliga trataba de intervenir, los hombres la castigarían o la matarían. Nadie desafiaba a Gulap. *Nunca*. Era la hermana mayor del jefe. Le había dado muchos hijos. Ninguno de ellos se alzaría contra ella.

La vieja sonrió burlona y agitó el sonajero para marcar cada uno de los pasos que daba hacia Lonit.

—¡Ábrele las piernas! —ordenó, y Aliga, angustiada, hizo lo que le mandaba.

Lonit parpadeó y abrió los ojos. Intentó levantar la cabeza mientras la bruja se agachaba delante de ella, apartando a Aliga.

Pero en aquel mismo instante la vieja miró hacia arriba, sobresaltada por la repentina intrusión de una de las otras cautivas.

—¡Nos ahogaremos! —jadeó la mujer—. ¡Nos ahumaremos como el pescado encima de la hoguera sin llama tapada con una cesta de piel!

Gulap estaba desconcertada.

—¿Qué estás diciendo?

—Han venido extraños. Han sellado los respiraderos. Corren por los túneles, matan a los guardianes que intentan escapar en busca de aire. Enseguida estarán aquí. Nos matarán a todos.

El rostro de Aliga expresó una mezcla de terror y de deleite.

—¡En este lugar ya estamos muertos! —exclamó, luego retrocedió mientras alguien arrancaba de un tirón la cortina que ocultaba la entrada.

El hombre que penetró encorvándose a través del hueco angosto y bajo, era alto y en sus ojos se reflejaba la locura de matar. Apartó a un lado a la plañidera y mientras ésta escapaba, se detuvo y miró más allá de Gulap y de Aliga a la cama de pieles donde yacía Lonit. Su cabello, sus ropas, su hermoso rostro estaban rojos por la sangre de los Hombres Fantasma. La punta mortífera de su lanza y la larga hoja de hueso, de extraña forma curvada, que asía con la mano estaban cubiertas de sangre coagulada.

La anciana parpadeó al verle, dominada por el terror y la admiración a partes iguales. Aquel hombre era el poder. Era la muerte. Era el hombre más perfecto y hermoso que había visto en su vida. Y sabía que la iba a matar.

El sonido que salió de su garganta tenía tanto de gruñido como de ronroneo. Mientras el hombre perfecto la miraba, la expresión de su cara decía claramente que jamás en su vida había visto una mujer tan repugnante como ella.

La repugnancia del joven hirió el orgullo de la vieja. Su corazón rompió a latir fuerte y rápido. "Vieja, Gulap es vieja. Vieja, vieja." Su corazón martilleaba la palabra una y otra vez hasta que su boca la repitió a voz en cuello, y en un salto en el que se concentraba todo su odio se abalanzó contra el hombre en un intento de golpearle con su sonajero, de estropear la belleza de su rostro, de destrozar su juventud y su vida con la mortífera garra.

Él la esquivó y la mandó dando trompicones unos pasos por delante de donde se había quedado plantado, en guardia. La vieja giró, todavía vociferante, y le atacó de nuevo, arañándole en un hombro con la afilada punta de su sonajero de garra de perezoso, haciéndole sangrar al penetrar en su carne a través de la gruesa manga. Él la puso la zancadilla y la vieja se desplomó en un montón informe, con el corazón ensangrentado mientras el ritmo de sus últimos latidos desfallecía en torno a la garra que se había sepultado dentro de él.

El terror dominaba a Aliga de tal forma, que estaba convencida de que iba a desmayarse. Gulap agonizaba. Su propia vida acabaría en unos instantes. El extraño avanzaba hacia ella. Asombrada, se dio cuenta de que no quería morir. Al notar que los grandes y oscuros ojos del hombre se clavaban en Lonit, respiró fuerte y corrió a interponerse entre él y la agotada joven.

—¡No! —gritó, sorprendida de su propio valor—. ¡No tocarás a la hemana de Aliga! —deseosa de no temblar de pies a cabeza como era el caso, mientras esperaba que su casi completa desnudez no le incitara a violarla además de matarla.

Él la miró con ojos escrutadores. Vio no sólo su miedo, sino también su valentía. Poco a poco la locura de matar desapareció de su rostro. Sus manos se aflojaron sobre sus armas.

—No tiembles así, Aliga. Tu "hermana" es mi mujer. Torka no le hará ningún daño, ni tampoco a ti.

Dichas estas palabras, pasó junto a ella para arrodillarse al lado de la cama de cuernos y pieles en desorden donde Lonit yacía. Colocó sus armas en el suelo y le acarició el rostro mientras susurraba su nombre como si temiese hablar por miedo a que desapareciera.

Las manos de la joven se elevaron hacia él como si la vida renaciera dentro de su cuerpo y encendiera sus ojos.

—¿Torka? —murmuró.

Él la incorporó cuidadosamente y la estrechó contra su pecho como si pensara que la substancia de su propia vida dependía de la de ella.

—Así es —dijo, besándola, insuflándole el calor de su vida a través de las ventanillas de la nariz y uniéndose a ella boca a boca, como si sus vidas fueran una sola—. Los dos somos uno solo —susurró después de besarla—. Torka y Lonit... una sola vida. *Por siempre jamás.*

Los hombres de la tribu de Supnah salieron de la Casa de los Fantasmas en silencio, con rostro serio por lo que habían hecho; no se alegraban, pero tampoco se lamentaban por haber matado a otros de su propia especie. Dejaron los cadáveres de los merodeadores donde yacían y condujeron hacia la libertad a las mujeres poco antes cautivas.

Torka llevaba a Lonit en brazos cuando Karana se les acercó.

—¡Mirad! —gritó alegre el chiquillo, levantando un pequeño bulto —. ¡Karana la ha cuidado muy bien para Torka y para Lonit! Pero ahora tiene hambre, ¡y este chico no puede alimentarla!

Lonit lloró de alegría mientras Karana se apresuraba a ponerle a su hijita en los brazos. Torka miró a la criatura y vio que tenía los ojos de antílope de su madre. Quería sonreír y estar contento, pero de momento no podía sentir nada. Un vacío oscuro y negro se extendía en su interior. Era el asco que le producía el olor a sangre de los hombres que había matado.

El bebé no podía alimentase de los pechos de su madre. La fatiga y la tensión se habían combinado para impedir que su leche fluyera. Aliga se acercó, envuelta ahora en pieles para protegerse del viento, ofreciéndose a llevarle la criatura a Iana para que ésta la amamantara.

—A su debido tiempo, la leche de Lonit fluirá. Pero ahora dejad que Iana amamante a vuestra hija. Al alimentarla, tal vez se alimente ella también.

Ni Lonit ni Torka comprendieron las palabras de Aliga hasta que su hijita fue colocada en el regazo de Iana. Su rostro macilento se iluminó con una sonrisa radiante, arrulló a la pequeña, canturreó. Mientras la amamantaba, besaba su tierna frente, llamándola Ninipik e "hijito".

—¿Dónde está el hijo de Manaak? —inquirió Torka.

Mientras Lonit cerraba los ojos y enterraba la cabeza en el hombro de Torka, Aliga se acercó a responderle.

—Como tantos otros espíritus, camina en alas del viento...

—*Demasiados* —replicó Torka, con voz tan fría y hostil como la tierra que le rodeaba—; y muchos más le seguirán antes de que este día acabe.

Llevaron a las mujeres al sitio donde Navahk y las otras aguardaban su regreso, y cuando las cautivas contaron todo lo que habían tenido que soportar, no hubo un solo hombre en la tribu de Supnah que no se mostrara de acuerdo con Torka en que la cacería aún no había terminado. Mientras quedara vivo uno solo de los Hombres Fantasma, la existencia de su propia tribu correría peligro.

Sólo Navahk se mantenía apartado de los otros y observaba a Torka, sentado con Karana y los perros mientras se ocupaba de colocar una nueva punta en su lanza.

—¿Por quién cazas tú, Hombre Que Camina Con Perros? ¿Por el bien de todos, o sólo por el tuyo?

Torka no titubeó.

—Ya cazo a los Hombres Fantasma por Manaak, y por el niño asesinado con quien camina en alas del viento —repuso —. Cazo a los Hombres Fantasma por Naknaktup, una valiente mujer madura que se atrevió a volverle la espalda a su pueblo por amor a un anciano todavía más valiente. Cazo a los Hombres Fantasma por Umak, que fue el padre de mi padre y maestro de mi espíritu. Cazo a los Hombres Fantasma por Iana, por Aliga, por Lonit y por mi hija a quien todavía hemos de darle un nombre, para que nunca jamás hayan de tener miedo a que los "fantasmas aparezcan de noche para matar a su pueblo y reducirlas a la esclavitud. Mato a los Hombres Fantasma por Karana, para que ningún otro niño tenga que sufrir a sus manos. Y mato por Torka. Sí. Porque *necesito* darles caza. *Por mí mismo.*

Idearon un plan para su cacería de hombres. Se dividirían en varios grupos, cada uno de los cuales con la misión de dar con el paradero exacto de los Hombres Fantasma. En cuanto los encontraran se agruparían en una sola fuerza, les rodearían y los matarían después a todos. Los Hombres Fantasma estarían ocupados en cazar mamuts, matándolos o descuartizándolos, totalmente ajenos a que otros de su propia especie les perseguían.

Supnah designó a los hombres que se quedarían para proteger el campamento de las mujeres. A Karana le dijeron que se quedara también y se ocupara de que los perros no causaran problemas, ya que los animales ponían nerviosas a la mayoría de las mujeres. El niño puso mala cara y demostró abiertamente su enfado, insistiendo en que él y los perros podrían ayudar a los cazadores. Ni Torka ni Supnah quisieron oír una palabra más sobre el asunto. Le dijeron que iban en busca de peligros y que no querían arriesgar su vida.

—Dejamos aquí a varios de nuestros cazadores más valientes —dijo Supnah, tratando de consolar al chiquillo—. Nuestras mujeres necesitan hombres fuertes para guardarlas. Karana será uno de ellos. Y Navahk también. Será bueno para Karana estar otra vez con el hermano de su padre. Aprende de Navahk. Tiene mucho que enseñarnos a todos nosotros.

Karana lanzó un bufido de cólera y desilusión mientras Aar le tocaba la mano con el hocico para consolarle. Navahk era una figura blanca y sonriente, vestida de blanco, que contemplaba sin pestañear cómo partían los cazadores y desaparecían paulatinamente en la distancia.

—Navakh hará la magia necesaria para que seamos fuertes en la cacería —dijo Supnah a Torka mientras caminaban.

—Nuestro número y las excelentes lanzas que llevan los hombres de Supnah nos harán fuertes —replicó Torka. No sabía por qué no quería saber nada de la magia de Navahk.

En la linde del campamento de las mujeres, Karana levantó la cabeza para mirar a Navahk y experimentó el antiguo e instintivo temor y desconfianza hacia el hombre y su constante e insidiosa sonrisa.

Si Navahk veía al niño, no dio señales de que fuera así. No se movía. Miraba hacia el lugar por donde habían desaparecido los cazadores y sonreía. No dejaba de sonreír. El viento del este soplaba ahora con fuerza, frío y acre con olor a hielo, a piedras carcomidas y a distantes bosquecillos de píceas. Navahk no se acobardó mientras soplaba contra él. Azotaba la larga franja blanca de sus mangas, levantaba la única pluma blanca de un ave acuática del Ártico que siempre llevaba trenzada en la coronilla como un característico adorno de su negra cabellera larga hasta la cintura. Hacía ondear las gruesas pieles sedosas y blancas de caribú de su capa y de sus polainas.

Karana se estremeció a causa de la soterrada y amenazadora fealdad que siempre había percibido oculta bajo la belleza exterior del hechicero.

—Navahk... *¿por qué* sonríes? —preguntó apremiante, un poco temeroso de hacer la pregunta, pero sabiendo que tenía que hacerla.

La sonrisa de Navahk se acentuó al bajar la cabeza para mirar a Karana.

—¿Por qué *cree* Karana que sonrío?

Los ojos de Karana quedaron atrapados por los del hechicero. Eran como dos abismos insondables, negros. La mente de Karana se nubló como si hubiera caído en un pozo. Se hundía, se asfixiaba, luchaba por respirar hasta que, de repente, en el interior de la oscuridad que le ahogaba, explotó la luz. Era una visión en la que parecía como si la luz del sol se reflejase en enormes, gigantescos muros de hielo. Era un mundo de hielo que semejaba trepar hasta el cielo, y en aquel mundo retumbaba un sonido que el niño no había oído jamás. Un alarido, un rugido, un trompeteo. Y en un santiamén el hielo empezaba a desplomarse, mientras la propia visión saltaba hecha añicos.

—Karana sabe. Karana ve. El hijo de la mujer de mi hermano, de la mujer que debería de haber sido mía si yo hubiera sido el jefe... sabe que es de mi carne... ve el mundo a través de mis ojos... y lo que ve traiciona la verdad de su nacimiento a todo el mundo excepto a Supnah, que es un necio que no ve nada.

Karana continuaba atrapado en los ojos de Navahk. En los *ojos de su padre*. Se sintió enfermo, confuso, traicionado.

—¡Tú me abandonaste para que caminara en alas del viento!

—¡Porque de ese modo destrozaba el espíritu de mi hermano! Yo mando en la tribu a través de su boca. Sólo por tu bien ha sido Supnah lo bastante fuerte para luchar contra mi voluntad; por tu bien y por el de tu madre. Fue una buena cosa que ella muriera. Y también lo será que tu espíritu se reúna con el suyo. Siempre he visto tu muerte, Karana. *Por eso* sonrío.

El niño dio un paso atrás, aterrado, incapaz de hablar.

La sonrisa aparecía de nuevo en el rostro de Navahk. Sus ojos miraron de nuevo hacia las cordilleras orientales.

—Los cañones por donde penetren los cazadores les conducirán al Corredor de las Tormentas. Es un lugar de muerte del que ningún hombre ha regresado nunca. Supnah y sus hombres darán la vuelta, pero Torka morirá. He oído su muerte en el rugido del viento.

Volviéndose, Navahk extendió las manos para clavar sus dedos en los hombros de Karana, apretándolos deliberadamente para hacerle daño mientras le miraba con ojos de ave de presa.

—Tú morirás con él; tú, que no deberías de haber nacido. ¡Navahk no compartirá su magia con nadie!

Karana logró zafarse. El hechicero pretendió aferrarle de nuevo, pero el gruñido de advertencia de Aar contuvo su mano.

—He visto tu muerte —prosiguió Navahk—; y la de Torka. En la cara del sol naciente... más allá de un corredor infinito de hielo y tormentas, los dos moriréis.

De pronto, Karana se enfadó.

—*Todos* moriremos. *Algún día.* Pero no hoy, si este chico puede evitarlo.

A continuación dio la vuelta y trató de no pensar en la sonrisa de Navahk mientras corría por la tundra en dirección este, con Aar a su lado y la Hermana Perra pisándoles los talones.

Capítulo 6

La distancia era engañosa en la tundra, no así el rastro dejado por los Hombres Fantasma, a quienes por una vez no les importaba dejar huellas, convencidos de que nadie iba tras ellos. El rastro les condujo a la garganta del cañón, a las profundidades de una franja de tierra fría, azotada por el viento, entre dos cordilleras alineadas hacia el sur. A través de bosquecillos de piceas y de alisos, se dirigieron en silencio en dirección al lugar de donde partían los gritos angustiados de los mamuts.

Era un territorio oscuro, de elevados muros, poco alentador para hombres nacidos y criados en la tundra abierta. Encima de los huesos desnudos y negros de la montaña, descomunales lóbulos de glaciares se extendían hacia abajo desde las alturas. Torka se sintió acobardado al recordar el terrorífico desplome del glaciar que coronaba la Montaña Poderosa, pero ahora podía oír perfectamente las voces de los Hombres Fantasma, así como los gritos de los mamuts. Siguió adelante. Por Umak, por Manaak, por todos aquellos que habían muerto acribillados por las lanzas de los Hombres Fantasma, y por todos aquellos que habían sido degradados por ellos, no podía permitirse tener miedo.

El cañón se ensanchaba más adelante, luego se dividía inesperadamente en distintas direcciones. Enfilaron el más prometedor, avanzando con mayor rapidez, atraídos por los silbidos y los gritos de los Hombres Fantasma. Estaban *muy* cerca. Los mamuts adultos barritaban, y el eco repetía el sonido dentro y fuera de las intrincadas circunvoluciones del cañón. Dieron unos cuantos pasos y se pararon, al caer en la cuenta de que habían hecho un giro equivocado. Ahora los gritos de los mamuts quedaban a su espalda. Sin embargo, no se movieron. Estaban demasiado estupefactos por lo que tenían ante sí.

El mundo se ensanchaba hasta el infinito delante de sus ojos. En su vida podían haber imaginado las asombrosas dimensiones del paisaje que contemplaban. A sus pies, las montañas caían para emerger en una amplia y ondulada llanura de tundra. Se extendía hacia el este y hasta el infinito, entre los bordes dominantes de dos masas glaciares que les resultaban apabullantes, aterradores, dos planchas de hielo abarcaban dos continentes. La mayor parte de la humedad de todos los mares, ríos y océanos de la tierra yacían helados con un espesor de tres kilómetros en el interior de su monstruosa vastedad.

—La montaña que anda... —susurró Supnah, aterrado.

De entre las filas de sus hombres se alzó un murmullo reverente. El viento soplaba hacia ellos procedente del este, a través de distancias demasiado enormes para que los hombres pudieran calcularlas; aunque de alguna manera Torka lo hizo mientras sus ojos vagaban por la inmensa cinta de la llanura tundral que se cortaba justo al este entre las dos planchas de hielo. Cubierta de los primeros pastos de la primavera, ondeaba al viento como el largo pelaje de un animal verde, y sobre su piel pastaban otros animales. La distancia hacía que le resultara imposible identificar sus especies, pero era indudable que la amplia avenida de tundra flanqueada por las paredes de glaciares era rica en caza.

Supnah siguió la mirada de Torka y movió la cabeza con aire de querer hacerle una advertencia.

—El Corredor de las Tormentas es un mal lugar —dijo—. Ningún hombre puede cazar allí.

—¡Ni siquiera Torka! —exclamó un Karana sin aliento.

Torka se sintió sobresaltado y molesto al verle. Le regañó por seguirles cuando le habían dicho que se quedara en el campamento. El niño se disculpó como pudo, luego explotó.

—¡Este chico *tenía* que avisarte! Navahk ha dicho que sucedería algo malo si Torka seguía a los mamuts al Corredor de las Tormentas.

Las palabras de Karana ensombrecieron el rostro de los hombres que participaban en la partida de caza. Le miraron a él y a los perros sin saber a qué atenerse hasta que les distrajeron nuevos barritos de los mamuts y los gritos de hostigamiento de los Hombres Fantasma.

—Navahk no ha visto con claridad —dijo Torka—. Los mamuts nos llaman desde fuera del Corredor de las Tormentas, no para que entremos en él.

Los hombres de Supnah se alegraron de volver a ocuparse del propósito que les había llevado allí. A Karana le dijeron que no se moviera mientras entraban de nuevo en el cañón y seguían las voces de los Hombres Fantasma en la dirección correcta. El camino que tomaron les condujo a un pequeño valle rodeado por agudos peñascos. Un minúsculo lago bordeado de piceas discurría en la base de los muros circundantes, y en el lago yacía muerta una cría de mamut acribillada a lanzazos, atascada hasta la cruz en el fango helado de la traicionera capa de marga que se extendía en el fondo del lago.

Los Hombres Fantasma estaban alineados a lo largo de una de las aristas que sobresalían parcialmente en el lago. Estaban justo fuera del alcance de la agotada hembra de mamut que les hacía frente mientras aplastaba su cuerpo contra las rocas en un desesperado esfuerzo por alcanzarles. Ellos la imitaban y se burlaban, asestándole puñaladas en la trompa mutilada mientras la hembra intentaba expulsarles. Varias lanzas sobresalían de sus flancos ensangrentados. Cerca de allí, en el lado opuesto del lago, un asustado mamut adolescente oscilaba y lanzaba gritos patéticos desde un bosquecillo de piceas en tanto su madre continuaba empeñada en tratar de alejar a los hombres que habían matado a su hijito.

Había algo indescriptiblemente conmovedor en aquella reducida familia sitiada de mamuts. La hembra y el adolescente habrían podido escapar con facilidad de sus torturadores, pero la hembra se negaba a abandonar a su cría aunque estuviera muerta, y el adolescente lloraba y la llamaba asustado como si fuera un niño.

"¡Madre! ¡Déjalo ya! ¡Vamonos! ¡Antes de que sea demasiado tarde!"

La hembra agotada contestó en un vano intento de consolarle; después gritó como si pidiera la ayuda de otros de su propia especie que tal vez pudieran oírla en la lejanía. Tambaleante, estuvo a punto de caer también ella en el lago mientras sollozaba y jadeaba llena de furia impotente, sin hacer caso de sus propias heridas al tiempo que continuaba esforzándose por expulsar del saliente a los asesinos de su cría.

Luego, de repente, mientras Aar rugía y la Hermana Perra gemía, la hembra se quedó quieta y volvió la cabeza. El mundo experimentó una sacudida. Un trueno rasgó el cielo. Pero no era un trueno. Era un bramido terrible, estentóreo, que se producía al mismo tiempo que desde otra ramificación del cañón se precipitaba en el valle un mamut macho.

Su cruz tocaba el cielo, y la parte alta de su cabeza rozaba las nubes cuando se detuvo para observar la escena que se desarrollaba ante sus ojos, pequeños y rojos. Jadeaba. De qué distancia procedía y cuánto había corrido, ningún hombre podría decirlo, porque según la costumbre de los de su especie y género, había vagado en solitario desde que proyectó su sombra sobre vidas humanas.

Era el Destructor. Era la Voz del Trueno. Era El Que Sacudía el Mundo. Era la bestia de las pesadillas de Torka. Estupefactos, los

Hombres Fantasma, desorbitados los ojos, vieron cómo cargaba la muerte sobre ellos a toda velocidad. La hembra había sido incapaz de desahacerse de ellos, pero ahora, mientras se revolvían y trataban de ponerse a salvo, el macho gigantesco los arrancó del saliente y los arrojó contra los peñascos. Los Hombres Fantasma se estrellaron entre espantosos alaridos; la sangre manaba de sus oídos, bocas y narices al chocar contra el suelo. Algunos estaban ya muertos al caer. Otros yacían aturdidos o gritaban mientras la muerte los aplastaba incrustándoles en la tierra, en medio de un furioso barritar que sofocó los gritos de pánico de Supnah y de sus hombres, que echaron a correr para ponerse a salvo en una de las ramificaciones del cañón, demasiado angosta como para permitir el paso del enorme macho.

Sólo Torka permaneció inmóvil, paralizado, contemplando cómo consolaba el Destructor a la hembra. ¿Era su pareja? Sin duda; Torka estaba seguro. Una vez realizada la matanza, el macho resopló con suavidad afanándose en consolarla, acariciándola, arrancándole las lacerantes lanzas con su gran trompa. A continuación mitigó sus heridas con marga que sacó del lago para taponárselas, frotándolas con su largo hocico hasta que la sangre dejó de manar. Después, juntos, con infinita ternura y suaves resoplidos de cariño, fueron en busca del adolescente y le sacaron de su escondrijo dentro del bosquecillo de picea. Volvieron después al lago, y allí permanecieron balanceándose mientras llamaban a la cría sin vida. Con sus enormes colmillos extendidos, el macho los utilizó a modo de bandeja y levantó a la cría ensangrentada, sacándola del fango y depositándola en la orilla.

—¡Torka! —Un aterrado Karana, con un coraje casi sobrehumano a pesar del miedo que sentía, había regresado al pequeño valle. Tiraba con fuerza de una manga de Torka, hablándole en un susurro implorante—: ¿Qué es lo que te pasa? ¡Ven! Supnah y sus cazadores han tomado el camino alto de la pared del cañón que se extiende hacia el oeste. Si la bestia intenta seguirnos quedará empotrada, porque es muy estrecho. Antes de que tenga tiempo de retroceder, podemos matarla. ¡Su carne nos duraría para siempre!

Las manos de Torka apretaron con fuerza el asta de su lanza y el mango de su maza-cuchillo. Probaba su fuerza como si quisiera compararla con las palabras del chiquillo. Karana tenía razón. *Podría* hacerse. Sin embargo, llegado el momento en que podía vengarse del Destructor, no quería participar en su muerte. El mamut gigantesco no era un merodeador sin inteligencia, sino una criatura capaz de experimentar las mismas emociones profundas que él. En realidad, la bestia no era más bestia que Torka, y menos que Galeena o cualquiera de la Tribu Fantasma.

Pero era demasiado tarde para reflexionar sobre las virtudes del gran mamut. Éste había captado su olor y el del niño y el perro que se le habían reunido. La cabeza del Destructor se alzó. Sus orejas ondearon hacia adelante.

—¡Corre! —ordenó Torka a Karana.

Juntos, con Aar a su lado, escaparon. Se lanzaron a una carrera desenfrenada por la supervivencia, conscientes de que, si lograban alcanzar el estrecho del cañón donde Supnah y los otros esperaban en las alturas, estarían a salvo.

A mitad de camino, la pierna débil de Karana se resintió. Se desplomó aturdido, con la mente llena de las visiones de muerte del sonriente Navahk, hasta que Torka volvió atrás, le cogió en brazos y siguió a todo correr. Aquel momento de compasión podía costarle caro. El mamut estaba muy cerca de ellos. Desesperado, Torka se detuvo delante de la roca más cercana y levantó a Karana lo más alto que le fue posible.

—¡Trepa, Pequeño Cazador! ¡Trepa para salvar tu vida!

Se dio la vuelta, sabiendo que era lo único que se interponía entre Karana y la Muerte. La luz que se enciende en el fondo de los ojos de un hombre cuando la muerte está próxima, estaba ahora al rojo vivo en los suyos. En sus oídos había un extraño tamborileo. Aun así, oyó los salvajes ladridos de Aar que corría en círculos alrededor del mamut para tratar de distraer su atención, metiéndose entre sus patas mientras saltaba y gruñía.

—Hermano Perro, caminaremos juntos en alas del viento —dijo Torka, consciente de que de un momento a otro seguiría al valiente perro al mundo de los espíritus. Entonces sí que *serían* hermanos *por siempre jamás.*

Sin retroceder un paso, sopesó sus armas. Por encima del hombro le gritó a Karana que trepara. Una maza y una lanza eran todo lo que se interponía entre el niño y el dominio por el que Torka y Aar no tardarían en caminar juntos.

—¡Ven! —llamó al mamut—. ¡Eres La Voz Del Trueno, el Que Sacude el Mundo! El Que Rasga las Nubes y destroza vidas humanas... Anda, ven... ¡Torka no tiene miedo a morir!

Lo que sucedió a continuación parecía ocurrir en un sueño en el breve latido de un corazón. Sin embargo, el relato de lo que allí pasó se prolongaría durante generaciones. Con sus armas dispuestas, el hombre miró de hito en hito a la bestia. El mamut se detuvo. Tal vez en aquel momento recordara el Destructor al intrépido cazador a quien una vez abatió para dejarle morir en la nieve. Tal vez no percibió el hedor de los Hombres Fantasma que habían asesinado a su hijo. O tal vez, con la grande y legendaria sabiduría de los de su especie, viera en el hombre a alguien que compartía su propio gran corazón, alguien que se arriesgaba por salvar la vida del miembro más pequeño de su propia especie.

Fuera lo que fuese lo que la enorme bestia vio o sintió, el caso es que permaneció un rato quieto, hasta que por fin volvió grupas y se alejó.

Algo caminaba al caer la noche. Algo enorme. Algo silencioso. Algo que ya no era terrible. Se movía en un valle umbrío, y mientras el pueblo de Supnah celebraba que la Tribu Fantasma ya no existiera, Torka trepó a las alturas del cañón y miró hacia abajo, compartiendo la pena del gran mamut que se lamentaba por su hijo muerto.

Permaneció en aquel lugar hasta que se hizo de día y hasta el amanecer del día siguiente. Karana se le unió, con Lonit, para darle la buena noticia de que Aar no había dejado el mundo de los vivos para convertirse en un espíritu.

—¡Hummm! ¡El Hermano Perro es demasiado fuerte para que lo mate un mamut! Tenía algún que otro arañazo y su orgullo estaba herido, pero mientras nosotros dábamos caza a los Hombres Fantasma, la Hermana Perra tenía una camada de cachorros. ¡Ahora Aar tiene su propia tribu! Y Karana tiene muchos hermanos y hermanas perros. ¡Es una buena cosa! ¡Umak estaría muy contento!

Torka asintió con la cabeza. En efecto, el anciano estaría contento... especialmente de ver cómo le emulaba el chiquillo. No sólo en los gestos y en la forma de hablar, sino de un modo mucho más sutil y profundo. Navahk también lo vio: el niño tenía poderes. Algún día *sería* un espíritu jefe, y un hechicero mucho más grande de lo que Navahk podía ser jamás.

Navahk... A Torka no le gustaba aquel hombre... ni confiaba en él. Tenía los ojos vacunos, como si su espíritu ya se hubiera escapado de ellos para caminar en alas del viento.

Lonit se abrazó a su hombre. Amamantaba a su hijita dentro de las vestiduras de piel de pelo largo que las mujeres de Supnah habían compartido con ella. La muchacha señaló hacia el valle, a sus pies, al lugar donde con una ternura que partía el corazón los mamuts colocaban ramas de piceas sobre el cuerpo de la cría muerta.

—Es como si fueran personas —murmuró la muchacha entristecida.

Torka asintió con la cabeza. Lonit tenía razón. Los mamuts eran como personas. *Mejor* que muchas de las personas que había conocido.

El amanecer era claro y frío. Supnah se les acercó.

—Venid —acompañó sus palabras con señas invitándoles a seguirles—. La tribu se preparaba para partir. Cazaremos bisontes al oeste.

Las palabras se desvanecieron de la mente de Torka al ponerse en pie. Los mamuts abandonaban el pequeño valle. Caminaban con lentitud hacia la luz del sol naciente, dirigiéndose hacia el este para salir del cañón y penetrar en el Corredor de las Tormentas. Torka podía verlo con toda claridad desde las alturas. El sol derramaba su luz sobre la avenida tundral. Veía pastar animales de caza en la distancia. Arriba, bandadas de aves acuáticas volaban hacia el sol sobre la inmensidad glacial.

De repente se puso a temblar.

—Existe un nuevo mundo allí, en la cara del sol naciente. Seguiremos a la caza allí. No retrocederemos.

Supnah le miró como si Torka le hubiese pegado.

—Pero ningún hombre ha osado aventurarse en el Corredor de las Tormentas. La muerte aguarda a quienes viajan a lo desconocido.

Una dulce sensación de calma invadía a Torka, como si un viejo amigo hubiese regresado repentinamente del Mundo de los espíritus para estar junto a él y hablar por su boca.

—Umak dice que un cazador debe mirar a la luz. Sólo si afronta a la muerte puede su espíritu superarla.

La pequeña emitió unos gorjeos de satisfacción mientras succionaba la vida del pecho de Lonit. La joven estaba en pie al lado de su hombre y miró hacia atrás, hacia el oeste, a un mundo que sólo había aportado oscuridad a su espíritu, y acto seguido volvió sus ojos hacia el amanecer, hacia un mundo nuevo que estaba inundado de luz.

—Esta mujer no tiene miedo —manifestó intrépida.

—Tampoco este chico —declaró Karana sonriente, comprendiendo de golpe la visión que había compartido con Navahk. No había sido una visión de muerte. Había sido una promesa de una nueva vida en una nueva tierra... en la cara del sol naciente... más allá del Corredor de las Tormentas.

Mucho más abajo, el gran mamut conducía a su familia hacia la tundra verdeante que se extendía entre los glaciares. A Torka le pareció que el de mayor tamaño le hacía señales con la trompa, como invitándole a seguirles. Torka levantó un brazo. El mamut lanzó un barrito. Era un sonido que sacudió el mundo. Torka sonrió, saludando a la gran bestia que le había permitido vivir y que, por añadidura, había definido su futuro.

—Este hombre *seguirá* adelante con el amanecer —comunicó a Supnah, sabiendo por fin que sus sueños habían sido más que un sueño. A su espalda, en el oeste, el mundo era un lugar hostil, donde la gente pasaba hambre, con luz la mitad del año y oscuro la otra mitad. Pero más adelante, por el este, el sol estaba elevándose sobre rebaños de caza y una tundra rebosante de pastos verdes. Llevaría a su pueblo allí, al amanecer. Seguiría no al Destructor sino al Donante de Vida, a aquel territorio de caza, cálido y brillante, donde nacía el sol.

A un nuevo mundo.

NOTA DEL AUTOR

Esta obra de ficción ha sido cuidadosa y esmeradamente investigada y está basada en evidencias halladas por arqueólogos, paleontólogos y paleoantropólogos.

El autor desea expresar su agradecimiento en especial al personal del George C. Page Museum por su ayuda y elogiar una vez más la habilidad editorial y la persistencia de Laurie Rosini, cuya paciencia y sugerencias ayudaron a orientar y dar forma al proyecto desde el principio. Mi agradecimiento también a Kathy Halverson, bibliotecaria investigadora de Book Creations, por las investigaciones que efectuó para mí y por los numerosos tesoros de documentación que me proporcionó. A todo el equipo de Book Creations, cuyo talento facilitó la entrada de Torka en el Nuevo Mundo, muchas gracias.

Gracias a Reva Robins, bibliotecaria, por su ayuda y su interés en el proyecto, así como por el préstamo del extraordinario trabajo de Asen Balikci, *The Netsilik Eskimo,* publicado por el Museo Americano de Historia Natural, The Natural History Press, 1970.

Mis más expresivas gracias también a Knud Rasmussen por grabar sus observaciones en sus Thule Expeditions y al Instituto Smithsoniano por honrar los trabajos etnográficos *in situ* del pionero en este campo Edward William Nelson reeditando su magnífica monografía "Los esquimales en el Estrecho de Bering", publicada primero en el *Eighteenth Annual Report of Bureau of American Ethnology,* 1896-97.

El debate de *cuándo* llegó el Hombre exactamente a las Américas continúa sobre el tapete, pero la mayoría de los arqueólogos se muestran de acuerdo en que el *Homo sapiens* procedente de Siberia, cazó y se abrió camino a través de un puente de tierra que ahora yace bajo el

Estrecho de Bering, y eventualmente emigró hacia el sur para poblar tanto el continente de América del Norte como el de América del Sur. Recientes hallazgos en Brasil han sido datados de hace 32.000 años. Más al norte las vastas placas de hielo del pleistoceno borraron todo indicio revelador de humanidad que acredite más allá de 15.000 a 20.000 años, pero no podemos olvidar que la Edad de Hielo se prolongó más de dos millones de años, y que por lo menos *cuatro* veces en ese período las grandes placas de hielo continentales crecieron para abrumar al mundo, luego se fundieron de nuevo, hasta quedar tal como aparecen en nuestros días.

¿Y quién puede decir que el intervalo de calor que ahora disfrutamos no será tan sólo un lapso de tiempo entre el ir y venir de las Edades del Hielo? Quizá nuestras ciudades y civilizaciones sean algún día sepultadas y caigan en el olvido. Tal vez, dentro de milenios a partir de ahora el *Homo futuriens* rebusque en los detritos de acumulaciones de piedras y rocas glaciares para sacar a la luz nuestros huesos y fragmentos de alfarería, exactamente lo mismo que nosotros buscamos ahora restos de épocas pasadas para hallar incluso la más mínima prueba de que una vez, en los albores del tiempo, un hombre que muy bien pudo llamarse Torka, sacó a su pueblo de Asia para conducirlo a un nuevo mundo.

Más allá del Mar de Hielo nunca se hubiera escrito si Lyle Kenyon Engel no hubiera proporcionado a este autor la inspiración y la confianza para escribirlo.

Como productor de las series *Crónicas de la familia Kent*, *Caravanas hacia el oeste*, *Diligencia*, *Indios blancos* y *Saga del suroeste*, por citar sólo unos títulos, el amor de Lyle por todo lo americano era absoluto. Hacía tiempo que proyectaba una serie de novelas que relatasen la vida de los *primeros* americanos, aquellos hombres y mujeres desconocidos de hace varios miles de años que siguieron a los grandes rebaños del Pleistoceno fuera de Asia, a través del puente de tierra de Bering, para poblar el Nuevo Mundo.

Yo he inventado la historia de Torka, así como a todos los personajes e igualmente la carne y los huesos que forman una trama antes de que ésta se convierta en una historia digna de ser contada, pero el entusiasmo de Lyle por el argumento fue la fuerza motriz que impulsó el montaje definitivo.

Más allá del Mar de Hielo es una novela tan suya como mía. El concepto inicial era suyo. Ya en 1979, tenía el nombre de su héroe. Y debido a que su amor por los animales igualaba su amor por lo americano, tenía el nombre del primer perro que iba a ser domesticado por el hombre: Aar.

En un mundo cada vez más complicado e insensible, Lyle Kenyon Engel era más que un agente y más que un productor de novelas de ficción. Era, como uno de sus autores le ha llamado con toda justicia, el Maestro, orquestando la creación de libros que hicieran disfrutar, y continúan haciéndolo, a millones de lectores en el mundo entero.

Lyle, espero que *Más allá del Mar de Hielo* sea uno de ellos. ¡Espero que sea uno de los mejores! Y si es así, te doy las gracias por proporcionarme la oportunidad de escribirlo.

William Sarabande
Fawnskin, California.

INDICE